Michael Nava

Verbrannte Erde

Aus dem Amerikanischen von
Stefan Haußmann

Pink Plot 2040
Argument/Ariadne

Titel der amerikanischen Originalausgabe: The Burning Plain

Lektorat: Tjark Kunstreich

Von Michael Nava sind bei Argument/Ariadne bisher folgende Henry Rios-Romane erschienen:

Der kleine Tod (Pink Plot 2001)
Goldjunge (Zweite Reihe 2003)
In einer Stadt so nett (Zweite Reihe 2011)
Das innere Gesetz (Zweite Reihe 2018)
Todes Nähe (Pink Plot 2030)
Verbrannte Erde (Pink Plot 2040)

Deutsche Erstausgabe

www.argument.de
Eppendorfer Weg 95a, 20259 Hamburg
Telefon 040 / 40 18 00 0 – Fax 040 / 40 18 00 20
Texterfassung durch den Übersetzer
Umschlaggestaltung & Satz: Martin Grundmann
Druck: Clausen & Bosse, Leck
Gedruckt auf säure- und chlorfreiem Papier
ISBN 3-88619-940-1

Für Robert Dawidoff

und zum Gedenken an Richard Rouilard

Von nackten Seelen sah ich manche Schar,
und alle jammerten vor Schmerz, obwohl
verschiedner Ordnung sie botmäßig schienen.
Die einen lagen rücklings ausgestreckt,
am Boden sitzend kauerten die zweiten,
noch andre rannten rastlos hin und wieder.
Dante, Inferno

Verbrechen sind ungeheuer verräterisch.
Agatha Christie

Ich möchte folgenden Menschen danken: Katherine V. Forrest für ihren weisen Rat und ihre geschätzte Freundschaft; Charlotte Sheedy, der Agentin und Anwältin; Neil Nyren, dem gewissenhaften Lektor; Paul Riedinger für kostenlose Mittagessen und lange Gespräche über die Kunst des Schreibens; Rob Miller, Dan Edelman und den Leuten bei Paramount für kundige Unterweisung in der Welt des Films und der Welt der Gesetze (und sollte ich alles durcheinander gebracht haben, bitte ich hiermit um Entschuldigung); Phyllis Burke für ihr Buch *Gender Shock* (ein grundlegendes Werk); und natürlich den Töchtern der Finsternis, die mir Gesellschaft geleistet haben.

Kapitel 1

Ich saß allein an einem Plastiktischchen vor dem Kaffeekiosk auf dem Platz zwischen dem Bezirksgericht und der Hall of Records in der Innenstadt von Los Angeles. Es war neun Uhr zweiundvierzig an einem warmen, versmogten Morgen Ende April. Die Büroangestellten hatten sich widerwillig aufgerafft und waren zu ihren Arbeitsplätzen ausgeschwärmt, und die umstehenden Tische waren übersät von den Überresten ihres Frühstücks, von leeren Tassen, Gebäckkrümeln, Zuckertütchen und lippenstiftbefleckten Papierservietten. Eine Obdachlose – ein Wirbelwind von Lumpen, ein sonnenverbranntes Gesicht – durchwühlte den Abfall. Sorgfältig wickelte sie die Überbleibsel eines Bran Muffin in eine Serviette, verstaute sie in ihrer schmutzigen Jackentasche und kam mit ausgestreckter Hand auf mich zu. Ihre Augen waren wie Wunden. Ich gab ihr einen Dollar, was der Junge hinter der Theke mit missbilligendem Stirnrunzeln kommentierte. Der Himmel war metallisch, als wäre eine Käseglocke über die Stadt gestülpt, und in den staubigen Büschen und Bäumen der Plaza rührte sich kein Hauch. Die giftige Luft biss mir in den Augen. Ich nippte am lauwarmen Kaffee und warf einen Blick in die Zeitung. Auf einem Foto sah ich einen untersetzten Mann im Frack hinter einem Rednerpult stehen, mit einer übergroßen Oscar-Figur im Hintergrund. Die Bildunterschrift identifizierte ihn als Duke Asuras, Direktor der Parnassus-Filmproduktion, und zitierte ihn mit den bei der kürzlich stattgefundenen Oscarverleihung geäußerten Worten: »Filmemachen ist nicht nur Handwerk, es ist Kriegshandwerk, und unser Schlachtfeld ist die ganze Welt.« Ich sah auf meine Armbanduhr. Es war Zeit, ins Gericht zu gehen.

Das Bezirksgericht zog sich ganz in Beton und poliertem Granit über drei Blocks der First Street, ein Furcht erregendes, zyklopenhaftes Gebäude in einer Umgebung aus lauter Furcht erregend zyklopenhaften Gebäuden: die Hall of Records, die Bezirksverwaltung, das Strafgericht, der Chandler-Pavillon, der Times Mirror Square, das Rathaus. Im Bezirksgericht wurden Zivilprozesse verhandelt, ich als

Strafverteidiger hatte dort noch selten zu tun gehabt. Aber jedes Mal beeindruckte mich das Fries über dem Eingang in der Hill Street: Justitia, die Waage auf dem Kopf balancierend, zu ihren beiden Seiten je eine knieende, mit heldischen Muskeln bepackte Männerfigur, die den Vorübergehenden eine steinerne Tafel entgegenhielt. LUX ET VERITAS war in die eine Tafel gehauen, LEX in die andere. Licht und Wahrheit. Gesetz. So weit das Versprechen – aber als ich dieses Gebäude betrat, um dem letzten Verhandlungstag im Prozess über die Leiche meines Geliebten beizuwohnen, ging mir eine ganz andere Sentenz durch den Kopf: »Die Hölle, das sind die anderen.«

An der Tür der 22. Kammer war mit Klebeband ein Terminplan der Fälle, die an diesem Tag vor Richterin Goodman anhängig waren, befestigt. Zuoberst stand eine Testamentsanfechtung: *In Sachen letztwillige Verfügung des Joshua Scott Mandel.* Die Streitparteien waren: Ich, Henry Rios, als Testamentsvollstrecker, und die anfechtende Partei, Joshs Eltern Sam und Selma Mandel. Es ging nicht wie üblicherweise um konkurrierende Ansprüche auf die Erbmasse; Joshs irdische Besitztümer hatten in einem Dutzend Papiersäcken und einem gemieteten Lieferwagen Platz gefunden. Streitgegenstand war vielmehr seine schriftliche Verfügung, dass nach seinem Tod sein Körper verbrannt und die Asche von seinen Freunden und seiner Familie verstreut werden sollte.

Josh war im Alter von neunundzwanzig Jahren an den Folgen von Aids gestorben. Fünf Jahre lang waren wir ein Paar gewesen, bis er mich eines anderen Mannes wegen verließ, der wie er selbst Aids hatte. Als Steven dann gestorben war und Joshs eigene Gesundheit zu schwinden begann, übernahm ich den größten Teil seiner Pflege. Noch vor der letzten Welle von Infektionen und Erkrankungen, die ihn schließlich hinwegraffte, hatte Josh darauf beharrt, nicht beerdigt, sondern eingeäschert zu werden. Er hatte dies auf vielfältige Weise zu begründen gewusst: vom Ökologischen (»Es gibt schon viel zu viele Müllkippen, Henry«) bis ins Mystische (»Die Hindus glauben daran, dass das Feuer die Seele erlöst«); aber abgesehen von allen verstandesmäßigen Erwägungen hatte Josh auch eine panische Angst vor der Sargbestattung. Als es dem Ende zuging, plagten ihn Albträume, in denen er lebendig begraben wurde, und er verlangte mir mehrmals das Versprechen ab, dass ich die in seinem Testament festgelegten Anweisungen zur Einäscherung befolgen würde.

Ich war davon ausgegangen, dass er diesen Wunsch auch seinen Eltern mitgeteilt hatte; aber als ich nach seinem Tod die nötigen Vorkehrungen traf, musste ich feststellen, dass ich mich geirrt hatte. Nicht nur hatte Josh seinen Eltern verschwiegen, dass er eingeäschert werden wollte, die Vorstellung erfüllte sie regelrecht mit Grauen.

»Juden«, erklärte sein Vater in meinem letzten Telefongespräch mit ihm, »lassen sich nicht einäschern.«

»Er wollte es selbst so.«

Als hätte ich nichts gesagt, fuhr Sam Mandel fort: »Mein Sohn wird neben seinen Großeltern begraben.«

»Tut mir Leid, Sam. Ich habe es ihm versprochen.«

Ich wusste, dass für Sam die Homosexualität seines Sohnes eine Heimsuchung von biblischen Ausmaßen war, und versuchte also, seine schlecht verhüllte Abscheu vor mir nicht persönlich zu nehmen. Aber als er mich mit einem verächtlichen »Sie haben es ihm versprochen? Wer sind Sie überhaupt? Ich bin sein Vater!« abkanzelte, ging ich in die Luft.

»Jetzt auf einmal«, sagte ich. »Jetzt, wo er tot ist und Ihnen keine Schande mehr machen kann. Noch als er im Sterben lag, waren Sie nicht so versessen darauf, sein Vater zu sein.«

»Sie schlechter Mensch«, sagte er. »Sie haben ihn auf dem Gewissen.«

»Josh ist tot, weil Sie ihm solche Schuldgefühle eingeimpft haben, dass er meinte, er hätte nichts Besseres verdient, als Aids zu bekommen.«

»Sie Lügner! Sie haben ihn angesteckt!«

»Sie wissen, dass das nicht stimmt.«

Er knallte den Hörer auf.

Am nächsten Tag reichten die Mandels eine Klage ein mit dem Ziel, mich von meinem Amt als Testamentsvollstrecker zu entheben. Sie beantragten eine einstweilige Verfügung, mir die Einäscherung zu untersagen. Dem Antrag beigefügt war eine eidesstattliche Erklärung von Sam, ich hätte Josh mit Aids infiziert, ihn seiner Familie entfremdet und wollte nun mit seinen sterblichen Überresten in einer Weise verfahren, die ihren Glauben beleidigte. Selma Mandel, mit der ich die letzte Nachtwache an Joshs Sterbebett gehalten hatte, behauptete nun, ich hätte sie von Josh fern gehalten, nachdem ich ihn vom Krankenhaus mit nach Hause genommen hatte. Ihr Anwalt Howard Lev suggerierte in nicht gerade behutsamer Wortwahl, eine Entscheidung gegen die Mandels wäre gleichbedeutend mit einem Akt des Antisemitismus. Das Gericht erließ die einstweilige Verfügung für die Zeit, bis es über den sachlichen Gehalt der Klage entschieden hatte, und wies mich an, Joshs Leichnam dem Leichenbeschauer zu überlassen, der ihn ins Leichenschauhaus überführen ließ.

Ich glaube, wir hatten alle damit gerechnet, dass der Fall bald abgeschlossen sein würde. Aber es war das Jahr des *Three Strikes Law*, des »Gesetzes der drei Schläge«: Alle Beschuldigten im Bezirk Los Angeles, denen eine dritte Verurteilung wegen eines schweren Verbrechens und damit automatisch eine lebenslange Haftstrafe ohne die Möglichkeit einer vorzeitigen Entlassung drohte, verlangten einen ordentlichen Prozess statt des sonst verbreiteten Aushandelns von Schuldanerkenntnis und Urteilsspruch, und sogar Nachlassrichter mussten in Strafverfahren einspringen. Unser Fall wurde stückchenweise über einen Zeitraum von sechs Monaten verhandelt. In dieser Zeit träumte ich nur noch im Stil von Edgar Allan Poe, von gierigen Geistern, die madenzerfressenes Fleisch fledderten. Ich brauchte die Mandels nur anzuschauen und wusste, dass sie ähnliche Träume hatten.

»Meine Herren«, hatte Richterin Goodman am vorangegangenen Sitzungstag zu Lev und mir gesagt, »wir können doch bestimmt einen Kompromiss finden.«

»Bei den Grundsätzen ihres Glaubens können die Eheleute Mandel keine Kompromisse eingehen«, gab Lev zurück.

»Mr. Rios?«

»Ich bedaure, Euer Ehren, aber als Joshs Testamentsvollstrecker wäre es für mich pflichtvergessen, seinen letzten Willen nicht zu befolgen.«

Sie seufzte. »Nun gut. Kommen Sie im April zur Urteilsverkündung wieder. Mein Sekretär wird Ihnen einen Termin geben.«

Hinterher, als wir vor dem Saal auf dem Flur standen, sagte Lev:

»Was haben Sie nur gegen diese Leute, Henry? Sie wollen doch nur ihren Sohn zurückhaben.«

»Von wo denn zurück?«

»Sie haben Verwandte, die im KZ gestorben sind«, schalt er mich. »Die in Hitlers Krematorien verbrannt wurden. Berührt Sie das denn überhaupt nicht?«

»Doch, es berührt mich sehr«, sagte ich, »aber ich sehe nicht ein, warum das Leid, das ihre Familie erfahren hat, ihnen das Recht geben soll, aus Josh wieder einen versteckten Schwulen zu machen.«

»Sie wollen ihn doch nur beerdigen.«

»Sie wollen ihn wieder in ihren Familienstall sperren und jede Erinnerung an sein Schwulsein auslöschen. Ich habe das immer und immer wieder erlebt. Aber Josh hätte das nicht mit sich machen lassen, und ich werde es auch nicht zulassen.«

»Er gehört zu seinen Eltern«, versetzte Lev zornig. »Das ist seine Familie. Sie sind der Eindringling hier. Sie wollen aus dem Verlust, den die Mandels erlitten haben, politisches Kapital schlagen.«

»Josh hat niemandem gehört außer sich selbst. Das ist die harte Lektion, die er in seinem Leben lernen musste.«

»Aha. Schön. Wir sehen uns vor Gericht.«

* * *

»Bitte erheben Sie sich«, verkündete der Gerichtsdiener. »Die Sitzung der 22. Kammer ist eröffnet. Den Vorsitz hat die ehrenwerte Richterin Goodman.«

Richterin Goodman nahm die Richterbank ein und breitete Akten vor sich auf dem Tisch aus. Sie war wohl 34 oder 35, ein Jahrzehnt jünger als ich, eine attraktive Frau mit fülligen blonden Locken, die die bisherigen Verhandlungen mit gequältem Gesichtsausdruck geleitet hatte, als hätten wir sie in eine Falle gelockt, der sie nicht mehr entkam. Manchmal sah ich, wie sich während einer Zeugenaussage die Furchen auf ihrer Stirn vertieften, und ich konnte sie fast denken hören: *Mein Gott, wie ich diesen Fall hasse.* Als ich sie jetzt betrachtete, sah ich, wie die Maske sich vor ihr Gesicht schob, hinter der sich Richter beim Verkünden eines unpopulären Urteils zu verschanzen pflegen, und wusste, dass ich gewonnen hatte. Ich verspürte keinen Triumph. Ich fühlte nur, wie kalt es im Gerichtssaal war, so kalt, dass die Stenotypistin, die, die Finger im Anschlag über ihrem Gerät, neben der Richterbank saß, dünne Lederhandschuhe trug. Als die Richterin zu sprechen begann, schaute ich zu den Mandels hinüber. Sam starrte mit regungsloser Miene auf das Große Siegel des Staates Kalifornien, das über dem Kopf der Richterin an der Wand angebracht war. Selma blickte verstohlen zu mir herüber, ihr herzförmiges Gesicht war müde und verhärmt, leer geweint. Als ich ihren Blick erwiderte, wandte sie sich schnell ab. An Howard Levs hängenden Schultern erkannte ich, dass er aus dem Gesichtsausdruck der Richterin dasselbe herausgelesen hatte wie ich.

»Wir verhandeln hier in Sachen letztwillige Verfügung des Joshua Scott Mandel«, sagte Richterin Goodman gerade. »Die anfechtende Partei, die Eltern des Verstorbenen, haben beantragt, den Testamentsvollstrecker des Verstorbenen auf Grund unzulässiger Einflussnahme zu entheben. Ich habe das folgende Beweismaterial gewürdigt.« Sie verlangsamte der Stenotypistin zuliebe ihr Sprechtempo, als sie die darauffolgende Auflistung verlas. »Auf der persönlichen Ebene ist dieser Fall ein wahres Dilemma, denn er lässt die Familie des Verstorbenen einerseits und seinen liebsten Freund und Gefährten andererseits als gegnerische Parteien aufeinander treffen. Aus juristischer Sicht allerdings stellt sich das Ergebnis klar dar. Unzulässige Einflussnahme ist für dieses Verfahren maßgeblich im Fall *Letztwillige Verfügung Dale* definiert worden als ein Verhalten, welches den Willen des Erblassers dem Willen einer anderen Person unterwirft. Um mit ihrer Klage Erfolg zu haben, oblag es den Eheleuten Mandel zu beweisen, dass Mr. Rios Joshuas freien Willen gebeugt hat in Bezug auf die die Bestattung betreffenden Verfügungen, die Josh in dem auf 16. September vergangenen Jahres datierten Testamentszusatz getroffen hat.« Sie machte eine Pause, holte tief Luft und fuhr fort: »Ich kann nicht erkennen, dass die Mandels ihrer Beweislast, eine unzulässige Einflussnahme aufzuzeigen, Genüge getan hätten.«

Von der anderen Seite des Gerichtssaals hörte ich Selma klagen: »Oh, oh …«

Als sie das Urteil zu Ende verlesen hatte, wandte sich Richterin Goodman an Lev: »Mr. Lev, ich bin bereit, Mr. Rios heute noch eine Verfügung auszustellen, die ihn ermächtigt, die sterblichen Überreste vom bezirklichen Leichenschauhaus in Besitz zu nehmen; aber ich werde mich dessen enthalten, wenn die Eheleute Mandel beabsichtigen, das Urteil anzufechten.«

Lev stand langsam und unsicher auf. »Ich habe das bereits mit meinen Mandanten besprochen. Sie können es sich nicht leisten, den Fall vor ein Appellationsgericht zu bringen. Das Einzige, woran sie noch appellieren können, ist Mr. Rios' Anstandsgefühl.«

»Für Plädoyers ist es jetzt zu spät«, murmelte die Richterin. »Mr. Rios, ich werde jetzt die Verfügung unterzeichnen.«

»Danke, Euer Ehren.«

* * *

Am nächsten Morgen stand ich mit der Verfügung bewaffnet in einem kalten Raum des Leichenschauhauses, während ein Assistent eine Rollbahre hereinschob, auf dem eine mit einem Laken bedeckte Leiche lag. Er schlug das Laken zurück.

»Ist er das?«

Die sechs Monate im Kühlraum hatten dem blauhäutigen, ausgemergelten Körper die letzten Lebensspuren so sehr entzogen, dass ich eine endlose Minute lang nicht sicher war, ob wirklich Josh vor mir lag. Sein Körper sah aus wie etwas, das im Geisterhaus auf dem Rummelplatz von einem Gerüstbalken heruntergeworfen wird, um die Kinder zum Kreischen zu bringen. In diesem unbewohnten Gesicht erinnerte nichts mehr an die aberwitzige, schalkhafte Klugheit, die Josh Mandel ausgezeichnet hatte. Es war nur noch ein Gegenstand, eine leere Hülle, die Josh schon lange verlassen hatte. Und doch war es der Körper, den ich an meinen gedrückt hatte, nach dem ich verlangend die Hand ausgestreckt, den ich im Zorn weggestoßen, den ich getröstet, geliebt, vermisst hatte. All die Kämpfe, all die Gefühle – in ein schwarzes Loch gestürzt. Nur dieses Totenbildnis blieb zurück.

»Entschuldigung«, drängte der Pathologieassistent. »Ist er es nun?«

»Ja«, sagte ich. »Ja, das ist er.«

* * *

Zwei Tage später wurde seine Asche mir per UPS in einer bronzenen Urne zugestellt. Joshs Testament bestimmte, dass seine Familie am Verstreuen der Asche teilnehmen sollte. So unwahrscheinlich es war, dass die Mandels dazu bereit sein würden, fühlte ich mich doch verpflichtet, sie an seinen Wunsch zu erinnern, bevor ich seine Asche ihrer letzten Bestimmung zuführte, aber ich konnte mich jetzt noch nicht dazu durchringen. Ich stellte die Urne auf den Sims des offenen Kamins, etwas an die Seite, und ging zurück in den Raum, den ich mir als Büro eingerichtet hatte, um zu arbeiten.

Ich war jetzt seit einundzwanzig Jahren Anwalt. Mitte der Siebziger hatte ich als Drittbester des Jahrgangs in Stanford mein Diplom gemacht. Zu jener Zeit war es noch möglich gewesen, die Worte »idealistisch« und »Anwalt« ohne verächtlichen Unterton in einem Atemzug zu erwähnen, und niemanden wunderte es, dass ich mit meinem ruhmreichen Abschluss als Pflichtverteidiger beim Staat anheuerte, statt den Lappen in einer renommierten Innenstadt-Kanzlei aufzuhängen. Die Strafverteidigung war der einzige Bereich der Juristerei, den ich je praktizieren wollte. Inspiriert hatten mich zu gleichen Teilen meine kindheitliche Verehrung für Abraham Lincoln, die Fernsehserie *Perry Mason*, die Brutalität meines Vaters und, seit ich sechzehn war, die Erkenntnis, dass ich schwul war. Die letzten beiden Motive waren miteinander verknüpft. Mein aus Mexiko eingewanderter Vater war ein harter Mann, der ein hartes Leben durchgestanden hatte. Er verachtete die Weichheit, die er in seinem Sohn entdeckte, und war fest entschlossen, sie aus mir herauszuprügeln. Seine Schläge hatten nur den einen Erfolg, in mir einen Hass auf Autorität und Ungerechtigkeit zu wecken. Erst als ich mich auf der Highschool in meinen besten Freund verliebte, fing ich an zu verstehen, dass die treibende Kraft hinter der Gewalttätigkeit meines Vaters der schlimmste Albtraum eines jeden Vaters gewesen war: ein homosexueller Sohn. Ein *maricón*. Hätte ich mich ändern können, hätte ich es ohne Zögern getan; aber in meinem Innersten wusste ich, dass es mir unmöglich war, mich zu ändern, höchstens, mich zu belügen, und das hätte unvermeidlich andere Menschen in meine Lüge mit hineingezogen. Dafür war ich aber zu sehr Ministrant geblieben. Ich schloss einen Kompromiss: Wenn ich schon nicht umhin konnte, schwul zu sein, wollte ich es wenigstens mit guten Taten aufwiegen.

Mein Kompromiss führte mich vierundzwanzigjährig in einen Gerichtssaal, wo ich meinen ersten Mandanten verteidigte, einen Mann, meinem Vater nicht unähnlich, den man beschuldigte, einen anderen Mann bei einer Schlägerei in einer *cantina* im Barrio San José ermordet zu haben.

Ich brachte das Geschworenengericht in eine Pattsituation – acht zu vier Stimmen für Freispruch –, indem ich auf eine Personenverwechslung hin verteidigte, und die Anklage wurde fallen gelassen. Danach war ich auf der Überholspur, große Fälle, große Siege, eine Fama von Akribie und Redegewandtheit eilte mir voraus, von der ich jetzt, nach all den Jahren, immer noch zehrte. Mein jahrelanges Auswendiglernen von Lincoln-Reden hatte sich bezahlt gemacht. Für ein Privatleben war ich viel zu eingespannt und zum Schwulsein zu beschäftigt, so sehr, dass ich nicht wahrnahm, wie das Wasser über meinem Kopf zusammenschlug, bis ich in Einsamkeit und Alkohol ertrank. Ich verlor meine Stellung. Ich ging auf Entzug. Ich betrank mich wieder. Ich entzog wieder. Ich lernte Josh kennen. Wir zogen nach Los Angeles. Ich richtete eine erfolgreiche Anwaltspraxis ein. Josh verließ mich wegen Steven. Ich schloss die Praxis, um mich selbst zu finden, und fand heraus, dass ich ein Rechtsanwalt war. Steven starb und Josh erkrankte. Ich arbeitete wieder, führte Berufungsverfahren von zu Hause aus, so dass ich für Josh sorgen konnte. Josh starb. Und so hatte ich die letzten zehn Jahre zugebracht.

Über den Monitor in meinem Arbeitszimmer tanzten wohl schon seit einer ganzen Weile tropische Fische. Stapel von Schriftsätzen türmten sich auf dem Boden, quollen aus Hängeregistern: meine hundertnochwas derzeit anhängigen Berufungsverfahren. Die Wände entlang reihten sich auf schnell zusammengezimmerten Regalen meine Gesetzestexte, Sitzungsprotokolle, Kommentare, Abhandlungen, Fallsammlungen, Handbücher. Irgendwo im Raum war auch mein Diplom aus Stanford und ein vergilbtes Exemplar meines Artikels in der Fakultätszeitschrift über ›Jüngste Entwicklungen in der Rechtsprechung zum Vierten Verfassungszusatz‹. Auf dem Schreibtisch stand ein Foto von Josh, das ich auf einem Wochenendausflug nach San Francisco aufgenommen hatte, kurz nachdem wir uns kennen gelernt hatten. Er war damals zweiundzwanzig, ein kleiner, schön gebauter Mann mit dunkler Haut, einer wilden schwarzen Lockenmähne und Augen wie Wunden. Er hatte mir erst kurz davor gesagt, dass er positiv war. Er hatte noch Angst, dass ich ihn verlassen würde. Mit der Zeit hatte er dann gelernt, mir zu vertrauen, und seine wunden Augen heilten. Und dann waren sie zugegangen und nicht wieder auf. Ich löste das Bild aus dem Rahmen, drehte es um und kritzelte auf die Rückseite seinen Namen, seine Lebensdaten und eine Zeile von Emily Dickinson, die mir schon seit Monaten durch den Kopf ging: »Weggehn ist uns aller Himmel, mehr Hölle brauchen wir nicht.«

* * *

Ich weiß nicht, wie lange ich dasaß und sein Bild betrachtete, bis mich die Haustürklingel aus der Versunkenheit riss. Ich erspähte durch den Spion meinen Freund Richie Florentino, wie er gerade die Faust hob, um gegen die Tür zu wummern. Ich öffnete ihm.

Er war groß und schlank, sein langes Gesicht umrahmt von einer dichten, schwarz glänzenden Lockenpracht. Er strahlte den kantigen Glamour eines Filmstars aus den Vierzigern aus, ein Look, den er sorgsam kultivierte. Immer topmodisch gekleidet, trug er diesmal einen rost-orangenen Sportmantel über einem Leinenhemd in hellerem Orange, eine Seidenkrawatte in der Farbe jungen Grases und eine cremefarbene Leinenhose. Seine großen Füße umhüllten limettengrüne Wildledermokassins, deren Messingschnallen die Buchstaben *GV* formten – Gianni Versace war sein bevorzugter Modeschöpfer. Richie lebte in einem Apartment in West Hollywood, das einst Jean Harlow gehört hatte, und war Chefredakteur eines Magazins mit dem Namen *L.A. Mode*, das über die Skandale und Eskapaden der Reichen und Berühmten Buch führte. Sein Lebenspartner war seit zwanzig Jahren Joel Miller, leitender Angestellter in einem Filmstudio. Richie rühmte sich eines bis zu den Medicis zurückreichenden Stammbaums und eines fünfhundert Jahre alten Familienvermögens. Wer mit ihm befreundet war, wusste, dass man es nicht wagen durfte, seine Wahrheitsliebe offen in Zweifel zu ziehen; man ging einfach stillschweigend davon aus, dass von zehn seiner Behauptungen neun erfunden waren.

»Schön, du bist ja doch da«, sagte Richie und rauschte in einer Wolke *Derby* von Guerlain an mir vorüber. »Oh, Liebes, es ist so unerträglich heiß hier drin. Schalt doch die Klimaanlage ein.«

»Du bist nicht zum ersten Mal hier«, sagte ich. »Du weißt genau, dass ich keine habe.«

»Man soll die Hoffnung nie aufgeben.« Er warf sich in einen Sessel und steckte sich eine Marlboro light an. »Es macht dir doch nichts aus?«

»Und wenn, würde dir das etwas ausmachen?«

Er tat so, als dächte er darüber nach. »Nein.«

»Ich bring dir einen Aschenbecher.«

»Was sagst du zu dem Mantel?«, rief er. »Versace!«

»Nicht mööglich!«, gab ich zurück, dankbar in seine spöttischen Sprüche einstimmend. Richie war einer jener Freunde, die wie ein Wirbelwind über mein Leben hereinbrachen, alles drunter und drüber warfen und weiterwirbelten. Ich war nicht immer froh, ihn zu sehen, aber heute war ich glücklich darüber, denn was er auch von mir wollte – und es gab da immer etwas –, es würde mich wenigstens aus meiner Trauer reißen.

Er nahm die Untertasse in die Hand, begutachtete sie, gab vor, sie in der Handfläche zu wiegen. »Baccarat-Kristall?«

»Reste-Rampe«, sagte ich. »Es tut gut, dich zu sehen, Richie. Wie geht's dir?«

»Ich lebe noch«, sagte er und blies bogarthaft Rauch aus dem Mundwinkel.

»Nein, im Ernst.«

»Im Ernst? Mir geht's hervorragend, Henry.«

Richie hatte Aids. (»Aber Darling«, sagte er gern, »das gehört heutzutage zum guten Ton.«) Ich hatte ihn im Krankenhaus kennen gelernt, wo ich Josh besuchte. Richie kam immer in Joshs Zimmer, den Tropf hinter sich herziehend, eine kalte Zigarette im Mund, entschuldigte sich für die Störung und ging auf den kleinen Balkon des Zimmers hinaus, wo er mit Joshs Erlaubnis rauchen durfte. Einmal war er so krank, dass er schon seine Totenfeier plante, aber dann ging es wieder aufwärts mit ihm, und er war jetzt auf Proteaseinhibitoren gesetzt, das neue antivirale Wundermittel, das so viele Menschen mit Aids dem Tod von der Schippe geholt hatte.

»Meine Viruslast ist fast unter der Nachweisgrenze«, redete er weiter. »Meine T-Zellen sind von vierzehn auf achthundert explodiert und klettern immer noch in die Höhe.« Er hatte alle Affektiertheit abgelegt und seine Stimme klang ehrfürchtig. »Wenn das keine Heilung ist, dann weiß ich nicht, was das Wort Heilung bedeutet.«

»Ich freue mich so für dich«, sagte ich.

»Es könnte morgen schon wieder ganz anders aussehen«, erwiderte er. »Ich kenne Leute, bei denen die Medikamente nicht mehr anschlagen oder noch nie angeschlagen haben, und über die Langzeitwirkung weiß niemand Bescheid, aber auf lange Sicht habe ich sowieso noch nie gelebt. Schade, dass Josh das Zeug nicht mehr ausprobieren konnte.«

»Ja«, sagte ich. »Er war wie der Soldat, der am Tag vor dem Waffenstillstand erschossen wird.«

»Ich denke an die, die es nicht geschafft haben – Mario, Steven –, und ich frag mich, warum ausgerechnet ich?«

»Im kleinen Anwaltskatechismus steht: Stelle einem Zeugen nie eine Frage, deren Antwort du nicht schon vorher kennst. Im täglichen Leben funktioniert das auch. Wie geht's Joel?«

»Drei Dinge sind gewiss im Leben«, grummelte Richie. »Der Tod, die Steuern und Joel Miller.« Er griff sich einen der Schriftsätze, die sich auf dem Kaffeetischchen türmten. »*Staat Kalifornien gegen Bailey*. Lass mich raten. Pearl Bailey, der Musicalstar? Oder Beetle Bailey, der Comic-Käfer? Oder etwa dieser zwielichtige Staranwalt F. Lee Bailey?«

»Alle falsch. Es ist ein Berufungsverfahren in einem Mordfall.«

»Oh«, girrte Richie erregt. »War das Opfer berühmt?«

»Nein, ein Ehestreit. Mr. Bailey hat seine Frau umgebracht.«

»Müssen diese schnellen Brüter immer alles so wörtlich nehmen. Hat denen noch niemand erklärt, wie man die bessere Hälfte quält, ohne ihr auch nur ein Härchen zu krümmen? Jede billige Schwuchtel weiß das doch.« Er zündete sich noch eine Zigarette an. »Natürlich ist die Schule schuld daran. Statt dass sie den Kleinen auf der Highschool *Romeo und Julia* eintrichtern, sollten sie sie *Wer hat Angst vor Virginia Woolf?* lesen lassen. Nein wirklich, Henry, welchem dieser beiden großen Werke sehen die meisten Ehen denn ähnlich? Ich geb dir 'nen Tipp: In dem Film hat Liz Taylor mich gespielt.«

Ich zog eine Grimasse. »Ich weiß, dass es heute für fortschrittlich gilt, mit Wörtern wie ›Tunte‹ und ›Schwuchtel‹ um sich zu werfen. Für mich sind es immer noch diskriminierende Schimpfwörter.«

Bei dieser Zurechtweisung versteifte er sich etwas. »In das Wort ›schwul‹ kann man genauso viel Hass hineinpacken wie in das Wort ›Schwuchtel‹.«

Dieses Terrain hatten wir schon oft beackert. Richies beißender Witz richtete sich öfter gegen andere Schwule als gegen sonst irgendjemanden, und es war eine Verachtung herauszuhören, die ihn in Rage versetzt hätte, wäre sie von heterosexueller Seite gekommen. Den Widerspruch darin hatte er noch nie gesehen. Ich schon.

»Streiten wir uns nicht«, sagte ich. »Nicht heute.« Ich deutete auf den Kaminsims. »Heute ist Josh wieder nach Hause gekommen.«

Er ging zum Kamin und nahm die Urne in die Hand. »Du hast seine Eltern vor Gericht besiegt.«

»Diese Schlacht habe ich mir nicht ausgesucht.«

»Die haben sie angezettelt.« Er stellte die Urne zurück.

Ich lächelte. »Nein, eigentlich glaube ich, dass Josh sie angezettelt hat. Er hat ihnen verschwiegen, dass er eingeäschert werden wollte.«

»Du hast ja so Recht«, sagte er und zündete die nächste Marlboro an.

»Wie meinst du das?«

»Ich war mit ihm im Krankenhaus, Henry. Nachdem seine Eltern ihn besucht hatten, ging es ihm jedes Mal schlechter als vorher, besonders bei dieser Type von Vater.« Er legte eine Charaktermaske auf. »Wie Charlton Heston in den *Zehn Geboten*, der hier. Er hat die Schuldgefühle so dick aufgetragen, dass man danach eine Dose Raumspray versprühen musste.«

»Mir gegenüber hat Josh das nie erwähnt.«

Richie drapierte sich auf der Couch. »Er meinte, du hättest schon Sorgen genug.«

Ich wusste nicht, ob er die Wahrheit sagte oder ob er sich etwas aus den Fingern sog, um mich zu trösten. Aber diese Geschichte war, wenn sie denn stimmte, kein Trost, und wenn sie nicht stimmte, war es schlimm, so etwas zu sagen. In solchen Augenblicken wurde mir wieder bewusst, dass Richie nicht, wie er gern sagte, »das gute alte Tantchen Mame« war. Seine wohlhabende Familie hatte ihn mit vierzehn in eine Anstalt gesteckt, um ihn von seiner Homosexualität zu heilen. Als dies scheiterte, verstießen sie ihn vom heimischen Herd und gaben ihm Geld, damit er nicht wiederkam. Diese Erfahrung hatte eine alles zerfressende Wut in ihm hinterlassen.

»Wenn ich du wäre«, sagte er gerade, »hätte ich Joshs Asche genommen und seinen Eltern ins Gesicht geschleudert.«

Ich erinnerte mich an Selma Mandels klägliches »Oh« bei der Urteilsverkündung. »Himmel, Richie. Sie sind doch nicht böse. Sie haben ihn doch geliebt.«

»Das ist immer der letzte Satz, was?«, giftete Richie. »Du wirst von deiner lieben Familie tagein tagaus gefickt, aber das geht in Ordnung, schließlich lieben sie dich ja.«

Ich zuckte die Achseln und wechselte das Thema. »Bist du nur zum Plaudern hergekommen, Richie?«

»Ich habe einen Freund, der einen Anwalt braucht«, antwortete er, sofort in einen geschäftlichen Ton verfallend.

»Weil …«, soufflierte ich.

»Weil er letzte Woche verhaftet wurde. Wegen einer Geschichte mit einer Knarre.«

»Geschichte mit einer Knarre.«

»Ich habe das Festnahmeprotokoll hier.« Er langte in seine Brusttasche.

Ich war jedes Mal aufs Neue beeindruckt, wie schnell Richie alle Tuntigkeit abstreifen konnte, wenn sie ihm nicht mehr zu Nutze war. Sogar seine Körperhaltung veränderte sich; die dandyhafte Pose verschwand, er lehnte sich energisch nach vorn.

»Hat der Klient auch einen Namen?«

»Alex Amerian«, sagte er und reichte mir das Festnahmeprotokoll.

Ich überflog das Deckblatt. Der Tatvorwurf lautete auf Paragraphen 245 und 12022.1 Strafgesetzbuch: Überfall mit einer tödlichen Waffe und Besitz einer nicht angemeldeten Feuerwaffe. Dem Bericht des Officers, der ihn festgenommen hatte, zufolge war Alex Amerian (neunundzwanzig Jahre alt, weiß) von einem Wachmann dabei überrascht worden, wie er auf dem Gelände einer Villa in Hanglage in Los Feliz durchs Gebüsch schlich. Die Villa gehörte einer gewissen Cheryl Cordet.

Ich schaute zu Richie auf. »Cheryl Cordet? Woher kenne ich diesen Namen?«

Richie vollführte ein Augenrollen Marke Mae West. »Möglicherweise von der Oscarverleihung, wo sie als erste Frau überhaupt für die beste Regie ausgezeichnet wurde?«

»Oh«, sagte ich und widmete mich wieder dem Protokoll.

Amerian hatte vor dem Wachmann eine Pistole gezogen und ihn damit bedroht, der hatte sie ihm aber entwinden und die Polizei rufen können. Amerian war verhaftet worden und hatte jede Aussage verweigert.

»Was meinst du dazu?«, fragte Richie, als ich den Kopf vom Protokoll hob.

»Wie lautet seine Version?«

»Mir hat er erzählt, dass er gerade von einer Party kam und sein Auto vor Cheryl Cordets Haus liegen geblieben ist. Er ist übern Zaun gesprungen, wollte fragen, ob er den Automobilclub anrufen kann. Der Wachmann hat ihn aufgehalten, es kam zu einem Handgemenge. Der Wachmann hat ihn ›Tunte‹ genannt. Alex hat die Beherrschung verloren und mit der Knarre herumgefuchtelt. Der Wachmann hat ihn niedergeschlagen, ihm das Ding weggenommen und die Bullen geholt.«

»Warum hatte er denn eine Waffe bei sich?«

»Um sich zu schützen. Sechs Monate vorher ist er von Schwulentickern fürchterlich zusammengeschlagen worden.«

»Wollte er auf den Wachmann schießen?«

»Nein, er hatte einfach Angst.«

»Er hat nicht versucht, das den Cops zu erklären?«

»Auf die ist er nicht gut zu sprechen«, sagte Richie.

»Warum?«

»Er ist in West Hollywood auf der Straße von irgendwelchen Teeniewürstchen mit Baseballschlägern angegriffen worden. Er musste im eigenen Blut zur Telefonzelle kriechen, um den Polizeiruf zu wählen. Die Bullen haben sich vierzig Minuten Zeit gelassen, bis sie sich blicken ließen, und dann haben sie sich auch noch geweigert, eine Anzeige aufzunehmen.«

»Woher kennst du ihn denn, Richie?«

»Im Magazin hatten wir vor ein paar Monaten eine Story über

Gewalt gegen Schwule und Lesben. Alex war einer von denen, die wir interviewt haben.«

»*L.A. Mode* hat einen Artikel über dieses Thema gebracht? Und von wem waren die Fotos, von Herb Ritts?«

»Du Giftnatter«, gab er zurück. »Ich bin ein seriöser Journalist, Henry.«

»Zwischen den Kollektionen vielleicht«, stichelte ich. »Alex Amerian scheint ja eine ziemliche Wut in sich zu haben.«

»Hättest du die nicht, wenn du dasselbe erlebt hättest wie er?«

»Ich würde sie nicht in so blödsinniger Weise herauslassen.«

»Er ist nicht blöde, Henry. Er hat von diesem Überfall ein Trauma davongetragen, und als er sich mit diesem Wachschützer geprügelt hat, der ihn Tunte nannte, da dachte er, es passiert noch einmal.«

»Posttraumatisches Stresssyndrom?«, meinte ich skeptisch.

»Was ist denn so scheiß unglaubwürdig daran?«, fragte er wütend. »Welche Schwuchtel – welcher schwule Mann – hat nicht unter dem Hass seiner Mitmenschen zu leiden gehabt? Und wenn wir uns dann einmal zur Wehr setzen, kommt eben so was dabei heraus.«

»Gut, Richie. Beruhige dich. Ich rede mit ihm.«

Er lehnte sich zurück und sagte gedehnt: »Ich wusste, dass ich mich auf dich verlassen kann, Liebling.«

In seinem Ton war etwas, das mich stutzen ließ. »Richie? Verschweigst du mir etwas?«

»Henry«, sagte er, »nach allem, was wir zusammen durchgemacht haben – du, ich und Josh –, wie kannst du so etwas auch nur denken?«

»Entschuldige.«

»Wenn du Alex hilfst, tust du damit eine Mizwa. Das erspart dir tausend Jahre Fegefeuer.«

»Ist das der Grund für dich, Gutes zu tun, Richie? Um deine Zeit im Fegefeuer zu verkürzen?«

»Ach Schätzchen«, sagte er, während er sich Flusen vom orangenen Ärmel bürstete. »Ich geh in die Hölle. Da steigt die Party.«

Kapitel 2

Ich rief Alex Amerian an, nachdem Richie gegangen war, und verabredete mich mit ihm um halb sechs in seiner Wohnung in West Hollywood. Um fünf kam ich den Canyon heruntergefahren und kämpfte mich durch den Berufsverkehr auf dem Sunset Boulevard westwärts, auf Boystown, das schwule Ghetto zu. Die Luft war so braun wie die sich aufrollenden Blattränder eines brennenden Buches, und die Palmen, die die Straße säumten, sahen aus, als würden sie gleich Feuer fangen. Die einzigen Fußgänger waren die Obdachlosen und benommene Touristen auf der Suche nach einem Hollywood, das es nur in ihrer Einbildung gab.

In Los Angeles kam ich mir oft selbst vor wie ein Tourist, ein zeitweiliger Besucher, aber ich glaube, so ging es den meisten der Millionen Menschen, die hier wohnten. Es war eine gänzlich erfundene Stadt, eine aus dem Boden gestampfte Kulissenstadt, die ihre Existenz dem Sonnenschein, den niedrigen Bodenpreisen und dem Film verdankte. Die Sonne war an den meisten Tagen noch zu sehen, und sogar billige Grundstücke gab es noch in manchen Stadtteilen, wo allerdings niemand gerne hinziehen würde. Was die Filmindustrie anging, so blühte und gedieh sie, und wenn man dem Studioboss, dessen Foto ich in der *L.A. Times* gesehen hatte, Glauben schenken wollte, so war ›die Industrie‹, wie man sie nannte, auf dem Sprung zur Weltherrschaft.

Vor langer Zeit, als ich noch ein literarisch interessierter Collegestudent war, hatte ich eine Kurzgeschichte des argentinischen Schriftstellers Jorge Luis Borges mit dem Titel *Die Lotterie in Babylon* gelesen. Sie beschrieb eine Stadt, in der alle Bewohner im Turnus von siebzig Tagen an einer geheimen Lotterie teilnahmen, in der ihr persönliches Schicksal in der Zeit bis zur nächsten Ziehung ausgelost wurde. »Babylon«, schrieb der Erzähler, »ist nichts anderes als ein unendliches Spiel von Zufällen.« Das war mein fest gefügtes Bild von Hollywood: ein unendliches Glücksspiel, in dem jede und jeder mitspielen und gewinnen konnte; ein ständiges Boomtown, in dem die hervorquellende, nackte Energie der Träume sich mit der Gewalt von Zurückweisung und Verzweiflung abwechselte.

Dies galt auch für West Hollywood, das Schwulenmekka Südkaliforniens. Ich fuhr die Crescent Heights hinunter und bog rechts auf den Santa Monica Boulevard ein, die Hauptstraße von West Hollywood. Auch bei flüchtiger Betrachtung musste ins Auge springen, dass dies eine schwule Gegend war. Regenbogenflaggen hingen vor den Lädchen auf beiden Straßenseiten schlaff herunter, und die Geschäfte selbst – Antiquitäten, Bars, ein Pornobuchladen, Cafés, in denen unbehemdete junge Männer an Tischchen auf dem verschmutzten Bürgersteig Eiscappuccinos nippten – boten ein eindeutiges Bild. Andere Zeichen waren subtiler und gaben sich nur den Eingeweihten zu verstehen. An den Seitenstraßen des Boulevards standen Schilder, die es Kraftfahrzeugen untersagten, zwischen Mitternacht und sechs Uhr morgens zu wenden. Dieses bizarr anmutende Verbot hatte die Stadtverwaltung auf das Drängen von Anwohnern hin erlassen, die der starke allnächtliche Cruisingverkehr den letzten Nerv gekostet hatte: Männer, die von Auto zu Auto miteinander flirteten oder Fußgänger in den Nebengässchen der Stadt einsteigen ließen. Ein Abschnitt hinter den Geschäftsfassaden des Boulevards zwischen La Jolla Street und Harper Street war so berüchtigt, dass er den Beinamen »Vaseline Alley« bekommen hatte, aber nachts nach Kneipenschluss wimmelte es in allen dunklen Ecken der Stadt von den Jägern.

Die meisten jagten nach Sex, manche nach Liebe, alle aber nach etwas, das die Beschädigung reparieren sollte, die – wie Richie angemerkt hatte – die meisten Schwulen mit sich durchs Leben schleppten. Sie trugen ein verinnerlichtes Gehasstwerden mit sich herum, eine Verletzbarkeit, eine tiefe Trauer um die Familien, von denen sie verstoßen worden waren, um die Kindheiten und Jugendzeiten, die sie damit verbracht hatten, sich zu verstecken. In dem Glauben, Sicherheit wäre in der großen Zahl zu finden, schufen sie sich Orte wie West Hollywood, das Castro-Viertel, Greenwich Village. Aber ironischerweise machte sie die Existenz dieser Ghettos zur besseren Zielscheibe für den Hass. Jedes Jahr stieg in den Hintergassen der Stadt die Zahl der Gewalttaten gegen Schwule weiter an, nicht selten bis hin zum Mord. Vielleicht war das der Grund, warum mich in West Hollywood oft ein mulmiges Gefühl beschlich. Vielleicht war es nur meine Projektion, aber in Boystown lag eine Ambivalenz in der schwülen Luft – sie tropfte von den Kronen der zum Gedenken an die Aids-Toten gepflanzten Palmen –, und in den Augen der Boys von Boystown lag unter dem Aufblitzen der Lust der sanfte, stumpfe Blick von Tieren, die zur Schlachtbank geführt werden.

Ich stellte den Wagen neben Alex Amerians Wohnhaus ab. Wie die Nachbarhäuser war es ein einstöckiges, geweißtes Haus mit rotem Ziegeldach, dicken Wänden und Bogenfenstern. Über der Eingangstür hing ein Hauswappen aus Stuck: gekreuzte Schwerter und heraldische Lilien. Ich klingelte, hörte nackte Füße über einen Holzfußboden schlurfen, und dann öffnete mir eine hübsche langhaarige junge Frau mit schönen Augen, aber glasigem Blick. Sie trug abgeschnittene Levis und ein T-Shirt, das für eine schwul-lesbische Disco warb. Ihre blasse Haut war makellos, aber wächsern, die Blässe einer Drogensüchtigen.

»Hallo«, sagte ich. »Mein Name ist Henry Rios. Ich wollte zu Alex.«

Sie beäugte meinen verschlissenen Seersucker-Anzug und gab einen Tipp ab: »Sie sind der Anwalt?«

»Ja, ist Alex da?«

»Mhm. Ich bin seine Mitbewohnerin, Katie.« Sie gab mir einen feuchten, festen Händedruck. »Kommen Sie rein.«

Das kleine, sonnige Wohnzimmer war mit einem Futon, einem Ficusbaum und zwei Regiestühlen möbliert. Rollos aus Reispapier streuten das Sonnenlicht. An einer Wand hing ein gerahmtes Poster des Chicagoer Filmfestivals: die unterkühlte Fotografie eines nackten, mit sorgsam gezüchteten Muskeln ausgestatteten Mannes und einer ähnlich durchtrainierten Frau.

Es müffelte etwas, als ob der Raum selten genutzt würde, und in den Ecken hingen Spinnweben. Katie rief nach Alex, und kurze Zeit später kam aus dem hinteren Teil des Hauses, aus einem langen, schummrigen Korridor, ein junger Mann in einem weißen Leinenhemd und grauen Turnschuhen. Seine Haut war hellbraun, seine Haare ein Irrwisch aus feuchten, schwarzen Kringeln, und seine Gesichtszüge waren von einer zarten mediterranen Männlichkeit wie die eines archaischen Apolls. Seine Augen waren schwarz und leuchteten wie ein dunkles Gewässer. Er hatte so etwas schlaftrunken Zerknautschtes an sich, als wäre er eben erst aufgewacht. Als er aus dem Zwielicht auftauchte, hatte ich einen Augenblick lang die fassungslose Gewissheit eines Menschen, der gerade Zeuge eines Wunders wird, dass der junge Mann, der da auf mich zu kam, Josh war und Josh wieder am Leben war. Aber dann zerfloss Joshs Gesicht in Amerians Zügen und war verschwunden.

»Äh, Mr. Rios …«, sagte er, als ich seine ausgestreckte Hand nicht ergriff. »Alles in Ordnung mit Ihnen?«

Ich nahm seine Hand und schüttelte sie. »Ja. Freut mich, Sie zu sehen, Alex.«

Ich gab seine Hand wieder frei, konnte den Blick aber nicht von seinem Gesicht losreißen. Meine Augen sagten mir, dass die Ähnlichkeit mit Josh sich in Körpergröße, Haut- und Haarfarbe, Knochenbau erschöpfte – aber da *war* noch etwas anderes gewesen, ein Aufflackern von Josh hatte kurze Zeit den anderen Mann von innen erhellt, wie ein Wetterleuchten unter seiner Haut.

Er tauschte nervöse Blicke mit der jungen Frau aus, die hastig fragte: »Wollen Sie vielleicht ein Bier oder so was?«

»Ein Glas Wasser wäre mir lieb«, sagte ich zu ihr gewandt. Als ich wieder ihn anschaute, war der Bann gebrochen. »Können wir irgendwo reden, Alex?«

»Im Hof ist es kühler.«

Ich folgte Alex den Gang entlang durch ein enges Esszimmer, in dem ein Picknicktisch aufgestellt war, und durch Flügeltüren ins Freie, in einen schattigen Hof zwischen seinem Haus und dem Nachbarhaus. Der Hof war mit Backsteinen gepflastert und von einer mit Winden bewachsenen Pergola überdacht. Die Steine saßen lose im Mörtel, die Pergola bog sich unter der Last der Ranken. In der Ecke stand ein wasserloser Brunnen. Der gusseiserne Tisch war verstaubt und hatte einen neuen Anstrich nötig. Wir setzten uns. Ich öffnete meine Aktentasche und holte das Polizeiprotokoll, einen Block und einen Stift heraus. Ich spürte seine Blicke auf mir, und als ich aufschaute, erwartete ich fast schon, wieder Josh zu sehen, aber wer da mir gegenüber am Tisch saß, war nur ein ängstlicher junger Fremder.

»Hier draußen ist es tatsächlich kühler«, sagte ich. »Sind die beiden Häuser miteinander verbunden, oder teilen sie sich nur den Hof?«

»Sie teilen sich den Hof«, antwortete er. »Sie sind beide vom selben Typ gebaut worden, für seine Familie. Sie sehen ja, dass sie am Verfallen sind. Bei der Mietpreisbegrenzung hat der Vermieter kein besonderes Interesse mehr, die Häuser in Schuss zu halten.«

»Wohnen Sie schon lange hier?«

»Zwei Jahre«, sagte er.

Da kam Katie mit einem Glas Wasser mit Eis und zwei Bieren aus dem Haus. »Sind Sie sicher, dass Sie nur Wasser wollen?«

»Ja, danke«, sagte ich.

»Soll ich jetzt dabeibleiben oder was?«, fragte sie.

»Sie weiß sowieso schon alles«, sagte Alex.

»Wollen Sie, dass sie im Prozess gegen Sie aussagen muss?«

»Ich bin drinnen«, sagte sie. »Ruft mich, wenn ihr mich braucht.«

Als sie weg war, sagte ich: »Erzählen Sie von der Nacht, als Sie verhaftet wurden.«

Er wiederholte ohne bedeutende Abweichungen die Geschichte, die mir Richie erzählt hatte, und ich kritzelte Notizen auf meinen Block.

»Mal sehen, ob ich das verstanden habe«, sagte ich. »Sie haben dem Wachmann zu erklären versucht, dass Sie nur telefonieren wollten, aber Sie sagen, er ist aggressiv geworden.«

»Ja.« Er war dabei, das Etikett von seiner Bierflasche abzuknibbeln.

»Was genau hat er getan?«

»Rumgebrüllt, dass er die Bullen holt, und dann hat er mich ein paar Mal gestoßen.«

»Wie sah er aus?«

»Groß, einsneunzig oder so, bullig. Stiernacken.«

»Sie haben ihn zurückgestoßen, und dann hat er sie niedergeschlagen?«, fragte ich, den Blick auf meine Notizen gerichtet.

Er nickte. »Dass ich ihn zurückgestoßen habe, war ein Reflex. Ich wollte mich nicht mit ihm prügeln, ich wusste ja, dass er mich alle machen kann, aber dann hat er zugelangt und mich zu Boden geschlsgen …«

»Und er hat Sie ›Tunte‹ genannt. Haben Sie irgendeine Ahnung, warum?«

»Ich denke mal, das war für ihn das Schlimmste, was er zu einem Mann sagen kann.«

»Es war also ein ganz allgemeines Schimpfwort, aber weil Sie von Schwulentickern überfallen worden waren, haben Sie es nicht so aufgefasst, richtig?«

Er nickte. »Er hat über mir gestanden, hat mich Tunte genannt, und da ist mir das alles wieder hochgekommen, diese Jungmacker mit dem Baseballschläger. Ich dachte, jetzt fängt er gleich an, mich zu treten, also hab ich die Knarre gezogen …«

»Wo hatten Sie die?«

»Im Hosenbund«, sagte er.

»Und dann?«

»Ich hab die Knarre gezogen, aber noch bevor ich sie auf ihn richten konnte, ist er auf mein Handgelenk getreten, und ich musste sie fallen lassen. Er hat sie weggetreten. Dann hat er mich auf den Bauch gedreht und mir Handschellen angelegt. Er hat mich hochgezogen und am Zaun angekettet, bis die Bullen kamen.«

»Sie sind sicher, dass Sie die Waffe nicht auf ihn gerichtet haben?«

»Ich bin ja gar nicht dazu gekommen.«

»Erzählen Sie, wie das war, als Sie überfallen wurden. Wie schwer waren Ihre Verletzungen?«

»Sechs gebrochene Rippen und eine Gehirnerschütterung, und ich war wochenlang überall grün und blau.«

»Und der psychische Schaden?«

Er runzelte die Stirn. »Ich würde diese kleinen Scheißer gern wieder finden und sie umbringen.«

»Richie hat gesagt, die Polizei habe sich geweigert, eine Anzeige aufzunehmen. Stimmt das?«

Er nickte. »So ist es.«

»Es gibt also keine Aufzeichnungen über den Überfall?«

Er fixierte mich. »Glauben Sie mir etwa nicht?«

»Wenn ich dem Staatsanwalt oder den Geschworenen klarmachen soll, dass Sie die Waffe gezogen haben, weil Sie auf Grund des vorangegangenen Überfalls um Ihr Leben fürchteten, dann wollen die Beweise haben.«

»Unglaublich«, murmelte er. »Das war ein Missverständnis, mehr nicht.«

»Missverständnisse, die zu schweren Straftaten führen, haben so ihre Eigendynamik.«

Er brütete über seinem Bier. »Und was ist mit dem Artikel über mich in Richies Zeitung? Ist das ein Beweis?«

Ich dachte nach. »Das kommt darauf an, ob der Redakteur Ihre Story überprüft hat. Haben Sie eine Kopie des Artikels für mich?«

»Ich habe Hunderte von Kopien«, sagte er. »Ich hab sie überallhin verschickt. Meinem Kongressabgeordneten, dem Bürgermeister, dem Sheriff. Keine Antwort.«

»Wo wurden Ihre Verletzungen behandelt?«

»In der Notaufnahme im Cedar-Sinai-Krankenhaus.«

»Dann gibt es dort auch Aufzeichnungen«, sagte ich.

»Was passiert denn jetzt mit mir, Mr. Rios? Ich will nicht auch noch in den Knast kommen nach all dem. Das ist nicht fair.«

»Die Waffe ist das Problem«, sagte ich. »Wo haben Sie die denn her?«

»In L.A. ist es nicht schwer, an Waffen zu kommen.«

»Ich nehme an, die Polizei hat sie verwahrt.«

»Soweit ich weiß ja«, sagte er.

»Würden Sie der Zerstörung der Waffe zustimmen?«

»Was meinen Sie damit?«

»Wenn ich eine Staatsanwältin finde, die Ihnen wohlgesonnen ist, könnte ich einen Deal aushandeln. Denn nach dem, was Sie mir eben erzählt haben, ist das kein Fall, den die Staatsanwaltschaft unbedingt vor ein Geschworenengericht bringen will. Ich kann Ihnen nicht garantieren, dass Sie ganz um eine Haftstrafe herumkommen, aber es ist ziemlich unwahrscheinlich, außer Sie sind vorbestraft. Sind Sie?«

»Ich hatte vorher noch nie Ärger«, sagte er schnell.

»Dann ist das kein Problem. Würden Sie mir jetzt eine Kopie des Artikels holen?«

Während er im Haus war, ging ich noch einmal meine Notizen durch. Alex hatte eine Sympathie erweckende und plausible Version des Vorfalls abgeliefert, die ich einem Geschworenengericht gut verkaufen konnte, wenn es denn so weit kommen sollte. War es auch die Wahrheit? Die meisten meiner Mandantinnen und Mandanten logen mich an, bei Menschen, die in Schwierigkeiten sind, ist das ganz normal. Mit den Jahren hatte ich ein Gespür dafür ausgebildet, wie viel jemand vertuschen wollte. Bei Alex hatte mein Märchendetektor ein paar Mal gequiekt, aber keinen Großalarm ausgelöst. Ich dachte, dass er mich vielleicht über sein Vorstrafenregister angelogen hatte, aber das zu überprüfen war leicht. Etwas anderes machte mir Sorgen, und als er zurückkam, fragte ich ihn danach.

»Haben Sie diese Waffe überall mit sich herumgetragen?«

»Ja«, sagte er und reichte mir den Artikel über den Tisch.

»Aber der Überfall ist schon ein halbes Jahr her.«

Seine Augen waren kalt. »Sind Sie schon mal Schwulentickern in die Hände gefallen, Mr. Rios?«

»Nein.«

»Ich dachte, West Hollywood wäre eine sichere Gegend«, sagte er, »aber nachdem ich überfallen wurde, wusste ich, dass es nirgends mehr sicher ist. Ich musste mich schützen.«

Ich nickte. »Und wenn ich Ihr Vorstrafenregister abrufe, gibt es da keine Überraschungen.«

Er war eher verletzt als zornig. »Nein.«

»Ich muss sichergehen. Ich mag keine Überraschungen.«

Ein staubiges Blatt schwebte von den Kletterpflanzen herunter und blieb auf seinen Haaren liegen. Er schwamm in Parfum. Ich erkannte den Duft – er war dieses Jahr beliebt – aber ich kam nicht auf den Namen.

»Sie haben ziemlich überrascht geguckt, als Sie mich das erste Mal gesehen haben«, sagte er. »Was hat Richie denn über mich erzählt? Hat er Ihnen gesagt, dass ich verrückt bin?«

»Es war nichts, was Richie gesagt hat. Sie haben mich an jemanden erinnert.«

»Jemanden, den Sie gemocht haben?« Ein flirtender Unterton schlich sich in seine Stimme.

»Mein Lover«, sagte ich. »Er ist vor ein paar Monaten gestorben. Es passiert mir immer noch, dass ich meine, ihn die Straße entlang gehen zu sehen, oder dass ich im Kino glaube, er sitzt vor mir. Aber natürlich ist er es dann nicht, nur jemand, der ihm ein bisschen ähnlich sieht. Als ich Sie zum ersten Mal sah, hatte ich wieder einen dieser Momente.« Ich trank einen Schluck Wasser. Es war warm geworden, das Eis war weggeschmolzen. »Es war nicht meine Absicht, Sie so anzustarren.«

Die schwarzen Augen sahen mich unverwandt an. »Wie hat er geheißen?«

»Josh«, sagte ich. »Joshua.«

»Joshua«, wiederholte er. »Der Name gefällt mir.«

»Ja«, sagte ich. »Es ist ein schöner Name.« Ich raffte meine Papiere zusammen. »Ich werde mal sehen, ob ich das morgen bei der Staatsanwaltschaft ausbügeln kann.«

Er legte die Hand auf meinen Ärmel. »Tut mir Leid wegen Josh, Mr. Rios.«

Jedes Mal, wenn er Joshs Namen aussprach, fühlte ich einen krampfartigen Schmerz in den Eingeweiden, ein Gefühl wie Hunger.

»Nach dieser Geschichte werden Sie vorbestraft sein«, sagte ich, ohne ihn anzusehen. »Das sollten Sie sich bewusst machen. Es kann sich auf Ihre Berufschancen auswirken.«

»Ich bin Schauspieler«, sagte er. »Ich glaube nicht, dass es etwas ausmacht.«

»Haben Sie auch Arbeit?«

»Wenn Sie sich Sorgen um Ihre Bezahlung machen …«, sagte er stirnrunzelnd.

»Nein«, unterbrach ich. »Ich tue das Richie zuliebe. Ich war nur neugierig, aber es geht mich auch nichts an.«

»Ich kann von meiner Arbeit leben«, sagte er.

Er brachte mich zur Haustür. »Danke«, sagte er.

»Ich melde mich wieder.«

* * *

Ich las den *L.A. Mode*-Artikel, als ich wieder zu Hause war. Der Überfall auf Alex war einer von vier Fällen von Gewalt gegen Schwule und Lesben, die in dem Artikel behandelt wurden. Alex zufolge war er um zwei Uhr morgens auf dem Heimweg von einer Bar namens Gold Coast in einer Seitenstraße des Boulevards überfallen worden. Er schleppte sich zu einem Telefon und wählte den Polizeinotruf 911. Ein halbe Stunde später kam ein Krankenwagen und ein Streifenwagen der für West Hollywood zuständigen Bezirkspolizei. Während er in den Krankenwagen getragen wurde, versuchte er bei einem Polizisten den Überfall anzuzeigen. Dieser weigerte sich, die Anzeige aufzunehmen, und wollte diese Weigerung auch nicht begründen. Der Autor des Artikels führte dies darauf zurück, dass die

Bezirkspolizei in West Hollywood, wenn sie sich weigerte, Anzeigen über hassmotivierte Straftaten aufzunehmen, später behaupten konnte, es gebe solche Fälle nicht. Ein anonym zitierter ehemaliger Polizist unterstützte diese Vermutung. Der Captain des Abschnittes West Hollywood stritt auf Anfrage ab, dass dies die Strategie der Bezirkspolizei sei, und erklärte die Anschuldigungen, die Alex erhoben hatte, für »substanzlos«.

Wenn der Artikel Alex' Geschichte auch kaum mit Fakten untermauern konnte, so war doch die Behauptung, die Polizeibehörde weigere sich vorsätzlich, bei hassmotivierten Straftaten eine Anzeige aufzunehmen, in einer Stadt, in der die Polizei ohnedies immer mehr Misstrauen und Feindseligkeit ausgesetzt war, brandgefährlich. In einem Gerichtsverfahren konnte eine derartige Information etwas nach sich ziehen, was manche meiner Kollegen jetzt den »Fuhrman-Effekt« nannten. Fuhrman war der Polizist beim LAPD, der Stadtpolizei von Los Angeles, gewesen, den die Verteidiger O.J. Simpsons benutzt hatten, um das Mordverfahren gegen Simpson in ein öffentliches Tribunal gegen den Rassismus beim LAPD umzudrehen. Wenn ich bei der Staatsanwaltschaft die Person fand, bei der diese Information am richtigen Platz war, konnte ich womöglich in Alex' Fall eine Einstellung gegen Schuldbekenntnis herausholen.

Die richtige Person wäre wohl ein schwuler Staatsanwalt oder eine lesbische Staatsanwältin. Es gab davon eine ganze Reihe, was ich immer noch bemerkenswert fand, denn zur Zeit meines Berufseinstiegs waren die meisten Staatsanwaltschaften Reservate für Leute, für die Homosexuelle bestenfalls schrille Vögel aus der Halbwelt waren, genauso wie Huren und Junkies. Ich musste es wohl einen Fortschritt nennen, dass inzwischen einige von uns für gut genug befunden wurden, Menschen ins Gefängnis zu stecken, und es war nicht unter meiner Würde, an die schwul-lesbische Solidarität zu appellieren, wenn es mir in einem Fall zupass kam.

Am nächsten Morgen ließ ich mir einen Termin bei Serena Dance geben, der Chefin der Abteilung für hassmotivierte Straftaten bei der Staatsanwaltschaft. Ich kannte Serena schon einige Jahre, seit wir bei einer Konferenz der kalifornischen Anwaltschaft zusammen auf dem Podium die Auswirkungen der neuen Gesetze gegen hassmotivierte Straftaten erörtert hatten. Damals war sie die Leiterin der Schwul-Lesbischen Arbeitsgemeinschaft Recht gewesen und hatte entscheidend daran mitgewirkt, dass Verbrechen gegen Lesben und Schwule in die Gesetze gegen hassmotivierte Straftaten mitaufgenommen wurden. Als der bezirkliche Oberstaatsanwalt die Abteilung für hassmotivierte Straftaten einrichtete, hatte er sie mit großem Trara zur Vorsitzenden ernannt. Aber seitdem war es um sie und ihre Abteilung still geworden.

Ihr Büro war in der siebzehnten Etage des Strafgerichtsgebäudes, in derselben Etage wie die Räumlichkeiten des Oberstaatsanwalts. Ich meldete mich bei der schwarzen Aufsichtsbeamtin an, die im funzlig beleuchteten Korridor an einem Schreibtisch saß, und wartete, bis sie Serena aufgetrieben hatte. Nach ein paar Minuten kam sie aus einer Seitentür. In einem der vielen Zeitungsartikel, die nach ihrer Ernennung erschienen waren, hatte ich gelesen, dass Serena nach dem College in der Profi-Tennisliga der Frauen gespielt hatte, und dieser Rolle entsprach ihr Aussehen immer noch. Sie war groß und schlaksig, hatte den nüchternen Kurzhaarschnitt und das sonnenverbrannte Gesicht einer Sportlerin und bewahrte sich noch immer eine gewisse stupsnasige College-Hübschheit. Wenn sie sich bewegte, tat sie es mit dem Selbstvertrauen und der Zielgerichtetheit einer Athletin. Sie fixierte mich mit ihren strahlend blauen Augen, streckte mir eine muskulöse Hand hin und sagte: »Henry Rios im Büro der Staatsanwaltschaft. Wundert mich, dass du nicht zur Salzsäule erstarrt bist, als die Aufzugtür aufging.«

»Ich kenne dich noch als radikale lesbische Anwältin«, sagte ich. »Was ist geschehen? Bist du in der Zwischenzeit heimisch geworden in diesem Nest von Karrieristen?«

»Komm mit nach hinten.«

Ich folgte ihr durch einen von Pappkartons, Aktenschränken und ausrangierten Büromöbeln gesäumten Korridor, an einer Reihe kleiner, fensterloser Büroboxen vorbei, bis wir zu ihrer kamen. Es war ein drei auf dreieinhalb Meter großes Kabäuschen mit Metallwänden, einem schmutzig braunen Teppich und mit Holzimitat furnierten Stahlmöbeln, aber es hatte tatsächlich Fenster, mit Ausblick auf das Dach des Gebäudes gegenüber. Die Stadt lag wie üblich unter einer dichten Smogglocke.

»Schöne Aussicht«, sagte ich und ging ans Fenster. »Das ist das Dach des alten Justizpalasts, nicht?«

Sie trat an meine Seite. Sie hatte ein Parfum aufgelegt. Irgendein Kräuterduft, Rosmarin oder Lavendel. »Ja, auf der obersten Etage war früher ein Gefängnis, und die Insassen hatten ihren Hofgang auf der Dachterrasse. Jetzt gehört das Dach den Tauben.«

»Der Himmel ist völlig verdreckt.«

»Wie der Rand einer Kloschüssel«, bekräftigte sie, während sie an ihren Tisch zurückging. »Setz dich.«

Ich nahm einen Stapel Laufzettel des Obersten Gerichtshofs von einem der beiden Stühle, die vor dem Schreibtisch standen, und nahm Platz. Auf einem Regal war ein Radiorekorder auf denselben Big-Band-Sender eingestellt, den ich bei der Arbeit immer hörte. Billie Holiday raunte gerade eine Junkieversion von »Lover Man«, mit einer Stimme wie Samt auf Stacheldraht. Auf Serenas Tisch lag ein halb verspeistes Eier-Salat-Sandwich, eine zerknüllte Fritos-Tüte, stapelweise Fallakten, ein Laptop und ein gerahmtes Foto von Serena, ihrer Liebsten Donna, die Therapeutin war, und dem fünfjährigen Sohn der beiden, Jesse.

»Wie läuft das Geschäft?«

»Mach die Tür zu«, sagte sie.

Ich kippelte auf dem Stuhl nach hinten, langte hinter mich und zog die Tür zu. »Also was ist los? Nichts zu tun? Wird in dieser Stadt etwa nicht mehr gehasst?«

»Nein, in dieser Stadt gibt es immer noch einen großen Markt für Hass aller Sorten, aber der Oberstaatsanwalt hat sich neue Prioritäten gesetzt. Hassmotivierte Straftaten sind out, das *Three Strikes Law* ist in.«

»Und was bedeutet das für dich?«

»Als ich anfing, hatte ich vier Referentinnen und Referenten und eine Sekretärin. Jetzt habe ich nur noch mich selbst und eine Sekretärin, die ich mir mit vier Kollegen teilen muss. Den nächsten Haushaltsplan überlebe ich womöglich nicht.«

»Der Oberstaatsanwalt kann dich doch nicht einfach vor die Tür setzen. Das gäbe einen Eklat.«

Sie schob einen Stapel Papiere über den Tisch. »Die letzte Statistik über hassmotivierte Straftaten«, sagte sie. »Sowohl Straftaten gegen

Personen als auch Eigentumsdelikte sind im Steigen begriffen, besonders gegen Juden, Schwarze und Schwule, dicht gefolgt von Latinos auf Rang vier. Wo ist da die öffentliche Empörung? Die *Times* wird diesen Bericht auf den inneren Seiten des Lokalteils verstecken. Radio und Fernsehen lockt man damit nicht hinterm Ofen vor.« Sie fläzte sich in ihrem Bürostuhl. »Wir sind dabei, uns an den Hass zu gewöhnen. Vielleicht werden wir sogar süchtig danach. Es gibt nichts Besseres für den kleinen Adrenalinstoß zwischendurch.«

»Ziemlich düstere Prognose.«

»Was sagt es denn über eine Gesellschaft aus, dass sie überhaupt Gesetze gegen hassmotivierte Straftaten braucht?«, erwiderte sie. »Aber deswegen bist du bestimmt nicht gekommen. Was kann ich für dich tun?«

»Ich will mit dir über einen Fall reden.«

Sie richtete sich auf, jetzt wieder ganz Geschäftsfrau. »Welcher Fall?«

»Es ist etwas komplex«, eröffnete ich meine Ansprache.

Als ich fertig war, gab ich ihr eine Kopie des *L.A. Mode*-Artikels. Sie blätterte ihn stirnrunzelnd durch. »Ja, ich habe das gelesen, als es erschien«, sagte sie. »Anonyme Quellen, unbelegte Behauptungen, und niemand hat es für nötig gehalten, mit mir zu sprechen. Bestimmt keine Sternstunde des Journalismus.«

»Dass Alex überfallen wurde, ist real genug«, sagte ich. »Die Cedars-Klinik hat bestätigt, dass er letzten November in der Notaufnahme behandelt wurde. Ich habe beantragt, seine Krankenakte zu den Beweismitteln zu nehmen.«

»Das möchte ich sehen, dass du die in den Prozess hineinkriegst«, sagte sie. »Für einen bewaffneten Überfall ist so etwas nach einem halben Jahr nicht gerade von großer Relevanz.«

»Nicht? Was wäre, wenn eine Frau, die vergewaltigt wurde, sich später in einer Situation wieder findet, wo sie Angst haben muss, es geschieht ihr noch einmal, und sich zu schützen versucht? Es gibt keine Richterin und auch keinen Richter in der Kammer, die Beweismittel für die Vergewaltigung vom Prozess ausschließen würden. Es geht darum, ob die Notwehr der Situation angemessen war.«

»Okay, ordentliche Analogie«, gab sie zu. »Aber was hat das mit mir zu tun?«

»Stört es dich nicht, dass der Bezirkssheriff seinen Untergebenen offenbar nahe legt, keine Anzeige von schwulen Gewaltopfern aufzunehmen? Ich glaube, das würde ein Geschworenengericht schon interessieren.«

Ihr Gesicht verhärtete sich. »Erst einmal stimmt das nicht ...«

»Bist du sicher? Ich habe mich etwas über die Haltung des Sheriffs zu Lesben und Schwulen kundig gemacht. Vor ein paar Jahren hat er allen schwulen Polizisten und lesbischen Polizistinnen vom Coming-out abgeraten, weil er angeblich nicht für ihre persönliche Sicherheit garantieren könne. Welche Botschaft kommt da wohl bei seiner Truppe an?«

»Anders als die meisten Politiker lernt der Sheriff aus seinen Fehlern«, sagte sie. »Ich werde jetzt nicht die ganze Bezirkspolizei verteidigen, aber ich habe selbst mit Cops in West Hollywood Fortbildungen gemacht, und sie wissen, dass es sie ihren Arsch kostet, wenn sie Gewalttaten gegen Schwule nicht nachgehen. Es gibt keine gegenteilige Politik des Sheriffs.«

»Offensichtlich hat aber zumindest ein Polizist die frohe Botschaft noch nicht vernommen.«

»Was hast du vor, Henry? Willst du etwa den Sheriff verklagen, um von deinem Mandanten abzulenken?«

»Wenn ich muss, ja«, sagte ich, »aber dieser Fall ist keiner, der vor Gericht landen muss. Mein Mandant ist zweimal zum Opfer geworden, zuerst Opfer der Schlägertypen, die ihn angegriffen haben, dann Opfer des Polizisten, der ihn mit der Anzeige hat abblitzen lassen. Kannst du es ihm verübeln, wenn er meint, er muss sich selbst helfen? Er gerät in eine Situation, in der er die Zeichen missversteht und überreagiert. Ist es gerecht, ihn dafür ins Gefängnis zu stecken?«

»Er hätte vor einem halben Jahr zu mir kommen sollen.«

»Dein Auftrag ist es, Opfer von hassmotivierten Straftaten zu schützen. Das heißt nicht immer auch, die Täter zu verfolgen.«

»Was willst du?«, fragte sie nach kurzem Nachdenken.

»Er bekennt sich schuldig in den Punkten minderschwerer tätlicher Angriff und illegaler Waffenbesitz. Er erklärt sich einverstanden mit der Vernichtung der Waffe, einer Geldbuße und drei Jahren Bewährung ohne Meldeauflagen.«

»Ist er vorbestraft?«

»Ich habe das überprüft«, antwortete ich. »Er ist sauber.«

»Er wird einer Beratung als Bewährungsauflage zustimmen müssen.«

»Damit habe ich keine Probleme.«

»Gut«, sagte sie. »Wann ist die Anklageerhebung?«

»Montag.«

»Ich werde eine Aktennotiz machen«, sagte sie.

»Danke.«

Sie zuckte die Achseln. »Warum soll ich nicht jemandem was Gutes tun, solange ich noch kann.«

* * *

Eine Woche später stand ich an der Seitenschranke in einem überfüllten Termingericht, während ein junger stellvertretender Bezirksstaatsanwalt namens Campion einer ungeduldigen Richterin den Deal erklärte, den ich in Alex Amerians Fall mit Serena ausgearbeitet hatte.

»Euer Ehren«, sagte Campion gerade, »wir haben uns im Fall Amerian auf einen Vergleich geeinigt.«

»Und? Soll ich jetzt raten?«, fragte die Richterin, indem sie einen Stapel Akten durchstöberte.

»Die Staatsanwaltschaft wird die Anklage wegen bewaffneten Überfalls zurückziehen, und der Angeklagte wird sich des minderschweren tätlichen Angriffs und Besitzes einer nicht registrierten Schusswaffe schuldig bekennen.«

»Empfohlenes Strafmaß?«, drängte sie.

»Geldbuße über eintausend Dollar und dreißig Monate allgemeine Bewährung mit Beratungsauflage«, sagte der Staatsanwalt.

»Die Waffe macht mir Probleme«, sagte die Richterin. »Irgendwelche Vorstrafen bei diesem Angeklagten?«

»Nein, Euer Ehren«, sagte ich. »Was die Waffe betrifft, so fiel Mr. Amerian Monate vor diesem Vorfall einem hinterhältigen Überfall zum Opfer und beschloss deshalb, sich zu bewaffnen. Nicht die klügste Entscheidung, aber verständlich.«

»Wer hat ihn angegriffen?«, fragte sie. »Gibt es da eine Verbindung?«

»Es war ein schwulenfeindlicher Überfall, Euer Ehren«, antwortete ich. »Es hat mit diesem Fall nichts zu tun.«

»Stimmt das, Mr. Campion?«

»Ja, Euer Ehren. Der Angeklagte hat der Zerstörung der Waffe zugestimmt. Wir sind der Überzeugung, dass sich so etwas bei ihm nicht wiederholen wird. Er ist keine Gefahr für die öffentliche Sicherheit.«

»Besser für Sie, wenn Sie Recht behalten«, sagte die Richterin bissig. »Das Gericht stimmt dem Vergleich zu. Nehmen wir also nur noch das Schuldeingeständnis zu Protokoll.«

Am Verteidigertisch fragte Alex ängstlich: »Alles in Ordnung?«

»Ja, sie hat den Deal angenommen. Kein Gefängnis.«

»Im Fall Staat Kalifornien gegen Amerian«, sagte die Richterin, »sind der Angeklagte und sein Verteidiger anwesend, die Staatsanwaltschaft ist ebenfalls anwesend. Die Parteien haben sich auf einen Vergleich geeinigt. Mr. Campion.«

»Ja, Euer Ehren«, sagte der Staatsanwalt, »die Staatsanwaltschaft beantragt, die Anklage zu erweitern um den Vorwurf des Verstoßes gegen Paragraph 242 Strafgesetzbuch als neuen Punkt drei. Bekennt der Angeklagte sich in den Punkten zwei und drei für schuldig, so wird die Staatsanwaltschaft Punkt eins im Interesse der Gerechtigkeit zurückziehen.«

Die Richterin warf mir einen reptilienhaften Blick zu. »Stimmt der Angeklagte dem zu?«

»Ja«, sagte ich. »Wir stimmen zu.«

Ich wartete, bis Alex die Bezahlung seiner Geldbuße geregelt hatte, und begleitete ihn dann hinaus auf den Korridor.

»Ich weiß gar nicht, wie ich Ihnen danken soll.«

»Lassen Sie einfach die Finger von Schusswaffen«, erwiderte ich.

Er umarmte mich und streifte meine Wange mit seinen Lippen auf eine Art, die einem Kuss sehr nahe kam. Diesmal erkannte ich sein Parfum aus den Zeitschriftenpröbchen wieder. *Obsession.* Ich war mir bewusst, dass uns die Leute anglotzten, und ich spürte die Wellen von Feindseligkeit und Abscheu, aber für mich war es, als hielte ich Josh wieder in meinen Armen, und ich küsste ihn hart zurück.

»Entschuldigung«, sagte ich und riss mich von ihm los. »Das wollte ich nicht.«

»Du brauchst dich nicht zu entschuldigen«, sagte er. Dann küsste er mich wieder.

»Das müssen wir uns doch nicht mit ansehen«, schrie eine schwarze Frau, die auf einer Bank an der Wand saß.

»Bis bald, Henry«, sagte Alex.

»Ich muss gleich kotzen«, beklagte sich die Frau bei ihrem Banknachbarn.

Ich hatte noch einen Fall beim Termingericht. Ich ging in den Gerichtssaal zurück.

Kapitel 3

Mitte Mai trieb die Stadt schon dem Sommer entgegen: Es war die Jahreszeit der schwülen, bewölkten Morgen, gefolgt von Tagen in asphaltschmelzender Hitze und Nächten, in denen die Luft voller Splitt war und nach Benzin roch. Von den ausgedörrten Hügeln schauten die Häuser der Reichen auf eine brennende Ebene hinunter, in der das gespiegelte Sonnenlicht von Millionen Windschutzscheiben widerblitzte wie verzweifelte Notsignale armer Seelen. Ich arbeitete zwölf, vierzehn, sechzehn Stunden am Tag. Ich rechtfertigte diese Arbeitszeiten vor mir selbst mit einer Überlast von Fällen, einschließlich der drei anhängigen Anfechtungen von Todesurteilen, aber meinem Arbeitseifer lag etwas Manisches zugrunde, das ich aus meiner Vergangenheit als Fluchtreaktion wieder erkannte. Als ich noch trank, gingen diese manischen Phasen stets einem Alkoholexzess voraus. Nun, da ich trocken war, wusste ich nicht, was dem folgen würde.

Spät nachts, wenn ich nicht mehr imstande war, auch nur noch eine Zeile Protokoll zu lesen oder einen Satz eines Vorbringens zu schreiben, stieg ich in meinen Wagen und fuhr los. Um zwei, drei Uhr morgens schlief Los Angeles unter dem roten, sternlosen Himmel einen unruhigen Schlaf. Das Labyrinth der Freeways, das sich oberhalb der Stadt wand, war so verlassen wie sonst nie, und ich raste von Ost nach West, von Nord nach Süd, hatte alle Fenster heruntergekurbelt und ließ den Wind durchs Auto brausen. Was mich trieb, war die Trauer, aber diese Trauer war eine Formwandlerin, die oft in Gestalt anderer Gefühle auftrat. Als Wut, Angst oder überraschenderweise auch als Wollust. Ich verspürte die schuldbehaftete Geilheit eines Teenagers, schaute andere Männer mit denselben verschämten Blicken an wie mit fünfzehn, mich plagten dieselben Fantasien. Ich fühlte mich wie ein Tier, das sich gegen die Gitterstäbe seines Käfigs warf, als reagierte mein Körper auf das Entsetzliche, dass Josh tot war, mit dem verzweifelten Verlangen nach Fortpflanzung oder, da das nicht ging, nach lebendigem Fleisch.

Eines Nachts fand ich mich in einem Sträßchen am Griffith-Park wieder, wo ich die Männer beobachtete, wie sie aus ihren Autos schlüpften und im Gebüsch abtauchten. Für einen Anwalt war es ein gefährlicher Ort – es wimmelte von Zivilen –, und dem Sex im öffentlichen Raum hatte ich auch nie etwas abgewinnen können. Ich wusste, dass ich selbstzerstörerisch handelte, aber dieses eine Mal war das Bewusstsein nicht stark genug, um mich zurückzuhalten, und meine über all die Jahre gepflegte nüchterne Disziplin vermochte nichts mehr gegen die große Leere in meinen Eingeweiden. In der Ferne war auf einem Hügel der reizvolle Koloss des Griffith-Observatoriums zu sehen, irgendwo auf den Hügeln hinter mir prangten die Hollywood-Lettern. Neben mir hielt ein Auto, ein Landrover der Edelklasse mit getönten Fenstern und Sonnendach. Das Beifahrerfenster wurde gerade so weit heruntergelassen, dass ich unter einer glänzenden Glatze ein durchdringendes, herrisch blickendes Augenpaar erkennen konnte. Die Augen registrierten und verwarfen mich, das abgedunkelte Fenster fuhr wieder hoch. Kurze Zeit später stieg ein anderer Mann, ein kleiner, gedrungener, an der Fahrerseite aus und machte sich auf die Pirsch. Ich hatte inzwischen aufgehört, mit mir zu hadern, und folgte ihm den Fußweg entlang.

Der Pfad führte hinunter in eine Senke und durchquerte ein struppiges Gehölz aus Büschen und niedrig wachsenden Bäumen, zwischen denen sich schemenhafte Männergestalten bewegten. Ich tauchte in das Wäldchen ein und wartete neben einem Eukalyptusbaum. Den kleinen Mann, dem ich nachgegangen war, hatte die Dunkelheit verschluckt. Ich hörte ein Rascheln, und plötzlich stand ein junger Asiate zigarettenrauchend neben mir. Er schnippte die Zigarette auf den Boden und trat sie im Staub aus. Hinter mir hörte ich eine tiefe, schmeichelnde Stimme, die einem anderen zuraunte: »Komm mit, mein Wagen steht am Weg. Da drin können wir unseren Spaß haben.« Der junge Asiate nahm meine Hand und führte sie zwischen seine Beine. Ich berührte ihn und zog dann meine Hand zurück.

»Was hast du denn?«, fragte er.

»Ich habe einen Fehler gemacht.«

Er schaute mich an. »Verheiratet, stimmt's?«

»Nein, ich dachte, das wäre gut für mich. Ist es aber nicht.«

Er verdrehte die Augen. »Na, wie du meinst. Dann aber ab nach Hause zu Frau und Kindern.«

Er zog seinen Reißverschluss hoch und ging weg.

Ich ging, wie ich gekommen war, zu meinem Auto zurück. Der kleine Mann war mit einem anderen Mann zum Landrover zurückgekehrt. Ich fragte mich, ob es die beiden waren, die ich gehört hatte. Sie stiegen hinten ein. Kurz darauf sprang der zweite Mann aus dem Wagen und knallte die Tür hinter sich zu. Er war jung, neunzehn oder zwanzig, ein Strohblonder in Tanktop und Jeans. Harte blaue Augen. Er sah mich und grinste hämisch.

»So ein Molch«, sagte er und deutete mit dem Daumen zum Landrover hin.

»Was?«

»Der Glatzkopf da drin. Kann man Angst kriegen.« Er war mir so nahe gekommen, dass er mich gut betrachten konnte. Sein Blick schmolz. »Bis bald.«

»Meinst du«, sagte ich und stieg in mein Auto.

Der kleine Mann kam aus der Hintertür und schaute in meine Richtung. Ich konnte seine Gesichtszüge nicht klar ausmachen, registrierte aber eine dunkle Schönheit an ihm, die mich an Alex Amerian denken ließ. Er lächelte, zuckte die Achseln und ging wieder den Weg hinunter. Das Nummernschild des Landrovers fiel mir auf: DRJUR1A. Noch so ein illustres Mitglied meiner Zunft.

Mein nächtliches Umherirren brachte mich manchmal auch in die Gegend, wo Alex Amerian wohnte, und ich ließ den Wagen langsam an seinem Haus vorbeirollen. Wenn im Haus Licht war, parkte ich auf der anderen Straßenseite und überlegte, ob ich aussteigen sollte, aber was sollte ich dann zu ihm sagen? Ich bin von dir wie besessen, weil ich dich bei unserer ersten Begegnung für meinen toten Geliebten gehalten habe? Nicht gerade die beste Anmache. Aber besessen war ich, wofür ich mich schämte, und so auffällig dabei, dass ein Anwohner, der mich für einen Cruiser hielt, eines Nachts, als ich dort im Wagen saß, herauskam und mich warnte: »Macht ihr auch mal Feierabend? Verpiss dich, bevor ich die Bullen hole.« Ich fühte mich erniedrigt und außer Kontrolle, aber ich schaffte es nicht, ihn aus meinen Gedanken oder Fantasien zu verbannen. Es kam vor, dass ich aus einem erotischen Traum aufwachte und nicht mehr wusste, ob die Gestalt, die gerade in meinem Unbewusstsein versickerte, Josh oder Alex gewesen war.

Bei Josh hatte ich gelernt, dass man einen anderen Menschen, so sehr man diesen auch begehrt, nie bekommen wird, zumindest nicht als Besitz. Man besitzt die Menschen, die man liebt, nicht, sondern man verleibt sie sich ein. Man nimmt eine Geste an oder eine Redewendung oder eine Vorliebe für eine bestimmte Farbe, ein bestimmtes Essen. Im Laufe der Zeit wird die Übertragung subtiler, eine Art, die Welt zu sehen, eine Art zu denken, zu fühlen. Schließlich weiß man nicht mehr, wo der andere aufhört und man selbst anfängt. Irgendwann würde der Teil von Josh, den ich in mich aufgenommen hatte, verblassen und nur noch Erinnerung sein, aber jetzt projizierte ich diesen Geister-Josh in mir auf die Welt der Lebenden. Ich hatte ihn auf Alex projiziert, und weil mir das Josh am Leben hielt, konnte ich nicht davon lassen. Aber ich würde mich auch nicht so weit erniedrigen, meiner Besessenheit freien Lauf zu lassen und Alex anzurufen. Also vergrub ich mich in der Arbeit, litt an meinem alternden, begehrenden Körper und wartete darauf, dass das alles wieder wegging.

* * *

Ich saß an einem heißen Abend Anfang Juli zu Hause und blätterte die Sexanzeigen in einem Schwulenblättchen durch, als das Telefon klingelte und Richie dran war und fragte: »Hast du saubere Unterwäsche?«

»Wie bitte?«

»Wenn nicht, dann kannst du deine schmutzigen Sachen ja mitbringen, wenn du mich abholst, und im Waschsalon waschen.«

»Auf was bist du denn gerade?«

»Auf Recherche, Schatz. Du kennst doch die Seite, wo wir den *Trend du jour* vorstellen? Also der letzte Trend ist die PBF, die Poesie-Befreiungs-Front. Sie wollen die Dichtkunst zu den Massen bringen.« Er holte Luft. »Sie machen Lesungen in Bussen, in Schuhgeschäften, beim Italiener als Beilage zu den Rigatoni. Heute ist eine in einem Waschsalon in Silver Lake, und du weißt doch, dass Mutti sich ohne männliche Begleitperson nie weiter nach Osten traut als bis zur

La Brea Avenue. Du musst kommen. Ich lad dich hinterher auch zum Essen ein.«

»Warum denn ich, Richie?«

»Wer, wenn nicht du? Du warst ein begnadeter Anglist, und du wohnst in der Nähe.«

Das sah Richie ähnlich, sich daran zu erinnern, dass ich auf dem College Englisch im Hauptfach gehabt hatte. Er speicherte Daten, wenn man meinte, er höre überhaupt nicht zu, und überraschte einen damit im strategisch richtigen Moment.

»Warum nicht?«, meinte ich. »Ich bin in einer Viertelstunde bei dir.«

* * *

Richie wohnte in West Hollywood, in der Gegend direkt unterhalb des Sunset Strip, wo die schwarzen Leichenwagen der *Grave Line Tours* touristische Grüppchen zu Orten prominenter Selbstmorde, Morde und Geistererscheinungen karrten: das Carport an der Holloway, wo Sal Mineo erstochen worden war; der Bürgersteig vor dem Viper Club auf dem Sunset, wo River Phoenix sich in tödlichen Zuckungen gewunden hatte. Richies Gebäude war auf der Route als letzte Wohnstatt von Bette Davis, von der es hieß, dass ihr Geist immer noch durch die Räume spukte. Richie behauptete, es sei wahr, er selbst habe ihre uralte, verlebte Gestalt durch die Gänge wanken sehen und flüstern hören: »Dieses Rattenloch.« Es war ein fünfstöckiges gemauertes Haus, weiß verputzt mit grünen Fensterläden. Der hübsche dunkelhaarige Portier wartete in seinem kleinen Kabuff neben der Garageneinfahrt darauf, entdeckt zu werden. Eine messingne Gedenktafel neben der Eingangstür bescheinigte dem Gebäude, dass es ins nationale Register historischer Orte aufgenommen war. Das Apartment, das Richie sich mit Joel Miller teilte, lag im hinteren Teil des Gebäudes im Erdgeschoss, direkt hinter dem unbenutzten Swimmingpool, in dem es mich nicht überrascht hätte, William Holden mit dem Gesicht nach unten im Wasser treiben zu sehen.

Die Wände in Richies Apartment waren rosa und blau gestrichen, die Farben eines verkitschten Kinderzimmers, und von Wandgemälden im Stil Fragonards verziert, auf denen dickbäuchige Götter und Göttinnen einander mit vernebelten Blicken verführten. Über einem französischen Sekretär aus dem siebzehnten Jahrhundert zeigte eine grobe Schwarzweißzeichnung eines Knastkünstlers einen tätowierten Ghetto-Gangster, der einem anderen einen blies. Ein hundert Jahre alter mexikanischer Reliquienschrein beherbergte eine Plastikphiole, die, wenn man Richie Glauben schenken wollte, ein Klümpchen abgesaugtes Fett aus Elizabeth Taylors Oberschenkeln enthielt. An den Wänden des Esszimmers hing ein Triptychon aus in schwerem Silber gerahmten Schwarzweißfotografien von Greta Garbo, Joan Crawford und Marlene Dietrich, die George Hurrel aufgenommen hatte; »meine Mütter«, erklärte Richie seinen erstaunten Gästen.

Ich klingelte und erwartete, von Javier, Richies stillem, würdevollem Haushälter empfangen zu werden, aber die Tür wurde von Joel Miller geöffnet. Er war ein plumper, unattraktiver Mann, dessen Gesicht durch viele Liftings, Peelings und Collageninjektionen die Glätte, wenn auch nicht die Unschuld, eines Kleinkinds erreicht hatte. Die teure weit geschnittene Sportkleidung, die er trug, um seine Körperfülle zu verbergen, betonten sie nur noch mehr.

»Hallo Joel«, sagte ich. »Wo ist Javier?«

»Er hat heute seinen freien Abend«, sagte er. »Richie macht sich gerade fertig.«

»Wie geht's dir?«, fragte ich, als ich ihm ins Wohnzimmer folgte.

»Viel zu tun«, sagte er. »Ich muss massig Anrufe erledigen.«

Er verschwand in die Bibliothek, und ein paar Minuten später hörte ich ihn jemanden durchs Telefon anschreien. Joel war ein hohes Tier bei Universal Pictures, stellvertretender Direktor für irgendetwas, aber ich hatte nie begriffen, was er eigentlich tat, sooft Richie es mir auch auseinander zu legen versuchte.

Aber Richie war ohnehin der festen Ansicht, dass in Hollywood niemand wirklich wusste, was er oder sie tat, und dass die Filme überhaupt nur als zufälliges Nebenprodukt der Geschäftemacherei entstanden. Joels Geschäft war es, so viel hatte ich begriffen, Geschäfte abzuschließen. Freiwillig gab er kaum einmal etwas von sich preis. Er konnte auch selten einen Satz zu Ende bringen, ohne dass Richie sich darüber lustig machte, und so zog er sich in gekränktes

Schweigen zurück. Die wenigen Male, dass ich den Versuch unternommen hatte, in Richies Abwesenheit mit ihm zu reden, spürte ich unter seinen Platitüden einen Hass, den ich von den Gewaltverbrechern kannte, die ich verteidigte, einen abgrundtiefen Groll gegen die ganze Welt. Als ich Richie gegenüber erwähnte, dass mir Joel ein ziemlich zorniger Mann zu sein schien, verengten sich seine Augen, und er flüsterte: »Lass ihn nie wissen, dass du das weißt.« Sie waren schon seit zwanzig Jahren zusammen. Richie witzelte, dass er mit Joel eine traditionelle schwule Ehe führte: »Sie basiert auf gegenseitiger Verachtung.«

Richie kam aus dem Badezimmer, ganz in schwarz gekleidet mit Ausnahme einer Halskette aus großen falschen Perlen. »Wie findest du das?«, fragte er kokett. »Ich nenne es *Jack Kerouac meets Barbara Bush*.«

»Ohne Hut?«

Er zauberte ein schwarzes Barett aus der Manteltasche.

»Na Alter, da staunst du. Wo ist Joel?«

»Er sagte, er muss Anrufe erledigen.«

»Hat er dir ein Getränk angeboten? So ein Arsch.«

»Ich habe keinen Durst. Müssen wir nicht los?«

»Joel!« Richie hämmerte gegen die Tür der Bibliothek. »Du Scheißkerl. Ich weiß genau, dass du da drin Drogen nimmst. Leg lieber gleich den Notruf auf die Schnellwahltaste, denn ich bin nicht mehr hier, wenn du dir eine Überdosis verpasst.«

Joel öffnete die Tür einen Spaltbreit. »Ich telefoniere gerade, Richie. Ich arbeite, wenn es dir nichts ausmacht.«

»Wollte dir nur einen Abschiedskuss geben, Hasilein«, schmollte Richie und landete einen Schmatz in der Luft neben Joels Wange. »Wart nicht auf mich mit dem Insbettgehen, Dickerchen.«

»Viel Spaß«, erwiderte Joel und zog die Tür fest zu.

»Jetzt können wir gehen«, verkündete Richie.

* * *

Ich ließ mich von Richie zu einem heruntergekommenen Abschnitt des Sunset Boulevard in Silver Lake dirigieren. Diese Gegend zeigte Los Angeles das Bild seiner Zukunft. Auf den Hügeln oberhalb des

Stausees, der Silver Lake seinen Namen gegeben hatte, breiteten sich die weiß getünchten Terrakottahäuser der Reichen aus wie ein mediterranes Dorf, während unten in der Ebene die graffitiübersäten Behausungen der Armen standen. Eine Zeit lang hatten die niedrigen Mieten in der Ebene die Kunstszene nach Silver Lake gezogen, und Ladengalerien und Cafés waren aus dem Boden geschossen, aber die Kriminalität hatte die meisten schon wieder vertrieben.

Vor dem Waschsalon wartete eine Fotografin von *L.A. Mode* auf Richie. Während sie miteinander sprachen, ging ich hinein, um Sitzplätze zu besetzen. Vor einem Mikrofon an der hinteren Wand standen ein halbes Dutzend Bänke, auf denen zwanzig oder dreißig Menschen saßen, die meisten wie Richie in strenges Schwarz gekleidet, jedoch ohne die extravagante Note seiner Perlenkette. In ihrer Mehrzahl waren sie jung und auffällig weiß und glatthaarig, strotzten vor Attitüde und rauchten zwanghaft. Einen krassen Kontrast dazu bildeten die Latinofamilien, die nicht gekommen waren, um Gedichten zu lauschen, sondern um ihre Wäsche zu waschen. Sie wanderten herum wie bestellt und nicht abgeholt, konnten sich nicht setzen, da die Bänke von der Lesung in Beschlag genommen waren, Mütter, Väter, Kinder, zu höflich, um die Fremdlinge anzustarren, die sie wiederum in ihrer kultivierten Blasiertheit gar nicht erst zur Kenntnis nahmen. Den ganzen Raum durchzog eine Melange aus Waschmittel, Schweiß und Nelkenzigaretten, und das Schlingern und Stampfen der Waschmaschinen und Trockner überlagerte englisches und spanisches Gemurmel. Ich durchquerte den Raum und überschritt damit als einzige dunkelhäutige Person die unsichtbare Grenze zwischen den beiden Gruppen. Der Raum schwitzte aus allen Poren.

Richie setzte sich gerade rechtzeitig zu mir, um die »Koordinatorin«, eine blasse rothaarige Frau in BH und schwarzem Petticoat über schwarzen Feinstrumpfhosen, die erste Vortragende ankündigen zu hören. Die Poetin war eine junge Frau, die schwarze Jeans und, gewagt, ein weißes Hemd trug.

»Dieses Gedicht geht über L.A.«, nölte sie im Tonfall des Los Angeles Valley. »Es heißt *Der siebte Kreis*. Es basiert auf dem, na, *Inferno*?« Sie machte eine Pause, wartete offenbar auf ein Zeichen, dass jemand vom *Inferno* schon einmal gehört hatte. Als keine Reaktion kam, fügte sie hinzu, wobei sie den Namen wie Däntie aussprach: »Von Dante? Dante Alighieri?«

»Jetzt lies schon dein Scheißgedicht vor«, rief ihr ein bärtiger Hipster zu.

»Na gut«, sagte sie verschnupft und fing an zu deklamieren.

Das Gedicht war lang und schlecht, und lange vor dem Ende hatte das entnervte Publikum sie niedergebuht.

»Hey«, protestierte sie. »Wir sind hier nicht im Kino. Haltet die Klappe.«

»Hinsetzen, hinsetzen«, johlte der bärtige Störenfried.

»Fick dich ins Knie«, sagte sie und las weiter vor. Als sie sich wieder setzte, wurde vereinzelt geklatscht. Richie stieß mich an und sagte: »Ich muss hier raus.«

»Ich bin dabei.«

»Worum ging es überhaupt?«, lachte Richie, als wir glücklich draußen waren.

»Ich glaube, sie hat versucht, L.A. mit der Hölle zu vergleichen«, meinte ich.

»Aber ich bitte dich.« Er zündete sich eine Marlboro an. »In die Hölle geht man doch, um sich von L.A. zu erholen. Und was zum Teufel ist der siebte Kreis?«

»Hast du nie Dante gelesen?«

Er glotzte mich an. »Ich hab den Film gesehen. Das Original mit Norma Shearer, nicht das Remake mit Debbie Reynolds. Natürlich hab ich noch nie Dante gelesen. Du etwa?«

»Auf dem College. Das *Inferno* hat mir schlimme Alpträume beschert, es war angsteinflößender als alles, was Stephen King je geschrieben hat. In den siebten Kreis der Hölle steckt Dante die Gewalttätigen, einschließlich der Homosexuellen ...«

»Gewalttätige Homosexuelle? Was haben die denn verbrochen, Streifen mit Karomuster kombiniert?«

»Dante war katholisch – natürlich war er katholisch –, also war Sodomie für ihn ein widernatürlicher Akt, und Homosexuelle waren Menschen, die der Natur Gewalt antaten. Der siebte Kreis war eine Ebene aus brennendem Sand. Die Seelen der Homosexuellen waren dazu verdammt, in alle Ewigkeit um die Ebene herumzulaufen, während ein Feuerregen sie verbrennt.«

Wir gingen schweigend an Geschäften mit heruntergelassenen Rolläden und einer mexikanischen Bar vorbei zu meinem Wagen. Aus der Bar heraus hörte ich eine *Ranchera*, die ich als eins der Lieblingslieder meines Vaters wieder erkannte.

»Hab ich das jetzt richtig verstanden?«, fragte Richie. »Da laufen die ganzen Jungs ständig Runden auf der Aschenbahn, sind also gut in Form, und der brennende Regen hält sie immer schön gebräunt. Mensch, Henry, die Hölle hab ich mir anders vorgestellt. Das hört sich für mich eher an wie Palm Springs.«

Wir stiegen in mein Auto. »Wohin, Richie?«

»Na, hier gibt es ja nichts Anständiges.« Er verwarf mit einer wegwischenden Handbewegung den ganzen Ostteil von Los Angeles. »*Spago*? Nein, heute ist Dienstag, da sind nur Touris dort. Ins *Ivy*? Nicht mal ich kann uns ohne Vorbestellung reinschleusen. Der Maple Drive ist zu 90210. Ach, ich weiß. *Musso's*. Ich schwärme für ihren Rahmspinat.«

* * *

Musso and Frank's war das älteste Restaurant in Hollywood, ein Lokal mit dunkler Holzeinrichtung, Essnischen mit hohen Rückenlehnen, gestärkten Tischdecken, älteren Kellnern in weißen Jackets, tödlichen Martinis und einer Speisekarte, auf der so antiquarische Gerichte wie Consommé und Eisbergsalat auftauchten. Es war am Hollywood Boulevard gelegen, nicht weit von Richies Büro entfernt, im zehnten Stock eines Hochhauses, von dem aus man auf den historischen Filmpalast hinunterschauen konnte, den Richie immer noch störrisch *Grauman's Chinese Theater* nannte, obwohl alle anderen sich schon seit langem mit dem Besitzerwechsel und dem neuen Namen *Mann's Theatre* abgefunden hatten. Orte wie dieser waren für Richie heilig, und er sagte oft, dass er alles, was er über das Leben wusste, aus alten Filmen gelernt hatte. Und in der Tat konnte er, auch wenn er Dante nicht gelesen hatte, lange Passagen aus Gloria Swansons Dialogen in *Boulevard der Dämmerung* auswendig rezitieren oder die Filmografie von Maria Ouspenskaya herunterrattern.

Wenn ich Richies kindliche Verehrung für alte Filme auch nicht teilte, so konnte ich sie doch gut verstehen, denn als Kind war ich in gleichem Maße den Büchern verfallen gewesen, die mir, genau wie ihm seine Filme, halfen, der Einsamkeit des Andersseins zu entkommen, indem ich mir eine zweite Wirklichkeit schuf, in der ich nicht allein war. Richie hatte mir einmal erzählt, dass ihn in der psychiatrischen Privatklinik, in die ihn seine Eltern im Alter von vierzehn gesteckt hatten, nur eins am Leben gehalten hatte: sich um Mitternacht in den Aufenthaltsraum zu schleichen und sich den Spätfilm anzuschauen.

* * *

»Als ich das letzte Mal hier war«, vertraute mir Richie über seinem Martini bei *Musso's* an, »kam Bob Hope den Gang entlanggetattert. Diese *Haare*, Henry. In leuchtendem Orange. Und sein Gesicht sah aus, als wäre es aus einer Yukkawurzel geschnitzt.«

»Was wirst du denn von der Dichterlesung berichten?«

»Blablabla. Ich brauch nur 'n paar Absätze. Hast du dir das Blondchen an der Tür näher angeguckt? Njam njam. Natürlich ist er Schauspieler.« Richie feixte. »Jeder Schauspieler in dieser Stadt sollte ein großes Schild um den Hals tragen: ›Ich bin kein real existierender Mensch, ich bin Schauspieler.‹«

Unser Kellner kam, ein verwirrter Alter, dessen sechs gefärbte Haarsträhnen sorgfältig quer über seine glänzende Platte geklebt waren. Er raunzte missbilligend, als ich ein Omelette mit Salat bestellte, aber Richie machte es mit seiner Order wieder wett: Filet Mignon in Sauce Béarnaise, eine Backkartoffel, gebratene Pilze, Rahmspinat, ein Caesar-Salat und eine halbe Flasche Bordeaux. Von anderen gemeinsamen Mahlzeiten wusste ich, dass Richie alles bis zum letzten Bissen verspeisen und dann Nachtisch bestellen würde, und doch nahm er nie zu. »Ich bin mit dem Stoffwechsel eines Starlets gesegnet«, protzte er, wenn ich ihn darauf ansprach, aber die plausiblere Erklärung war, dass sein Vater ihn am Esstisch immer angeschrien hatte, er solle endlich beweisen, dass er ein Mann sei, bis Richie schließlich so verängstigt war, dass seine Speiseröhre sich verschloss.

»Alex Amerian ist auch Schauspieler«, sagte ich, als der Kellner weg war. »Mir kam er ziemlich real vor.«

Richie zog eine Augenbraue hoch. »Sag jetzt nicht, du hegst zärtliche Gefühle für ihn.«

»Kannst du mal einen Moment ernst sein?«

Er ließ die spöttische Augenbraue wieder fallen. »Was ist los, Henry?«

»Ich glaube, ich werde verrückt.«

Seine Affektiertheit verschwand völlig. »Erzähl«, sagte er ruhig.

Ich erzählte ihm alles, von meiner Arbeitswut und den nächtlichen Irrfahrten, dem Griffith-Park, wie ich vor Alex' Haus geparkt hatte, der Nachbar mich verjagt hatte, von Scham, Verwirrung, Trauer. Ich vertraute darauf, dass Richie mich trotz all der Unterschiede zwischen uns verstehen konnte, denn als ich in einer kalifornischen Kleinstadt nachts im Bett von Achill und Patroklus gelesen hatte, während er in einem Vorort in Ohio vor einem Fernseher hockte und Joan Crawford in *Regen* sah, hatten wir dieselbe Lektion über die Unmöglichkeit unseres Begehrens gelernt, und auch jetzt noch, als erwachsene Männer, taten wir uns schwer damit, sie wieder zu verlernen.

»Verabrede dich mit ihm«, sagte Richie, als ich fertig war.

»Mit Alex? Einfach so?«

»Das tut man doch, wenn man sich für jemanden interessiert«, sagte er und winkte dem Kellner, um noch etwas zu trinken zu bestellen.

»Es ist alles so mit Josh vermengt.«

»Alex ist nicht Josh. Du wirst das schon merken, wenn du mehr Zeit mit ihm verbringst.«

»Und wenn er nein sagt?«

Richie sagte: »Wird er nicht.«

Das Essen kam, und wir redeten über andere Dinge. Wir waren gerade am Kaffeetrinken, als sich Richies Augen weiteten. Er musste jemanden oder etwas hinter meinem Rücken bemerkt haben. Ein großer, massiger Mann in einem kunstvoll geschneiderten Anzug kam mit einer dünnen Frau am Arm an unserem Tisch vorbei. Er nickte Richie zu.

»Wer ist das?«, fragte ich.

Richie tupfte sich den Mund mit einer Serviette ab. »Ist die Frage ernst gemeint? Das ist Duke Asuras.«

»Und wer ist das?«

»Der Chef der Parnassus-Filmproduktion, Henry.«

»Ach, der gesagt hat, Hollywood wird bald die Welt erobern.« Ich erzählte Richie von dem *Times*-Artikel.

»Glaub nur nicht, dass er das nicht schafft«, sagte Richie.

»Und sie? War das seine Frau?«

Richie schnaubte. »Er ist nicht verheiratet. Das war Cheryl Cordet.«

Ich versuchte den Namen einzuordnen. »War das nicht –«

Richie stand auf und tupfte sich wieder den Mund ab. »Ich bin in fünf Minuten wieder da.« Er brauchte nur drei. »Komm mit.«

»Wohin?«

»Duke hat gefragt, ob wir auf einen Drink zu ihnen stoßen.« Er warf Geld auf den Tisch. »Hast du was dagegen?«

»Nein, ich habe noch nie einen Filmmogul kennen gelernt.«

Ich folgte Richie durch das Restaurant in eine abgelegene Essnische, die von einem verhängten Durchgang zusätzlich geschützt war. Er steckte den Kopf durch den Vorhang, murmelte etwas, dann zog er den Vorhang auf und sagte zu mir: »Spring rein.«

Ich schlüpfte in das Separee. Richie folgte mir und zog den Vorhang zu. Drinnen war es sehr kalt. Asuras und Cordet saßen uns gegenüber mit dem Rücken zur Wand. Eine Wandlampe verströmte rosa getöntes Licht. Auf dem Tisch flackerte eine Kerze. Die Überreste eines Shrimp-Cocktails lagen zwischen ihnen. Asuras' Kunstbräune erreichte den Farbton von Mahagoni. Die hellen blauen Augen waren das Lebendigste an seinem stiernackigen Spitzkopf. Abgesehen von den grau melierten Stoppeln an den Schläfen hatte er eine Glatze. Dicke Augenbrauen, eine flache Nase und ein breiter Mund vermittelten den Eindruck von Macht und großem Appetit. Unter dem kreppartigen Material seines schwarzen Anzugs waren massive Schultern – Gewichtheberschultern – zu erkennen, aber sein Hals hatte schon begonnen, sich in tiefe Falten zu legen. Er strahlte eine Kombination von Stärke und Zügellosigkeit aus, und sein fleischiges, herrisches Gesicht erinnerte an das Profil eines Cäsaren aus dem ersten Jahrhundert auf einer alten Münze.

Cheryl Cordet war eine dünne, blasshäutige Frau mit einer ergrauenden blonden Mähne. Sie hatte ein markantes, flaches Gesicht und kleine durchtriebene Augen. Ihr schwarzes Kleid sollte vom

Schnitt her hauteng sein, war aber auf eine jüngere und fülligere Person zugeschnitten und hing reizlos an ihr herunter. Sie strahlte fast so viel Autorität aus wie er, und trotz der Intimität, die ein Essen zu zweit in einem kerzenbeleuchteten Separee zu bedeuten schien, lag offenkundig keine Romantik in der Luft.

Als Richie uns vorgestellt hatte, bemerkte Cheryl Cordet: »Sie haben meine Anrufe nie erwidert, Henry.«

»Wie bitte?«

»Sie haben doch den Kerl verteidigt, der angeklagt war, den schwulen Richter ermordet zu haben. Sein Geliebter, nicht? Sie haben ihn freibekommen. Ich habe über meine Leute bei Ihnen angefragt, ob Sie nicht die Rechte an der Story verkaufen wollen.«

Ich erinnerte mich dunkel, dass ich mit jemandem über Filmrechte am Fall Chandler gesprochen hatte. Ich erinnerte mich auch, dass die Versessenheit des Anrufers, die Story zu kaufen, nur noch übertroffen wurde von seiner Unwissenheit darüber, was sich überhaupt zugetragen hatte.

»Ich war nicht interessiert«, sagte ich.

»Ich erinnere mich an den Fall«, sagte Asuras. »Ich weiß nicht, dieses schwule Moment könnte ein Haken bei der Sache sein.«

»Das könnten wir doch ändern«, sagte Cordet. »Etwas abmildern. Vielleicht aus dem Geliebten eine Geliebte machen? Was meinen Sie, Henry?«

Das Gespräch war so absurd, ich wusste nicht mehr, was ich sagen sollte.

»Apropos schwul«, kollerte Asuras mit so tiefer Stimme, dass ich dachte, er habe eine Bronchitis, »ich habe diesen Artikel über Überfälle auf Schwule in Ihrem Magazin gelesen, Richie. Etwas ungewöhnliches Sujet für Sie, oder? Sie sind doch kein Homomagazin wie der *Advocate*.«

»Wir berichten über das, was gerade aktuell ist«, sagt Richie.

»Ich nehme an, Sie haben alles, was die Leute in dem Artikel erzählen, überprüft.»

»Ja«, sagte er. »Natürlich. Ich bin ein seriöser Journalist, Duke.«

Asuras grinste. »Immer schön auf dem Teppich bleiben, Richie. Journalistisch stehen Sie doch irgendwo zwischen Klatschmagazin und Revolverblatt.«

»Nun, im Interesse einer genauen Berichterstattung, Duke«, versetzte Richie, »stimmt es, dass der Vorstand der Parnassus Company immer noch versucht, Sie rauszuschmeißen?«

Asuras wandte ihm einen bedrohlich sich verfinsternden Blick zu. »Ich hoffe, dass ich das nicht in Ihrer Zeitschrift lesen muss.«

»Ist das ein Dementi?«

»Sie sollten eigentlich wissen, dass Sie mit mir keine Spielchen treiben können«, sagte er.

Cheryl Cordet warf einen Blick auf ihre Uhr und sagte: »Meine Güte, Duke, es ist gleich elf, und ich muss um fünf am Set sein. Macht es dir etwas aus, das hier abzukürzen?«

* * *

Richie und ich standen vor dem Restaurant und warteten darauf, dass der Einparker mein Auto vorfuhr. Richie war ungewöhnlich still.

»Vielleicht verstehe ich die Nuancen nicht«, sagte ich, »aber ist mein Eindruck richtig, dass du dir gerade mit diesem Menschen einen Anpisswettbewerb geliefert hast, weil er deinen Schwulenticker-Artikel kritisiert hat?«

»Das ist nicht der Artikel, der ihm Sorgen macht«, sagte Richie.

»Wie meinst du das?«

»Weißt du irgendetwas über Duke Asuras?«

»Nein«, sagte ich. »Hollywood ist deine Leidenschaft, nicht meine.«

Er zündete sich eine Zigarette an. »So ist es«, sagte er. »Ich liebe die Welt des Films, und ich werde sie mir nicht von Duke Asuras kaputtmachen lassen.«

»Ich weiß nicht, wovon du redest.«

Der Wagen wurde heranchauffiert. Der Einparker öffnete die Beifahrertür, und Richie ließ sich in den Sitz fallen. »Ich geb dir jetzt einen Crashkurs zum Thema Filmindustrie«, sagte er. »Das Erste, was du verstehen musst, ist Folgendes: Hollywood ist nicht ein Ort, es ist zwei Orte. L.A., wo die Studios stehen und die Filme gedreht werden, und New York, wo die großen Konzerne, denen die Studios gehören, ihren Hauptsitz haben. So war es schon immer, Filmemacher gegen Geldmenschen, Kunst gegen Geschäft.« Er stieß einen Rauchring aus. »Filme sind riskante Investitionen. Wenn sie sich auszahlen, dann richtig. Wenn sie floppen, können sie eine ganzes Unternehmen in den Abgrund reißen, so wie *Heaven's Gate* United Artists den Garaus gemacht hat. Die Produktionskosten klettern jedes Jahr weiter in die Höhe. In einen mittelgroßen Film mit mittlerem Budget und ohne große Namen muss ein Studio wie Parnassus um die fünfzig Millionen stecken.«

»Kaum zu glauben.«

»Die Geldmenschen versuchen, ihre Investitionskosten einzudämmen, für den Fall, dass das Projekt mit Pauken und Trompeten durchrasselt. Die Filmemacher jammern, dass sie mit dieser Pfennigfuchserei nur erreichen, dass die Filme auf jeden Fall scheiße werden und das Geld nicht wieder einspielen. So geht es immer zwischen New York und Hollywood hin und her, bei fast jedem Film, der in den großen Studios gedreht wird.«

»Hast du deshalb Asuras nach seinem Vorstand gefragt?«

»Genau. Duke ist der Boss der Parnassus-Filmproduktion, aber nicht der Boss des Parnassus-Konzerns in New York. Er ist dem Geschäftsführer, Allen Raskin, verantwortlich, und Allen Raskin wiederum muss sich vor dem Vorstand verantworten, und da sitzen vor allem Wall-Street-Typen, die vom Film einen feuchten Furz verstehen. Raskin versteht schon etwas davon. Sein Großvater war in den dreißiger, vierziger Jahren einer der Gründungsproduzenten bei Parnassus. Sein Vater war ein hohes Tier bei Parnassus. Als er Geschäftsführer wurde, stand die Firma wegen dem Deppen, den sie vor ihm auf den Posten gehievt hatten, knapp vor dem Abgrund. Er erweckte Duke von den Toten und machte ihn zum Studiodirektor. Das war vor vier Jahren. Und jetzt ist Parnassus das erfolgreichste Studio der Stadt.«

»Warum sollte dann der Vorstand Asuras feuern wollen?«

»Weil er ein Ganove ist«, antwortete Richie.

»Was heißt das?«

»Das heißt, dass er ein Ganove ist, Henry. Er stiehlt.«

Ich parkte vor Richies Haus. »Was stiehlt er?«

»Geld«, sagte Richie. »Duke hat als Agent angefangen, mit großen Namen gehandelt. Er hat die Kunst des Paketeschnürens zur

Perfektion gebracht, Stars, Regisseure und Drehbuchschreiber miteinander verkuddelt und alle zusammen einem Studio in den Rachen gewürgt, während er von allen Beteiligten fette Provisionen kassierte. Eine seiner Klientinnen war Twila Rhodes. Erinnerst du dich an sie?«

Ich verneinte.

»Wundert mich nicht«, versetzte Richie. »Sie war eine zweitklassige Schauspielerin mit Drogenproblemen. Duke hat ihre Unterschrift auf Schecks über zwanzigtausend Dollar gefälscht.«

»Hätte er sich das Geld nicht leihen können?«

»Brauchte er nicht. Der hat doch jedes Jahr 'ne Million eingefahren.«

»Warum hat er es dann getan?«

»Warum leckt sich ein Hund die Eier? Weil er kann.«

»Ist das alles?«

»Schlag die Begriffe ›Geldgier‹, ›Dummheit‹ und ›Arroganz‹ im Wörterbuch nach«, sagte er, »und du findest Bilder von Studiobossen und Filmagenten. Natürlich war Dukes Version von der Geschichte viel komplizierter, als sie ihn erwischt haben. Er hat gesagt, er hätte einen Nervenzusammenbruch gehabt, es wäre ein Akt der Selbstsabotage gewesen. Die Schiene mit der verminderten Zurechnungsfähigkeit, du weißt schon.«

»Haben ihm die Geschworenen das abgekauft?«

»So weit ist es gar nicht gekommen«, sagte Richie. »Twila Rhodes ist an einer Überdosis gestorben, und da gab es keine Klägerin mehr. Aber der Skandal hat Duke aus dem Agenturgeschäft vertrieben. Er ist eine Weile in der Versenkung verschwunden und hat dann eine unabhängige Filmproduktion aufgezogen, die ein paar Kassenschlager hatte, bis er Hals über Kopf ausgestiegen ist und das Land verlassen hat, um ›sich selbst zu finden‹.«

»Ich höre die Gänsefüßchen heraus.«

Er schnippte die Zigarette aus dem Fenster. »Es geht das Gerücht, dass seine Partner ihn wieder bei einer Unterschlagung erwischt und vor die Wahl gestellt haben, zurückzutreten oder in den Knast zu gehen.«

»Und dann hat Raskin ihn aus dem Totenreich zurückgeholt?«

»Aus Thailand, um genau zu sein«, sagte Richie. »In jeder anderen

Branche hätte er als Krimineller gegolten. In Hollywood ist er ein armes Opfer, aber nicht für den Vorstand von Parnassus.‹«

»Moralische Skrupel?«

»Komm mir doch nicht damit«, sagte er belustigt. »Seit Duke an der Spitze des Studios steht, gehen die Aktien von Parnassus nie so gut, wie sie eigentlich sollten bei dem Gewinn, den das Unternehmen macht. Der Vorstand glaubt, es liegt daran, dass die Wall Street keinen gewöhnlichen Kriminellen an der Kasse sehen will. Sie haben schon Vorwände gesucht, um ihn loszuwerden, aber solange er sie mit Geld überhäufte, hatten sie keine Handhabe. Vergangenes Jahr hat er Miese gemacht, zehn Millionen, Peanuts eigentlich, aber mehr brauchte der Vorstand nicht, um nach seinem Kopf zu schreien. Als Raskin sich weigerte, ihn zu feuern, haben sie angefangen, ihm zu drohen.«

»Und dann?«

»Haben Raskin und Duke einen Gegenangriff ausgeheckt.«

»Wie?«

»Das ist der Artikel, vor dem Duke Angst hat.« Er öffnete die Tür. »Gute Nacht, Henry. Denk daran, was Mutti dir sagt. Ruf Alex an.«

Ich verschwendete an diesem Abend keinen weiteren Gedanken an die garstigen Geschichten aus dem Parnass, und als ich am Morgen aufwachte, verblassten die Einzelheiten schon zusehends. Es war wohl, knapp gesagt, ein Kampf von Schurken gegen Arschlöcher, und soweit ich das einschätzen konnte, ließ sich so der ganze Betrieb in Hollywood ziemlich gut zusammenfassen. Aber Alex rief ich an.

Kapitel 4

»Hallo Alex! Ich bin's, Henry. Rios.«

»Mr. Rios?« In seiner Stimme hörte ich die Alarmglocken schrillen. »Gibt es Probleme in meinem Fall?«

»Nein, nichts dergleichen«, antwortete ich so beruhigend, wie es meine eigene Nervosität zuließ. »Es ist nichts Geschäftliches, ich wollte nur fragen, wie es dir geht.«

»Alles bestens.«

In der darauffolgenden Pause wanderte ich ins Esszimmer hinüber. Im vergoldeten Wandspiegel, den Richie mir einmal geschenkt hatte, betrachtete ich mein Ebenbild. Ich sah einen großen, schlanken Mann in Khakihosen und Jeanshemd, mit hagerem Gesicht und vorzeitig – na ja, mit fünfundvierzig nicht mehr ganz vorzeitig – weiß gewordenem Haar. Dunkelhäutig, die Gesichtszüge unverkennbar mestizisch, sichtlich schon im mittleren Alter. Wie sagte Richie? Ab fünfunddreißig altern Schwule in Hundejahren.

Ich versuchte Zeit zu gewinnen: »Freut mich zu hören, Alex.« Dann platzte ich heraus: »Ich dachte, vielleicht hast du ja Lust, irgendwohin essen zu gehen, einen Film anzuschauen?«

Pause. »Soll das ein Date sein?«

Mein Gesicht stand in Flammen. »So was in der Art.«

»Find ich großartig. Wann?«

Ich war so darauf eingestellt, einen Korb zu bekommen, dass ich eine Weile brauchte, bis ich antworten konnte. »Wie wär's mit – hast du Freitag Zeit?«

»Freitag hört sich gut an«, sagte er.

Wir verabredeten uns zum Abendessen in einem Restaurant in der Third Street. Danach würden wir im Beverly Center in einen Film namens *Buchstaben* gehen. Ich legte den Hörer auf und begutachtete mein Spiegelbild noch einmal. Wie durch Zauberei hatte sich mein Aussehen gebessert.

* * *

Eine Rezension in der *Times* bezeichnete *Buchstaben* als »postmodernes Remake von Agatha Christies Buch *Die Morde des Herrn ABC*«, was mich nicht klüger machte. Ich konnte der Beschreibung allenfalls entnehmen, dass es im Film um einiges grausiger zugehen musste als in Dame Agathas Original, an das ich mich dunkel aus meiner Teenagerzeit erinnerte. Da er vor ausverkauften Sälen lief, fuhr ich am Freitagmorgen, sobald die Kasse öffnete, zum Beverly Center und besorgte zwei Karten für neun Uhr. Den Vormittag verbrachte ich in der Innenstadt, in der Rechtsbibliothek, den Nachmittag über versuchte ich in Santa Monica zusammen mit meinem Steuerberater herauszufinden, wie ich meine Steuern bezahlen sollte. Josh war nicht krankenversichert gewesen, und seine Eltern hatten von ihrer bescheidenen Rente nicht auch noch seine Krankenversorgung abknapsen können. Ich hatte alle Rechnungen übernommen, die Medicare, die staatliche Krankenunterstützung, sich zu zahlen geweigert hatte, einschließlich der 24-Stunden-Hauskrankenpflege, die es ihm ermöglicht hatte, daheim zu sterben statt im Krankenhaus. Die Rechnungen hatten meine Ersparnisse praktisch erschöpft. Die Pflege von Josh hatte meine Berufsausübung torpediert. Ich war so gut wie pleite. Das Finanzamt zeigte kein Mitleid. Ich rettete mich aus dieser Notlage, indem ich meine letzten Einlagen in der Pensionskasse plünderte. Marty, meinem Steuerberater, musste ich versprechen, sie so bald wie möglich wieder aufzufüllen, denn, wie er mir zu bedenken gab: »Du wirst nicht jünger, Henry. Du wirst dieses Geld noch brauchen.«

Wieder zu Hause angekommen, duschte ich und stand dann lange ratlos vor dem Kleiderschrank, während das herabtropfende Wasser sich in Lachen zu meinen Füßen sammelte. Meine Garderobe schien mir nur die Wahl zwischen dunklen Anzügen einerseits und Jeans und T-Shirts andererseits zu lassen. Im hintersten Winkel des Schrankes fand ich eine Motorradjacke, deren Ledernarbe vom Hersteller sorgsam abgewetzt worden war. Ich legte sie aufs Bett. Ein leuchtendgrüner Sticker über der rechten Brust verkündete: ACT UP FIGHT AIDS. Es war Joshs Jacke gewesen, ein Erinnerungsstück aus seinen Aids-Aktivistentagen, als ihm seine Gesundheit noch erlaubt hatte, stundenlange Act Up-Plena durchzustehen oder eine Nacht im Gefängnis zu verbringen, nachdem er bei einer

Demonstration vor dem Federal Building oder dem Bezirkskrankenhaus festgenommen worden war. Auf einer dieser Demos hatte er Steven kennen gelernt – und mich seinetwegen verlassen. Die beiden hatten sich der Armee der Liebenden angeschlossen, die für ein Heilmittel gegen Aids in die Schlacht zogen, um ihr eigenes Leben zu retten. Ich musste daran denken, was Richie gesagt hatte: dass er sich fragte, warum er überlebte, während andere sterben mussten. Von Zeit zu Zeit fragte ich mich das selbst. Ich strich mit den Händen über die Jacke; vielleicht überlebten wir, um denen, die gestorben waren, ein Gedächtnis zu bewahren.

Ich ging zum Schrank zurück und fand ein weißes Hemd mit Schnürkragen, das ich mir in einer Anwandlung, meine Garderobe auf die Höhe der Zeit zu bringen, gekauft, aber noch nicht eingeweiht hatte. Ich kombinierte es mit meinen am wenigsten ausgebleichten Levis, einem schwarzen Gürtel mit silberner Schnalle und schwarzen Schuhen. Eine Sekunde lang erwog ich, Joshs Lederjacke anzuziehen, aber an mir hätte sie grotesk ausgesehen. Ich warf mir einen schwarzen Leinenblazer über und begutachtete das Ergebnis im vergoldeten Spiegel. Die Kombination aus kragenlosem weißem Hemd und schwarzer Jacke verlieh mir das Aussehen eines Pfarrers. Nicht gerade der beabsichtigte Effekt. Ich warf den Blazer ab und beeilte mich, aus dem Haus zu kommen.

* * *

Auf der Fahrt zum Restaurant hatte ich die Fenster heruntergekurbelt, und eine warme Brise durchwehte den Wagen. Alles war in ein honigmeloniges Licht getaucht, das die Farben der Dinge zu den Pastelltönen einer alten handkolorierten Postkarte verblassen ließ. Wenn ich es recht bedachte, hatte ich noch nie ein Date gehabt. In der Highschool und auf dem College hatte ich aus der Ferne den Heteros bei ihren Balztänzen zugesehen – und hatte selbst den Kopf in Bücherstapeln vergraben und war beim Leichtathletikteam Langstrecken gelaufen. In den sexuell befreiten Siebzigern war ich dann in San Francisco endlich in eine Welt voller Männer wie mir selbst hineingestolpert. Aber zu jener Zeit bedeutete ein »Date« gerade mal die ein, zwei Stunden, die man am Tresen zubrachte, bis man jemanden abgeschleppt hatte. Und mit Josh hatte ich mich auch nicht direkt verabredet, wir waren eher zusammengestoßen – inmitten eines Mordfalls, in dem er Zeuge war. Abendessen und Kino – das war für mich eine Premiere.

Alex war noch nicht in der Trattoria. Der Empfangskellner platzierte mich an einem kleinen Tisch. Das Restaurant bestand aus einem einzigen großen Raum, den eine mit rechteckigen Öffnungen durchbrochene Betonwand unterteilte. Nackter Beton auch der Boden und die Decke mit freiliegenden Rohren und Halogenleuchten. Die Wände waren marmeladenorange in Schwämmchentechnik. Hoch hängende Deckenlampen und flackernde Kerzen in messingnen Wandhaltern verströmten ein gedämpftes, schmeichelhaftes Licht über die gediegene Kundschaft. Allerdings war es, da es keine schallschluckenden Verkleidungen gab und die Küche nicht abgetrennt war, im Raum auch lärmig und heiß. Die modisch gekleideten Männer und Frauen fächelten sich mit Speisekarten Luft zu und mussten über die exquisiten Risotti hinweg fast schreien, um sich zu verständigen. Durch die hohen Fenster sickerte das schwindende Licht der Abendsonne herein. Die Aussicht auf die Third Street bot eine Autowaschanlage, eine Baubrache und einen Secondhandladen, der auf die ehemalige Garderobe von Filmstars spezialisiert war. Ich aß Croutons. Eine Filmgröße, die ich erkannt und wohl indiskret beäugt hatte, funkelte böse zurück. Der Kellner bot Weine an, ich lehnte ab.

Alex kam mit einer halben Stunde Verspätung. Ich sah ihn in weißen Jeans, weißen Turnschuhen und einem himmelblauen Lacoste-Polohemd in der Tür stehen. Er sprach mit dem Empfangskellner, der sich zu ihm vorbeugte, um ihn zu verstehen, und dann in meine Richtung deutete. Alex schaute herüber und nickte. Im Näherkommen lächelte er mich an. Er war so sehr das Objekt meiner Fantasien geworden, dass es für mich genauso verwirrend war, ihn in Fleisch und Blut vor mir zu sehen, wie zuvor bei dem Filmstar. Alex war kleiner als in meiner Erinnerung und muskulöser, und er bewegte sich mit einer Selbstsicherheit, die ich nicht wieder erkannte – allerdings hatte unsere letzte Begegnung in einem Gerichtsgebäude stattgefunden, einem Ort also, der das Selbstvertrauen der meisten Menschen auf eine harte Probe stellte.

»Tut mir Leid, dass ich zu spät komme«, sagte er und küsste mich auf die Wange – eine Geste, die bei dieser Art von Publikum keinerlei Aufmerksamkeit auf sich zog. Er benutzte immer noch *Obsession*.

»Gab's wieder Stau?«

»Ich bin zu Fuß gekommen«, antwortete er. »Es war viel weiter, als ich dachte. Ich bin so ans Autofahren gewöhnt, dass ich ohne Auto keine Entfernung mehr richtig einschätzen kann.«

»Hat dein Auto wieder den Geist aufgegeben?«

Er blickte mich verständnislos an. »Mein Auto haben sie doch in die Luft gejagt.«

»Wann ist denn das passiert?«

»Hab ich dir das nicht erzählt? Vor etwa sechs Wochen, direkt vor meinem Haus.«

»Gute Güte. Weißt du, wer es war?«

Er schüttelte den Kopf. »Es war mitten in der Nacht. Sicher wieder ein schwulenfeindlicher Angriff. Ich hatte einen von diesen großen Aufklebern auf der Heckklappe: ›Hetero? Ich? Was erlauben Sie sich!‹ Auf dem Freeway bin ich damit dauernd geschnitten worden.«

»Glaubst du ernsthaft, es gibt Menschen, die alle Autos in die Luft jagen, wo ein Aufkleber ihnen nicht in den Kram passt?«

Er tupfte sich die Stirn mit der Serviette. »Das ist in meiner Nachbarschaft auch schon mit anderen Autos passiert. Alle hatten irgendeinen schwulen Aufkleber hinten drauf. Du wohnst nicht in West Hollywood, du weißt nicht, was da abgeht.«

»Hast du Anzeige erstattet?«

»Bei der Polizei«, wiederholte er verächtlich.

»Hättest du doch mich angerufen. Ich hätte etwas für dich tun können.«

Er lächelte. »Das Hemd gefällt mir an dir. Sonst kenne ich dich nur in Anzug und Krawatte.«

»Du kennst mich ja sonst auch nur bei der Arbeit.«

»Heute Abend hast du frei«, sagte er. »Also vergessen wir das mit dem Auto. Ich bin am Verhungern. Was haben sie hier denn Leckeres?«

Beim Essen erzählte er mir, dass er in Foster City, außerhalb von San Francisco, aufgewachsen war. Er war auf die San Francisco State University gegangen und hatte dort, seinem Vater zuliebe, mit Wirtschaftswissenschaften im Hauptfach angefangen. Dann war er aber, seiner wahren Neigung zuliebe, ins Bühnenfach übergewechselt.

»Wie haben deine Eltern darauf reagiert?«, fragte ich.

»Mein Dad meinte, ich würde mein Leben wegwerfen.« Er pulte die Erbsen auf seinem Teller. »Das ist jetzt zehn Jahre her. Inzwischen haben sie sich wohl damit arrangiert. Irgendwie.«

»Sie wissen, dass du schwul bist?«

Er lächelte. »›Was ich nicht weiß, macht mich nicht heiß.‹ Wappenspruch meiner Familie.«

»Wie bist du dann nach L.A. geraten?«

»Nach dem Abschluss war ich ein paar Jahre am American Conservatory Theater in der City. Ein Künstleragent von hier sah mich in *Oh Wildnis* von Eugene O'Neill und meinte, ich hätte das Zeug zum Filmstar. Ich zog hierher und rief ihn an. Er konnte sich nicht an mich erinnern.« Er nippte am Weinglas. »Ich habe eine andere Agentin gefunden. Sie hat mir eine Hand voll Werbespots verschafft, ein paar Statistenrollen, dann kam nichts mehr.«

»Die Konkurrenz auf diesem Gebiet muss mörderisch sein.«

»Und ob«, sagte er. »Bevor ich hierher kam, wusste ich gar nicht, auf wie viele verschiedene Arten man scheitern kann.«

»Verstehe ich nicht.«

»Hollywoods Leiter zum Ruhm wird nach obenhin immer schmaler. Alle klettern zusammen los, aber auf jeder Sprosse ist weniger Platz, und auf die oberste passt nur noch ein einziges Glückskind. Und in der Zwischenzeit drängelt von unten immer neues Frischfleisch nach: jünger, unverbrauchter, hübscher.«

»Und was tust du, um höher zu kommen?«

»Alles, was ich muss. – Wolltest du schon immer Anwalt werden?«

»Ja, schon als Kind.«

»Warum?«

»Ein Anwalt war für mich jemand, der anderen Leuten hilft.«

»Gar nicht, um reich zu werden?«

»Als Strafverteidiger sind noch die wenigsten reich geworden«, sagte ich. »Aber Geldverdienen war sowieso noch nie mein oberstes Ziel.«

»Was dann?«

»So zu leben, wie ich will, würde ich mal sagen. Und du?«

»Ich will alles«, sagte er. »Ich will reich und berühmt sein.«

Ich stieß mit meinem Wasserglas an sein Weinglas. »Toi toi toi.«

»Du musst mich für ziemlich oberflächlich halten.«

»Nein«, log ich.

»Ich *bin* nämlich ziemlich oberflächlich«, sagte er lächelnd. »So viel solltest du schon über mich Bescheid wissen, damit du hinterher nicht enttäuscht bist.«

»Warum sollte ich enttäuscht sein?«

»Ich gehe auf den Strich, Henry«, sagte er. »Damit halte ich mich über Wasser, bis ich entdeckt werde.«

Ich war sprachlos und ließ die neue Information auf mich einwirken, dass das Objekt meiner Begierde ein Strichjunge war; dass ich, statt mich die letzten anderthalb Monate zu zermartern, wie ich jemals an ihn rankommen könnte, mir seine Dienste einfach hätte kaufen können. Ich konnte ein herbes Lachen nicht unterdrücken. Als ich den Zorn in seinen Augen sah, entschuldigte ich mich.

»Tut mir Leid. Ich habe nicht über dich gelacht.«

»Was ist dann so komisch?«

»Ich habe dich mit jemandem verwechselt.«

»Josh«, sagte er. »Dein Freund. Du hast gesagt, dass ich ihm ähnlich sehe.«

Ich nickte. »Ja, ich habe dich mit ihm verwechselt und mir eingebildet, ich hätte für dich Gefühle, die ich für ihn hatte.»

»Und das findest du jetzt lustig, weil ich ein Stricher bin?«

»Entschuldige, ich wollte nicht eklig zu dir sein. Dein Job ist deine Sache. Ich verurteile dich nicht. Josh ist fortgegangen, und er kommt nicht zurück. Wenn ich nicht gelacht hätte, hätte ich weinen müssen.«

Sein Zorn verebbte. »Weißt du, warum ich deine Einladung angenommen habe, Henry?«

»Nein.«

»Wegen der Art, wie du mich im Gerichtssaal geküsst hast. Ihn hast du so geküsst, nicht?«

Ich nickte.

»Dachte ich mir«, sagte er. »Ich hab all deine Gefühle für ihn gespürt. Weißt du, Henry, das war total schön.« Der Kellner kam und räumte unsere Teller ab. Als er gegangen war, sagte Alex: »Ich will heute Nacht dein Josh sein.«

»Das kannst du nicht.«

»Ohne Bezahlung.«

»Das meinte ich nicht.«

»Hör zu, Henry«, sagte er. »Ich bin kein Anwalt wie du, deswegen komme ich nicht dazu, anderen zu helfen – meistens will ich das auch gar nicht. Hab selber Probleme genug. Aber du hast mir geholfen.«

»Dafür schuldest du mir nichts.«

»Das würde mir auch nichts ausmachen«, sagte er, »aber wie du mich behandelt hast, wie du mich angeschaut hast – da hab ich mich gleich viel besser gefühlt. Dass das er war, den du in mir gesehen hast, spielt keine Rolle. Deine Liebe habe ich auch so gespürt.« Er berührte unter dem Tisch meine Hand. »Einmal und ohne Streichereinsatz. Lass mich Josh sein.«

Ich schaute ihn an. »Das ist doch verrückt.«

»Glaub mir, Henry«, erwiderte er, »im Vergleich zu dem, was sonst so von mir verlangt wird, ist es wirklich süß.«

* * *

»Wie kamst du von der Schauspielerei …«

»Auf den Strich?«

Wir hatten beschlossen, den Film sausen zu lassen, und waren auf dem Weg zu mir nach Hause. Am Himmel über den spindeldürren Palmen hielt sich noch die lang gezogene Sommerdämmerung in heftigen Rosa- und Orangetönen, die sich allmählich zu einem Schießpulvergrau entfärbten.

»Das ist dasselbe in grün«, sagte er. »Man spielt eine Rolle.«

»Ich meine …«

»Ich weiß, was du meinst«, sagte er. Er stellte das Radio an und drehte den Sender weiter, von Klassik zu Dance. »Das ist schnell erzählt. Ich habe für ein schwules Wichsblättchen posiert, weil ich Geld brauchte. Als das Heft rauskam, rief mich jemand an und sagte, er sei ein Freund eines großen Agenten, der das Bild gesehen hätte, und ob ich Lust hätte, zu einer Party in seinem Haus in Malibu zu kommen.« Er verzog den Mund. »Eine Pool-Party natürlich. Als ich hinkam, war da ein Haufen Mittzwanziger in Speedos um den Pool am Rumposen, und vier ältere Typen haben daneben gestanden und mit dem Finger auf sie gezeigt, so ›Dich nehm ich und dich und dich‹.«

»Und der Agent war einer von den vieren?«

»Der Agent, ein Regisseur, ein Produzent und ein Typ, der gerade ein Studio aufgekauft hatte. Du hast bestimmt schon von ihnen gehört.« Er nannte ihre Namen.

»Und die Jungs waren alle Schauspieler wie du?«

»Pornostars die meisten«, sagte er. »Ich hab rausgefunden, dass diese Typen Pornofilme und Pornohefte als Kataloge benutzen. Na jedenfalls hat der Agent mich ausgewählt. Ich war 'ne Zeit lang mit ihm zugange, danach mit dem Regisseur. Dann kamen noch andere. Zuerst hab ich kein Geld verlangt, ich dachte ja immer noch, dass ich diese Typen benutze, dass sie mir helfen würden, Karriere zu machen. Irgendwann hab ich dann geschnallt, dass das schon die Karriere war und dass dabei auch noch was für mich rausspringen sollte.«

»Wie lange machst du das schon?«

»An die drei Jahre«, sagte er. »Das ist ganz schön lang, aber ich bin klein und seh jünger aus. Marke kleiner Bruder. Auf so was fahren die Männer ab.« Er grinste. »Macht's dir nichts aus, wenn wir so miteinander reden? Verdirbt es dir nicht die Fantasien?«

»Es ist so, wie du im Restaurant gesagt hast, Alex. Ich bin heute Abend nicht im Dienst. Du auch nicht.«

»Ich will aussteigen«, sagte er ruhig.

»Ich habe schon gehört, dass es hart ist.«

»Du weißt nicht wie hart«, sagte er. »Die meisten Freier hassen sich selbst, weil sie schwul sind. Das lassen sie dann an mir aus.«

* * *

Ich verstand nicht, wie wörtlich er das gemeint hatte, bis ich die Striemen auf seinem Rücken sah, als er das Hemd auszog. Wir waren im Schlafzimmer. Er hatte mich zurückgehalten, als ich nach dem Lichtschalter langte, und im Raum herrschten die Schatten. Ich stand am Fußende des Bettes. Er stand mir zugewandt, mit dem Rücken zum Spiegel, und ich sah im schummrigen Glas die Spuren von wütenden Peitschenhieben quer über seine glatte dunkle Haut laufen.

Er kickte die Schuhe von den Füßen, knöpfte die Hose auf, streifte sie ab, stand nackt da, kam näher.

»Was ist mit deinem Rücken passiert?«

Er hielt inne, sah Joshs Lederjacke auf dem Bett. »War das seine?«

»Dein Rücken.«

Er schlüpfte in die Jacke. »Seh ich aus wie er?«

Ich vergaß die Striemen. »Ja.«

»Komm her, Henry«, sagte er. »Zeig mir, wie es sich anfühlt, wenn jemand einen lieb hat.«

Ich ließ meine Hände unter die Jacke gleiten und streichelte seinen Rücken.

* * *

Wir liebten uns im Dunkeln und in aller Stille. Es war bei mir schon so lange her, dass ich mich zuerst unwohl fühlte, als erinnerte mein Körper sich an das Tabu, dem die Nacktheit anderer Männer lange unterworfen war – das Tabu, das mich einst wie einen Sträfling in meinem Begehren gefangen gehalten hatte. Ich ließ mein Bewusstsein leer laufen und spürte nur den Körper, der neben mir lag, vertraut und geheimnisvoll zugleich, Mund, Brust, Schwanz, Wade, bis die Berührung die Grenzen auflöste und wir ein Leib waren. Und da bemerkte ich, dass die feuchten Laken unter ihm nach Josh rochen. Ich sagte: »Josh?« Er öffnete die Augen und lächelte mich an. »Ja, ich bin's, Henry«, sagte er. Es war Joshs Stimme, und die Augen, deren Blick mich festhielt, waren seine Augen. »Wie?«, fragte ich. Er führte meine Hand zu seinen Lippen, küsste sie und murmelte: »Das tut so gut. Mach weiter.« Ich vergrub mich in ihm, schloss die Augen und kam mit einem siedend heißen Orgasmus, einem Orgasmus, der mich ausbrannte, reinigte, der eine Wunde tief in mir verschloss. Als ich die Augen wieder öffnete, schaute Alex mich an. Ich legte mich neben ihn, unfähig zu sprechen.

»Er war hier«, flüsterte Alex. Er fasste sich an die Brust. »Hier hab ich ihn gespürt.«

»Ich hab ihn in deinen Augen gesehen.«

Er schauderte. »Das ist gruselig.«

Ich hielt ihn fest. »Hast du Angst?«

»Nicht vor Josh«, sagte er. »Er ist ja weg, Henry. Jetzt ist er wirklich weg.«

»Ich glaube auch. Aber du hast doch Angst, oder?«

»Ich hab was gesehen.«

»Was?«

»Wie eine Tür, die er im Rausgehen aufgemacht hat«, sagte Alex. »Und einen Moment lang hab ich den Tod gesehen.«

* * *

»Ist er das?«, fragte Alex. Wir warteten im Wohnzimmer auf sein Taxi. Ich saß im Bademantel auf der Couch und sah ihm zu, wie er die Urne mit Joshs Asche vom Kaminsims nahm. Er streifte hibbelig im Raum umher und wich meinen Blicken aus.

»Ja«, sagte ich.

»›Joshua Scott Mandel‹«, las er das geprägte Schild auf der Urne vor. »Willst du ihn so aufbewahren, auf dem Kamin?«

»Das ist eine lange Geschichte.«

Er stellte die Urne an ihren Platz zurück und warf einen Blick auf die Uhr. »Wo bleibt denn diese Scheißtaxe?«

»Du kannst auch gerne hier bleiben«, wiederholte ich ein Angebot, das ich ihm schon gemacht hatte, aber seine Stimmung ließ meine Hoffnung schwinden.

»Ich bin verabredet.«

»Mit dem Mann, der deinen Rücken so zugerichtet hat?«

»Kann schon sein«, sagte er. Seine Augen sahen mit einem Mal alt aus. »Und wenn, geht's dich einen Scheißdreck an.«

»Warum bist du so sauer, Alex?«

»Hab ich gesagt, dass ich sauer bin?«

»Es kommt mir vor, als wolltest du mich dafür bestrafen, dass du da drin was gespürt hast«, sagte ich, auf das Schlafzimmer deutend.

»Hey, komm mal wieder auf 'n Teppich«, sagte er unwillig. Draußen trötete eine Autohupe. »Ich war ja wohl nicht der, der da drin auf die Gefühlstube gedrückt hat.«

»Was soll das heißen, komm auf 'n Teppich?«

Er bewegte sich auf die Tür zu. »Denk dran, was ich dir gesagt habe, Henry. Schauspielern und Strich ist Jacke wie Hose. Rollenspiele.«

Ich hielt ihn zurück, als er nach dem Türknopf langte. »Mir kam's nicht so vor, als hättest du nur gespielt.«

Er schüttelte mich ab. »Dir ist doch ziemlich einer abgegangen, oder? Das ist die Hauptsache.«

»Sag so was nicht.«

Er schloss die Augen halb und murmelte: »›Ich bin's, Henry. Dein Josh.‹«

»So hat es sich nicht angehört.«

»Du warst zwei Sekunden vorm Abspritzen«, sagte er. »Du hast gehört, was du hören wolltest.«

Ich trat zurück, starrte ihn an. »Du Schwein.«

Er lachte auf. »Na hör mal, Mausi. Ich hab dir den Fick deines Lebens verschafft und das auch noch gratis!«

»Raus aus meinem Haus.«

»Gerne, aber das nächste Mal, wenn du Sex mit dem Ex willst, ruf LaToya Jacksons spirituelle Hotline an.«

Ich packte ihn hinten am Kragen und warf ihn gegen die Tür. Er plumpste zu Boden, die Hand auf die Nase gepresst. Zwischen seinen Fingern quoll Blut hervor.

»Scheiße«, sagte er, als er wieder hochkam. »Ich glaube, du hast mir die Nase gebrochen.«

»Himmel«, sagte ich fassungslos. »Das wollte ich nicht. Warte, ich hol dir ein Handtuch oder so.«

»Fass mich nicht an!« Das Auto hupte wieder. Er griff mit blutigen Fingern nach dem Türknopf und riss die Tür auf. »Mann, Mann«, schimpfte er kopfschüttelnd. »Seid ihr Tunten denn alle verrückt?«

Er knallte die Tür hinter sich zu. Ich hörte ihn etwas zum Taxifahrer sagen, dann raste das Auto mit quietschenden Reifen davon. Ein Tropfen von seinem Blut löste sich vom Türknopf und fiel auf den Boden.

* * *

Ich schlief auf der Couch ein. Als ich am nächsten Morgen aufwachte, zog mir eine bittersaurer Geschmack den Mund zusammen. Mein Kopf wummerte. Im Haus war es still, aber es war mehr als die normale morgendliche Ruhe. Es war eine staubige, dumpfe Grabesstille. Ich schlurfte benommen von Raum zu Raum. Die Spüle stand voll mit dreckigem Geschirr, die Dusche war keimig und verpilzt, auf den Möbeln lag eine puderartige Staubschicht, und die Luft war zum Schneiden. Im Schlafzimmer war das Bettzeug voller Spermaflecken, und aus einem umgekippten Fläschchen Gleitgel war der Glibber auf den Boden ausgelaufen. Im Klo schwamm ein Kondom. Als ich das Arzneischränkchen auf der Suche nach Aspirin öffnete, empfing mich der Anblick von Joshs Arsenal von reihenweise hintereinander gestapelten Medikamenten. Hunderte, Tausende Dollars an Pillen, Säften, Salben. Ich nahm aufs Geratewohl ein Fläschchen heraus: Xanax, verschrieben für die Angstzustände, die ihn verzehrten, wenn er aus dem Dämmerzustand, in den ihn andere Präparate versetzten, lange genug aufwachte, um zu erkennen, dass er im Sterben lag. Ich ließ die Tabletten in den Ausguss prasseln, ergriff eine andere Flasche, Prozac, gegen Depressionen, dann eine Salbe, mit der ich die Teile seines Körpers eingerieben hatte, wo das Fleisch brandig geworden war. Ich hörte nicht mehr auf, bis das Medizinschränkchen leer war.

* * *

»Geht's Ihnen gut? Sie sehen aus, als hätten Sie einen Sonnenstich.«

Ich blickte die Frau an, die mich angesprochen hatte. Ihre Sprechweise irritierte mich, sie hatte sowohl eine Südstaatenfärbung als auch britischen Einschlag. Sie saß auf der steinernen Bank im Hof des Kolumbariums zur Strahlenden Vorsehung. Neben sich hatte sie die Überreste ihres Vespers ausgebreitet: einen Apfelbutzen, zerknülltes Wachspapier, eine Brotrinde. Sie trug eine weiße Bluse, einen rauschigen, geblümten Rock, Birkenstocks und einen roten Cowboystrohhut auf dem wirren grauen Haar. Ihr Gesicht war von kleinen, tiefen Narben durchlöchert und tief zerfurcht, doch Profil und Konturen waren wunderschön. Sie hatte himmelblaue Augen.

»Setzen Sie sich doch«, sagte sie. Neben ihr stand ein grünes Tragenetz mit einer Thermoskanne. Sie langte danach. »Nehmen Sie einen Schluck Tee.«

Ich setzte mich. In der Hand hielt ich immer noch den Lageplan, den man mir an der Friedhofseinfahrt gegeben hatte.

»Danke«, murmelte ich, als sie mir einen Plastikbecher mit trüber Flüssigkeit reichte.

»Sie müssen ihn schon auch trinken, damit er hilft«, sagte sie freundlich.

Ich nahm einen Schluck. Der Tee war kalt, stark und süß. »Der ist gut.«

»Meine Mutter stammt aus England«, erklärte sie. »Sie hat mir beigebracht, wie man richtigen Tee macht. Wenn sie allerdings gesehen hätte, dass ich ihn kalt trinke, hätte sie der Schlag getroffen. Na, man muss sich eben anpassen. Besuchen Sie jemanden?«

In drei der Wände des Kolumbariums zur Strahlenden Vorsehung waren Nischen eingelassen, wo hinter Marmortafeln die Asche der Toten beigesetzt war. Die vierte Wand, hinter uns, führte durch einen Säulengang zu den anderen Gruften und Urnengräbern der *Courts of Remembrance* führte, und weiter zu den grünen Hügeln des Forest Lawn mit Aussicht auf den Freeway und Warner Brothers.

»Nein«, sagte ich. »Ich wollte mich nach einem Platz für die Asche meines Freundes umsehen.«

»Oh, hier würde es ihm bestimmt gefallen«, sagte sie. »Meinem Mann gefällt es hier sehr gut.« Sie streckte einen knochigen Finger aus. »Das ist er.«

»Gregory Slade«, las ich.

»Ja, und ich bin Amiga.«

»Amiga?«

»Ich weiß, das ist ein seltsamer Name, aber wie ich schon sagte, war meine Mutter Engländerin. Sie heiratete einen Texaner, der sie in eine Kleinstadt drunten am Golf mitnahm, wo alle schreckliche Vorurteile gegen Mexikaner hatten. Aber sie fand Mexikaner wunderbar, und sie sagte, Spanisch sei die schönste Sprache, die sie je gehört hatte.« Sie zwinkerte mir zu. »Sie sind doch mexikanischer Abstammung, wenn ich mich nicht täusche. Trinken Sie nur aus. Es gibt noch mehr davon.«

»Woher wissen Sie, dass Ihr Mann hier glücklich ist?«

»Ich weiß es.«

»Ich glaube nicht, dass die Toten glücklich oder unglücklich sind«, sagte ich. »Sie sind einfach tot.«

»Wenn Sie das wirklich glaubten«, gab sie zurück, »würden Sie sich nicht um die Asche Ihres Freundes scheren. Sie sehen aber gar nicht gut aus. Sind Sie sicher, dass es Ihnen gut geht?«

»Es gibt eine Religion, die glaubt, dass die Welt vom Teufel erschaffen wurde. Dass das hier die Hölle ist.«

»Natürlich ist es die Hölle«, sagte Amiga Slade aufgeräumt. »Genauso ist es der Himmel. Auf die Betrachtungsweise kommt es an.« Sie berührte meine Hand. »Ganz gleich, was Sie glauben, getan zu haben, es kann nicht so furchtbar sein, dass Sie die Hölle verdienen.«

»Ich bin homosexuell.«

»Was sollte das Gott kümmern? Er hat Sie schließlich gemacht.«

»Mein Freund ist an Aids gestorben.«

»Das tut mir so Leid«, sagte sie und drückte meine Hand. »Es tut mir wirklich Leid.«

»Ich kann ihn nicht loslassen.«

»Aber Henry, das ist doch auch gar nicht nötig«, sagte sie. »Sie können ihn hier neben Greg stellen, und wir vier können uns immer hier treffen.«

»Woher wissen Sie meinen Namen?«

Sie berührte die Mitte ihrer Stirn. »Ich habe das zweite Gesicht. Noch eine Mitgift meiner englischen Mutter.« Sie fischte in ihrem Tragenetz und zog ein in Wachspapier eingewickeltes Stück gelben Kuchen hervor. »Sie haben Hunger«, sagte sie. »Essen Sie das.«

Der Kuchen war fest, feucht und süß. Ich schlang ihn gierig hinunter. »Was tun Sie so?«, fragte ich sie zwischen den Bissen.

Sie lächelte. »Ich bin Wahrsagerin in einem Café in Venice. Madame Helène. Die Kinder finden mich großartig. Eins hat sogar eine Internetseite für mich gemacht.«

Ich leckte mir die Kuchenkrümel von den Fingern. »Und wie sieht mein Schicksal aus?«

»Nichts, was Sie nicht überleben könnten«, sagte sie. »Aber geben Sie Acht, wem Sie Ihr Vertrauen schenken.«

Es war schon spät am Nachmittag, als ich wieder nach Hause kam. Nachdem ich Amiga und den Forest Lawn verlassen hatte, hatte ich mich auf dem benachbarten jüdischen *Mount Sinai*-Friedhof umgesehen, aber ich war mir nicht sicher, ob es Joshs Eltern nicht als Beleidigung obendrauf auffassen müssten, wenn ich ihn dort beerdigte. Jedenfalls war es mir, als ich in meine Garage einfuhr, nicht mehr so dringlich, Joshs Asche aus dem Haus zu schaffen. Als ich das Haus verließ, nachdem ich all seine Medikamente in die Toilette geworfen und die letzten seiner Kleidungsstücke aus dem Schrank aussortiert hatte, hatte ich es damit noch viel eiliger gehabt. An die vergangene Nacht konnte ich immer noch nicht denken, ohne Reue und Scham zu empfinden. Ich war nach Alex süchtig geworden und hatte mich in dieser Sucht verloren, genauso wie damals im Alkoholismus. Als ich mit Amiga Slade im Kolumbarium zur Strahlenden Vorsehung saß, war mir die Eingebung gekommen, dass ich nicht vor Joshs Tod davonrannte, sondern vor meinem eigenen. Zwei Jahre lang hatte ich ihn Zelle für Zelle dahinsterben sehen, und in den Untiefen meines Unterbewussten hatte das meine eigene Todesangst geweckt. Meine manische Geschäftigkeit war eine Art verlängerter Angstzustand. Nun, da ich dies verstanden hatte, konnte ich vielleicht anfangen, wirklich zu trauern.

* * *

Auf meinem Anrufbeantworter blinkte die Nachrichtenanzeige. Ich hörte die neuen Nachrichten ab, drei an der Zahl, allesamt von Richie, jede noch dringlicher als die vorangegangene. Ich nahm den Hörer ab und wählte seine Nummer. Er ging beim ersten Klingeln ran.

»Henry?«

»Hallo Richie. Was hast du denn so Wichtiges?«

»Wo hast du den ganzen Tag gesteckt?«

»Friedhöfe besichtigen. Wieso?«

»Alex Amerian war letzte Nacht bei dir, stimmt's?«

»Woher weißt du das schon wieder?«

»Das ist unwichtig. Wann ist er aus deinem Haus gegangen?«

»Weiß nicht, nachts zwischen elf und zwölf. Warum?«

»Er ist ermordet worden. Sie haben seine Leiche in einem Müllcontainer in der Vaseline Alley gefunden.«

Kapitel 5

»Bist du sicher?«

»Ich hab's von einem von den Cops, die am Tatort waren«, sagte Richie. »Was ist letzte Nacht passiert?«

Von dort, wo ich stand, konnte ich über den Frühstückstresen in die Küche sehen. In der Spüle lag ein Lumpen, an dem Alex Amerians Blut klebte.

»Glaubst du etwa, ich habe ihn umgebracht?«

»Nein, natürlich nicht«, sagte Richie. »Es muss passiert sein, nachdem er von dir weggegangen ist. Hat er gesagt, wo er hinwollte?«

Ich war in die Küche gegangen. Ich fischte den Lumpen aus der Spüle und trug ihn in die Abstellkammer, wo ich ihn in die Waschmaschine warf.

»Henry?«

»Er hat nichts erwähnt. Ich nehme an, zu einem Freier.«

Eine Pause entstand. »Er hat dir erzählt, dass er auf den Strich ging.«

Bei mir klickte es. »Du hast ihn gestern Abend bestellt.«

»So ein Blödsinn. Er war nicht hier.«

»Nein«, sagte ich. »Du hast ihn für mich bestellt.«

»Ich wollte dir nur helfen, über dein Ding mit ihm und Josh drüber wegzukommen.«

»Helfen? Mit einem Sex-Exorzismus?«

»Er sollte es dir nicht erzählen.«

»Das gehörte zu seiner Show«, sagte ich. »Der abgebrühte Profi mit dem goldenen Herzen. Ist das auch auf deinem Mist gewachsen? Tja, hat aber nicht geklappt, Richie. Er ist aus der Rolle gefallen. Seine Maske ist verrutscht, und am Ende wurde es etwas unschön.«

»Was ist passiert?«

»Ich habe ihn gestoßen, er hat sich verletzt.«

»Wie schwer verletzt?«

»Eine blutige Nase.«

»So kenn ich dich nicht, Henry«, sagte er.

»Vielleicht ist meine Maske auch ein bisschen verrutscht.«

Richie sagte: »Er hat einen Terminkalender geführt. Dein Name steht da wohl für gestern auch drin.«

»Dann steht auch seine letzte Verabredung drin.«

»Du hättest gestern seine letzte Verabredung sein sollen«, sagte Richie. »Ich hab ihn für die ganze Nacht bezahlt.«

Der blutverschmierte Lumpen, mein Name in seinem Terminkalender. Ich fühlte die Angst in mir aufsteigen.

»Hast du mit seiner Mitbewohnerin gesprochen?«, fragte ich. »Mit Katie?«

»Die Schwulenmutti auf Speed? Ich versuch schon den ganzen Tag, sie zu erreichen. Immer besetzt.«

»Vielleicht hat er ihr erzählt, wo er gestern hinwollte, nachdem er von hier weggegangen ist.«

»Sie dealt, Henry. Wenn sie Wind davon kriegt, dass Alex tot ist und die Cops jeden Moment vor der Tür stehen können, wird sie das Weite suchen.«

»Dann bin ich wohl besser als Erster bei ihr«, sagte ich.

* * *

Kaum saß ich hinterm Steuer, schaltete ich um auf die Betriebsart Rechtsanwalt. Ich hatte mit Alex Amerian wenige Stunden vor seinem Tod Sex und dann einen Streit gehabt. Ich wusste genau, was diese Umstände in Polizistenaugen für ein Bild ergeben und was sie damit anstellen würden. Wenn sie sich einmal auf einen Verdächtigen eingeschossen hatten, war das neue Ziel der Ermittlungen, seine Schuld zu untermauern. Es kam jetzt für mich darauf an, schnell Entlastungsmaterial zu finden, bevor ich beschuldigt wurde. Bis dahin musste ich meine Gefühle zu Alex' Tod so gut ich konnte wegpacken.

Ich parkte gegenüber von Alex' Haus, wo ich in den vergangenen Wochen so oft Nachtwache gehalten hatte. In der Gegend deutete nichts auf die Anwesenheit der Polizei hin. Ich stieg aus und ging zur Haustür. Als keine Reaktion auf die Klingel kam, drückte ich gegen die Tür. Sie war unverschlossen.

»Katie, sind Sie …« Die Worte erstarben mir im Mund. Ich sah jetzt, warum Richie nur das Besetztzeichen gehört hatte. Das Telefon war aus der Dose gerissen worden und lag im Flur. Ich sah sonst nichts Ungewöhnliches, aber die Atmosphäre war aufgeladen. Ich ging weiter den Flur entlang, warf einen Blick in die Küche. In der Spüle stand schmutziges Geschirr. Ich durchquerte das Haus bis zu den Schlafzimmern, die im hinteren Teil lagen. Aus dem Inhalt der Schränke schloss ich darauf, welches Alex' Zimmer und welches Katies war. In seinem Zimmer standen ein riesiges Bett, ein Fernseher mit Videorecorder und eine Kommode. Darauf lagen etwas Kleingeld, ungeöffnete Rechnungen, ein Stapel Männermodemagazine: *Detour, CQ*. Keine Spur von einem Terminkalender.

Sie schlief offenbar auf einer Matratze auf dem Boden und bewahrte ihre Kleidung in Pappschachteln auf. Aus zwei Sägeböcken und einer Spanplatte hatte sie einen Tisch gebaut, auf dem Lohnstreifen einer Zeitarbeitsfirma lagen. Außerdem standen darauf ein Monitor, eine Tastatur und ein Drucker, aber kein Computer. Während ich auf den Monitor starrte, fiel mir auf, dass in keinem der beiden Zimmer irgendwelche persönlichen Papiere herumlagen, keine Briefe, Notizbücher, Adresskarteien. Das Reispapierrollo, das vor ihrem Fenster hing, bewegte sich. Ich zog es hoch. Das Fenster stand offen, die Glasscheibe war herausgenommen worden. Die Anzeichen waren spärlich, aber es schien so, als wäre jemand ins Haus eingedrungen und hätte Sachen mitgenommen. Ihren Computer, seinen Terminkalender, andere persönlich aussehenden Papiere. Außer natürlich, der Computer war gerade in Reparatur, er hatte den Kalender mitgenommen und es gab keine persönlichen Papiere.

Ich ließ einen der Lohnstreifen in meine Tasche gleiten und ging hinaus in den Flur. Am vorderen Ende des Flures wurde die Haustür weit aufgestoßen, und zwei uniformierte Polizisten platzten mit der Waffe im Anschlag ins Wohnzimmer.

»Schön weit hoch die Hände«, schrie mich einer von ihnen an.

Ich nahm die Hände hoch. »Ich bin unbewaffnet«, sagte ich.

»So bleiben«, sagte der erste Polizist, während der zweite, immer noch mit gezogener Waffe, auf mich zukam und mich abtastete.

»Ist sauber«, rief er seinem Kollegen zu. »Sie können die Hände runternehmen, aber halten Sie sie so, dass ich sie sehen kann.«

»Was geht hier vor sich?«, fragte ich.

Ein dritter Mann hatte das Haus betreten. Er war in Zivil, trotzdem war er unübersehbar ein Polizist. Er hatte schütteres silbriges

Haar, einen Schmerbauch und ein Gesicht wie ein Schlag Kartoffelbrei. Er trug eine verspiegelte Sonnenbrille. Im Näherkommen nahm er sie ab, und seine kleinen, schlauen Augen brachten mit einem Mal Kontrast in das weiche, blasse Gesicht, wie ein verschwommenes Bild in einem Film, das plötzlich scharf gestellt wird. Ich sah Intelligenz, Wachsamkeit, Zynismus.

»Ich bin Sergeant Odell«, sagte er. »Gehört Ihnen der schwarze Accord auf der anderen Straßenseite?«

»Ja«, sagte ich.

»Und wie heißen Sie, Sir?«

»Rios. Henry Rios.«

»Begleiten Sie mich hinaus, Mr. Rios?«

»Warum? Was geht hier vor?«

»Na, soweit ich das einschätzen kann, begehen Sie gerade Hausfriedensbruch.«

»Ich kenne die Leute, die hier wohnen.«

Odell grinste. »Sieht nicht so aus, als wäre jemand hier außer uns Hübschen.«

»Die Tür war nicht verschlossen. Ich habe mir Sorgen gemacht und bin hereingekommen.«

»Reden wir doch draußen weiter«, sagte Odell und nahm mich am Ellbogen. Ich schüttelte ihn ab. Er trat einen Schritt zurück und ließ mich vorgehen. Die beiden uniformierten Deputies hatten ihre Revolver wieder ins Holster gesteckt, aber ihre Körperhaltung warnte mich vor abrupten Bewegungen. Ich trat auf die Veranda, wo ein weiterer Deputy mit einem Mann in Zivil stand, der mir irgendwie bekannt vorkam.

»Das ist er«, rief er aufgeregt und zeigte auf mich. »Der hat zwei-, dreimal in der Woche mitten in der Nacht vor meinem Haus geparkt und dieses Haus beobachtet. Ich hab ihm gesagt, wenn er nicht abhaut, hol ich die Polizei. Nur gut, dass ich mir sein Nummernschild notiert habe.«

Odell stand schwer atmend neben mir. Der Atem eines dicken Mannes. »Nur gut, was«, brummelte er.

»Ich kenne den Mann, der hier wohnt«, sagte ich ihm. »Er heißt Alex Amerian.«

»Oh-oh«, sagte Odell. »Den hat gestern Nacht jemand umgebracht, Mr. Rios. Ich hätte jetzt gerne, dass Sie auf die Wache mitkommen und dort ein paar Fragen beantworten.«

»Sie können mich hier befragen«, sagte ich.

»Ich bin nicht der, mit dem Sie reden sollten«, sagte er. »Das ist Detective Gaitan von der Mordkommission, und der ist auf der Wache.« Als ich nicht sofort antwortete, fügte er ruhig hinzu: »Ich könnte Sie auch wegen Hausfriedensbruchs festnehmen und in Handschellen mitnehmen. Hängt ganz von Ihnen ab.«

»Das ist nicht nötig«, sagte ich. »Gehen wir.«

* * *

Sie ließen mich hinten in einen Streifenwagen einsteigen. Odell setzte sich neben mich, und wir wurden den Santa Monica Boulevard entlang gefahren, bis wir nach einem runden Dutzend Blocks die Polizeiwache West Hollywood am San Vicente Boulevard erreichten. Es war Samstagnachmittag, und in der City war der abendliche Karneval, der dort an Wochenenden stattfand, schon ausgebrochen. Die Fenster von *Twenty-Four Hour Fitness*, das direkt westlich des La Cienaga Boulevard einen ganzen Block einnahm, waren voller junger Männer, die unermüdlich ihre Muskeln auf chromstählernen Streckbänken quälten. In den Boutiquen und Cafés tummelten sich Wochenendschwule, die ihren Touristenstatus durch ein halbes Jahr der Mode hinterherhinkende Kleidung und Haartracht offenbarten. Magere Mittzwanziger stolzierten oben ohne herum und boten den Betrachtern kunstvolle Tattoos und Piercings dar. Eine Tunte alten Stils im weißen Kaftan und mit nachgezogenen Augenbrauen, die ihr Pudelgespann ausführte, wiegte sich sanft hin und her, als dankte sie huldvoll einer applaudierenden Menge, die nur sie sehen konnte. Ein Latino-Jugendlicher streckte den Kopf aus dem Beifahrerfenster des Wagens vor uns und schrie zwei Männern im Vorstadtlook, die Händchen haltend neben einer Hamburgerbude standen, zu: »Ihr Scheiß-Schwanzlutscher!«

»Lass den Kleinen mal rechts ranfahren«, sagte Odell zu dem Deputy, der am Steuer des Streifenwagens saß. Er schaltete das Martinshorn an und betätigte die Lichthupe. Der aufgemotzte, tiefer gelegte Sportwagen vor uns fuhr gegenüber von dem niedrigen braunen Ziegelgebäude der Polizeiwache an den Straßenrand. Wir hielten dahinter an.

»Und jetzt, Sergeant?«, fragte der Deputy.

»Bring ihn hierher.«

Der Deputy stieg aus, näherte sich dem Auto, sprach mit dem Fahrer. Kurz darauf stieg der Junge, der die Männer beschimpft hatte, aus dem Wagen und ließ sich zähneknirschend zum Streifenwagen begleiten. Er war dürr und trug ein Schottenhemd und eine Hose, die mindestens sechs Größen zu groß war und ihm um die Hüften schlabberte. Ein Gang-Kid. Odell kurbelte sein Fenster herunter und bedeutete dem Deputy mit einer Handbewegung, er solle den Jungen zu ihm bringen.

»Ich bin Sergeant Odell«, sagte er. »Wie heißt du, mein Sohn?«

»Ich hab nix gemacht«, gab der Junge zurück.

»Darüber reden wir noch«, erwiderte Odell. »Ich habe dich nach deinem Namen gefragt.«

»Jimmy«, sagte er bockig. »Jimmy Saldana.«

»Wohin soll's denn gehen, Jimmy?«

»Venice.«

»Wo kommst du her?«

»Aus Boyle Heights.«

»Da liegt West Hollywood ja ein bisschen ab vom Weg, Jimmy«, sagte Odell. »Was macht ihr hier?«

Der Junge zuckte die Achseln und schaute auf seine Füße.

»Schwuchteln gucken, was?«

Jimmy hob den Kopf und lächelte. Er schien Odell für einen Verbündeten zu halten. »Ja, diese Abartigen.«

»So, jetzt hör mir mal zu, Jimmy«, sagte Odell in ruhig-bedrohlichem Ton. »Dieses Viertel ist mein Viertel. Die Leute hier sind meine Leute. Ich führe eine Liste mit allen kleinen Scheißern von deiner Sorte, die hier reinkommen, und jetzt steht dein Name auch drauf. Wenn ich dich noch mal erwische, steck ich deinen armseligen Mestizen-Arsch hinter Gitter, da kannst du mal die wahren Abartigen kennen lernen. Und jetzt mach, dass du hier wegkommst, und deinem Kumpel kannst du sagen, er soll das nächste Mal, wenn er nach Venice will, die Interstate 10 nehmen.«

Erregt, aber auch eingeschüchtert schlurfte der Junge ab, mit so viel Würde, wie es ihm die schlackernde Hose erlaubte.

»Das war eine widerrechtliche Personenkontrolle«, sagte ich.

Odell schaute mich an. »Sind Sie Rechtsanwalt?«

»Ja.«

Er lächelte. »Interessant.«

* * *

Der Streifenwagen wurde bei den anderen auf dem Parkplatz hinter der Wache abgestellt. Wir betraten das Gebäude durch den Hintereingang und standen auf einem Korridor. Hinter einer Glaswand lagen Arrestzellen und ein Büro, in dem der Schließer saß. Die Wache war hell und sauber und sah relativ neu aus. Die Diensthabenden hätte man in ihren Khakihemden und braunen Hosen für Ranger aus dem Nationalpark halten können. Aber dass Odell den Jungen festgehalten hatte, erinnerte mich daran, dass die Bezirkspolizei, was die Verletzung der Rechte von Verdächtigen betrifft, bei der Anwaltskammer einen noch mieseren Ruf hatte als das LAPD, die Stadtpolizei von Los Angeles. Das lag daran, dass neueingestellte Bezirkspolizisten ihren ersten Dienst im Gefängnis ableisten mussten, wo sie den Häftlingen gegenüber bei weitem in der Minderzahl waren. Dort entwickelten sie eine Belagerungsmentalität, die sie später auf die Straßen hinaustrugen.

»Würden Sie bitte einen Moment hier warten, Mr. Rios?«, fragte Odell.

»Ich würde das hier gern schnell abschließen.«

»Bin gleich wieder da«, sagte er.

Der Polizist, der uns auf die Wache gefahren hatte, ließ mich allein auf dem Korridor stehen. Es wäre ein Kinderspiel gewesen, durch die Hintertür zu entwischen, und für einen kurzen Moment zog ich das in Betracht. Ich war hier in keiner guten Position. Alles, was ich sagen konnte, würde belastend klingen, aber die Aussage zu verweigern würde mich ebenso belasten. Es gab keine harmlose Erklärung, woher ich Alex kannte, und die Geschichte vom letzten Abend seines Lebens, den ich mit ihm verbracht hatte, hätte mich vor mir selbst verdächtig erscheinen lassen.

Nach zehn Minuten winkte mich Odell zum anderen Ende des Korridors. »Mr. Rios? Hier lang, bitte.«

* * *

Der Raum war mit einem Tisch und vier Stühlen bestückt. In einer Ecke war eine Videokamera an der Wand montiert, und neben der Tür hing ein Wandtelefon. Ein stämmiger Latino-Cop im kurzärmligen Hemd, einer fadenscheinigen Hose und einer Billigkrawatte erwartete uns. Die schäbige Kleidung des Mannes konnte seiner Autorität nichts anhaben. Er war hellhäutiger als ich, aber dennoch unverkennbar mexikanisch: rundes Gesicht, dichtes meliertes Haar, stumpfe Augenbrauen, schwarze Augen. Praller Bierbauch. Starke Hände mit Fingern wie Chorizo-Würste. Ende dreißig, schätzte ich, aber schon ziemlich verbraucht. Er erinnerte mich an meinen Vater, und es war keine angenehme Erinnerung.

»Mr. Rios«, sagte er. »Ich bin Detective Gaitan. Mordkommission. Ich möchte Ihnen einige Fragen zu Alex Amerian stellen. Sie wussten, dass er gestern Nacht ermordet wurde.«

»Sergeant Odell hat es mir gesagt.«

»Setzen Sie sich, Rios«, sagte Gaitan und zog für sich selbst einen Stuhl unter dem Tisch vor. »Machen Sie es sich bequem. Wir werden hier eine ganze Weile zu tun haben.«

»Darüber entscheide ich«, sagte ich. »Ich bin freiwillig hier.«

Gaitan hob langsam die Augen von der Mappe, die vor ihm auf dem Tisch lag, und fixierte mich. Es war der Gefängnishof-Blick, mit dem Häftlinge einander zu terrorisieren versuchten, wenn sie keine andere Waffe zur Hand hatten. Dieser Blick ließ seine Augen dunkel werden vor Hass und Bedrohlichkeit, er verdrängte jedes menschliche Licht aus ihnen. Einer meiner Stammklienten hatte ihn den »Spiegel des Todes« genannt. Ich war nicht so dumm, den Blick abzuwenden.

»Vielleicht hat Odell nicht erwähnt, dass ich Strafverteidiger bin«, sagte ich. »Ich habe Mandanten, die in der Todeszelle sitzen, Detective. Mit Ihrem Knastblick werden Sie mich nicht einschüchtern.«

»Dann werfen Sie doch mal einen Blick hier drauf«, sagte er, öffnete die Mappe und fächerte ihren Inhalt auf dem Tisch auf. Ein halbes Dutzend Schwarzweißfotografien von Alex Amerian.

Ich setzte mich. Langsam nahm ich das erste Foto in die Hand und studierte es so gründlich wie ein Beweisstück in einem Prozess, um das Entsetzliche abzuwehren, das es zeigte: Alex' nackter Körper, zusammengeklappt und in eine Recyclingtonne gequetscht, die gegen eine von Bougainvilleenranken bewachsene Gasbetonmauer umgestoßen worden war. Kopf, Schultern, ein Teil des Oberkörpers und die Beine ragten hervor. Seine linke Gesichtshälfte war zu Brei zerschlagen, ein Auge fehlte in seiner Höhle, ein Bruchstück des Unterkieferknochens durchstieß die Oberfläche unter den Überresten eines Ohrs. Im aufgeplatzten Fleisch waren scharfkantige Wunden wie von einer Stichwaffe zu erkennen. Sein Kopf war fast vollständig vom Rumpf abgehackt. Eine Bougainvilleenblüte war in seine freigelegte Speiseröhre gefallen. Auf seiner Brust waren tiefe Kratzer zu sehen, die sich aber auf einer zweiten Fotografie, einer Nahaufnahme, in Buchstaben auflösten, die die Worte bildeten: TÖTET TUNTEN.

Ich ging die anderen Bilder durch, Detail- und Ganzkörperaufnahmen, alle am Fundort der Leiche aufgenommen, und machte mir dabei ständig Gedächtnisnotizen, als müsste ich mich auf ein Kreuzverhör vorbereiten. Neben den Verletzungen im Gesicht und am Hals und den Einkerbungen auf seiner Brust zeigte sein Körper noch weitere Wunden und Abschürfungen, aber diese waren nicht tödlich, sie waren sogar nur oberflächlich. Die Striemen auf seinem Rücken erinnerten mich daran, dass er sich bei der Arbeit schlagen ließ, manchmal zumindest. Hatte dies hier als SM-Session angefangen und war dann aus dem Ruder gelaufen? Was hatte er mir erzählt? Dass die meisten seiner Kunden sich selbst dafür hassten, dass sie schwul waren, und es an ihm ausließen. Noch etwas war an der Leiche merkwürdig: Sie war leicht aufgedunsen, als wäre sie in eine Flüssigkeit getaucht gewesen. Und es gab etwas noch Auffälligeres.

»Nirgends ist Blut.«

Aus dem Hintergrund sagte Odell: »Was?«

»Er wurde zu Tode gehackt, aber auf diesen Fotos ist kein Blut zu sehen.« Ich schaute Gaitan an. »Er ist nicht in der Gasse umgebracht worden.«

»Wo ist er dann umgebracht worden, Rios?«, fragte Gaitan. »Sie müssen das wissen. Sie waren es schließlich.«

Ich schob die Bilder wieder in die Mappe. »Ich will meine Anwältin anrufen.«

»Erst wird geredet. Danach können Sie Ihre Anwältin anrufen.«

Ehe ich antworten konnte, sagte Odell: »Du hast gehört, was er gesagt hat, Mac. Er will seine Anwältin anrufen.«

Ohne den Blick von mir abzuwenden, sagte Gaitan: »Du kannst rausgehn, Lucas. Ich ruf dich schon, wenn ich dich brauche.«

Odell schlug mit der flachen Hand auf den Tisch. Gaitan drehte jäh den Kopf zu ihm hin. In demselben sanften, drohenden Ton, in dem er den Gang-Jugendlichen angeredet hatte, sagte er: »Wenn auf meiner Wache ein Verdächtiger nach einem Anwalt verlangt, ist das Verhör zu Ende.«

Verdächtiger?

* * *

Nachdem ich meinen Anruf getätigt hatte, führte mich Odell zu den Arrestzellen.

»Ich wüsste ja gerne, ob Sie und Gaitan vorhin ›guter Bulle – böser Bulle‹ gespielt haben oder ob Sie sein Verhalten wirklich gereizt hat«, sagte ich.

Odell klopfte an das Gatter, um den Schließer auf sich aufmerksam zu machen, und sagte: »Für Sie gibt es Wichtigeres, über das Sie nachdenken sollten, Mr. Rios.«

»Er arbeitet nicht etwa in einer anderen Dienststelle?«

Der Schließer ließ uns mit dem Türsummer ein.

»Die Mordkommission ist in der Innenstadt«, sagte Odell. »Sie haben ihn uns ausgeliehen. Hey, Tim, Mr. Rios hier wird eine Weile bei dir zu Gast sein, bis seine Anwältin kommt.«

»Ich kümmere mich um ihn«, sagte der schmächtige, blonde Schließer. Er stand auf und ging zur Tür, die zu den Arrestzellen führte. Als er mich fragte: »Wünschen Sie die Präsidentensuite oder die Flitterwochensuite?«, erkannte ich den tuntigen Singsang eines Schwulen.

»In welcher ist der Zimmerservice besser?«, fragte ich.

Der Schließer grinste ein Liebster-kleiner-Junge-auf-der-ganzen-Welt-Grinsen. Eine Schwester, so viel stand fest.

»Ich überlasse ihn jetzt Ihnen«, sagte Odell.

»Sergeant«, sagte ich. »Sie wissen, dass Sie mich hier nicht mehr lange festhalten können.«

»Ich kann Sie immer noch wegen Hausfriedensbruchs festnehmen.«

»Wegen eines Vergehens? Da müssten Sie mich schon dem Haftrichter vorführen.«

Er lächelte. »Nicht unbedingt, Herr Anwalt. Bei uns läuft das so, dass wir bei einer Festnahme ein FAV-Formular ausfüllen und dem Richter zustellen, der dann vierzig Stunden Zeit hat, seinen Krakel drunterzusetzen, oder wir schmeißen den Verdächtigen wieder raus.«

»FAV? Das ist mir neu.«

»Feststellung ausreichender Verdachtsgründe«, sagte er. »Ich verständige Sie, wenn Ihre Anwältin da ist.«

»Also, Deputy Tim«, sagte ich zu dem Schließer. »Gibt es hier auch Partnerzellen?«

Er errötete.

* * *

Eine Dreiviertelstunde später stürmte Inez Montoya – mit Odell im Schlepptau – in einem blauen Kostüm und Turnschuhen und mit einer ziemlich mitgenommenen Aktentasche in der Hand in den Arresttrakt und verlangte vom Schließer: »Lassen Sie meinen Mandanten frei.«

»Lassen Sie ihn raus«, sagte Odell. »Sie können im Verhörzimmer miteinander reden.«

Er führte uns wieder in den Raum, in dem Gaitan mir die Fotos von Alex gezeigt hatte, und ließ uns dort allein. Inez zog einen Stuhl unter dem Tisch vor und ließ sich hineinplumpsen. Die schweren Ponyfransen fielen ihr ins runde Puttengesicht. Sie strich sie sich unwillig aus der Stirn und sagte: »Verdammte Scheiße, was geht hier eigentlich ab, Henry? Ich war gerade auf dem Weg zu einem Essen mit dem Gouverneur, als mein Büro deinen Anruf an mich weitergeleitet hat.«

Meine Freundschaft mit Inez Montoya ging fast zwanzig Jahre zurück. Damals waren wir beide bei der Pflichtverteidigung gewesen. Ich war beim Strafrecht geblieben, während sie in die Politik gegangen war, im Stadtrat von Los Angeles gesessen hatte und zwei Legislaturperioden lang Kongressabgeordnete gewesen war. Vom Kongress war sie zur Wohnungsbaubehörde gegangen und dort drei Jahre lang stellvertretende Direktorin gewesen. Vor ein paar Monaten war sie von dem Posten zurückgetreten und nach Los Angeles zurückgekehrt. Zur Zeit drehte sie als Teilhaberin einer politisch einflussreichen Anwaltskanzlei in der Westside eine Warteschleife und rüstete sich indessen für ihre Wahlkampagne zur Bürgermeisterwahl in einem Jahr. Inez war in allem wild entschlossen und so auch in der Treue zu alten Freunden, auch solchen wie mir, den sie seit langem als Versager abgeschrieben hatte.

»Es scheint so, als würde ich hier festgehalten, weil man mich eines Mordes verdächtigt«, sagte ich.

»*Madre de Dios*«, murmelte sie. »Wie kommt *das* denn?«

»Das ist eine lange Geschichte«, sagte ich und erklärte es ihr.

Sie lauschte ohne sichtbare Regung, bis ich fertig war, trat dann ihre Zigarette auf dem Fußboden aus und sagte: »Das ist zu schwach, um erfunden zu sein.«

»Meinst du, ich würde mir eine Geschichte ausdenken, die mich so als Trottel dastehen lässt?«

»Du stellst diesem Jungen nach, bis du ihn so weit hast, dass er mit dir ausgeht, dann findest du raus, dass er eine Nutte ist, aber gehst trotzdem mit ihm ins Bett, dann wirst du stinksauer, weil er eine Nutte war, also schlägst du ihn zusammen und treibst ihn direkt seinem Mörder in die Arme. Jesus Maria, Henry, und ich dachte immer, ihr Schwulen wollt euch noch irgendwie von Heteromännern unterscheiden.«

»Ich habe ihm nicht ›nachgestellt‹.« Ich hatte Mühe, nicht in die Luft zu gehen. »Und ich habe ihn auch nicht ›zusammengeschlagen‹, und ganz bestimmt habe ich nicht gewusst, dass er ermordet werden würde.«

Sie schoss einen warnenden Blick auf mich ab. »Vorsicht mit diesem Ton.«

»Um Himmels willen, Inez. Ich habe gestern Nacht kein Auge zugemacht, den Nachmittag habe ich auf dem Forest Lawn-Friedhof zugebracht, um für Josh ein schönes Grab auszugucken, kaum bin ich zu Hause, erfahre ich, dass jemand mein Date um die Ecke gebracht hat, und jetzt sitze ich hier, weil man mich für den Mörder hält. Wie würdest du dich an meiner Stelle fühlen?«

Sie fischte in ihrer Aktentasche nach der Zigarettenschachtel.

»Ich glaube nicht, dass du hier rauchen darfst«, sagte ich.

Sie ignorierte mich und paffte einige Minuten lang voller Ingrimm. »Du wirst den Cops die Wahrheit sagen müssen«, sagte sie.

Ich war zähneknirschend zur gleichen Schlussfolgerung gekommen, während ich auf sie gewartet hatte. »Ich weiß«, sagte ich, »aber das würde mich nicht entlasten. Nicht in ihren Augen. Ich wäre immer noch verdächtig.«

Sie fuhr sich gereizt mit einer Hand durch die dichte Haarmasse. »*Pues*«, sagte sie. »Wen haben sie auch sonst? Aber da du es ja nicht warst, werden sie dich irgendwann in Ruhe lassen.«

»Nicht bevor mein Ruf ruiniert ist«, sagte ich.

»Als ob man deinen Ruf noch ruinieren könnte«, sagte sie. »Wie heißt der von der Mordkommission?«

»Gaitan«, sagte ich, »aber vergiss den anderen nicht, Odell.«

»Odell hat nur die Aufsicht in der Wache«, sagte sie. »Die Ermittlungen sind Gaitans Sache.«

»Gaitan ist ein Macho-Arschloch«, sagte ich und erzählte ihr, wie er versucht hatte, mich weiterzuverhören, nachdem ich verlangt hatte, sie anzurufen. »Odell ist ihm in die Parade gefahren.«

»Wenn du meinst«, sagte sie. »Aber denk dran, Henry, du musst ihnen alles erzählen, egal, wie peinlich es dir ist.«

»Das macht dir alles keinen Spaß, was, Inez?«

»Nicht so richtig«, sagte sie. »Es ist ziemlich widerwärtig. Für deine Naivität gehörst du eingesperrt, wenn schon für nichts anderes.«

* * *

Ich sprach meine Aussage in einen Kassettenrekorder, der ständig streikte, so dass ich alle paar Minuten einen Satz wiederholen musste.

»Ich sagte, dass ich deswegen gegenüber von seinem Haus parkte, weil ich dabei war, meinen Mut zusammenzunehmen, ihn zu fragen, ob er mit mir ausgehen will.«

Ein belustigt-ungläubiger Ausdruck blitzte in Gaitans Gesicht auf. »Sie wollten mit ihm ausgehen? Sind Sie etwa homosexuell?«

»Ja, Detective, davon rede ich. Ich bin schwul.«

Die Ungläubigkeit ging in Ekel über. »Aber Sie sind doch Mexikaner, Mann.«

»Weiter im Text«, sagte Inez.

Ich spürte Gaitans stumme Verachtung, als ich beschrieb, wie ich mit Alex essen gegangen war und wie wir dann zu mir gegangen waren, um Sex zu machen.

»Entschuldigung«, sagte Odell. »Die Maschine. Können Sie das bitte wiederholen.«

Ich schaute auf meine Hände. »Wir sind zu mir nach Hause gegangen und hatten dort Sex.«

Auf der anderen Seite des Tisches brummelte Gaitan etwas.

»Was meinen Sie, Mac?«, fragte Odell. »Wollen Sie etwas aufs Band sprechen?«

Er schüttelte langsam und mit demonstrativem Abscheu den Kopf.

»Danach«, fuhr ich fort, »als er am Gehen war, haben wir uns gestritten. Ich habe ihn zu Boden geschlagen. Ihm wohl eine blutige Nase verpasst. Draußen wartete ein Taxi auf ihn. Er ist gegangen, zu einer anderen Verabredung, sagte er. Das war das letzte Mal, dass ich ihn gesehen habe.«

»Warum haben Sie ihn zusammengeschlagen?«, fragte Gaitan.

»Er hat etwas Verletzendes zu mir gesagt«, sagte ich in der Hoffnung, dass sie sich damit zufrieden geben würden.

»Was denn?«, beharrte Gaitan. »Womit konnte er Sie denn beleidigen, Rios?«

»Inez«, sagte ich.

»Das tut nichts zur Sache«, sagte sie. »Das Wichtige ist, dass er, als er das Haus meines Mandanten verlassen hat, noch am Leben war.«

»Wenn Rios die Wahrheit sagt«, fügte Gaitan an. »Wie kommt es, dass sie heute Nachmittag im Haus des Opfers waren?«

»Der Mann, der mich Alex vorgestellt hatte, hat mich angerufen und gesagt, er habe gehört, dass Alex umgebracht worden war. Ich bin zu seinem Haus gefahren, um mit seiner Mitbewohnerin zu reden und herauszufinden, was sie wusste.«

»Name des Mannes, der Sie vorgestellt hat?«

»Richard Florentino. Er wohnt im La Cuesta Way, hier in West Hollywood.«

»Und woher wusste er vom Mord an Amerian?«

»Er meinte, er hätte es von einem Ihrer Deputies gehört«, antwortete ich, den Blick auf Odell gerichtet.

»Hat er gesagt, von welchem?«, fragte Odell.

»Nein.«

»Wer ist diese Mitbewohnerin, von der Sie sprechen?«, fragte Gaitan.

»Sie heißt Katie Morse.«

»Was dachten Sie denn, dass sie Ihnen erzählen kann, Rios?«

»Ich dachte, sie wüsste vielleicht, wo Alex hingegangen ist, nachdem er mein Haus verlassen hat.«

Gaitan kippelte mit dem Stuhl nach hinten, blickte mich mit unverhohlenem Ekel an und sagte: »Wissen Sie, was ich glaube, Rios? Ich glaube, Sie konnten sich mit ihm nicht auf den Preis einigen und haben ihn umgebracht.«

»Ich habe in allem mit Ihnen zusammengearbeitet«, sagte ich. »Die einzige Möglichkeit für Sie, mich hier zu behalten, ist, mich festzunehmen, und nicht wegen so einem Pipifax wie Hausfriedensbruch.«

Odell sagte: »Stimmen Sie einer Durchsuchung Ihres Hauses und Ihres Wagens zu, Mr. Rios?«

»Jetzt? Heute Abend?«

»Wenn Sie es nicht getan haben, sollten Sie auch nichts zu verbergen haben«, sagte er.

»Genau, Rios. Sie wollen sich doch entlasten, oder?«

»Ich möchte kurz mit meiner Anwältin reden.«

Die beiden Polizisten gingen hinaus. »Hör mal zu, Henry«, sagte Inez, »ich bin hier die Verteidigerin. Wir machen das so, wie ich es für richtig halte.«

»Was meinst du?«

»Dieses Rumgemackere von dir, wie du Gaitan herausgefordert hast, dich festzunehmen.«

»Wir wissen doch alle, dass es keinen hinreichenden Tatverdacht gibt.«

»Er würde es tun, und sei's nur, um dich zu quälen«, sagte sie. »Gut, dass der andere noch da ist.«

»Meinst du, sie bekommen einen Durchsuchungsbefehl?«

»Im Handumdrehen. Hast du was zu verbergen?«

»Ich hab dir schon gesagt, dass ich ihm eine blutige Nase verpasst habe. Sie werden Blutspuren von ihm in meinem Haus finden und seine Fingerabdrücke in meinem Auto.«

»Du hast das schon erklärt«, sagte sie. Sie kniff die Augen zusammen. »Du verheimlichst mir doch nichts, oder, Henry?«

»Du glaubst das doch nicht etwa von mir, oder?«

»Irgendwo finden die schon einen Richter, der einen Durchsuchungsbefehl unterschreibt«, sagte sie. »Ich meine, du solltest dich kooperativ zeigen. Lass sie ihre Durchsuchung machen.«

»Das ist keine Antwort auf meine Frage.«

Sie musste nachdenken. »Natürlich nicht«, sagte sie nach einem Moment.

* * *

Es war vier Uhr morgens, als die Hausdurchsuchung beendet war. Da sie meinen Wagen für eine spätere Untersuchung beschlagnahmt hatten, fuhr mich Inez nach Hause und blieb bei mir, bis der letzte Polizist weg war. Ich hatte ihnen gezeigt, wo ich Alex gegen die Tür gestoßen hatte, wies sie auf die Blutflecken hin, holte den blutigen Lappen aus der Waschmaschine. Gaitan schien sich besonders für meine Badewanne zu interessieren.

»Haben Sie einen Whirlpool?«, fragte er mich, als er aus dem Gästebad kam.

»Nein«, sagte ich.

Einer seiner Assistenten ließ in der Küche ein Glas fallen. Gaitan schlenderte durchs Wohnzimmer, hielt inne, betrachtete die Urne auf dem Kaminsims.

»Was ist das?«

»Sie enthält die Asche meines Geliebten«, sagte ich.

»Machen Sie sie auf.«

»Machen Sie sich nicht lächerlich«, sagte ich.

Er nahm sie in die Hand und schüttelte sie. »Da drin könnten Sie ein Messer versteckt haben.«

»Ich werde sie nicht öffnen.«

Jetzt war auch Inez dazugekommen, die unsere lauten Stimmen gehört hatte. Ich erklärte ihr die Kontroverse.

»Ich kann mit einem Durchsuchungsbefehl wiederkommen«, sagte Gaitan.

»Sie können die Urne im Labor röntgen lassen«, sagte Inez. »Aber Sie können sie nicht öffnen.«

»Dem Röntgen werde ich nicht zustimmen«, sagte ich.

»Wir wollten kooperativ sein, Henry«, sagte sie, »erinnerst du dich?«

Odell war hinzugetreten.

»Ich will sie morgen zurückhaben«, sagte ich.

»Ich werde sehen, ob sich das machen lässt«, sagte Odell.

* * *

»Das wär's also«, sagte ich zu Inez, als alle weg waren. »Fürs Erste.«

Sie zündete ihre letzte Zigarette an. »Ich geh nach Hause, Henry.«

»Danke, dass du zu meiner Rettung geeilt bist«, sagte ich.

Sie winkte ab. »Bedank dich nicht zu früh. Du bist noch nicht in Sicherheit.«

»Tut mir Leid, dass du dein Essen mit dem Gouverneur verpasst hast.«

Zorn und Mitleid blitzten in ihren Augen auf. »Als wir zusammen angefangen haben, warst du der große Hoffnungsträger. Was ist passiert, Henry?«

»Ich weiß nicht, was du meinst, Inez. Ich bin noch da, nüchtern, ich arbeite, ich lebe.«

»Du warst zu viel Höherem bestimmt.«

»Wir beide leben nicht mehr in derselben Welt. In meiner Welt, wo viele tot sind oder Alkoholiker, sind das große Erfolge.«

»Na dann tu mir den Gefallen und bleib ihnen treu. Halt dich aus dem Schlamassel raus.«

Ich öffnete die Tür. »Das Schlamassel holt mich schon ein.«

»Nur, weil du es anlockst«, gab sie zurück und fuhr davon.

* * *

Am nächsten Tag brachte mir ein Polizist Joshs Asche zurück. Das Siegel auf der Urne war erbrochen.

Kapitel 6

»Diese Alpträume«, sagte ich. »Wie bei Hieronymus Bosch. Ich wache schreiend auf, weil ich geträumt habe, dass etwas bei mir im Bett ist und mir Fetzen aus dem Leib herausfrisst. Oder ich träume von den Polizeifotos von Alex Amerians Leiche. Oder von Josh, wie er zuletzt war. Zum Skelett abgemagert.«

»Du hast eine Reihe von traumatischen Erlebnisse hinter dir«, sagte Reynolds. »Es ist nicht außergewöhnlich, wenn die von deinen Träumen Besitz ergreifen.«

Auf seinem pummeligen Gesicht lag die übliche gütige Miene. In seinem graubeigen Büro war es still, bis auf das Tocken der großväterlichen Standuhr in der Ecke. Ein unaufdringlich gerahmtes Diplom über dem Schreibtisch wies ihn als Doktor der Psychologie aus. Es war lange her, dass ich Raymond Reynolds zuletzt aufgesucht hatte. Aber in den drei Tagen, seit Alex ermordet wurde, hatte ich keinen Schlaf bekommen, denn sobald ich die Augen schloss, wurde ich von Alpträumen heimgesucht. Tagsüber war es nicht viel besser. Wenn ich aus dem Fenster schaute, sah ich einen Zivilwagen am Straßenrand stehen, der mich überwachte. Jedes Mal, wenn das Telefon klingelte, dachte ich, Inez würde anrufen, um mir zu sagen, dass die Polizei zu mir unterwegs sei, um mich zu verhaften. Es war, als erstickte ich in meiner eigenen Haut.

»Es ist nicht nur ein Trauma. Ich fühle mich mitschuldig am Tod von Alex.«

Er rutschte nervös auf seinem Stuhl hin und her. »Du willst doch nicht etwa sagen …«

»Beruhige dich. Ich habe ihn nicht umgebracht.«

»Was meinst du dann damit, Henry?«

»Der Mörder hat Alex auf besonders intime Art und Weise getötet. Er hat ein Messer benutzt, die klassische Waffe für Sexualdelikte, ein Penetrationswerkzeug, ein Instrument der blindwütigen Raserei … Du hättest die Fotos sehen sollen. Und hinterher hat er die Leiche sorgfältig gewaschen, gebadet. All diese Arten, Hand an den nackten Körper von Alex zu legen, das war nicht unbeabsichtigt oder zufällig. Der Mörder ist darauf abgefahren. Weißt du, was das bedeutet?»

Die Standuhr tickte. »Nein, was bedeutet es denn für dich?«

»Es bedeutet, dass er es wieder tun wird«, antwortete ich. »Ich habe Alex einem Serienmörder in die Arme laufen lassen.«

»Und darum fühlst du dich mitschuldig?«, fragte Reynolds. »Weil du ihn nicht aufgehalten hast?«

»Nein«, sagte ich. »Ich fühle mich mitschuldig, weil ich verstehe, was in seinem Mörder vorging. Er ist schwul, Raymond, wie du und wie ich, aber er kann damit nicht umgehen, also reagiert er seine Zerrissenheit an den Körpern anderer schwuler Männer ab. Ich bin fast sicher, dass Alex nicht sein erstes Opfer war.«

»Warum kannst du nachvollziehen, was in ihm vorgeht, Henry?«

»Ich verstehe, dass es so viel Energie erfordert, dem Hass zu widerstehen, den so viele Menschen gegen uns empfinden«, antwortete ich. »Es macht einen fertig. Man beginnt sich zu fragen: ›Wenn so viele davon überzeugt sind, dass ich böse bin, dann ist vielleicht doch etwas dran?‹ Und das gibt einem den Freibrief, sich so zu verhalten, als sei man tatsächlich böse.«

»Und andere Schwule umzubringen?«

»Ich gebe zu, das ist ein Extremfall«, sagte ich, »aber schau mal, wie Schwule miteinander umgehen, diese allgegenwärtige Boshaftigkeit und Missgunst im Leben so vieler Schwuler. Ist das nicht eine Art des Abreagierens, in der die meisten von uns gefangen sind?«

»Es gibt noch eine andere Seite der Medaille, Henry.«

»Ich wusste, dass du das sagen würdest«, erwiderte ich. »Darum bin ich hergekommen. Was ist die andere Seite?«

»Ich glaube, dass die meisten Menschen nicht deswegen vor uns Angst haben, weil wir anders sind, sondern weil wir auf eine gewisse Weise frei sind.«

»Frei? Frei wozu? Einander zu missbrauchen?«

»Ich rede nicht von der Freiheit zu tun, was du willst, sondern von der Freiheit zu sein, wer du bist. Der Freiheit, nach deiner tiefsten Selbsterkenntnis zu handeln. Fast alle Menschen haben das Gefühl, in der Falle zu sitzen, aber sie haben Angst auszubrechen, sich zu verändern. Sie haben Angst, sich selbst kennen zu lernen. Wir sind dazu gezwungen, uns kennen zu lernen.«

»Wir sind doch kein Haufen von Werdenden Buddhas, Raymond«, sagte ich. »Fahr mal den Santa Monica Boulevard entlang und erzähl mir dann, dass diese Jungs frei sind.«

»Ich habe gesagt, dass man uns gezwungen hat, uns zu erkennen. Ich habe nicht gesagt, dass wir das gern getan haben. Für die meisten von uns ist mit der Selbsterkenntnis Schluss, sobald wir offen schwul sind. Wir kommen aus dem Schrank und bauen uns neue Schränke. Ghettos. Süchte. Wechselseitig abhängige Beziehungen. Orte, wo wir uns vor uns selbst verstecken. Aber das Vertrackte daran ist«, fuhr er fort, »dass, wenn du einmal angefangen hast, dich selbst kennen zu lernen, es sehr schwer ist, diesen Prozess wieder zum Stillstand zu bringen. Sogar dein Mörder muss in der hintersten Ecke seines Bewusstseins wissen, dass er noch so viele Schwule umbringen kann – den Schwulen in sich wird er nie abtöten können.«

»Aber wie viele andere müssen sterben, bevor er das einsieht?«, fragte ich.

* * *

Von Reynolds' Büro in Beverly Hills fuhr ich auf dem Sunset nach Westen. Ich wollte in Hollywood mit Richie essen gehen. Im Rückspiegel sah ich wieder mal ein Polizeiauto, das mir folgte. Seit dem Verhör zu Alex' Tod war ich fast ununterbrochen beschattet worden. Als ich mich der La Brea Avenue näherte, kam der Verkehr zum Erliegen, obwohl die Ampel weit vor mir Grün zeigte, und ich war in meinem Wagen eingeschlossen wie in einem Sarg. Das Sonnenlicht ergoss sich schlierig über meine Windschutzscheibe. Ein sinnloses Hupkonzert setzte ein. Ein zahnloser, in Lumpen gekleideter Mann mit einem Schild, auf dem stand »ARBEITE FÜR BIER«, presste sein sonnengegerbtes Gesicht an mein Seitenfenster. Ich schaute weg, und er ging weiter. Er schlängelte sich durch die Autokolonnen wie eine verdammte Seele. Eine Gedichtzeile ging mir durch den Kopf: »Ich selbst bin die Hölle; niemand ist hier.« Woraus war das noch mal?

Hinter mir trötete eine Hupe. Die Straße war frei geworden, während ich mich zu erinnern versuchte, wer das geschrieben hatte. Robert Lowell. Er gehörte einer Generation von Dichtern an, die verrückt geworden waren oder sich umgebracht hatten oder beides. Sylvia Plath, John Berryman, ich legte den Gang ein und fuhr weiter, wischte über die Kreuzung, als die Ampel gerade von Gelb auf Rot schaltete, bog auf der La Brea nach Norden ab, in Richtung Hollywood Boulevard. Am Straßenrand sah ich die Ursache für den Stau. Zwei Sanitäter hoben eine Trage in einen Rettungswagen. Auf der Trage lag ein menschlicher Körper, von einem blutigen Laken bedeckt.

Ich stellte den Wagen auf einem Parkplatz in einer Seitenstraße des Hollywood Boulevard ab und ging zu Richies Büro. Eine Hitzewelle hatte sich auf der Stadt niedergelegt und eine Inversionswetterlage verursacht. In der windstillen Luft hing der Smog wie ein fauler Brodem aus dem Maul eines unsichtbaren Ungeheuers, ein Dreckschleier, der die Stadt verhängte und die Stadtmenschen im eigenen Unrat verschmachten ließ. Der Bürgersteig des Hollywood Boulevard funkelte von in den Asphalt eingearbeiteten Glitzersteinchen, die den Glamour Hollywoods heraufbeschwören sollten, aber die darin eingelassenen Bronzesterne des *Walk of Fame* erinnerten eher an Grabplatten. Gegenüber Richies Büro, vor *Mann's Chinese Theater*, fotografierten Touristen sich gegenseitig in den Fußabdrücken toter Stars. Beim Betreten des Bürogebäudes warf ich noch einen Blick über die Schulter, aber die Polizeieskorte hatte ich vorläufig abgeschüttelt.

Mit Ausnahme der gerahmten Titelseiten, die die Wände des Empfangsraums säumten, waren die Büros der *L.A. Mode* von der grauen Industrieauslegware bis hin zu den hellen pseudoskandinavischen Furniermöbeln so funktional und schmucklos wie eine Zahnarztpraxis. Der Mann hinter der Empfangstheke, ein blonder Wuschelkopf mit verkrontem Gebiss, schien mich für einen Filmagenten zu halten und begrüßte mich mit einem breiten Lächeln.

»Hallo, was kann ich für Sie tun?«

»Ich bin mit Mr. Florentino zum Essen verabredet. Mein Name ist Rios.«

»Ich sage ihm Bescheid, dass Sie da sind.« Er flüsterte ein paar Sätze ins Telefon und sagte dann: »Sie sollen in sein Büro kommen.«

Ich ging den mit grauer Auslegware bedeckten Flur entlang, an den funktionalen Kästen vorbei, die Redaktion und Layout beherbergten. Richies Eckbüro war im Design vom *Chinese Theater* auf der anderen Straßenseite inspiriert. Die Wände waren in der Farbe geronnenen Blutes gestrichen, die Fenster umflossen goldene satinartige Tücher, und von der Kassettendecke hing ein golden-kristallener Lüster. Richie regierte die Zeitschrift von einem massiven, mit Intarsien verzierten Biedermeierschreibtisch aus. Ein Tisch mit sechs Stühlen im selben wuchtigen Stil stand auf einem verblassten blauweißen chinesischen Teppich. In einer überdimensionalen Vase stand ein Strauß großblütiger welker Pfingstrosen, die einen fauligen Geruch ausströmten.

Er saß am Schreibtisch und las ein langes Fax, in der einen Hand einen Mont Blanc-Füller, in der anderen eine brennende Zigarette. Er trug ein avocadogrünes Hemd mit blauer Krawatte, die mit orangen und gelben Tulpen gemustert war. Ein kornblumenblauer Leinenblazer hing ordentlich auf einem Kleiderbügel an der Garderobe neben der Tür. Seine rot geränderten Augen blickten zu mir auf.

»Arschloch«, sagte er müde und gereizt. »Die letzten zwei Tage gehen hier dauernd Bullen ein und aus und verhören mich zu dem Mordfall. Ich muss eine Zeitschrift leiten. Wie kommst du dazu, ihnen meinen Namen zu geben?«

Ich zog einen Stuhl unter dem Tisch vor. Ein Stapel Schnellhefter lag darauf. Als ich sie beiseite räumte, flatterte ein Foto von Duke Asuras zu Boden. Ich setzte mich. »Weil ich um ein Haar festgenommen worden wäre.«

Er machte eine wegwerfende Handbewegung. »Lächerlich.«

»Verdammt noch mal, Richie«, schrie ich ihn an und riss ihm das Fax aus der Hand. »Mich verfolgen die Bullen überallhin und warten, bis sie mich dabei erwischen, wie ich den Nächsten aufschlitze. Sie haben meine Wohnung und mein Auto auf den Kopf gestellt, und meine eigene Anwältin schaut mich an, als könnte ich es doch gewesen sein.«

Er drückte seine Zigarette in einer Kristallschale aus. »Und was soll ich da machen?«

»Was für Fragen haben sie dir gestellt?«

»Sie haben sich für deine Beziehung zu Alex interessiert.«

»Was hast du gesagt?«

»Ich habe gesagt, dass du, soweit ich weiß, nur einmal mit ihm ausgegangen bist.«

»Soweit du weißt? Richie, du weißt genau, dass ich nur einmal mit ihm ausgegangen bin, weil du ihn dafür bezahlt hast. Oder hast du etwa vergessen, das ihnen gegenüber zu erwähnen?«

»Ich habe das nicht für wichtig gehalten.«

Ich blickte ihn an. »Wir spielen hier kein Ratespiel. Die Bullen glauben nicht an die Unschuldsvermutung. Du wirfst ihnen windelweiche Formulierungen hin wie ›soweit ich weiß‹, und sie werden das genaue Gegenteil daraus folgern.«

»Hast du ihn umgebracht, Henry?«, fragte er. Er nestelte eine weitere Zigarette aus der Packung.

»Du weißt, dass ich es nicht getan habe.«

»Na also! Worüber machst du dir dann solche Sorgen, verdammte Scheiße?«

»Ich würde mir gerne die Demütigung ersparen, als Mordverdächtiger verhaftet zu werden, und die Belastung, die es bedeutet, mich reinwaschen zu müssen«, versetzte ich. »Die einzige Möglichkeit, die ich habe, ist, den Cops einen anderen Verdächtigen anzubieten. Ich nehme an, dass Alex von einem seiner Freier umgebracht wurde. Du hast gesagt, er hat einen Terminkalender geführt. Als ich am Samstag in seinem Haus war, nachdem du mich angerufen hast, habe ich keinen Terminkalender gefunden, aber es sah alles danach aus, als wäre jemand eingebrochen und hätte einiges mitgehen lassen.«

»Was?«

»Einen Computer, Papiere. Vielleicht den Kalender. Und was ist mit der Mitbewohnerin?«, sagte ich. »Katie Morse. Soweit ich weiß, ist sie immer noch verschwunden. Du hast Alex gekannt. Du musst doch Vermutungen haben, wer ihn getötet haben könnte.«

Er schüttelte den Kopf. »Jungs wie Alex kommen seit achtzig Jahren in ganzen Busladungen nach Hollywood, weil ihnen irgendwer in Sankt Sonstwo weisgemacht hat, dass sie zum Film müssen. Im Fall von Alex war es ein Künstleragent, dem er für eine Fotokarte einen geblasen hat. Die Heten heiraten, arbeiten bei der Telefongesellschaft und ziehen ins Valley. Die Schwulen enden als Speedzombies oder vermieten ihre Ärsche auf dem Santa Monica. Alex hat den Durchbruch geschafft. Er hat irgendeinem wichtigen Menschen gefallen, und der hat ihn bei seinen Freunden rumgereicht.«

»Und einer von denen hat ihn umgebracht.«

»Ach bitte, Henry«, sagte er. »Wir reden von Männern, die Geld und Macht haben.«

»Und etwas zu verbergen haben. Klemmschwule.«

»Meinst du etwa, sie haben Alex mit namentlich gezeichneten Schecks bezahlt oder mit ihm für Fotos posiert? Diese Typen könnten der Mafia in Sachen *omertà* noch was beibringen. Außerdem hat nicht einmal die Skandalpresse Interesse an Storys über Schwule in Hollywood. Ihr Zielpublikum will nichts über Schwanzlutscher lesen. Die wollen wissen, wie Oprah Winfrey es schafft, so schlank zu bleiben.«

»Einige Freier von ihm haben auf SM gestanden«, beharrte ich. »Könnte es nicht sein, dass da einer zu weit gegangen ist?«

»Du willst wissen, wer Alex umgebracht hat. Ich werde es dir sagen.« Er stieß ein Federwölkchen Rauch aus. »Beim Essen.«

* * *

Wir gingen über die Straße zum Hotel Roosevelt, wo Richie im *Theodore's*, dem Hotelrestaurant, eine ständige Reservierung fürs Mittagessen hatte. Als Stammkunde wurde ihm diskret und gesetzwidrig zugestanden, an seinem Tisch zu rauchen. Das Roosevelt war, worauf Richie mich stets von neuem hinwies, der Ort gewesen, an dem die erste Oscarverleihung stattgefunden hatte. Nach Jahren der Vernachlässigung war es als Teil des städtischen Programms, das Hollywood wieder zum Leben erwecken sollte, restauriert worden. Das Facelifting war erfolgreich gewesen, und das Roosevelt der Zwanziger war bis in die letzte Topfpalme in der kathedralenartig überdachten Lobby wieder erstanden, aber der Rest von Hollywood widersetzte sich immer noch beharrlich allen Anstrengungen der Stadtplaner. Also war das elegante alte Hotel jetzt umgeben von T-Shirt-Läden, Falafelbuden und Perückenshops, die in der großen Schar von Transen, die in Hollywood auf den Strich gingen, eine dankbare Kundschaft fanden.

Das *Theodore's* war ein ruhiger, in Beige gehaltener Saal, den eine große verätzte Glasplatte von der Lobby trennte. Aus hohen, schmalen, dick verhängten Fenstern sickerte Dämmerlicht herein. Es war, als würde man in ein untergegangenes Zeitalter überwechseln, und jedes Mal, wenn ich das Restaurant betrat, erwartete ich, an allen Tischen die Schatten verflossener Filmgrößen zu sehen, die Geistercocktails an ihre bleichen Lippen führten. Stattdessen war es beinahe leer und still wie ein Mausoleum, denn Hollywood war aus Hollywood schon längst ausgewandert und hatte es den Drag Queens und Touristen überlassen.

Richie inspizierte die lila Servietten auf dem Tisch und verzog das Gesicht. »Wer hat sich das denn ausgedacht?«, herrschte er die Kellnerin an, eine unscheinbare, dunkelhäutige junge Frau, deren Namensschildchen sie als Isabel aus dem Bundesdistrikt Mexico auswies.

»*Perdón?*«, sagte sie. Er hatte sie so verwirrt, dass sie ins Spanische zurückfiel.

»Lila Servietten? Sind wir hier auf einer puertorikanischen Hochzeit? Bringen Sie mir einen Martini. Und einen Aschenbecher.«

»Du hast eine Theorie, wer Alex ermordet hat«, bohrte ich nach.

Richies Blicke schweiften durch den leeren Saal. Er begutachtete das Besteck und entfernte mit missbilligendem Blick die kleine Vase, in der zwei verwelkte Nelken standen, vom Tisch.

»Ich weiß nicht, warum mir Hollywood noch irgendwas bedeutet. Hollywood ist sich selbst anscheinend scheißegal geworden.«

»Was soll das jetzt?«

»Ich arbeite gerade an der größten Story meiner gesamten Laufbahn«, sagte er. Isabel brachte ihm den Martini und den Aschenbecher. Er kostete den Drink und schmatzte mit den Lippen. »Wenigstens weiß der Barkeeper noch, wie man einen anständigen Martini einschenkt.«

Als sie unsere Bestellungen aufgenommen hatte und gegangen war, hakte ich noch einmal nach: »Ich wollte über Alex reden.«

»Ich rede vom Tode Hollywoods«, sagte er mit einer pathetischen Handbewegung. »Von der Ermordung Hollywoods. Es ist erbärmlich anzusehen, tragischer als der Mord an Alex Amerian.«

»Für dich vielleicht«, sagte ich.

»Für mich unbedingt«, sagte er. »Ohne Hollywood hätte ich die Klapsmühle nie überlebt.«

»Alte Filme nach der Sperrstunde. Ich weiß. Du hast mir davon erzählt«, sagte ich ungeduldig. Warum schweifte er so ab?

Seine Augen verengten sich. »Aber du weißt es wiederum nicht,

Henry, denn ich habe dir nie erzählt, welche Behandlungsmethode sie damals in der Chase-Levinger-Klinik in Battle Creek, Michigan, für Homosexualität hatten. Oder etwa doch?«

»Nein«, sagte ich. Richie war den Tränen nahe. Ich konnte nichts tun, nur abwarten.

»Sie haben mir Elektroden an den Körper geklemmt und mir schwule Pornos gezeigt, und wenn ich darauf reagierte, haben sie den Strom angeschaltet.« Er nahm einen langen Schluck aus seinem Glas. »Sie nannten es Aversionstherapie. Ich war vierzehn. Ich hatte noch nie Pornos gesehen. Meine Fantasien bestanden darin, dass ich mir vorstellte, mit dem Kapitän der Footballmannschaft in der kurzen Pause Händchen zu halten. Sie haben mir Filme von Männern gezeigt, die miteinander Sachen machten, von denen ich nicht einmal wusste, dass sie körperlich überhaupt möglich waren. Natürlich habe ich darauf angesprochen. Ich konnte nichts dagegen tun. Sie haben die Spannung immer weiter erhöht, bis man mich wegen Verbrennungen zweiten Grades verarzten musste. Das ging Woche für Woche so weiter, fast zwei Jahre lang. Eigentlich erstaunlich, dass ich keinen bizarren Fetischismus mit Drähten und Klemmen habe.« Er versuchte zu lächeln, aber es geriet ihm zur Grimasse. »Manchmal habe ich versucht, die Augen zu schließen, um die Bilder nicht sehen zu müssen, aber dann haben sie mir noch härtere Stromschläge verpasst. Weißt du, sie wollten, dass ich hinschaue. Sie wollten, dass es mir wehtut, eine Schwuchtel zu sein. Ich hätte ihnen sagen können, dass es auch so schon weh genug tat. Ich dachte, sie würden mich umbringen. Also habe ich mir beigebracht, mit offenen Augen zu träumen, diese Bilder anzuschauen und etwas anderes zu sehen.«

»Was?«

»Filmszenen. Sie haben mir Pornos gezeigt, aber ich sah Bette Davis, wie sie in *Opfer einer großen Liebe* in ihrem Garten herumgrub, oder Norma Shearer in *Frauen*, wie sie stolz ihre dschungelroten Fingernägel vorführte. Ich bekam keinen Ständer mehr. Sie haben daraus geschlossen, dass die Behandlung erfolgreich war. Aber sie haben mich dabehalten, bis ich achtzehn war und sie gesetzlich verpflichtet waren, mich freizulassen. Vier Jahre, Henry, so lange hat meine Familie mich in die Klapse gesteckt. Die letzten zwei Jahre über habe ich den Pflegern im Badezimmer einen geblasen. Die technischen Details habe ich aus den Pornos gelernt, so gesehen war die Therapie wirklich ein voller Erfolg.«

»Das ist ja entsetzlich.«

Die Kellnerin brachte unser Essen. Er bestellte noch einen Martini.

»Dein Mitleid kannst du dir schenken«, sagte er, als sie weg war. »Ich habe dir diese Geschichte erzählt, damit du verstehst, was mir Filme bedeuten. Mein Fall ist zugegebenermaßen extrem, aber es gab viele andere schwule Jungen wie mich, die ihre Kindheit nur überlebt haben, weil Hollywood ihnen eine andere Welt gegeben hat, von der sie träumen konnten. Darum bin ich hinter Duke Asuras her.«

»Ich komme nicht mehr mit, Richie.«

»Sagt dir der Name James Longstreet was?«

»Natürlich«, sagte ich. »Jeder Schwule und jede Lesbe in Amerika kennt diesen Namen. Was ist mit ihm?«

»Dieses fundamentalistische Erweckungsarschloch«, spie Richie aus. »Er hat mal hier im Hotel gewohnt und ist mit dem Auto in eine schwul-lesbische Demo hineingeraten. Als er wieder zu Hause in Arschfick, Virginia, war, hat er Spendenaufrufe rumgeschickt, in denen er behauptete, die Perversen hätten auf seine Tür eingehämmert wie wilde Tiere, und seien bereit gewesen, ihm die Gliedmaßen einzeln auszureißen.« Sein Gesicht verfärbte sich zu einem schlaganfallartigen Lila. »Ich wünsche mir, dass jemand dieses fette Schwein zur Strecke bringt. Du nicht?«

»Ich wünsche niemandem den Tod«, sagte ich. »Andererseits gibt es bestimmt Leute, die ich gern zum Schweigen bringen würde, und er gehört dazu.«

»Er ist ein Mörder«, sagte Richie. »Denk nur an all die lesbischen und schwulen Kids da draußen, die in sogenannten christlichen Familien eingekerkert sind, die gezwungen werden, sich jede Woche von ihm anzuhören, wie sehr Gott die Perversen hasst und dass Aids die Strafe für ihre Todsünden ist. Jedes Mal, wenn eins von ihnen sich umbringt, hat er Blut an den Händen.«

Ich nippte an meinem Tee. »Was hat das ganze mit Hollywood zu tun?«

Er kippte seinen Martini hinunter. »Er hat vor, Filme zu drehen.«

»Wer? Longstreet? Für ihn steht doch Hollywood auch ganz oben auf Gottes Abschussliste.«

»Wenn du genau hinhörst«, sagte Richie und säbelte an seinem Steak herum, »hörst du unter all dem Höllenfeuer und der ewigen Verdammnis das neidische Gejammere von jemandem heraus, der auch gern mitspielen würde. Longstreet hat ein milliardenschweres Medienimperium unter seiner Fuchtel, unter anderem zwei Kabelfernsehgesellschaften. Er ist steinreich, und er bereitet sich darauf vor, nach Hollywood zu expandieren, und diese Fickfrösche bei Parnassus werden ihm das Tor hochmachen.»

»Asuras?«

Richie kaute und nickte heftig. »Ich habe dir schon erzählt, dass Asuras und Allen Raskin, sein Chef bei der Parnassus Company, sich mit ihrem Vorstand in den Haaren liegen. Anscheinend haben sie sich jetzt auf die Suche nach einem Deus ex machina gemacht, der sie aus dem Schlamassel befreit, indem er entweder das größte Aktienpaket aufkauft oder eine Übernahmeschlacht anzettelt, die es ihnen erlauben würde, den Vorstand mit ihren eigenen Leuten neu zu besetzen.«

»Und der Gott aus der Versenkung ist unser Prophet?«

»Sieht ganz danach aus«, sagte er. »Sag bloß niemandem ein Sterbenswörtchen davon, Henry.«

»Wem sollte ich es denn erzählen?«

»Es ist mir ernst damit. Es könnte Leute gefährden.«

»Ich lebe nicht in deiner Welt, Richie. Das ist mir nicht wichtig.«

Er verschlang ein weiteres Stück Fleisch. »Sollte es aber. Wenn Longstreet damit durchkommt, wird er salonfähig. Du weißt, was das für uns heißt?«

»Du redest von der Filmindustrie.«

»Wo sind deine Träume hergekommen, als du klein warst, Henry?«

»Meine Träume kamen aus Büchern«, sagte ich.

»Noch eine Generation«, sagte er, »und Bücher gibt es nur noch im Museum.«

»Das aus dem Munde des Chefredakteurs einer Zeitschrift. Erschreckend.«

»Es ist wahr, Henry. Du weißt doch, was Asuras in seiner Rede bei der Oscarverleihung gesagt hat: dass Hollywood die Weltherrschaft erringen wird. Das war kein Witz. Die Menschen müssen nicht lesen können, um ins Kino zu gehen.« Er tupfte sich den Mund mit der Serviette. »Willst du, dass Longstreet die Filme produziert, die die Menschen in Bombay und Lagos zu sehen bekommen? Ich will das nicht, und ich werde ihn aufhalten.«

»Meine Sorgen schweifen nicht so in die Ferne. Du hattest mir zu Alex etwas zu sagen.«

»Ich glaube, dass Alex von einer antischwulen Todesschwadron ermordet wurde.«

»Was soll das heißen, eine Todesschwadron?«

»Weißt du, dass sein Auto in die Luft gejagt wurde?«

»Ja, er hat mir das erzählt.«

»Ich glaube, dass diejenigen, die ihn überfallen haben und die Autobombe gelegt haben, ihn auch umgebracht haben.«

»Er hat mir auch gesagt, dass in der Nachbarschaft noch mehr Autobomben hochgegangen sind.«

»Genau«, sagte Richie. »Und an jedem Auto gab es irgendetwas, das auf einen schwulen Besitzer hinwies, einen Aufkleber, eine Regenbogenflagge.«

»Das muss nicht heißen, dass die Besitzer den Tätern persönlich bekannt waren«, sagte ich. »Das mit Alex' Auto könnte auch Zufall sein.«

»War es aber nicht«, sagte Richie. »Es passierte direkt, nachdem ich den Schwulentickerartikel veröffentlicht hatte. Er war das einzige Opfer, das der Veröffentlichung seines richtigen Namens zugestimmt hat. Er hat sich zur Zielscheibe gemacht, indem er an die Öffentlichkeit gegangen ist.«

»Das reimst du dir alles nur zusammen.«

»Von meiner Quelle bei der Polizei weiß ich, dass in seine Brust ›Tötet Tunten‹ eingeritzt war«, sagte Richie. »›Tötet Tunten‹.«

»Und?«

»Also Henry, angenommen, ein Schwarzer wird von weißen Rassisten überfallen, geht an die Öffentlichkeit, dann wird sein Auto in die Luft gejagt und schließlich wird er ermordet von jemandem, der ihm ›Tötet Nigger‹ in die Brust ritzt, würdest du nicht möglicherweise auf die Idee kommen, dass es da einen Zusammenhang gibt?«

»Touché«, sagte ich. »Aber Richie, Gewalt gegen Schwule ist ungezielt und geschieht im Affekt. Ich habe die Polizeifotos von Alex' Leiche gesehen. Der Mord an ihm war geplant und methodisch.«

»Seit wann handeln Schwulenticker im Affekt?«, fragte Richie ungläubig. »Diese Halbstarken kommen vorsätzlich nach West Hollywood, um uns zu jagen. Ist es so schwer zu glauben, dass sie auch einen Schritt weitergehen könnten?«

»Hast du irgendetwas von dem, was du jetzt sagst, der Polizei gegenüber erwähnt, als sie hier war?«

»Wie ich schon sagte, haben sie sich nur für dich interessiert«, sagte er. »Außerdem glaube ich, dass die Bullen mit drinstecken.«

»Das sind jetzt aber Verschwörungstheorien wie bei Oliver Stone.«

Er leerte sein Glas. »Meinst du? Begleite mich mal ins Büro zurück.«

Wieder im Büro angekommen, bat er seine Assistentin, den Ordner zu dem Artikel herauszusuchen, in dem Alex Amerian interviewt wurde. Unter den Rohfassungen und Notizen befanden sich auch Fotos von Toilettenkabinen. Auf den Wänden waren Graffiti zu sehen. Auf Nahaufnahmen konnte ich die Sprüche »Tötet alle Tunten« und »AIDS=Arschficker In Den Sarg« lesen.

»Nett«, sagte ich. »Was ist damit?«

»Diese Fotos wurden im Männerwaschraum in der Zentrale der Bezirkspolizei am Monterey Park aufgenommen«, sagte er. »Ich würde sagen, sie geben ein gutes Bild ab, welche Einstellung zu Schwulen dort vorherrscht.«

»Ich bin nicht gerade ein Fan der Polizei«, sagte ich, »und zur Zeit noch viel weniger, aber wenn das ein Beweis dafür sein soll, dass sie in West Hollywood mit den Schwulentickern unter einer Decke stecken, überzeugt es mich nicht. Es beweist nur, dass manche Polizisten homophobe Arschlöcher sind, und das ist für niemanden, der mit ihnen zu tun hat, eine Überraschung, das kannst du mir glauben.«

Er warf die Hände theatralisch in die Luft. »Gut, ich gebe auf, Henry. Du hast mich gefragt, ob ich weiß, wer Alex umgebracht hat, aber du willst mir nicht glauben, obwohl ich eindeutige Zusammenhänge aufgezeigt habe.«

»Es ist nicht so, dass ich dir nicht glaube«, sagte ich. »Die Theorie klingt plausibel, aber es ist eben nur eine Theorie.«

»Eins muss ich dir sagen, Henry«, sagte er. »Als Journalist würdest du hier bald wieder rausfliegen.«

»Ich bin nur froh, dass ich nicht dein Verleumdungsanwalt bin.«

* * *

Von Richies Büro fuhr ich nach Century City, wo ich einen Termin bei Inez Montoya hatte. Ich drehte und wendete in Gedanken Richies Theorie und versuchte, mich an einen Präzedenzfall zu erinnern. In Texas hatte es vor einigen Jahren einen Fall gegeben, in dem ein Schwuler in Houston aus einem öffentlichen Park verschleppt und auf dem Land erschossen worden war. Der Staatsanwalt hatte mit Erfolg argumentiert, dass die Entführung des Opfers einen Vorsatz bewies, und er wurde von einem Geschworenengericht zum Tode verurteilt. Konnte es in Alex' Fall nicht ähnlich sein? Vielleicht war er ja nach seiner letzten Verabredung auf dem Nachhauseweg von denselben Männern entführt worden, die ihn überfallen und sein Auto in die Luft gejagt hatten. Womöglich war dieser Mord ja genau das, wonach er aussah: ein Hassdelikt. Aber etwas in mir wies dieses Szenario immer noch als einen Ausfluss von Richies paranoider Vorstellung zurück. Das war wohl auch ein Selbstschutzmechanismus, denn wenn ich wirklich glaubte, dass es Todesschwadronen gab, die Schwule ermordeten, dann konnte es sein, dass ich vor Wut oder vor Angst völlig handlungsunfähig würde. Aber es gab noch einen anderen Grund. Wie ich Reynolds erklärt hatte, konnten Menschen, denen andere mit einem solchen mörderischen Hass begegneten, so weit kommen, unterschwellig oder auch bewusst zu glauben, sie hätten diesen Hass verdient. Richies Verhalten hatte mich darauf gestoßen. Ich stellte fest, dass es für mich leichter war anzunehmen, dass Alex von einem seiner versteckt schwulen Freier zu Tode gehackt worden war, als von Schwulentickern, denn sogar ich musste gegen meinen eigenen Schwulenhass ankämpfen. Und wenn das für mich stimmte, wie viel einfacher würde es für die Polizisten sein, die überzeugt waren, dass sie den Mörder schon gefunden hatten. Mich.

* * *

Inez saß in einem zerknitterten weißen Leinenanzug hinter einem papierübersäten Schreibtisch im südlichen der beiden Century City-Bürotürme, die über der Weststadt thronten. Ihre Fenster gingen nach Süden und Westen hinaus, und an klaren Tagen, prahlte sie, konnte sie den bläulichen Umriss der Catalina-Insel am Horizont erkennen. Die Wände ihres geräumigen Büros waren kahl, und ihre persönlichen Siebensachen hatte sie in Kisten verstaut, die Aufschriften trugen wie »Auszeichnungen und Andenken«. Bis zum ersten Wahlgang zur Bürgermeisterwahl war es nicht einmal mehr ein Jahr hin, und offensichtlich wollte sie die Kisten erst in der City Hall wieder auspacken.

Sie telefonierte gerade, als ich eintrat. Sie bedeutete mir, mich zu setzen, und hörte kaugummikauend ihrem Gesprächspartner zu. Gelegentlich warf sie ein »Mhm« oder ein »Nee« ein.

»Ja, ja«, sagte sie abschließend. »Ich ruf später noch mal an. Ich hab 'nen Mandanten hier.« Sie legte auf und spuckte den Kaugummi in ein Taschentuch. »Sind die Bullen immer noch hinter dir her?«

»Meistens parken sie vor meinem Haus. Sie warten wohl darauf, dass das nächste Opfer mich besuchen kommt, damit sie mich beim Kopfabhacken erwischen können.«

»Schön zu hören, dass du deinen Humor noch hast«, frotzelte sie. »Ich habe den vorläufigen Durchsuchungsbericht bekommen.«

»Und?«

»Keine Überraschungen«, sagte sie. »Sie haben die Fingerabdrücke des Opfers in deinem Haus und deinem Auto gefunden. Sie haben festgestellt, dass das Blut an deinem Türknopf und auf dem Lappen seine Blutgruppe hat, aber der DNA-Test wird Wochen brauchen, also ist das noch nicht endgültig erwiesen ...«

»Ich habe zugegeben, dass es sein Blut ist«, erinnerte ich sie. »Werden sie mich festnehmen?«

»Nicht auf Grund dieser Beweisstücke«, sagte sie. »Von den Fingerabdrücken abgesehen war in deinem Wagen nichts, und in deinem Haus waren keine anderen Blutspuren als die, auf die du sie hingewiesen hast. Um dich festzunehmen, müssten sie erst mal erklären, wie du an ihm herumgeschnitzelt und ihn in deinem Wagen transportiert haben sollst, ohne Spuren zu hinterlassen.«

»Die Leiche war aufgequollen, als hätte sie im Wasser gelegen.«

Sie nickte. »Darum hat sich Gaitan so für deine Badewanne interessiert. In seinen Lungen war Wasser, Chlorwasser, wie sich herausstellte.«

»Ein Swimmingpool?«

»Oder ein Whirlpool«, sagte sie. »Der Mörder hat die Leiche eingeweicht. Sie war nicht nur sauber, sondern rein.«

»Dann müssen sie doch nur seine Leichenwäscherei finden. Sie müssen doch wissen, dass die nicht bei mir unterm Bett ist.«

»Detective Gaitan ist scharf auf dich, und das meine ich nicht im guten Sinne.«

»Umso besser, er ist nämlich nicht mein Typ«, sagte ich. »Er erinnert mich an meinen Vater, und das meine ich auch nicht im guten Sinne. Vielleicht helfen ihm die Worte ›böswillige Strafverfolgung‹, seine Feindseligkeit zu überwinden.«

»Diese Grenze hat er mit seinen Ermittlungen noch nicht überschritten«, sagte sie. »Noch ein paar Tage Geduld, dann wird Gaitan zugeben müssen, dass er bei dir auf dem Holzweg ist.«

»Und wenn wir ihnen eine Alternative zu mir anbieten?«

»Welchen Serienmörder sollen wir ihnen denn präsentieren? John Wayne Gacy ist schon hingerichtet worden.«

»Hör mir einfach zu.« Ich legte ihr Richies Theorie dar.

»Wissen die Bullen irgendetwas davon?«, fragte sie zornig, als ich fertig war. »Denn wenn sie etwas wussten und uns nichts davon gesagt haben, werd ich sie allerdings wegen böswilliger Strafverfolgung drankriegen.«

»Hältst du die Theorie denn für plausibel?«

»Plausibel? Henry, ich habe am Bundesgesetz gegen hassmotivierte Straftaten mitgeschrieben. Du würdest nicht glauben, was wir in der Enquetekommission zu hören bekommen haben. An manchen Orten ist Schwulenticken so was wie eine Samstagabendvergnügung. Und die Bullen – mein Gott, die Schwulen haben von denen genauso viel zu befürchten wie von denen, die sie überfallen.« Sie kramte eine Zigarette aus der Handtasche. »Wir stehen da an derselben Stelle wie vor zwanzig Jahren bei Vergewaltigungen. Wenn ein Opfer sich an die Behörden wendet, wird es ein zweites Mal zum Opfer.«

»Die hier könnten dich interessieren.« Ich schob ihr die Fotos mit den Klosprüchen zu. »Richie hat sie mir geliehen. Er sagt, sie wurden im Waschraum der Deputies in der Zentrale der Bezirkspolizei aufgenommen.«

»Oh Scheiße. Unglaublich«, sagte sie beim Durchsehen. Sie klemmte sich die Zigarette in den Mundwinkel und langte nach dem Telefon. »Jetzt werde ich diesen Wichser Gaitan hierherzitieren.«

Ich hielt ihre Hand zurück. »Warte, Inez. Ich weiß etwas Besseres.«

Sie legte den Hörer wieder auf. »Und das wäre?«

»Wenn Gaitan wirklich so ein Arschloch ist, wie er scheint, bezweifle ich, dass er von irgendetwas, was wir ihm erzählen, beeindruckt sein wird. Aber Commander Odell? Er könnte schon darauf anspringen, vor allem, weil diese ganzen Vorfälle in West Hollywood stattgefunden haben. Und es gibt noch eine Person, die wir ins Spiel bringen könnten: Serena Dance.«

»Serena Dance.« Sie rümpfte die Nase.

»Du kennst sie?«

»Und ob«, sagte sie. »Abteilung für hassmotivierte Straftaten. Aber du hast Recht. Wenn wir es schaffen, sie zu überzeugen, pfeift sie Gaitan zurück. Ich werde so bald wie möglich ein Treffen auf der West Hollywood-Wache ausmachen.«

»Du hast was gegen Serena?«

»Das ist unwichtig«, sagte sie. Ihr Telefon summte. »Ich muss rangehen. Ich melde mich bei dir.«

* * *

Bis ich wieder zu Hause war, war es dunkel geworden. Mein Nachbar Jim Kwan kam aus seinem Haus und überquerte den Rasen. Sein rundes, gutmütiges Gesicht hatte einen besorgten Ausdruck. Kwan, der das Nachbarschaftskomitee in unserer Straße leitete, war ein gelassener, zurückhaltender Mensch, und ich wusste sofort, dass es etwas Ernstes sein musste.

»Na, Henry«, sagte er. »Haben Sie einen Moment Zeit?«

»Natürlich, Jim. Gibt's Probleme?«

»Ich dachte, Sie sollten wissen, dass vorhin ein Detective bei uns war, der mir und Sharon Fragen über Sie stellen wollte.«

Mir wurde flau ums Herz. »Was für Fragen?«

Kwan blickte auf seine Schuhe. »Wissen Sie, Henry, was Sie bei sich zu Hause tun, das geht niemanden was an.«

»Jim, was hat er Sie gefragt?«

»Es waren gar nicht so sehr die Fragen«, sagte Kwan, »sondern das, was er uns erzählt hat. Er sagte, Sie würden eines Mordes verdächtigt und dass das Opfer ein Stricher war. Er hat uns Fotos gezeigt ...« Seine Stimme entgleiste. »Er wollte wissen, ob wir Freitagnacht irgendetwas gesehen oder gehört haben. Was ist denn los, Henry, um Himmels willen?«

»Der Detective hieß Gaitan, nicht?«

Er langte in seine Brusttasche und zog eine Visitenkarte heraus. »Ja, Montezuma Gaitan«, las er ab.

»Ich hatte tatsächlich Besuch am Freitag«, sagte ich. »Er war auch Stricher. Und er wurde ermordet. Alles Übrige saugen sie sich aus den Fingern. Hat Gaitan hier noch mit anderen Leuten gesprochen?«

»Nur mit den Cohens«, sagte er. Das waren meine Nachbarn zur anderen Seite. »Fred ist zu mir gekommen, nachdem Gaitan weg war, und meinte, er sei sicher, dass alles nur ein Irrtum ist.« Er legte mir die Hand auf die Schulter. »Es freut mich zu hören, dass es so ist.«

»Ich mache mir Sorgen, was die Leute hier von mir denken.«

»Überlassen Sie das nur mir«, sagte Kwan. »Hören Sie, haben Sie schon zu Abend gegessen? Wir haben eben den Tisch gedeckt. Es ist mehr als genug da.«

In sieben Jahren Nachbarschaft war ich noch nie bei den Kwans zum Essen eingeladen worden.

»Danke, Jim. Ich muss noch arbeiten. Kann ich darauf zurückkommen?«

»Jederzeit, Henry«, sagte er. »Ich sag Ihnen Bescheid, wenn Gaitan noch mal aufkreuzt.«

»Darum kümmere ich mich schon«, sagte ich.

* * *

Eins der ersten Dinge, die ein Strafverteidiger für gewöhnlich über die Gegenseite herauszufinden trachtet, ist, ob es gegen die Ermittlungsbeamten schon einmal Beschwerden wegen unverhältnismäßiger Gewaltanwendung oder anderem Fehlverhalten gab. Diese Vorgehensweise hatte sogar einen Namen, *Pitchess*-Antrag, nach einem Verfahren vor dem kalifornischen Appellationsgericht, in dem die Freigabe derartiger Akten verfügt worden war. Ich ging in mein Büro, zog die Adresskartei heraus und rief alle Strafverteidigerinnen und -verteidiger, die ich kannte, unter ihrer Privatnummer an. Tags darauf rief ich diejenigen, die ich nicht erreicht hatte, im Büro an, und stellte allen dieselbe Frage: »Haben Sie schon einmal einen *Pitchess*-Antrag betreffend einen Detective von der Mordkommission der Bezirkspolizei namens Gaitan gestellt? Wenn ja, könnte ich Ihre Unterlagen über ihn haben?« Der Name blieb leicht im Gedächtnis haften, und mehrere Kollegen konnten sich ziemlich gut an ihn erinnern. Mein Fax lief auf Hochtouren.

Kapitel 7

Als ich am Freitagmorgen aufwachte, eine Woche, nachdem Alex ermordet worden war, fühlte ich mich so gerädert und gereizt, als hätte ich kein Auge zugetan. Der Küstendunst, der den Himmel im Fensterausschnitt überzog, würde noch vor Mittag aufklaren und für einen weiteren Tag der flammenden Mittjunisonne das Feld räumen. Ich stand auf, warf mir einen alten Flanellmorgenmantel über, in dem ich sofort zu schwitzen begann, und trat auf dem Weg in die Küche in eine Reißzwecke, was Bluttropfen auf dem Teppich hinterließ. An der Spüle ließ ich Wasser in den Kaffeekocher laufen und schaute aus dem Fenster auf das ungekennzeichnete Polizeiauto, das gegenüber vor dem Haus der Hercus' stand. Inez hatte das Treffen mit Odell und Konsorten für diesen Vormittag angesetzt, und so war ich froher Hoffnung, dass dies mein letzter Tag unter Polizeiaufsicht war, wenn auch die neugierigen Blicke der Nachbarn noch lange Zeit anhalten würden. Während der Kaffee durchlief, holte ich die Zeitung von der Veranda. Die Schlagzeilen, die ich überflog, boten die übliche Mischung aus Skandalen und Katastrophen. Mein Horoskop raunte von Verwirrung und Geheimnissen.

Ich goss mir Kaffee ein und ging auf die Terrasse hinaus. Mein Haus stand auf dem Rand eines kleinen Canyons, und das Grundstück fiel steil ab in eine dornige Wildnis, in der Waschbären, Stinktiere und vereinzelte Rehe zu Hause waren. Unten im Canyon war eine Straße, und auf der anderen Seite standen viel größere Häuser. Beim Kauf des Hauses hatte ich gedacht, der Canyon wäre eine Zuflucht vor der Stadt, ländlich, grün und beschaulich, aber es war unmöglich, der Stadt zu entkommen. Das Grün war so stumpf wie eine Filmkulisse, und die Luft war abgestanden und stickig. Vor kurzem hatte ich nachts Schüsse gehört, und am nächsten Tag hatte sich bis zu uns herumgesprochen, dass zwei Straßen weiter unten eine dreiköpfige Familie bei einem Raubüberfall ermordet worden war. Es gab jetzt eine Initiative, das Viertel einzuzäunen, es von der Stadt praktisch abzutrennen, als ob das irgendetwas ändern würde.

Ich spülte meine Tasse aus und betrachtete das Polizeiauto. Hinter dem Steuer konnte ich einen Mann ausmachen. Gaitan? Wohl eher nicht. Für solche niederen Dienste hatte er andere. Und da, ganz plötzlich, raste der Wagen davon, ohne dass der Fahrer auch nur noch einmal den Kopf nach mir umdrehte.

* * *

Auf dem Weg zu dem Treffen in West Hollywood machte ich bei einem Buchladen Station und fand eine Ausgabe des *Inferno*. Ich parkte auf der Larabee Street und ging ins Café, um auf Inez zu warten und mit ihr gemeinsam die gegenüberliegende Wache zu betreten. Ich las wieder Dantes Bericht, wie er seinen geliebten Lehrmeister Brunetto unter den Sodomiten auf der brennenden Ebene wiedergetroffen hatte, und mein Blick fiel auf diese Passage:

… als wir auf eine Schar von Seelen trafen,
die längs des Dammes uns entgegenkamen
und deren jed uns ansah, wie beim Neumond
sich abends zwei Begegnende beschauen.

Ich entsann mich, dass Dantes Beschreibung der brennenden Ebene Richie an einen Schwulenstrand in Palm Beach erinnert hatte. Eine wüstenartige Szenerie; gebräunte, durchtrainierte Männer, die einander auf ewig umkreisten und sich mit lauernden Blicken beäugten. Wonach suchten wir? Ich klappte das Buch zu. Der Morgennebel hatte sich aufgelöst, und nun stand die Luft regungslos wie Stahlwolle. Die beiden Feigenbäume, die den Eingang zum Café flankierten, waren welk und verstaubt. Ich sah Inez um die Ecke biegen, die Sonnenbrille abnehmen und die Tür zum Café öffnen. Sie kam mit seltsam fragendem Gesichtsausdruck an meinen Tisch, als wäre sie nicht sicher, ob sie mich erkannte.

»Inez? Alles in Ordnung mit dir?«

»Es gab noch einen Mord«, sagte sie, und den Bruchteil einer Sekunde lang konnte ich die Frage von ihren Augen ablesen.

»Setz dich hin«, sagte ich. »Erzähl.«

* * *

Wir hatten uns in Odells fensterlosem Büro zu fünft auf Klappstühlen um seinen Schreibtisch herumgequetscht. Von meinem Platz aus blickte ich direkt auf ein gerahmtes Foto von Odell und einer jungen Frau in LAPD-Uniform. Über den Tisch funkelte mich böse das dunkle Gesicht Gaitans an, der sich gerade Magentabletten einwarf. Serena Dance saß zwischen ihm und Odell, Inez zu meiner Seite. Die Spannung zwischen den beiden Frauen war fast so greifbar wie zwischen Gaitan und mir, und das kalte »Hallo Serena« von Inez hatte dieser ein gleichermaßen frostiges »Inez« entlockt. Nur Odell mit seinen scharf blickenden Augen in seinem Schneemannsgesicht schien von den feindseligen Schwingungen, die den Raum durchströmten, nicht berührt zu sein. Er bemerkte, dass ich das Foto auf seinem Schreibtisch betrachtete, lächelte und sagte: »Meine Tochter.«

»Zur Sache«, sagte Inez. »Gestern Nacht ist ein zweiter Mord geschehen. Dieselbe Vorgehensweise. Ein junger Schwuler wurde zusammengeschlagen, erstochen und in der Alley wie Müll abgeladen, in seinen Körper eine Hetzparole eingeritzt. Da Sie meinen Mandanten die letzte Woche über ununterbrochen überwacht haben, wissen Sie, dass er nichts damit zu schaffen hat. Vielleicht hören Sie jetzt einmal auf, ihn zu bedrängen, und finden diesen Kerl, bevor er wieder zuschlägt.«

»Woher wissen Sie von dem zweiten Mord?«, verlangte Gaitan zu wissen.

»Von mir«, erwiderte Odell gelassen.

Gaitan blickte ihn zornig an. »Das verstehen Sie also unter Nachrichtensperre.«

»Die Nachrichtensperre gilt nur für die Medien«, gab Odell zurück. »Ms. Montoya hatte ein Recht darauf, verständigt zu werden, weil es ihren Mandanten betrifft.«

»Ich leite diese Ermittlung«, sagte Gaitan. »Ich entscheide, wer wann was wissen muss.«

»Diese Morde geschehen in meinem Stadtteil«, versetzte Odell. »Ich will, dass sie aufhören.«

»Sie hätten sie verhindern können«, beschied ihm Inez.

Odell starrte sie entgeistert an. »Wie bitte?«

»Nach unseren Informationen ist Alex Amerian zwei schwulenfeindlichen Straftaten zum Opfer gefallen, bevor er ermordet wurde, und weder der Sheriff noch die Staatsanwaltschaft hat zu diesen Taten angemessen ermittelt oder sie verfolgt. Dann wurde er unter Umständen ermordet, die nahe legen, dass es sich um ein weiteres Hassdelikt handelt. Wie dick muss es denn noch kommen, damit ihr es schnallt?«

»Was sollen wir schnallen, Ma'am?«, fragte Odell bedrohlich.

»Alex Amerian ist nicht einfach ermordet worden, er wurde hingerichtet, von denselben Menschen, die ihn zusammengeschlagen und sein Auto abgefackelt haben, und als Sie die Möglichkeit hatten, das zu verhindern, haben Sie Däumchen gedreht.« Sie setzte ihnen unsere Theorie zum Mord an Alex auseinander.

»Dafür, dass Amerian von Schwulentickern überfallen wurde, gibt es keinen Beleg«, sagte Dance, als Inez fertig war. »Zudem hat der Sheriff seine Behauptung nachprüfen lassen, ein Polizist habe sich geweigert, seine Anzeige aufzunehmen, mit dem Ergebnis, dass diese Behauptung unwahr ist.«

»Ich weiß, dass so die Sprachregelung lautet, aber für Sie schien Amerians Behauptung zumindest so viel Wahres zu enthalten, dass Sie ihm einen Vergleich ermöglicht haben, als er eines bewaffneten Überfalls beschuldigt wurde«, erinnerte Inez sie. »Damals waren Sie sich nicht so sicher, dass ein Geschworenengericht dem Sheriff Glauben schenken würde. Seit ich diese Bilder gesehen habe, kann ich Ihnen das nicht verdenken.« Sie warf die Fotos mit den Klosprüchen quer über Odells Schreibtisch. »So sieht es im Polizeihauptquartier im Waschraum der Deputies aus.«

»Was soll das beweisen?«, fragte Serena.

»Dass Ihr Vertrauen in den Sheriff vielleicht ein wenig fehl am Platz ist«, erwiderte Inez.

Odell betrachtete die Fotos. »Wer auf meiner Wache so etwas an die Wand schreibt, fliegt, bevor die Tinte trocken ist.«

»Bestreiten Sie immer noch, dass einer Ihrer Deputies sich Alex Amerian gegenüber geweigert hat, eine Anzeige aufzunehmen, als er letztes Jahr überfallen wurde?«, fragte ich ihn.

Odell rutschte auf seinem Stuhl hin und her. »Es ist untersucht worden.«

»Haben Sie auch die Autobomben vom vergangenen Winter untersucht?«, fragte ich.

»Diese Fälle sind noch nicht abgeschlossen«, erwiderte er.

»Nach einem halben Jahr immer noch keine Festnahmen«, sagte ich.

»Und zwei Morde«, sekundierte Inez. »Es sollte inzwischen klar sein, dass hier eine schwulenfeindliche Bande ihr Unwesen treibt, aber anstatt die zu verfolgen, schikanieren Sie meinen Mandanten.«

»Schikanieren?«, hakte Gaitan ein. »Rios hat das Opfer als Letzter gesehen, er gibt zu, dass er ihn zusammengeschlagen hat. Das sind hinreichende Verdachtsmomente.«

»Diese Informationen haben Sie nur, weil er mit Ihnen zusammengearbeitet hat«, sagte Inez. »Vergessen Sie das nicht. Und vergessen Sie auch nicht, dass Sie kein Fitzelchen davon unabhängiges Beweismaterial gefunden haben, das ihn mit dem Mord an Amerian in Verbindung bringt. Und jetzt haben Sie die nächste Leiche.«

»Nachahmungstäter«, sagte Gaitan wegwerfend.

»Nein«, sagte Inez, »es ist kein Nachahmungstäter, der diesen Mord begangen hat, und das wissen Sie genau.«

»Wie können Sie sich so sicher sein?«, wollte Serena wissen.

»Weil die Polizei in ihrer Presseerklärung zum ersten Mord den Medien die Information vorenthalten hat, dass in die Brust des Opfers ein schwulenfeindlicher Spruch eingeritzt war. Ist es nicht so, Sergeant Odell?«

»So ist es«, sagte er.

»Aber dem zweiten Opfer ist auch etwas in die Brust eingeritzt worden«, sagte sie. »Wie war das noch mal? SÜNDE ➔ TOD.«

Gaitan zuckte die Achseln. »Die Information kann irgendwo durchgesickert sein.« Er warf Odell einen Blick zu. »Bei einem von Ihren schwulen Deputies vielleicht.«

»Was zum Teufel soll das bedeuten?«, knurrte Odell.

»Es spricht sich rum«, sagte Gaitan. »Man kümmert sich eben um seinesgleichen. Wie in *la familia*, nicht wahr, Rios?«

Ich warf Serena einen Blick zu. Mit mühsam gebändigter Wut fragte sie Gaitan: »Hatten Sie Rios unter Bewachung, als das zweite Opfer umgebracht wurde?«

»Ja, und?«, gab Gaitan widerwillig zu.

»Also ist er entlastet.«

»Hey«, begehrte Gaitan auf. »Die Leiche ist noch warm. Niemand ist entlastet. Außerdem hat seine Anwältin Unrecht. Wir haben noch anderes Beweismaterial, das ihn mit Amerian in Verbindung bringt.«

»Und das wäre?«, hakte Inez nach.

»Das erfahren Sie, wenn ich ihn verhafte.«

Serena sagte: »Sie werden es uns allen jetzt sagen.«

Gaitan starrte sie an. »Von Ihnen lasse ich mir nichts befehlen, Lady.«

»Hör auf mit der Scheiße, Mac«, sagte Odell. »Wir sind hier, um dieses Ding aufzuklären.«

»Von dir lasse ich mir genauso wenig was befehlen.«

»Zwing mich nicht, meinen Captain zu holen«, sagte Odell. »Der dann deinen anruft. Noch mal.«

»Ich bezweifle, dass ihn das beeindrucken würde«, sagte ich. »Detective Gaitan hat eine lange Latte von Widersetzlichkeiten gegen Vorgesetzte, Verweisen und Zwangsbeurlaubungen. Nicht wahr, Detective?«

»Was ist das jetzt?«, zischte er mich an.

»Ich habe ein paar Ermittlungen auf eigene Faust angestellt, Gaitan«, sagte ich. »Ich habe genug Papier über Sie gesammelt, um Sie vor Gericht zu bringen. Misshandlungsvorwürfe aus Ihrer Zeit im Untersuchungsgefängnis, wo Sie im Tuntentrakt Häftlinge zusammengeschlagen haben. Eine dreitägige Zwangsbeurlaubung dafür, dass Sie einen schwarzen Verdächtigen ›Nigger‹ genannt haben. Wiederholte Vorwürfe, dass Sie während Ihres Dienstes in der Betäubungsmittelabteilung Verdächtigen etwas untergejubelt haben. Mehrmals haben Richter einen Fall abgelehnt, nur weil Sie die Ermittlungen geleitet hatten. Sie wollen mich festnehmen? Nur keine Hemmungen. Ich bin jederzeit bereit, vor den Geschworenen meinen Leumund gegen Ihren in die Waagschale zu werfen.«

»Ihren Leumund? Als was, als Säufer?« Er blickte Inez an. »Wissen Sie, dass Rios schon einmal wegen Trunkenheit die Lizenz entzogen wurde? Ihre ehemaligen Kollegen oben in San Francisco kennen Sie als Komatrinker. In der Nacht, wo Amerian ermordet wurde, da haben Sie auch gesoffen. Der Kellner sagt, Sie haben eine Flasche Wein leer gemacht, und wer weiß wie viele Flaschen dann noch. Ich glaube, Sie hatten ein Blackout und haben ihn umgebracht. War's so?«

»Ich trinke seit acht Jahren keinen Alkohol mehr«, sagte ich.

»Ich habe die Aussage von dem Kellner im Restaurant.«

»Von Ihren Verhörtechniken haben mir meine Nachbarn berichtet«, sagte ich. »Sie legen den Leuten die Worte in den Mund. Sie hören, was Sie hören wollen.«

Odell räusperte sich. »Es reicht. Dieser Hahnenkampf bringt uns nicht weiter.«

Gaitan stand auf. »Ja, du hast Recht. Mir reicht's auch. Ich mach mich wieder an die Arbeit.« Beim Hinausgehen schaute er mich an und spuckte aus. »*Desgraciado.*«

»Was hat er gesagt?«, fragte Serena.

»Es gibt keine exakte Übersetzung dafür«, sagte ich. »Eine Art mexikanischer Stammesfluch.«

»Ich will ihn aus diesen Ermittlungen raushaben«, beschied Inez Odell.

»Ich bin nicht sein Vorgesetzter. Er scheint jedenfalls etwas über Ihren Mandanten in der Hand zu haben, das es wert ist, näher betrachtet zu werden.«

»Was denn, dass ich Alex im Suff ermordet habe? Das ist lachhaft.«

»Sie sind Anwalt«, sagte Odell. »Sie wissen, wie es läuft. Das ist eine übliche Vorgehensweise in einem Ermittlungsverfahren.«

»Dann erzähle ich Ihnen jetzt, was eine unübliche Vorgehensweise ist«, sagte Inez, indem sie ihre Unterlagen zusammenraffte. »Wenn mein Mandant nicht bis Montagmorgen entlastet ist, werden wir Montagnachmittag eine Pressekonferenz zur Vorgehensweise der Bezirkspolizei in diesem Fall einer hassmotivierten Straftat veranstalten und vor der Öffentlichkeit die Frage stellen, warum Sie Zeit und Geld darauf verschwenden, gegen einen Unschuldigen zu ermitteln, während ein Mörder frei herumläuft.«

Serena war rot angelaufen. »Sie können solche Forderungen nicht stellen, ohne uns Zeit zu lassen zu ermitteln …«

»Sie hätten ermitteln können, als Amerian noch am Leben war.«

»Inez, kann ich mal unter vier Augen mit dir reden?«, fragte ich. Wir gingen in den Flur. »Pressekonferenz? Wovon redest du eigentlich? Ich kann nicht in aller Öffentlichkeit zugeben, dass ich ein Verdächtiger bin, nicht einmal, um es abzustreiten. Wir wissen doch beide, was den Leuten im Gedächtnis bleibt.«

»Ruhig Blut«, sagte sie. »Die werden schon klein beigeben.«

»Nur mal angenommen dass nicht«, sagte ich, »dann musst du ihnen mehr Zeit geben. Ich halte am Dienstag in San Francisco vor dem kalifornischen Obersten Gericht ein Plädoyer. Ich würde dort nicht gerne als mutmaßlicher Schwerverbrecher auftreten. Können wir den Deckel drauflassen, bis ich wieder hier bin?«

»Schön«, sagte sie. »Wir geben ihnen eine Woche. Bis nächsten Freitag.«

»Und was ist, wenn sie mich nicht entlasten? Das mit der Pressekonferenz können wir nicht durchziehen.«

»Darüber lassen wir uns jetzt keine grauen Haare wachsen.«

Wir gingen in Odells Büro zurück, wo Inez ihm und Serena unser Ultimatum bekannt gab. Als ich Inez zu ihrem Auto begleitete, fragte ich: »Was ist das eigentlich zwischen dir und Serena Dance?«

»Sie ist eine Fanatikerin«, gab sie zurück und schloss ihre Tür auf.

»Was meinst du damit?«

»Als ich im Kongress am Bundesgesetz zu hassmotivierten Straftaten gearbeitet habe, hat sie einer Lobbygruppe angehört, die damit gedroht hat, alle versteckt schwulen und lesbischen Abgeordneten zu outen, die dagegen stimmten, Lesben und Schwule in das Gesetz aufzunehmen«, sagte sie. »Einer, den sie bedroht haben, war ein Freund von mir. Ein verheirateter Mann mit Kindern aus einem konservativen Wahlbezirk im Mittleren Westen. Sie haben ihn Höllenqualen leiden lassen.«

»War er denn schwul?«

Sie zerquetschte ihren Zigarettenstummel unter einem feuerwehrroten Bleistiftabsatz. »Das ist nicht immer das Entscheidende, Henry. Manchmal liegen die Dinge ein bisschen komplizierter.«

»Kann sein«, sagte ich. »Aber ich bin es satt, mir den Arsch aufzureißen für diese ganzen Schrankexistenzen, die nach dem Motto leben, ›wasch mir den Pelz, aber mach mich nicht nass‹. Die behaupten, lesbisch oder schwul zu sein sei eine Schlafzimmerangelegenheit und habe nichts mit politischen Rechten zu tun. *Denen* müsstest du mal erzählen, dass die Dinge komplizierter liegen.«

Sie schüttelte den Kopf. »Mit dieser Einstellung kannst du eine Menge Freunde verlieren.«

»Ich habe schon viele Freunde verloren, Inez«, sagte ich, als sie in ihren Wagen stieg. »Josh zum Beispiel. Sie kommen nicht wieder. Es fällt mir schwer, über ein paar Politkarrieren, die den Bach runtergehen, Tränen zu vergießen.«

»Was ist aus deiner Toleranz geworden?«

»Toleranz ist ein Luxus.«

»Pass mal auf, dass solche Sätze nicht auf dich zurückfallen.«

* * *

Bis zum Abend war die über den Fall verhängte Nachrichtensperre offenbar gelüftet worden, denn auf den lokalen Fernsehsendern lief die Nachricht unter Aufmachern wie ›West Hollywood: Serienmörder jagt Schwule‹. Ich schaltete mich durch die Programme, bis ich den am wenigsten reißerischen Sender gefunden hatte. Auf dem Bildschirm war ein Schwarzweißfoto – offensichtlich ein Polizeifoto – des zweiten Opfers zu sehen, ein Sechsundzwanzigjähriger namens Jack Baldwin. In der nächsten Einstellung fuhr die Kamera an Strichern auf dem Santa Monica Boulevard vorbei, während eine Off-Stimme sagte: »Baldwin, ein polizeibekannter Prostituierter, wurde zuletzt vorgestern Nacht von Freunden gesehen, wie er in West Hollywood, in der Nähe der Kreuzung Santa Monica Boulevard/ Formosa Avenue, in ein Taxi einstieg. Seine unbekleidete Leiche wurde gestern in einer Mülltonne hinter diesem Restaurant gefunden.« Der Bildschirm zeigte einen mexikanischen Imbiss, der, wie die Reporterin betonte, nur einen Block von der Polizeiwache entfernt lag. »Nach Angaben des Leichenbeschauers hatte Baldwin Stich- und Hiebverletzungen. Vor nur einer Woche wurde ein anderer Mann, der neunundzwanzigjährige Alex Amerian, ebenfalls in einer Mülltonne in der Gasse hinter dem Santa Monica Boulevard mit ähnlichen Verletzungen gefunden. Die Polizei weigert sich, Mutmaßungen über eine Verbindung zwischen den Morden anzustellen, aber die jungen männlichen Einwohner West Hollywoods, die überwiegend homosexuell sind, sind davon überzeugt, dass ein Serienmörder frei herumläuft.« Ein Jugendlicher in einem Tanktop wurde eingeblendet, der sagte, dass er sich Sorgen um seine Sicherheit mache, und der Polizei vorwarf, sie tue nicht genug, um ihn zu schützen. »Außerdem«, sprach die Reporterin weiter, während das Bild zu einem weiteren sprechenden Kopf umschaltete, »könnten diese Morde Victor Frenza vom *Gay and Lesbian Community Services Center* zufolge Teil einer ansteigenden Welle von hassmotivierten

Straftaten gegen Homosexuelle sein, die im letzten Jahr im Bezirk Los Angeles um 55 Prozent zugenommen haben.« Die Kamera dokumentierte Victor Frenzas Einlassungen zu hassmotivierten Straftaten und kehrte dann zu einer Reporterin mit Helmfrisur zurück, die vor der Polizeiwache stand. »West Hollywood hat keine eigene Polizei. Es gibt einen Vertrag mit der Polizei des Bezirks Los Angeles, der polizeiliche Dienste sicherstellt. Zwischen der Polizei und den in der Stadt wohnenden Schwulen und Lesben herrschte in der Vergangenheit oft ein gespanntes Verhältnis. Als Reaktion auf Kritik von Schwulen und Lesben hat die Polizei eine aggressive Werbekampagne gestartet, um gezielt Homosexuelle einzustellen. Vor einem Jahr wurde Walt Sturges als neuer Captain an die Spitze des Abschnitts West Hollywood gesetzt. Sturges hat Sensibilitätskurse für alle Beamten zur Pflicht gemacht sowie Schwule und Lesben neu eingestellt. Zu seinem Verbindungsmann zur Gay Community hat er Sergeant Lucas Odell gemacht, mit 23 Dienstjahren ein alter Hase, dessen Tochter Layne eine von nur sechs offen lesbischen Officers bei der Stadtpolizei von Los Angeles ist. Sturges ist für diese Maßnahmen in der Community viel Anerkennung zuteil geworden, aber das könnte alles auf dem Spiel stehen, wenn die Morde weitergehen. Ich bin Linda Frye ...«

Das Telefon klingelte. Ich nahm ab und schaltete den Fernseher aus.

Richie sagte: »Mir wurde gerade von meiner Polizeiquelle zugetragen, was bei dem zweiten Opfer quer über die Brust eingeritzt war. Sünde – Pfeil – Tod.«

»Scheint so. Diesmal haben sie mir keine Tatortfotos gezeigt.«

»Sie können dich unmöglich immer noch verdächtigen«, sagte er. »Das ist eindeutig eine christliche Todesschwadron.«

»Christlich? Warum?«

»Ich sage nur ›Sünde‹.«

»Der ermittelnde Detective ist immer noch richtig heiß auf mich«, sagte ich. »Aber ich glaube, bei den Polizisten in West Hollywood hat er nicht viel zu melden, und es ist ihr Terrain.«

»Versteh ich nicht«, sagte Richie. »Kommt er von außen?«

»Ja, bei der Bezirkspolizei ist die Mordkommission zentralisiert, und die Detectives werden dort eingesetzt, wo sie benötigt werden.

Gaitan ist ein Cop der alten Schule, dem die Anmaßung ins Gesicht geschrieben steht. Eindeutig kein Schwulenfreund. Allmählich wird er für den Abschnitt West Hollywood zum Problem.«

»Was wirst du tun?«

»Inez Montoya hat der Bezirkspolizei eine Frist bis nächsten Freitag gegeben, um die Ermittlungen gegen mich einzustellen, ansonsten wird sie den Sheriff öffentlich anklagen, einen unschuldigen Rechtsanwalt zu verfolgen, statt die schwulenfeindlichen Angriffe auf Alex zu untersuchen, die dem Mord vorausgegangen sind.«

»Sag ihr, sie soll nicht vergessen zu erwähnen, dass unser Magazin die Story rausgebracht hat.«

»Ich hoffe, so weit kommt es gar nicht«, sagte ich. »Diese Art Öffentlichkeit kann ich nicht gebrauchen.«

»Jede Öffentlichkeit ist gut fürs Geschäft.«

»Für das Geschäft eines Rechtsanwalts ist es nie gut, als Mordverdächtiger gehandelt zu werden.«

»Ich kann mir denken, dass dich das wahnsinnig macht«, sagte er. »Kann ich irgendwas für dich tun? Wenn du mal aus der Stadt raus willst, kannst du in meine Ferienwohnung in Montecito. Sie ist direkt am Strand.«

»Danke für das Angebot, aber ich habe am Dienstag in San Francisco zu tun. Ich fliege morgen hoch und mach ein verlängertes Wochenenende draus.«

»San Francisco? Nimm viele Gummis mit.«

»Mein Gott, Richie, du lebst ja immer noch im Jahr 1978.«

»Und du im Jahr 1878«, gab er zurück und legte auf.

* * *

Am nächsten Morgen bestieg ich ein Flugzeug nach San Francisco, und sobald wir abgehoben hatten, spürte ich, wie die Anspannung aus meinen Schultern abfloss. Fünfzig Minuten später, als ich die Skyline San Franciscos erblickte, hatte ich schon fast vergessen, dass ich ein Mordverdächtiger war, so begeistert war ich, dort zu sein. Meine Beziehung zu San Francisco war sehr alt. Als ich noch ein kleiner Junge in einer staubigen Kleinstadt im Central Valley war, war es die goldene Stadt meiner Träume gewesen. Viel später, als ich in Stanford Jura studierte, war es auch die Stadt des Eros. Mit Aids war alles anders geworden. Es gab eine Zeit, da war ein Spaziergang durch das Castro, das schwule Viertel, als würde man über einen Friedhof gehen. Aber auch das hatte sich wieder geändert, und das letzte Mal, als ich dort war, wuselte es auf der Castro Street von Menschen, und zum ersten Mal seit zehn Jahren schienen die Lebenden zahlreicher zu sein als die Toten.

Am Flugsteig erwartete mich mein Freund Grant Hancock, bei dem ich wohnen würde. Ich kannte ihn seit dem Jurastudium, wo er mit mir in einem Jahrgang war. Wir waren kurze Zeit zusammen gewesen. Nach seinem Abschluss hatte er geheiratet und war Vater eines Sohns geworden. »Auf Drängen der Dynastie«, hatte er später erklärt, was sich auf die in San Francisco alteingesessene, vornehme Familie bezog, in die er hineingeboren worden war. Jetzt lebte er mit seinem Lover, Hugo Luna, in einem Arbeiterviertel, das von dem herrschaftlichen Haus in Pacific Heights aus, in dem er aufgewachsen war, nicht einmal zu sehen war.

»Willkommen daheim«, sagte Grant und schloss mich fest in die Arme.

Sein blondes Haar war zu staubigem Grau erbleicht. Er hatte noch immer breite Schultern, hatte sich aber einen Patriarchenbauch zugelegt, und die maßgeschneiderten Anzüge von Wilkes Bashford, die er als Teilhaber der von seinem Urgroßvater gegründeten Anwaltskanzlei zu tragen pflegte, waren schon längst gegen Jeans und Flanellhemden ausgetauscht worden und gegen die Arbeit in einer gemeinnützigen Kanzlei, die Menschen mit Aids Rechtsbeistand anbot. Sowohl er als auch Hugo waren erkrankt.

»Du siehst großartig aus«, sagte ich.

»Und du siehst erschöpft aus«, sagte er. Er schnappte sich meinen Kleidersack. »Ist das alles, oder hast du noch mehr Gepäck?«

»Sonst nichts.«

»Na, dann lass uns los.«

Wir fuhren auf der 101 nach Norden. Es war ein herrlicher blauer Tag.

»Wie geht's Hugo?«, fragte ich.

Ich sah ihn durch den Rückspiegel die Stirn runzeln. »Hugo ist in Arizona.«

»Wegen dem Sorgerecht?«

Grant nickte. Hugo hatte wie Grant einen Sohn aus einer früheren Ehe, aber im Unterschied zu Grant und seiner Exfrau Marcia, die sich die Sorge für Charley freundschaftlich teilten, hatte Hugos Frau ihren Sohn in das Wüstenstädtchen in Arizona mitgenommen, wo sie aufgewachsen war, und das alleinige Sorgerecht für den Jungen mit der Begründung erhalten, als Homosexueller könne Hugo dem Jungen kein guter Vater sein. Zwei Jahre lang ging der Streitfall jetzt schon die Instanzen hinauf und hinunter.

»Immer noch? Ich dachte, er hat in der Berufungsinstanz Recht bekommen.«

»Der Richter in der ersten Instanz ist ein alter Freund der Familie seiner Frau«, sagte er. »Also hat er sich über das Urteil der höheren Instanz einfach hinweggesetzt. Hugos Anwalt hat das Urteil wieder angefochten. Die mündliche Verhandlung ist am Montag.«

»Warum hast du ihn nicht begleitet?«

Grant zuckte die Achseln. »Hugo hat Angst, dass er verliert, wenn sein Geliebter mit ihm vor Gericht auftaucht. Ich habe ihm gesagt, dass das Gesetz nicht so funktioniert, dass er den Fall auf Grund der Sachlage gewinnen muss.« Er lächelte. »Er hat mich daran erinnert, dass das Gesetz den Richter nicht daran gehindert hat, ihm seinen Sohn wegzunehmen.«

Wir fuhren vom Freeway ab auf die Army Street, die erst vor kurzem nach dem berühmten Latino-Anführer in Cesar Chavez Boulevard umbenannt worden war. Die Beschilderung hinkte den Gefühlen hinterher. Einige Minuten später fuhren wir in die Einfahrt des Hauses in Hanglage, in dem Grant und Hugh gemeinsam wohnten.

»Ach«, sagte er, während er seinen Schlüssel herausfummelte, »Charley lässt dich schön grüßen. Er macht diesen Sommer einen Spanischkurs in Cuernavaca. Wir beide sind also allein im Haus.« Er schloss die Tür auf und wurde von einer kleinen kläffenden Promenadenmischung besprungen. »Und natürlich Good Boy.«

* * *

Grant stellte aus allen möglichen Resten, die er im Kühlschrank fand, einen Imbiss zusammen, und wir gingen zum Essen auf die Terrasse.

Good Boy lag zu unseren Füßen auf der Lauer, bereit, nach jedem fallen gelassenen Bissen zu schnappen. Aus Lautsprechern an der Hauswand kam Tangomusik. Grant schenkte sich ein Glas Wein ein und biss in seinen kalten Burrito. Die Aussicht von der Terrasse umfasste die ganze Stadt von der Golden Gate Bridge bis zur Bay Bridge.

»Diese Aussicht werde ich immer vermissen«, sagte ich.

»Ich kann die ganze Geschichte meiner Familie sehen«, antwortete er. »Alle sechs Generationen. Früher war es mir immer peinlich, so ein Kleinstadtjunge zu sein …«

»Kleinstadt ist gut.«

»Aber ja doch«, beharrte er. »Jetzt bin ich unglaublich glücklich, dass ich nie in die Fremde musste, um mein Glück zu suchen. Im Unterschied zu Hugo, und zu dir.«

Ich aß eine Gabel voll Thai-Nudeln, schaute auf die dicht besiedelten Hügel der Stadt hinaus und fragte mich insgeheim, was es wohl für ein Gefühl war, irgendwo hinzugehören. Mich hatte meine Homosexualität aus meiner Heimatstadt hinausgetrieben, wo ich wegen der herrschenden Vorurteile nie offen hätte leben können. Als ich jünger war, war ich froh, diesem verstaubten Nest entronnen zu sein; aber nun, nur fünf Jahre vom Fünfzigsten entfernt, verlor die Wurzellosigkeit immer mehr ihren Reiz. Wie war es wohl, am selben Ort zu sterben, wo man geboren worden war, mit Menschen alt zu werden, die man schon als Kind gekannt hat, mit dem eigenen Großvater, der eigenen Großmutter verglichen zu werden von Leuten, die sie wirklich gekannt hatten.

»Wenn du einmal deine Heimatstadt verlässt«, sagte ich, »ist jeder andere Wohnort für das Gefühl nur vorübergehend, egal, wie lange du dort wohnen bleibst.«

»Jeder Ort ist vorübergehend«, sagte Grant. »Letzten Endes.«

Ich schaute ihn an. Er tupfte sich Crème fraîche vom Kinn und lächelte mich an.

»Wie geht es dir gesundheitlich, Grant?«

»Diese Proteaseinhibitoren sind wirklich Wundermittel«, antwortete er. »Hugo spricht schon davon, wieder arbeiten zu gehen.« Er trank einen Schluck Wein. »Bei mir ist das Wunder vielleicht ein bisschen spät dran. Wir experimentieren mit verschiedenen Kombinationen herum, aber die Wirkung hält bis jetzt nie lange an.«

»Je länger du es schaffst, am Leben zu bleiben, desto besser sind die Chancen, dass irgendetwas anschlägt«, sagte ich.

»Ich weiß«, sagte er. Er knöpfte sein Hemd auf und entblößte seine blasse Haut. »Die Sonne, Henry. Ist sie nicht wunderbar?«

»Hast du Angst zu sterben?«

Er warf mir einen scheelen Blick zu. »Ich habe keine Eile damit, aber fünf Generationen sind mir vorausgegangen, es werden mich also viele an der Mole erwarten, wenn ich dort ankomme.«

»Dort? Glaubst du denn, dass wir den Tod überleben?«

Er stellte seinen Teller für Good Boy auf den Boden und sagte zu dem Hund: »Kein Wort zu Daddy.« Zu mir sagte er: »Natürlich glaube ich an ein Leben nach dem Tod. Du etwa nicht?«

»An Himmel und Hölle? Nein.«

Er legte seinen Arm um mich. »Himmel und Hölle? Du bist genau wie Hugo. Der kann sich auch einen Himmel nur vorstellen, wenn es auch eine Hölle gibt. Na ja, schließlich seid ihr ja beide Katholiken. Ich, Henry, ich glaube, es gibt nur den Himmel. Leckeres Essen, schönes Wetter, knackige Kerle.«

»Du beschreibst gerade San Francisco«, bemerkte ich.

»Warum auch nicht? Warum sollte es nicht wie hier sein, nur ohne Leiden?«

»Auch für die, die schuld sind, dass andere leiden?«

»Wir alle fügen anderen Leid zu, Liebes«, sagte er. »Und wir alle leiden. Was wäre gegen eine Welt einzuwenden, in der alle Menschen einander ein für allemal verzeihen?«

»Nicht alles kann man verzeihen«, sagte ich.

Er schüttelte den Kopf. »Und darum hast du Angst vor der Hölle.«

* * *

Ich schlief in Grants Haus so gut wie schon seit Monaten nicht mehr. Am Dienstag nahm ich ein Taxi hinunter in die Innenstadt zum Obersten Gerichtshof, wo ich ein Todesurteil zu Fall bringen wollte. Die gestrengen Richter lauschten meinen Ausführungen wie sieben Sphinxe, wenn auch einer von ihnen, den ich in L.A. kennen gelernt hatte, mir zugezwinkert hatte, als ich mich zum ersten Mal zum Sprechen erhob. Vom Gerichtsgebäude nahm ich ein Taxi zu Grant, raffte meine Siebensachen zusammen und fuhr weiter zum Flughafen. Während ich auf meinen Flug wartete, kaufte ich die *L.A. Times*. Auf der ersten Seite des Lokalteils stand direkt unter dem Knick die Schlagzeile: »West-Hollywood-Morde: Verdächtiger verhört«. Ich las weiter: »Wie der *Times* zugetragen wurde, hat die Polizei zu den kürzlich stattgefundenen Morden an zwei Männern in West Hollywood einen Verdächtigen verhört. Dieser, der 45-jährige Anwalt Henry Rios, wurde zum ersten Mal vernommen, nachdem die Polizei die Leiche des ersten Opfers, Alex Amerian (29), in einer Gasse hinter dem Santa Monica Boulevard entdeckt hatte …« Ich faltete die Zeitung zusammen, verstaute sie in meiner Aktentasche und suchte ein Telefon, um Inez anzurufen.

* * *

»›… Bei einer Durchsuchung seiner Wohnung wurden Indizien aufgefunden, die eine Verbindung zwischen Rios und dem ersten Opfer in der Mordnacht herstellen‹«, las ich in den Hörer hinein vor. »›Nachdem die Leiche des zweiten Opfers, Jack Baldwin (26), unter ähnlichen Umständen wie die erste Leiche aufgefunden worden war, wurde Rios erneut von der Bezirkspolizei verhört. Der die Ermittlungen leitende Detective, Montezuma Gaitan, wollte weder bestätigen noch dementieren, dass Rios der Morde verdächtigt wird, und beschränkte sich auf die Aussage, dass die Ermittlungen weitergehen.‹«

Aus dem Hörer kam ein zischendes »Arschloch« von Inez.

»Gaitan?«

»Wer sonst?«, sagte sie. »Das ist sein Vergeltungsschlag. Wann bist du in der Stadt?«

Ich warf einen Blick auf meine Uhr. »Gegen eins.«

»Komm direkt zu mir ins Büro.«

* * *

Es kam mir so vor, als läsen alle an Bord die *Times*, und auch wenn kein Foto von mir abgedruckt war, krümmte ich mich innerlich zusammen. Ich wusste nur zu gut, dass eine bloße Namensnennung im

Zusammenhang mit einem Verbrechen für die meisten Menschen einem Schuldspruch gleichkam. Die reißerische Fernsehberichterstattung des zweiten Mordes noch vor Augen, konnte ich mir lebhaft vorstellen, was sie mit dieser neuen Wendung anfangen würden. Die Medien waren wie die Rote Königin in *Alice im Wunderland*: erst die Hinrichtung, dann der Prozess. Ich stellte mir Ü-Wagen vor, die vor meinem Haus die Straße säumten, und wie meine verstörten Nachbarn von lackhaarigen Reportern und Reporterinnen in die Ecke gedrängt und ausgequetscht wurden mit Fragen wie: »Was ist er für ein Mensch?« Und es würde nicht viel Rechercheaufwand erfordern herauszufinden, dass ein großer Anteil meiner Rechtsanwaltspraxis aus Fällen bestand, die mir die Berufungsgerichte zugewiesen hatten, um bedürftige Angeklagte zu verteidigen. Ich konnte mir vorstellen, was sie daraus machen würden: Mutmaßlicher Mörder wird aus Steuergeldern bezahlt, um andere Kriminelle zu verteidigen. Tatsächlich war auch kein großer Rechercheaufwand vonnöten, um ein ziemlich umfassendes Bild von meinem Leben zu gewinnen, zu entdecken, dass ich schwul oder dass ich als Alkoholkranker in Behandlung gewesen war, genau die Art von Informationen, aus denen sich die Medien ihre Monster strickten. Als das Flugzeug in Los Angeles auf die Rollbahn aufsetzte, sah ich schon mein ganzes Leben um mich herum in sich zusammenstürzen.

Kapitel 8

»Ich weiß nur«, erklärte Inez in ihrem leer geräumten Büro, während die Lämpchen an ihrem Telefon hektisch blinkten, »dass man in der Politik, wenn der Gegner ein schmutziges Spiel spielt, schnell und hart zurückschlagen muss. Genauso hier.«

»Ich bin nicht im Wahlkampf«, entgegnete ich.

»Du kämpfst um deinen guten Ruf«, sagte sie. Ihr Telefon summte. »Lass mich mal rangehen.«

Ich ging zu den Fenstern. Die Bronzetönung des spätnachmittäglichen Lichts verlieh der Stadt eine schwermütige, feierliche Stimmung. Der Smog war so dicht, dass er mich an den über die Twin Peaks wallenden Nebel erinnerte, den ich tags zuvor von Grants Haus aus betrachtet hatte. Draußen über dem Ozean entzündete die Sonne fedrige Wolken. Die weiß verputzten Häuschen standen säuberlich aufgereiht, so weit das Auge blicken konnte, wie bescheidene Grabmale. Ein Jet flog quer durch mein Gesichtsfeld nach Osten, und ich verspürte den Drang, allem zu entfliehen.

»Der Öffentlichkeitsmensch von der Bezirkspolizei war dran«, sagte Inez. »Sie haben Gaitan befragt. Er bestreitet, der Informant gewesen zu sein.«

Ich drehte mich zu ihr um. »Klar.«

»Sie haben es bei der Journalistin versucht. Die hat sich aufs hohe Ross der Meinungsfreiheit gesetzt.« Inez zündete sich mit einem großen Küchenstreichholz aus einer Schachtel auf ihrem Tisch eine Zigarette an.

»Das heißt dann wohl, kein Widerruf.«

Sie schnippte das Streichholz in einen Aschenbecher. »Der Sheriff stellt sich hinter Gaitan, die Zeitung steht zu ihrem Artikel.«

»Der Sheriff stellt sich hinter ihn? Gaitan ist im besten Fall ein Cowboy. Schlimmstenfalls ist er skrupellos.«

»Aus deiner Sicht.« Sie blies Rauch aus dem Mundwinkel. »Für den Sheriff könnte er auch nur ein sehr pflichtbewusster Polizist sein.«

»Der Schwarze und Schwule verabscheut und Verdächtigen Drogen unterschiebt.«

»Alles unbewiesene Behauptungen«, erinnerte sie mich. Als ich nichts erwiderte, fuhr sie fort: »Ich weiß, du willst keinen Medienrummel veranstalten, aber jetzt haben sie deinen Namen und werden dich so lange hetzen, bis du ihnen etwas hinwirfst. Ich finde, wir sollten es von uns aus tun, zu unseren Bedingungen.« Sie lächelte. »Vertrau mir, Henry. Ich weiß, was ich tue.«

Ich schaute sie an. Vor Jahren, als wir beide als Frischlinge bei der Pflichtverteidigung arbeiteten, hatte sie einmal gesagt, der einzige Teil eines Prozesses, den sie wirklich genieße, sei das Schlussplädoyer, wenn sie wusste, dass die Geschworenen wie hypnotisiert auf jede kleine Geste von ihr starrten und bei jedem Wort an ihren Lippen hingen. Wir waren ziemlich angeschickert – damals trank ich noch –, und ich weiß noch, wie sie sich an mich gelehnt hatte, wie ihr dichtes, duftendes Haar auf meine Wange gefallen war und sie gekichert hatte: »Ich finde das so toll, wenn sie mich alle anschauen. Das ist besser als Sex.«

»Du solltest bedenken, welchen Einfluss das auf deine Kampagne zur Bürgermeisterwahl haben könnte«, sagte ich jetzt.

»Ich helfe nur einem alten Freund, seinen guten Ruf gegen die Polizeiwillkür zu verteidigen.«

»Einem alten Freund, dem du einen Mord zugetraut hättest.«

Ihre Augen strahlten hart aus ihrem teuer geschminkten Gesicht. Sie zerdrückte die lippenstiftbehaftete Zigarette im Aschenbecher. »In der Politik macht es sich bezahlt, über jeden das Schlimmstmögliche anzunehmen«, sagte sie. »Man wird selten enttäuscht. Tut mir Leid, wenn ich dich verletzt habe.«

»Danke«, sagte ich und fragte mich, ob sie sich mir wohl so eifrig zur Seite gestellt hätte, wäre ich schuldig gewesen.

»Sei nicht kindisch«, sagte sie. »Amerian war eine billige Nutte. Du bist mit ihm ins Bett. Wenn du dir so Gesindel ins Bett holst, brauchst du dich nicht zu wundern, wenn es Schwierigkeiten gibt.«

»Also gut«, sagte ich. »Wir machen es so, wie du meinst. Wir gehen zur Presse.«

»Überlass das Reden mir«, sagte sie und langte nach dem Telefon.

* * *

Inez hatte einen Mitarbeiter der Kanzlei beauftragt, an meinem Haus vorbeizufahren. Er berichtete von vier Wagen von Fernsehsendern, die auf der Straße parkten, also nahm ich unter falschem Namen ein Hotelzimmer, bestellte eine Pizza und rief meine Telefonmailbox an. Achtzehn Nachrichten von Freunden, Kollegen und Mandanten. Die meisten drückten ihre Besorgnis aus, aber manche riefen auch aus denselben Motiven an, die bei einem Verkehrsunfall den Stau auf der Gegenfahrbahn verursachen. Diese Anrufe ließ ich unbeantwortet. Für die Zehnuhrnachrichten hatte KPRA schon ein Bild von mir aufgetrieben, das ich auf dem Bildschirm hinter den breiten Schultern des Moderators, der aussah wie ein Fotomodell, erscheinen sah. Unter mir die fette Zeile: »SERIENMORDE: VERDÄCHTIGER«. Ich schaltete den Fernseher aus und arbeitete an der Erklärung, die ich am nächsten Vormittag bei der Pressekonferenz abgeben wollte. Gegen ein Uhr machte ich Feierabend, nachdem Inez ein letztes Mal angerufen hatte, um meine Moral zu stärken.

Ich wachte eine Stunde später bibbernd vor Kälte auf. Die Klimaanlage hatte durchgedreht. Ich schaltete sie aus und sank wieder in Schlaf, nur um bald wieder aufzuwachen, diesmal schweißgebadet. Ich öffnete ein Fenster, das auf einen Innenhof hinausging. Der rote Nachthimmel schien zu flackern wie vom Widerschein eines entfernten Feuers. Eine Bö Meeresluft rauschte durch die Bananenbäume und kräuselte den stillen blauen Wasserspiegel des Pools. Die Angst krampfte mir den Magen zusammen, als ich mir vorstellte, ein Publikum von skeptischen Presseleuten von meiner Version der Ereignisse überzeugen zu müssen. Es war eine ähnliche Angst wie die, die ich durchmachte, wenn ich jemandem zum ersten Mal mein Schwulsein offenbarte und nie wusste, wie es aufgenommen werden würde – akzeptierend, angeekelt oder irgendwo dazwischen, höflich und unverbindlich. Ich kam auf den Gedanken, dass ich mich vielleicht deshalb in meine Mandanten so gut einfühlen konnte, weil ich selbst halb bewusst ständig das Gefühl hatte, dass über mich gerichtet wurde und ich gezwungen war, immer und immer wieder meine Normalität zu beweisen und mich gegen die stillschweigende Annahme zu behaupten, Schwule seien abartig oder Monster. Die Ironie dabei war, dass meine Sympathien den Abartigen und Monstern galten, so wie auch meinen Mandanten, und nicht den scheinheiligen guten Bürgern, die über sie zu Gericht saßen. Ich ging wieder ins Bett und lag wach. Ich starrte an die Decke, wo hellere Schatten über die dunkleren hinwegtanzten. Was hatte die alte Wahrsagerin auf dem Forest Lawn-Friedhof gesagt, als ich sie gebeten hatte, mir die Zukunft weiszusagen – nichts, was ich nicht überleben könnte? Ein kalter Trost um vier Uhr früh.

* * *

Die Pressekonferenz fand im Veranstaltungsraum des Einkaufszentrums neben dem Gebäude statt, wo Inez arbeitete. Für Skandale war es ein Saure-Gurken-Sommer gewesen, und der Saal war gerammelt voll. Nachdem Angestellte von Inez' Kanzlei Kopien der Fotos aus der Beamtentoilette der Polizeizentrale ausgeteilt hatten, verlas sie eine Erklärung, in der sie die angeblichen Hinweise auf meine Verwicklung in den Mord an Alex auseinander nahm und darauf hinwies, dass es zwischen mir und dem Tod Baldwins keinerlei Verbindungslinien gab. »Im Gegenteil«, fuhr sie fort, »die Polizei hat meinen Mandanten in der Nacht des zweiten Mordes überwacht und weiß deshalb mit Sicherheit, dass er unschuldig ist, und trotzdem hören sie nicht auf, ihn zu verfolgen und zu verleumden, aus einer bei der Bezirkspolizei allgegenwärtigen Homophobie heraus, die personifiziert wird durch den bei den Ermittlungen federführenden Detective Montezuma Gaitan. Wegen ihrer Schwulenfeindlichkeit hat die Polizei nicht zur Kenntnis genommen, was offensichtlich ist: dass diese Morde aus Schwulenhass begangen wurden. Wir haben die Polizei vor einiger Zeit darüber informiert, dass das erste Opfer, Alex Amerian, in den Monaten vor seiner Ermordung gleich zwei schwulenfeindlichen Straftaten hintereinander zum Opfer gefallen ist und …«

Es war lange her, dass ich Inez zum letzten Mal in Aktion erlebt hatte, und ich hatte vergessen, wie gut sie darin war. Sie trug einen Autorität ausstrahlenden blauen Anzug und hatte die Haare mit einer studienrätinnenhaften Schleife zurückgebunden. Ich stand neben ihr und konnte sehen, wie einige Reporter, als sie auf die Polizeibehörde einhieb, zu nicken begannen, ohne es überhaupt zu merken. Ich entdeckte Richie im hinteren Teil des Raumes. Sein Daumen ging nach oben.

»... werden wir die Bezirkspolizei wegen böswilliger Strafverfolgung verklagen, wenn sie nicht unverzüglich eine Erklärung abgibt, dass mein Mandant dieser tragischen Mordfälle nicht verdächtigt wird und nie verdächtigt wurde. Überdies, meine Damen und Herren von den Medien, muss ich jetzt, da Sie die wahren Fakten in diesem Fall kennen, auch Sie warnen, dass wir gegen jede Darstellung, in der mein Mandant weiter als Verdächtiger bezeichnet wird, rechtliche Schritte einleiten werden. Und jetzt wird Mr. Rios einige Worte an Sie richten.«

Ich trat ans Rednerpult, blickte auf das Meer von angespannten, neugierigen Gesichtern und sagte: »Es ist beklagenswert, dass jemand aus dem einzigen Grund, weil er schwul ist, zum Verdächtigen gemacht werden kann, aber genau dies ist hier geschehen. Es gab eine Zeit, in der die Polizei sich nicht die Mühe gemacht hat, Morde an Schwulen oder Lesben oder auch an Schwarzen oder Latinos zu untersuchen, weil einer mehr oder eine weniger von uns für sie kein Grund zur Aufregung war. Noch heute scheint es so, als würde die Voreingenommenheit der Polizisten bei ihren Ermittlungen zu hassmotivierten Verbrechen eine größere Rolle spielen als das tatsächliche Beweismaterial. Die Polizei weiß jetzt, dass ich an diesen Verbrechen unschuldig bin. Ich rufe die Polizei auf, mich zu rehabilitieren und meinen Ruf wieder herzustellen. Das ist alles.«

Als die Pressekonferenz beendet war, stürmten alle Medienleute auf die Ausgangstür zu. Wahrscheinlich ging jetzt das Rennen quer durch die Stadt zur Zentrale los. Nur Richie blieb zurück.

»Du warst großartig«, sagte er zu Inez. »Sie haben dir aus der Hand gefressen.«

Ich stellte die beiden einander vor. Inez sagte: »Ich kenne Richie. Seine Zeitschrift hat mich porträtiert, als ich nach Washington gegangen bin. Seid ihr Freunde?«

»Ich bin Henrys heimlicher Helfer. Ich habe ihm die Fotos aus dem Jungensklo in der Bullenzentrale zugesteckt.«

»Tut mir Leid, dass ich das Magazin nicht erwähnt habe«, sagte ich.

Er winkte ab. »Ich arbeite schon an meiner Presseerklärung.«

»Wie meinst du denn, dass die Presse die Story rausbringen wird?«, fragte Inez ihn.

»Du hast für Henry das getan, was Johnny Cochran für O.J. Simpson getan hat«, sagte er. »Die werden diese Fotos nehmen und dem Sheriff immer wieder die Nase hineintunken. Wenn sie mit ihm fertig sind, kräht kein Hahn mehr danach, dass Henry einmal verdächtigt wurde. Es wird sich nicht einmal jemand daran erinnern.«

»Im Unterschied zu O.J. Simpson«, beschied ich ihm, »habe ich keinen Menschen auf dem Gewissen.«

»Darum geht es schon lange nicht mehr«, gab Richie zurück.

* * *

Die Pressekonferenz war am Mittwochvormittag. Am Nachmittag verweigerte der Sheriff jeden Kommentar zu den Anschuldigungen von Inez, aber ein Liberaler im Polizeibeirat berief einen Untersuchungsausschuss ein, der ihnen nachgehen sollte. Die Story beherrschte die Nachrichtensendungen am Abend und Folgebeiträge am nächsten Tag, aber den Rest der Woche über war es, als hätte jemand die Standbildtaste gedrückt, und alle, mich eingeschlossen, warteten darauf, dass sich etwas Neues ergab. Ich nutzte die Zeit für einen Rundruf bei meinen Mandanten, um ihnen zu versichern, dass ich nicht wegen Mordes ins Gefängnis musste. Im großen Ganzen waren die Knackis über meine Lage eher amüsiert als besorgt, sie wussten schließlich gut genug, wozu die Cops fähig waren, wenn man einmal auf ihrer Abschussliste gelandet war. Sie hatten viele Geschichten über Schikanen und Misshandlungen auf Lager, und manche stimmten sogar. Was viele von ihnen mehr überraschte, war die Neuigkeit, dass ich schwul war. Ein paar verlangten einen anderen Anwalt; einer machte mir einen Antrag.

Eine Woche nach der Pressekonferenz rief ich Inez an, ob sie vom Sheriff schon etwas gehört hatte.

»Nein, nichts«, sagte sie unbekümmert.

»Was ist da wohl los?«

»Der Sheriff ist ein gewählter Amtsträger«, erinnerte sie mich. »Er kann sich nicht leisten, irgendeine Seite zu vergrätzen, deshalb hält er die Klappe. Ich tippe mal, er steckt den Kopf in den Sand und hofft, dass es bald über ihn hinweggerauscht ist.«

»Meinst du, die Presse wird das zulassen?«

»Solange es keine Neuigkeiten gibt, haben sie keinen Aufhänger«, sagte sie. »Nicht einmal die Medien saugen sich etwas aus den Fingern. Noch nicht.«

»Und ich kann sehen, wo ich bleibe?«

»Sie werden niemals einen Fehler zugeben, aber ich wette, dass du Detective Gaitan die längste Zeit gesehen hast.«

»Alle warten auf den nächsten Mord, oder, Inez?«

»Pass bloß auf, dass du dann weit weg vom Tatort bist.«

* * *

Am späten Freitagnachmittag klopfte es an meine Tür. Ich nahm an, dass es eine Spendensammlung war, aber als ich durch den Spion lugte, sah ich zwei Polizisten in der Uniform der Bezirkspolizei und einen Streifenwagen in meiner Einfahrt. Ich drehte mich stracks um, ging zum Telefon und rief Inez zu Hause an. Ihre Maschine ging ran. Ich hinterließ eine Nachricht und öffnete die Tür.

»Ja bitte, was kann ich für Sie tun?«, fragte ich sie.

Einer war weiß, einer Latino, aber ansonsten hätten sie Zwillinge sein können, beide 1,88 oder 1,90 groß, vierschrötiges Kinn, Bürstenhaarschnitt, aufgepumpte Muskeln, die sich unter dem Uniformstoff beulten. Sie trugen keine Namensschilder.

»Henry Rios?«, fragte der Latino.

»Das bin ich. Wer sind Sie?«

»Wir haben einen Haftbefehl auf Ihren Namen«, sagte der Weiße. Er hatte feuchtblaue Augen, Augen wie ein Heiliger.

»Was wird mir vorgeworfen?«

»Autodiebstahl«, sagte er. »In zwei Fällen.«

»Soll das eine Art Scherz sein?«

»Lacht hier jemand?«

»Zeigen Sie mir den Haftbefehl.«

Der weiße Polizist händigte mir den Haftbefehl aus. Der Beschuldigte hatte denselben Namen wie ich, war aber dem Geburtsdatum nach zwanzig Jahre jünger.

»Ich bin der falsche Henry Rios«, sagte ich. »Wenn Sie mich meinen Führerschein holen lassen, werde ich Ihnen zeigen, dass …«

Der Latino zog die Handschellen aus seinem Gürtel und befahl: »Hände auf den Rücken.«

Ich versuchte ruhig zu bleiben und sagte: »Dieser Henry Rios ist dreiundzwanzig Jahre alt. Ich bin fünfundvierzig. Sie sehen doch, dass ich nicht der Mann bin, den Sie suchen.«

Der weiße Cop packte mich an der Schulter, warf mich herum und knallte mein Gesicht an die Wand. Der andere legte mir die Handschellen an.

»Umdrehen.«

Ich drehte mich um. Im Mund schmeckte ich Blut. »Was zum Teufel geht hier vor?«

Der Latino-Cop grinste und sagte: »Wir fahren Sie mal spazieren, Herr Anwalt.«

Ich schaute ihn an und verstand sofort, was los war.

»Gaitan hat euch hergeschickt.«

Der weiße Cop stieß mich die Stufen hinunter zum Streifenwagen. »Gehn wir.«

* * *

Wir fuhren auf der Interstate 5 North aus der Stadt hinaus in die großen nicht eingemeindeten Gebiete von Los Angeles, für die die Bezirkspolizei zuständig war. Die Cops ignorierten meine Fragen nach unserem Fahrziel. Als wir schon seit einer Stunde aus der Stadt draußen waren, bogen sie von der 5 auf den Highway 14 ab, der in die wüstenartige Hochebene hinausführte. Die Dämmerung war schon hereingebrochen. Die Landschaft, aus Tausenden Westernfilmen vertraut, war bergig und karg, der Boden von niedrig wachsenden Pflanzen bedeckt, von Kreosotbüschen und Fetthennen, nur von vereinzelten Yuccapalmen unterbrochen. Wir nahmen einen Abzweig vom Freeway auf die verschwommenen Lichter einer Ortschaft zu. Wir fuhren eine Straße entlang, die hell erleuchtet war wie zur Karnevalsparade, an Fastfood-Restaurants und Autohändlern vorbei. Andere Autofahrer warfen einen Blick auf mich und schauten schnell wieder weg. Die festlich beleuchtete Straße setzte sich in einer Reihe von Geschäften mit heruntergelassenen Rollläden fort. Es wurde allmählich dunkel. Wir fuhren von der Hauptstraße ab auf einen holprigen Weg. Auf einem verwitterten Schild stand: WILLKOMMEN IN DER ROYAL-PALMS-SIEDLUNG. Wir bogen noch einmal ab. Um mich herum ragten

Rohbauten in den tiefblauen Wüstenhimmel. Unvermittelt hielt der Wagen an. Der Latino-Cop schaltete die Scheinwerfer ab.

»Wo sind wir?«

»Das merkst du schon noch«, sagten sie.

Der weiße Cop zerrte mich vom Rücksitz ins Freie und schubste mich in Richtung eines der Häuser. Die Luft war kalt und trocken. Auf dem Boden lag ein Stapel Vierkanthölzer. Das Holz war alt und verrottet. Die Baustelle war aufgegeben worden. Ich stolperte vorwärts, bis der Cop hinter mir, der mit dem Heiligenblick, an den Handschellen riss und mir befahl, stehen zu bleiben.

»Auf die Knie«, sagte er.

Ich schaute über die Schulter. Der andere hatte sich auch hinter mich gestellt. Ihre Gesichter waren in Dunkel gehüllt.

»Was soll das werden?«

»Auf die Knie, hab ich gesagt.« Er zog seinen Dienstrevolver aus dem Holster. Eine halbautomatische Beretta 9 Millimeter. Standardausgabe. Er legte den Finger vorschriftsmäßig auf die Trommel. Er musste ihn nur auf den Abzug gleiten lassen und abdrücken.

»Was stört dich daran, Henry?«, sagte der Latino-Cop. »Ihr schwulen Säue verbringt doch die meiste Zeit auf den Knien.«

Ich spuckte ihm ein »Fick dich« ins hämisch grinsende Gesicht.

Der weiße Cop packte die Handschellen, trat die Beine unter mir weg und zwang mich zu Boden. Er knurrte, nicht vor Wut, sondern vor Konzentration, und ließ den Revolver bis auf Höhe meiner Augen sinken. Ich schaute hoch. Seine Augen waren im Dunkeln verschwunden, aber als er sich bückte und murmelte: »Blick nach vorn«, sah ich sie wieder, traurig und still.

»Tu das nicht«, sagte ich.

»Kopf nach vorn«, sagte er, jetzt lauter, irritiert.

Ich drehte mein Gesicht von ihm weg und starrte durch den Türrahmen des Rohbaus auf einen purpurnen Einschnitt zwischen zwei Berggipfeln, in dem ein sichelförmiger Mond aufging. Ich spürte, wie die Waffe sanft meinen Nacken betastete. Kalte Tränen rannen mir übers Gesicht.

»Denk an was Schönes«, sagte der Latino-Cop.

Ich driftete aus meinem Körper hinaus. Ich konnte uns dort sehen, ein Mann, der vor dem Gerippe eines Hauses niederkniete, zwei große Männer, die Schulter an Schulter hinter ihm standen, einer mit ausgestrecktem Arm, der Revolver, der den Nacken des Knienden befühlte. Die kahle Erde, die schwarzen Berge, der weite Himmel, der sich über ihnen wölbte, die Sterne so wachsam wie Augen, so zitternd wie Seelen. Der Mann mit dem Revolver hob die Waffe leicht an, bis ihr Lauf auf den Schädel des Knienden drückte. Der Kniende schrie: »Nein!« Als das Echo des Schreis erstarb, drehte der Mann mit dem Revolver, statt zu schießen, die Hand, und ließ die Trommel auf den Hinterkopf des knienden Mannes niedersausen.

Ich kippte nach vorn. Der Latino-Cop trat vor mich hin und zog den Schlagstock aus seinem Gürtel. Der weiße Cop mit den traurigen Augen kam von der anderen Seite. Ich krümmte mich in Embryonalstellung zusammen, genau so, wie ich es als Kind getan hatte, wenn mein Vater mich in die Ecke getrieben hatte. Nach einiger Zeit wusste ich nicht mehr, ob es seine Stimme war oder ihre, die mich Tunte nannte, *queer*, *maricón*.

* * *

Ich wachte auf, mit Handschellen an ein Krankenhausbett gefesselt. Mein Körper sträubte sich gegen den Wachzustand, und bald wusste ich auch, warum. Die kleinste Bewegung versetzte mir einen Stromschlag. Sogar meine Haare schmerzten. Die linke Hälfte meines Leibes pochte dumpf. Langsam stellte sich der Raum scharf. In Brechreiz erregendem Grün gestrichene Betonwände, in einem Fenster eine Klimaanlage älteren Baujahrs, das andere mit Stahlstangen vergittert. Ein Schrank, ein Badezimmer. Dem Bett gegenüber eine Stahltür, in die ein waagerechter Fensterschlitz eingelassen war. Ein Gesichtsausschnitt erschien in der Glasscheibe. Augen, Nase, Mund. Ein Rasseln, und die Tür öffnete sich. Da standen Inez Montoya, ein Bezirkspolizist und eine Frau im weißen Arztkittel.

»Warum trägt er Handschellen?«, verlangte Inez zu wissen.

»Er steht unter Arrest«, erklärte der Polizist kleinlaut.

Sie hielt ihm ein Blatt Papier vor die Nase. »Das ist eine gerichtliche Verfügung, ihn unverzüglich freizulassen. Nehmen Sie ihm die Handschellen ab.« Der Polizist trat vorsichtig an ihr vorbei an mein Bett und erfüllte ihre Forderung. Zu der Frau, die hinter ihr stand, sagte sie: »Ist er transportfähig?«

»Es sind keine Knochen gebrochen«, sagte sie, »aber er hat wahrscheinlich große Schmerzen.«

»Das ›wahrscheinlich‹ können Sie weglassen«, sagte ich kraftlos. »Mir tut alles höllisch weh. Was ist passiert?«

Inez kam an mein Bett. »Ich weiß es nicht. Die haben dich gestern Abend in Handschellen im Vorraum sitzend gefunden. Du hast dem Schließer gesagt, er soll mich anrufen. Erinnerst du dich an irgendwas?«

»Sie haben mich in die Wüste verschleppt und mir einen Revolver an den Kopf gehalten. Bezirkspolizisten.«

»Gaitan?«

»Nein, irgendwelche Schlägerkumpanen von ihm. Scheiße, tut das weh.«

»Ich weiß«, sagte sie und berührte leicht meine Hand, »aber Henry, in der Zeit, in der sie dich in Gewahrsam hatten, ist in West Hollywood noch ein Mord geschehen.«

Ich ließ mich auf die Matratze zurückfallen und lachte, bis ich vor Schmerzen keine Luft mehr bekam.

* * *

Das dritte Opfer hieß Tom Jellicoe, siebenundzwanzig, kaufmännischer Angestellter im Barney's in Beverly Hills. Er war zuletzt vom Rausschmeißer eines After-hour-Clubs gesehen worden, wie er aus dem Club kam und in ein Taxi stieg. Am nächsten Tag war sein Leichnam hinter einem am Santa Monica Boulevard gelegenen Schuhdiscount gefunden worden. Er war nackt in die Mülltonne gestopft worden, mit Schlag- und Stichverletzungen, die Worte AIDS-SAU quer über die Brust geritzt. Ich betrachtete sein Bild in der *Times*. Strähnchen im Haar, rundes, glattes Gesicht. Hübsch, aber nicht außergewöhnlich. Alles an ihm war normal außer der Todesart.

Die *L.A. Times* nannte die Morde »ein Rätsel für die Polizei« und schrieb weiter: »Im Zusammenhang mit den vorangegangenen Morden war ein Mann vernommen worden, es gab aber keine Festnahmen.« Die Rechtsabteilung des Blattes war vorsichtiger als die meisten Fernsehsender, die immer noch meinen Namen und mein Gesicht in die Berichte zu dem Mord an Jellicoe einblendeten, auch wenn sie ebenso Ausschnitte aus der Pressekonferenz zeigten. Inez hatte dem zuvorkommen und eine weitere Pressekonferenz auf den Eingangsstufen des Krankenhauses abhalten wollen, aber ich bat um ein paar Tage Ruhe, damit die Wunden, die körperlichen und die seelischen, etwas Zeit hatten zu heilen, bevor wir irgendwelche Erklärungen abgaben. Sie war gleich einverstanden und gab tröstende Laute von sich, wie nötig ich es doch hätte, auszuruhen und mich von dem traumatischen Überfall zu erholen, und ich ließ sie in dem Glauben, dass ich keine weiteren Schäden davongetragen hatte. Ich konnte ihr nicht sagen, was in Wirklichkeit dort draußen mit mir geschehen war. Dass, als der Cop mir den Revolver in den Nacken gedrückt hatte und ich wusste, dass ich sterben würde, ich in der letzten Sekunde, nachdem ich »Nein« schrie, keine Todesangst empfunden hatte, sondern Erleichterung. Vielleicht war es nicht mehr als eine chemische Reaktion des Körpers gewesen, um den unvermeidlichen Augenblick des Sterbens erträglicher zu machen, aber es machte mir Angst, wie leicht ich mich damit abgefunden hatte, alles fahren zu lassen. Hatte Tom Jellicoe in den letzten Sekunden seines Lebens etwas Ähnliches gefühlt? War er froh, dass alles vorbei war? Ich warf die Zeitung ins Altpapier.

Die Türglocke gongte. Auf meinem verrenkten Knöchel hoppelte ich im Bademantel an die Tür und linste durch den Spion. Mein Besuch trug ein geblümtes Hemd und khakifarbene Shorts, unter denen bleiche, dicke Beine hervorschauten, aber die verspiegelte Sonnenbrille ließen ihn immer noch wie einen Südstaatenbullen erscheinen, der sich über den Bayou verirrt hatte. Odell. Als ich die Tür öffnete, spiegelte sich in seinen Brillengläsern mein bloßer, misshandelter Oberkörper wider.

»Gütiger Himmel«, sagte er.

»Aber keine Knochenbrüche«, sagte ich mein Sprüchlein auf, das in den letzten Tagen jeder Besuch zu hören bekommen hatte. »Ihrer Garderobe entnehme ich, dass es sich nicht um einen dienstlichen Besuch handelt.«

Er nahm die verspiegelte Brille ab. »Ich habe gehört, was geschehen ist.«

»Tatsächlich?«, sagte ich und führte ihn ins Wohnzimmer. »Dann können Sie es mir ja erklären, mir ist es noch nicht so klar.«

»Ich habe es nur aus zweiter Hand gehört. Gerüchteweise. Ich würde gerne Ihre Version hören.«

»Warum, Sergeant? Warum sollte ich mit Ihnen reden?«

»Weil ich Informationen habe, die Ihnen helfen könnten, wenn Sie vorhaben sollten, gegen die Polizeibehörde rechtliche Schritte einzuleiten.«

»Inoffizielle Informationen selbstverständlich.«

Seine kleinen, leuchtenden, klugen Augen blickten mich an. »Kommt ganz drauf an.«

Ich teilte ihm mit, woran ich mich erinnerte. »Irgendwann, während sie mich durchprügelten«, schloss ich, »bin ich bewusstlos geworden. Als ich wieder zu mir kam, saß ich im Arresttrakt des Ortskrankenhauses, wo sie mich unter dem Vorwurf des Widerstands gegen die Staatsgewalt abgeliefert hatten.«

»Wie waren ihre Namen?«

»Sie hatten keine Namensschilder.«

»Was ist mit dem Aufnahmeformular?«

»Ich bin nie durch die Aufnahme gegangen. Sie haben mich in Handschellen auf einer Bank sitzen lassen. Im Stationsbuch des Aufsichtsbeamten ist eine Eintragung mit meinem Namen und den Tatvorwürfen, aber er schwört, dass sie nicht von ihm stammt. Er behauptet, er habe nicht einmal gesehen, wie sie mich hereinbrachten.«

»Würden Sie die beiden Polizisten wieder erkennen?«

»Ich weiß nicht. Die meiste Zeit sah ich nur ihre Hinterköpfe. Als der eine mit seinem Revolver auf mich zielte, wurde sein Gesicht so groß, dass ich seine Wimpern hätte zählen können, aber jetzt verblasst die Erinnerung schon. Meine Ärztin sagt, ich habe eine leichte Gehirnerschütterung, das und die Schmerzmittel machen wohl, dass meine Erinnerung nur noch skizzenhaft ist.« Ich gähnte. »Sie arbeiten bei der Bezirkspolizei. Wissen Sie, wer die beiden waren?«

Er schien meine Verletzungen zu studieren, bevor er Antwort gab. »Vor sechs, sieben Jahren«, sagte er, »gab es Gerüchte über eine paramilitärische Gruppe innerhalb der Bezirkspolizei. Vielleicht erinnern Sie sich daran?«

»Dunkel.«

»Es hieß, die Zentrale sei in der Wache im Antelope Valley. Draußen in der Mojave-Wüste laufen eine Menge Verrückte rum, Überlebenskämpfer, Milizionäre, Arier.« Er grinste. »Ein Stückchen Idaho mitten in Südkalifornien. Viele Polizisten wohnen dort draußen.«

»Das Simi Valley-Syndrom.« Ich spielte auf den weit außerhalb gelegenen Vorort im Bezirk Los Angeles an, in dem viele Stadtpolizisten von Los Angeles wohnten. Der Ort war als Schauplatz des ersten Rodney King-Prozesses berühmt geworden. Damals hatte eine weiße Jury die Polizisten, die den Schwarzen King bei einer Verkehrskontrolle grundlos zusammengeschlagen hatten, freigesprochen, was flächenbrandartige Unruhen ausgelöst hatte.

Er zuckte die Achseln. »So was Ähnliches. Der Sheriff wollte den Dingen auf den Grund gehen, also hat er eine Gruppe Polizisten in einer Art geheimer Mission dorthin geschickt. Ich war auch dabei.«

»Sie haben für *Internal Affairs* gearbeitet?«

»Nicht offiziell«, antwortete er. »Der Sheriff dachte eben, ich würde mich dort gut machen.«

Ich nickte. Es war nicht schwer, sich Odell in der Rolle eines rechten Spießers vorzustellen. »Und? Gibt es da eine Miliz innerhalb der Polizei?«

»Es war wohl eher so: Zwanzig Männer treffen sich einmal die Woche in der Bar, jammern, wie die Welt immer mehr vor die Hunde geht und wie sie die Dinge in die Hand nehmen würden, wenn sie am Drücker wären, und dann geht ihnen eines Tages ein Licht auf, und sie merken, hey, wir sind die Polizei. Wir bestimmen, was läuft, zumindest draußen auf den Straßen.«

»Jeder Cop hat früher oder später diese Erleuchtung.«

»Die waren aber organisierter«, sagte er. »Sie haben sich in Positionen gehievt, wo sie einander Deckung geben konnten.«

»Wofür?«

»Für Misshandlungen, illegale Durchsuchungen, gefälschte Protokolle, gefälschte Beweise«, sagte er. »Alles, was ihr Anwälte uns immer vorwerft, die haben es getan, und sie haben einander beschützt.«

»War Gaitan einer von ihnen?«

Er nickte. »Er war vier Jahre da draußen, nachdem er seine Pflichtzeit als Gefängnisaufseher absolviert hatte.«

»Was ist aus Ihrer Untersuchung geworden?«

»Wir haben sechs von ihnen beim Wickel gekriegt.«

»Einschließlich Gaitans?«

»Nein, aber wir wussten, dass er mit drinsteckte. Tief drin.«

»Und die, die Sie erwischt haben?«

»Fünf durften den Dienst quittieren, um einer Strafverfolgung aus dem Weg zu gehen. Der Letzte hat eine Verurteilung wegen Fälschung von Protokollen nicht angefochten und neun Monate gesessen. Ein weiteres Dutzend, auch Gaitan, ist versetzt worden.«

»Das ist ja nicht mal ein kleiner Klaps auf die Finger.«

»Der Sheriff wollte die Strukturen aufbrechen, nicht Kollegen hinter Gitter bringen. Das wäre schlecht für die Moral der Truppe.«

»Und fürs Ansehen erst.«

»L.A. ist für uns das härteste Pflaster im ganzen Land«, sagte Odell. »Die Leute hier wollen die Henne schlachten und ihr tägliches Frühstücksei behalten. Sie erwarten von uns, dass wir unser Leben für sie aufs Spiel setzen, aber bei jeder Gelegenheit bewerfen sie uns mit Dreck.«

»Wessen Schuld ist das?«

»Ich werde mich darüber nicht streiten«, sagte er. Hinter der Weichheit seiner Stimme verbarg sich etwas Stahlhartes.

»Warum sind Sie denn hier?«

»Ich glaube, dass die Männer, die zu Ihnen gekommen sind, zwei von denen sind, die den Dienst quittiert haben.«

»Woher hatten sie die Requisiten?«

»Von ihren Kumpels im Department«, sagte er. »Wir haben nicht alle erwischt, und manche, die versetzt wurden, sind zurückgewandert. Die Gerüchteküche sagt, sie treffen sich wieder. Es würde mich wundern, wenn ihre Einstellung zum Dienst sich geändert hätte.«

»Rambos in Polizeiuniform«, sagte ich. »Weiß der Chef, dass sie wieder da sind?«

»Jetzt weiß er es.«

»Gaitan hat die Fäden gezogen, stimmt's?«

»Das wird schwer zu beweisen sein. Mac ist viel raffinierter, als Sie ihm zutrauen.«

»Raffiniert? Der ist doch nichts als brutal.«

»Diese Pressekonferenz von Ihnen war eine Provokation.«

»Für ihn oder für Sie?«

»Sie hat uns alle tief getroffen«, sagte er mit Nachdruck. »Die guten Bullen und die bösen. Ich habe persönlich hart gearbeitet, um zur Gay Community in West Hollywood eine Vertrauensbasis aufzubauen. Sie haben das zerstört.«

»Geben Sie Ihren reaktionären Kollegen die Schuld. Außerdem, was meinen Sie wohl, wie ich mich gefühlt habe, als ich in den Medien namentlich als Mordverdächtiger gehandelt wurde?«

»Das war Gaitan alleine, das können Sie nicht der gesamten Polizei anlasten.«

»Egal. Ich musste reagieren. Mein guter Ruf stand auf dem Spiel.«

»Wir hätten uns etwas einfallen lassen können«, sagte er.

»Nicht, wenn es nach Ihrem Vorgesetzten, dem Sheriff, geht.«

»Er hört auf mich.«

Ich merkte, dass in Odell, auch wenn er wie ein korpulenter Südstaatensheriff daherkam, die Seele eines Hüters der Gerechtigkeit im Wilden Westen steckte; das Herz eines Gary Cooper im Körper eines Andy Devine.

»Ich dachte, Sie arbeiten für ihn.«

»Chuck Ramsay und ich haben eine lange gemeinsame Geschichte. Wir haben einen Draht zueinander.«

»Warum haben Sie in West Hollywood nicht das Sagen, wenn Sie so gut Freund mit ihm sind?«

»Habe ich doch«, sagte er. Es war die einfache Feststellung einer Tatsache . »Ich bin nicht deswegen immer noch Sergeant, weil sie mich nicht befördern wollen. Ich will im Mittelfeld bleiben.«

»Wenn zwischen Ihnen und dem Sheriff alles eitel Harmonie ist, warum liefern Sie mir dann Munition, um die Bezirkspolizei zu verklagen?«

»Was die Ihnen angetan haben, gefällt mir nicht.«

»Das ehrt Sie«, sagte ich, »aber es überzeugt mich nicht ganz.«

Er zuckte die Achseln. »Glauben Sie, was Sie wollen. Wir haben ein Problem in unseren eigenen Reihen. Ich will, dass es gelöst wird.«

»Sie sind ein Insider, Odell«, sagte ich. »So einer wie Sie plaudert nicht aus dem Nähkästchen, bevor er bei seinem Freund, dem Sheriff, gewesen ist und der ihn hat abblitzen lassen. War es so?«

Er stand auf, um zu gehen. »Ich habe meinen Part erfüllt«, tat er kund. »Jetzt sind Sie am Ball.« Auf dem Weg nach draußen blieb er noch einmal stehen und sagte: »Aber Ihrer Anwältin würde ich an Ihrer Stelle auf die Finger schauen.«

* * *

Am nächsten Morgen ließ ich mir immer noch Odells Warnung durch den Kopf gehen, als Inez mit einer Tüte *pan dulce* und einer Schachtel *Abuelita*-Kakao vor meiner Tür aufkreuzte. Sie legte ihr Nadelstreifenjackett ab und ging in die Küche, wo sie sich an die Zubereitung der zimtgeschwängerten heißen Schokolade machte. Sie wollte sich von mir nicht helfen lassen, schepperte durch alle Regale und Schränke und fluchte, wenn sie etwas nicht fand. Ich hatte Inez noch nie in einer Küche erlebt. Es war nervenzerrüttend.

»Wenn ich einen Rappel hatte, hat mir meine Mutter immer *pan dulce* und *Abuelita* gemacht«, sagte sie und strich mit dem Finger über den Rand eines Serviertellers. »Jetzt schau sich einer diese Staubschicht an. Wann hast du hier zuletzt sauber gemacht?«

»Ich staube mein Geschirr nicht ab. Wäre es nicht einfacher, ich würde das übernehmen?«

»Du bist ja krank«, sagte sie. »Mist! Jetzt hab ich mir an diesem Scheißtopf die Hand verbrannt. Hast du denn keine Topflappen?«

»Im Regal unter der Spüle. Und ich bin nicht krank, Inez, ich bin zusammengeschlagen worden.«

Sie drehte sich zu mir um. Ich trug eine Trainingshose und Sandalen. »Du siehst schon besser aus als im Krankenhaus.«

»Sie haben sich sehr gut ausgesucht, wohin sie mich schlugen«, sagte ich. »Nur Verletzungen an weichem Gewebe.«

Sie schenkte zwei große Tassen Schokolade ein. »Du nimmst die hier. Ich nehme das Gebäck. Setzen wir uns draußen hin.«

Es war ein muffiger Hochsommermorgen. Die Luft war trocken und verbraucht. Im Canyon hatten die Brauntöne überhand genommen. Die Jahreszeit der Waldbrände. Wir setzten uns an den Picknicktisch. An der heißen Schokolade verbrühte ich mir die Zunge, und das *pan dulce*, ein mit bröckeligen Zuckerquadraten bedeckter kleiner Brotlaib, schmeckte nach nichts. So viel zu Inez' Hausrezept. Mir hatte meine Mutter Hühnersuppe gemacht, wenn ich krank war.

»Ich habe mit dem Sheriff geredet«, sagte Inez. »Ich glaube, wir haben einen Kompromiss ausgehandelt.«

»So? Vor drei Tagen wolltest du noch, dass ich der Welt meine Wundmale vorführe.«

»Der Sheriff lehnt jede Verantwortung für die Männer, die dich verschleppt haben, ab«, sagte sie mit einem Mund voll Gebäck. »Er sagt, sie hätten sich als Polizisten verkleidet.«

»Ich weiß. Odell hat es mir gesagt.«

»Odell?« Ihre Augen verengten sich. »Wann hast du mit ihm gesprochen?«

Ich erzählte ihr von seinem Besuch, verschwieg aber die Warnung, die er im Gehen ausgesprochen hatte.

»Zu mir hätte er kommen sollen«, schimpfte sie, als ich fertig war. »Na gut, es macht wohl auch nichts, wenn du nur verstehst, warum es eine schlechte Idee wäre, die Bezirkspolizei zu verklagen.«

»Das verstehe ich eben nicht«, sagte ich. »Ich will sie verklagen. Ich will sie ans Kreuz nageln. Diese Männer haben unter offizieller Flagge gehandelt, ob sie nun als Polizisten angestellt waren oder nicht.«

»Weißt du, wie schwer es sein wird, das zu beweisen?«, fragte sie und blies über ihre Tasse. »Oder wie lange es dauern wird? Jahre, Henry. Ganz zu schweigen von den Kosten.« Sie schlürfte Schokolade. »Ich bin als deine Anwältin eingesprungen, um dir einen Gefallen zu tun. Aber wenn du den Sheriff verklagen willst, wird meine Kanzlei eine Bezahlung für meine Arbeit erwarten, und ich glaube nicht einmal, dass ich für so eine Klage die beste Anwältin wäre.«

»Inez, sie haben mich entführt, mit einem Revolver bedroht und zusammengeschlagen«, sagte ich. »Ich will, dass diese Schlägertypen bestraft werden, und wenn Gaitan mit drinsteckt, will ich, dass er auch seine gerechte Strafe erhält. Es ist mir egal, wie lange das dauert oder wie viel es kostet.«

»Ich verstehe dich ja«, sagte sie. »Du fühlst dich erniedrigt. Aber versuch es doch mal als Rechtsanwalt zu sehen. Du wirst zehn Jahre brauchen, um überhaupt nur herauszufinden, wer deine Entführer waren, und noch mal zehn Jahre lang wirst du dich mit der Bezirkspolizei darüber herumstreiten, ob sie für eine Aktion von prügelfreudigen Bullen oder Ex-Bullen verantwortlich zu machen ist. Bist du dazu bereit, jeden Deputy in den Zeugenstand zu rufen, der im Antelope Valley arbeitet oder jemals dort gearbeitet hat? Jeden Fetzen Papier als Beweismittel beschlagnahmen zu lassen? Denn das wird nötig sein, um Antworten zu bekommen, wenn du sie überhaupt je bekommen kannst. Du kennst die Bullen so gut wie ich, und du weißt, wie das mit den Krähen und den Augen ist.«

»Wieder mal ein Beispiel dafür, wie schlecht du bei ihnen differenzieren kannst«, sagte ich. »Odell wird mir helfen.«

»Ich würde mich auf den nicht verlassen«, sagte sie. »Kann schon sein, dass er im Moment stinksauer ist, aber im Zweifelsfall steht er fest zur Truppe. Er wird sich fügen. Und was ist mit seiner Tochter bei der Polizei in L.A.? Wenn die Wind davon kriegen, dass ihr Alter eine Petze ist, hat sie dort nichts mehr zu lachen.«

Ich war erschöpft und alles tat mir weh. Inez hatte alle Gesichtspunkte angesprochen, und sie hatte bei allen Recht. Der Fall würde sehr vertrackt werden, selbst wenn Odell seine Loyalität zum Apparat aufkündigte, und wenn er das nicht tat, konnte ich es gleich vergessen. Wenn Inez absprang, sah ich mich mit der zusätzlichen Schwierigkeit konfrontiert, einen Rechtsbeistand zu finden, der zumindest teilweise auf Erfolgshonorarbasis arbeitete. Oder ich musste mich selbst vertreten, aber ich war Strafrechtler und in Zivilprozessen nicht bewandert, und es würde mir vom ersten Tag an über den Kopf wachsen.

»Du meintest, du hast mit dem Sheriff einen Deal ausgehandelt«, sagte ich resigniert. »Wie sieht der aus?«

Sie lebte auf. »Er hat sich bereit erklärt, eine Erklärung abzugeben, in der er dich vollständig von jedem Verdacht in den Mordfällen entlastet und sich dafür entschuldigt, dass die Information an die Presse durchgesickert ist. Er wird eine interne Untersuchungskommission einberufen, die herausfinden soll, ob jemand in seiner Behörde bei deiner Entführung die Finger im Spiel hatte, und wenn ja, wird er die Namen der Beteiligten zur Strafverfolgung an den Staatsanwalt weiterreichen. Und schließlich stimmt er auch einem finanziellen Vergleich zu. Hunderttausend Dollar.«

Ich lachte ungläubig. »Er lehnt jede Verantwortlichkeit ab, aber er will mich abfinden.«

»Er lehnt eine juristische Verantwortlichkeit ab«, sagte sie. »Aber er weiß genau, dass er mit seinen Leuten draußen in der Wüste ein Problem hat, also akzeptiert er eine moralische Verantwortung.«

»Die moralische Verantwortung ist die letzte Zuflucht der Politiker. Sie bedeutet überhaupt nichts«, sagte ich. »Und dann, Inez, wie stellt er sich vor, dem Polizeibeirat hunderttausend Dollar für einen Vergleich aus dem Arm zu leiern für einen Anspruch, den es offiziell gar nicht gibt?«

»Das ist sein Problem«, sagte sie. Sie leckte sich einen Krümel aus dem Mundwinkel. »Topp?«

»Was verlangt er als Gegengabe?«

»Dass wir den Mund halten.«

»Über den Deal oder über das, was in der Wüste war?«

»Über beides«, sagte sie. Ich schaute sie an. Sie fing meinen Blick auf und schaute zurück. In diesem Hin und Her lag viel gemeinsame Geschichte. »Ich habe lange darüber nachgedacht, Henry. Es ist im besten Interesse aller Beteiligten.«

»Sichert dir das die Neutralität des Sheriffs im Bürgermeisterwahlkampf oder seine Unterstützung?«

Ihr Gesicht verdunkelte sich langsam. Sie stand ruckartig auf.

»Das war's. Kämpf doch alleine gegen deine Scheißwindmühlen.«

»Nein, warte.« Ich legte die Hand auf ihren Arm. »Geh nicht, Inez. Ich hätte das nicht sagen sollen. Ich bin nicht besonders gut beieinander.«

»Ich weiß nicht, was dort draußen mit dir passiert ist«, sagte sie, »aber du solltest einen kühlen Kopf bewahren.«

»Du hast Recht«, sagte ich. »Ich muss vernünftig sein. So ein haariger Fall wie dieser könnte mich die nächsten fünf Jahre meines Lebens voll in Anspruch nehmen. Meine Praxis ruinieren, mich in den Bankrott treiben. Und in den Wahnsinn. Es kotzt mich einfach an, dass Gaitan mich so demütigen kann und ungeschoren davonkommt.«

»Du denkst wie ein kleines Kind im Sandkasten.«

»Ich schmecke seinen Hass ganz hinten in der Kehle.«

»Vielleicht ist es dein eigener«, sagte sie. »Was schert er dich? Er ist eben ein Arschloch.«

»Solche Typen wie Gaitan haben mich aus *la raza* verstoßen, weil ich schwul bin.« Der Ausschluss aus der Latinogemeinschaft saß mir immer noch in den Knochen.

»Du hast es zugelassen«, sagte sie. »Mich wollten sie auch rauskanten, weil ich ein Flintenweib bin. Ich habe mich gewehrt. Das kannst du auch.«

»Dafür ist es zu spät«, sagte ich. »Ich gehöre nicht mehr dazu. Ich will auch nicht mehr dazugehören.«

»Du bist also mit diesem Leben zufrieden?«, sagte sie mit einer Handbewegung zu meinem leeren Haus hin. »Die Asche des Lovers auf dem Kamin. Verstaubte Teller in der Küche. Wach auf, Henry. Josh ist tot, nicht du.«

»Und ob du ein Flintenweib bist«, sagte ich lächelnd. »Warum bist du eigentlich nicht lesbisch?«

»*Diosito mío*, manchmal machen mich die Männer so krank, dass ich mir wünsche, ich wäre es«, versetzte sie. »Was soll ich dazu sagen? Ich steh eben auf Jungs. Dir muss ich doch nicht erklären, warum?«

»Mach den Deal fest«, sagte ich. »Das Geld teilen wir uns.«

»Du brauchst es nötiger.«

»Lass mir doch bitte das letzte Zipfelchen Männerehre.«

Sie küsste mich mütterlich auf die Stirn. »Ich kümmer mich drum. Und du werd gesund. Mach's gut, *mijo*.«

* * *

Ich saß noch lange auf der Terrasse, nachdem Inez gegangen war. Dass ich Alex Amerian in mein Leben gelassen hatte, hatte mir eine Katastrophe nach der anderen beschert, und ich hätte eigentlich froh sein müssen, dass es endlich vorbei war. Aber es war noch nicht vorbei. Irgendwo dort draußen gab es einen Mann, der seinem Hass auf meinesgleichen an den Körpern junger Männer Luft verschaffte. Von denen, deren Aufgabe es war, ihn zu finden, teilten manche seinen Hass auf die Opfer. Schwer zu sagen, vor wem wir anderen uns mehr fürchten mussten.

Kapitel 9

Ende Juli zog eine Reihe atemberaubend schöner Tage herauf. Der Wüstenwind blies den Dreck aus der Luft, und das Licht war so strahlend und rein, als käme es aus einer vergangenen Zeit, in der die heutige Stadt noch zur Hälfte mit Orangenhainen bestanden war und die Straßenbahnen noch zwischen der Innenstadt und dem Pazifik pendelten. Die San Gabriel-Berge, die sonst zwischen Mai und Dezember kaum einmal zu sehen waren, tauchten so unvermittelt am Horizont auf, dass es schien, als würden sie wie eine Herde uralter Behemoths auf uns zutrampeln. Die Blätter der Feigenbäume glänzten in noch leuchtenderem Grün, die Kehlen der krächzenden Paradiesvögel in noch tieferem Purpur, und die weiß verputzten Fassaden der Stadt gleißten, dass es in den Augen wehtat. Im Forest Lawn-Friedhofspark auf den Hollywood Hills strahlte das Licht von den Marmorflächen der *Courts of Remembrance* zurück, und in der Luft lag ein Duft von frisch gemähtem Gras, Eukalyptus und Rosen. Ich saß im Kolumbarium zur Strahlenden Vorsehung, auf der Bank, wo Amiga Slade ihren Tee mit mir geteilt hatte, in die Betrachtung der Bronzetafel versunken, auf der Joshs Name eingraviert war, sein Geburts- und Todestag, darunter die Worte: GELIEBTER SOHN UND BRUDER und darunter: KLEINER FREUND. In der Vase neben der Tafel standen frische Blumen, weiße Nelken. Sie waren nicht von mir. Ich fragte mich, wer von seinen Freunden ihn besucht haben mochte. Wer von ihnen war überhaupt noch am Leben? Nachdem ich seine Asche beigesetzt hatte, war ich sein Adressbuch durchgegangen und hatte seinen Bekannten geschrieben, wo sie ihn finden konnten. Es kamen immer noch Briefe mit dem Vermerk »Empfänger verstorben« zurück. Ich hatte auch an seine Eltern geschrieben und halb erwartet, dass sie die Annahme verweigerten. Ich freute mich, dass sie das nicht getan hatten. Ich freute mich für Josh. Verzeihen konnte ich ihnen noch nicht. Aber als ich dort im Schatten saß, erinnerte ich mich an Grants Vorstellung, der Himmel sei einfach eine Welt, in der alle einander vergeben hatten, und mein Zorn taute für kurze Zeit.

Ich machte mich auf zu meinem Wagen. Auf dem Weg sah ich den Erdhaufen auf einem frisch zugeschütteten Grab und fragte mich, ob die Polizei je den Leichnam von Alex freigegeben hatte oder die Leichen der anderen Opfer des Serienmörders, der in den Medien kurze Zeit den Namen »Unsichtbarer Mann« verpasst bekommen hatte. Kurze Zeit deshalb, weil seit dem Mord an Tom Jellicoe vor fast einem Monat kein weiterer mehr geschehen und die Story aus den Schlagzeilen verschwunden war. Ich war nicht mehr in den Fall verwickelt, seit der Sheriff öffentlich erklärt hatte, dass ich nicht unter Verdacht stünde und auch nie gestanden hätte, und sich dafür entschuldigte, wenn ein falscher Eindruck entstanden sei. Privatim hatte ich mich verpflichtet, von einer Klage abzusehen, und den Vergleich, den Inez ausgehandelt hatte, akzeptiert.

Bis zuletzt hatte ich erwogen, den Kompromiss auszuschlagen und Klage einzureichen. In mir schrie es immer noch nach Rache, vor allem an Gaitan, aber ich musste Inez Recht geben, dass meine Chancen, gegen die Polizei zu obsiegen, gering waren, und gab mich widerstrebend geschlagen. Als ich die Verzichtserklärung unterschrieb, erinnerte mich Inez daran, dass der Sheriff Ermittlungen zu meiner Verschleppung eingeleitet hatte, aber das Ergebnis war vorherzusehen, und es überraschte mich nicht, als vom Bezirksanwalt ein Brief kam, der die Polizei von aller Schuld freisprach. Davon abgesehen war der Letzte, mit dem ich bei der Polizei überhaupt Kontakt gehabt hatte, Odell gewesen, der mir unter der Hand berichtet hatte, dass die Ermittlungen ziemlich oberflächlich gewesen waren, was ich schon geahnt hatte. Ich blieb kurz an dem frischen Grab stehen, auf dem die aufgeschüttete feuchte Erde in der Sonne trocknete. Nun, da die Morde anscheinend aufgehört hatten, würde die Polizei keinen Ansporn mehr haben, sie zu lösen, und der Fall würde so tot sein wie der Jemand, der hier unter der Erde lag. Und was waren schon drei ungelöste Morde mehr in dieser Stadt, in der jedes Jahr Hunderte um die Ecke gebracht wurden? Es war wie ein Krieg, und im Krieg blieb auch niemand stehen und zählte alle Opfer oder ermittelte gar in jedem Fall die genaue Todesursache. Im Krieg ging es nur darum, wer der Sieger sein würde. Die Polizei wusste, dass sie ihn nicht gewinnen konnte. In der Stadt eskalierte die Gewalt , wie das Wasser in einem Kessel auf kleiner Flamme sich erhitzt, so langsam und unerbittlich, dass wir, ehe wir überhaupt merkten, was los war, alle bei lebendigem Leibe gekocht würden.

* * *

Ein paar Tage später verfiel das Wetter wieder in seinen üblichen sommerlichen Trott aus Hitze und Smog. Ich arbeitete gerade am Schreibtisch, als das Telefon klingelte. Als ich abnahm, sagte eine Frau in hochoffiziellem Ton: »Bitte bleiben Sie am Apparat. Mr. Nick Donati will mit Ihnen sprechen.« Ich kannte keinen Mr. Nick Donati und legte auf.

Im nächsten Moment klingelte das Telefon erneut. Diesmal war es eine sonore, Autorität ausstrahlende Männerstimme, die mich fragte: »Mr. Rios? Haben Sie eben meiner Sekretärin den Hörer aufgelegt?«

»Sind Sie Mr. Nick Donati?«

»Der bin ich«, sagte er.

»Ja, dann habe ich ihr den Hörer aufgelegt.«

»Warum haben Sie das denn getan?«, fragte er mit anscheinend echter Neugier.

»Weil ich von Ihnen noch nie etwas gehört habe.«

Sein Auflachen war wie seine Sprechstimme zu tief, um natürlich zu sein. »Das tut mir Leid, Mr. Rios. In meiner Branche dürfen Sie niemals einfach den Hörer abnehmen und jemanden anrufen, weil kein Mensch mehr mit Ihnen zu tun haben will, wenn Sie den Anschein erwecken, dass Sie wirklich Zeit für ihn haben.«

»Welche Branche ist das, Mr. Donati?«

»Nick«, bot er an. »Ich leite die Rechtsabteilung der Parnassus-Filmproduktion. Wir haben hier ein Problem, das einen von unseren Leuten betrifft, und ich dachte, Sie könnten uns aus der Patsche helfen.«

»Ein rechtliches Problem?«

»Ja.«

»Ich bin kein Spezialist für Unterhaltungsindustrie. Ich bin Strafrechtler.«

»Das weiß ich«, versicherte er mir.

»Was ist denn passiert? Hat ein Schauspieler ins Röhrchen pusten müssen?«

»Es ist schon etwas verzwickter«, sagte er. »Der Unsichtbare Mann, die Morde in West Hollywood, das sagt Ihnen etwas.« Es war keine Frage.

»Was ist damit?«

»Die Polizei verdächtigt einen unserer Leute, der Mörder zu sein.«

Mein Computerbildschirm wurde mit einem Schlag schwarz. Dann kamen die Tropenfische angeschwommen. »Ein Angestellter?«

»Ja«, sagte er. »Sein Name ist Bob Travis. Er arbeitet in einer Fernsehserie mit dem Titel *Nächte in Blau*.«

»*Nächte in Blau*«, wiederholte ich. »Die Krimiserie?«

»Ja, wir sind Koproduzenten, und sie wird auf unserem Gelände gedreht. Das LAPD und der Bezirkssheriff haben immer ausgeholfen, wenn wir etwas brauchten. Das ist die Ironie dabei.«

»Warum hat die Polizei Mr. Travis im Verdacht?«

»Ich habe nicht zufällig gerade Sie angerufen«, sagte er. »Ich weiß, dass die Polizei Sie zu den Morden vernommen hat, und ich habe Ihre Pressekonferenz gesehen. Ihre Anwältin, Ms. Montoya, hat behauptet, die Polizei hätte Ihnen aus Schwulenfeindlichkeit die Morde anhängen wollen. Bob Travis ist schwul, und ich bin der Ansicht, dass hier möglicherweise etwas Vergleichbares vor sich geht.«

»Wie kommen Sie darauf?«

»Ich würde das wirklich lieber von Angesicht zu Angesicht besprechen.«

»Üblicherweise, Nick«, sagte ich, »ist es der Verdächtige, der den Anwalt anruft.«

»Das Studio könnte mit hineingezogen werden«, sagte er.

»Wer ist dann mein Auftraggeber?«

»Das Studio möchte Sie beauftragen, Bobs Rechtsvertretung zu übernehmen. Sie haben sich mit diesen Leuten schon in eigener Sache auseinander gesetzt. Jetzt wollten wir Sie bitten, für ihn dasselbe zu tun. Und für uns.«

»Diesen Leuten?«

»Sheriffs«, sagte er. »Detective Gaitan.«

Das musste ich erst verdauen. »Gaitan ist immer noch bei diesem Fall dabei?«

»Er scheint die Ermittlungen zu leiten«, sagte Donati. »Er ist ein harter Brocken, aber das wissen Sie wohl selbst.«

»Wann wollen Sie und Mr. Travis sich mit mir treffen?«

»Heute Nachmittag? So gegen vier? Sie wissen sicher, wo Sie das Studio finden. Kommen Sie einfach ans Tor und sagen dem Pförtner Ihren Namen.«

»Abgemacht.«

* * *

Parnassus war nicht nur Hollywoods ältestes Studio, es war auch das einzige, das dort wirklich seinen Sitz hatte; es erstreckte sich über vier Blocks an der La Brea Avenue zwischen Beverly Boulevard und Melrose Avenue. Wie eine mittelalterliche Festung war es von hohen Mauern umschlossen. Von der Straße aus war nichts zu sehen außer einem Wasserturm, auf dem groß das Logo des Studios prangte, ein von einem Lorbeerkranz gekrönter Berg, der den Parnass darstellen sollte, die Wohnstatt der Musen in der griechischen Mythologie. Dies war das Herzogtum des Duke Asuras, über dem, wollte man Richie glauben, der bedrohliche Schatten des schwulenfressenden Kreuzritters Reverend Longstreet schwebte, der es aufzukaufen plante. Als ich an dem berühmten Eingangstor vorfuhr, das dem Hadriansbogen nachgebildet war – römisch also, nicht griechisch, aber wir waren schließlich in Hollywood –, und mich beim Pförtner anmeldete, der auf eine Liste schaute, mir einen Lageplan gab und mich durchwinkte, waren meine Gedanken weder bei Asuras noch bei Longstreet. Mein einziger Gedanke war, dass das Schicksal mir eine zweite Chance beschert hatte, mich mit Gaitan anzulegen. Ich fuhr auf den Parkplatz, stieg aus und sah nicht wie erwartet eine Parade von kostümierten Komparsen, sondern nur zwei japanische Geschäftsmänner, die die Köpfe über einem Lageplan zusammensteckten und auf Japanisch miteinander redeten.

Der Parkplatz war von zwei- und dreistöckigen Gebäuden mit braunen Stuckornamenten auf einer beigefarbenen Fassade umgeben. Im Hintergrund waren undeutlich riesige scheunenartige Gebäude zu erkennen. Ich zog den Lageplan zu Rate und fand das Verwaltungsgebäude, in dem Donati sein Büro hatte. Mein Weg führte mich über einen makellos getrimmten Rasen, auf dem perfekte Blumen in deckungsgleichen Rabatten wuchsen, was mich an die Anlagen in Forest Lawn erinnerte. In der Architektur der umstehenden Gebäude vereinigten sich die weichen Linien des Art déco mit der barocken Ornamentik des spanischen Kolonialstils. Ich blieb stehen, um eine Vitrine zu betrachten, in der mehrere Reihen von Oscars übereinander standen. Manche stammten aus den frühen dreißiger Jahren, bester Film, beste Schauspielerin, bester Regisseur. Bei allen stand auf dem Sockel: DUPLIKAT ZUM STUDIOGEBRAUCH. Ich ging weiter, unbemerkt von den anzugtragenden Männern und Frauen mit Oliver-Peoples-Sonnenbrillen, die dynamisch-entschlossen zu den Gebäuden ein- und ausströmten. Das Verwaltungsgebäude war neuer als seine Nachbarn. Ich trat ein in eine weitläufige Eingangshalle, deren mit braunem Marmor verkleidete Wände bis auf ein Dutzend gerahmte Filmplakate kahl waren. Bei den Edelstahlwänden des Fahrstuhls, mit dem ich zu Donatis Büro in der dritten Etage fuhr, musste ich an einen Autopsietisch denken.

* * *

Nick Donati saß an einem großen Schreibtisch in einem anthrazitfarbenen Zweireiher, der bei näherem Hinsehen hauchzarte Nadelstreifen trug. All die Zeit, die ich mit Richie zubrachte, hatte mich in Sachen Mode nicht völlig unbeleckt gelassen, und so war ich mir ziemlich sicher, dass der Anzug von Armani war und mindestens einen Tausender gekostet hatte. Daneben fühlte ich mich in meinem langweiligen alten olivgrünen Brooks Brothers-Sakkoanzug ziemlich ranzig. Donatis dunkles Haar war kunstvoll gekräuselt und von grauen Strähnchen aufgehellt, und seine hellblauen Augen blickten eindringlich und klug aus dem wohlgeformten knochigen Gesicht. Ich schätzte ihn auf etwa mein Alter. Als mich seine Sekretärin in sein Büro geleitete, strahlte er mich mit einem makellos weißen Lächeln an und kam mit ausgestreckter Hand hinter seinem Schreibtisch vor. Dann der Schock. Er war klein wie ein Kind, nicht größer als ein Meter sechzig, selbst wenn man die diskret erhöhten Absätze mitrechnete. Auf der zarten Säule seines Halses lastete der große Kopf wie eine unproportionierte Herme. Er blieb einen halben Meter vor mir stehen, packte meine große Hand mit seiner zarten und drückte sie fest. Später kam ich darauf, warum er diesen Abstand eingehalten hatte. Wäre er auch nur ein kleines Stück näher gekommen, hätte er, statt nur diskret den Kopf nach vorn zu neigen, um mir in die Augen zu sehen, an mir hochschauen müssen. Ich dachte auch, dass er sich dessen wohl nicht bewusst war, dass es ihm zur zweiten Natur geworden war.

»Henry«, sagte er mit seiner tiefer gelegten Stimme, die so im Widerstreit mit dem Rest stand wie der große Kopf. »Danke, dass Sie gekommen sind. Setzen Sie sich. Darf ich Ihnen etwas zu trinken anbieten?«

»Kaffee.« Ich versuchte, mir von meiner Überraschung über sein Erscheinungsbild nichts anmerken zu lassen. »Schwarz.«

Er ließ sich in seinem Sessel nieder und orderte den Kaffee bei seiner Sekretärin. Ich sah mich im Büro um. An der Wand hinter ihm hingen in verschnörkelten Rahmen Abschlussurkunden von dem College und der Jurafakultät, die er besucht hatte, Cornell und Columbia. Auf der Kredenz stand ein halbes Dutzend gerahmter Fotografien von Donati in schwarzer Krawatte zusammen mit ähnlich gekleideten Menschen, darunter auch der eine oder andere Filmstar, von denen ich Tom Hanks und einen der Baldwin-Brüder erkannte. Es handelte sich unverkennbar um gesellschaftliche Anlässe. Auf jedem der Bilder hielt er seinen den Höhenunterschied kompensierenden Mindestabstand ein. Auf der Seite stand, isoliert und dadurch hervorgehoben, ein Schnappschuss, auf dem er mit zwei kleinen grazilen Hunden zu seinen Seiten in einem Park stand.

»Pablo und Paloma«, sagte er, meinen Blicken folgend.

»Was sind das für welche?«

»Italienische Windhunde«, antwortete er. Sein Blick verweilte auf dem Foto. »Haben Sie Haustiere, Henry?«

»Ich hatte nie Zeit dafür.«

»Sie sollten sich die Zeit nehmen«, sagte er und wandte den Blick widerstrebend von dem Foto ab. »Menschen mit Haustieren sind nachgewiesenermaßen glücklicher und leben länger als Menschen, die keine haben.«

»Vitamintabletten sind leichter in der Handhabung.«

Er grinste. »Ein Tiernarr scheinen Sie nicht zu sein.«

Seine Sekretärin rauschte mit der Kaffeetasse herein, die ein volles, kostbares Aroma ausströmte.

»Wo ist Mr. Travis?«, fragte ich Donati, als sie wieder draußen war.

»Er kommt noch«, entgegnete Donati. »Ich wollte zuerst unter vier Augen mit Ihnen sprechen.«

Ich nippte an dem edlen Bohnengebräu. »Worüber?«

»Diese Branche ist wie keine andere auf ihr Bild in der Öffentlichkeit bedacht, Henry. Hollywood ist kein Goldfischglas, Henry, es ist ein Haifischbassin. Meine Aufgabe ist es, keinen Blutgeruch ins Wasser gelangen zu lassen.«

»In dieser Branche hat man auch gerne ein ziemlich übersteigertes Bild von der eigenen Wichtigkeit.«

Mit einer dezenten Geste einer seiner kleinen, feingliedrigen Hände deutete er seinen Einspruch an. »Nein, eigentlich geht es nicht um Eitelkeit. Ein Film lässt sich nicht herstellen wie irgendwelche Fließbandware. Jeder Film ist ein Pokerspiel mit hohen Einsätzen. Außerdem sind die Menschen, die die Filme machen – wie kreative Menschen in allen Bereichen –, gerne etwas flatterhafter als der durchschnittliche Fabrikarbeiter. Es ist eine explosive Mischung, in der wahr ist, was wahrgenommen wird, und Gerüchte eine unglaubliche Macht entfalten können, also neigen wir natürlicherweise alle etwas dazu, übersensibel zu sein, was die äußere Erscheinung anbelangt.«

»Was hat das mit mir zu tun?«

»Wenn Sie einwilligen, Bobs Rechtsvertretung zu übernehmen, muss ich mich auf Ihre Diskretion verlassen können«, sagte er. »Es ist mir äußerst wichtig, dass Sie das Studio aus dem Ganzen heraushalten. Zur Zeit gibt es Vorgänge auf höchster Ebene, die von negativen Schlagzeilen ernsthaft in Mitleidenschaft gezogen werden könnten.«

Ich fragte mich, ob er den Deal mit Longstreet meinte. »Außer dass Travis hier arbeitet, wodurch könnte Parnassus denn sonst in den Fall hineingezogen werden?«

»Die Polizei glaubt, dass bei den Morden Studioeigentum benutzt wurde.«

»Fangen wir doch am Anfang an«, schlug ich vor.

Donati nickte. »Vor ein paar Wochen kam Detective Gaitan hierher und fragte, ob wir jemals ein bestimmtes Filmauto verwendet hätten …«

»Ein was?«, unterbrach ich.

»Ein Filmauto«, sagte er. »Ein Auto, das zur Requisite gehört.

Gaitan suchte ein blauweißes Taxi mit dem Firmenlogo ›Lucky's Taxi Service‹ auf der Seite. Er sagte, der Wagen hätte etwas mit einem der Morde zu tun, und einer von seinen Deputies meinte sich zu erinnern, so einen Wagen gesehen zu haben, als er bei Außendrehs für *Nächte in Blau* mitarbeitete. Ich sagte Gaitan, dass ich das prüfen müsse, aber dass wir in jeder Form mit ihnen zusammenarbeiten würden, wenn ich den Wagen fände.«

»War es eins von Ihren Autos?«

»Ja. Es gehörte zur Requisite von *Nächte in Blau*.«

»Und Sie haben es Gaitan ausgehändigt, und er hat etwas gefunden?«

»Hier wird es kompliziert«, sagte Donati verlegen. »Sobald ich das Taxi entdeckt hatte, besprach ich die Situation mit meinem Vorgesetzten, und wir entschieden, dass ich ...« – er schien nach dem passenden Wort zu suchen – »... mir den Wagen erst einmal ansehen sollte, bevor wir ihn der Polizei übergeben.«

Ich zog eine Augenbraue hoch. »Sie haben den Wagen durchsucht, bevor Sie ihn der Polizei übergeben haben? Das ist Strafvereitelung, Nick.«

Sein Blick vereiste. »Ich hatte nicht vor, Beweismittel zu vernichten. Ich wollte nur wissen, ob es irgendetwas gab, das das Studio belasten könnte.«

»Was hätten Sie getan, wenn der Rücksitz voller Blut gewesen wäre?«

»War er nicht«, blaffte er. Lächelte dann. »Zum Glück.«

»Was haben Sie gefunden?«

»Nichts«, sagte Donati. »Wir haben die Sheriffs angerufen und ließen sie den Wagen beschlagnahmen, um ihn zu untersuchen. Sie wollten auch mit allen Personen reden, die seit Anfang Juni Zugang zu dem Wagen hatten. Wir haben ihnen eine Liste mit zweiundzwanzig Personen gegeben, darunter auch Bob. Ich habe bei manchen Befragungen dabeigesessen. Vor allem wollte die Polizei wissen, ob jemand den Wagen aus unserem Gelände hinausgefahren hat. Natürlich hatten das einige, wenn die Serie außen gedreht wurde ...«

»Das müssen Sie mir erklären«, sagte ich.

»*Nächte in Blau* spielt in Detroit«, sagte er, »aber außer dem Vorspann wird alles hier in L.A. gedreht, hauptsächlich hier auf dem

Gelände, in der Kulisse, die die Straßen von New York darstellt. Gelegentlich will der Produktionsleiter außerhalb des Geländes in der Stadt drehen. In diesen Fällen nimmt er die Filmautos mit, so auch das Lucky-Taxi.«

»Warum nehmen Sie keine echten Taxis?«

Donati zog die Augenbrauen hoch. »Ich erzähle Ihnen gerne ein andermal unsere Erlebnisse mit Taxifahrern.«

»Was ist mit Travis? War er auch bei Außendrehs dabei?«

»Ja«, sagte er. »Bob ist der zweite Filmarchitekt der Serie.«

»Wie ein Szenenbildner beim Theater?«

»Mehr oder weniger.« Dann lächelte er und fragte: »Waren Sie beim Theater, Henry?«

»Ich habe auf der Highschool in *Arsen und Spitzenhäubchen* mitgespielt«, sagte ich. »Ich war der böse Bruder. Die Rolle habe ich wegen meiner Körpergröße bekommen, nicht wegen meines Talents.«

»Ich wollte als Kind Schauspieler werden«, sagte er.

»Was ist dazwischengekommen?«

»Ich habe aufgehört zu wachsen.« Er nahm einen Schluck Kaffee. »Um Ihre ursprüngliche Frage zu beantworten: Ja, Bob ist zu Außendrehs gefahren, um alles herzurichten, der Umgebung das richtige Aussehen zu geben. Sie wissen schon, Graffiti sprühen, Müll verstreuen, Straßenschilder auswechseln, es schneien lassen, eben alles, was nötig ist, um die Innenstadt von L.A. wie die von Detroit aussehen zu lassen.«

»Fuhr er da manchmal auch den Wagen?«

»Nie und nimmer«, sagte Donati mit Nachdruck. »Die Gewerkschaft ist da sehr empfindlich. Nein, Bob hat den Wagen am Set nicht gefahren, aber er hat ihn privat außerhalb des Geländes benutzt, ohne dass ihm das irgendjemand erlaubt hätte.«

»Warum?«

»Diesen Sommer sind an seinem eigenen Auto größere Schäden aufgetreten, aber er hatte kein Geld, um es reparieren zu lassen. Während er die Reparaturkosten zusammenkratzte, hat er sich verschiedene Filmautos ausgeliehen, auch das Taxi.«

»Er ist in einem falschen Taxi vom Gelände gefahren, und niemand hat ihn aufgehalten? Der Pförtner am Tor zum Beispiel?«

»Die Pförtner sind dafür da zu verhindern, dass Unbefugte das Gelände betreten. Sie achten nicht besonders darauf, wer es verlässt. Man muss nur lächeln und winken, und sie öffnen das Tor.«

»Aber wäre ein Taxi nicht auffällig?«

»Im Gegenteil, es kommen hier ständig Leute im Taxi an, zum Beispiel wenn sie vom Flughafen zu einer Besprechung herkommen. Die Wachleute wussten nicht, dass das Taxi ein Filmauto war. Das war ein Grund, warum Bob dieses Auto genommen hat.«

»Gibt es keinen Formularkram, wenn man ein Auto vom Gelände herunterfahren will?«

»Nur, wenn man es mit Genehmigung tut«, sagte Donati. »Das hat Bob ja nicht. Er wartete immer, bis die Dreharbeiten für diesen Tag beendet waren, nahm dann die Schlüssel vom Schlüsselbrett und fuhr los. Er hat darauf geachtet, dass der Wagen vor Drehbeginn am nächsten Tag wieder auf dem Parkplatz stand.«

»Gut«, sagte ich, »also hat sich Travis den Wagen ausgeliehen. Das macht aber noch lange keinen Mordverdächtigen aus ihm.«

»Als die Polizei den Wagen durchsucht hat, haben sie Spuren gefunden.«

»Was für Spuren?«

»Das sagen sie erst, wenn sie Bob ein zweites Mal vernehmen können.«

»Was denken Sie, dass sie gefunden haben?«

»Ich glaube, sie haben überhaupt nichts gefunden.« Donati schaute mir in die Augen. »Ich habe diesen Wagen durchsucht, Henry. Da war nichts.«

»Wollen Sie andeuten, dass die Polizei blufft?«

»Ich glaube, dass sie ihm etwas unterschieben wollen.«

»Das ist eine sehr schwere Anschuldigung.«

»Ich habe mit Detective Gaitan mehrere Stunden zugebracht«, sagte er, »und auch wenn ich kein Strafrechtler bin, habe selbst ich bemerkt, dass dieser Mann nicht ganz astrein ist.«

»Können Sie das genauer sagen?«

»Aus dem, was er sagte, schloss ich, dass er unter großem Druck steht, den Fall abzuschließen«, sagte Donati. »Es hatte nicht den Anschein, dass es ihm so wichtig war, auf welche Art er dieses Ziel erreichte.«

»Sie gründen Ihren Verdacht also darauf, dass er etwas gefunden hat, wo Sie nichts gefunden haben, nachdem er angedeutet hatte, dass er den Fall schnell abschließen musste.«

»Und darauf, dass von allen, die er befragt hat, Bob der Einzige ist, den er verdächtigt.«

»Warum ist das wichtig?«

»Weil«, sagte Donati, »wie ich schon am Telefon erwähnte, Bob schwul ist. Er war sogar der einzige Homosexuelle unter den zweiundzwanzig Personen, die Gaitan befragt hat. Ich nehme an, Sie wissen, welche Einstellung Gaitan zu Schwulen und Lesben hat.«

»Es geht jetzt nicht um mich«, sagte ich. »Es geht um Bob Travis.«

»Nein«, sagte Donati. »Es geht um Detective Gaitan.« Da summte sein Telefon diskret. Er ging ran. »Ja, Okay. Schicken Sie ihn rein.« Er legte auf und sagte: »Sehen Sie selbst. Bob Travis ist da.«

* * *

Gäbe es den männlichen, weißen, großstädtischen »gewöhnlichen Homosexuellen« als reale Person, er müsste so aussehen wie der Mann, der nun Donatis Büro betrat. Bob Travis hatte die Durchschnittsmaße eines Durchschnittsmannes Anfang dreißig, aber er war kunstvoll generalüberholt worden, um etwas größer, schlanker und attraktiver zu wirken, als er tatsächlich war. Er trug schwarze Kunstseidehosen, einen dünnen schwarzen Krokogürtel, ein weißes, bis zum Hals geknöpftes Leinenhemd und eine rot-gold-schwarz gestreifte Seidenweste. Die leichte Orangefärbung seiner Haut deutete darauf hin, dass seine Bräune eher vom In-einer-Maschine-Liegen herrührte als vom In-der-Sonne-Sitzen. An Brustkorb, Armen und Oberschenkeln, wo er sich im Fitnesscenter aufgepumpt hatte, war seine Kleidung eng anliegend, die Muskeln sprachen aber eher von Aufbautraining als von Körperstärke und standen in seltsamem Kontrast zu seinem weichen, etwas schlaffen Gesicht. Sein Mund war ein langer, dünner Strich, und seine kleine, formvollendete Nase war allzu offensichtlich das Ergebnis eines rhinoplastischen Eingriffs. Die Augen unter den spärlichen Augenbrauen waren das Beste an ihm, porzellanblau, lebendig und leuchtend. Sein bleiches Haar war auf trendgerechte Stoppellänge geschoren, um die beginnende

Kahlheit zu vertuschen. Sein Rasierwasser konnte ich durch den ganzen Raum riechen – *Eternity*. Aus einiger Distanz sah er gut aus, aber als er näher kam, die Lippen zu einem sorgenvollen Lächeln gekrümmt, wurde mir bewusst, wie viel Arbeit in dem Endprodukt steckte, die schmerzhafte Anstrengung, sich selbst ein oder zwei Grad auf der Skala der männlichen Schönheit emporzuheben.

»Mr. Travis«, sagte ich und schüttelte ihm die Hand, nachdem Donati uns förmlich einander vorgestellt hatte.

»Hallo«, sagte er, während seine Blicke meinen Körper von oben bis unten registrierten, das zehnsekündige sexuelle Abscannen, dem Männer alles, was sich bewegt, unterziehen. »Freut mich sehr, Sie kennen zu lernen.«

»Henry hat ein paar Fragen an dich«, sagte Donati.

Ich beugte mich zu ihm vor und zwang ihn so, mir in die Augen zu sehen. »Haben Sie diese drei Männer umgebracht?«

Er leckte sich mit spitzer Zunge den Mundwinkel, aber sein Blick schweifte nicht ab. »Ich habe niemanden umgebracht, Mr. Rios«, sagte er.

»Warum, glauben Sie, hat die Polizei Sie im Verdacht?«

»Das Auto war's«, sagte er. »Das Taxi. Ich hab es vom Gelände runtergefahren, als mein Wagen in der Werkstatt war, aber es war nicht besonders schwierig, Mr. Rios. Jeder hätte es sich nehmen können.« Der Eifer, mit dem er gefallen wollte, hilfreich sein wollte, grenzte an Selbstverleugnung, und einen Moment lang sah ich den braven kleinen Jungen, der er bestimmt gewesen war.

»Sie müssen doch ganz ordentlich verdienen«, sagte ich. »Warum haben Sie sich keinen Mietwagen genommen in der Zeit, als Ihrer in der Werkstatt war?«

Er linste ängstlich zu Donati hinüber. »Ich habe Schulden.«

»Sag ihm alles, Bob«, sagte Donati.

»Okay, also finanziell hab ich mich ziemlich übernommen. Alle Kreditkarten bis zum Letzten ausgeschöpft. Ich hatte kein Geld, um mein Auto reparieren zu lassen, als es den Geist aufgab, und ich konnte mir nicht leisten, eins zu mieten, also habe ich welche vom Gelände genommen.«

»Warum das Taxi?«, fragte ich ihn. »Warum dieses spezielle Auto?«

»Weil es einfach war, damit vom Gelände runterzukommen«, sagte er. »Ich habe meine Sonnenbrille und eine Schirmmütze aufgesetzt und den Kopf eingezogen, und die Wachleute haben mich wirklich für einen Taxifahrer gehalten. Sie haben mich ohne weiteres rein- und rausgelassen. Und es war auch irgendwie schick, mit einem Taxi rumzufahren. All die winkenden Leute am Straßenrand, die mich anhalten wollten.«

»Haben Sie jemanden mitgenommen?«

»Nein«, sagte er, wieder der brave Junge. »Ich habe keine Taxilizenz. Ich wollte nicht in Schwierigkeiten kommen.«

»Kennen Sie Alex Amerian?«

»Nein.«

»Jack Baldwin?«

Er leckte sich wieder die Lippen, schüttelte den Kopf.

»Tom Jellicoe?«

»Ich kenne keinen von den dreien, Mr. Rios. Sehen Sie«, sagte er, »ich bin schwul. Ich wohne in West Hollywood. Als ich das erste Mal von diesen Morden gehört habe, war ich so erschrocken wie alle anderen.«

»Wo wohnen Sie in West Hollywood?«

»An der Flores Street, direkt unterhalb der Fountain Avenue.«

»Das ist wenige Kilometer von den Orten entfernt, wo alle drei Leichen gefunden wurden.«

»Wem sagen Sie das«, sagte er. »Ich gehe seitdem nach elf nicht mehr aus dem Haus.« Dass er in der Nähe der Fundorte wohnte, war ein zusätzlicher Umstand, der Gaitans Entscheidung, ihn sich als Verdächtigen herauszupicken, stützte. Ein Umstand, den Donati nicht genannt hatte.

»Wann haben Sie das Taxi benutzt?«

Er runzelte die Stirn. »Das hat mich die Polizei auch gefragt. Mein Auto war fast den ganzen Juni über kaputt, aber von hier habe ich mir nur am Wochenende Autos ausgeliehen oder wenn ich etwas zu erledigen hatte. Ich schätze, das Taxi hab ich vielleicht drei-, viermal genommen, bis ich mir das Geld zusammengeborgt hatte, um die Werkstatt zu bezahlen.«

»Ich hätte es gern mit Datum.«

»Ich kann mich an kein Datum erinnern«, sagte er patzig.

»Versuchen Sie's.«

»Ich müsste in einen Kalender schauen«, sagte er.

»Die Polizei hat zu Nick gesagt, dass sie im Taxi Beweismittel gefunden hätten, die eine Verbindung zu den Morden herstellen«, sagte ich. »Sie sind damit gefahren. Was haben Sie gesehen?«

»Nichts«, sagte er. »Ich kann mir nicht denken, was die meinen.«

»Wissen Sie, wie oft es gewaschen wurde?«

»Kommt ganz drauf an, wie der Regisseur es haben will«, sagte er. »Manchmal soll es auch siffig aussehen.«

»Wenn Sie es ausgeliehen haben, haben Sie es dann vor dem Zurückstellen gewaschen?«

»Nein, ich habe es genauso wieder reingeschmuggelt, wie ich es rausgenommen hatte. Wenn jemand gemerkt hätte, dass ich es mir ausgeliehen habe, hätte ich ganz schön in der Patsche gesessen.«

»Sie sitzen gerade ziemlich tief in der Patsche«, bemerkte ich.

»Wem sagen Sie das«, sagte er. Auf seiner Oberlippe bildeten sich Schweißperlen, obwohl die Klimaanlage den Raum auf Frösteltemperaturen abkühlte.

»Wie war Ihr Gespräch mit Detective Gaitan?«

Bei der Nennung des Namens vertiefte sich die Furche zwischen seinen Augenbrauen. »Zuerst war er ganz freundlich, aber als ich ihm gesagt habe, dass ich in West Hollywood wohne, fragte er mich, ob ich homosexuell wäre. Dieses Wort hat er verwendet. Ich sagte, ›Na, ich bin schwul, wenn Sie das meinen‹, und ab da hat sich sein Verhalten völlig verändert. Er hat angefangen, Bobby zu mir zu sagen, aber es war anzüglich gemeint, nicht freundlich.«

»Was für Fragen hat er Ihnen gestellt?«

»Dieselben wie Sie«, sagte er, »zu dem Taxi, zu meiner finanziellen Situation, aber es war nicht so, als ob er mir Fragen stellte, weil ihn die Antworten interessierten. Es war, als ob er die Antworten schon kennen würde und mich auf die Probe stellen wollte.«

»Er war darauf aus, ihn bei einer Lüge zu ertappen«, sagte Donati.

»Sie waren auch dabei?«

»Ich saß bei der Vernehmung von Bob dabei«, sagte er. »Der Ton, den er Bob gegenüber anschlug, war anders als bei allen anderen. Die reine Verachtung. Schließlich habe ich eingegriffen.«

»Was haben Sie gesagt?«

»Ich habe zu ihm gesagt, dass manche seiner Fragen unangebracht zu sein schienen«, sagte Donati. »Dieser Mensch hat Bob nach seinem Sexleben ausgefragt.«

»Was hat Gaitan darauf gesagt?«

»Er sagte, er entscheide, welche Fragen angebracht seien, und hat mich im Grunde aufgefordert, dahin zu gehen, wo der Pfeffer wächst«, antwortete Donati. »Also habe ich ihn rausgeschmissen.«

Ich lächelte. »Sie haben was?«

»Ich habe ihn daran erinnert, dass ich der Rechtsanwalt des Studios bin, dass er nur hier ist, weil wir es ihm gestatteten, und habe ihm dann gesagt, dass er unsere Gastfreundschaft überstrapaziert hat. Ich habe ihn gebeten, das Gelände zu verlassen.«

»Und, hat er?«

Jetzt lächelte Donati. »Doch, doch. Er hat. Und am selben Tag noch habe ich meinen Vorgesetzten dazu gebracht, den Sheriff anzurufen und sich zu beschweren.«

»Ihr Vorgesetzter ist …«

»Duke Asuras«, sagte er. »Der Studiodirektor.«

Ich nickte und wandte mich Travis zu. »Gaitan will sie noch einmal vernehmen.«

»Morgen. Er hat mich angerufen und gesagt, wenn ich nicht komme, verhaftet er mich.«

»Ich halte das für Quatsch«, sagte Donati zu mir. »Ich habe vom Strafrecht nicht viel behalten, aber wenn die Polizei hinreichende Verdachtsmomente hat, um jemanden festzunehmen, laden sie diese Person üblicherweise nicht ein, um zuerst einmal darüber zu reden, oder?«

»Nein«, sagte ich. »Ich würde gern ein paar Minuten mit Bob unter vier Augen reden.«

Er warf einen Blick auf seine Uhr und nickte. »Gerne. Ich habe sowieso einen Termin mit meinem Vorgesetzten, Sie können also hier bleiben. Wenn Sie fertig sind und ich noch nicht wieder da bin, würden Sie dann auf mich warten, Henry.«

»In Ordnung.«

Travis' Angstpegel stieg noch weiter an, als Donati den Raum verlassen hatte.

»Sie scheinen sich große Sorgen zu machen, Bob.«

»Ich habe schreckliche Angst«, platzte er heraus.

»Das sehe ich«, sagte ich. Er war weiß geworden unter der Sonnenstudiobräune, und auf seinem teuren Hemd breiteten sich Schweißflecken unter den Achseln aus.

»Nick hat mir von Ihnen erzählt«, sagte er. »Dass Sie eine Zeit lang unter Verdacht gestanden haben. Und dass Sie auch schwul sind.«

»Stimmt alles.«

»Dann wissen Sie ja Bescheid über Gaitan. Ich bin hierher gezogen, um von solchen Leuten wegzukommen. Die einen anglotzen wie etwas, wo sie grade reingetreten sind. Er hat mich so nervös gemacht, ich hätte alles Mögliche gestanden, nur um ihn loszuwerden.«

Er hatte bei der Befragung bestimmt eine schlechte Figur gemacht, dachte ich, er hatte sicher vor kaltem Schweiß triefend dagesessen, abwechselnd gefallsüchtig und verängstigt.

»Ich weiß besser als Sie, was für eine Art Polizist Gaitan ist«, sagte ich. »Er ist hinterhältig und brutal, aber dumm ist er nicht, und Tatsache ist nun mal, dass das, was Sie mir heute erzählt haben, durchaus ausreicht, Sie zu verdächtigen, selbst ohne die Beweise, die er behauptet, in dem Auto gefunden zu haben.«

»Ich war's nicht ...«

»Zwei der drei Opfer wurden zuletzt gesehen, wie sie in ein Taxi einstiegen, das nicht im Dienst war«, sagte ich. »Offensichtlich hat jemand das Taxi als das identifiziert, mit dem Sie letzten Monat, in dem Zeitraum, in dem die Morde geschehen sind, herumgefahren sind. Und, Bob, Sie wohnen in der Nähe der Orte, an denen die Leichen gefunden wurden. Allein auf der Grundlage dieser Anhaltspunkte wären Sie für mich auch verdächtig.«

»Jemand anderes hätte den Wagen genauso gut nehmen können«, sagte er.

»Offenbar hat jemand ihn genommen. Wer hätte es denn noch sein können außer Ihnen?«

»Weiß ich nicht«, sagte er, »aber ich war's nicht.«

»Erzählen Sie von sich«, sagte ich.

»Was?« Er blickte verwirrt, argwöhnisch.

»Reden wir einfach mal.«

Im Lauf der nächsten Stunde erfuhr ich, dass Bob Travis vierunddreißig war, sich für einunddreißig ausgab, über seine Verhältnisse in einem Zweizimmerapartment wohnte, das mit Antiquitäten und einem Schrank voll Designerkleidung möbliert war. An den Wochenenden ging er in die Sub, nahm gelegentlich Freizeitdrogen, hauptsächlich Gras und ab und zu Ecstasy, hatte noch nie einen festen Freund gehabt und ging zur Therapie, um herauszufinden, warum nicht. Travis war insgeheim tief unzufrieden mit seinem Leben und fragte sich manchmal, ob nicht doch sein Schwulsein der Grund für seine Traurigkeit war, hatte aber Schuldgefühle deswegen, weil er dachte, er müsste eigentlich stolz darauf sein, dass er offen schwul lebte. Er spendete, wo er nur konnte, Geld an Aidsprojekte und schwule Organisationen und hatte ehrenamtlich im *Angel Food*-Projekt mitgearbeitet, das Menschen mit Aids Essen auf Rädern brachte, aber dann aufgehört, weil es ihn zu sehr deprimierte. Seine Arbeit machte ihm Spaß, er machte sich aber Sorgen über seine Aufstiegschancen, kam mit seinen Kolleginnen besser zurecht als mit den Kollegen, traf sich aber mit niemandem aus dem Studio privat. Sein kleiner Freundeskreis war rein schwul, und wenn seine Familie in Maryland auch mit seiner Homosexualität »klarkam«, sah er sie kaum oder telefonierte mit ihnen. Was er sich im Leben am meisten wünschte, war ein schönes Haus, eine dauerhafte Karriere und ein Lover.

Als ich mit meinen Fragen an ihn durch war, war ich zu dem Schluss gekommen, dass er, wenn er der Mörder war, entweder ein unglaublich brillanter Schauspieler oder völlig schizophren sein musste, um eine so banale Existenz vorzutäuschen. Keins von beiden passte zu ihm.

Als hätte er *meine* Gedanken gelesen, sagte er: »Hab ich bestanden?«

»Das Studio will mich mit Ihrer Rechtsvertretung beauftragen. Wollen Sie das auch?«

»Ja«, sagte er dankbar.

»Nun gut«, sagte ich. »Ich werde Gaitan anrufen und einen Termin ausmachen. In der Zwischenzeit dürfen Sie mit niemandem über diesen Fall reden, vor allem nicht mit der Polizei. Hier haben Sie meine Karte. Bei allen Fragen sagen Sie, man soll sich an mich wenden.«

»Was ist mit Nick?«

»Nick ist der Anwalt des Studios«, sagte ich. »Ich bin Ihr Anwalt.«

Travis runzelte die Stirn. »Aber das Studio bezahlt Sie.«

»Das heißt nicht, dass ich für das Studio arbeite«, sagte ich, »aber natürlich werde ich Nick auf dem Laufenden halten, solange es keinen Interessenskonflikt gibt.«

»Ich muss jetzt wirklich wieder an die Arbeit«, entschuldigte sich Travis.

»Gehen Sie nur«, sagte ich. »Wir reden morgen miteinander.«

* * *

Ich raffte meinen Kram zusammen und wollte schon gehen, als mir einfiel, dass Donati mich gebeten hatte, auf ihn zu warten. In diesem Moment kam seine Sekretärin herein und sagte: »Mr. Rios? Mr. Donati hat mich gebeten, Sie in Mr. Asuras' Büro zu bringen. Sie hätten gerne ein paar Worte mit Ihnen gewechselt.«

Kapitel 10

Die Räumlichkeiten von Duke Asuras belegten die oberste Etage des Verwaltungsgebäudes. Nachdem ich fünf Minuten in einem minimalistisch eingerichteten Vorzimmer wartete, in dem als einzige Dekoration ein riesenhafter bronzener Tempelgong hing, geleitete mich sein Sekretär ins Allerheiligste. Es war so arktisch im Raum, dass ich fror. Er war auch sehr weitläufig und in einem Stil eingerichtet, der wohl die getäfelte Bibliothek eines englischen Landhauses heraufbeschwören sollte, aber die Bücher, mit denen die Regale gefüllt waren, schienen eher nach Größe und Einbandfarbe ausgewählt als ihres Inhalts wegen, und anstelle von Jagdszenen hing an den Wänden eine Reihe von seltsamen gerahmten Wandbehängen in leuchtenden Farben, auf denen sich schwebende Buddhas und fangzähnige asiatische Monstergottheiten tummelten. New-Age-Musik sickerte leise durch die kalte Luft, und ich bemerkte den Geruch von Sandelholz. Am hinteren Ende des Raumes stand einzeln ein massiver, leerer Tisch. In einer Ecke lag ein hartes rundes Sitzkissen auf dem Boden vor einer Art Hausaltar mit Kerzen, einem kleinen Buddha, Glöckchen, einem gerahmten Foto des Dalai Lama, einer Vase mit Blumen. Durch eine Front getönter Fensterscheiben sah ich Bauarbeiter mit freien Oberkörpern, die sich an einem Imbisswägelchen Limonade in die Kehle schütteten. Auf der anderen Seite des Raumes saßen Duke Asuras und Nick Donati vor einem reich verzierten offenen Kamin, in dem hell ein Feuer loderte, und tranken Tee. Asuras war in seiner Statur so imposant, wie ich ihn in Erinnerung behalten hatte, während der zierliche Donati mir – ich dachte an seine Windhunde – wie das Schoßhündchen des großen Mannes vorkam.

»Hier sind wir, Henry«, sagte Nick.

Ich durchquerte den Raum und war mir der taxierenden Blicke von Asuras bewusst. Er trug ein braunes Tweedjacket über einer braunen, bis zum Hals zugeknöpften Lederweste, ein Schnürkragenhemd, graue Wollhosen, auf Hochglanz polierte Stiefel. Nicht gerade die Garderobe für einen Sommer in L.A. Über dem Kamin hing der größte Wandteppich. Er zeigte einen Kreis im Bauch eines schwarzen Dämons. Dieser Kreis war in sechs Segmente unterteilt, in denen Tiere, Menschen, Geister, Dämonen, Götter und Krieger standen. Ein kleinerer Kreis in der Mitte enthielt einen Hahn, der eine Schlange fraß, die ein Schwein verschluckte. Ich erkannte dieses Bild aus dem New-Age-Buchladen *Bodhi-Baum* wieder, den ich mit Josh besucht hatte, als das buddhistische Rad des Werdens. Jedes der sechs Segmente stellte ein Reich dar, in das eine Seele wiedergeboren werden konnte. Die drei Tiere in der Mitte standen für Gier, Verblendung und Hass. Der schwarze Dämon war Yama, der Gott des Todes. Josh, der den *Bodhi-Baum* auf der Suche nach spiritueller Stärkung aufgesucht hatte, blickte oft auf das Poster des Rades, das im Buchladen hing, und spekulierte herum, in welches Reich er wohl wiedergeboren würde. Das Ziel war es allerdings, überhaupt nicht mehr zurückzukommen.

»Nehmen Sie Platz, Mr. Rios«, sagte Asuras. »Möchten Sie einen Tee?«

Ich ließ mich in einen roten Ledersessel mit messingnen Polsternägeln sinken. »Nein, danke.«

»Etwas anderes?«, fragte er zuvorkommend. »Kaffee? Es ist noch etwas früh, aber wenn Sie einen Drink wollen –.«

»Nichts«, sagte ich. »Sehr beeindruckend. Sind Sie Buddhist oder nur Sammler?«

»Beides«, sagte er. »Wissen Sie etwas über den Buddhismus?«

»Es ist die Religion der Saison, nicht wahr?«

Asuras legte die Stirn in furcht erregende Falten. »Ich praktiziere ihn ernsthaft.«

»Ich wollte Ihnen nichts Gegenteiliges unterstellen.«

»Die Stunde, die ich vor dem Altar meditiere, ist von entscheidender Bedeutung«, sagte er. »Das Befreiende am Buddhismus ist seine Lehre, dass es kein Gut und Böse gibt, nur Ursache und Wirkung.«

»Karma?«, fragte ich.

»Und Ursache und Wirkung«, ignorierte er mich, »sind selbst Illusionen.«

»Was bleibt dann noch?«, fragte ich.

Er grinste. »Völlige Handlungsfreiheit. Und wenn man das einmal verstanden hat«, schwadronierte er weiter, »kann man in die Welt als Krieger hinausziehen. Frei, alles aufs Spiel zu setzen, alles zu verlieren, denn nichts zählt außer der Tat.«

Nick Donati verschluckte diskret ein Gähnen. Ich konnte mir denken, dass solche philosophischen Wiederkäuereien nach ein paar tausend Malen ermüdend waren, und ihr zwangloser Umgang miteinander deutete darauf hin, dass sie in einer langen und intimen Verbindung miteinander standen.

»Das klingt sehr interessant«, sagte ich höflich. »Nicks Sekretärin sagte, Sie wollten mit mir reden.«

Asuras setzte seine Tasse ab. »Ist der Mann schuldig?«

»Wie bitte?«

»Habe ich mich unklar ausgedrückt?«, fragte er. »Ich will wissen, ob wir einen Mörder in der Belegschaft haben.«

Ich drehte mich zu Donati. »Wollen Sie ihm erklären, was eine Schweigepflicht ist, oder soll ich?«

»Niemand muss mir irgendetwas erklären«, sagte Asuras. »Ich habe in Yale einen Abschluss in Jus gemacht. Lassen Sie mich Ihnen etwas erklären. Das Studio bezahlt Ihr Honorar, und das macht Sie zu einem Angestellten des Studios.«

Donati unterbrach. »Sie müssen das verstehen, Henry. Es geht hier nicht nur um eine rechtlicheFrage, es geht um ein Problem der öffentlichen Wahrnehmung unserer Firma. Sobald die Presse Wind von dieser Geschichte bekommt, werden sie Tag und Nacht unsere Tore belagern.«

»Ich nehme doch an, dass Sie Leute haben, die sich darauf verstehen, der Presse nichts sagende Antworten zu geben«, sagte ich.

»Es wäre uns eine Hilfe, wenn sie wüssten, welche nichts sagenden Antworten sie geben sollen«, sagte Donati.

»Sie haben denselben Eid geleistet wie ich, Nick: die Gesetze hochzuhalten und die Interessen Ihrer Mandanten so gut zu vertreten, wie es Ihnen möglich ist. Das schließt die Weitergabe von deren Geheimnissen an Dritte aus.«

»Mr. Rios«, sagte Asuras in einem weichen rollenden Bass. Seine Stimme war, wie ich feststellte, noch tiefer als die von Donati. Zusammen waren sie ein Testosteron-Duett. »Ich leite ein Unternehmen mit einer Milliarde Dollar Jahresumsatz. Tausende Menschen sind in ihrem Lebensunterhalt vom Studio abhängig. Ich muss es wissen, wenn irgendetwas sich negativ auf sie auswirken könnte.«

»Ich verstehe das nicht«, sagte ich. »Vor einer Stunde hat Donati mir erzählt, dass er glaubt, man will Bob etwas anhängen, und jetzt fragen Sie mich, ob er es getan hat.«

»Ich denke allerdings, dass man ihm etwas anhängen will«, sagte Donati. »Wir hätten nur gerne Ihre fachmännische Einschätzung.«

»Schließlich«, sagte Asuras beiläufig, »ist der Mann ein Homosexueller.«

»Und das macht ihn schon mal verdächtig?«, fragte ich.

»Das bedeutet, dass er feminin ist«, sagte Asuras. »Ergo schwach.«

»Nach dieser Logik«, konterte ich, »ist seine Unschuld praktisch erwiesen, da Frauen kaum Serienmorde begehen. Das ist ein Männersport.«

»Sie glauben also nicht, dass er es getan hat«, sagte Asuras. »Sie müssen es ja wissen, da Sie selbst homosexuell sind. Wissen, wozu Homosexuelle imstande sind, meine ich.«

Ich erhob mich. »Dieser Homosexuelle hier ist zum Beispiel imstande, ein solch lächerliches und beleidigendes Gespräch abzubrechen. Das Studio kann sein Scheißgeld behalten. Ich werde mir mit meinem Mandanten schon etwas überlegen.« Auf meinem Weg nach draußen gab ich dem Gong einen Tritt.

Donati fing mich gerade noch ab, als sich die Fahrstuhltür öffnete. »Henry«, sagte er. »Warten Sie.« Er betrat mit mir den Fahrstuhl und drückte den Knopf zur Eingangshalle. »Duke hat mich gebeten, mich in seinem Namen zu entschuldigen.«

»War er zu sehr mit Meditieren beschäftigt, um selbst zu kommen?«

Nick warf einen Blick auf seine Uhr. »Haben Sie noch Zeit für einen kleinen Rundgang? Ich würde Ihnen gerne das Gelände zeigen.«

»Ein andermal.«

Wir standen draußen auf den Eingangsstufen des Verwaltungsgebäudes. Er setzte eine Sonnenbrille auf und sagte: »Es wird Ihnen verstehen helfen, was eben da oben geschehen ist. Kommen Sie. Meine persönliche Führung bekommt nicht jeder.«

Zähneknirschend folgte ich ihm eine schmale Straße entlang zu den riesenhaft dräuenden Gebäuden im Hintergrund. Ich bemerkte einige zweistöckige Gebäude mit überdachten Terrassen hinter einer Reihe Tamariskenbäumen. Menschen in Freizeitkleidung huschten dort ein und aus. Diejenigen, die Donati erkannten, reagierten mehr respektvoll als freundlich.

»Diese Gebäude kenne ich irgendwoher«, sagte ich.

»Dort hat das Studio seine Drehbuchautoren in Klausur gesteckt«, sagte er. Er blieb stehen und zeigte auf eine Lamellentür. »Das Büro von William Faulkner. Zwei Türen weiter hat Scott Fitzgerald gesessen. Es gab vor ein paar Jahren einen Film über einen Drehbuchschreiber in den vierziger Jahren. Er wurde hier gedreht, daher kommen Ihnen die Gebäude wahrscheinlich bekannt vor.«

»Sie haben hier gedreht? Sind die Büros nicht mehr in Betrieb?«

Er lächelte. »Sie haben auch in meinem Büro gedreht. In Dukes. Dort hinten«, er zeigte auf den Wasserturm, »haben sie einen Parkplatz geflutet und in einem Fernsehfilm über Moses als Rotes Meer verwendet. Parnassus ist das kleinste Studio der Stadt, jeder Zentimeter hier hat mindestens eine doppelte Funktion.«

Wir standen auf einer engen Straße. Eine Frau mit Sonnenbrille manövrierte einen schwarzen kompakten BMW vorsichtig zwischen Lastern und Anhängern hindurch, während ein junger Mann auf einem Zehngangrad vorbeizischte, und ein Techniker im Kapuzenpulli schulterte eine schwere Kabelrolle. In einem Golfwagen fuhr ein Anzugmensch vorbei. Ich fragte Donati nach einer Reihe von unabgeschlossenen Fahrrädern.

»Das ist die schnellste Art, sich auf dem Gelände fortzubewegen«, erklärte er. »Leitende Angestellte fahren im Golfwagen. Wie Sie sehen, ist für Autos nicht viel Platz.«

»Was ist in all diesen Anhängern?«

»Die kleinen sind für die Maske, die größeren für die Schauspieler. Sie machen sich keine Vorstellung, wie es zugeht, wenn wir mit einem Star die Größe seines Anhängers aushandeln müssen«, sagte er. »Oder was wir alles hineinstellen müssen.«

Lautes Hämmern und Sägen kam uns aus dem offen stehenden Tor eines der riesenhaften Gebäude entgegen, das Donati als Tonfilmatelier bezeichnete. Von außen glich es einem großen Stall oder Flugzeughangar mit gewölbtem Dach. Drinnen wurde gerade das Innere eines dreistöckigen viktorianischen Herrenhauses gebaut, für einen Film über Vampire in San Francisco. Das Set füllte nur einen winzigen Teil der immensen Halle aus. Wir schauten ein paar Minuten zu und setzten dann unseren Rundgang fort. An der Rückwand des Ateliers stand eine Reihe halbrunder Wellblechbaracken, die Werkstätten für Grafik, Schreinerei, Glasfaserbau und so weiter beherbergten.

»Ein totales Chaos«, kommentierte ich die vielen Angestellten, die dort ein- und auswuselten.

»Das wäre es, wenn nicht alle wüssten, was sie zu tun haben«, sagte er. »Sie wissen es aber, Henry. Diese Menschen sind unglaublich diszipliniert, kompetent und arbeitsam.«

»Das glaube ich gern«, erwiderte ich. »Aber was hat das mit Asuras zu tun?«

Donati sagte: »Duke ist kein bornierter Reaktionär, Henry. Vor allem nicht, was Schwule und Lesben anbelangt. Parnassus war eins der ersten Studios, die Partnerschaftszulagen angeboten haben. Duke hat persönlich im Laufe der Jahre ein paar Hunderttausend Dollar an Aids-Organisationen gespendet …«

»Was war das dann vorhin?«

»Sie machen sich keine Vorstellung von dem Druck, unter dem er steht«, sagte Donati und fuhr dabei mit seiner feingliedrigen Hand durch die Luft. »Er ist verantwortlich für alles, was hier vor sich geht, und diese Verantwortung nimmt er sehr ernst. Diese Menschen sind mehr als nur seine Angestellten, sie sind seine Familie. Es frustriert ihn, dass er nicht uneingeschränkt Herr im eigenen Hause ist.«

»Was soll das heißen?«

»Wir sind hier kein selbständiges Unternehmen. Das Studio gehört der Parnassus Company in New York. Duke untersteht dem Geschäftsführer der Company, und beide haben sich vor dem Vorstand zu verantworten. Ich kann Ihnen so viel sagen, dass ihr Verhältnis nicht das unkomplizierteste ist. Zur Zeit ist es besonders angespannt.«

»Warum gerade jetzt?«, fragte ich arglos.

»Ich kann da nicht ins Detail gehen, aber zwischen Duke und der Company bahnt sich eine ernsthafte Krise an. Jedes negative Medienecho würde seine Stellung verschlechtern. Diese Scherereien mit Bob könnten sich zum Desaster auswachsen.«

»Sie sagten doch, dass Bob es nicht getan hat.«

»So oder so, der PR-Effekt ist katastrophal«, sagte er. »Duke hat genug, was ihn nachts nicht schlafen lässt, er braucht nicht noch eine

Sorge mehr. Sehen Sie, Henry, dieser Mann geht hart an seine Grenzen, und manchmal überschreitet er sie auch und sagt oder tut etwas, was er hinterher bereut. Das und nicht mehr ist vorhin passiert.«

»Sie meinen also, dass er Schwule und Frauen nicht verachtet.«

»Zwei seiner wichtigsten leitenden Angestellten sind Frauen«, sagte Donati. »Sein engster Berater ist ein schwuler Mann.«

Wir waren wieder am Verwaltungsgebäude angekommen. Ich schwieg einen Moment und sagte dann: »Und das sind Sie?«

»Ich hänge mein Privatleben nicht an die große Glocke«, sagte Donati. »Ich will nur, dass Sie verstehen, dass wir nicht der Feind sind.«

* * *

Der Pförtner winkte mich durch das Tor, ohne mich auch nur ein zweites Mal anzuschauen, und ich kehrte zurück in die Wirklichkeit, wo eine blinkende Anzeige auf einer Sparkasse eine Temperatur von 32°C anzeigte, aus dem Land der Täuschung, wo Duke Asuras als Landjunker kostümiert vor einem neuenglischen offenen Kamin saß und Nick Donati sich einer Stimmlage befleißigte, die ihn um mindestens fünfzehn Zentimeter überragte. Dann erinnerte ich mich an die zielgerichtete Emsigkeit, die ich außerhalb der Chefetagen auf dem Studiogelände angetroffen hatte, und dachte, dass ich den meisten Männern und Frauen, die dort arbeiteten, wohl Unrecht tat mit diesem Bild. Ich bezweifelte, dass die Tischler und Filmarchitekten die Illusionen, die sie mitschufen, mit der Wirklichkeit ihres eigenen Lebens durcheinander brachten. Möglich, dass ich sogar Asuras damit nicht gerecht wurde, über den ich mir auf Grund seiner schmutzigen Geheimnisse, die mir Richie mitgeteilt hatte, ein Urteil gebildet hatte. Donatis Erklärung, dass sein Boss unter großem Druck stand, hatte viel für sich. Schließlich versuchte Asuras gerade, den Konzern hinter dem Rücken seiner derzeitigen Eigentümer an einen Mann zu verkaufen, dessen Kulturpolitik ihm zuwider sein musste. Dieser Tanz mit dem Teufel bescherte ihm bestimmt schon mehr Anspannung und Angst, als ihm lieb war. Das Letzte, was Asuras jetzt brauchen konnte, war, dass einer seiner Angestellten von der Polizei beschuldigt wurde, Studioeigentum für eine Serie entsetzlicher Schwulenmorde benutzt zu haben. Was hatte ich für ein Recht, ihm eine hemdsärmelige politisch unkorrekte Bemerkung anzukreiden? Schließlich unterstützte er Travis ja.

Wie auch immer, es war nicht Teil meines Mandats, mir um den Geisteszustand eines Asuras Gedanken zu machen. Als Donati zu mir gesagt hatte, er glaube, dass die Polizei Bob Travis gefälschte Beweise unterschieben wollte, hatte ich nicht erwähnt, wie viel ich von Gaitans böser Vorgeschichte wusste, weil Donati ein wichtiger Zeuge werden und ich mir nicht erlauben konnte, ihn mit meinen eigenen Vorurteilen befangen zu machen. Und ich ermahnte mich selbst, mich der Möglichkeit, dass die Beweise echt waren, nicht von vornherein zu verschließen. Aber als Travis beschrieb, wie Gaitan ihn verhört hatte, fühlte ich instinktiv, dass Donati Recht hatte und Gaitan wieder seine alten Spielchen trieb. Was diese Ahnung mir zur Gewissheit machte, war Bob Travis selbst. Bei unserem Gespräch hatte ich herausgehört, wie sehr ihn seine Familie ablehnte, wie einsam er war und wie unzufrieden mit seinem Leben. Ich schätzte ihn ein als jemanden, dessen Coming-out so schwer gewesen war, dass er dafür eine Entschädigung erwartete, und der nun enttäuscht war, dass er nur das Recht errungen hatte, stinknormal zu sein. Er war ein Opfer, das sein Opfersein liebevoll hegte, das allen gefallen wollte, Angst vor Zurückweisung hatte, leicht zu beschämen war. Ein Traumkandidat für jede Polizeischikane, die Sorte Verdächtiger, die man verwirren, einschüchtern und erpressen konnte. Gaitan war sicher auf den ersten Blick auf ihn angesprungen. Von seinem Debakel mit mir angeschlagen, unter Druck, den Fall abzuschließen, war er hier jemandem begegnet, den er mit einem einzigen Blick zusammenschrumpfen lassen konnte. Ich konnte mir gut vorstellen, dass er beschlossen hatte, dem Ganzen etwas nachzuhelfen.

Ich spürte einen Adrenalinstoß, als ich mir ausmalte, was Gaitan für ein Gesicht machen würde, wenn ich mit meinem Mandanten zu seiner Bürotür hineinspazierte. Nein, nicht in seinem Büro. Ich würde mich in der Polizeiwache von West Hollywood mit ihm verabreden. Dann merkte ich, dass das Überraschungsmoment wegfallen würde, wenn ich direkt mit ihm sprach. Also rief ich, sobald ich zu Hause war, Bob Travis an und ließ ihn das Treffen arrangieren. Danach erledigte ich etwas, das ich schon seit Wochen vor mir hergeschoben hatte.

* * *

Am nächsten Morgen fuhr ich bei dem Apartmenthaus an der Flores Street vor, in dem Bob Travis wohnte. Die Santa-Ana-Stürme waren wieder da, und die hohen Bäume, die die Flores Street säumten, schwankten heftig hin und her, als versuchten sie sich selbst zu entwurzeln. Travis wohnte in einem alten Haus mit Innenhof, das der Abrissbirne entronnen war, als die ganze Gegend mit Wohnblöcken bebaut wurde. Es gab noch einige solche Altbauten über ganz West Hollywood verstreut, in manchen hatten einmal Filmstars gewohnt. Das Haus, in dem Travis wohnte, war ein typisches Exemplar. Eine weiß verputzte Wand umschloss ein U-förmiges zweistöckiges Gebäude. Das Dach war mit Terrakottaziegeln gedeckt. Im ganzen Innenhof gedieh ein wildes Gewirr von Büschen und Blüten, das in einen Brunnen hineinwucherte. Im Brunnen spiegelte sich der Himmel, eine Lotusblüte schwamm auf dem trüben Wasser, und hier und da blitzte es silbern vom Grund herauf, hineingeworfene Münzen, die Wünsche erfüllen sollten. Im Hof verstreut lagen ramponierte Gartenmöbel, rostige Eisentische und Korbstühle mit löchrigem Flechtwerk. Die mächtigen Blätter einer Bananenstaude flatterten im trockenen Wind. Eine senfgelbe Katze lag in der Sonne ausgestreckt.

Ich betrat einen schummrigen Hausflur, fand die Tür, an der Travis' Name auf einer mit Klebeband befestigten Karte stand, und klingelte.

»Ich komme«, rief er und öffnete einen Moment später die Tür. »Mr. Rios, ich freue mich so, dass Sie hier sind.« In sein fast hübsches Gesicht stand panische Angst geschrieben. Er war in Unterhosen. »Kommen Sie rein.«

»Was ist los, Bob?«, fragte ich beim Hineingehen. »Warum sind Sie nicht angezogen?«

»Ich weiß nicht, was ich anziehen soll«, sagte er.

Ich dachte, ich hätte mich verhört. »Was?«

»Es darf auf keinen Fall tuntig aussehen«, sagte er. »Vielleicht einen Anzug? Gedeckte Farben? Was?«

»Bob, holen Sie mal tief Luft.«

Er atmete ein, atmete aus. »Ich bin so nervös, ich könnte mir glatt in die Hose kacken.«

»Noch mal atmen, bitte.«

Nach dem vierten Ein- und Ausatmen war etwas, das man fast Ruhe nennen konnte, in seine Augen zurückgekehrt. »Tut mir Leid«, sagte er. »Ich habe heute Nacht nicht viel Schlaf bekommen.«

»Wir schaffen das schon«, sagte ich. »Ziehen Sie sich an. Ich warte auf Sie.«

Er verschwand in einer Tür, die vom Flur abging. Das Wohnzimmer bekam Licht von zwei großen Fenstern. Das Milchglas erhellte den Raum, hielt ihn aber kühl. Der Raum war voll gestopft mit einem chaotischen Antiquitätenmix, Shaker-Stühle, Art-déco-Lampen, chinesische Schränkchen, ein schwülstiger Louis-Sonstwas-Tisch, alles ohne erkennbare Ordnung in die Gegend gestellt, wie in einer Lagerhalle. In dem ganzen Pröttel gab es nichts, worauf man bequem sitzen konnte, und so wanderte ich umher und blieb am Louis-Tisch stehen. Darauf lag ein Stapel bedrohlich klingender Mahnschreiben von einem halben Dutzend Kreditkartenunternehmen und Inkassofirmen. Unter den Mahnungen lag mit dem Gesicht nach unten ein Fotorahmen aus braunem Leder. Ich legte ihn frei und drehte ihn herum. Darin steckte ein Foto von Travis und Nick Donati am Strand. Travis lag auf dem Rücken, den Kopf in Donatis Schoß gelegt. Donati schaute stirnrunzelnd in die Kamera, offen verärgert darüber, dass er fotografiert wurde. Ich hörte Schritte und legte das Foto wieder dorthin, wo ich es gefunden hatte, gerade noch rechtzeitig, als Travis vom Flur hereinkam. Er trug einen marineblauen Anzug, ein weißes Hemd und eine Seidenkrawatte mit waagrechten weinrot-goldenen Streifen. Er sah einem Anwalt ähnlicher als ich.

»Geht das so?«

»Sie sehen gut aus, Bob«, sagte ich und fragte dann, indem ich auf den Raum wies: »Handeln Sie mit Antiquitäten?«

»Nein«, sagte er, »ich kaufe sie nur. Kaufen, kaufen, kaufen. Mein Pate sagt, ich bin das zwanghafteste Kaufrauschopfer, dem er je begegnet ist.«

»Ihr Pate? Sind Sie bei AA?«

»Nein, bei AS.« Er zog sich eine Manschette glatt. »Anonyme Schuldner. Aber bei den Anonymen Alkoholikern war ich auch schon, und bei den anonymen Kokainsüchtigen, den anonymen Drogensüchtigen, den anonymen Sexsüchtigen und Al Anon.« Er zuckte die Achseln. »Einkaufen ist wohl nicht das Einzige, das ich zwanghaft betreibe.«

»Haben Sie denn Drogen- oder Alkoholprobleme, Bob?«

»Nein, wie ich gestern schon sagte, trinke ich in Gesellschaft und nehme nur Drogen, wenn ich in Clubs gehe.« Sein Gesicht lief rot an. »Ich bin ja nur deswegen zu AA, weil mir jemand gesagt hat, dass es ein guter Ort ist, um Männer kennen zu lernen.«

»Und, haben Sie?«

Er ging zum Tisch und hielt die Mahnungen hoch. »Ja, doch, ich habe jemand kennen gelernt. Bin mit ihm drei Monate lang ausgegangen. Ich zahle immer noch dafür.«

»Wir sollten jetzt losgehen«, sagte ich.

* * *

»Wissen Sie, warum meine Beziehungen nie funktionieren?«, sagte er, als wir seine Wohnung verließen. »Ich entschuldige mich immer für Dinge, die nicht meine Schuld sind. Die Männer haben es bald satt, immer nur ›Entschuldigung‹ von mir zu hören.«

* * *

Als wir zehn Minuten später den Vorraum der Wache betraten, stand Lucas Odell hinter der Theke und sprach mit der wachhabenden Polizistin. Er hörte mitten im Satz auf zu sprechen und zog die blassen Augenbrauen hoch.

»Gehen Sie denn nie nach Hause?«, fragte ich ihn.

»Da würde ich viel zu viel verpassen«, sagte er. »Wollen Sie zu mir?«

»Nein, Mr. Travis und ich sind mit Detective Gaitan verabredet«, sagte ich. »Ist er in der Nähe?«

Ein verstehendes Lächeln breitete sich langsam über sein Gesicht aus. »Ja-a«, sagte er. »Er sitzt da hinten und trinkt Kaffee. Ich bringe Sie zu ihm.«

Die Wachhabende ließ uns mit dem Türsummer in den hinteren

Teil der Wache. Wir gingen den hellen, sauberen Korridor entlang, an Deputy Tim und seinen Arrestzellen vorbei, ins Verhörzimmer. Odell hielt ein paar Meter vorher an und bedeutete uns zu warten. Er ging zum Türrahmen, klopfte an die Wand und sagte: »Hey Mac, ich hab hier jemanden, der zu dir will.« Er schaute Travis an. »Wie war dein Name, mein Sohn?«

»Bob Travis.«

»Junger Mann namens Travis«, sprach Odell in den Raum hinein. »Und sein Anwalt.«

Von innen grunzte Gaitan: »Sein Anwalt? Scheiße.« Ein Stuhl schlidderte über den Boden, und dann trat er heraus in den Korridor und sah mich. Sein Blick wurde kalt. Sein Gesicht versteinerte. »Rios. Was tun Sie denn hier, verdammte Scheiße?«

Ich lächelte. »Ich vertrete die Interessen von Mr. Travis.«

* * *

Ich verlangte einen Kassettenrekorder, und um das Maß voll zu machen, beharrte ich darauf, dass Odell im Raum blieb, während Gaitan Travis verhörte, und so dauerte es ein paar Minuten, bis wir in dem kahlen Raum um den Metalltisch herumsaßen. Gaitan saß auf einer Seite, Travis und ich auf der anderen, Odell kippelte in der Ecke auf den Hinterbeinen seines Stuhls, die Hände auf seiner prächtigen Wampe gefaltet.

»Also, Rios«, sagte Gaitan, »soll das ein Zufall sein oder was?«

»Wenn wir jetzt anfangen, schalten Sie bitte den Rekorder ein.«

Er haute auf die Aufnahmetaste, sprach Datum, Uhrzeit und die Namen der Anwesenden auf.

»Um Ihre Frage zu beantworten«, sagte ich, »ich bin hier, weil, nachdem Sie meinen Mandanten im Parnassus-Studio befragt haben, er und der Rechtsanwalt des Studios der Ansicht waren, dass Sie jemanden brauchen, der Sie in Ihre Schranken verweist.«

Gaitan wollte etwas sagen, schaute Odell an, sagte dann förmlich: »Wir können Ihren Mandanten mit zwei der Unsichtbarer-Mann-Morde in Verbindung bringen.«

»Im Universum ist alles miteinander verbunden. Ich nehme doch an, dass Sie es etwas genauer haben.«

Er ignorierte mich und sagte zu Travis: »Also, Bobby …«

»Reden Sie meinen Mandanten bitte als Mr. Travis an.«

Gaitan funkelte mich an. »Okay, Mr. Travis, als wir uns das letzte Mal unterhalten haben, haben Sie zugegeben, einen – wie nannten Sie das gleich – ein ›Filmauto‹ vom Gelände des Parnassus-Studios entfernt zu haben.« Er fächerte Papiere aus einer Mappe vor sich auf und zog drei Fotos heraus, die er vor uns hinlegte. Sie zeigten einen mittelgroßen, zweifarbig lackierten amerikanischen Wagen, blau weiß, mit einem Taxischild auf dem Dach und dem Firmenlogo *Lucky's Taxi Service* auf den Hintertüren. »Ist es dieser Wagen?«

»Ja«, sagte Travis. »Ich habe ihn mir ausgeliehen, als meiner in der Werkstatt war.«

Ich lehnte mich zu Travis und sagte: »Beantworten Sie seine Fragen mit ja oder nein. Geben Sie nicht ungefragt zusätzliche Informationen.«

»Ich werde Ihnen ein paar Daten vorlesen«, sagte Gaitan. »Ich will wissen, ob Sie den Wagen an irgendeinem dieser Tage hatten.« Er las von einem Blatt Papier drei Tage im Juni vor, die Tage, an denen die Morde geschehen waren. »Was ist damit, Mr. Travis?«

Nach einer geflüsterten Rücksprache zwischen uns sagte er: »Ich erinnere mich nicht an die Tage.«

»Nun, haben Sie den Wagen im Monat Juni benutzt?«

»Ja.«

»An Wochenenden?«

»Weiß ich nicht mehr.«

»Sie wissen nicht mehr, ob Sie den Wagen an einem Wochenende im Juni benutzt haben?«

Travis warf mir einen verstohlenen Blick zu, mich interessierte seine Antwort aber auch, also nickte ich ihm zu.

»Vielleicht habe ich ihn benutzt. Ich müsste in einen Kalender schauen.«

Gaitans Augen wurden glänzend. »Behaupten Sie, Sie hätten diesen Wagen nicht an Wochenenden benutzt?«

Ich hielt Travis vom Sprechen zurück. »Nein«, sagte ich, »was er sagte, ist, dass er sich nicht erinnern kann. Ich möchte zur Erklärung etwas sagen. Mein Mandant hat im Laufe des Juni mehrere Wagen benutzt, während seiner in Reparatur war, einschließlich dieses Taxis. Richtig, Bob?«

»Ja«, sagte Travis. »Drei, soweit ich mich erinnere.«

»Und zwar deshalb, weil das Taxi nicht immer verfügbar war, nicht wahr?«

»Ja, ich ...«

»Sofort aufhören«, sagte Gaitan. »Wir sind hier nicht bei einem gottverdammten Gerichtsprozess. Ich stelle hier die Fragen.«

Ich sagte: »Ich möchte klar zu Protokoll geben, dass Ihnen gesagt wurde, dass bis zu zweiundzwanzig Menschen Zugang zu diesem Wagen hatten, aber mein Mandant der Einzige ist, den Sie zu einer erneuten Vernehmung geladen haben. Er ist auch der einzige Homosexuelle in dieser Gruppe. Zufall, Detective?«

Als ich Gaitans Gesichtsausdruck sah, wünschte ich mir, ich hätte eine Videoaufzeichnung verlangt.

»Niemand hat Ihren Mandanten festgenommen, Rios, also gelten für ihn die verfassungsmäßigen Rechte des Beschuldigten noch nicht, und ich könnte Sie hier rauswerfen.«

Ich spürte, wie Odell plötzlich hellhörig wurde.

»Wenn ich gehe«, sagte ich, »geht er mit.«

»Wenn ich ihn lasse«, sagte Gaitan.

»Wenn Sie ihn gegen seinen Willen hier behalten, dann ist er festgenommen, wie auch immer Sie das nennen, und hat ein Recht auf einen Anwalt. Sie können nicht beides haben, Detective. Sie haben ihn hierher geschleppt, weil Sie sagten, Sie hätten Beweise, die ihn mit den Morden in Verbindung bringen. Welche?«

Eine lange Weile glotzte Gaitan nur und schwieg.

»Fasern im Kofferraum des Wagens stimmen mit Fasern von Amerians Körper überein«, sagte Odell freundlich. »Ich glaube, da waren auch Lacksplitter an einem Zaun in der Gasse, die das kriminaltechnische Labor als von dem Wagen stammend identifiziert hat. Stimmt's so weit, Mac?«

Gaitan wandte den Kopf langsam zu Odell um. Er sprühte vor Wut. »Du greifst hier in eine Ermittlung in einem Mordfall ein.«

»Ich bringe sie voran«, sagte Odell.

»Das war's schon?«, fragte ich. »Das sind Ihre Beweise?«

»Wir haben Augenzeugen, die Ihren Mandanten am Steuer des

Taxis gesehen haben, als dieses Baldwin-Kid und Jellicoe eingestiegen sind«, sagte Gaitan. »Und einen Blutfleck im Kofferraum mit Baldwins Blutgruppe und überall die Fingerabdrücke Ihres Mandanten.«

Ich spürte Travis neben mir in stummer Angst zum Eiszapfen erstarren.

»Ist das alles?«, fragte ich.

Ich meinte zu hören, wie Odell ein Kichern unterdrückte.

»Was soll das heißen, ›ist das alles‹?«

»Bestenfalls stellen Ihre sogenannten Beweise eine Verbindung zwischen dem Wagen und den Morden her, aber das ist keine neue Erkenntnis. Nichts davon belastet meinen Mandanten. Natürlich waren seine Fingerabdrücke im Wagen. Er sagt selbst, dass er ihn benutzt hat.«

»Vielleicht haben Sie mir nicht richtig zugehört«, erwiderte Gaitan. »Wir haben Zeugen, die Baldwin und Jellicoe ins Taxi steigen sahen, und Ihr Mandant saß am Steuer.«

»Dann verhaften Sie ihn doch«, sagte ich. Travis schnappte nach Luft. Odell pfiff durch die Zähne.

»Wenn Ihre Zeugen ihn wirklich mit den Opfern in dem Wagen gesehen haben, gibt Ihnen das ein für eine Verhaftung hinreichendes Verdachtsmoment. Also verhaften Sie ihn.«

»Was sind Sie denn für ein Anwalt?«, höhnte Gaitan.

»Einer, der mit Ihrer Verhörtechnik vertraut ist«, sagte ich. »Erinnern Sie sich daran, dass Sie mir in diesem Raum aufgetischt haben, Sie hätten einen Zeugen, der mich am Abend des Mordes an Alex Amerian Alkohol trinken sah? Einen Kellner aus dem Restaurant.«

»Was ist damit?«

»Ich habe gestern Abend mit ihm gesprochen«, sagte ich. »Er hat nicht zu Ihnen gesagt, dass er mich hat trinken sehen. In Wirklichkeit hat er sogar zu Ihnen gesagt, dass er mich nicht hat trinken sehen, aber Sie haben ihm so lange zugesetzt, bis er zugab, dass er den Tisch nicht jede Sekunde im Auge behalten hat. Ein Augenzeuge ist für Sie wohl jemand, der etwas nicht sieht.«

»Raus hier«, sagte er.

»Dachte ich's mir doch. Kommen Sie, Bob.«

Als ich an Odell vorbeiging, zuckte ich die Achseln, aber er war so in Gedanken versunken, dass er nicht reagierte.

* * *

Travis und ich schwiegen auf der kurzen Wegstrecke zwischen der Wache und seiner Wohnung, aber als ich vor dem Gebäude hielt und er Anstalten machte auszusteigen, sagte ich: »Warten Sie, Bob.«

Er setzte sich wieder hin. »Was ist nur in Sie gefahren, dass Sie diesen Arschgeigen gesagt haben, sie sollen mich festnehmen?«

Ich schaute ihn an. Er war immer noch kreidebleich. »Als ich sein Beweismaterial gehört habe, wusste ich, dass er nicht genug gegen Sie in der Hand hat, aber Sie haben sich wirklich zu Tode erschrocken, nicht?«

»Natürlich«, sagte er. »Wenn mein eigener Anwalt sagt, nehmt ihn fest.«

»Ist es wirklich das, was Sie geängstigt hat?«, fragte ich. »Oder ist es das, was die Polizei im Auto gefunden hat?«

»Es war nichts im Auto«, platzte er heraus.

»Was haben Sie gesagt?«

Er holte tief Luft, um sich zu beruhigen. »Nick hat mir erzählt, dass er nachgesehen hat.«

Ich nickte. »Wann hat er Ihnen das erzählt?«

»Nachdem Gaitan mich das erste Mal verhört hat«, sagte er, aber seine Augen straften seine Worte Lügen.

»Nicht vorher?«

»Nein«, sagte er.

»Gut, Bob«, sagte ich. »Bleiben wir die nächsten Tage in Verbindung. Gaitan wird sich überlegen, wie er weiter vorgeht. Wenn er bei Ihnen irgendetwas versucht, rufen Sie mich sofort an.«

Er öffnete die Wagentür. »Mr. Rios«, sagte er. »Ich weiß nicht, was Sie denken, aber ich habe niemanden umgebracht.«

Er sagte es mit einer solchen Überzeugung, dass ich ihm glauben musste.

* * *

Später, als ich auf der Terrasse saß und die hereinbrechenden Dämmerung betrachtete, dachte ich über Gaitans Beweise nach. Fasern, Lacksplitter, ein Blutfleck. Alles Spuren, die schnell gefälscht waren: ein paar der von Alex' Leiche abgekämmten Fasern im Wagen verstreut, der Gasse mit dem beschlagnahmten Taxi einen diskreten Besuch abgestattet und am Zaun vorbeigeschrammt; einen Bluttropfen, der von Baldwins Autopsie aufbewahrt wurde, im Kofferraum verschmiert. Es erforderte kaum mehr kriminelle Energie, als im Wagen eines Verdächtigen eine Pistole fallen zu lassen, um eine Durchsuchung zu rechtfertigen, oder ihm Drogen unterzujubeln, um eine Festnahme zu rechtfertigen, Methoden, die Gaitan und seine Gang im Antelope Valley erwiesenermaßen angewandt hatten. Was Gaitans Augenzeugen anging, wenn das, was sie gesehen hatten, keinen hinreichenden Verdacht begründete, um Bob Travis wegen Mordes zu verhaften, dann würde es gleich gar nicht für eine Verurteilung reichen. Aber was hatten sie eigentlich genau gesehen? Und welche Umstände waren es, unter denen Gaitans Ermittlungen die materiellen Beweise zutage gefördert hatten? Ich stand auf, ging ans Telefon und wählte die Nummer der West Hollywood-Wache.

»Ist Sergeant Odell noch da?«, fragte ich die Beamtin, die den Anruf entgegennahm.

»Ich schau mal«, sagte sie. »Wer sind Sie?«

»Henry Rios.«

Ein paar Minuten später sagte Odell: »Mr. Rios. Sie wollten mit mir sprechen?«

»Ich würde Ihnen gerne eine Tasse Kaffee spendieren, wenn Sie Feierabend machen«, sagte ich.

»Den mache ich nie«, sagte er, »aber wenn Sie mich in einer halben Stunde treffen wollen, könnte ich ein paar Minuten erübrigen.«

»Wo?«

»Es gibt da ein *Denny's* auf dem Sunset, etwa auf Höhe der Genesee Avenue, kennen Sie das?«

»Ich werde es finden«, sagte ich. »Danke.«

»Bedanken Sie sich nicht zu früh«, sagte er.

Kapitel 11

Der Sunset Boulevard war mit Palmblättern übersät, die die Santa-Ana-Winde abgerissen hatten, und von der Vermont Avenue bis zur Highland Avenue standen Warnschilder auf der Straße. Das Restaurant war in der Nähe der Kreuzung, wo Hugh Grant Divine Jones für einmal Französisch Geld gegeben hatte, einer der vielen Frauen, die auf diesem Abschnitt des Boulevards arbeiteten. An diesem Abend steckten sie in Hauseingängen die Köpfe zusammen, damit der staubige Wind ihnen nicht Frisuren und Make-up ruinierte, und rannten wie kichernde Schulmädchen an die Straße, wenn der Verkehr zunahm. Ich fuhr auf den Parkplatz und verfehlte knapp eine Mülltonne, die auf die Straße weiterrollte. Drinnen stand die billige Fröhlichkeit der orangenen Vinylsitzecken und leuchtend gelben Wände in scharfem Kontrast zur Freudlosigkeit der Hand voll Gäste: Frauen, die zwischen zwei Freiern auf einen Hamburger hereinschauten, ein griesgrämiges tätowiertes Pärchen Mitte zwanzig, eine Vierergruppe von alten Leuten, die Seniorenteller hinunterschlangen. Odell saß in einer Essnische im hinteren Bereich vor einem verdunkelten Fenster, das sein Gesicht widerspiegelte, über ein Mahl aus Pfannkuchen, Eiern und Speck gebeugt wie eine Figur auf einem Bild von Edward Hopper.

»Odell«, sagte ich, als ich in die Essnische schlüpfte.

Er schaute hoch und wischte sich Sirup vom Kinn. »Mr. Rios. Hunger? Bedienen Sie sich.«

Ich warf einen Blick auf das fetttriefende Essen auf seinem Teller. »Danke, ich verzichte.«

»Na dann nicht«, sagte er.

»Mich hat es gewundert, dass Sie immer noch auf der Wache waren«, sagte ich, während er ein Stück Pfannkuchen ins Eigelb tunkte. »Sie gehen wirklich nie nach Hause, oder?«

»Wozu«, sagte er kauend. »Meine Frau hat sich vor zehn Jahren von mir scheiden lassen, meine beiden Kinder sind aus dem Haus.« Er bestellte bei der Kellnerin per Handzeichen einen Kaffee und sagte, als sie kam: »Und für ihn auch eine Tasse, Schätzchen.«

»Ich bin nicht Ihr Schätzchen, Mister«, sagte sie, während sie uns einschenkte.

Er sah ihr nach. »Heutzutage sind die Leute immer gleich eingeschnappt, was, Mr. Rios?« Er versenkte drei Stückchen Süßstoff in seinem Kaffee. »Sie wollten etwas besprechen.«

»Gaitan versucht, Bob Travis die West-Hollywood-Morde anzuhängen.«

»Sie meinen die ›Unsichtbarer-Mann-Morde‹.« Die abschätzigen Anführungszeichen waren deutlich herauszuhören. »Der Unsichtbare Mann, der Nächtliche Jäger. Wer denkt sich nur diesen Dreck aus?« Er schlürfte Kaffee. »Zurück zum Thema. Gaitan.«

»Sie wissen besser als ich, was für eine Art von Cop er ist«, sagte ich. »Ich glaube, dass er die Spuren in das Taxi hineinpraktiziert hat.«

»Warum glauben Sie das?« Er blickte mir in die Augen.

»Ich bringe Sie wohl zuerst auf meinen Stand.«

»Gute Idee.«

»Bevor das Studio Gaitan das Taxi ausgehändigt hat, hat jemand, der dort arbeitet, es auf eigene Faust durchsucht und nichts gefunden, was auf die Morde hätte hinweisen können. Gaitan bekommt den Wagen, und plötzlich sind da lauter Fasern, Blutflecke, Lackspuren.«

Er runzelte die Stirn. »Es ist eine schwere Straftat, ein Ermittlungsverfahren zu hintertreiben.«

»Ich verteidige nicht das Studio«, sagte ich. »Mein Mandant ist Travis. Meinen Sie nicht, da ist etwas faul, wenn Gaitan Beweise entdeckt, wo keine waren?«

Er aß schnell ein paar Happen und spülte mit Kaffee nach. »Sie wollen meine Meinung hören, Mr. Rios? Ich meine, Sie sollten diesen Fall abgeben.«

»Warum das denn, Odell?«

»Sie haben Ihre Chance bei Gaitan gehabt. Sie haben sie nicht genutzt. Lassen Sie es sein.«

«Es geht hier nicht um das, was mir dort in der Wüste passiert ist.«

»Klar geht es darum«, sagte er. »Sie sind gedemütigt worden. Sie wollen es ihm heimzahlen. Für euch Mexikaner gehört es dazu, sich für eine Beleidigung zu rächen.«

»Das ist eine ziemlich primitive Analyse der Situation.«

Er zeigte mir ein eigelbfleckiges Lächeln. »Wir sind eben primitive Wesen.« Er rülpste leise. »Und wenn ich Ihnen sagen würde, dass Ihr Mandant Dreck am Stecken hat?«

»Dann müsste ich an Ihrer Urteilskraft zweifeln. Bob Travis ist ein unschuldiges Mäuschen.«

»Ich habe ihn heute Vormittag beobachtet. Er hat was zu verbergen.«

»Er hat die ersten fünfundzwanzig Jahre seines Lebens im Schrank verbracht«, sagte ich. »Das hinterlässt Spuren. Etwas Heimlichtuerisches. Einen Geruch nach Mottenkugeln. Das und nichts anderes haben Sie wahrgenommen.«

Er schüttelte den Kopf. »Meine Tochter ist lesbisch«, erinnerte er mich. »Unter meinen Leuten gibt es Lesben und Schwule. Ich arbeite mit Leuten aus der Szene zusammen. Ich kann durchaus zwischen Nervosität und Schuldgefühlen unterscheiden.«

»Ein bisschen weiß ich auch über Schwule«, sagte ich. »Der Mann, der diese Morde begangen hat, ist ein gewalttätiger, psychisch kranker Schrankschwuler, der außerdem überaus intelligent und methodisch vorgeht. Travis ist ein Filmarchitekt, der in einer mit Antiquitäten voll gestopften Wohnung lebt, sich nach dem Mann fürs Leben verzehrt und seine Rechnungen nicht bezahlen kann. Er ist genauso wenig der Killertyp wie ich. Außer für Gaitan, der schwul mit kriminell gleichsetzt. Darum hatte er es auf mich abgesehen, und darum hat er sich jetzt Travis ausgesucht.«

»Vor den Geschworenen machen Sie bestimmt eine prima Figur«, sagte Odell.

»Ich bin noch nicht fertig«, sagte ich und erklärte, wie Gaitan meiner Meinung nach die Spuren ins Taxi hineinpraktizieren konnte.

»Das sind alles nur Ihre Vermutungen«, sagte er.

»Sie müssen zugeben, dass es möglich ist, wenn nur ein Wille da ist.«

»Klar«, sagte er. »Es ist kein Kunststück, Asservaten zu manipulieren, besonders in einem Fall wie diesem, wo eine Menge Leute ständig mit kleinen Stückchen von diesem und jenem ankommen und alles ins Labor geht und zurück. Es hätte schon so sein können, wie Sie sagen.«

»Ich muss an die Polizeiprotokolle und Laborberichte rankommen«, sagte ich. »Daraus lässt sich die Verwahrungskette rekonstruieren.«

Er grinste. »Wenn Gaitan durchtrieben genug ist, Beweismittel zu fälschen, dann schafft er es auch, das zu vertuschen.«

»Wie dem auch sei, ich brauche diese Unterlagen.«

»Und da komm ich ins Spiel?«

»Ich bekomme keine Akteneinsicht, bevor Travis offiziell beschuldigt wird«, sagte ich. »In der Zwischenzeit kann Gaitan noch mehr Spuren fälschen.«

»Sind Sie schon einmal auf den Gedanken gekommen, dass er die Spuren im Wagen einfach gefunden hat, so wie er sagt?«

»Ich sagte schon, dass vor ihm schon jemand den Wagen untersucht hat.«

»Vielleicht wusste dieser Jemand nicht, wonach er suchen sollte«, sagte Odell. »Solche Fasern sind oft mikroskopisch klein.«

»Wissen Sie in diesem Fall sicher, dass sie so klein waren?«

»Nein«, gestand er mir zu.

»Ich auch nicht«, versetzte ich. »Und ich werde es so lange nicht wissen, bis ich die Analysen aus dem Haar- und Faserlabor in der Hand halte.«

Odell raunzte ein unverbindliches »Mhm« und machte sich wieder an sein Essen.

»Ich verstehe Sie nicht, Odell. Vor ein paar Wochen sind Sie zu mir nach Hause gekommen und wollten mich dazu bringen, die Bezirkspolizei zu verklagen, um Gaitan und seinen Freunden das Handwerk zu legen. Haben Sie es sich inzwischen anders überlegt?«

»Das war eine andere Situation«, sagte er und kippte den Rest seines Kaffees hinunter. »Da hätten Sie es in der Hand gehabt, in dem Laden eine wirkliche Veränderung zu erzwingen.«

»Das ist Ihr Job, nicht meiner. Meiner ist es, meinen Mandanten zu verteidigen.«

»Geht es Ihnen wirklich darum? Oder wollen Sie Gaitan an den Kragen?« Er schüttelte den Kopf. »Mac ist vielleicht ein bornierter Spießer, aber sogar so einer kann manchmal Recht haben.«

»Sie werden mir nicht helfen.«

»Sie brauchen mich nicht«, sagte er. »Wenn Sie etwas über das Material erfahren wollen, das Ihren Mandanten belastet, rufen Sie doch Serena Dance an. Sie leitet die Sonderkommission zu den Morden.«

»Seit wann?«

»Seit der Sheriff sich bei Ihnen entschuldigen musste«, sagte er. Er zog sein Portemonnaie aus der Hosentasche. »Er hatte etwas Rückhalt in der schwul-lesbischen Community nötig, also war er damit einverstanden, dass sie aus der Staatsanwaltschaft heraus die Fäden zieht.« Er legte Geldscheine auf den Tisch. »Das heißt natürlich nicht, dass Gaitan ihr über alles, was er tut, Bericht erstattet, aber sie weiß mehr über das Beweismaterial als ich.«

»Warum sagen Sie mir das erst jetzt?«

»Ich wollte Sie warnen.«

»Wovor warnen? Dass ich den Fall behalte?«

»Sie lassen sich ja nicht mehr umstimmen«, sagte er. »Passen Sie nur auf, dass Ihre Vorurteile gegen die Polizei Ihnen nicht den Blick für das Offensichtliche versperren. Und halten Sie sich den Rücken frei.«

* * *

Ich hatte schon vorher bei Donati eine Nachricht hinterlassen, er solle mich zurückrufen. Als ich vom Treffen mit Odell nach Hause kam, war seine Antwort auf meiner Maschine. Ich rief ihn an, erreichte wieder nur ein Band und fing an, etwas daraufzusprechen, aber dann hob er ab.

»Ich hatte zu tun«, erklärte er.

»Es ist fast elf.«

»Bei mir geht ein typischer Tag von sechs Uhr morgens bis Mitternacht«, sagte er, »aber Sie rufen wohl nicht an, um sich das Gejammere eines Studioanwalts anzuhören. Wie war es bei der Polizei?«

»Haben Sie noch nicht mit Bob gesprochen?«

»Er ist jetzt Ihr Mandant«, sagte er. »Ich will mich in Ihr Verhältnis nicht einmischen.«

Ich zögerte, dann fragte ich: »Bin ich dabei, mich in Ihres einzumischen?«

»Ich weiß nicht, wie ich das verstehen soll, Henry«, entgegnete er kühl.

»In Bobs Wohnung habe ich ein Foto von Ihnen beiden am

Strand gesehen. Wissen Sie, welches ich meine?« Als er nicht gleich antwortete, sagte ich: »Ich frage nicht aus reiner Neugier, Nick. Die Art Ihrer Beziehung zu ihm spielt eine Rolle dabei, warum Sie den Wagen durchsucht haben, bevor Sie ihn der Polizei übergeben haben.«

»Was wollen Sie damit sagen?«, fragte er mit angespannter, zorniger Stimme.

»Vielleicht wollten Sie ihn ja beschützen.«

Er schnaubte verächtlich. »Ich habe es getan, um das Studio zu schützen, nicht Bob. Ich wusste nicht einmal, dass die Polizei ihn ein zweites Mal vernehmen würde. Ich wusste nur, dass sie den Wagen wollten.«

»Aber nachdem Sie ihn durchsucht hatten, haben Sie Bob gesagt, dass da nichts war.«

»Habe ich nicht«, sagte er bestimmt. »Das habe ich ihm nie gesagt.«

»Er sagt, Sie hätten.«

»Er hat Unrecht«, sagte er. Die Erregung schlich sich wieder in seine Stimme. »Was er Ihnen auch erzählt hat, er hat Unrecht.«

»Hatten Sie etwas mit ihm?«

»Das ist eine Weile her«, sagte er, »und es war ein Fehler. Bob ist einer von diesen schwulen Jungs mit ihrem kleinen Job, ihrer kleinen Wohnung, ihrem kleinen affektierten Freundeskreis. Immer aufs Wochenende warten, in den Bars den Traumprinz suchen. Sein Leben war so abstoßend klein kariert. Erstickend.«

»Und versteckt schwul zu leben ist nicht erstickend?«

»Ich lebe nicht versteckt«, sagte er. »Ich lebe in der Wirklichkeit. In der Wirklichkeit hängen die Leute es nicht an die große Glocke, wen sie ficken, und es geht niemanden etwas an.«

»Dafür, dass Sie ihn so verachten, nehmen Sie für ihn aber eine Menge Ärger auf sich.«

»Ich sagte schon, meine einzige Sorge ist das Wohl des Studios.«

»Mit dem Büro verheiratet?«

»Rufen Sie wirklich deswegen an?«

»Die Cops haben im Kofferraum des Wagens eine Blutspur von dem zweiten Opfer gefunden, außerdem Fasern, die mit Fasern am Körper des ersten Opfers übereinstimmen«, sagte ich. »Sie haben auch Bobs Fingerabdrücke gefunden, außerdem Lack, der von dem Wagen stammt, an einem Zaun in der Gasse, wo eine der Leichen gefunden wurde. Sie haben den Wagen durchsucht. Kommt Ihnen irgendetwas davon bekannt vor?«

»Also Fingerabdrücke hätte ich natürlich nicht feststellen können«, sagte er, »aber ich weiß, dass der Wagen von innen und außen sauber war.«

»Da sind Sie sich sicher?«

Er zögerte. »Es ist kompliziert«, setzte er an. Ich hatte schon gemerkt, dass dieses Wort bei ihm Ärger bedeutete. »Es gibt etwas, das ich Ihnen gestern nicht gesagt habe.«

»Was?«

»Ich habe nichts gefunden, als ich den Wagen durchsucht habe«, sagte er. »Aber hinterher habe ich ihn in eine Waschanlage außerhalb des Geländes gefahren und ihn von oben bis unten waschen und staubsaugen lassen.«

»Sie haben *was*?«

»Ich schwöre, dass ich im Kofferraum oder irgendwo anders nichts gesehen habe.«

»Warum haben Sie ihn dann reinigen lassen? Für den Fall, dass sie etwas übersehen hatten?«

»Ich nehme die volle Verantwortung auf mich«, sagte er steif.

»Was zum Kuckuck soll das denn heißen?«

Ein Hund bellte im Hintergrund. Er rief »Aus!« Zu mir sagte er: »Ist das Entscheidende nicht, dass die Polizei Beweismittel gefunden hat, wo ganz klar keine hätten sein können?«

»Sind Sie bereit, das auszusagen und sich einer Strafverfolgung wegen Manipulation von Beweismitteln auszusetzen?«

»Sie müssen einen Weg finden, eine Anklageerhebung in diesem Fall zu verhindern, das ist doch sonnenklar«, sagte er und fügte leichthin an: »Handeln Sie eben einen Deal aus.«

»Sie scheinen den Ernst der Lage nicht zu begreifen.«

Die tiefe Stimme sprach im Ton der Endgültigkeit. »Ich begreife so viel, Herr Kollege, dass ich Ihnen einen hieb- und stichfesten Beweis geliefert habe, dass die Polizei falsche Spuren gelegt hat, um Bob zu inkriminieren. Jedes Jura-Erstsemester könnte damit leicht einen Stich machen.«

»Ohne es beweisen zu können.«

»Wenn Sie aussteigen wollen, sagen Sie es nur«, meinte er.

»Ich führe den Fall weiter«, sagte ich, »aber ich warne Sie, Nick. Ich werde Sie in den Zeugenstand holen, wenn ich muss, und mir ist dann egal, was Sie dabei riskieren.«

»Wenn Sie Ihren Job nur ordentlich machen, kommt es nicht so weit.«

»Ich kann meinen Job nicht machen, wenn Sie weiter Informationen zurückhalten.«

»Ich habe Ihnen alles gesagt«, sagte er. »Ich schwöre es.«

* * *

Ich legte kopfschüttelnd auf. Ich konnte es kaum glauben. Wenn Donati repräsentativ war, dann war Hollywood so gesetzlos wie Gaitans starke Truppe bei der Bezirkspolizei; aber mit korrupten Cops war ich vertraut. Nick Donati war etwas Neues.

* * *

Irgendwann in der Nacht hatte ein Obdachloser, der den größten Teil seines Lebens in psychiatrischen Kliniken ein- und ausgegangen war, auf den Hügeln über der Sierra Madre ein paar Liter Benzin auf ein Gestrüpp ausgeleert und ein brennendes Streichholz drangehalten. Bis zum Morgengrauen hatte der Wind das Feuer so weit ausgebreitet, dass es nicht mehr einzudämmen war. Als ich in die Innenstadt zum Strafgerichtsgebäude fuhr, um Serena Dance zu treffen, fielen mürbe graue Ascheflocken aus dem rauchverhangenen Himmel, und die scharf riechende Luft brannte in den Augen. Büroangestellte aus den Regierungsgebäuden gingen nur mit Tüchern vor Mund und Nase auf die Straße. Aus Serenas Fenster in der siebzehnten Etage konnte ich eine Rauchsäule in der Nähe von Pasadena aufsteigen sehen.

Ich hatte Serena nicht mehr gesehen, seit sie in die West-Hollywood-Wache gekommen war, als Gaitan mich zu dem Mord an Baldwin verhört hatte. Sie war blass vor Erschöpfung. Sie zwirbelte den goldenen Ring am Ringfinger ihrer rechten Hand, als ich anfing, mein Ansinnen auf Einsicht in die Ermittlungsberichte vorzutragen. Zwei Sätze weiter stoppte sie mich.

»Henry, warum tust du das?«

»Was?«

»Warum verfolgst du diesen Fall weiter?«, fragte sie. »Ich meine, einmal abgesehen von dem möglichen Interessenskonflikt, hast du denn keine moralischen Skrupel, jemanden zu verteidigen, der Schwule jagt?«

»Welcher Konflikt?«

»Ich könnte dich als Zeuge zum Mord an Amerian laden.«

»Um was zu bezeugen? Ich war bei nichts, was mit dem Mord zu tun hat, Augenzeuge.«

Sie runzelte die Stirn. »Du warst der Letzte, der ihn gesehen hat.«

»Nein«, korrigierte ich sie. »Das war sein Mörder. Meine Zeugenaussage wäre für nichts von Bedeutung außer vielleicht für den Todeszeitpunkt, und den kann auch die Gerichtsmedizin bestimmen.«

Sie zwirbelte den Ring. »Wofür deine Zeugenaussage von Bedeutung ist, das muss das Gericht entscheiden. Wenn du darauf beharrst, Bob Travis zu verteidigen, werde ich beantragen, dir das Mandat zu entziehen.«

»Gaitan hat dich dazu angestiftet, stimmt's?«

Sie stierte mich an. »Niemand hat mich zu irgendetwas angestiftet und am allerwenigsten Mac Gaitan.«

»Wenn du meinen Mandanten beschuldigst und der Fall zur Anklage kommt und du mich als Zeuge lädst, werde ich die Ladung abschmettern lassen mit der Begründung, dass der geringe Wert, den meine Zeugenaussage vielleicht haben könnte, vom verfassungsmäßigen Recht meines Mandanten auf einen Anwalt klar überwogen wird.«

»Das Recht auf einen Anwalt«, sagte sie, »ist kein Recht auf einen bestimmten Anwalt.«

»Ich kann ziemlich überzeugend darlegen, dass er mich benötigt, um eine Verteidigungslinie aufzubauen, die auf polizeilichem Amtsmissbrauch basiert.«

»Was soll denn das heißen?«

»Warum leitet Gaitan immer noch diese Ermittlungen?«

Ihr Gesicht rötete sich. »Er leitet sie nicht«, sagte sie. »Ich leite sie. Dieser Fall ist für einen Polizisten viel zu groß. Ich arbeite mit Mordkommissionen des Sheriffs und des LAPD zusammen. Sogar das FBI ist beteiligt.«

»Da draußen reitet Gaitan immer noch wie ein Cowboy über die Prärie«, sagte ich.

»Ich verstehe nicht, warum du so von Gaitan besessen bist.«

Mir kam in den Sinn, dass sie noch nichts von dem Vorfall in der Wüste gehört hatte. Ich erzählte es ihr.

Als ich fertig war, schaute sie mich schweigend an. »Woher weißt du so sicher, dass Gaitan dahinter steckt?«

»Ich weiß es natürlich nicht sicher«, sagte ich, »aber die Umstände sprechen eine deutliche Sprache.«

Sie sank mit einem unergründlichen Gesichtsausdruck in ihren Bürostuhl zurück. »Was willst du, Henry?«

»Ich will die Akten zu dem Beweismaterial, das gegen meinen Mandanten vorliegt.«

»Dein Mandant ist noch nicht beschuldigt worden. Wenn er das wird, kannst du Akteneinsicht verlangen. Bis dahin hat er auf nichts ein Recht.«

»Das Beweismaterial ist schon durch Gaitans Eingreifen wertlos geworden«, sagte ich.

Sie seufzte. »Geht's auch genauer?«

»Ich glaube, dass er die Spuren, die in dem Requisitewagen des Parnassus-Studios gefunden wurde, dort hineinpraktiziert hat.«

»Ich habe einen Augenzeugen, der das zweite Opfer in diesen Wagen steigen sah. Dasselbe beim dritten Opfer, Jellicoe. Die Durchsuchung selbst wurde von Kriminaltechnikern geleitet.«

»Wer hat das Taxi beschlagnahmt?«

»Das weiß ich nicht«, sagte sie am Ende ihrer Geduld.

»Dem Anwalt des Studios zufolge war es Gaitan. Wie viel Zeit ist zwischen dem Zeitpunkt, an dem er den Wagen eingeliefert hat, und dem Zeitpunkt der Durchsuchung vergangen?«

»Solltest du das nicht besser für die Geschworenen aufsparen?«

»Ich sage dir, Serena, ich habe Informationen, die beweisen werden, dass die Spuren gefälscht waren.«

»Was für Informationen?«

»Ich kann das nicht aufdecken, ohne meine Verteidigungslinie zu gefährden.«

»Deine Verteidigungslinie hast du mir eben erzählt.«

»Dann glaub mir, dass ich es auch beweisen kann«, sagte ich. »Sieh mal, wir können das jetzt lösen, bevor es weitere Kreise zieht, oder es vor einer Jury ausagieren und dein Büro in Verlegenheit bringen.«

»So sicher bist du dir«, sagte sie unschlüssig.

Ich beschloss, meinen Trumpf auszuspielen. »Ich bin mir sogar so sicher, dass ich, wenn du mir vorab Einblick in die Beweisakten verschaffst, meinen Mandanten zu einer Gegenüberstellung mit deinen Zeugen schicken werde.«

Sie zog eine Augenbraue hoch. »Eine Gegenüberstellung?«

»Abgemacht?«

Sie dachte darüber nach. »Gut. Abgemacht. Ich schick dir die Akten heute Nachmittag per Boten.«

* * *

Mein Autotelefon klingelte. Am anderen Ende war Richie Florentino, der sagte: »Du lässt mich hängen, Henry.«

Ich stand auf dem Sunset kurz hinter der Stadtgrenze an der roten Ampel. Asche regnete auf meine Windschutzscheibe. Eine schwarze Rauchwolke breitete sich wie ein Flügel vor dem grauen Himmel aus. Die Ampel wurde grün, und ich brachte den Motor auf Hochtouren, vor mir einen abgasspeienden fast leeren Bus.

»Ich bin sehr beschäftigt, Richie.«

»Das weiß ich doch«, entgegnete er. »Du arbeitest für Parnassus. Meine Spione berichten, dass du ein Treffen mit Nick Donati hattest.«

»Wie um alles in der Welt hast du das herausgefunden?«

»Wenn ich's dir sage, sagst du mir dann, worüber ihr geredet habt?«

»Nein«, sagte ich. Aus dem Augenwinkel sah ich, wie eine riesenhafte schmutzige Frau ihre ausladenden Röcke lüpfte und in einem unkrautüberwucherten Grundstück in die Hocke ging.

»Ich hätte Tratsch über Donati gehabt«, sagte er.

Zu meiner Rechten kündigte ein Schriftband in einem schwulen

Pornoladen direkt außerhalb der Stadtgrenze von Silver Lake Videos der XXXXX-Kategorie an. »Richie, was meinst du wird wohl in einem schwulen Video Kategorie XXXXX gezeigt?«

»Mäßigung?«, tippte er. »Guter Geschmack?«

»Das wäre wirklich schockierend«, stimmte ich zu. »Dein Tratsch über Donati interessiert mich nicht.« Um eine eingefleischte Klatschbase wie Richie anzustacheln, gab es nichts Besseres als Gleichgültigkeit.

»Er hat sich so tief im Schrank verkrochen, dass man ihn hinter seinen Anzügen gar nicht sieht«, sagte Richie.

»Er hat mir schon gesagt, dass er schwul ist«, sagte ich mit leichter Übertreibung.

»Tatsächlich?« Richie war perplex. »Was hat er dir noch gesagt?«

»Ich bin in einer beruflichen Angelegenheit zu ihm gegangen«, sagte ich. »Mehr kann ich nicht sagen.«

»Eine berufliche Angelegenheit? Heißt das, die Polizei ist hinter ihm her?«

»Nein«, sagte ich unnachgiebig. »Die Polizei ist nicht hinter ihm her.«

»Kann ich dich damit zitieren?«

»Zitieren? Wovon redest du?«

»Ich muss doch in meinen Artikel über Parnassus einflechten, dass ein prominenter Strafverteidiger zu einem Geheimtreffen beim Chef der Rechtsabteilung aufkreuzt«, sagte er und fügte scheinheilig hinzu: »Oder etwa nicht?«

Ich fädelte mich aus dem Verkehr aus und hielt vor dem Vista-Kino.

»Das ist Erpressung.«

»Ich weiß nur«, sagte er, »dass ich die ganze Zeit darauf warte, dass Asuras versucht, den Deal mit Longstreet unter Dach und Fach zu bringen, um diese Story zu lancieren, und plötzlich tut sich überhaupt nichts mehr, und ich krieg nicht raus, warum.«

Mir ging ein Licht auf. »Weiß Donati von dem Deal?«

»Er ist Asuras' Schatten. Nimm Asuras weg, und Donati ist nur noch ein leerer Anzug mit Zweihundert-Dollar-Haarschnitt.«

»Wie weit würde Donati gehen, um die Interessen von Asuras zu schützen?«

»So weit, wie Asuras es ihm befiehlt. Ich hatte also Recht«, sagte er triumphierend. »Dein Treffen mit Donati hatte etwas mit der Verzögerung beim Abschluss des Longstreet-Deals zu tun.« Seine Hochstimmung wurde zu Zorn. »Wie konntest du mich so im Stich lassen, wo du doch wusstest, was mir diese Story bedeutet.«

»Ich bin nicht einer deiner Spione, Richie«, sagte ich. »Ich kann meine Schweigepflicht nicht brechen, um dir zu helfen, den Pulitzerpreis oder sonst einen Pott zu gewinnen.«

»Es geht hier nicht um irgendeinen blöden Preis«, blaffte er mich an. »Es geht darum, Hollywood vor einem homophoben rechten Schwein zu bewahren. Auf welcher Seite stehst du eigentlich?«

Ich scheuchte einen zerlumpten Mann weg, der Anstalten machte, meine Windschutzscheibe mit einem dreckigen Lappen zu putzen. Er murmelte einen Rosenkranz von Flüchen und verzog sich.

»Ich tu meinen Job«, sagte ich.

»Das haben die Nazis bei den Nürnberger Prozessen auch gesagt«, schrie er.

»Richie, beruhige dich.« Ich dachte schnell nach. Ich wusste, wie zerstörerisch er sein konnte, wenn er in Rage war. »Schließen wir ein Abkommen.«

»Mit Kollaborateuren schließe ich keine Abkommen«, schnaubte er, aber er hörte mir zu.

»Ich kann dir so viel verraten«, sagte ich. »Donati ist nicht mein Mandant. Der Mandant ist ein untergeordneter Studioangestellter, den die Polizei eines schweren Verbrechens verdächtigt. Ich persönlich glaube, dass das mit dem Longstreet-Deal rein gar nichts zu tun hat.«

»Muss es aber«, beharrte Richie. »Alles ist plötzlich zum Stillstand gekommen.«

»Die Polizei steht bei den Ermittlungen an einem Punkt, wo sie ihn entweder verhaften oder laufen lassen müssen«, sagte ich. »Ich erwarte, dass sie sich in den nächsten Tagen entscheiden. Egal wofür sie sich entscheiden, werde ich dich anrufen, und du kannst selbst entscheiden, ob es etwas mit dem Deal zu tun hatte.«

»Du sagst also, es ist ein Routinefall.«

»Genau, und dass er bei Parnassus ist, ist nur Zufall.«

»Wenn es reine Routine ist, warum kannst du mir nicht jetzt davon erzählen?«

»Ich bin in meinen Verhandlungen mit der Staatsanwaltschaft an einem sehr heiklen Punkt«, sagte ich. »Wenn vorher etwas durchsickert, könnte das die Verhandlungen gefährden.«

Langes Schweigen. »Ich weiß nicht, wie lange ich noch auf diesem Artikel sitzen bleiben kann, bevor Duke Wind davon bekommt.«

»Was spielt das für eine Rolle?«

»Machst du Witze? Er ist dafür berühmt, Bücher und Artikel über sich abzuschießen«, sagte Richie. »Erst letztes Jahr hat er mit seinen Verleumdungsanwälten eine unautorisierte Biographie buchstäblich aus den Druckmaschinen zerren lassen.«

»Haben deine Verleumdungsanwälte den Artikel nicht gründlich abgeklopft?«

»Meine Anwälte lass meine Sorge sein«, sagte er. »Ich habe noch eine Woche bis zum Redaktionsschluss für die Septemberausgabe. Wenn ich bis dahin nichts von dir höre, komme ich mit dem raus, was ich habe.«

»Richie, ich sage dir das jetzt als Freund. Wenn irgendetwas in deinem Artikel suggeriert, dass ich Donati getroffen habe, weil die Polizei gegen ihn ermittelt, dann forderst du eine Verleumdungsklage heraus.«

»Ich habe auch eine freundschaftliche Warnung für dich«, sagte Richie. »Bevor du es dir allzu kuschelig machst mit Donati, merk dir eins, jeder in Hollywood ist entweder eine Lusche oder ein Arschloch.«

»Du musst keine Angst haben, dass ich dort heimisch werde.«

»Merk dir das«, sagte er sphinxenhaft. »Lusche oder Arschloch.«

Kapitel 12

It's four in the morning, I'm writing this letter …

Müde langte ich hinter mich, drehte Leonard Cohens Klage den Saft ab, stand auf und streckte mich. Bei mir war es kurz nach zwei Uhr früh. Der Esstisch war bedeckt mit Polizei- und Laborberichten, kriminaltechnischen Abhandlungen, Notizblöcken. Die letzten acht Stunden über hatte ich die Unsichtbarer-Mann-Akten durchgeackert und meine Gedanken und Eindrücke auf ein paar Seiten Notizen eingedampft. Ich legte den Kugelschreiber weg und las sie.

Zeit. Gaitan beschlagnahmt Requisitewagen im Studio um 16 Uhr; Durchsuchung am nächsten Tag ab 9 Uhr. Siebzehn Stunden, genug Zeit, um Beweismittel zu fälschen. *Zu klären:* Wann wurde Wagen in Verwahrung genommen, wo? Wer hatte Zugang?

Indiz Fasern. Abt. Haar & Fasern ordnen aus Alex Amerians Körperhaaren gekämmte Fasern den im Kofferraum des Taxis gefundenen Fasern zu. Fasern identifiziert als Kaschmir, hellblau, zwischen 1 cm und 2,5 cm lang. Gefunden: überall, vom Kopfhaar bis zur Beinbehaarung. Laut Kriminaltechniker wurde Leiche in Kaschmirdecke gewickelt und vom Tatort in die Gasse transportiert. 6 im Kofferraum gefundene Fasern mit 95%iger Sicherheit als eine Sorte kurzflorige graue Auslegware identifiziert. Faserproben von Leiche im krim.tech. Labor unter Verwahrung.

Anm.: A. Donati sagt, Kofferraum gesaugt vor Übergabe an Gaitan;

B. Faserfundorte müssten so angeordnet sein, wie Leiche lag, Fasern müssten zahlreich sein, wenn ganzer Körper eingewickelt und verstaut. Hier nur 6 Fasern gefunden.

C. *Frage:* Warum keine Fasern an Leichen der zwei anderen Opfer gefunden, wenn derselbe Wagen zum Transport benutzt wurde?

Indiz Blut. Erbsengroßer Blutfleck im Kofferraum des Wagens, stimmt mit Blutgruppe von zweitem Opfer (Baldwin) überein. Gruppe Null, Rhesus positiv, häufigste Blutgruppe. Probe an DNA-Analyse geschickt, um zu bestätigen, dass es Baldwins Blut ist. Ergebnis steht noch aus.

Anm.: A. Leichenbeschauer nimmt Blutprobe vom Leichnam zur toxikolog. Analyse; im Labor verwahrt;

B. Ohne DNA-Bestätigung kann Blutfleck von jeder Person mit Blutgruppe 0+ stammen, die Zugang zum Wagen hatte (mindestens 22 Personen laut Donati);

C. Selbst wenn DNA Baldwin ergibt, beweist das nur, dass er im Wagen war (Augenzeuge will ihn einsteigen gesehen haben, s. Aussage Willie Wright);

D. *Einziges* Blut von Opfern, das im Wagen gefunden wurde. Wie schwierig, Blutprobe von Autopsie Baldwin auszuborgen und etwas in Kofferraum zu tropfen?

Indiz Lacksplitter. Auf Zaun in der Gasse, wo Amerians Leiche abgeladen wurde, gefundener Lack stimmt mit Lack auf Auto überein, Kratzer auf vorderer Stoßstange. Abt. Materialprüfung sagt, Übereinstimmung 99%.

Anm.: A. Gaitan hat massig Zeit, Wagen in Gasse zu fahren, Zaun zu streifen;

B. Wie gebräuchlich ist dieser Lack? 100 Autos mit selber Farbe? 1 Mio? Stimmt vielleicht mit Lack auf diesem Wagen überein, hat aber nichts zu sagen, wenn viele andere Autos im selben Blauton lackiert.

Indiz Fingerabdrücke. Abdrücke von Innenseite Handschuhfach, Kofferraum, Sitz stimmen mit Daumenabdruck von Travis (Führerschein) überein. (Hätte Donati doch gründlicher geputzt.) Na und? Gibt zu, dass er Wagen benutzt hat. Abdrücke Kofferraum ein Problem? Nein, konnte Einkäufe hineingestellt haben.

Anm.: Fingerabdrücke schwer zu fälschen.

Augenzeugenaussagen:

Willie Wright. Stricher. Sieht Taxi an Ecke Sta. Monica Blvd. anhalten, wo Baldwin arbeitet. Erinnert sich an Logo »Lucky«, weil das ein Straßenname von ihm ist. Sitzt an Bushaltestelle in 8 Meter Entfernung. Ca. 1 Uhr. Sagt, Taxi außer Dienst. Sieht Baldwin kommen und Innenbeleuchtung angehen. Fahrer im Profil zu sehen: weiß, »alt«, Schirmmütze, getönte Brille. Innenlicht geht aus, Baldwin steigt ein. Gesamtzeitraum: »paar Minuten«.

Parker Gray. Rausschmeißer in Sexclub. Auf Parkplatz postiert. Sieht drittes Opfer, Jellicoe, Club verlassen und Straße überqueren.

Sieht Taxi langsam Straße entlangfahren. Erinnert sich an Logo; auch *sein* Spitzname ist Lucky. Taxi hält unter Laterne in 17 Meter Entfernung. Beschreibt Fahrer: weiß, blond, in den Dreißigern. Keine Mütze, Brille. Jellicoe kommt an, redet mit Fahrer. Steigt ein. Gesamtzeitraum: 2-3 Minuten.

Anm.: A. Beide Beschreibungen vage; trotzdem in Widerspruch zueinander. Gray-Beschreibung aussagekräftiger. Könnte auf Travis passen, aber auch auf jeden, der ihm ähnlich sieht.

Schlussfolgerungen:

Gaitan hatte Gelegenheit, Blut-/Faserspuren zu legen. Einzige Frage ist sein Zugang zu Blut-/Faserproben aus kriminaltechnischem Labor. Fasern *sehr* verdächtig.

Einzige direkte Verbindung zwischen Travis und Auto: seine Fingerabdrücke. Irrelevant, wir geben zu, dass er es benutzt hat.

Augenzeugenberichte vernachlässigbar.

* * *

Ich warf den Block auf den Tisch und ging hinaus auf die Terrasse, um Luft zu schnappen. Außer dem in der Ferne dröhnenden Verkehr war es im Canyon vollkommen still. Der trockene, zermürbende Wüstenwind hatte sich gelegt, die Luft roch zwar immer noch nach Rauch und Asche vom Feuer in der Sierra Madre, war aber auch feucht und kühl. Vögel flatterten im Unterholz, hockten auf den Ästen verkümmerter Bäume und sangen. Die großen Häuser auf der anderen Seite des Canyons waren finster wie Gräber. Ich atmete die nasse, rauchige Luft ein und erinnerte mich an den Augenblick in der Wüste, als ich mit einem Pistolenlauf am Hinterkopf dagekniet und Erleichterung empfunden hatte. *Das Leben ist eine Art Exil, und wir sehnen uns alle danach, heimzugehen* – von wem war das? War das der Grund für meine Erleichterung gewesen, dass die Kugel, die mein Leben beendete, mich auch heimschicken würde?

* * *

Hinter mir, im Haus, fing das Telefon an zu schrillen. Ich schreckte hoch, ging hinein und nahm ab, um diese Uhrzeit bekam ich nur Anrufe von Betrunkenen, die sich verwählt hatten, aber es war das Fax in meinem Büro, das ich klingeln gehört hatte, nicht das Telefon. Ich sah nach. Zwei Seiten krochen aus dem Gerät, zuerst ein Deckblatt von Nick Donatis Büro bei Parnassus, auf das er geschrieben hatte: »Anhängend Erklärung betr. meine Durchsuchung des Filmautos. Benutzen Sie sie nach Ihrem Gutdünken, um Bob zu helfen.« Die zweite Seite war eine eidesstattliche Erklärung von Donati, auf der er zugab, dass er das Auto durchsucht und dass er es hatte reinigen lassen.

Ich nahm den Hörer ab und wählte seine Nummer. Er antwortete mit einem genuschelten »Hallo«.

»Nick, ich bin's, Rios. Die Erklärung ist gerade angekommen.«

»Warum sind Sie noch wach?« Er war eindeutig nicht mehr nüchtern.

»Ich arbeite. Alles in Ordnung mit Ihnen?«

»Ich bin betrunken«, verkündete er.

»Lange Nacht?«

Er lachte. »Genau, lange Nacht. Meine Erklärung in Ordnung so?«

»Sehr gut. Unerwartet.«

»Um Bob zu helfen«, murmelte er. »Aber halten Sie mich aus dem Gefängnis raus, wenn's geht.«

»Um Bob zu helfen? Ich dachte, Ihre einzige Sorge sei die Firma. Woher dieser Sinneswandel?«

Er atmete schwer ins Telefon, wie um seine Gedanken zu sammeln. »Sagen wir, mein Gewissen produziert ständig Schuldgefühle, und hier habe ich ihm freien Lauf gegeben. Zu viel Gewissen, Henry. Nicht gut für einen Anwalt. Sind Sie katholisch?«

»Ich wurde katholisch erzogen«, sagte ich.

»Ich auch. Italienisch-katholisch. Ich glaube an nichts mehr von dem ganzen Kram außer« – er kicherte – »an die Hölle. Komisch, was? Die Hölle hat großen Eindruck auf mich gemacht.«

Ich dachte an meine Ausgabe von Dantes *Inferno*, die auf meinem Nachttisch Staub ansetzte. »Nach allen Berichten muss die katholische Hölle bei weitem lebendiger sein als der katholische Himmel.«

»Ich habe mir den Teufel immer als einen knallgeilen älteren Typen vorgestellt«, sagte Donati. »Dicke Muskeln, dunkelhäutig, wie mein

Großvater. Der hat Kanäle ausgehoben, ein *paisan* aus der alten Heimat. Jesus? Kannst du vergessen. Ich bin klein, mein Herz ist rein – oder war das George Washington? Ach, ich rede Müll …«

»Vielleicht sollten Sie Schluss machen für heute.«

»Haben Sie heute mit Bob gesprochen?«, fragte er, plötzlich wach geworden.

»Nein«, sagte ich.

»Er hat etwas, das er Ihnen sagen will«, sagte er wieder ermattend. »Zu dem Fall.« Er gähnte. »Schuldigung. Er wollte davon anfangen, aber ich hab ihm gesagt, er soll es sich für Sie aufsparen.«

»Ich dachte, Sie hätten überhaupt nicht mit Bob geredet«, sagte ich.

»Er ist hier«, sagte Donati. »Oben. Schläft. Ich glaub, ich leg mich mal zu ihm.«

Er legte auf.

* * *

Ich hatte vorgehabt, Travis am Vormittag anzurufen, aber kurz vor der Morgendämmerung wachte ich auf, griff mir einen Notizblock und fing an, die Erleuchtung daraufzukritzeln, die im Schlaf über mich gekommen war.

* * *

»Danke, dass Sie so kurzfristig kommen konnten«, sagte ich.

Odell grinste. »Das durfte ich mir doch nicht entgehen lassen, Rios. Sie stecken immer voller Überraschungen.«

»Was macht Lucas denn hier?«, fragte Serena, wobei sie ihn anlächelte, um der Frage den Stachel zu ziehen. »Ich meine, Sie sind nicht mit den Ermittlungen befasst, zumindest offiziell nicht.«

Wir saßen zu dritt an meinem Esstisch.

»Er ist hier, weil ich Vertrauen zu ihm habe«, sagte ich. »Fangen wir an. Ich bin die Ermittlungsakten durchgegangen, die du mir geschickt hast, Serena. Sie beweisen, dass Gaitan die Spuren im Taxi selbst gelegt hat.«

»Die Botschaft hör ich wohl«, sagte sie.

»Euer ganzes Beweismaterial scheint darauf hinzudeuten, dass der

Killer – Mr. Unsichtbarer Mann – in einem falschen Taxi durch West Hollywood kurvt und seine Opfer nach dem Zufallsprinzip aufliest. Richtig?«

Sie nickte. »Ja, und?«

»Ihr habt sogar Augenzeugen, die das zweite und das dritte Opfer tatsächlich in das Taxi haben einsteigen sehen «, fuhr ich fort. »Aber ein Glied fehlt in der Kette. Niemand hat gesehen, wie Alex Amerian eingestiegen ist.«

»Die materiellen Beweismittel zeigen, dass er im Taxi war«, sagte sie.

»Dazu komme ich gleich«, sagte ich. »Worauf ich hinauswill, ist, dass niemand je das Auto identifiziert hat, mit dem Alex in der Nacht, in der er ermordet wurde, von diesem Haus hier weggefahren ist. Wir haben immer angenommen, dass es ein Taxi war, aber nur deswegen, weil er zu mir gesagt hatte, er hätte eins bestellt, und das habe ich auch der Polizei erzählt. Heute Morgen habe ich auf meine Telefonrechnung von Juni geschaut. Es gab von meinem Haus aus in dieser Nacht keinen Anruf nach 19 Uhr.«

»Dann hat er es eben vorher bestellt gehabt.«

»Genau das ist unmöglich, Serena«, gab ich zurück. »Er hätte Lucky's Taxi Service gar nicht anrufen können, weil es diese Firma nicht gibt. Wir bekommen ihn also in dieser Nacht nicht von meiner Haustür in dieses Taxi, außer wir nehmen an, dass der Killer die Gegend hier abgraste und zufällig Alex vor meiner Tür stehen und auf sein vorbestelltes Taxi warten sah.«

Dieses Argument beschäftigte sie sichtlich, aber trotzdem sagte sie: »Warum auch nicht? Wir kennen die Handlungsmuster des Mörders nicht.«

»Ich war hier«, erinnerte ich sie. »Ich habe gesehen, was passiert ist. Alex hat im Wohnzimmer gewartet, bis er den Wagen vorfahren und den Fahrer hupen hörte.«

Odell, der aufmerksam zugehört hatte, sagte jetzt: »Sie wissen, dass es noch eine Art gibt, wie er von diesem Haus in diesem Auto hätte wegfahren können.«

»Ich weiß«, sagte ich nickend. »Er hätte ausmachen können, dass dieser bestimmte Wagen ihn abholen sollte, aber das würde heißen, er kannte den Fahrer. Den Mörder. Travis sagt, dass er Alex nie begegnet ist.« Ich klopfte auf den Papierstapel neben Serenas Ellbogen. »In diesen Zeugenaussagen steht nichts, was dem widerspricht. Außerdem, wenn Alex den Fahrer gekannt hat, widerspricht das eurer These, dass die Mordopfer nach dem Zufallsprinzip ausgewählt wurden.«

Serena zuckte die Achseln. »Es ist doch klar, was geschehen ist. Amerian ist hier weggefahren, mit welchem Fahrzeug auch immer, dorthin, wo er hinwollte, dort wieder weggegangen und dann im Lucky Taxi gelandet.«

»Die Indizien sprechen gegen diesen Verlauf«, sagte ich. »Er ist um Mitternacht hier los. Laut Obduktionsbericht wurde er irgendwann zwischen ein und sechs Uhr morgens getötet. Ein Fenster von fünf Stunden. Die Art, wie er umgebracht wurde, das, was dem Mord vorausging, und die Art, wie sie sich der Leiche entledigt haben, das muss zusammen mindestens so lange gedauert haben.«

»Es gibt keine Hinweise darauf, was vor seinem Tod geschehen ist«, sagte sie.

»Keine direkten«, verbesserte ich. »Aber mit den indirekten und meiner eigenen Erinnerung kann ich den Tatverlauf rekonstruieren.«

»Und wie war der?«, fragte Odell.

»Laut Obduktionsbericht war Alex betrunken, als er getötet wurde, aber als er hier wegging, war er nüchtern. Als Gaitan mir die Bilder von seiner Leiche gezeigt hat, habe ich auf seiner Haut Blutergüsse und Striemen bemerkt, die ich, als er hier war, an ihm noch nicht gesehen hatte und die eindeutig nicht von den Schlägen stammten, an denen er schließlich gestorben ist.«

»SM?«, tippte Odell.

Ich nickte. »Er hat mir gesagt, dass einige seiner Kunden darauf stehen«, sagte ich. »Offenbar ist er hier weggegangen, zu einem Kunden, hat dort ein paar Gläser getrunken, hatte Sex mit ihm, und erst danach ist er ermordet worden. All das brauchte Zeit. Und als er tot war, wurde ›Tötet Tunten‹ in seine Brust eingekerbt, und dann wurde seine Leiche sorgfältig gereinigt, um jede Spur auszulöschen. Nicht einfach nur abgewischt. Gebadet, verschnürt und verfrachtet. In diesem Szenario bleibt keine Zeit dafür, dass Alex mitten in der Nacht durch ganz L.A. rast. Wohin er von hier aus auch gegangen ist, es war sein letzter Aufenthaltsort. Die Frage ist, wie er dorthin gelangt ist. Die Antwort ist, nicht mit Lucky's Taxi Service.«

Serena sah mich verblüfft an. »Ich meine, du hättest zu mir gesagt, dass du rein gar nichts bezeugen kannst.«

»Davon war ich auch überzeugt, bis ich euer Beweismaterial studiert habe.«

»Du musst dich schon entscheiden, Henry. Du kannst nicht Bob Travis verteidigen und gleichzeitig erwarten, dass man dich in den Zeugenstand ruft, damit du aussagen kannst: ›Ich weiß, dass das Opfer diese Striemen noch nicht hatte, weil ich ein paar Stunden, bevor er ermordet wurde, mit ihm im Bett war.‹«

»Wenn es so weit kommt«, erwiderte ich, »werde ich mein Mandat als Bobs Verteidiger abgeben. Ich habe dich hergebeten, um das hier zu stoppen, bevor wir im Gerichtssaal landen.«

»Es überzeugt mich nicht«, sagte sie. »Es stehen immer noch deine Spekulationen gegen meine materiellen Beweise.«

»Gefälschte Beweise.«

»Das ist noch nicht einmal Spekulation«, sagte sie.

»Was wäre, wenn ich beweisen könnte, dass das Auto von innen und außen geputzt worden ist, bevor Gaitan es beschlagnahmt hat und die Spuren entdeckt wurden?«

»Was wäre wenn«, tat sie das ab.

»Schau dir das mal an«, sagte ich und reichte ihr Donatis Erklärung über den Tisch. Odell setzte eine Lesebrille auf und schaute ihr über die Schulter. Ihr Mund zog sich zu einem zornigen dünnen Strich zusammen.

»Das ist unfassbar«, wedelte sie mit dem Papier. »Strafvereitelung, Manipulation von Beweismitteln, und dabei ist er ein gottverdammter Rechtsanwalt ...«

»Ich will ihn nicht verteidigen«, sagte ich. »Du kannst ihn für all das zur Rechenschaft ziehen, wenn du willst. Aber der springende Punkt ist, der Wagen war sauber, als ihn Gaitan bekommen hat.«

»Es geht um Dinge wie Fasern, praktisch mikroskopisch klein ...«

Ich fand in den Laborberichte die Faseranalyse und zitierte: »›Zwischen einem und 2,5 Zentimeter lang. Farbe hellblau.‹ Nicht ganz so mikroskopisch, Serena.« Sie öffnete den Mund, um zu kontern, aber ich schnitt ihr das Wort ab. »Hör mir einfach zu.« Ich erklärte den Gesichtspunkt der Anordnung der Fasern und das Missverhältnis zwischen Ort und Anzahl der Fasern, die von Alex'

Leiche abgekämmt worden waren, und denen, die im Kofferraum gefunden wurden.

Als ich fertig war, sagte sie: »Worauf es ankommt, ist, dass sie übereinstimmen.«

»Die Frage ist nicht, ob sie übereinstimmen, sondern wie sie in den Kofferraum gelangt sind.«

»Es gab noch andere Spuren außer den Fasern«, sagte sie, während sie durch die Laborberichte blätterte.

»Ein Lacksplitter vom Auto auf einem Zaun in der Gasse«, erwiderte ich. »Das ist leicht zu erklären. Gaitan hatte siebzehn Stunden Zeit, den Wagen zum Leichenfundort zu fahren und den Zaun zu schrammen, bevor die Kriminaltechniker ihn untersucht haben.«

»Die können aber einen frischen Kratzer von einem alten unterscheiden«, bemerkte Odell ruhig.

»Ich wette, niemand hat sie darum gebeten«, sagte ich. »Ich wette, dass dem Materialexperten gesagt wurde, auf dem Zaun ist Lack, der dieselbe Farbe wie das Auto hat. Schauen Sie mal, ob sie übereinstimmen. Ende.«

»Unser kriminaltechnisches Labor ist eins der besten im ganzen Land«, sagte Odell im selben bedächtigen Ton.

»Ich beschuldige niemanden aus dem Labor. Die gefälschten Spuren waren schon im Auto, als sie es untersucht haben.«

»Aber wenn Sie Recht haben, ist Mac an Faserproben aus dem Labor rangekommen, denn da werden sie normalerweise verwahrt.«

»Sie haben es neulich selbst gesagt, Sergeant. Es ist ein komplizierter Fall. Kleine Proben, die ständig rein- und rausgehen.«

»Glauben Sie das, Lucas?«, fragte Serena.

»Erzählen Sie ihr vom Antelope Valley«, sagte ich.

Odell zuckte die Achseln. »Gaitan ist schon einmal beschuldigt worden, dass er Beweismaterial gefälscht hat. Wurde ihm nie nachgewiesen.«

»Kommen Sie, Odell. Sie haben zu mir gesagt, er war dabei.«

Er schaute mich an. »Sie sind der Jurist, Mr. Rios. Sie wissen, dass vergangene Übeltaten kein Beweis für Fehlverhalten in der Gegenwart sind.«

»Niemand bezweifelt, dass Gaitan ein Arschloch ist«, sagte Serena ungeduldig, »aber ich bin nicht überzeugt, dass er Spuren gelegt hat.«

»Was ist mit Ihnen, Sergeant?«, fragte ich Odell.

»Sie haben mir da einen harten Brocken hingeworfen«, sagte er.

»Es überzeugt dich vielleicht nicht völlig«, sagte ich zu Serena, »aber es gilt immer noch der Grundsatz, dass die Schuld eines Angeklagten über jeden berechtigten Zweifel hinaus festgestellt werden muss. Wie es aussieht, hast du nicht einmal genug in der Hand, um meinen Mandanten festzunehmen, aber wenn du irgendwann meinst, jetzt kannst du, dann überleg vorher, wie eine Verteidigung, die polizeiliches Fehlverhalten aufzeigt, auf Geschworene aus der Innenstadt wirken wird.«

»Was verlangst du, Henry?«

»Gaitan muss raus aus dem Fall. Mein Mandant muss entlastet werden.«

Sie zuckte die Achseln. »Ich habe keinen Einfluss darauf, welche Polizisten der Sheriff bei einem Fall einsetzt.«

»Nicht einmal mit diesen Informationen?«

»Wenn du glaubst, ich gehe mit deinen Spekulationen zum Sheriff, dann hast du ein Rad ab.«

»Nicht Spekulationen, logische Folgerungen.«

»Jaja«, sagte sie. Sie kaute auf ihrer Lippe herum. »Ich kann nichts gegen Gaitan tun.«

»Ich dachte, du leitest diese Ermittlungen.«

»Solltest du dir nicht mehr Sorgen um deinen Mandanten machen als um Gaitan?«

»Ich sagte, ich will, dass mein Mandant entlastet wird.«

»Abgemacht war, dass er zu einer Gegenüberstellung in die Innenstadt kommt.«

»Du weißt, dass ihn deine Augenzeugen nicht identifizieren können«, sagte ich. »Ihre Beschreibungen sind schwammig und widersprüchlich.«

»Wenn sie ihn nicht identifizieren können«, sagte sie, »dann ist er damit für mich entlastet.«

»Und Gaitan kommt ungeschoren davon.«

»Himmel Herrgott, Henry«, sagte sie. »Kannst du nicht *einmal* zurückstecken? Das ist hier ein Mordfall und keine polizeiinterne

Untersuchung. Wenn du Dienstaufsichtsbeschwerde gegen Gaitan einlegen willst, geh zur zuständigen Stelle.« Sie stand auf. »Wenn du mich jetzt entschuldigst, ich muss wieder an die Arbeit.«

»Wann willst du die Gegenüberstellung machen?«

»Übermorgen. Freitag. Zehn Uhr. Bauchet Street.«

* * *

Als sie gegangen war, sagte Odell: »Sie haben ihre empfindliche Stelle erwischt.«

»Was meinen Sie damit?«

Er grinste. »Sie ist nur ein Aushängeschild. Mac ist immer noch sein eigener Chef.«

»Warum ist das so, Odell?«, fragte ich, während ich die Unterlagen sortierte. »Warum ist Gaitan nach der Pressekonferenz und dem, was mit mir in der Wüste passiert ist, sogar noch bei diesem Fall dabei?«

»Erinnern Sie sich an Willie Williams?«, fragte er. Williams war der schwarze Polizist gewesen, der nach den Rodney King-Unruhen Daryl Gates als Chef der Stadtpolizei von Los Angeles ersetzt hatte, aber nach einer Amtszeit selbst ersetzt wurde.

»Was ist mit ihm?«

»Bei den Leuten war er sehr beliebt«, sagte Odell. »Die *L.A. Times* hat ihn geliebt. Sie waren alle voll des Lobes über seine Arbeit, aber als es anstand, seinen Vertrag zu verlängern, hat ihn der Stadtrat rausgekickt. Wissen Sie warum, Mr. Rios?«

»Ich höre gern zu und lerne.«

»Seine eigenen Untergebenen haben ihn ins Messer laufen lassen. Die Gewerkschaft, die Karrieristencombo, die alten Hasen. Sheriff Ramsay ist wie Sie, der hört auch zu und lernt. Jeder Polizeichef muss sich vor zwei Gruppen verantworten, vor der Öffentlichkeit und vor den eigenen Leuten. Williams hat auf die falsche gesetzt. Chuck wird diesen Fehler nicht machen. Dass er Gaitan an dem Fall drangelassen hat, war ein Loyalitätsbeweis gegenüber seinen Leuten. Aber er ist nicht Daryl Gates. Er weiß, dass er nicht darüber hinweggehen kann, wenn jemand die Polizei als homophob oder rassistisch bezeichnet. Darum hat er sich darauf eingelassen, dass Serena die Sonderkommission leitet.« Odell lächelte. »Ich bin sicher, dass er sich mit ihr getroffen und ihr seine volle Unterstützung zugesichert hat. Ich bin auch sicher, dass sie sich ausnutzen lässt.«

»Sie klingen etwas verbittert, Odell«, sagte ich. »Ich dachte, Sie hätten so einen guten Draht zum Sheriff.«

»Ich verstehe ja, dass Chuck die alten Kameraden im Department ruhig stellen muss«, sagte er und kam schwerfällig auf die Füße. »Verdammt, ich bin ja selbst einer, aber wenn man anfängt, vor kriminellen Machenschaften im eigenen Stall die Augen zu verschließen ...« Er zuckte die Achseln. »Die Ausschlussregeln für Beweismittel mag ich genauso wenig wie jeder andere Cop, oder das Aussageverweigerungsrecht, oder vorher anklopfen zu müssen und die ganze Scheiße, aber so sind eben die Gesetze. Wenn ich ein Cop bin, muss ich die Gesetze einhalten, Punkt aus. Ich kann mir nicht die Rosinen rauspicken.«

»Was war das mit dem Teenie, den Sie zusammengestaucht haben, als wir uns das erste Mal begegnet sind?«

Er schaute verwirrt, lächelte dann. »Der kleine Ghetto-Gangster? Ja, ich hab ihm Angst eingejagt. Aber ich hab ihm kein Dope angehängt oder ihn ins Antelope Valley hinausgefahren und ihn windelweich geprügelt. Oder?«

»Ein bisschen illegal gibt es nicht«, sagte ich. »Eine ungesetzliche Festnahme ist eine ungesetzliche Festnahme, ob mit Prügeln oder ohne.«

Er klopfte mir auf die Schulter. »Wir ziehen alle irgendwo unsere eigene Grenze, glaube ich. Ich kann mit meiner leben. Wissen Sie, als ich Ihnen zugehört habe, kam ich darauf, dass dieser erste Mord sich von den beiden anderen sehr unterscheidet.«

»Ich weiß. Darüber habe ich auch schon nachgedacht.«

»Ja«, sagte er. »Interessant. Passen Sie auf sich auf.«

* * *

Bob Travis war mit meinem Vorschlag einverstanden, essen zu gehen und die Entwicklung in seinem Fall zu bereden. Am Abend fuhr ich nach West Hollywood, in ein Restaurant namens *French Marketplace*, das Erdgeschoss und Terrasse eines nachempfundenen Herrenhauses im New Orleans-Stil belegte; angemalte Ziegel, grüne Fensterläden und Kunstschmiedearbeiten. Die Terrasse ging auf den Santa Monica Boulevard hinaus. Dort standen Bistrotische in zwei Reihen, eine an der Wand und eine am Geländer, dazwischen ein enger Durchgang, wo aufgepumpte Kellner in hautengen schwarzen Hosen und roten Schürzchen einer ebenso aufgepumpten männlichen Kundschaft große Portionen schlechtes Essen servierten. Gerüche von Fett und edlem Rasierwasser hingen in der abgestandenen Luft, als ich die Eingangsstufen hochstieg und die Terrasse nach Travis absuchte. Ein Blonder mit Strähnchen, der Mandarinenschnitze aus seinem chinesischen Hühnersalat fischte, versuchte mich auf gelangweilte Art anzumachen. Hinter mir rumpelte ein abgasspuckender Bus vorbei. Ein schlanker, hübscher Kellner mit französischem Akzent bot an, mich zu platzieren, aber da kam Travis aus dem Gebäude. Seine Kleidung, ein gelber Strickpulli und enge, ausgebleichte Jeans, schien so ausgewählt zu sein, dass sie seine Fortschritte bei der Körperkultur betonte. Er sah entspannt und gut gelaunt aus, und ich sah, dass er, wenn auch nicht die große Schönheit, die er anstrebte, so doch ein gefällig aussehender Mann mit markantem Kinn und sanften Augen war. Wäre er hetero gewesen, hätte er einen guten Vorstadtpapi mit Frau, Kindern, Hund und Volvo abgegeben. Stattdessen steckte er in Kleidern, die zu jung für ihn waren. Er dachte wohl, das modische Signal, das er aussandte, sei »Sieh mich an!«, aber für mich rief seine Erscheinung eher aus: »Finde mich!«

»Hallo«, sagte er, »ich musste noch telefonieren.« Er zeigte auf einen Tisch am Geländer, der bis auf ein Glas Eistee und eine zerknüllte Serviette leer war. »Ich sitze dort drüben.«

Wir kamen an dem Blonden vorbei, der auf seinem Brotteller einen kleinen Turm aus Mandarinenschalen gebaut hatte und jetzt die Mandelsplitter aus dem Salat herauspickte. Am Tisch studierten wir übergroße Speisekarten, auf denen die meisten Gerichte in Südstaatenmanier entweder *blackened* – außen versengt – oder auf *Cajun*-Art scharf gewürzt waren. Ich bestellte ein gegrilltes Käsesandwich.

»Ich wollte Sie auf meinen Stand bringen, um den Fall voranzutreiben«, sagte ich, nachdem der französische Kellner unsere Bestellung aufgenommen hatte. Ich erzählte ihm, wie ich die Akten gewälzt hatte, und von dem Treffen mit Odell und Serena Dance.

Ich erklärte, dass ich eingewilligt hatte, ihn einer Gegenüberstellung zu unterziehen. Auf seiner Stirn vertiefte sich eine Furche zwischen den Augen.

»Eine Gegenüberstellung? Wird mich das nicht noch mehr belasten?«

»Nein, es wird Sie als Verdächtigen ausscheiden lassen«, sagte ich.

»Sind Sie sicher?«

»Sie etwa nicht?«, fragte ich, ihn genau betrachtend. »Ich meine, wenn Sie nicht am Steuer dieses Wagens waren, als diese beiden Männer eingestiegen sind, dann werden die Zeugen auch nicht auf Sie zeigen. Richtig?«

»Richtig«, stimmte er rasch zu. »Das macht mir alles so Angst. Vorher hatte ich nie Ärger mit der Polizei, außer wenn ich zu schnell gefahren bin.«

Unser Essen kam. Sein Hamburger schwitzte Fett aus, das auf dem Teller gerann. Mein gegrilltes Sandwich war verkohlt.

»Ich verstehe nicht, warum die hier noch nicht pleite sind«, sagte ich. »Das Essen ist ungenießbar.«

Travis grinste. »Dann schauen Sie sich mal um.«

Ich warf einen Blick über die Schulter. Ein Mann kam auf uns zu. Er trug abgeschnittene Jeans und ein schwarzes Tanktop. Seine Schenkel waren steinhart, seine dicken Arme mit angeschwollenen Adern verschnürt, und zwischen den Brustmuskeln hätte er eine Bierdose zerdrücken können. Er promenierte langsam an der Terrasse vorbei, den Blick immer nach vorn gerichtet, die an den Tischen enstandene Aufregung scheinbar nicht bemerkend, aber dann blieb er stehen und streifte sein Hemd ab. Das Raunen, das über die Terrasse ging, war wie das Raunen in einem Theatersaal, bevor der tosende Applaus einsetzt, aber hier kam nur Getuschel und Gekicher, als er weiterging.

Travis sagte: »Die beste Show in der ganzen Stadt, vor allem im Sommer.« Er sah mich an und taxierte meinen Gesichtsausdruck. »Nicht Ihr Typ?«

»Ich bin da nicht so festgelegt«, sagte ich. »Ist Ihr Typ nicht eher Nick Donati?«

Er errötete. »Er hat schon gesagt, dass Sie über uns beide Bescheid wissen.«

»Er hat mich glauben gemacht, es sei vorbei.«

»Es ist kompliziert«, sagte er. Donatis Standardsatz. »In der Industrie kann man offen schwul sein, aber man kann nicht offen offen schwul sein.«

»Bist du das denn nicht?«

»Ja, aber ich bin Filmarchitekt. Von mir erwartet man, dass ich schwul bin. Nick ist leitender Angestellter. Er muss es im Privatbereich halten.«

»Heißt das, keinen festen Freund?«

»Es ist schwer, weil ich ihn wirklich liebe«, sagte Travis. »Ich will, dass alle es wissen. Ich will mit ihm zusammenleben. Wenn wir uns streiten, geht es meistens darum. Wir trennen uns, wir kommen wieder zusammen. Die ganzen Probleme jetzt haben uns einander wieder viel näher gebracht.«

»Dann hat es ja ein Gutes«, sagte ich. Wir stocherten ein paar Minuten in unserem Essen herum und sprachen über Dinge, die mit dem Fall nichts zu tun hatten. Dann erinnerte ich mich, was ich ihn fragen wollte. »Gestern Abend meinte Nick, dass Sie mir etwas zu dem Fall zu sagen hätten. Was ist es?«

Er trank seinen Tee in einem langen Zug aus und setzte die Tasse ab. »Ja, erinnern Sie sich noch, dass Sie mir gesagt haben, ich soll versuchen rauszufinden, an welchen Wochenenden ich das Taxi benutzt habe?«

»Ich erinnere mich. Und? Haben Sie es rausgefunden?«

»Ja«, sagte er. »Ich habe es sicher nicht am ersten Juniwochenende benutzt.«

Das Wochenende, an dem Alex ermordet wurde.

»Sind Sie da ganz sicher?«

»Ich habe zu rekonstruieren versucht, wann mein Auto den Geist aufgegeben hat«, sagte er. »Laut Werkstattrechnung habe ich es erst am Mittwoch drauf dort hingebracht, am Wochenende muss es also noch in Ordnung gewesen sein. Hilft mir das?«

Es war ein weiteres Indiz dafür, dass er das Taxi in der Nacht, in der Amerian ermordet wurde, nicht gefahren haben konnte. »Ja«, sagte ich. »Es ist sehr hilfreich. Bringen Sie die Rechnung zur Gegenüberstellung mit.«

* * *

Gegenüberstellungen machte die Bezirkspolizei im bezirklichen Männergefängnis in der Bauchet Street. Jeder Neuling bei der Polizeibehörde musste zuerst als Schließer in der gewalttätigen Atmosphäre des dreckverkrusteten und überfüllten Betonkastens Dienst tun. In einigen Zellenblocks patrouillierten die Aufseher auf zwischen den Zellenreihen aufgehängten Laufstegen, von wo aus sie die Ebene mit Kameras überwachten, und kamen mit den Gefangenen kaum in Kontakt. Die meisten aber waren direkt auf der Etage postiert, wo sie sehr in der Minderzahl waren und ständig Angst um ihre Sicherheit haben mussten, ein idealer Nährboden für Paranoia und Brutalität. Ich war in vielen Gefängnissen für Kurz- und Langstrafer ein- und ausgegangen, aber der Männerhaftanstalt des Bezirks Los Angeles kam nichts gleich; man trat dort ein wie in einen Raubtierkäfig. Bob Travis wurde kreideweiß, als ich ihn zur Gegenüberstellung hineinbegleitete, und ich glaube, er hätte gern meine Hand ergriffen, wenn ihn eine Art Selbsterhaltungstrieb nicht davon abgehalten hätte.

»Er ist völlig verängstigt«, sagte ich zu Serena, als wir Travis und fünf andere Männer im Gänsemarsch in den Raum hinter dem Einwegspiegel kommen sahen.

»Mir scheint er ganz normal«, erwiderte sie. Sie verstand nur zu gut, welchen Zweck ich mit der Bemerkung verfolgte.

»Wenn dies nicht nur pro forma wäre«, sagte ich, »würde ich verlangen, dass die Gegenüberstellung ausgesetzt wird, bis er sich beruhigt hat.«

»Fangen wir doch an.« Sie ging zur Tür und sagte: »Mac, den ersten Zeugen bitte.«

»Mac?«, sagte ich. »Du meinst doch nicht etwa Gaitan!«

Ehe sie antworten konnte, kam er breitbeinig hereinmarschiert, gefolgt von einem Kind. Als unsere Blicke aufeinander trafen, hätten wir uns wohl beide am liebsten angeknurrt. Mein Blick sprang von ihm auf das Kind, das, wie ich schnell erkannte, kein Kind war, sondern ein junger Mann. Willie Wright. Der Stricher, der Jack Baldwin in das Lucky-Taxi hatte einsteigen sehen. Er war hübsch auf eine weiche und doch verdorbene Art und ließ seine glasigen Blicke durch den Raum wandern.

»Sind Sie bereit, Willie?«, sagte Serena.

Durch den dichten Schleier irgendeiner Droge kam ein »Ja, Ma'am« in weichem, schleppendem Hinterwäldlerakzent.

»Mac«, sagte sie zu Gaitan. Er las ihm die Standardbelehrung vor. »Verstehen Sie das?«

»Ja, Sir«, sagte Willie in etwas gefestigtem Ton. »Ja, Sir, ich verstehe. Sie wollen, dass ich Ihnen sage, ob einer von denen Jackie mitgenommen hat.«

»So ist es«, sagte Serena. »Sehen Sie sie an, Willie.«

»Du musst dir absolut sicher sein«, sagte ich.

»Sagen Sie mir nur, ob Sie einen von ihnen wieder erkennen«, sagte Serena und warf mir einen warnenden Blick zu.

Willie Wright ging an die verspiegelte Scheibe und stellte sich so dicht davor, dass sein Atem das Glas beschlagen ließ. »Nein«, sagte er.

»Nehmen Sie sich so viel Zeit, wie Sie brauchen«, sagte Serena.

»Du übst Druck auf ihn aus.«

Sie verzog das Gesicht. »Das ist absurd.«

Willie drehte sich langsam von der Scheibe weg. »Jackie war mein Freund. Ich würde es Ihnen sagen, wenn ich den Mann sehen würde. Es ist keiner von denen. Die sind zu jung.« Die kleine Ansprache schien ihn erschöpft zu haben. »Kann ich jetzt gehen?«

»Gut«, sagte Serena. »Danke, Willie. Mac?«

»Ich hab ihn mal gesehen«, sagte Willie schleppend, als Gaitan ihn aus dem Raum zu drängen versuchte. »In der Zeitung …«

»Warten Sie«, sagte ich.

»Lass ihn gehen, Henry«, sagte Serena scharf. »Er hat deinen Mandanten nicht identifiziert und steht eindeutig unter Drogen.«

Sie gingen hinaus.

»Was macht Gaitan hier?«

»Er hat diese Zeugen vernommen«, sagte sie, »und er hat darum gebeten, dabei zu sein. Ich habe keinen Grund gesehen, ihm das abzuschlagen.«

»Nach allem, was ich dir über ihn erzählt habe?«

»Machen wir jetzt bitte weiter, okay?«, fuhr sie mich mit zitterndem Unterkiefer an.

»Was hast du denn?«

Sie ging zur Tür. »Mac. Mr. Gray bitte.«

Parker Gray, der Türsteher des Sex-Clubs, war ein Brecher. Stiernackig und bullig, trug er eine kurze Hose mit Druckknöpfen und ein weißblaues Tanktop mit dem Logo der American Gladiators. Auf seinen breiten Schultern hatte er große Akneflecken, ein Nebeneffekt der Steroide. Er studierte die Männer auf der Plattform aufmerksam.

»Könnten die sich bitte zur Seite drehen?«, fragte er mit kaum hörbarem Flüstern. »Danke.« Er verschränkte die Hände hinter dem Rücken und musterte sie. »Nein, tut mir Leid, ich bin mir nicht sicher.«

Ich hielt den Atem an. »Meinen Sie damit, dass Sie einen von ihnen wieder erkennen?«

»Der Mann, den ich gesehen habe, hat so ähnlich ausgesehen wie die hier«, erklärte er entschuldigend, »aber keiner von denen sieht genauso aus wie der, den ich gesehen habe. Habe ich mich deutlich ausgedrückt.«

»Mit anderen Worten«, sagte ich, »Sie sehen diesen Mann hier nicht.«

»Nein, glaub nicht.«

»Also Fehlanzeige«, sagte ich zu Serena.

»Ich bin nicht so sicher«, sagte sie. »Brauchen Sie mehr Zeit, Mr. Gray? Würde Ihnen das helfen?«

»Nein«, sagte er, sicherer geworden. »Ich sehe ihn nicht.«

»Danke«, sagte sie. Gaitan öffnete ihm die Tür, ging aber nicht mit hinaus. Ich hörte Serena tief Luft holen und sagen: »Es gibt noch eine Zeugin.«

»Was?«

»Die Ermittlungen sind weitergegangen«, sagte sie steif. »Eine andere Zeugin hat sich gemeldet.«

»Wann war das?«

»Vor ein paar Tagen. Ich habe sie nicht erwähnt, weil wir bis gestern ihre Aussage nicht aufgenommen hatten.« Ich sah, wie sie Gaitan einen Blick zuwarf. »Es war doch gestern, Detective?«

»Ja, gestern.«

Ich explodierte. »Du bringst mich hier runter mit meinem Mandanten und vergisst dabei ganz zu sagen, dass es eine dritte Zeugin gibt? Ich glaube dir kein Wort.«

»Du hast der Gegenüberstellung zugestimmt«, wehrte sie ab.

»Ich habe nicht zugestimmt, dass ihr mich so übers Ohr haut, du und dieser …« Ich starrte Gaitan an. »Dieser Schleimscheißer.« Er machte einen Schritt auf mich zu. »Versuchs doch, du Arschloch.«

»*Maricón* …«

»Aufhören«, sagte Serena und sprang zwischen uns. »Raus hier, Mac.«

Ich spürte seinen Atem auf meinem Gesicht. Er sagte zu ihr: »Vielleicht erinnern Sie sich mal, auf welcher Seite Sie stehen, Lady.«

»Raus, hab ich gesagt.«

Er wich zurück. »Ich bring sie jetzt rein«, sagte er.

Serena ging an die Gegensprechanlage und wies den mit der Gegenüberstellung beauftragten Polizisten an, den Raum hinter der Scheibe zu räumen. »Sie werden gar nichts tun, bevor ich es sage«, beschied sie Gaitan.

Er hob die Hände. »Wie Sie meinen. Sie sind der Boss.«

Als er draußen war, sagte ich: »Was geht hier eigentlich ab?«

Es gab noch eine Tür gegenüber von der, durch die Gaitan hinausgegangen war. »Komm mit«, sagte sie. »Dort ist ein Konferenzzimmer. Wir müssen reden.«

»Allerdings.«

Kapitel 13

Ich folgte ihr in einen weiteren fensterlosen Raum mit verschrammten Wänden und einem stark ramponierten Tisch. In solchen Räumen verbrachte ich wohl einen Großteil meines Lebens. Sie warf ihre Aktenmappe auf den Tisch und zog einen Hefter heraus. Ohne zu mir hochzuschauen, sagte sie: »Hier ist eine Kopie der Aussage von Ms. Schilling, der neuen Zeugin.«

Ich griff nach den zwei handgeschriebenen Blättern, die sie in der Hand hielt. »Warum hast du das nicht gleich gesagt, als ich hier ankam?«

Nervös strich sie sich den Rock glatt. »Ich hoffte, dass einer der anderen Zeugen deinen Mandanten identifiziert.«

»Aber falls nicht, hattest du noch das hier in Reserve«, sagte ich. »Und wenn du es mir vorher gesagt hättest, wäre ich gegangen, das weißt du. Du hast dich verschätzt mit deinen faulen Tricks. Wir gehen auch so.«

»Lies wenigstens die Aussage«, sagte sie mit einer Stimme, die sich nicht entscheiden konnte, ob sie bitten oder gebieten wollte.

Ich fing an zu lesen. Joanne Schilling wohnte in einem Apartment zwei Blocks von der Gasse entfernt, in der Alex Amerians Leiche gefunden wurde. An dem Morgen des Leichenfundes hatte sie gegen halb sechs ihren Hund ausgeführt, als ein blauweißes Taxi mit hoher Geschwindigkeit aus der Gasse kam und sie beinahe überfahren hätte. Der Fahrer machte gerade noch rechtzeitig eine Vollbremsung und ließ sie die Einfahrt überqueren, dann raste er davon. Sie hatte Gelegenheit, sich sein Gesicht einzuprägen. Ihre Beschreibung passte auf Travis bis hin zu den hellen Augenbrauen.

»Hat Gaitan diese Aussage aufgenommen?«

Serena verfärbte sich. »Fang nicht wieder an. Ich habe mit der Frau gesprochen. Sie hat ihre Beschreibung fast wörtlich wiederholt.«

»Bob hat an diesem Wochenende das Taxi nicht gefahren«, sagte ich. Ich zeigte ihr seine Werkstattrechnung, aus der hervorging, dass er sein Auto erst am Mittwoch nach dem Mord in Reparatur gegeben hatte.

Sie betrachtete die Rechnung und schluckte. »Wenn ich jemanden umbringen wollte«, sagte sie, als sie mir die Rechnung zurückgab, »würde ich auch nicht meinen eigenen Wagen dafür nehmen.«

»Gaitan benutzt dich, um einen Unschuldigen hinter Gitter zu bringen«, sagte ich.

Sie schaute bitterböse drein. »Das ist eine unglaubliche Beleidigung.«

»Du hast mich unter falschen Voraussetzungen hierher gebracht«, gab ich zurück. »Das ist die größere Beleidigung.«

»Schau dir mal die hier an.« Sie wühlte in ihrer Aktenmappe.

Sie haute einen Stapel rosa Gesprächsnotizformulare auf den Tisch. Ich schaute sie durch. Alle Anrufe waren von einem Mr. oder einer Mrs. Jellicoe.

»Verstehe ich nicht«, sagte ich.

»Die Eltern von Tom Jellicoe. Sie leben in Colorado Springs. Ihr Priester hat zu ihnen gesagt, Toms Tod sei eine Gnade im Gewand eines Schicksalsschlags. Als der Mord an ihm in den Zeitungen stand, haben die Jellicoes hasserfüllte anonyme Anrufe bekommen. Mrs. Jellicoe hat mir Babyfotos von Tom geschickt und sein Jahrbuch aus der Highschool. Sie hat gesagt, sie will, dass ich weiß, wer er war, damit ich nicht nur deshalb, weil er schwul war, aufhöre, seinen Mörder zu suchen.« Sie verstaute die Gesprächsnotizen wieder. »Ich habe mir angewöhnt, Opfern oder Zeugen nicht zu sagen, dass ich lesbisch bin, aber ihr habe ich es gesagt, damit sie versteht, dass ich sie verstehe. Jetzt ruft sie mich zwei-, dreimal am Tag an, weil sie sonst niemanden zum Reden hat. In ihrer Stadt glauben die Leute, dieser Kerl hätte ihr damit einen Gefallen getan, dass er ihren perversen Sohn umgebracht hat. Ich halte den Hörer an mein Ohr und höre sie weinen. Ich habe ihr versprochen, dass ich den Mann finde, der Tom auf dem Gewissen hat.«

»Mein Mandant hat niemanden auf dem Gewissen.«

»Dann bringen wir die Gegenüberstellung zu Ende«, sagte sie. »Wenn er nicht in der Gasse war, wird sie ihn auch nicht identifizieren. Wenn er dort war, Henry, will ich, dass er keinen Tag mehr frei herumläuft.«

»Du hast gesagt, dass sie die Aussage dir gegenüber wortwörtlich wiederholt hat. Das hört sich für mich sehr nach einstudiert an.«

Sie wollte gerade darauf antworten, als es klopfte und Gaitan hereinkam. »Die Frau hat auf seinen Mandanten gezeigt.« Er stieß mit dem Kinn in meine Richtung. »Sie ist ganz sicher, dass er es war.«

»Ich glaub, ich spinne«, sagte ich.

»Ich habe Sie doch angewiesen, die Gegenüberstellung aufzuhalten«, sagte Serena zornig.

Gaitan sagte: »Ich habe die Zeugin belehrt.«

Serena und ich waren einen Moment lang so perplex, dass wir kein Wort hervorbrachten.

»Sie haben eine Gegenüberstellung mit meinem Mandanten durchgeführt, ohne mir Bescheid zu sagen?«, sagte ich. Ich grinste Serena an. »Diese Identifizierung kannst du dir in die Haare schmieren.«

Sie war puterrot angelaufen. »Gaitan, Sie verdammter Idiot. Schon mal was vom Recht auf einen Anwalt gehört?«

»Die Miranda-Rechte gelten nur für ein Verhör«, gab er zurück.

»Wohl kaum«, sagte ich. »Du kannst Gaitan später über die Gesetze belehren. Jetzt gehe ich und mein Mandant kommt mit.«

»Ich habe ihn festgenommen«, sagte Gaitan.

»Dann lassen Sie ihn wieder frei.«

»Lassen Sie ihn laufen«, sagte Serena düster.

Gaitan sah sie an und sagte: »Nein.«

»Die Gegenüberstellung war vorschriftswidrig«, sagte sie langsam und eindringlich. »Die Identifizierung wird nicht anerkannt werden. Lassen Sie ihn laufen.«

»Lady«, sagte er, »wird es nicht langsam Zeit, dass Sie sich daran erinnern, bei welcher Mannschaft Sie mitspielen?«

»Was soll das heißen?«

»Sind Sie eine Staatsanwältin oder eine dreckige Lesbe?«

Sie schob ihn weg und stürmte in den Gegenüberstellungsraum. Ich folgte ihr, Gaitan blieb uns dicht auf den Fersen. Sie griff sich den nächstbesten Polizisten und befahl im, Travis hereinzubringen. Er kam in Handschellen an, so blass, dass ich Angst hatte, er würde ohnmächtig werden. Sie ließ ihm die Handschellen abnehmen.

»Nimm ihn«, sagte sie zu mir. »Geh.«

»Der bleibt hier«, sagte Gaitan.

Sie ignorierte ihn und sagte: »Ich bringe euch nach draußen.«

Gaitan packte ihren Arm. »Hören Sie auf mit der Scheiße.«

Sie wirbelte herum und entwand sich seinem Griff. »Fassen Sie mich noch ein einziges Mal an, und ich werde Sie wegen tätlichen Angriffs festnehmen lassen. Ich schreibe einen Bericht über Sie, sobald ich im Büro zurück bin. Sie halten jetzt besser Ihr verdammtes Maul, bevor Sie sich noch tiefer in die Scheiße reiten.«

Er guckte, als hätte sie ihn geohrfeigt, erholte sich dann und grinste. »Hey, Sie haben hier die Hosen an. Wenn Sie ihn freilassen wollen, bitte schön. Das ist Ihre Entscheidung.«

* * *

Draußen auf dem Parkplatz schickte ich Travis zum Wagen und sagte zu ihr: »Du hast eben das Richtige getan.«

»Bedank dich nicht bei mir«, sagte sie und setzte eine Sonnenbrille auf. »Gaitan hat Scheiße gebaut, nicht ich. Ich kann Schilling immer noch einsetzen.«

»Du wirst nie eine Identifizierung von ihr durchkriegen«, sagte ich. »Ich werde argumentieren, dass jede weitere Identifizierung durch das, was heute Morgen geschehen ist, beeinflusst und dadurch unbrauchbar geworden ist.«

»Ich rede von ihrer Aussage«, sagte sie. »Die kann ich immer noch verwenden.« Ehe ich sie fragen konnte, was sie damit meinte, hatte sie mich schon stehen lassen und ging entschlossenen Schrittes über den Parkplatz. Ich stieg in meinen Wagen, wo Travis zusammengekauert auf dem Beifahrersitz saß.

»Bin ich jetzt verhaftet?«, fragte er, als ich den Wagen anließ.

»Nein«, sagte ich. »Gaitan hat eine Überraschungszeugin aus dem Ärmel gezogen, die behauptet, sie hätte Sie in der Gasse am Steuer des Lucky-Taxis gesehen, an dem Morgen, als Amerian umgebracht wurde.« Als er nicht reagierte, schaute ich zu ihm hinüber. »Bob?«

»Halten Sie an«, keuchte er. Ich fuhr rechts ran. Er stieß die Tür auf und übergab sich in den Straßengraben.

* * *

Ich saß bei Travis in seinem Antiquitätensammelsurium und wartete darauf, dass er wieder aus dem Badezimmer kam, wo er schon seit fünfzehn Minuten war. Ich hatte das Wasser laufen gehört und dann nichts mehr. Schließlich rief ich nach ihm. Kurz darauf kam er herausgestolpert. Er schien seine Augen nicht mehr unter Kontrolle zu haben.

»Was haben Sie da drin gemacht?«

Er ließ sich in einen Sessel fallen und streckte alle viere von sich. »Mich ausgeruht.«

»Auf was sind Sie gerade, Bob?«

»Quaaludes«, sagte er. »Für die Nerven.«

»Wie viele?«

Seine Augenlider flatterten. »Genug.«

»Wie viele?«

»Eine, zwei«, sagte er. »Ich bin müde. Ich will schlafen.«

»Brechen Sie jetzt nicht zusammen.«

»Wird schon wieder«, sagte er und schloss die Augen.

Ich saß bei ihm und achtete auf Anzeichen einer Überdosis, aber nach einer Weile war klar, dass er nur schlief. Ich schüttelte ihn so weit wach, dass ich ihn ins Bett bringen konnte, dann ging ich in sein Badezimmer und suchte es nach anderen Drogen ab. Ich fand kleine Mengen von allem Möglichen, von Speed bis Percocet; Partydrogen, Freizeitdrogen. Ich spülte sie im Klo hinunter und rief Nick Donati an. Ich erwischte ihn zwischen Tür und Angel, auf dem Weg zu einer Besprechung, aber es lag mehr als Ungeduld in seinem kalten: »Was wollen Sie, Henry?«

»Stimmt irgendetwas nicht, Nick?«

Er schwieg. »Sagen Sie, was Sie zu sagen haben.«

»Gut«, sagte ich. »Detective Gaitan hat eine Augenzeugin aufgetrieben, die sagt, sie hätte Bob aus der Gasse herausfahren sehen, wo das erste Opfer abgeladen wurde«, sagte ich und gab die Ereignisse des Vormittags wieder.

»Lächerlich«, sagte er. »Diese Zeugin von Gaitan ist doch eines seiner Geschöpfe.«

»Das ist vorerst auch meine Arbeitshypothese«, erwiderte ich, »zumindest bis ich sie selbst befragt habe.«

»Wo liegt also das Problem?«

»Die Staatsanwältin, die mit dem Fall betraut ist, geht von anderen Annahmen aus. Sie hat mit der Frau geredet, und sie glaubt ihr. Ich bin ziemlich sicher, dass sie ihre Aussage dazu nutzen wird, entweder einen Durchsuchungsbefehl oder einen Haftbefehl zu bekommen. Ich wollte Sie wissen lassen, dass die Geschichte bald eskalieren kann.«

»Die Medien?«

»Wenn es zu einer Festnahme kommt, sehe ich nicht, wie wir das noch verhindern wollen.«

»Scheiße«, murmelte er.

»Und Bob ist am Ende seiner Kräfte. Ich habe eben seine ganzen Pillen im Klo runtergespült, aber im Moment ist er ganz weggetreten auf Beruhigungsmitteln. Es sollte jemand hier sein und ihn im Auge behalten.«

»Können Sie nicht dableiben?«

Ich schaute auf die Uhr. Es war fast Mittag. »Ich habe um halb zwei in Torrance einen Ausschließungsantrag laufen«, sagte ich. »Wenn ich dort nicht auftauche, werden sie mich wegen Missachtung des Gerichts belangen.«

»Gut, ich kümmere mich um Bob«, sagte er. »Ich rufe Sie heute Abend an. Bis dahin reden Sie nicht wieder mit irgendeinem Medienfritzen.«

»Wieder?«

»Sie haben mich verstanden«, sagte er und legte auf.

Von seinem gebieterischen Ton verwirrt, legte ich den Hörer auf, schaute noch einmal nach Travis und verließ die Wohnung.

* * *

Als ich am Abend nach Hause kam, fand ich vor meiner Tür einen Umschlag vom Kurierdienst mit Absender Richie Florentino. Ich rief Travis an, aber bei ihm war besetzt, also rief ich eine Reihe Leute zurück, die auf meine Maschine gesprochen hatten, während ich im Gericht war. Während dem Telefonieren öffnete ich den Umschlag und zog die Septembernummer von *L.A. Mode* heraus, auf der eine pinkfarbene Haftnotiz von Richie klebte. Auf dem Titelbild fletschten Duke Asuras und Reverend Longstreet aufs Raubtierhafteste die

Zähne, darunter die Schlagzeile: DIE WIEDERKEHR DES HERRN: JESUS IN DER TRAUMFABRIK. Richies Notiz lautete: *Konnte nicht auf deinen Segen warten. R.* Ich legte kopfschüttelnd die Zeitschrift beiseite, um die restlichen Anrufe zu erledigen. Ich orderte etwas aus der Hähnchenbraterei an der Ecke, und als es da war, ging ich auf die Terrasse, um mir beim Essen Richies Sensationsbericht zu Gemüte zu führen.

Vom Inhalt her war es im Großen und Ganzen das, was mir Richie vor Wochen erzählt hatte: der Machtkampf zwischen dem Parnassus-Filmstudio und seiner Muttergesellschaft, der Parnassus Company, über die Leitung des Studios und die Verteilung von Investitionen und Gewinnen. Asuras und sein Vorgesetzter Raskin, denen der Vorstand ständig Knüppel zwischen die Beine warf, hatten Geheimverhandlungen mit Reverend Longstreet geführt mit dem Ziel, dass er eine Aktienmehrheit an der Company aufkaufen und den Vorstand mit Raskin und Asuras genehmen Leuten bestücken sollte.

Die ersten Seiten des Artikels, der die vertrackten Winkelzüge der Streitparteien skizzierte, enthielten nichts, was als Verleumdung gewertet werden konnte. Wenn das Studio unter Asuras auch Schwindel erregende Profite abgeworfen hatte, so hatte sich diese Lukrativität nie vollständig in der Börsennotierung des Konzerns niedergeschlagen. Eine Mehrheit im Vorstand, angeführt vom Vorsitzenden, einem Investment-Bankier namens Adler, führte dies auf die anhaltenden Zweifel des Parketts an der persönlichen Ehrsamkeit und Integrität von Asuras zurück, der als überführter Betrüger bekannt war. Adler und seine Getreuen hatten Raskin, der in Personalfragen das letzte Wort hatte, zu zwingen versucht, Asuras zu entlassen. Raskin weigerte sich und zettelte damit einen Krieg der Chefetagen an. Raskin selbst konnte nicht vom Vorstand gefeuert werden, selbst wenn Adler eine Mehrheit dafür bekommen hätte, weil sein Fünfjahresvertrag erst in zwei Jahren ablief. Der Artikel erging sich in genüsslichen Berichten von tumultartigen Vorstandssitzungen, gifttropfenden Memoranden, gezielten Indiskretionen und Gegenindiskretionen, die in ihrer Gesamtheit den guten Ruf des Studios langsam, aber sicher unterminierten. Die »creative community« von Hollywood wartete erst einmal den Ausgang der Machtkämpfe ab. Filmprojekte, die sonst zuerst Parnassus angeboten worden wären, schnappte sich jetzt die Konkurrenz, die sich auch nicht zu fein war, offen in Projekten, die schon bei Parnassus liefen, zu wildern.

Asuras und Raskin hatten einen Plan ausgeheckt, einen außenstehenden Investor zu ermutigen, Adler seine Anteile abzukaufen und ihn und zwei seiner Verbündeten mit Aufsichtsräten zu ersetzen, die Asuras freie Hand lassen würden. Dieser dritte Mann würde Adler ein Angebot machen, dem er nicht widerstehen konnte: den dreifachen Wert seines Aktienpakets. Sollte er sich doch weigern zu verkaufen, würde der Investor sich auf eine offene Übernahme des Konzerns verlegen. Um diese Art der Kriegführung zu finanzieren, benötigten Asuras und Raskin eine unerschöpfliche Geldquelle, einen steinreichen Investor mit dem brennenden Verlangen, in Hollywood einzusteigen. Sie fanden ihn in Gestalt von Reverend Longstreet, Alleineigentümer eines milliardenschweren Medienimperiums, in dessen Zentrum seine Kabelfernsehgesellschaft FVTV stand: Family Values TV, das auf seine Fahne den Kreuzzug für die traditionelle christliche Familienmoral geschrieben hatte. Bei FVTV wechselten sich Konserven-Sitcoms aus den 50er, 60er Jahren und eigenproduzierte Bibel-Epen mit den widerwärtigsten Hasspredigten ab, die auf öffentlichen Kanälen zu finden waren. In den Artikel hatte Richie Stopper eingestreut, in denen in fetter übergroßer Schrift aus Longstreets Werken zitiert wurde: »Gott hört die Gebete der Juden nicht«; »Gott hat die Familie zur Fortpflanzung des Lebens eingesetzt, und sie ist keine freiwillige Verbindung« und »Gott hasst die Homosexualität heute genauso wie zu Zeiten von Sodom und Gomorrha«.

»Die Filme des Reverends können Sie sich jetzt wohl vorstellen«, hatte der Artikelschreiber angemerkt, »Walt Disney *meets* Leni Riefenstahl. Dagegen nimmt sich ›Meine Lieder – meine Träume‹ aus wie ›Der letzte Tango in Paris‹.« Dem Artikel zufolge hatten Longstreet, Asuras und Raskin sich bei einer Reihe von konspirativen Treffen im Hause von Cheryl Cordet, einer von Longstreet bewunderten Regisseurin, zur Übernahme des Konzerns verschworen, die am ersten September öffentlich angekündigt werden sollte. Longstreet wurde in ein paar Absätzen abgehandelt. Das stärkere Gift hatte das Magazin sich für Asuras aufgespart: »Duke Asuras ein seelenloses Wesen zu nennen tut ihm noch zu viel der Ehre an. Als er in den siebziger Jahren, in seiner damaligen Inkarnation als Künstleragent mit einer Million Dollar jährlich (bevor er dann einer verwirrten, heroinsüchtigen Klientin $ 20.000 in Schecks abmauschelte), einmal gefragt wurde, was er wolle, fasste Asuras seine ganze Persönlichkeit in einem Wort zusammen: ›Mehr.‹ «

Die Passage zu seiner Verurteilung wegen Veruntreuung las ich quer, bis mein Auge auf diese Worte fiel: »Rios, prominenter Strafverteidiger«.

»Richie, ich fasse es nicht«, stieß ich aus, den Mund voll Maisbrot.

»Als hätte das Studio nicht genug Sorgen, kursieren neuerdings Gerüchte, dass Duke womöglich seine alten schmutzigen Tricks aus der Mottenkiste kramt. Henry Rios, prominenter Strafverteidiger, traf sich kürzlich mit dem Chef der Rechtsabteilung bei Parnassus, dem kleinen Mann in Asuras' Ohr, Nicholas Donati. Rios wollte nur verraten, dass er vom Studio mit der Verteidigung eines Angestellten beauftragt worden sei, gegen den die Polizei wegen eines ›schweren Verbrechens‹ ermittelt. Wie zum Beispiel Veruntreuung?«

»Richie ...« zischte ich. Jemanden einer Straftat zu bezichtigen, war schon per Definition eine Verleumdung.

»Wir wollen ja nichts gesagt haben, aber die Verhandlungen zwischen beiden Seiten brachen plötzlich ab, und dann tauchte der Advokat in seiner geheimnisvollen Mission auf.«

Mit einem Mal verstand ich, wieso Donati vorhin am Telefon so bissig zu mir gewesen war. Er hatte offensichtlich den Artikel gesehen und daraus geschlossen, dass ich Richie ein Freundschaftsinterview gegeben hatte. In meinem Büro klingelte das Telefon. Ich warf das Magazin beiseite und ging hinein, um abzunehmen.

»Mr. Rios?«, fragte eine Frauenstimme, die ich nicht einordnen konnte.

»Ja, wer ist denn dran?«

»Ich bin Kate Krishna von *Mit eigenen Augen*, dem Nachrichtenmagazin auf KVUE«, sagte sie. »Ich hätte von Ihnen gerne einen Kommentar zu unserer Aufmachermeldung heute Abend im Zusammenhang mit einem gewissen Robert Travis ...«

Ich schnitt ihr das Wort ab. »Was für eine Meldung? Worüber reden Sie eigentlich?«

»Unsere Quellen berichten, dass Mr. Travis heute verhaftet wurde, weil man ihn als Mörder in den Unsichtbarer-Mann-Fällen in West Hollywood im Verdacht hatte, aber dann von der Staatsanwältin, die die Ermittlungen leitet, wieder freigelassen wurde, obwohl eine Zeugin ihn als Mörder identifiziert hatte. Als sein Anwalt können Sie …«

»Woher haben Sie das?«

»Stimmt es denn?«

»War es Detective Gaitan von der Bezirkspolizei?«

»Sie sind selbst einmal in dem Fall verdächtigt worden, nicht wahr?«

»Ja, und wahrscheinlich hat Ihnen das auch Gaitan gesteckt«, sagte ich. »Gibt Ihnen das nicht einen guten Eindruck von seiner Zuverlässigkeit?«

»Sie behaupten also, dass Ihr Mandant unschuldig ist?«

»Geben Sie zu, dass Ihre Quelle Gaitan heißt?«

Nach einem uneindeutigen Schweigen sagte sie: »Reden Sie denn mit mir, wenn ich Ihnen sage, dass meine Quelle bei der Bezirkspolizei sitzt?«

»Ich rede mit Ihnen, nachdem ich mit meinem Mandanten geredet habe.«

»Schön«, sagte sie, »aber wir bringen es in den Zehn-Uhr-Nachrichten raus.«

Ich sah auf meine Uhr. Es war Viertel nach acht. »Sie können ja meine Weigerung senden«, sagte ich. »Ach, und denken Sie an Richard Jewell, bevor Sie meinen Mandanten mal eben über den Bildschirm schuldig sprechen.« Auf Jewell hatten sich die Medien gierig gestürzt, als er vom FBI vorübergehend verdächtigt wurde, die Bombe bei der Olympiade in Atlanta gelegt zu haben.

»Richard Jewell? Wer ist denn das?«

Ich legte auf, rief Travis an und erreichte seinen Anrufbeantworter. Ich war schon mitten dabei, etwas daraufzusprechen, als er abnahm. Er klang verkatert, aber bei klarem Bewusstsein.

»Ihr Fall ist in die Medien geraten, Bob. Hier hat eben eine Reporterin von Kanal 3 angerufen.«

»Die hat mich auch angerufen«, sagte er. »Ich wusste nicht, was ich ihr sagen sollte, also hab ich aufgelegt.«

»Das ist gut«, sagte ich. »Ich habe mit ihr gesprochen. Haben Sie noch von anderen Reportern etwas gehört?«

»Nur von Kanal 3«, sagte er. »Wer hat es denen denn erzählt?«

»Gaitan«, sagte ich. »Er versucht, die Staatsanwältin zu blamieren, die Sie heute Vormittag hat laufen lassen. Sie war schon dabei, einen Haftbefehl für Sie durchzukriegen. Wenn es erst einmal in den Medien ist, kommt sie gar nicht mehr um einen Haftbefehl herum.«

»Ein Haftbefehl? Ich hab nichts getan.«

»Die Augenzeugin, die Frau, die Sie in der Gasse gesehen hat ...«

»Ich war dort nicht, ich hab das Taxi nicht gefahren.«

»Der Richter, der den Haftbefehl ausstellt, wird das nicht wissen«, sagte ich.

»Können Sie es ihm nicht sagen?«

»Leider ist es so, dass man einen Haftbefehl erst anfechten kann, wenn er ausgestellt ist.« Ich machte eine Pause. »Was ich sagen will, ist, dass Sie vielleicht einige Zeit in Untersuchungshaft verbringen müssen, bis ich den Haftbefehl anfechten kann.«

»Oh Mann, das ist ein einziger Alptraum.«

»Ich rufe jetzt bei der Staatsanwaltschaft an und versuche rauszufinden, was da im Busche ist«, sagte ich. »Wenn die Cops zu Ihnen kommen, rufen Sie mich unter dieser Nummer an.« Ich gab ihm meine private Geheimnummer. »Und Bob, ich habe alle Drogen weggeworfen, die ich in Ihrem Badezimmer gefunden habe. Wenn Sie noch mehr haben, vernichten Sie sie auch. Sie brauchent nicht noch zu allem Überfluss ein Drogenverfahren. Hat Donati Sie angerufen?«

»Nein«, sagte er.

»Er hat gesagt, er würde es tun«, sagte ich.

»Ich ruf ihn an«, sagte er.

»Gute Idee. Denken Sie dran, wenn die Cops auftauchen, rufen Sie mich an, egal um welche Uhrzeit. Ich melde mich wieder.«

* * *

Ich hinterließ an allen Orten, die mir einfielen, Nachrichten für Serena, aber bis zehn hatte ich noch nichts von ihr gehört. Ich schaltete Kanal 3 auf dem Fernseher ein und drückte auf die Stummtaste. Die beiden Nachrichtensprecher, eine elegante schwarze Frau und ein weißhaariger Weißer mit Falten um die Augen, saßen da und wichtigten mit ihren Papieren herum, und dann tauchte hinter ihnen eine

Grafik auf, die den Umriss eines Mannes zeigte, und die Worte UNSICHTBARER MANN. Der männliche Moderator begann zu sprechen. Ich schaltete den Ton ein.

»… heute erfuhren, ist ein Mann, der verdächtigt wird, vergangenen Monat in West Hollywood drei junge Männer ermordet zu haben, heute kurz nach seiner Festnahme wieder aus dem Polizeigewahrsam entlassen worden, und zwar auf Befehl der Staatsanwältin, die den Fall leitet. Der Verdächtige, der dreiunddreißigjährige Robert Travis, wurde heute Vormittag im Bezirksgefängnis festgenommen, wo eine Augenzeugin ihn als Mörder identifiziert haben soll, aber wenige Minuten später auf Anweisung der stellvertretenden Oberstaatsanwältin Serena Dance wieder auf freien Fuß gesetzt. Wir geben jetzt weiter zu Kate Krishna vor dem Strafgerichtsgebäude, wo sich das Büro der Staatsanwaltschaft befindet. Kate.«

Schnitt zu einer schönen, indisch aussehenden Frau, die auf den Eingangsstufen des verrammelten Gerichtsgebäudes stand.

»So ist es, Larry. Anscheinend hatte die Polizei heute Morgen in diesem bestialischen dreifachen Mordfall ihren Mörder schon in der Hand, aber dann mussten sie ihn wieder freilassen auf Anweisung von Serena Dance, Chefin der Abteilung Hassmotivierte Straftaten bei der Staatsanwaltschaft und federführend in den Ermittlungen zu diesem Fall. Ich habe vor etwa einer Stunde mit Dance gesprochen, als sie auf dem Weg zu einer Besprechung dieses Falles im Polizeihauptquartier aus dem Gericht kam.«

Der Bildschirm zeigte, wie die Reporterin Serena auf den Eingangsstufen des Gerichts ansprach. Serena sah erschöpft aus. Die Erschöpfung wandelte sich in schmallippige Wut, als Krishna sie fragte: »Was antworten Sie den Leuten in West Hollywood auf die Frage, warum Sie diesen Verdächtigen wieder auf sie losgelassen haben?«

»Das ist ein laufendes Verfahren«, schäumte sie. »Ich habe dazu im Moment überhaupt nichts zu sagen.«

»Können Sie bestätigen, dass Mr. Travis verhaftet und dann wieder freigelassen wurde?«

»Kein Kommentar«, antwortete sie und versuchte, die Reporterin wegzudrängen.

»Worum geht es bei der Unterredung, die Sie jetzt gleich mit dem Sheriff haben?«

»Ich sagte, ›kein Kommentar‹, was verstehen Sie denn daran nicht?«, fuhr sie die Reporterin an und stürmte von dannen.

»Unsere Versuche, Travis zu erreichen, waren erfolglos, aber sein Anwalt Henry Rios sagte, sein Mandant sei unschuldig. Wir werden diesen Fall in den nächsten Tagen weiterverfolgen. Ich bin Kate Krishna, ich berichtete für Sie vom Strafgerichtsgebäude in der Innenstadt von Los Angeles.«

»Kate«, sagte der Moderator, »bevor Sie sich abschalten, stimmt es, dass der Verdächtige von einer Augenzeugin als Mörder identifiziert wurde, direkt bevor die Staatsanwältin ihn freigelassen hat?«

Krishna runzelte die Stirn. »Nun, nicht ganz, Larry. Der Verdächtige wurde anscheinend von einer Zeugin identifiziert, die ihn beim Verlassen des Ortes, an dem eine der Leichen gefunden wurde, gesehen haben soll«, sagte sie. »Soviel wir wissen, gibt es für die Morde selbst keine Augenzeugen.«

Der Moderator wurde wieder eingeblendet, er beharrte: »Aber er wurde wegen der Morde verhaftet.«

»Ja«, sagte sie. »Natürlich muss man auch jemandem, der verhaftet wird, das Verbrechen erst einmal nachweisen ...«

Er würgte sie ab. »Was die Staatsanwältin dadurch erschwert hat, dass sie den Mörder hat laufen lassen«, sagte er. »Eine ganz, ganz schlimme, schockierende Geschichte. Wir bleiben dran, wir halten Sie auf dem Laufenden. Weitere Meldungen des Tages ...«

* * *

Wenige Minuten nach Ende der Nachrichtensendung klingelte mein Bürotelefon. Es war Serena Dance.

»Ich habe versucht, dich zu erreichen«, sagte ich.

»Ich hab's gehört«, erwiderte sie. »Ich war bei einer Besprechung.«

»Ich weiß. Ich hab dich in den Nachrichten gesehen. Was ist da los, Serena?«

»Gaitan ist an die Medien gegangen, der Oberstaatsanwalt und der Sheriff haben mich angebrüllt, und dein Mandant steht kurz vor der Verhaftung.«

»Du meinst doch nicht jetzt?«, sagte ich. »Es ist schon nach elf.«

»Richter Perez hat von zwanzig Minuten einen Haftbefehl und

einen Durchsuchungsbefehl unterzeichnet«, sagte sie. »Ich würde sagen, die Cops stehen gerade bei deinem Mandanten vor der Tür.«

»Das sind schlicht und einfach Sündenbockrituale.«

Müde sagte sie: »Erzähl das dem Richter, Henry. Ich geh nach Hause.«

Behutsam geworden, fragte ich: »Wie schlimm war es für dich?«

»Schlimm«, sagte sie. »Der Sheriff hat mir vorgeworfen, ich würde deinen Mandanten bevorzugt behandeln, weil du schwul bist.«

»Gaitans Wort in des Sheriffs Ohr.«

»Männerkumpanei«, seufzte sie und fügte dann hinzu: »Weißt du, Henry, ich glaube, du bist auch ein bisschen so.«

»Wie bitte?«

»Du hast mich vom ersten Tag an herablassend behandelt«, sagte sie. »Du dachtest, ich verstehe nicht, dass ich nur deshalb die Sonderkommission leite, damit der Sheriff bei den Lesben und Schwulen ein politisches Feigenblatt hat. Du hast dich geirrt. Ich wusste genau, was gespielt wird. Ich wusste, dass Gaitan ein Cowboy ist. Ich wusste, dass er das Ohr des Sheriffs hat.«

»Warum hast du die Stelle dann angenommen?«

»Weil«, sagte sie mit überanstrengter Stimme, »ich will, dass der Mörder gefasst wird.«

»Ich auch, Serena«, erwiderte ich. »Ich glaube nur einfach, dass es nicht mein Mandant war.«

»Vielleicht hast du es noch nicht bemerkt, Henry, aber seit die Sheriffs deinen Mandanten im Visier haben, haben die Morde tatsächlich aufgehört.«

Sie legte auf.

* * *

Als bei Travis niemand ans Telefon ging, schlüpfte ich in ein Hemd und Schuhe und machte mich auf nach West Hollywood. Der Freitagabendverkehr machte die Straßen fast unpassierbar, und ich kam erst Viertel vor zwölf in der Flores Street an. Ich bemerkte sofort die Lichter, das blaue und rote Blitzen der Einsatzwagen, das flackernde Rotlicht eines Krankenwagens, das Gleißen der Fernsehscheinwerfer, die den Eingang des Gebäudes, in dem Travis wohnte, und die dort ein- und ausgehenden Polizisten anstrahlten. Die Fahrzeuge standen so, dass sie die Straße abriegelten, also stellte ich den Wagen in einer Einfahrt ab. Auf dem Bürgersteig hielten Polizisten eine Menschenmenge zurück. Ich ging auf einen der Polizisten zu.

»Mein Name ist Henry Rios«, sagte ich. »Ich bin der Anwalt von Bob Travis. Ich muss hinein, zu ihm.«

Er verpasste mir den altvertrauten starren Bullenblick und rief dann über die Schulter: »He, Detective, der hier sagt, er ist der Anwalt von Travis.«

Kurz darauf materialisierte sich neben mir Gaitan aus der Dunkelheit. Er rauchte. »Rios«, sagte er mit breitem Grinsen.

»Ich will meinen Mandanten sehen.«

Er schnippte mir die Zigarette vor die Füße. »Kein Problem.«

Die Tür zu Travis' Wohnung stand offen, und Menschen quollen heraus in den Flur – Cops, Sanitäter, Kriminaltechniker. Als ich eine Frau aus der Gerichtsmedizin wieder erkannte, befiel mich eine finstere Vorahnung. Innen inspizierten zwei Polizisten seine Trödelsammlung, und der eine flüsterte dem anderen einen witzig gemeinten Kommentar zu. Ein rotblonder Sanitäter stand in der Tür zum Badezimmer und schaute hinein. Gaitan forderte ihn auf, beiseite zu gehen und trat dann zurück, so dass ich das Szenario sehen konnte, das den Sanitäter so gefesselt hatte.

Bob Travis kniete vor der Toilette, den Kopf ganz in die Schüssel getaucht, und von den Rändern des Porzellans liefen Wasser und Erbrochenes auf den Boden.

»Was ist passiert?«

Gaitan lachte laut auf. »Er ist ersoffen, Mann. In der eigenen Kotze ersoffen.«

* * *

Ich wandte mich fassungslos von dem Anblick ab und schaute Gaitan in die Augen. Sie blickten amüsiert und voller Verachtung.

»Was soll das heißen, er ist ersoffen?«

Er langte in seine Manteltasche und zog ein Spurensicherungstütchen mit einer braunen Apothekerflasche heraus. »Valium«, sagte er. »Die Flasche habe ich neben seinem Bett gefunden, leer, und eine leere Dreiviertelliterflasche Wodka in der Küche. Er hat sich zugeknallt, ihm ist übel geworden, und wie er gerade am Kotzen war, ist ihm schwarz vor Augen geworden. So was kommt vor, Rios. Erinnern Sie sich an Lupe Vélez?«

»Wovon reden Sie?«

»Vierziger-Jahre-Schauspielerin, die Mexikanische Feuerspuckerin«, gab er im Plauderton zurück, als wäre die warme Luft nicht vom Gestank des Erbrochenen durchtränkt. »Sie will sich umbringen, ja, also ißt sie eine große mexikanische Mahlzeit und kippt eine Flasche Pillen hinterher. Sie zieht sich ihre schönsten Sachen an und legt sich aufs Bett, um zu sterben, wie im Film, aber vom Essen ist ihr übel geworden, und sie rennt aufs Scheißhaus und kotzt auf dem Weg alles voll. Sie wird bewusstlos, wie sie gerade den Kopf in der Schüssel hat, wie Ihr *compadre* hier, und so finden sie sie dann auch.«

»Mexikanische Feuerspuckerin?«, sagte ich fassungslos. »Wovon reden Sie eigentlich, verdammt?«

»Sie sehen gar nicht gut aus, Rios«, sagte Gaitan und folgte mir nach draußen. »Was tun Sie überhaupt hier?«

Ich ließ mich im Wohnzimmer in einen Sessel fallen. »Ich wollte dabei sein, wenn Sie ihn festnehmen.«

»Wer hat Ihnen denn gesagt, dass wir ihn festnehmen wollten?«

»Die Staatsanwältin.«

Er verzog das Gesicht. »Dance? Da hätte ich auch selbst draufkommen können. Ihr seid doch dicker miteinander als die Juden. Ihr Tunten.« Er biss sich bei dem Wort demonstrativ auf die Zunge, dann grinste er. »Das ist doch korrekt, oder, Rios? Ihr nennt euch doch selbst ›Tunten‹?«

Die beiden lästernden Polizisten wurden mit einem Schlag still.

»Nur zu, Mac. Nenn mich, wie du willst, wenn es dir hilft, dich männlicher zu fühlen. Du bist da schließlich auf jede Hilfe angewiesen.«

In einer einzigen schnellen Bewegung langte er nach unten, packte mich am Jackenaufschlag und zog mich auf die Füße. »Was weißt du schon, was ein Mann ist? Du bist schon kein Mann mehr, seit du dich das erste Mal hast ficken lassen.«

»Woher weißt du, was ich im Bett mache? Oder soll das ein Angebot sein?« Ich grinste. »Tut mir Leid, Mac. Ich bin ja eher aktiv, aber ich könnte dich vielleicht zusammenbringen mit –«

Er schmiss mich gegen die Wand. »Mir wird kotzübel von dir.«

»Versuch's mal mit 'ner Therapie«, sagte ich. »Jetzt lass mich in Ruhe, du Arschloch.« Blinde Wut wallte in seinem Gesicht auf wie eine rote Flut. Er trat einen halben Schritt zurück und ballte die Fäuste. Ich machte mich bereit, ihm einen Rückschwinger zu verpassen.

Ich hörte Odell noch bevor ich ihn sah. »Was geht hier ab, verdammt?« Er trat zwischen uns. »Wir sind an einem Tatort, nicht auf dem Pausenhof.«

»Hallo Sergeant«, sagte ich.

»Was tun Sie hier, Mr. Rios?«

»Ich hörte, dass mein Mandant verhaftet werden sollte. Ich wollte sicherstellen, dass dabei alles mit rechten Dingen zugeht.«

Odell sagte: »Darüber würde ich mir keine Sorgen mehr machen. Der geht nirgends mehr hin, nur noch ins Leichenschauhaus. Machen Sie sich weg.«

Ich sah ihn an. »Wie bitte?«

»Ich schaue hier schon nach dem Rechten.«

Ich zuckte die Achseln. »Ich erwarte eine gründliche Untersuchung seines Todes.«

»Ich melde mich bei Ihnen«, sagte Odell.

* * *

Draußen auf der Straße klumpten sich die Fernsehteams um Serena Dance herum. Ich drückte mich an den Kameras vorbei in die schaulustige Menschenmenge auf dem Bürgersteig und suchte meinen Wagen. Auf der anderen Straßenseite stand noch eine Ansammlung von Neugierigen. Einer löste sich aus der Masse und kam auf mich zu. Nick Donati. Sein edler Anzug war zerknittert und die Krawatte fehlte.

»Henry«, sagte er. »Was ist denn hier los, um Himmels willen?«

Ich zog ihn in den Schatten. »Was tun Sie denn hier, Nick?«

»Ich war heute Abend bei einer Filmvorführung. Als ich wieder nach Hause kam, war eine hysterische Nachricht von Bob auf meiner Maschine. Ich habe ihn zurückgerufen, und ein Polizist nahm den Hörer ab, und da bin ich direkt hierher gefahren.«

»Bob ist tot.«

»Oh Gott!«, heulte er auf. »Wie?«

»Hier ist der falsche Ort, um darüber zu sprechen«, sagte ich auf die Presse deutend. »Haben Sie nicht gesagt, Sie wohnen am Laurel Canyon?«

Benommen sagte er: »Ja.«

Ich nahm ihn mit zu meinem Wagen und entriegelte die Beifahrertür. »Steigen Sie ein«, sagte ich.

»Und mein Wagen? Ich stehe in zweiter Reihe.«

»Sie haben jetzt andere Sorgen«, sagte ich und drängte ihn hinein.

Beim Wegfahren sah ich die Sanitäter aus dem Haus kommen, mit der Leiche von Bob Travis auf einer Tragbahre.

Kapitel 14

Ich fuhr rückwärts aus der Einfahrt heraus und auf den Sunset Boulevard, dann nach Osten zum Laurel Canyon Boulevard, der serpentinenartigen Straße, die die Stadt mit dem Tal verband. Vom Laurel Canyon zweigten Nebensträßchen ab in die düsteren, bewaldeten Hügel, wo ländliche Bungalows Seit an Seit mit Millionen-Dollar-Lustschlösschen standen und alle Haustiere nachts eingesperrt wurden, damit die Kojoten ihnen nicht den Garaus machten. Am Kirkwood Drive fuhr ich vom Laurel Canyon ab. Donati dirigierte mich durch ein Netz enger, verschlungener Straßen bis zu einer Sackgasse, wo sein zweistöckiges Haus auf dem hintersten Grundstück stand, auf dessen Rückseite der Eukalyptuswald begann. Ich fuhr in die Einfahrt. Der Duft der Bäume veredelte die kühle Luft, und es war so still, dass ich Kleingetier durchs Unterholz rascheln hörte.

Das Erdgeschoss von Donatis hutschachtelförmigem Haus war eine urtümliche, trutzige Mauer aus roh belassenem Beton, die ein Blech aus verätztem Metall teilweise verdeckte. Vom Obergeschoss sah man nur eine Wand aus grünlichem Glas, die zwar von innen hell erleuchtet, aber durch ihre Dicke so verzerrend war, dass es von der Straße aus unmöglich war hineinzusehen. Die Haustür war aus gehämmertem Kupfer und trug ein Schild mit der Warnung, dass das Haus von einem bewaffneten Wachdienst geschützt wurde. Das Schild schien überflüssig; das Haus war offensichtlich ein Bunker. Donati brauchte gute fünf Minuten, die Alarmanlage auszuschalten und die Tür zu öffnen. Aber das lag wohl auch daran, dass seine Hände zitterten.

Von einem kleinen, mit schwarzem Marmor getäfelten Foyer aus wanden sich Metalltreppen ins Obergeschoss. Als ich hinter ihm die Treppe hochstieg, erhaschte ich einen Blick auf ein Büro und ein Schlafzimmer, die vom Foyer abgingen. Das Obergeschoss war ein einziger großer Raum, dessen Schwerpunkte eine offene Küche auf einer Seite und ein Kamin auf der anderen bildeten. Die Küche strahlte, als wäre sie noch nie benutzt worden. Große, neutral gehaltene Teppiche lagen über den Betonboden verteilt. Der Raum war sparsam mit ledernen Clubsesseln, einem passenden Sofa und vereinzelten Tischen eingerichtet. Die schneeweißen Wände beherrschte ein monumentales abstraktes Schwarzweißgemälde, das sehr nach einem Franz Kline aussah. Auf dem Kaminsims standen zwei von Mapplethorpes Blumenfotografien. Zwischen ihnen war ein kleiner Kupferstich aufgestellt. Der Kontrast zwischen Donatis Haus und dem Apartment von Travis hätte nicht stärker ausfallen können. Travis' mit Antiquitäten voll geramschte Wohnung war reiner Tuntenkitsch. Dieser Raum strahlte die säuerliche Entsagung einer Mönchszelle aus.

»Ich muss etwas trinken«, sagte Donati. Er warf seinen Schlüsselbund scheppernd auf einen lackierten Esstisch, auf dem das Deckenlicht sich spiegelte. »Sie?«

»Ich nehme eine Cola«, sagte ich.

Während er in der Küche herumhantierte, betrachtete ich den Stich auf dem Kamin genauer und erkannte eine von Gustave Dorés Originalillustrationen zum *Inferno*.

»Der Wald der Selbstmörder«, sagte Donati, der hinter mich getreten war. »Aus dem *Inferno*.«

»Ich kenne es«, sagte ich und nahm ihm mein Glas ab.

Im *Inferno* wurden die Selbstmörder, genau wie die Sodomiten, in den Kreis der Gewalttätigen geschickt, da sie sich selbst Gewalt angetan hatten. Sie waren auf ewig in Bäumen eingesperrt, und Harpyen, übel riechende Vögel mit geschuppter Haut, eisernen Krallen und Frauengesichtern, stießen unablässig auf die Bäume nieder und rissen ihnen blutige Äste aus. Die Selbstmörder konnten immer nur so lange sprechen, wie das Blut ihnen aus den amputierten Gliederstümpfen rann.

»Hat Bob sich umgebracht?«

Ich erinnerte mich an die Szenerie im Badezimmer. »Die Polizei meint nein. Warum fragen Sie?«

Er kippte seinen Drink hinunter, ließ sich in einen Sessel sinken und füllte sein Glas aus der Flasche Chivas auf, die er sich aus der Küche mitgebracht hatte.

»Seine Nachricht. Er klang völlig übergeschnappt, verzweifelt.«

»Haben Sie sie auf der Maschine gelassen?«

Er zögerte einen Moment, schüttelte dann den Kopf. »Sie hat mich zu sehr aufgewühlt.«

Ich setzte mich hin. »Was hat er gesagt?«

»Wenn er sich nicht umgebracht hat, wie ist es dann passiert?«

»Die Polizei sagt, sie hätten ihn mit dem Gesicht in der Toilettenschüssel gefunden. Sie glauben, er hat Pillen zusammen mit Alkohol geschluckt und ist dann, während er sich übergab, bewusstlos geworden und ertrunken.«

Donatis zierliche Finger umklammerten sein Glas immer fester, bis seine Knöchel weiß wurden. »Er ist in der Toilettenschüssel ertrunken?«

»Das ist die Theorie. Ich kann erst sicher sein, wenn ich den Obduktionsbericht lese.«

»In der Nachricht war ihm anzuhören, dass er betrunken war«, sagte Donati.

»Wann hat er die Nachricht hinterlassen?«

»Kurz nach neun.«

»Ich habe eine Stunde vorher mit ihm gesprochen. Er klang nüchtern.«

Donati lächelte grimmig. »Nach sieben Uhr oder so war Bob nie mehr ganz nüchtern.«

»Hat er auch ein Drogenproblem gehabt?«

Donati nickte. »Bob hat der Wirklichkeit nicht viel abgewinnen können.«

»Was hat er in der Nachricht gesagt?«

Donati nahm einen schnellen Schluck und schaute an mir vorbei. »Jetzt kann es ihm ja nichts mehr anhaben. Er hat sich selbst der Morde bezichtigt. Darum habe ich die Nachricht gelöscht. Darum bin ich in seine Wohnung gegangen, um mit ihm zu reden, um ihn zu überzeugen, dass er mit Ihnen redet.«

»Was hat er genau gesagt?«

»Er sagte, dass er Angst hat, ins Gefängnis zu kommen, weil er diese Männer umgebracht hat.« Er drehte das Glas zwischen seinen Händen. »Er sagte, dass die Polizei kurz davor steht, ihn zu verhaften. Stimmt das?«

»Ja«, sagte ich. »Sie hatten einen Haftbefehl und einen Durchsuchungsbefehl dabei.«

Er schluckte wieder Scotch herunter, verzog das Gesicht und sagte: »Ich kann immer noch nicht glauben, dass er diese Männer umgebracht hat.«

»Sie haben ihn am besten gekannt.«

Er sah mich verdrossen an. »Nicht unbedingt.«

»War er nicht in Sie verliebt?«

»Ich bitte Sie«, sagte er. »Ein Mann kann einen anderen Mann doch nicht *so* lieben.«

»Wie, *so*?«

»So, wie Männer Frauen lieben«, sagte er. »So, wie Frauen Männer lieben. Die romantische Liebe ist gut fürs Kindermachen. Wir sind da anders gebaut.«

»Aber Bob sah das anders?«

Donati sprang auf und ging zum Fenster. »Er wollte mit mir zusammenleben, Familie spielen. Ich habe ihm gesagt, dass ich daran kein Interesse hatte. Das war das erste Mal, dass er versucht hat, sich umzubringen. Es war widerwärtig und erbärmlich. Oder vielmehr, *er* war so. Jetzt wissen Sie auch, warum ich nicht mit meinem Schwulsein hausieren gehe.«

»Nein, nicht genau, Nick.«

»Weil ich mit Leuten wie Bob nicht in einen Topf geworfen werden will.« Er kippte seinen Drink hinunter. »Fummeltrinen, Ledertrinen, all diese kranken Spinner, die schrill und bunt und queer sein wollen, Paraden veranstalten und es uns anderen unmöglich machen, ein ganz normales Leben zu führen. Sie müssen das doch verstehen, Henry. Sie sind ein Mann, so wie ich.«

»Die Spießer machen diese Unterscheidung nicht«, sagte ich. »Für die sind wir alle gleich.«

»Was geht es uns an, was die Flieg-Drübers von uns denken?«

»Die was?«

Er kam an den Tisch zurück und schenkte sich noch ein Glas voll ein. »Alle, die zwischen West- und Ostküste leben. Die Flieg-Drübers.«

»Schließt das auch Reverend Longstreet mit ein?«

Seine Augen verengten sich. »Was soll das jetzt?«

»Richie Florentino hat mir die *L.A. Mode* von nächstem Monat geschickt, mit seiner Enthüllungsstory über Ihren Chef.«

»Diese Ausgabe wird nie das Licht der Welt erblicken«, sagte er abschätzig. »Dass Sie mit ihm geredet haben, war ein Fehler.«

»Er hat mich ohne mein Wissen oder gar meine Zustimmung zitiert.«

Er nickte. »Das zeigt gut, was er für ein Berufsethos hat.«

»Aber in einem hat er Recht«, sagte ich. »Warum sollte man Longstreet noch ein Forum geben, in dem er seinen Hass gegen uns verbreiten kann?«

»Gegen wen? Ich gehöre nicht zu diesem ›Wir‹.« Donatis Augen wurden schon stumpf vom Alkohol. »Das ist es, was Bob nie verstanden hat. Ich will zu keinem ›Wir‹ dazugehören.«

»Sie haben die Gefahr eines Verfahrens wegen Strafvereitelung auf sich genommen, um ihn zu beschützen«, erinnerte ich ihn. »Als ich neulich anrief, war er hier.«

»Da wusste ich noch nicht, dass er ein Mörder war«, sagte er.

»Sie müssen doch etwas für ihn empfunden haben.«

Er ließ den Scotch in dem schweren Glas kreisen. »Mein Vater hat Selbstmord begangen, als ich dreizehn war. Mein großer Bruder hat sich umgebracht, als ich zwanzig war. Bob hat es schon einmal versucht. Ich hatte Angst, dass er es noch einmal versuchen würde. Ich wollte nicht noch einen Selbstmord auf dem Gewissen haben.«

»Das tut mir Leid für Sie«, sagte ich. »Aber warum sollte es denn Ihr Gewissen belasten? Wenn Menschen sich umbringen, tun sie das aus ihrem eigenen freien Willen heraus.«

»Selbstmord ist eine Botschaft«, sagte er. »Eine Botschaft an die Überlebenden.«

»Welche Botschaft?«

Er kippte den Rest seines Drinks hinunter. »Du hast bei mir versagt.«

Ich hörte kleine Füße die Treppe heraufhoppeln, und dann sprangen zwei kleine Hunde herein. Als sie mich sahen, blieben sie wie angewurzelt stehen und nahmen Witterung auf.

»Pablo, Paloma«, rief Donati. »Hierher.« Die Hunde hüpften auf seinen Sessel und leckten ihm die Hände und das Gesicht ab.

»Es ist spät«, sagte ich und stand auf. »Ich muss los.«

»Ich will wissen, was mit Bob geschehen ist«, sagte er, während die Hunde sich zu seinen Seiten niederließen.

Ich blieb stehen und drehte mich herum. »Es macht Ihnen etwas aus und dann wieder nicht. Was soll das?«

»Ich bin nicht wie Duke«, antwortete er. »Ich glaube an Ursache und Wirkung. Übrigens«, er rieb sich die Schläfen, »sagen Sie Richie, dass Longstreet kein Schwulenhasser ist. Das ist alles nur Show, ein Marketingtrick.«

»Ach so ist das. Dann ist ja gut«, sagte ich.

* * *

Der Obduktionsbericht kam zwei Tage später. Er bestimmte Bobs Todesursache als Erstickung. In seinem Kreislauf fanden sich hohe, wenn auch nicht tödliche Dosen von Barbituraten und Alkohol. Als er in der Toilette bewusstlos geworden war, hatte er reflexhaft nach Luft geschnappt, Erbrochenes eingeatmet und war daran erstickt. Ein Unglücksfall, lautete der offizielle Befund. Die Medien hörten trotzdem nicht auf, es in wild zusammenphantasierten Geschichten als Selbstmord darzustellen und Bob nun, da sie keine Verleumdungsklage mehr zu fürchten hatten, zum Serienmörder zu adeln. Eine Schlagzeile textete: DER UNSICHTBARE MANN VERSCHWINDET.

Einen Tag, nachdem ich den Obduktionsbericht bekommen hatte, traf ich im Strafgericht, wo ich in einem anderen Fall zu tun hatte, Serena Dance in der unwirtlichen Cafeteria im Erdgeschoss. Es war Mittag. Sie saß alleine vor einem Aktenstapel und einem Styroporteller, auf dem sich ein Berg aus welken Salatblättern und matschigem Gemüse auftürmte. Ich setzte mich zu ihr. Sie schaute auf und strich sich ein verirrtes Haar aus dem Gesicht.

»Ich wollte dich schon anrufen«, sagte sie. »Ich habe einen vorläufigen Durchsuchungsbericht der Wohnung von Bob Travis bekommen.«

»Wundert mich, dass du da noch an mich gedacht hast«, sagte ich und mampfte meine fettige Enchilada. »Die Presse hat ihn doch schon verurteilt.«

»Diesmal zu Recht.«

Ich hielt mitten im Abbeißen inne. »Was habt ihr gefunden?«

»In seinem Schrank waren blaue Fasern, die mit denen im Auto übereinstimmen«, sagte sie. »Sie wurden auch im Müllschlucker und im Müllcontainer gefunden.« Sie sah mich an. »Ich finde es ziemlich unwahrscheinlich, dass Gaitan den Müllschluckerschacht hinunterklettert, um Spuren zu legen.«

»Da muss dieser Mann sich doch zu Hause fühlen.«

»An einem von Travis' Schuhen war mit einem vierteldollargroßen Blutfleck ein Einwickelpapier mit Werbeaufdruck festgeklebt«, fuhr sie fort. »Das Papier stammte aus dem mexikanischen Restaurant, hinter dem die zweite Leiche abgeladen wurde. Der Blutfleck ist Null positiv, also Jack Baldwins Blutgruppe. Ich habe es zum DNA-Test geschickt, aber ich bin ziemlich sicher, dass sie es als seines identifizieren.« Sie aß eine Gabel voll Salat. »Ms. Schilling hat deinen Mandanten aus einer Reihe von Fotos heraus identifiziert.«

»Da warst du ja gründlich.«

»Ich wollte Mrs. Jellicoe sagen können, dass wir den Richtigen haben«, sagte sie.

»Hast du je daran gezweifelt?«

Sie schob ihren Teller weg. «Mein Gott, das Essen ist ja widerlich. Doch, ich habe Zweifel gehabt. Als du noch nicht meine Integrität in Frage gestellt hast, hattest du mich wirklich so weit, dass ich glaubte, Gaitan hätte Travis gefälschte Spuren untergeschoben.«

»Wenn ich deine Integrität in Frage gestellt habe, bitte ich um Entschuldigung.«

»Du dachtest, ich bin feige, weil ich Gaitan nicht den Krieg erklärt habe, aber meine Aufgabe war, den Mörder zu finden. Ich hatte kein Interesse, dein verletztes männliches Ego zu streicheln.«

»Wen haben seine Kumpels da draußen in der Wüste zu Klump geschlagen? Mein Ego etwa?«

Sie runzelte die Stirn. »Du hättest Anzeige erstatten können. Du hast dich dagegen entschieden.«

»Ich habe entschieden, dass ich nicht in der Position war, es mit der ganzen Bezirkspolizeibehörde aufzunehmen«, versetzte ich. »Aber ich bin ja auch nicht derjenige, der aus dem Inneren des Systems arbeitet.«

»Den Schuh ziehe ich mir nicht an«, sagte sie. »Ich bin nicht zur Staatsanwaltschaft gegangen, um meine Prinzipien zu verraten, sondern um sie umzusetzen. In dieser Stadt werden jedes Jahr Tausende

Verbrechen aus Hass begangen. Der einzige Grund, warum diese Taten überhaupt verfolgt werden, bin ich. Ich brauche die Cops. Ich kann nicht jedes Mal Polizeiübergriff schreien, wenn mir einer von denen komisch kommt.«

»Gaitan hat nicht einfach nur schlechte Manieren«, sagte ich. »Er ist ein Rambo mit Sheriffstern.«

»Was Gaitan auch getan hat oder nicht, dein Mandant war schuldig, Schluss aus.«

* * *

An diesem Abend hielt ich beim *Mayfair* auf der Hyperion Avenue, um etwas fürs Abendessen einzukaufen, und sah im vorderen Bereich neben dem Büro des Filialleiters einen noch eingeschweißten Stapel der Septemberausgabe von *L.A. Mode* liegen. Das Heft, das Richie mir geschickt hatte, hatte ich verlegt, also ging ich hin, um mir eins vom Stapel zu nehmen. Als ich dabei war, die Plastikhülle aufzureißen, hörte ich jemanden sagen: »Entschuldigen Sie, Sir, aber das können Sie nicht tun.« Es war der Filialleiter, ein offenherzig dreinblickender Mann, der selbst jetzt, als er mich zurechtwies, freundlich lächelte. »Es tut mir Leid, aber die stehen nicht zum Verkauf.«

»Ist das nicht die neue Ausgabe?«

»Doch«, sagte er, »aber wir haben Anweisung bekommen, sie nicht zu verkaufen.«

»Warum nicht? Sind sie verdruckt?«

»Es war auf Anraten unserer Rechtsabteilung«, sagte er. »Ich nehme an, das Magazin ist wegen Verleumdung verklagt worden.«

»Wann war das?«

»Das weiß ich leider nicht«, sagte er höflich. »Aber ich muss diese Exemplare heute noch an den Vertrieb zurückschicken.«

»Und Sie können nicht ein einziges Heft erübrigen?«

Er zögerte. »Es tut mir wirklich Leid, aber wenn ich nicht genau dieselbe Anzahl zurückschicke, die ich bekommen habe, dann kann ich ernsthaft Schwierigkeiten bekommen.« Er lächelte wieder. »Wir haben noch viele andere Zeitschriften.«

»Danke«, sagte ich und ging los, um mir meine Light-Fertignahrung zu holen. Sobald ich zu Hause war, rief ich Richie an. Javier ging ran.

»Javier, hallo, hier ist Henry Rios. Ist Richie da?«

Javier war ein Meister im Schweigen. Er war imstande, es mit vielen verschiedenen Untertönen zu unterlegen. Dieses Schweigen war ein ängstliches. »Sie haben es also noch nicht gehört, Sir?«, fragte er schließlich.

»Was gehört?«

»Mr. Richie ist entlassen worden«, sagte er. »Er will mit niemandem reden.«

»Entlassen? Wann?«

Wieder Schweigen. Unsicherheit, Widerstreben.

»Gestern«, sagte er. »Sie haben in seinem Büro die Schlösser ausgewechselt. Er hatte nur eine Stunde, um seine Sachen zu packen, und sie haben die ganze Zeit daneben gestanden und aufgepasst.«

»Bitte, Javier, würden Sie ihn fragen, ob er mit mir reden will?«

»Ja, Sir.«

Ein paar Minuten später hörte ich ein leises, gramvolles »Henry«.

»Richie?«

»Diese Schweine«, heulte er auf. »Sie haben so einen scheiß bewaffneten Wachmann eingestellt, um mich von meinem Büro fern zu halten. Alle haben dagestanden und zugeschaut, sogar die gottverdammte kleine Schwuchtel an der Rezeption wusste es. Dem kleinen Scheißer hab ich seinen Job verschafft.« Er brach in Tränen aus. »Die haben mir alles weggenommen.«

»Richie, es tut mir so Leid.«

Er atmete rau ins Telefon. »Als ich angefangen habe mit diesem Stück Scheiße, hatten sie vierzigtausend Abos, Henry. Vierzig. Jetzt sind es zweihunderttausend. Ich habe ihnen überhaupt erst eine Existenz verschafft. Ich und kein anderer. Diese alte Fotze, ich könnt sie umbringen …«

»Von wem redest du?«

»Die Herausgeberin«, sagte er. »Alyssia Moran. Diese Schlampe. Ich habe ihr sogar beigebracht, sich zu kleiden. Du hättest sehen sollen, was sie für einen Dreck getragen hat, bevor ich sie in Armani-Sachen gesteckt habe.« Er schniefte. »Und ihr Make-up erst.

Eine Katastrophe. Neben ihr hätte sogar Tammy Faye Bakker ausgesehen wie Martha Stewart.«

Ich konnte nicht anders, ich musste lachen. Nach einem kurzen, verletzten Schweigen lachte er mit.

»Was ist passiert, Richie?«

Ich hörte, wie er ein Streichholz anriss und eine Zigarette anschmauchte. »Asuras hat Klage eingereicht«, nuschelte er, während er an der Zigarette zog. »Am Tag, als das Magazin rausgehen sollte, haben seine Anwälte Alyssia eine einstweilige Verfügung hingepfeffert, die uns bis zur Gerichtsverhandlung verbietet, die Ausgabe zu vertreiben.«

»Wow«, sagte ich. »Das ist Vorzensur. Asuras muss ein paar richtig gute Anwälte haben.«

»Sie musste jedes verdammte einzelne Heft aus dem Verkehr ziehen«, sagte er. »Als ich gestern zur Arbeit kam, hat sie mich gefeuert.«

»Wodurch fühlt er sich denn verleumdet?«

»Er hat gesagt, ich hätte ihn beschuldigt, ein Verbrechen begangen zu haben.«

»Veruntreuung«, sagte ich mit Bezug auf die kurze Passage über meinen Besuch im Studio.

»Veruntreuung?«, sagte Richie. »Dafür ist er rechtskräftig verurteilt worden.«

»Was behauptet er dann, welches Verbrechen du ihm unterstellt hast?«

»Mord«, sagte Richie.

»Mord? Ich erinnere mich an nichts dergleichen in dem Artikel.«

»Tja, seine Anwälte haben es rausgelesen«, sagte er. Ich hörte seine Türklingel. »Hör mal, Schatz, das ist meine Psychotante. Ich hab sie überredet, einen Hausbesuch zu machen. Ich ruf dich zurück.«

»Na gut. Darf ich dich mal zum Essen einladen?«

»Na klar, Herzchen. Bussi bussi.« Er legte auf.

Ich wartete zwei Tage auf seinen Anruf, und als der nicht kam, rief ich ihn an. Sein Anrufbeantworter spielte endlos dieselbe Nachricht ab: »Hier spricht Mr. Richie Florentino. Ich habe das Land verlassen, weil ich reich bin und das tun kann. Ich scheiß auf euch.«

* * *

Besorgt rief ich Joel Miller bei den Universal-Studios an. Nachdem mich drei verschiedene, aber gleichermaßen zickige Assistenten und Assistentinnen in die Warteschleife verbannt hatten, bekam ich ihn endlich dran.

»Joel, hier ist Henry Rios. Wie geht's dir?«

Nach kurzem pikiertem Schweigen sagte er: »Als ob dich das interessieren würde. Du willst nach Richie fragen.«

»Da hast du wohl Recht. Entschuldige, Joel. Ich habe Montag mit ihm gesprochen, jetzt sagt sein AB, dass er außer Landes gegangen ist. Ich wusste einfach nicht, wen ich außer dir noch anrufen sollte.«

»Ich weiß nicht, wo Richie steckt«, sagte er, »und es ist mir auch ziemlich egal. Ich bin vor drei Wochen ausgezogen.«

»Vor drei Wochen? Davon hat er nichts gesagt.«

»Er hat es gar nicht gemerkt«, sagte Joel bitter. »Du bist wie alle seine Freunde. Du weißt nicht, wie er wirklich ist. Richie ist ein Versager. Als er nach L.A. kam, war er ein Niemand. Ich war derjenige, der ihm alle Kontakte verschafft hat, und dann ist es ihm zu Kopf gestiegen, und seitdem behandelt er mich wie ein Stück Scheiße. Ich habe mich nur deshalb damit arrangiert, weil ich wusste, es ist nur eine Frage der Zeit, bis er sich selbst sabotiert. Er hat alles verschissen, was er je angefangen hat. Er muss so leben. Er ist katastrophensüchtig. Ich habe das zwanzig Jahre mitgemacht, aber jetzt bin ich fertig mit ihm. Und mit seinen Scheißfreunden auch.«

Er knallte den Hörer auf.

Richie sagte gerne: »In Hollywood ist jeder nur so gut wie seine Adresskartei«, und mit seiner gab er gerne an, aber als ich bei einigen Leuten von der Traumfabrik anrief, die er als Freunde bezeichnet hatte, wurde mir klar, dass sie alle über den Asuras-Artikel Bescheid wussten und Richie deswegen zur Unperson geworden war. Ich erbettelte mir ihre Nummern bei verschiedenen Quellen, und sie waren nicht gerade froh, von mir zu hören. Bei den meisten Gesprächen war der erste Satz: »Wer hat Ihnen meine Nummer gegeben?« Einige legten gleich auf, als ich anfing zu erklären, dass ich herausfinden wollte, ob jemand von Richie gehört hatte. Andere blieben wenigstens lange genug am Apparat, um zu sagen: »Nein, rufen Sie nicht wieder an.« Nur eine Hand voll drückte ihre Besorgnis über

Richie aus. Eine davon war eine Produzentin, die meinen Anruf widerstrebend angenommen hatte, aber auftaute, als ich ihr sagte, dass es um Richie ging.

»Ich habe am Tag, nachdem er rausgeflogen ist, mit ihm geredet«, sagte sie. »Es war schlimm.«

»Ich weiß, ich habe auch mit ihm geredet.«

»Er hat es sich sehr zu Herzen genommen«, sagte sie. »Ich hatte Angst, dass er sich etwas antut.«

Ich zuckte zusammen. »Sie glauben doch nicht, dass er das getan hat, oder?«

Sie lachte. »Ach was. Wenn Richie Schluss machen wollte, würde er keinen Abschiedsbrief hinterlassen, er würde auf dem Sunset Boulevard eine Anzeigentafel mieten.«

»Sie meinen, er hat sich wirklich einen Ruck gegeben und ist außer Landes gegangen.«

»Das wäre gut für seine Karriere. Hier hat er keinen Blumentopf mehr zu gewinnen. Man legt sich nicht mit dem Boss eines der größten Studios an, wenn man ihn nicht zur Strecke bringen kann. Es war dumm von Richie zu glauben, dass er das kann.«

»Warum?«

»Ja Himmel, Richie hat ein kleines Modeblättchen gemacht. Er hat nie etwas zu sagen gehabt in der Stadt. Man hat sich gern mit ihm umgeben, weil er schrill und lustig war, aber ernst genommen hat ihn niemand.«

»Er dachte, dass er der Welt einen Dienst erweist, wenn er Reverend Longstreet von Hollywood fern hält.«

»Weiß ich, weiß ich. Er hat mir alles in nervtötenden Details erklärt. Das zeigt doch, wie wenig Richie überhaupt von der Industrie versteht. Solche Leute wie Longstreet« – der Name gerann ihr in der Kehle – »hat Hollywood schon immer auf den Topf gesetzt. Seit Joe Kennedy und Howard Hughes gibt es diese Magnaten, die Filme nach ihrem eigenen Gusto machen wollen und denen am Ende ihr eigener Kopf auf einem Silbertablett serviert wird. Nehmen Sie nur mal die Japaner. Sie haben Milliarden Dollar ausgegeben, um mitspielen zu dürfen, und jetzt verramschen sie ihre Studios zu Ausverkaufspreisen. Der arme Richie. Er glaubt, es geht ums Filmemachen, dabei geht es nur ums Geldmachen.«

»Longstreet hätte also mit dem Feuer gespielt, wenn er sich in Hollywood engagiert hätte.«

Sie brach in ein kehliges Gelächter aus. »Sagt Ihnen Savonarola etwas? Der florentinische Priester im Mittelalter, der alle bösen Einwohner von Florenz überzeugt hat, Buße zu tun und ihre Schundbücher und ihren Glitzerkram auf einem großen Scheiterhaufen zu verbrennen? Eine Weile war das sehr aufregend, aber dann wurde ihnen langweilig, und am Schluss haben sie ihn auf dem Scheiterhaufen verbrannt. Longstreet ist nur ein moderner Savonarola. Er wird auf seinem weißen Schlachtross in die Stadt einreiten, und alle werden ihm zujubeln und sich freuen, dass die traditionelle Familie wieder etwas wert ist, und das geht so lange gut, bis sein erster Film floppt. Dann werden sie sich darum reißen, wer das erste Streichholz anzünden darf.«

»Und Richie wusste das nicht?«

»Richie ist eine Nervensäge, aber korrupt ist er nicht. Nicht wie wir anderen alle. Er hat so eine merkwürdige Unschuld an sich, wissen Sie?«

»Ja, ich weiß. Ich glaube, das hält ihn am Leben. Das und seine Wut, wohlgemerkt.«

»Machen Sie sich keine Sorgen um Richie, Rios«, sagte sie. »Er liebt Hollywood. Er kommt wieder. Wenn er sich bei Ihnen meldet, sagen Sie ihm einen lieben Gruß von mir, und er soll mich anrufen. Und erinnern Sie ihn daran, dass die Sünde immer über die Tugend siegt und das Geld beide bezwingt. Auf Wiederhören.«

* * *

Zehn Tage nach dem Tod von Travis wurde ich ins Parnassus-Studio zu einem abschließenden Treffen mit Donati geladen. Als ich sein Büro betrat, schlug mir ein eisig kalter Luftzug entgegen, und dann sah ich Asuras in seinem patriarchenhaften Woll- und Tweedgewand am Kopf des glänzenden Konferenztisches sitzen, der in einer Ecke von Donatis Büro stand. Donati saß ihm zur Rechten. Asuras grüßte mich mit hochherrschaftlichem Nicken.

»Sie hätte ich nicht hier erwartet«, sagte ich, als ich am Ende des Tisches Platz nahm.

»Ich bin für alles verantwortlich, was das Studio betrifft«, sagte er.

»Das Studio war immer nur marginal betroffen«, sagte ich.

»Dank Ihnen«, sagte Donati.

Ich zuckte die Achseln. »Ich habe keine Verrenkungen gemacht, um das Studio aus dem Fall rauszuhalten.«

»Sie haben auch keine Verrenkungen gemacht, um uns hineinzuziehen«, sagte Asuras. »Die meisten Rechtsanwälte in dieser Stadt hätten versucht, aus dem Fall noch ein bisschen eigene Publicity herauszuschlagen. Der Name des Studios hätte Ihnen Schlagzeilen garantiert.«

»Es wäre keine Hilfe für Bob gewesen, ihn der Presse zum Fraß vorzuwerfen.«

»Wir sind von einer Anzahl Leuten angesprochen worden, die die Familien der Opfer vertreten, ob wir an den Filmrechten an ihren Geschichten Interesse hätten«, sagte Donati.

Ich sagte nichts.

»Sie wollen Ihre Geschichte nicht verkaufen?«, beharrte er.

»Selbstverständlich nicht«, sagte ich. »In diesem Fall sind drei Menschen grausam ums Leben gekommen, vier, wenn man Bob mitrechnet. Ich habe kein Interesse, damit Geld zu machen.«

»Ein prinzipientreuer Anwalt«, sagte Asuras. »Haben Sie zufällig ein Schwein pfeifen hören auf dem Weg hierher?«

»Nein, aber in der Hölle ist Frost«, parierte ich. »Zumindest in diesem Büro.«

»Wir wollen diese Sache nur abschließen«, sagte Donati.

»Sie ist abgeschlossen, was mich angeht.«

»Gut«, sagte Asuras, und dann, nach einer ungemütlichen Pause, fragte er: »Und Sie haben nicht den geringsten Zweifel, dass Bob Travis der Mörder war?«

»Die Indizien deuten darauf hin.«

Asuras lächelte. Es war ein Lächeln voller großmütiger, väterlicher Herzlichkeit. »Sie sind nicht ganz überzeugt? Irgendein Zweifel nagt da noch in Ihnen?«

»Der gewöhnliche Serienmörder fängt klein an, reißt Fliegen die Flügel aus und quält die Katze«, sagte ich. »Travis schien mir nicht der Typ dafür.«

»Nicht böse?«, fragte Asuras.

»Ich glaube nicht an das Böse«, sagte ich.

Asuras zog eine satanische Augenbraue hoch. »Sie glauben nicht an das Böse? Und das in Ihrer Branche?«

»Ich glaube nicht an das Böse als theologischen Begriff«, erklärte ich. »Als eine angeborene Schlechtigkeit.«

»Sie meinen, es ist nur die Folge von mangelnder Elternliebe?«, spöttelte Asuras.

»Nein«, sagte ich, verärgert über seine Herablassung. »Ich glaube, es liegt im Karma.«

»Was meinen Sie damit?«

»Auden hat das am besten ausgedrückt«, sagte ich. »W.H. Auden, der Dichter?«

»Ich weiß, wer Auden ist«, knurrte er.

»Dann kennen Sie wohl auch die Zeilen, die ich meine, aus seinem Gedicht ›1. September 1939‹«, zog ich ihn weiter auf.

»›Wem Böses getan ist, gibt Böses zurück‹«, rezitierte er mit Stentorstimme. »Diese Zeilen?«

Verblüfft sagte ich: »Ja, diese Zeilen.«

»Auden redet nicht über Karma«, sagte er. »Er redet über mangelnde Elternliebe. Karma ist die Summe aller Taten in allen Leben einer Seele, oder die Differenz, wenn Sie so wollen. Manchmal ist diese Differenz böse, so einfach ist das.«

»Ich verneige mich vor Ihrem größeren Wissen vom Bösen.«

Donati fuhr ungeduldig dazwischen: »Eine Augenzeugin hat ihn aus der Gasse herausfahren sehen. Die Polizei hat blutbefleckte Schuhe in seinem Schrank gefunden. Das beweist, dass er der Mörder war.«

»Ich weiß«, sagte ich. »Ich kenne das Beweismaterial.«

»Ich kann keine Gedichte aufsagen«, sagte Donati, »aber ich kenne meinen Sherlock Holmes, und der sagt, wenn die Fakten eine eindeutige Schlussfolgerung erzwingen, dann muss diese Schlussfolgerung richtig sein, so unwahrscheinlich sie auch sei.«

»Und die Morde haben aufgehört«, sagte Asuras. »Ist das nicht der beste Beweis dafür, dass Bob der Mörder war?«

»Ja«, sagte ich. »Die Morde haben aufgehört.«

Donati sagte: »Also, dann danke ich Ihnen, dass Sie sich herbemüht haben, Henry.« Er schob einen Umschlag über den Tisch. »Ihr Honorar.«

Ich spickte in den Umschlag. Die Summe war skandalös. »Sie wollen sich bestimmt nicht mein Schweigen erkaufen?«

»Sie haben es sich verdient«, sagte Asuras. »Und wenn ich sonst irgendetwas für Sie tun kann, lassen Sie es mich über Nick wissen.«

»Es gibt da tatsächlich etwas«, sagte ich.

Beide schauten einander an, als ob dem anderen ein Schuh heruntergefallen wäre.

»Was ist es?«, fragte Asuras argwöhnisch.

»Sie haben eine Klage gegen *L.A. Mode* anhängig«, sagte ich.

Er runzelte die Stirn. »Stimmt. Sie sind ein Freund von Richie.«

»Den Sie als einen der Beklagten genannt haben«, sagte ich. »Ich werde Ihnen mein Honorar zurückgeben, wenn Sie die Klage gegen ihn zurückziehen.«

»Warum sollte ich?«

»Sie haben erreicht, dass das Magazin die Nummer zurückrufen musste, bevor sie verkauft wurde«, sagte ich, »also ist Ihr Schaden minimal, und ich bin sicher, dass das Magazin sich auf einen Vergleich einlässt. Es hat keinen Sinn, Richie im Verfahren drinzubehalten, außer Sie wollen seine Verfahrenskosten in die Höhe treiben.«

»Und ihm eine Lektion erteilen«, sagte Asuras.

»Er ist bei *L.A. Mode* vor die Tür gesetzt worden. Kein seriöses Blatt wird ihn jemals mehr einstellen. Seine Freunde haben ihn fallen lassen wie eine heiße Kartoffel. Ich glaube, die Lektion hat er gelernt.«

Asuras schaute mich durchdringend an, dann antwortete er: »Sagen Sie Richie, dass ich die Klage gegen ihn zurückziehe, im Austausch gegen einen handgeschriebenen Entschuldigungsbrief.«

»Danke.«

»Und behalten Sie Ihr Honorar«, sagte er, als wäre ein Hunderttausenddollarscheck nicht mehr als ein Trinkgeld.

* * *

In dieser Nacht träumte mir, dass ich auf einer ins Meer ragenden Steilküste stand, die von Gras bewachsen war, so grün wie kein irdisches Gras, und auf einen Ozean hinausschaute, auf den das Licht fiel wie ein gläserner Schleier. Ich wandte mich vom Meer ab und sah in etwa fünfzig Metern Entfernung ein kunstvoll gebautes viktorianisches Schlösschen mit Erkern, Türmchen und gedrechselten Balustraden, das aussah, als wäre es aus Zucker gesponnen. Es stand vor einem Himmel, der so tiefblau war, dass ich meine Augen davor bedecken musste. Ein junger Mann trat auf die Veranda hinaus, schaute in meine Richtung und ging auf mich zu. Mir blieb das Herz stehen. Es war Josh. Er trug die Kleider, in denen er eingeäschert worden war, aber er war wieder heil. Seine Haut war geschmeidig, sein Haar glänzte, und sein Blick war klar, frei von Schmerz und Angst. Wortlos warf er die Arme um mich, und ich hielt ihn so fest, dass ich sein Herz an meinem schlagen hörte. Er roch nach Honig und Weihrauch und Asche, und sein Körper strahlte eine wonnige Wärme aus, eine Wärme wie im Mutterschoß. Er küsste mich.

»Mein Gott Josh«, flüsterte ich. »Du lebst.«

»Nein«, sagte er sanft. »Ich bin zurückgekommen, aber nur für kurz.« Er entschlüpfte meiner Umarmung.

»Was meinst du damit, Josh? Was ist das hier für ein Ort?«

»Komm mit«, sagte er und nahm mich an der Hand. Wir gingen bis zur Steilküste. Er blickte über das gleißende Meer und sagte: »Es ist eine Art Absprungstelle.«

»Absprung wohin?«

Er breitete seine Arme über den Ozean aus. »Dorthin. Henry, es ist Zeit für mich. Darum bin ich zurückgekommen, um mich zu verabschieden.«

»Das verstehe ich nicht.«

Er streichelte mein Haar. »Es ist auch schwer zu verstehen. Wenn du stirbst, danach, gibt es so einen Ort, eine Richtstätte. So was Ähnliches. Das ist ein Ort, den du immer in dir mit rumgetragen hast. Es ist das, was du dir vorstellst, dass nach dem Tod passiert. Wenn du dir den Himmel vorstellst, dann kriegst du den. Wenn du dir die Hölle vorstellst, kriegst du die Hölle.« Er schloss seine Hand fester um meine. »Aber das Entscheidende ist, sie existieren nicht wirklich, nur in deiner Vorstellung, und wenn du das erkannt hast, dann kannst du gehen.«

»Wohin gehen, Josh?«

Er ließ meine Hand los und blickte hinaus auf das Meer von Licht. Auf seinem Gesicht lag ein ekstatischer Blick. Er flüsterte: »Es gibt keine Worte …« Er schien von innen zu brennen, mit einem Licht, das so stark war, dass er durchscheinend wurde, und ein regenbogenfarbener Kranz umstrahlte seinen Kopf. Ohne seine Form zu verändern, schien er größer und immer größer zu werden, bis Wolken an seinen Augen vorüberzogen. Sein Gesicht leuchtete hell wie die Sonne, und seine Beine waren wie Feuersäulen. Ich konnte ihn nicht länger anschauen und kauerte nieder, hatte Angst, von seinem Licht verzehrt zu werden. »Hab keine Angst«, sagte er. »Schau mich an.«

Ich schaute, und es war, als könnte ich durch ihn hindurchsehen, durch das Ehrfurcht einflößende Licht, auf etwas Unbeschreibbares. Später erinnerte ich es als eine Rose, so groß wie das All, mit Intelligenz aufgeladen, die heiter ihre schimmernden Blütenblätter aus Feuer entfaltete und schloss.

»Oh«, sagte ich. »Oh, oh …«

Und da war es vorbei. Das unmenschlich hell strahlende Licht verblasste, er schrumpfte auf seine normale Größe, und ich konnte meinen Blick wieder auf ihm ruhen lassen. Er küsste mich wieder, sein Mund schmeckte nach Apfel.

»Mach's gut, Henry«, sagte er. »Ich hab dich so geliebt. Mehr, als wir beide gewusst haben.«

»Sehe ich dich jemals wieder?«

»Schau in dich«, antwortete er, indem er langsam in die Traumdämmerung einsickerte. »Wir sind einer.«

»Josh …«

Ich wachte ins Dunkel hinein auf, Tränen rannen mir übers Gesicht.

Kapitel 15

Bob Travis wurde eingeäschert und seine Asche an seine Familie in Maryland überführt. Ich wusste das, weil ich es nach Rücksprache mit Donati und mehreren Telefonaten mit Bobs Vater selbst veranlasst hatte. Mr. Travis – »Hey, sagen Sie Ron zu mir!« – war Briefträger, ein bärbeißiger Mann, dessen Reaktion auf den Tod seines Sohnes Abwehr und Scham gewesen war; genauso, vermutete ich, hatte er wohl auch auf Bobs Leben reagiert. Er klammerte sich an dem Gedanken fest, dass Bob in Hollywood von »den Schwulen« verdorben worden war. Aus Achtung vor seinem Verlust hielt ich über mich selbst den Mund. Für mich war es eine Neuauflage des allzu gut bekannten Familiendramas von dem Sohn, der auszog, sich selbst zu finden, nur um Jahre später in einem Sarg oder einer Urne als Fremder in den Schoß der Familie heimgeholt zu werden. Die Pointe an der jetzigen Geschichte war, dass Bob nicht an Aids gestorben war. Als ich seinem Vater erzählt hatte, wie Bob gestorben war, sagte er: »Um Gottes willen. Sagen Sie bloß seiner Mutter nichts davon.« Zum Glück waren die Morde von West Hollywood nicht über die Region hinaus in die Medien gekommen, was mir erlaubte, unwidersprochen zu betonen, dass Bob zur Zeit seines Todes nur ein Verdächtiger gewesen war. Ich war auch froh darüber, dass mich Ron Travis nie rundheraus fragte, ob sein Sohn schuldig gewesen war, denn ich wusste nicht, ob meine beschönigenden Formulierungskünste der Frage gewachsen sein würden.

Es war inzwischen August, und die Stadt war eigentlich unbewohnbar. Die Skyline des Downtown war tagelang vom Smog verschluckt und tauchte nur nachts wieder auf, hell erleuchtet vor dem roten Himmel. Die Hitze wurde schwül, und ich ging nie aus dem Haus ohne ein Hemd zum Wechseln in der Aktentasche. Nachts saß ich in Boxershorts auf der Terrasse, las im *Inferno* und schlug nach Moskitos. Ich dachte viel über meinen Josh-Traum nach, über die Richtstätten, die wir in uns trugen, und fragte mich, wie meine wohl aussähen, mein Himmel, meine Hölle. Natürlich wurde mir bewusst, dass diese Orte gar keine waren, sondern Gefühle. Ein

Zentrum der Freude und eins der Verzweiflung, beide so alles verschlingend, dass nur Mystiker oder Psychopathen sich dort häuslich einrichten konnten. Wir anderen schrammten nur gelegentlich an ihnen vorbei, meistens dann, wenn jemand starb. Josh war in Schmerzen und Verwirrung gestorben, verbittert darüber, wie wenig Zeit er gehabt hatte, und diese Gefühle hielt ich wohl für ihn am Leben und hatte mir daraus meine kleine Privathölle gebaut. Der Traum forderte mich auf, mich von diesen Gefühlen freizumachen, aber vor der großen Finsternis kann man nicht einfach weglaufen; sie muss durchquert werden, und ich spürte, dass ich dieses Tal noch nicht durchschritten hatte. Womöglich folgte ich deshalb so begierig Dante in den Kozytus, den neunten Kreis seiner Hölle, wo ein dreigesichtiger Satan in einem See stand, der unter den Schlägen seiner riesenhaften ledrigen Flügel zu Eis gefroren war:

In jedem Maul zerquetscht' er einen Sünder
mit seinen Zähnen, ähnlich wie man Flachs bricht,
so dass er drei in solcher Weise quälte.

* * *

Dann geschahen innerhalb weniger Tage, nachdem ich die Asche von Bob Travis an seine Eltern überführen ließ, drei Dinge.

Das erste war ein unerwartetes Päckchen, das ich eines Nachmittags vom Parnassus-Studio bekam. Es enthielt ein Video eines Films namens *Buchstaben* und eine Notiz von Asuras' Sekretärin: »Mr. Asuras hat mich gebeten, Ihnen dies zukommen zu lassen.« Ich konnte mir nicht denken, warum er es mir geschickt hatte, aber der Titel kam mir bekannt vor, und dann erinnerte ich mich. Es war der Film, in den ich bei meinem Date mit Alex hatte gehen wollen. Ich schob die Kassette in den Videorekorder. Der Film war eine Parnassus-Produktion, und weil er auf einem Buch von Agatha Christie basierte, erwartete ich einen Kostümfilm. Er spielte aber im heutigen San Francisco und handelte von einer Serie entsetzlicher Morde, die das Muster aufwiesen, dass die Namen der Opfer nach dem Alphabet geordnet waren, von A bis D. Zumindest schaffte ich es nur bis zum D, denn nach jedem der Morde – in denen das Opfer geköpft, sein Brustkorb aufgestemmt und der Kopf in die Öffnung gestopft wurde – drückte ich auf die Stopptaste. Nach zwanzig Jahren des genauen Betrachtens von Tatortfotos wusste ich das meiste, was es darüber zu wissen gab, wie Menschenkörper verletzt und verstümmelt werden können, es lag also nicht daran, dass ich mich allzu sehr vor den Bildern gegraut hätte. Was mich abstieß, war ihre eindeutig pornographische Intention, als ob dieses Gemetzel nur die Fortsetzung von Sex mit anderen Mitteln wäre. Ich nahm an, dass das Geschenk eine Anmerkung zu unserem Gespräch über das Böse sein sollte, aber es war nicht einmal das, nur ein Beispiel von erstaunlich schlechtem Geschmack.

* * *

Dann kam Lucas Odell an einem Sonntagmorgen hereingeschneit, als ich noch im Bett lag, mich durch die *Times* arbeitete und dabei Tee trank, weil mein Kaffee alle war. Die Türglocke gongte. Ich zog mir Jeans und ein T-Shirt über. Durch den Spion sah ich Odell, genauso ungezwungen gekleidet wie ich, mit einer großen weißen Tüte. Ich machte ihm auf.

»Sergeant«, sagte ich. »Sie kommen immer unangekündigt.«

»Diesmal hab ich Frühstück mitgebracht«, sagte er und hielt dabei die Tüte auf.

»Kommen Sie schon rein«, sagte ich.

»Sie fragen gar nicht, warum ich hier bin?«

»Sie werden mich das bestimmt im rechten Moment wissen lassen. Rieche ich da Kaffee?«

Inzwischen kannte er sich in meinem Haus aus und ging direkt in die Küche, wo er den Frühstückstisch deckte: zwei große Becher Starbuck's-Kaffee und vier Stücke Gebäck: Muffins, eine Käsetasche, ein Croissant. Ich schenkte Orangensaft ein, brachte ihm Milch und Zucker für seinen Kaffee, und wir ließen uns am Tisch nieder. Er bot mir höflich die Käsetasche an. Ich bestand höflich darauf, dass wir sie uns teilten. Ich wunderte mich, wie sehr es mich freute, ihn zu sehen, denn ich dachte eigentlich, dass ich schon zu alt war, um noch eine Vaterfigur zu brauchen, aber er kratzte diese alte Sehnsucht in mir wieder auf. Ich sah, dass er dieses Gefühl erwiderte, aber wir sprachen beide nicht darüber.

Er betrachtete mich mit breitem Grinsen. »Sie sehen aus, als wären Sie eben aus dem Bett gefallen.«

Ich gähnte und schaute auf die Uhr. Es war zehn durch. »Ich fürchte, das stimmt. Ich war gestern Abend aus, und es ist spät geworden.«

»Haben Sie was am Laufen?«

»Odell. So etwas zu fragen. Nein, ich war mit einem Freund aus. Essen, Kino.«

»Sie sind doch ein gut aussehender junger Bursche, Henry«, sagte er, den Mund voller Bran Muffin. »Sie sollten öfter ausgehen.«

»Ich werd's beherzigen.«

Er gluckerte Kaffee hinunter. »Das ist mein Ernst. Sie werden früh genug alt und fett, und niemand will mehr was von Ihnen. Schlagen Sie zu, solange Sie noch können.«

»Geben Sie Ihrer Tochter denselben Rat?«

Er lächelte. »Glauben Sie mir, meine Tochter braucht in dieser Hinsicht keine Hilfe von mir. Sie hat so viele Liebhaberinnen, dass ich gar nicht mehr mitkomme.«

»Können Sie mit dem Begriff ›kognitive Dissonanz‹ etwas anfangen?«

»Sehen und glauben ist zweierlei?«, tippte er.

»So etwa«, sagte ich. »So fühle ich mich, wenn ich mit Ihnen rede. Sie sehen aus wie der klassische Spießer, aber Sie hören sich ganz anders an. Zumindest, wenn es um Schwule und Lesben geht.«

»Meine Tochter hat es mir mit siebzehn gesagt, da musste ich mich entscheiden, was ich glauben sollte: das, was man mir über Homosexuelle beigebracht hat, und das, was ich über meine Tocher wusste«, sagte er. »Ich bin ein praktischer Mensch. Die Entscheidung ist mir nicht schwer gefallen.«

Ich dachte an Ron Travis. »Nicht alle Eltern reagieren so, wenn ihr Kind schwul oder lesbisch ist.«

Er stopfte sich ein Stück Muffin in den Mund. »Alles ändert sich. Haben Sie Geduld.«

»Für meine Freunde, die gestorben sind, hat es sich nicht schnell genug geändert.«

»Gute Freunde?«

»Der Mann, mit dem ich zusammengelebt habe«, sagte ich. »Er ist vor etwa einem Jahr gestorben.«

Er nickte, als würde ihn das bestätigen. »Ich hatte mich gefragt, warum Sie allein sind.«

Ich zuckte die Achseln. »Ich bin allein, weil ich neurotisch und wählerisch bin.«

Er lächelte. »Kennen Sie Tim, der bei uns auf der Wache arbeitet? Meinen Kerkermeister? Er ist solo.«

»Wollen Sie mich verkuppeln?« Ich lachte. »Sind Sie deswegen vorbeigekommen?«

»War nur ein Vorschlag«, sagte er. »Es ist nicht der Grund, warum ich hergekommen bin. Ich wollte wegen Gaitan mit Ihnen sprechen.«

Meine Heiterkeit verflüchtigte sich. »Was ist mit ihm?«

»Ich habe da inoffiziell ein bisschen recherchiert«, sagte Odell, mauste einen Brocken von dem zweiten Muffin und verschlang ihn. »Sie hatten Recht. Er hat die Fasern im Taxi deponiert.«

»Ich höre.«

»Die Faserproben von Amerians Leiche sind nach der Analyse aus dem Asservatenschrank im Labor verschwunden.«

»Wie konnten die Laborleute denn die Fasern aus dem Wagen denen von der Leiche zuordnen, wenn die weg waren?«

»Sie haben es auf dem Papier gemacht«, antwortete er. »Sie haben die Fasern aus dem Kofferraum analysiert und die Ergebnisse mit der vorherigen Analyse der Fasern von der Leiche verglichen.«

»Niemand hat es für nötig gehalten, mir zu sagen, dass die Probe verschwunden war.«

»Niemand wusste davon außer dem Labor. Ich habe auch beim FBI angerufen und mit ihrem Fasermenschen über Ihre Theorie geredet, wie die Fasern hätten angeordnet sein müssen, wenn die Leiche in eine Decke gewickelt im Kofferraum lag. Er sagte, dass Sie Recht hatten.«

»Warum beim FBI?«

»Ich wollte eine objektive Meinung hören«, sagte er.

»Trauen Sie Ihrem kriminaltechnischen Labor nicht?«

Achselzucken. »Jemand aus dem Labor hat die Faserprobe herausgenommen und Gaitan gegeben.«

»Wissen Sie das sicher?«

»Es kann gar nicht anders gewesen sein, denn außer den Laborleuten hatte niemand Zugang zu der Probe.«

»Das ist bestenfalls eine indirekte Folgerung.«

»Gaitan hat da einen alten Kumpanen aus seiner Zeit im Antelope Valley. Jim Roca. Rocas Schwager arbeitet im Labor. Haar und Fasern. Er heißt Stan Bedell. Er hat die Analyse gemacht.«

»Hat Gaitan noch Kontakt zu Roca?«

»Sie haben zusammen mit ein paar Kollegen eine Hütte in den San Bernardino-Bergen, am Big Bear-See.«

»War Roca auch einer von der Rächerbrigade, die Sie damals im Antelope Valley zerschlagen sollten?«

»Er war einer von denen, die daraufhin versetzt wurden.«

»Wie denken Sie, dass es abgelaufen ist?«

»Gaitan sieht Bedells Namen auf der Faseranalyse stehen und ruft seinen *compadre* Roca an«, sagte Odell. »Roca schließt sich mit seinem Schwager kurz. Die Probe verschwindet.«

»Musste Bedell sich nicht dafür verantworten?«

Odell zuckte die Achseln. »Im Asservatenschrank liegen Tausende Pröbchen. Da geht schon mal was verschütt.«

»Zwischen der Entdeckung von Alex' Leiche und der Beschlagnahme des Wagens liegen einige Wochen. Hat Gaitan die Faserprobe die ganze Zeit aufgehoben?«

»Ja, und auf die Gelegenheit gewartet, sie einzusetzen«, sagte Odell. »So, jetzt habe ich Ihnen die gute Nachricht zuerst gesagt. Es gibt auch eine schlechte.«

»Welche?«

»Der Blutfleck im Kofferraum, den sie diesem Baldwin-Jungen zugeordnet haben, der war echt.«

»Sind Sie sicher?«

Er nickte. »Sie haben für eine toxikologische Analyse Blut abgenommen«, sagte er. »Der Rest der Probe ist nie angerührt worden.«

»Was ist mit dem Lackkratzer am Taxi?«

»Wie Sie gesagt haben, niemand hat das Labor gefragt, wie alt der Kratzer ist. Der Wagen ist nicht mehr beschlagnahmt. Es gibt keine Möglichkeit mehr, das herauszufinden.«

»Aber es ist möglich, dass Gaitan sowohl die Fasern ins Auto gelegt als auch mit dem Auto den Zaun gestreift hat.«

»Ja, möglich ist es«, sagte er. Er riss ein Stück vom Croissant ab. »Aber dann gibt es auch wieder diese Augenzeugin, die gesehen haben will, wie Travis aus der Gasse herausfährt, wo Amerian abgelegt wurde.«

»Eine Zeugin, die Gaitan beigebracht hat«, erinnerte ich ihn. »Ich habe sie nie befragt. Es schien mir keinen Sinn mehr zu haben, nachdem Travis gestorben war. Habe ich Ihnen schon gesagt, dass er meinte, er hätte das Taxi an dem Wochenende nicht genommen?«

Odell tat das ab. »Was hätte er denn sonst sagen sollen?«

»Sein Alibi war, dass er das Taxi benutzt hat, als sein eigenes Auto kaputt war. Ich habe eine Werkstattrechung gesehen, aus der hervorgeht, dass er sein Auto erst am Mittwoch, nachdem Alex ermordet wurde, zur Reparatur gegeben hat.«

Odell sagte: »Das heißt doch nur, dass Gaitan die Spuren im falschen Auto gelegt hat, nicht, dass Travis Amerian nicht umgebracht hat.«

»Wenn er es getan hat, dann passt es nicht zu den beiden anderen Morden«, sagte ich. »Ein Serienmörder ändert seine Masche nicht.«

»Sein Auto gibt den Geist auf. Da braucht er eben ein anderes, um seine Opfer aufzulesen«, sagte Odell. »Tut mir Leid, Henry, aber nur weil Gaitan falsche Spuren gelegt hat, ist Travis deswegen nicht unschuldig. Gaitan hat nicht alles erfunden, er hat die Beweislage nur härter gemacht, als sie war.«

»Was werden Sie gegen ihn unternehmen?«

»Weiß ich nicht.«

»Wenn Travis noch am Leben wäre und Sie mir diese Information gegeben hätten, hätte er nichts mehr zu befürchten gehabt.«

»Ja«, sagte Odell. »Vielleicht.«

»Hätten Sie es mir gesagt?«

»Wenn er Ihnen gestanden hätte, dass er der Mörder war, hätten Sie's mir gesagt?«

»Das ist nicht das Gleiche. Ein Beschuldigter hat nach dem Fünften Verfassungszusatz ein Recht darauf, sich nicht selbst belasten zu müssen. Sie haben die Pflicht, die Gegenseite über entlastendes Beweismaterial zu unterrichten.«

»Es hat ihn nicht entlastet«, sagte er. Er belauerte mein unangetastetes Gebäck. »Essen Sie das noch?«

Ich schob den Teller über den Tisch. »Sie hätten ihn auf Grund gefälschter Beweise ins Gefängnis gehen lassen?«

»Er war schuldig«, sagte Odell und mampfte die Käsetasche auf.

* * *

Ein paar Tage später sah ich die abendlichen Lokalnachrichten, als auf dem Bildschirm, hinter dem teigigen Robotergesicht der Moderatorin, ein verschwommenes Foto einer dunkelhaarigen jungen Frau auftauchte, offensichtlich ein Führerscheinbild. Ich drückte auf die Lautstärketaste.

» … wurden die Überreste der vierundzwanzigjährigen Katherine Morse heute Nachmittag von zwei Spaziergängern in einer flachen Erdgrube in einem entlegenen Teil des Griffith-Parks gefunden. Die in Fresno wohnende Familie der Frau hatte schon seit Monaten kein Lebenszeichen mehr von ihr erhalten, nachdem sie angekündigt hatte, dass sie aus der Bay Area, wo sie gewohnt hatte, nach Los Angeles umziehen wollte. Die Polizei hatte sich geweigert, eine Vermisstenanzeige aufzunehmen, weil sie schon einmal den Kontakt zu ihrer Familie abgebrochen hatte. Heute ist das Geheimnis um ihren Verbleib auf tragische Weise gelüftet worden. Nun zu etwas Erfreulicherem …«

Katherine Morse. Katie. Die Mitbewohnerin von Alex Amerian.

* * *

Ich ließ es einen Tag lang ruhen, bevor ich entschied, dass der Umstand, dass sowohl Alex als auch Katie ermordet worden waren, eine genauere Betrachtung verdiente, und sei es auch nur, um mich zu vergewissern, dass es Zufall war. Da ihre Leiche im Griffith-Park gefunden worden war, fiel der Mord unter die Zuständigkeit des LAPD, der Stadtpolizei von Los Angeles, aber ich dachte mir, dass Odell an eine Kopie des Polizeiprotokolls herankommen könnte.

»Odell«, bellte er ins Telefon, als ich ihn auf der West Hollywood-Wache erreichte.

»Rios hier«, sagte ich. »Ich möchte Sie um einen Gefallen bitten.«

»Einen Gefallen?«, sagte er. »Schulde ich Ihnen denn einen?«

»Moralisch ja.«

Er lachte. »Schießen Sie los.«

»Am Freitag haben Spaziergänger im Griffith-Park die Überreste einer jungen Frau gefunden«, sagte ich. »Sie hieß Kate Morse. Sie hat mit Alex Amerian zusammengewohnt. Sie ist einen Tag, nachdem er ermordet wurde, verschwunden.«

»Ja, davon hab ich gehört.«

»Merkwürdiger Zufall«, bemerkte ich.

»Ich erinnere mich, dass sie ganz schön mit Drogen zu tun hatte. So ein Leben ist eben gefährlich.«

»Hat denn jemand wirklich versucht, sie aufzutreiben, nachdem Alex ermordet worden war?«

»Aus dem hohlen Bauch kann ich Ihnen das nicht sagen«, antwortete er.

»Ich würde gerne einen Blick ins Polizeiprotokoll werfen.«

Stille. »Würde ich vielleicht auch gern.«

»Kommen Sie da ran?«

»Ich ruf Sie zurück.«

* * *

Er gab mir am nächsten Morgen Bescheid.

»Es ist ziemlich klar«, sagte er. »Todesursache war ein Schlag mit einem stumpfen Gegenstand. Der Leichenbeschauer sagt, man hat ihr den Schädel eingeschlagen. Sie ist in einem flachen Grab verbuddelt worden. Keine Anzeichen von Vergewaltigung, aber es war auch nicht viel von ihr übrig. Die Tierchen haben ganze Arbeit getan.«

»Wann wurde sie ermordet?«

»Irgendwann im Laufe der letzten drei Monate«, sagte er.

»Nichts Genaueres?«

»Ihr letztes Lebenszeichen hat ihr Bruder in Fresno bekommen. Sie hat ihm so Mitte Juni eine Geburtstagskarte geschickt.«

»Mitte Juni kann vieles heißen«, sagte ich.

»Amerian wurde am ersten Juniwochenende umgebracht«, erinnerte er mich. »Das ist Anfang Juni, egal, wie sie den Monat aufteilen.«

»Aber Sie haben kein genaues Datum.«

»Im Kreuzverhör müssen Sie richtig gut sein«, sagte er. »Kein genaues Datum.«

»Hat sich ihre Familie keine Sorgen gemacht, als sie zwei Monate lang nichts von ihr gehört haben?«

»Der Vater hat dem LAPD erzählt, dass Kate drogensüchtig war und mit siebzehn von zu Hause abgehauen ist«, sagte er. »Wenn ich mal zwischen den Zeilen lesen soll, würde ich sagen, es war ihnen wurst, ob sie von ihr hören oder nicht. Der Bruder hat im Juli versucht, beim LAPD eine Vermisstenanzeige aufzugeben, aber nachdem die Eltern ihnen die ganze Geschichte erzählt hatten, wollten sie die Anzeige nicht mehr aufnehmen.«

»Was für Drogen hat sie denn genommen?«

»Ecstasy, Special K und anderes Zeug, für das es bestimmt noch nicht mal einen Namen gibt.«

»Das sind Partydrogen«, sagte ich. »Sie war nicht süchtig, sie war nur eine Clubgängerin.«

»Wenn Sie es sagen«, knurrte er mit einem missbilligenden Ton, der mich daran erinnerte, dass er ein Cop war.

»Glauben Sie, dass ihr Verschwinden mit dem Mord an Alex zu tun hat?«

»Wir wissen noch nicht einmal, wann sie verschwunden ist«, sagte er. »Wir wissen nur, dass sie am Morgen danach nicht da war.«

»Die Wohnung war durchwühlt«, sagte ich.

»Oder sie waren einfach schlampig«, erwiderte er. »Schauen Sie, wenn sie ihrem Bruder Mitte Juni eine Geburtstagskarte geschickt hat, dann war sie da noch am Leben.«

»Ist jemand auf die Idee gekommen, ihn zu fragen, ob eine Absenderadresse draufstand?«

»Ich bin sicher, dass das LAPD daran arbeitet.«

»Wie heißt der Bruder?«, fragte ich und langte nach einem Stift.

»Also Henry«, sagte er unwirsch. »Sie wissen genau, dass Sie diese Information von mir nicht bekommen.«

»Sie spielt eine Rolle im Fall Travis.«

»Travis ist tot«, versetzte er. »Kein Mandant, kein berechtigtes Interesse.«

»Werden Sie das LAPD wenigstens auf die mögliche Verbindung zwischen den Fällen hinweisen?«

»Ja«, sagte er. »Das geb ich weiter.«

* * *

Odell hatte natürlich Recht. Ich hatte nichts, was meine Vermutung untermauert hätte, dass Katie an dem Freitag verschwunden war, als Alex ermordet wurde. Sie konnte auch einfach auswärts übernachtet haben. Richie behauptete, dass sie zu dieser Zeit dealte, und wenn das stimmte, war sie vielleicht aus Angst vor der Polizei gar nicht mehr in die Wohnung zurückgekehrt, als sie hörte, dass Alex umgebracht worden war. Aber bestimmte Bilder von diesem Morgen beunruhigten mich, wenn ich sie mir ins Gedächtnis zurückrief: das aus der Dose gerupfte Telefon, das im Flur herumlag; die Kartons voller zusammengewurstelter Kleidung in ihrem Zimmer; der fehlende Computer; die Scheibe, die aus einem der Fenster an der Rückseite des Hauses herausgenommen worden war. Etwas war in dieser Nacht dort geschehen. Als ich im Geiste noch einmal durch die Wohnung ging, entsann ich mich, dass ich einen Zettel von ihrem Schreibtisch genommen hatte. Einen Lohnstreifen. Ich fand ihn weggesteckt in meiner Brieftasche, zusammen mit den beiden unbenutzten Kinokarten für *Buchstaben*. Bis ich die Karten zwischen den Fingern hielt, war alles, was ich von Alex Amerian erinnerte, untrennbar mit seiner grotesken Todesart verwoben gewesen. Jetzt aber erschien er mir wieder, in lebhaften, greifbaren Details, und ich durchlebte noch einmal das schüchterne Hoffen, als er zu meiner Einladung ja gesagt hatte, das aufkeimende Begehren, als er zur Tür des Restaurants hereingekommen war. Ich erinnerte mich, wie wir nackt ineinander hineingeschlüpft waren, und wie es mir vorgekommen war, als würde Josh ihn bewohnen, und ich erinnerte mich an die schlimme Szene hinterher, an sein Blut, das vom Türknauf getropft war. Meine Erinnerungen an Alex entspannen sich wie ein Film, von unserer ersten Begegnung bis zu den zerfetzten letzten Bildern, den Schwarzweißfotos von seinem verstümmelten toten Körper. Die Entdeckung von Katies Leiche hinkte wie eine unerklärte Coda hinterher. Ich spürte, ohne dass ich hätte sagen können, warum, dass etwas Entscheidendes fehlte.

Ich rief die Zeitarbeitsfirma an, die auf dem Lohnzettel stand. Eine lebhaft klingende Frau nahm meinen Anruf entgegen mit einem knappen: »*Allzeit Bereit,* Judy am Apparat, was kann ich für Sie tun?« Als ich erläuterte, dass ich wegen Katie Morse anrief, sagte sie: »Na wurde auch Zeit.«

»Wie bitte?«

»Ich hab Sie schon letzte Woche angerufen, direkt nachdem ich's in den Nachrichten gesehen habe.« Sie machte eine Pause. »Sie sind doch von der Polizei, oder?«

Ich konnte mich nicht entsinnen, ob Amtsanmaßung ein Vergehen oder ein Verbrechen war, also ließ ich mir ein Schlupfloch, indem ich sagte: »Ich arbeite mit Sergeant Lucas Odell, Bezirkspolizei West Hollywood, zusammen. Können Sie mir ein paar Fragen beantworten?«

»Wenn Sie's kurz machen. Ich hab hier alle Hände voll zu tun.«

»Wann hat Kate das letzte Mal für Sie gearbeitet?«

»Deswegen habe ich Sie ja angerufen«, sagte sie entnervt. »In den Nachrichten hieß es, dass niemand weiß, wann sie verschwunden ist. Ich habe ihre Stundenzettel überprüft. Wir haben Sie Mitte April für neun Wochen bei einer Anwaltskanzlei in Century City eingeteilt. Sie hat den ganzen Mai und die erste Juniwoche dort gearbeitet, dann hat sie sich nicht mehr blicken lassen und ich konnte sie nicht auftreiben. Die Kanzlei war sehr verärgert.«

»War sie sonst auch so unzuverlässig?«

»Nein, ganz und gar nicht«, sagte die Frau. »Darum habe ich mir auch Sorgen gemacht, aber als sie meine Anrufe nicht beantwortet hat, habe ich ihre Karte aus meiner Adresskartei entfernt. Ich meine, das ist nun mal so, es heißt nicht umsonst Zeitarbeit. Die Leute kommen und gehen. Aber bei Kate hat's mich schon gewundert, dass sie einfach so verschwindet.«

»Könnten Sie mir ihren Stundenzettel faxen?«

»Selbstverständlich.«

»Hat Sie irgendeine Art von Bewerbungsformular bei Ihnen ausgefüllt?«

»Ja, unseren Standardvertrag.«

»Könnten Sie mir den auch faxen?«

»Geben Sie mir Ihre Faxnummer und ich mach's gleich, bevor ich noch mehr Arbeit am Hals habe.«

Ich gab ihr die Nummer. »Wissen Sie etwas über ihre persönliche Situation?«

»Ehrlich gesagt nein. Sie war nur ein paar Monate bei uns, und ich habe sie immer nur freitags ihren Lohn abholen sehen. War aber ein nettes Mädel, sehr hübsch. Hat mich schon getroffen, das von ihr zu hören.«

»Kann ich Sie zurückrufen, wenn ich noch mehr Fragen habe?«

»Klar«, sagte sie. »Fragen Sie nur nach Judy. Wie ist Ihr Name?«

»Detective Gaitan«, sagte ich. »G-A-I-T-A-N.«

* * *

Fünf Minuten später überflog ich Katie Morses Zeitarbeitsvertrag. Das Interessanteste daran stand unter der Überschrift IN NOTFÄLLEN ZU BENACHRICHTIGENDE PERSON, wo sie hingekritzelt hatte: »Rod Morse«. Unter VERHÄLTNIS ZU BEWERBER/IN hatte sie geschrieben »Bruder«, aber statt einer Adresse oder Telefonnummer hatte sie nur eine E-Mail-Adresse angegeben. An diesem Abend ging ich ins Netz und schickte eine Mail an RMorse@Osiris.net:

> Lieber Rod Morse,
> ich bin Anwalt in Los Angeles. Ich habe Ihre Schwester und ihren Mitbewohner Alex Amerian gekannt. Ich wäre daran interessiert, mit Ihnen über das Verschwinden und den Tod von Katie zu sprechen, weil Alex etwa zur selben Zeit ermordet worden ist und ich mich frage, ob es da eine Verbindung gibt. Bitte antworten Sie per Mail oder telefonisch unter 213-555-4592.
> Mit freundlichen Grüßen, Henry Rios.

In der darauf folgenden Woche rief ich jeden Tag meine Mails ab, aber es gab weder eine Antwort von Rod Morse, noch rief er an. Ich glaubte nicht, dass ich mir noch einen zweiten Anruf bei der Zeitarbeitsfirma erlauben konnte, also musste ich mich darauf beschränken, aufmerksam Zeitung zu lesen, um zu sehen, ob die Polizei irgendwelche neuen Erkenntnisse über Katie hatte, aber sie wurde nicht mehr erwähnt. Ihr Verschwinden war vollständig.

* * *

»Henry, bist du da?« Die Stimme auf meinem Anrufbeantworter war tonlos und kratzig, als ob jemand aus ihr die Luft herausgepresst hätte, aber immer noch zu erkennen.

Ich nahm ab. »Richie?«

Er schniefte. »Für Schwuchteln, die erst mal die Maschine rangehen lassen, ist ein besonderes Plätzchen in der Hölle reserviert.«

»Geht es dir gut? Wann bist du zurückgekommen?«

»Sommerschnupfen«, gnarzte er. »Gerade eben.«

»Wo hast du gesteckt?«

»Mal hier mal da«, sagte er nebulös. »Ich habe deine Nachricht wegen Duke bekommen. Danke, Henry. Mein Anwalt verfasst gerade einen staubkriechenden Entschuldigungsbrief.« Er hustete. »Ich bin ganz allein. Besuch mich doch.«

»Das mit dir und Joel tut mir Leid.«

»Jegliches hat seine Zeit«, krächzte er. »Zum Tee? So um vier?«

* * *

Javier – Richies Haushälter – ließ mich ein. Er war ein Mann unbestimmten Alters, irgendwo zwischen dreißig und sechzig, dem Richie geholfen hatte, aus El Salvador zu entkommen, wo er als Homosexueller unter beiden Parteien des endlosen Bürgerkriegs zu leiden hatte. Es hatte Schwierigkeiten mit der Einwanderungsbehörde gegeben, die sich weigerte, wegen ihrer Homosexualität verfolgte Migrantinnen und Migranten als Flüchtlinge anzuerkennen, mit der Begründung, es seien gewöhnliche Kriminelle. Ich vertrat ihn unentgeltlich bei der Anhörung der Behörde, wo er beschrieb, wie Regierungssoldaten ihm Bambussplitter in die Harnröhre getrieben hatten. Als er die Green Card bekam, küsste er mir die Hand. Ich habe mich nie so beschämt gefühlt.

»Hallo Javier.«

Er zeigte ein dienstliches Lächeln. »Señor Henry.«

»Richie hat mich zum Tee eingeladen.«

»Er ist im Wohnzimmer.«

Ich fand Richie im himmelblauen Wohnzimmer vor dem gekachelten offenen Kamin sitzen, in dem ein Feuer brannte, obwohl es draußen über dreißig Grad heiß war. Im Raum war es eisig kalt. Ich dachte an Duke Asuras und fragte mich, ob Kaminfeuer im Sommer vielleicht einfach der neueste Trend bei reichen Leuten war: keinen Fußbreit der Natur. In dem dicken blauweiß gestreiften Frotteemorgenmantel und dem kunstvoll um den Hals geschlungenen fliederfarbenen Seidenschal hätte er auch als Figur eines Somerset-Maugham-Romans an der Riviera sitzen können. Er trug Espadrilles mit Monogramm. Auf Ellbogenhöhe stand auf einem Lacktischchen ein Teeservice mit Platten, die mit entrindeten Sandwiches und Obsttörtchen beladen waren. Er rauchte, und sein Atem klang pfeifend. Ich machte es mir vis-à-vis in einem Sessel bequem. Seine Haut war gelblich, er sah fiebrig und krank aus.

»Liebes«, murmelte er in derselben tonlosen Stimme, die er am Telefon gebraucht hatte. »Dass du deine alte *Maman* noch einmal besuchen kommst.« Er veränderte seine Sitzhaltung, und der Morgenmantel öffnete sich und enthüllte ein dünnes, unbehaartes Bein. Er machte in der Luft über meinem Kopf ein Kreuz. »Gott segne dich.«

»Du siehst gar nicht gut aus, Richie«, sagte ich. »Ist alles in Ordnung?«

»Na, sehen wir mal«, antwortete er, indem er einen langen Finger an sein Kinn legte. »Mein Liebster hat mich verlassen, man hat mich gefeuert, ich habe einen Prozess am Hals und niemand will mich zurückrufen. Ja, es ist alles bestens. Trinkst du Schwarztee oder grünen?«

»Ich meinte gesundheitlich«, sagte ich.

»Ich hab dir schon gesagt, ich habe mir irgendwo einen Virus eingefangen. Ich meine, noch einen außer dem HIV.«

»Warst du beim Arzt?«

»Ach bitte, Schätzchen, um unsere Zipperlein zu besprechen, haben wir noch Zeit genug, wenn wir siebzig sind. Glaub mir, es geht mir gut.«

Er stieß eine Rauchwolke aus, dann bekam er keine Luft und hustete, bis er rot im Gesicht war und schwitzte. Ich stand auf und wollte ihm helfen, aber er scheuchte mich weg. Javier stand wachsam in der Tür. Das Husten legte sich, und Richies Gesichtsfarbe wechselte von Rot nach Weiß, als er nach Luft schnappte.

»Wasser«, sagte er.

Javier ging in die Küche und kam mit einem Glas wieder. »Ich sollte wohl besser den Arzt holen«, sagte er streng, als er Richie das Glas reichte.

»Du solltest wohl besser das Silber polieren und den Hund Gassi führen«, sagte er. »Oder den Hund polieren und das Silber Gassi führen. Geh jetzt. Ich will ungestört mit meinem Freund reden.«

»Javier hat Recht. Du siehst ernsthaft krank aus.«

»Wenn ihr nicht beide den Mund haltet, werde ich wirklich ernsthaft krank«, zischte er scharf. »Geh, Javier.« Als Javier gegangen war, schenkte er mir mit zitternden Händen eine Tasse Tee ein und reichte mir eine mit Sandwiches überhäufte Platte. »*Mangia*, Henry. Du fällst ja völlig vom Fleisch. Ich habe von deinem Serienmörder gelesen. In der Kloschüssel ertrunken? Ich bleibe da immer im Nichtschwimmerbereich.«

»Er ist von Drogen und Alkohol ohnmächtig geworden und an seinem Erbrochenen erstickt«, sagte ich und biss in Aufschnitt mit Meerrettich.

»Bezaubernde Vorstellung.«

Ich schlürfte starken, süßen Tee. »Erinnerst du dich an die junge Frau, die mit Alex zusammengewohnt hat? Katie Morse? Sie haben ihre Leiche vor ein paar Tagen im Griffith-Park gefunden.«

»Ich hab's im Fernsehen gesehen.« Er entzündete eine weitere Zigarrette und inhalierte vorsichtig.

»Die Cops glauben, dass sie verschwunden ist, kurz nachdem Alex ermordet wurde.«

»Sie war auf Speed«, sagte er. »Die Szene ist hart.«

»Das glauben die Cops auch.«

Er blies Rauch von sich, nippte an seinem Wasser. »Du etwa nicht?«

Ich sagte: »Wenn ein Fall erst einmal abgeschlossen ist, erzählt er meist eine ziemlich geradlinige Geschichte, aber hier geht es über Stock und Stein. Travis als Serienmörder, das passt hinten und vorne nicht, die Cops haben Spuren gefälscht, eine Zeugin taucht aus dem Nichts auf, Travis stirbt durch diesen lächerlichen Unfall, aber dann findet die Polizei Beweismaterial, das ihn eindeutig mit den ersten beiden Morden in Verbindung bringt. Kaum scheint es, dass alle losen Enden verknüpft sind, kommt die ermordete Katie Morse ans Tageslicht. Verbinde du die Punkte. Ich kann's nicht.«

»Spul noch mal zurück«, knarzte er. »Die Bullen haben Spuren gefälscht?«

Ich erzählte ihm von den Fasern im Kofferraum des Autos. »Der Witz dabei ist, dass es völlig unnötig war, weil sie die gleichen Fasern in seiner Wohnung und in der Umgebung gefunden haben.«

»Vielleicht hat Gaitan die auch verstreut«, sagte Richie.

»Es gab noch andere Spuren«, sagte ich und berichtete von dem Blut am Schuh und dem Einwickelpapier aus dem Imbiss.

»Du bist nicht misstrauisch genug!« Aufgeregt drückte er seine Zigarette aus. »Vielleicht haben sie ja alle Spuren fabriziert.« Er zündete sich die nächste an. »Du hast den Schwulenticker-Aspekt nie verfolgt, den ich dir aufgezeigt habe.«

»Was meinst du damit, Richie?«

»Alex ist zweimal angegriffen worden, bevor er ermordet wurde, und die Bullen haben nichts unternommen.«

»Ich sehe da keine Verbindung zu den gefälschten Spuren.«

Er runzelte die Stirn. »Denk nach, Henry. Derjenige, der Travis die Morde angehängt hat, musste Zugang zum Beweismaterial haben.«

»Offensichtlich war es die Polizei.«

»Aber warum?«, fragte er. »Welches Motiv hatten sie?«

»Sie wussten, dass er es war, und wollten ein bisschen nachhelfen.«

»Es sei denn«, sagte er, »sie wollten von sich selbst ablenken.«

Das musste ich erst verarbeiten. »Willst du etwa andeuten, dass die Polizei Alex und die beiden anderen Opfer umgebracht hat?«

»Ja.«

»Aber wieso, Richie?«

»Weil sie uns hassen.«

»Jetzt mach mal halblang.«

»Sie haben dich mit dem Pistolenkolben geschlagen und du verteidigst sie noch?«

»Es gibt Augenzeugen, die zwei von den Opfern in das Filmauto haben einsteigen sehen.«

»In allen Studios arbeiten ehemalige Bullen als Wachmänner«, sagte er. »Das ist eine Art Rente für die. Wer sagt denn, dass sich nicht ein Ex-Bulle das Auto ausgeborgt hat?«

»Eine antischwule Todesschwadron bei der Bezirkspolizei? Das wäre bestimmt schon aufgefallen.«

»Niemand nimmt mich ernst«, klagte Richie. »Alle halten mich für einen Spinner.«

»Das Problem sind nicht deine Schlussfolgerungen, sondern deine Recherche«, sagte ich.

»Fang nicht wieder damit an.«

»Du hast mich in diesem Asuras-Artikel ohne Genehmigung zitiert«, erinnerte ich ihn.

»Ich habe dich vorgewarnt«, gab er zurück.

»Das stimmt nicht ganz«, sagte ich.

Er beugte den Kopf über das Teetischchen, um sich eine Tasse einzuschenken. Der Seidenschal um seinen Hals verrutschte leicht und entblößte einen Streifen tief aufgeschürfter Haut.

»Was ist mit deinem Hals passiert?«

Seine Hand griff an die Stelle, an der der Schal sich geteilt hatte. Er zupfte ihn zurecht, so dass die Haut wieder bedeckt war, nippte an seinem Tee und sagte: »Magst du ein Hörnchen? Sind aus der La Brea-Konditorei. Zitronen-Ingwer. Könnte sterben dafür.«

»Richie, dein Hals.«

»Mir ist ein kleines Malheur passiert.«

»Was für ein Malheur?«

Er setzte seine Teetasse ab. »Ich war *malheureuse* und wollte mich aufhängen.«

Kapitel 16

»Ich muss eben Jemand sein«, sagte Richie, indem er grazil seine Tasse auf die Untertasse absetzte.

»Du bist jemand, Richie«, sagte ich.

»Nein, Henry, ich meine Jemand, mit großem J. Ein Star.« Er tippte Asche von seiner Zigarette ab. »Anders hat es keinen Sinn.«

»Ich komme nicht mit.«

»Alles, was ich gelitten habe«, sagte er ruhig. »Die vier Jahre in diesem Krankenhaus, das HIV, Joel. Als Schwuchtel geboren zu sein. Es muss doch irgendetwas dabei herauskommen, denn wenn am Ende nichts herauskommt, dann haben die Fundamentalisten Recht und Gott ist eine verrückte verbitterte alte Tunte und hat uns nur erschaffen, damit er uns schön quälen kann.« Er zog kurz an seiner Zigarette. »Denk mal drüber nach, Henry. Wenn dieser Gott die Menschen nach seinem Bild erschaffen hat, dann gilt das auch für John Wayne Gacy und Jeffrey Dahmer, und was sagt uns das über seinen Charakter? Schließt die Messer weg, sagt uns das. Haltet euch den Rücken frei.«

»Warum hast du mich nicht angerufen, bevor du versucht hast, dich umzubringen?«

Er tätschelte mein Knie. »Du hast es nie nötig gehabt, ein Star zu sein. Du kannst dir nicht vorstellen, was ich alles dafür tun würde. Das ist auch ganz gut so, denn wenn du es könntest, würdest du mich nicht mehr besonders mögen.«

»Was ist passiert?«

»Als ich da hing, im Schlafzimmer vom Lampenhaken, da hab ich in meinem Kopf eine Stimme gehört, die sich ziemlich nach Vivien Leigh anhörte. Ihr letzter Satz in *Vom Winde verweht*: ›Es gibt immer ein Morgen. Morgen ist ein neuer Tag.‹ Dann bin ich ohnmächtig geworden. Als ich wieder aufwachte, lag ich auf dem Boden mit Putzbröckchen bedeckt. Ich hatte den Haken aus der Decke gerissen.«

»Stimmt irgendetwas davon?«

»Alles«, sagte er, die Hand aufs Herz gelegt. »Ich schwöre es. Scarlett O'Hara hat mir das Leben gerettet.«

Der Suizidversuch hatte seinen Kehlkopf verletzt, aber seinem Arzt zufolge war es kein bleibender Schaden. Er hatte aber eine Weile kaum sprechen können, also hatte er sich die Legende ausgedacht, er sei außer Landes gegangen. Niemand wusste von dem Versuch außer Javier und jetzt mir. Ich musste ihm Stillschweigen schwören. Im Gegenzug verlangte ich ihm das Versprechen ab, dass er sich nicht umbringen würde. Er stimmte zu unter der Bedingung, dass ich, wenn es ihm besser ging, mit ihm zu Barney's gehen würde, neue Anzüge einkaufen; »denn wenn ich dich noch lang in diesen Pennerkutten von Brooks Brothers rumlaufen sehen muss, dann bringe ich mich doch noch um«. Im Hinausgehen steckte ich Javier meine Telefonnummer zu und bat ihn, mich anzurufen, sollten Richies Depressionen sich verschlimmern. Unergründlich wie immer nahm er die Nummer entgegen. Erst auf der Heimfahrt ließ ich das Gewicht dessen, was Richie mir anvertraut hatte, in mir zu, und als ich in meine Einfahrt fuhr, war ich blind vor Tränen.

* * *

In dieser Nacht rief ich meine Mails ab, und zu meiner Überraschung gab es eine Nachricht von Rod Morse, aber als ich sie öffnete, war sie unverständlich, eine einzige Zeile in Großbuchstaben: SINSIK4? Ich druckte sie aus. Nachdem ich in verschiedenen Wörterbüchern nichts gefunden hatte, was dem auch nur entfernt nahe kam, wollte ich es schon als Übertragungsfehler abschreiben, als ich darauf kam, dass die ersten vier Buchstaben ein verstümmeltes SIND SIE sein konnten, das die Frage einleitete, auf die das Fragezeichen hindeutete. Sind Sie K4? Ka vier? Ich sprach es mehrmals vor mich hin, bis ich darauf kam. SIND SIE QUEER? Die Intention hinter der Frage war unmöglich zu erraten, aber dass er sie verschlüsselt hatte, war ein Indiz dafür, dass sie nicht feindselig gemeint war, denn Beschimpfungen dieser Art werden selten getarnt. Andererseits war *queer* ein mehrdeutiges Wort; über Jahrzehnte war es ein Schimpfwort gewesen, aber viele junge Schwule und Lesben hatten es für sich erobert und nannten sich mit Stolz selbst *queer* in demselben Geist, in dem langhaarige Collegestudenten in den Sechzigern sich mit einem Wort, das ursprünglich Missgeburt bedeutete, als *Freaks* bezeichnet hatten. Aber ich wusste nichts von Rod Morse, nicht wie alt er war, wie er sich sexuell definierte oder wie politisch gebildet er war. Freilich war er meine einzige Hoffnung, um etwas über Katie herauszufinden, und so schrieb ich, nachdem ich es hin- und herüberlegt hatte, zurück: JA. Am nächsten Abend erhielt ich eine Antwortmail im selben Code. TFNIRE. Ich telefoniere, ich rufe an.

* * *

Das Telefon klingelte um Mitternacht. Ich wälzte mich im Dunkeln hinüber und sah, dass der Anruf auf der Büroleitung hereinkam. Ich nahm ab.

»Nehmen Sie ein R-Gespräch für niemand Bestimmten von einem Rod an?«, fragte ein Vermittler.

»Ja«, sagte ich und schaltete das Licht an. Ich setzte mich auf und griff mir Block und Stift, die ich immer auf dem Nachttisch liegen hatte, um gleich festzuhalten, wenn mir im Wegdämmern ein Gedanke zu einem Fall kam.

»Hallo, Mr. Rios?« Es war eine Jungenstimme, kaum diesseits der Pubertät.

»Rod? Rod Morse?«

»Mhmm«, sagte er.

»Wie alt bist du?«

»Sechzehn«, sagte er mit leichtem Trotz. »Ich bin im Juni sechzehn geworden.«

Ich hörte hinter ihm Restaurantgeräusche, Tellerklappern, ausgerufene Bestellungen. »Von wo rufst du an?«

»Vom Rund-um-die-Uhr-Diner am Highway«, sagte er. »Ich komm öfter hierher.«

»Wissen deine Eltern das?«

Schweigen. »Ich hau heimlich ab. Was soll die Fragerei? Ich dachte, Sie wollen was über Katie wissen.«

»Ich hätte dich für älter gehalten«, sagte ich. »Warum hast du mich gefragt, ob ich queer bin?«

»Ich dachte, wenn Sie Alex gekannt haben, dann sind Sie's vielleicht«, sagte er.

»Hast du Alex gekannt?«

»Ich wusste, dass er schwul ist«, sagte er. »Katie hat's mir gesagt. Katies Freunde waren alle schwul.« Er zögerte. »Ich glaube, deswegen ist sie auch bei mir drauf gekommen.« Kaum hatte er es ausgesprochen, verstand ich die verschlüsselten Nachrichten, diesen Anruf.

»Deine Eltern wissen nichts davon.«

»Niemand hat es gewusst, nur Katie«, sagte er. »Na jaa, die Leute in den Chatlines, aber die zählen nicht. Sie hat mir versprochen, dass sie mich hier rausholt.«

»Was meinst du damit?«

»Sie hat gesagt, ich kann kommen und bei ihr wohnen, und dass sie mir Geld schickt, um nach L.A. runterzukommen.«

»Für wann habt ihr das geplant?«

»Direkt nach meinem Geburtstag«, sagte er. »Als ich dann nichts mehr von ihr hörte, da hab ich mir angefangen Sorgen zu machen.«

»Meines Wissens hast du im Juli versucht, bei der Polizei von L.A. eine Vermisstenanzeige aufzugeben. Was war da?«

»Der Polizist wollte nur etwas unternehmen, wenn ich ihn mit meinen Eltern reden lasse«, antwortete er. »Mein Dad hat zu ihm gesagt, dass Katie irgendwo auf Drogen wäre und dass er seine Zeit nicht damit verschwenden soll, nach ihr zu suchen.«

»Warum warst du dir so sicher, dass sie verschwunden war?«

»Weil sie mich nicht im Stich gelassen hätte. Sie weiß, wie meine Leute sind. Sie hat gewusst, dass ich da raus muss.«

»Wann hast du Geburtstag, Rod?«

»Am fünfzehnten Juni.«

»Die Polizei sagt, du hättest eine Glückwunschkarte von ihr bekommen. Kannst du dich erinnern, wann die ankam?«

»Klar, die kam am Tag danach. Katie war so blöd und hat die Postleitzahl weggelassen, darum hat sie so lang gebraucht.«

»Hast du den Umschlag noch, in dem sie ankam?«

»Ja, warum?«

»Ich will, dass du auf den Poststempel schaust und mich wissen lässt, wann sie aus Los Angeles abgeschickt wurde.«

»Okay«, sagte er. »Wie ist Alex gestorben?«

»Er ist am ersten Juniwochenende ermordet worden«, sagte ich. »Ich vermute, dass Katie etwa zur gleichen Zeit verschwunden ist, und ich habe mich gefragt, ob es da eine Verbindung gibt.«

»Wissen Sie, wer ihn umgebracht hat?«

»Die Polizei hatte einen Verdächtigen, aber der ist gestorben, bevor sie ihn verhaften konnten. Ich war sein Anwalt.«

»Ich dachte, Sie waren ein Freund von Alex«, sagte er misstrauisch.

»Das war ich auch«, sagte ich.

»Und Sie waren auch der Anwalt von dem Mann, der ihn umgebracht hat?«

»Der Mann, der beschuldigt wurde, ihn umgebracht zu haben«, sagte ich. »Es ist nie bewiesen worden. Daran hängt eine lange Geschichte, die ich dir ein andermal erzählen werde. Jetzt interessiert mich, wann Katie verschwunden ist.«

»Wie gut kannten Sie Alex?«

»Wie meinst du das?«

»Waren Sie sein, äh, Geliebter?«

»Ich bin einmal mit ihm ausgegangen, aber als seinen Geliebten würde ich mich nicht bezeichnen.«

Schweigen. »Haben Sie ihm dafür Geld gegeben, dass er mit Ihnen ausgeht?«

»Nein. Woher weißt du, dass Alex auf den Strich ging?«

»Die Diskette«, sagte er.

»Welche Diskette?«

»Ich muss jetzt los«, sagte er. »Ich schick Ihnen 'ne Mail. Kommen Sie mit meinem Code klar?«

»Ja, glaube schon. Rod, welche Diskette?«

»Checken Sie morgen Nacht Ihre E-Mails. Spät nachts.«

* * *

Am nächsten Abend, nach Mitternacht, erhielt ich Rods Mail. Ich entschlüsselte sie und druckte sie aus.

Katie ist nach San Francisco raufgezogen, sobald sie die Highschool fertig hatte. Ich war 13. Sie wusste, dass ich schwul bin, bevor ich es selbst wusste, weil sie dort viele schwule Freunde hatte, und ich denke mal, sie hat die Symptome erkannt: z.B. dass ich keinen Sport mache und dass ich keine Freundin hab und schöne Klamotten mag und so. Sie hat mir gesagt, dass ich queer bin, als ich 14 war, und da hat plötzlich alles irgendwie zusammengepasst. Seitdem will ich nichts als RAUS HIER. Meine Eltern sind Wiedergeborene. Sie haben zu Katie gesagt, dass sie in die Hölle kommt, weil sie gern auf Partys geht, da können Sie sich ja vorstellen, wie sie reagieren würden, wenn sie über mich Bescheid wüssten. Ich bin mir ziemlich sicher, dass sie es wissen, weil sie mir immer komische Fragen stellen wie worüber ich nachdenke, wenn ich allein bin. Außerdem muss ich dreimal die Woche in die Kirche … Das kotzt mich an. Hier gibts nichts für Schwule, nur ein paar Kneipen und ein Park in der Innenstadt. In die Kneipen komm ich nicht rein, und der Park ist eklig. Ich hab mal lange in schwulen Chatrooms rumgehangen, mit anderen queeren Kids gequatscht, aber dann hat in der Kirche jemand meinem Vater erzählt, dass es im Internet Leute gibt, die Kinder missbrauchen, deswegen haben sie auf meinem PC so ein Ding namens Cybersitter installiert, das ihnen sagt, auf welchen Seiten ich war, und da konnte ich nicht mehr auf die schwulen Seiten gehen. Ich maile mir immer noch mit manchen Leuten, die ich da getroffen habe, aber ich muss die Mails immer gleich löschen, und ich hab mir diesen Code ausgedacht. Ich weiß nicht, wie lang ich das noch aushalte, jetzt wo Katie weg ist … R.

Dieser Nachricht folgte eine zweite, die wenige Minuten später übertragen worden war:

Ups, hätt ich fast vergessen. Die Diskette. Katie hat mir mit der Geburtstagskarte eine Diskette geschickt und gesagt, ich soll sie für sie aufbewahren, bis sie sie braucht. Sie hat gesagt, dass es wichtig ist. Ich schick Ihnen die Datei als Attachment. Der Polizei hab ich nichts davon gesagt. Sie werden schon sehen warum, wenn Sie hineinsehen. R.
PS Ich hab auf den Umschlag geschaut. Auf dem Stempel steht, dass er am 3. Juni von L.A. abgeschickt wurde. Ich hab Ihnen schon gesagt, dass sie die PLZ verduselt hat, oder?

Als ich die zweite Mail gelesen hatte, blätterte ich in meinem Kalender bis Juni zurück. Der dritte war ein Mittwoch gewesen, zwei Tage, bevor Alex ermordet worden war. Odell hatte also Unrecht gehabt, was das Absendedatum anging. Ich lud die Datei herunter, die Rod angehängt hatte, eine große, die fast zehn Minuten brauchte, und speicherte sie als Word-Datei. Als ich sie öffnete, prangte mir ein Titelblatt entgegen. *Nummern: Geschichten aus der SM-Gosse Hollywoods. Von A.* Ich druckte ein siebzigseitiges Manuskript aus und las es mir durch, mit immer mehr Erstaunen und Scham und Ekel.

> ... J. kam in voller Bondage-Montur herein und fesselte mich mit Lederriemen aufs Bett. Ich war von den Quaaludes so weggetreten, dass ich nicht verstand was abging, bis er anfing mich mit einer neunschwänzigen Katze auszupeitschen. Ich bat ihn aufzuhören, aber er zerbrach stattdessen immer mehr Poppers Ampullen unter meiner Nase. Nach einer Weile dachte ich, ach was solls und hab einfach mitgemacht. Er stieß einen Dildo in mich hinein und beschimpfte mich. In seinen Lederchaps war eine Öffnung für seinen Schwanz, aber er bekam keinen Steifen egal was er mit mir anstellte. Das kam wohl von den ganzen Drogen nehme ich an. Seine Ludes waren farmazeutisch rein, nicht die Scheiße von der Straße. Außerdem nahmen wir einen Haufen Koks. Schließlich konnte er aus seinem Schwanz ein bisschen Getröpfel herausquetschen. Er nahm mir die Fesseln ab und gab mir $500 und schlug vor, dass ich sauber mache und hinuntergehe in seinen Vorführraum und mit ihm und seiner Frau seinen neuen Film ansehe. Sie war die ganze Zeit da als wir oben waren! Ich saß zwischen ihnen und wir haben den Film angesehen und Popcorn gegessen. Er spielte einen FBI-Agenten, er war ziemlich gut aber es war komisch da zu sitzen mit den beiden. Das war das erste Mal, dass ich für SM bezahlt wurde.
> Ich halte mich für bisexuell, aber es ist nunmal so, dass die meisten Leute die auf SM stehen Schwule sind, also auch die meisten von meinen Kunden. Ich war also ziemlich überrascht, als mich diese Frau anrief und sagte, dass sie über T. von mir gehört hatte. Sie war eine Regisseurin, die einen Oscar gewonnen hatte. Ich werde sie Judy nennen. Sie wohnte in Los Feliz in einem großen weißen Haus mit schwarzen Fensterläden. Sie war dürr und hässlich, aber auf dem Kaminsims hatte sie einen Oscar stehen. Sie hatte es mit Sodomie.

Sie hatte diese großen Windhunde und hat ihnen immer zugesehen, wie sie mit Menschen Sex machten, mit Männern und Frauen. Ich weiß nicht warum sie mich angerufen hat. Ich glaube sie dachte, wenn ich SM mitmache, dann mache ich alles mit.
Judy hat mich meinem übelsten Kunden vorgestellt. Er ist ein hohes Tier in einem Studio. Ich nenne ihn mal Mr. King, denn er saß wie der King in seinem kleinen Königreich. Er ist es gewohnt, seinen Willen zu bekommen. Wenn es um Sex geht hat er keine Grenzen. Es gab sogar Gerüchte, dass er einen Jungen umgebracht hat, als er in einem anderen Land war. Es heißt, dass er ihn alle gemacht hat und das auf Viedeo aufgezeichnet hat um es sich später anzugucken, ein Snuff Porno. Wie viele von diesen SM-Tunten hatte Mr. King einen Playroom, aber der sah nicht aus wie eine Folterkammer wie die meisten. Es sah aus wie der Raum im Krankenhaus wo man Operationen macht. Er hatte so einen Stahltisch mit Abfluss, er sagte, sie haben da Autopsien drauf gemacht. Als ich ihn zum ersten Mal traf, war er total freundlich. Und er hat am besten gezahlt. Er wurde mein bester Kunde. Unsere ersten Nummern waren ziemlich harmlos, aber nach und nach wurden sie immer abgedrehter und ich habe gemerkt, dass er meinen Widerstand brechen wollte, meine Grenzen austesten. Er war der totale Manipulierer und Hirnwixer. Aber wie gesagt, er zahlte gut, und er hat mir Geschenke gemacht, z.B. ein Auto.
An einem Abend wurde ich zu seinem Haus bestellt – er wohnt in Los Feliz in so einer alten Steinvilla, die aussieht wie ein Schloss. Sie hat mal so jemand wie Charlie Chaplin gehört. Es war schon jemand da, ein großer bulliger Typ, von Kopf bis Fuß in Gummi. Er und King schleppten mich ins Badezimmer. Der Gummikerl drückte meinen Kopf in die Kloschüssel während King hineinpisste. Ich dachte ich ertrinke. King riss meinen Kopf heraus, und fing an mich zu schlagen, er hat auf mich eingeprügelt wie auf ein Robbenbaby, so hart, dass der Gummikerl versuchte ihn zu stoppen. Trotz der ganzen Drogen die wir nahmen konnte ich den Schmerz fühlen. Es kam dann raus, dass er mir ein paar Rippen gebrochen hat. Und mein Gesicht – ich konnte eine Woche lang nicht aus dem Haus.
Danach habe ich aufgehört Kings Anrufe entgegenzunehmen, weil ich dachte er bringt mich um. Mr. King war es wohl nicht gewohnt,

dass man ihn zurückweist, und er rächte sich dafür. Zuerst bin ich einmal nachts zusammengeschlagen worden, wie ich aus einer Bar nach Hause kam. Während ich auf dem Boden lag, sah ich das Auto von King gegenüber am Straßenrand stehen. Einige Tage später rief er mich an und fragte, ob ich meine Lektion gelernt habe. Ich sagte fick dich doch, wenn du mich nicht in Ruhe lässt geh ich zur Polizei. Natürlich wäre ich nie zu den Bullen gegangen, als würden die mir mehr glauben als dem. Das Nächste war, dass das Auto, dass er mir geschenkt hatte, mysteriöserweise abgefackelt wurde. Da beschloss ich, dass ich etwas tun musste. Die Bullen kamen nicht in Frage, aber ich kam auf diese Idee und fing an dieses Buch zu schreiben, um King und die ganzen anderen perversen Spinner in Hollywood zu entlarven.

Es heißt, Hollywood wäre eine Traumfabrik, aber für mich ist es mehr wie ein Abwasserkanal. Als ich hierher kam, war ich ein ehrgeiziger junger Schauspieler mit großen Plänen, aber von großen Plänen kann man sich nichts kaufen. Ich wollte kein Kellner-Schauspieler-Sonstwas sein. Das erste Mal, dass ich für Sex Geld bekam, dachte ich, warum soll ich nicht Geld für etwas nehmen, was ich sowieso getan hätte? Aber so ist es nicht. Es zieht einen runter, und man lernt die miesesten Seiten der Leute kennen. Darum habe ich immer mehr Drogen genommen und alle meine Träume sind zu Alpträumen geworden. Heute bin ich von den Drogen runter, und ich räume in meinem Leben auf. Ich fühle mich immer noch zu Männern hingezogen, aber ich habe auch eine feste Freundin, Katie, und wir haben vor zu heiraten und eine Familie zu gründen. Das ist das einzige Happyend, das ich mir wünsche.

Sobald ich zu Ende gelesen hatte, mailte ich Ron, er solle mich per R-Gespräch anrufen. Es verging keine Stunde, bis er anrief. Dem Geräuschteppich – Konservenmusik und Stimmfetzen – entnahm ich, dass er im Imbiss am Highway war.

»Ich wollte Sie sowieso anrufen«, sagte er. Seine Angst kam mir wie ein Schwall heißer Luft durch die Leitung entgegen. »Meine Eltern wollen etwas Schlimmes mit mir machen.«

»Was ist los, Rod?«

»Ich habe bei ihnen im Schlafzimmer ein Buch gefunden, da geht es um eine Art Klinik in Utah, wo sie angeblich Homosexualität heilen können.«

»Das ist unglaublich.«

»Die können das doch nicht mit mir machen, oder?«

»Das weiß ich nicht. Meinst du, sie wollen es bald tun?«

»Weiß nicht«, sagte er. »Ich hau ab.«

Ich dachte an die Heerscharen von Ausreißerkindern, die die heruntergekommenen Straßen von Hollywood durchstreiften. »Weißt du sicher, dass sie vorhaben, dich dorthin zu schicken?«

Er zögerte. »Nein, nicht sicher.«

»Dann musst du jetzt überhaupt noch nichts unternehmen«, sagte ich. »Wenn doch etwas passiert, ruf mich an. Ich verspreche dir, dass ich tun werde, was ich kann.«

»Können Sie sie daran hindern?«

»Ich bin nicht der richtige Anwalt dafür.«

»Ich hab sonst niemand.«

»Ich verspreche dir, dass ich dir helfe, Rod.«

»Sie haben das Buch von Alex gelesen, nehm ich an«, sagte er.

»Bist du sicher, dass Alex es geschrieben hat?«

»Auf der Diskette stand sein Name«, sagte Rod. »Was halten Sie davon?«

»Es war ziemlich brutal«, antwortete ich.

»Als Sie mich angerufen und gesagt haben, dass Sie ein Freund von Alex sind, dachte ich, Sie sind vielleicht einer von denen, über die er geschrieben hat.«

»Nein, mit diesen Sachen habe ich nichts am Hut.«

»Ich auch nicht«, sagte er. »Ich meine, wenn ich jemals Sex mache, dann bestimmt nicht *so*. Ich weiß noch nicht mal, warum manche so was überhaupt machen wollen, mit Auspeitschen und Fesseln und so. Verstehen Sie das, Mr. Rios?«

»Manche Leute haben diese Fantasien«, sagte ich.

»Das ist doch krank«, sagte er. »Glauben Sie, dass Alex wirklich solche Sachen gemacht hat?«

»Ich kann nicht alles bestätigen«, sagte ich, »aber manches passt zu dem, was ich über ihn weiß.«

»Hat das was damit zu tun, warum Katie ermordet wurde?«

»Alex muss Katie die Diskette zur Verwahrung gegeben haben

für den Fall, dass ihm etwas zustößt«, sagte ich. »Sie hat sie dir geschickt, also war sie wohl um ihre eigene Sicherheit besorgt. Du sagtest, du hast der Polizei nichts von der Diskette gesagt. Warum nicht?«

»Ich wusste nicht, dass Alex tot ist«, erklärte er. »Ich war noch nicht einmal sicher, ob es echt ist. Ich dachte, vielleicht hat er sich alles nur ausgedacht und es war so etwas wie ein Porno. Soll ich es jetzt der Polizei sagen?«

Ich dachte nach. Für sich genommen gab die Diskette keinen Aufschluss über den Mord an Katie, ohne dass man den Text detailliert ausdeutete, und für eine solche Exegese war die Polizei, so wie ich sie kannte, wohl kaum empfänglich. Und wenn auch die enthaltenen Informationen auf den Mord an Alex ein neues Licht warfen, war es doch ohne weitere Recherche und Überprüfung bloße Spekulation.

»Hör zu, Rod«, sagte ich. »Ich möchte dich bitten, mir zu vertrauen und niemandem von der Diskette zu erzählen, bis ich alles, was in der Datei steht, überprüfen kann. Dann gibt es, vielleicht, genug Material, um zur Polizei zu gehen.«

»Ich vertraue Ihnen«, sagte der Junge. »Ich wusste schon bei Ihrem ersten Anruf, dass ich Ihnen vertrauen kann.«

»Meine Nummer hast du«, sagte ich. »Du kannst mich jederzeit anrufen, per R-Gespräch, aus welchem Grund auch immer. Wenn ich nicht da bin, hinterlass eine Nachricht oder schick mir eine Mail. Okay?«

»Ja«, sagte er.

»Weißt du, Rod, ich bin auch als Teenager von zu Hause weggegangen. Ich bin aufs College gegangen und nie wieder zurückgekehrt.«

»Meine Noten sind nicht gut genug fürs College«, sagte er. »Ich muss immer aufpassen, dass ich keine Prügel kriege, da kann ich nicht gut lernen.«

»Ich meine damit nur, dass alles besser wird.«

»Schlechter kann es nicht mehr werden«, sagte er. Dann, hoffnungsvoll: »Kann ich Sie irgendwann mal treffen?«

»Ich versprech's dir«, sagte ich. »Du bist jetzt nicht mehr allein.«

* * *

Als Alex ermordet wurde, war mein erster Gedanke gewesen, dass es einer seiner Kunden getan hatte. Als ich nun das Manuskript wieder las, kam ich immer wieder auf den langen Abschnitt über »Mr. King« zurück. Der Angriff auf Alex und der Anschlag auf sein Auto waren nicht Taten von Schwulentickern, sondern die eines verschmähten Freiers. War es möglich, dass derselbe Mann ihn umgebracht hatte? Warum? Wer war Mr. King? Leitender Angestellter in einem Filmstudio. Auslandsaufenthalt. Mordverdacht. Eine Skandalbericht wie direkt aus der *L.A. Mode*. Ich ging hinaus in die Garage und wühlte mich durch einen Stapel Zeitungen für die Altpapiersammlung, bis ich die Ausgabe der *L.A. Mode* fand, die Richie die Stelle gekostet hatte. Ich blätterte mich durch bis zur Titelgeschichte. Beim ersten Lesen war ich davon abgelenkt worden, dass Richie mich ohne Erlaubnis in den Artikel eingebaut hatte, und hatte ihn nie zu Ende gelesen. Nun las ich ihn Wort für Wort. Gegen Ende kam folgende Stelle:

> Asuras, der vor zwanzig Jahren kurze Zeit verheiratet gewesen war, ist mit einigen der schönsten Frauen Hollywoods zusammen gesehen worden, aber die Betonung liegt auf »gesehen«. Seine häufigste Begleiterin ist die keinem Schönheitsideal entsprechende oscargekrönte Regisseurin Cheryl Cordet, die in dem euphemistisch als »Frauenbar« bezeichneten »The Palms« in West Hollywood schon zum Mobiliar gezählt wird. Asuras seinerseits soll in Clubs gesehen worden sein, die von Schwarzledernen aller Geschmacksrichtungen frequentiert werden. Für einen Stammgast dieser Etablissements, der mit dem Studioboss »eine Nummer geschoben« haben will, ist es »nur logisch, dass diese Typen beim SM landen, die großen Bosse und Schauspieler, die den ganzen Tag lang die Leute schikanieren und dafür noch Geld kriegen. Es versteht sich, dass ich von S rede, nicht von M«. Welchen Vorlieben er auch frönen mag, Asuras hat es geschafft, sein Privatleben im Privaten zu lassen, bis auf den Vorfall, der zu seiner Ausweisung aus Thailand führte (siehe Kasten). Und doch fragt man sich, was Reverend Longstreet aus dem Vulcan Club – wo Asuras auch verkehren soll – machen würde: Dort empfängt die Besucher der Anblick eines jungen Mannes in einem Sling, der jedem zur Verfügung steht, der gerne...

Der Kasten am Rand der Seite trug die Überschrift *Dukes Probleme mit dem Personal.* Drei lange Absätze und ein Foto von Asuras, wie er vor seiner palastähnlichen Residenz in Bangkok stand. Dem Artikel zufolge war ein neunzehnjähriger Junge, den Asuras als Diener angestellt hatte, verschwunden, und seine Eltern waren zur Polizei gegangen und hatten Asuras beschuldigt, ihn umgebracht zu haben. Die Polizei hatte den Fall untersucht und ihn entlastet. Nachdem Asuras Thailand verlassen hatte, um die Leitung des Parnassus-Studios anzutreten, war herausgekommen, dass ein zweiter Junge, der bei ihm angestellt gewesen war, ebenfalls verschwunden war. Monate später waren menschliche Überreste in einem an Asuras' Grundstück grenzenden Park ausgegraben worden. Die Überreste waren zu sehr zersetzt, als dass man sie eindeutig hätte zuordnen können; nicht einmal das Geschlecht der Leiche war noch feststellbar.

Auf dieser wackligen Grundlage suggerierte der Text, dass Asuras die beiden Jungen beim Sex mit ihnen ermordet und einen davon in dem Park verscharrt hatte. Ich musste Donati Recht geben, dass dieser Artikel juristisch an sich schon eine Verleumdung darstellte, eine Anschuldigung, die die schwachen Indizien nicht ansatzweise stützen konnten. Auch wenn man Richies laxes journalistisches Ethos zugrunde legte, war seine Tollkühnheit, die Story zu veröffentlichen, atemberaubend. Es war fast, als hätte er es darauf abgesehen gehabt, verklagt zu werden. Rechnete er mit neuen Fakten in letzter Minute, die seine Anwürfe untermauerten?

Die nächsten paar Tage zermarterte ich mir lange den Kopf über den Erlebnisbericht von Alex und darüber, ob ich etwas unternehmen sollte und wenn ja, was. Selbst wenn Asuras der verschmähte Verehrer war, der Alex zusammenschlagen und sein Auto zerstören ließ, war das kein Beweis dafür, dass er Alex auch ermordet hatte, und schon gar nicht Jack Baldwin und Tom Jellicoe. Andererseits schien es mir ein unwahrscheinlicher Zufall, dass das Fahrzeug, das bei mindestens zweien der Morde verwendet wurde, ein Requisitewagen aus Asuras' Studio war. Ich begann, Asuras' Fürsorge für seinen Angestellten Bob Travis aus einem neuen Blickwinkel zu betrachten. War er wirklich besorgt um Travis oder auch nur um das Studio, oder hatte er Angst um seine eigene Sicherheit als Mitverschwörer? Und wo passte Donati – rechte Hand und Vertrauter von

Asuras, einstiger Geliebter von Travis – ins Puzzle? Welches Motiv hätte jeder von ihnen haben können, Alex Amerian zu töten?

Im Rückblick konnte ich dann kaum glauben, dass das Motiv mir tatsächlich so viel Kopfzerbrechen bereitet hatte, wo doch der Erlebnisbericht von Alex vor meiner Nase lag. In meinem Kopf entstand ein Gedanke, und ich fing an, Verbindungslinien zu ziehen, aber sie waren alle vage und spekulativ. Ich war nicht so dumm, Richies Fehler zu wiederholen. Ich brauchte Gewissheit, bevor ich die entsetzlichen Möglichkeiten auch nur auszusprechen wagte, die nach und nach aus meiner Verwirrtheit auftauchten.

* * *

Einige Tage, nachdem ich Alex' Erlebnisbericht erhalten hatte, schenkte ich mir morgens eine Tasse Kaffee ein, setzte mich mit dem Telefon an den Esstisch, schlug die Gelben Seiten bei Literaturagenturen auf und hängte mich ans Telefon. Ich trat als Testamentsvollstrecker von Alex auf und erzählte dem Dutzend Telefonisten und Telefonistinnen, die ich erreichte, dass ich herauszufinden versuchte, ob Alex sich vor seinem Tod schon um eine Agentur für sein Manuskript gekümmert hatte. Bei den ersten sieben Agenturen hatte noch niemand von ihm gehört. Die Rezeptionistin bei Agentur Nummer sieben hatte im Computer einen Eintrag, dass ein Manuskript von ihm eingetroffen und ungelesen wieder zurückgesandt worden war. Bei Agentur acht hatte ein Assistent das Manuskript gelesen und verworfen. Bei Agentur zehn, Eleanor Wyatt & Co., wurde ich in die Warteschleife für Miss Wyatt gestellt, nachdem ich mein Anliegen vorgetragen hatte. Nach fünf Minuten kam ein aufgeräumtes: »Hier Eleanor Wyatt.«

Ich spulte meine Legende, warum ich anrief, ab.

»Ja«, schnitt sie mir das Wort ab. »Er war hier. Wir haben miteinander geredet. Ich habe ihm gesagt, dass ich interessiert bin, aber dass er offensichtlich kein Schriftsteller ist. Ich habe ihm geraten, sich einen Ghostwriter zu suchen, und ihm den Namen von einem gegeben, den ich für geeignet hielt.«

»Haben Sie das Manuskript gelesen?«

»Mhm«, sagte sie.

»Und Sie meinten tatsächlich, dass man das veröffentlichen konnte?«

Sie lachte. »Nun, ich würde es nicht lesen wollen, Mr. Rios, aber Fakt ist, dass ein ähnliches Buch mit dem Titel *You'll Never Make Love In This Town Again*, in dem eine Gruppe von Prostituierten ihre Abenteuer in der Traumfabrik beschreiben, drei Monate auf der Bestsellerliste der *New York Times* stand. Es hat noch kein Verlag sein Geld in den Sand gesetzt, weil er die Lüsternheit des amerikanischen Publikums überschätzt hat.«

»Erschreckend.«

»So sehr kann es Sie ja nicht erschrecken«, sagte sie brüsk. »Sie hätten kein Interesse daran, wenn Sie nicht dächten, dass sich dadurch die Erbmasse vergrößert. Woran ist er eigentlich gestorben, an Aids?«

»Er ist ermordet worden«, sagte ich.

»Ach tatsächlich?«, speichelte sie begierig. »Ermordet? Was ist passiert?«

»Hatten Sie keine Bedenken wegen Verleumdungsklagen, als Sie das Buch von Alex gelesen haben?«

»Glauben Sie mir, eine Armee von Anwälten wäre es mit dem Nissenkamm durchgegangen, bevor es das Licht der Welt erblickt hätte.«

»Hat Alex Ihnen die Identität der Freier offenbart, über die er schrieb?«

»Das brauchte er gar nicht«, sagte sie. »Es lag auf der Hand. Das war eins der Probleme bei dem Manuskript.«

»Mr. King zum Beispiel?«

Sie zögerte. »Ich habe ihm gesagt, dass diese Passage raus müsste.«

»Warum? Zweifeln Sie an seiner Wahrhaftigkeit?«

»Ich verkaufe Drehbücher an die Studios«, sagte sie. »Ich kann es mir nicht erlauben, jemanden zu vergrätzen, der so wichtig ist wie …«

»Duke Asuras?«

»Genau«, sagte sie. »Ich habe viel zu tun.«

»Erinnern Sie sich noch, an welchen Ghostwriter Sie ihn verwiesen haben?«

»Sekunde.« Ich hörte leises Papierrascheln. »Ich hab ihn. Rhodes Janeway.«

»Wissen Sie, ob Alex Ihren Rat beherzigt hat?«

»Nun, Rhodes hat mich angerufen, um über das Projekt zu reden. Ich versicherte ihm, dass es gute Marktchancen hatte, und sagte, er solle mich auf dem Laufenden halten. Seitdem habe ich von keinem von beiden etwas gehört.«

»Wann war das?«

»Ich erinnere mich nicht genau. Im späten Frühling oder Frühsommer. Wenn er vor seinem Tod ein Manuskript zustande gebracht hat«, sagte sie, »bin ich immer noch sehr daran interessiert, ihn zu vertreten. *Sehr* interessiert.«

* * *

John Rhodes Janeway war Harvard-Absolvent, was das gerahmte Diplom verkündete, das im Badezimmer seiner mit Kitsch voll gestopften Wohnung über der Toilette hing. Er wohnte in Hollywood, wenige Blocks oberhalb des Hollywood Boulevard in einer von Autowracks gesäumten Straße, wo Männer mit Piepsern hinter den Bananenstauden in den verwelkten Gärten von Abrisshäusern mit Drogen handelten. Seine Wohnung lag im obersten Stock eines dreistöckigen Hauses aus den zwanziger Jahren, das von außen aussah wie ein ägyptischer Tempel, bis hin zu dem Relief einer geflügelten Sphinx über dem Türbogen. Innen erinnerte das Haus eher an Katakomben; Düsternis, Moder und staubige Stille. Ich klopfte an die Tür mit der Nummer 333, hörte schlurfende Schritte und spürte, wie ich durch den Spion in Augenschein genommen wurde. Riegel schoben sich zur Seite, Ketten rasselten, und die Tür wurde von einem dünnen Mann um die vierzig geöffnet, dessen fleckiger Seidenmorgenmantel über einem schmutzigen T-Shirt und Jeans seine Zierlichkeit noch betonte. Er hatte das wirre lockige gelbblonde Haar und die verblichene Hübschheit eines einstmals mädchenhaften Jungen. Die Verbitterung schnitt scharfe, tiefe Furchen um den Amorsbogen seines Mundes, und unter den mokant hochgezogenen Augenbrauen stand ihm die Furcht in die blassen Augen geschrieben.

»Ich bin Henry Rios«, sagte ich. »Ich habe Sie wegen Alex Amerian angerufen. Ich bin sein Testamentsvollstrecker.«

»Kommen Sie rein, Herr Anwalt«, sagte er fidel. »Bevor Ihnen jemand den Anzug vom Leibe reißt, um ihn für Crack zu versetzen.« Ich folgte ihm in ein voll gestopftes Wohnzimmer, in dem jede Oberfläche mit Zeitungen und Zeitschriften oder Schnellheftern und Manuskripten bedeckt war. »Verzeihen Sie dieses Charivari.« Er drapierte sich in einen Stuhl. »Setzen Sie sich. Räumen Sie einfach weg, was Ihnen im Weg ist.«

Ich räumte einen Stapel *People*-Magazine von einer Sofaecke herunter. Die Wände säumten Borde voller Nippes, eine Sammlung Salz- und Pfefferstreuer, Sammelteller, Barbiepuppen, signierte Fotos von alten Filmstars, Fächer, Martinishaker. Das Rollo vor dem Fenster war heruntergelassen, und der Raum schwamm im rosigen Licht eines halben Dutzends kleiner Lampen, in denen rosa Glühbirnen brannten. Der Geruch von Räucherstäbchen aus Zedernholz mischte sich in der stehenden Luft mit Marihuana und Bourbon. Im angrenzenden Raum war ein Küchentisch zu sehen, darauf stand ein Computerbildschirm mit Tastatur in einem Wust von Büchern und Blättern.

»Vielen Dank, dass Sie sich Zeit für mich nehmen, Mr. Janeway«, sagte ich.

»Rhodes«, entgegnete er kokett. »Darf ich Henry sagen?«

»Selbstverständlich.«

»Es ist, als würde ich Sie schon kennen«, fuhr er fort.

»Warum das?«

»Ich nehme an, so einer wie Sie liest die Schwulenblättchen nicht«, sagte er mit feinem Sarkasmus in der Stimme. »*Frontiers*? *Edge*?«

»Nein, nicht besonders oft.«

»Bei der schwulen Presse verdiene ich meine Brötchen«, sagte er. »Ihr habe ich diesen luxuriösen Lebenswandel zu verdanken, den Sie hier bewundern können.« Er lächelte, aber in der Bemerkung lag mehr Gram als Gutmütigkeit. »Ich weiß, wer Sie sind, Henry«, sprach er weiter. »Und ich weiß, dass Sie nicht der Testamentsvollstrecker von wem auch immer sind. Sie waren der Anwalt des Mannes, der diesen Sommer die drei schwulen Jungs abgemurkst hat.« Er lächelte wieder, diesmal giftig. »Warum haben Sie mich am Telefon angelogen?«

Es war, wie wenn ein Zeuge der Verteidigung sich im Prozess mitten in der Befragung gegen mich wandte, eine unvorhersehbare und gefährliche Situation.

»Wenn Sie wussten, dass ich log«, konterte ich, »warum haben Sie sich dann auf dieses Treffen eingelassen?«

»Natürlich deswegen, weil eine Story dranhängt«, sagte er. »Entweder die, die Sie mir erzählen, oder die, die ich mir aus den Fingern sauge. Die Schmierblätter werden die eine oder die andere mit Kusshand nehmen.«

»Vielleicht gibt es eine Story«, lenkte ich ein, »wenn Sie mir helfen.«

Er kniff die Augen zusammen. »Ich würde sagen, ich bestimme hier die Konditionen.«

»Und warum, Rhodes?«

»Weil ich Sie in den Ruin treiben kann«, sagte er. »Die Blättchen haben den Morden nicht viel Platz gewidmet, weil ihre größten Anzeigenkunden die Bars und Sexclubs sind, und sie hatten Angst, dass es schlecht fürs Geschäft sein könnte, wenn sie zu viel über Jungs schreiben, die in den Hintergassen von West Hollywood erstochen werden. Aber wenn es eins gibt, was die schwule Presse wirklich liebt, noch mehr als Madonna, dann sind es Vendettas gegen prominente Schwuchteln. Jetzt, wo das Gemetzel zu Ende ist, glaube ich, dass ich sie schon für die Frage interessieren könnte, was wohl einen schwulen Rechtsanwalt dazu treibt, einen schwulen Serienmörder zu verteidigen.«

»Sie müssen mir nicht drohen. Ich sagte schon, es springt vielleicht eine Story dabei heraus, wenn wir einander helfen, und die ist viel größer als jeder Kopf-ab-Artikel, den Sie mir antun können. Wenn Sie Interesse haben, reden wir. Wenn nicht«, spielte ich eine leise Ahnung aus, »kann ich es auch woanders hinbringen, so wie Alex sein Manuskript.«

Das weiche rosige Licht konnte nicht ganz verschleiern, dass sich die verkniffenen Furchen um Janeways Mund tiefer eingruben. »Jegliche Abmachung zwischen uns will ich schriftlich«, sagte er.

»Ich nehme an, das bedeutet, dass sie die Abmachung mit Alex nicht schriftlich fixiert haben«, sagte ich.

Er nippte an seinem Glas, wobei sich die gestrafften Falten um seinen Mund entspannten. »Er war ein Trottel«, sagte er verächtlich. »Straßendreck, konnte kaum seinen eigenen Namen buchstabieren. Ich hätte nicht gedacht, dass ich mich vor ihm schützen muss.«

Nein, dachte ich, bestimmt nicht. »Eleanor Wyatt meinte, dass in Alex' Erfahrungsbericht von seinem Stricherleben ein Buch steckt. Und Sie?«

»Aber ja«, sagte er.

»Sie haben seine Geschichten also geglaubt?«

»Natürlich habe ich sie nicht geglaubt«, sagte Janeway. »Ich habe ihm Unmengen von Fragen gestellt. Namen, Daten, Orte, wer war dort, was wurde gesagt, ich habe ihn all das aufschreiben lassen, und ich habe ihn Fotos herbringen lassen, Quittungen, Notizen, Streichholzbriefchen, alles, was seine Geschichten bestätigen könnte, und dann habe ich meine eigenen Recherchen angestellt.« Die verbitterten Falten erschienen wieder um seinen Mund. »Ich habe ihn gezwungen, das Buch zu dokumentieren, und dann hat er auf dem Absatz kehrtgemacht und ist zu jemand anderem gegangen.«

»Was ist passiert?«

»Ich habe von allem, was er mir herbrachte, Akten angelegt. Er hat sie gestohlen.«

»Wie das?«

»Er kam eines Nachts her, wir haben was getrunken, sind im Bett gelandet«, sagte er. »Ich war zu betrunken, um mich daran zu erinnern, dass er eine Nutte war. Am nächsten Morgen war er weg, und mit ihm die Akten.«

»Wissen Sie, wohin er gegangen ist?«

Er lächelte säuerlich. »Ein paar Wochen, nachdem Alex mich abgezogen hat, habe ich einen Brief von *L.A. Mode* bekommen, in dem sie mir fünfhundert Dollar für meine Arbeit anboten, wenn ich schriftlich auf die Rechte an Alex' Story verzichtete.«

»Was haben Sie getan?«

»Ich musste meine Miete zahlen«, sagte er. »Und die Cocktails. Ich habe das Geld genommen.«

»Von wem beim Magazin kam der Brief?«

»Von der Bienenkönigin höchstselbst. Richie Florentino.«

Kapitel 17

Die zehnminütige Fahrt zwischen Janeways Wohnloch und Richies vergoldetem Apartment ging quer durch Hollywood, vorbei an Richies heiligen Stätten, dem *Chinese Theater*, dem *Walk of Fame*, dem *Roosevelt*-Hotel. Ich legte die Strecke in wilder Jagd zurück. Ich kannte noch nicht alle Details, aber klar war, dass Richie mich über Alex Amerian von Anfang an angelogen hatte. Ich ließ den Wagen vor seinem Haus stehen und überzeugte den schlafäugigen Portier, mich unangemeldet mit dem Türöffner hineinzulassen. Ich wollte den Überraschungseffekt nutzen, um die Wahrheit aus ihm herauszubekommen. Die golden-weiße Eingangshalle war leer, der Innenhof lag verlassen in der Mittagshitze. Er war im Sonnenbad, einem kleinen Raum voller Pflanzen, der vom Wohnzimmer abging, auf drei Seiten von Fenstern umgeben, mit Blick auf den still daliegenden Pool. Wie er da im Korbschaukelstuhl saß, ein Buch im Schoß, gedankenverloren rauchend, strahlte er eine Aura von Ziellosigkeit aus. Er trug eine weiße Hose, einen gelben Sweater, ein Paisley-Tuch um den zerschundenen Hals. Mit geschlossenen Augen hob er mit zwei schlanken Fingern die Zigarette an seine Lippen, inhalierte behutsam, ließ die Zigarette sinken, atmete räucherne Fragezeichen aus, seufzte, fuhr mit den Fingern über das Buch. Ich blieb vor der Tür stehen. Er sah zerbrechlich aus. Meine Wut schmolz. Er spürte meine Anwesenheit, drehte den Kopf zu mir um und krächzte: »Es ist offen.«

Ich trat ein und streifte im Vorübergehen eine riesenhafte Drachenlilie. »Wir müssen reden.«

»Offensichtlich«, sagte er gedehnt. »Warum wärst du sonst hier. Setz dich, Henry. Willst du etwas trinken. Eistee? Cola?« Er schaukelte nach vorn, und das Buch fiel von seinem Schoß auf den Boden.

»Nein, nichts«, sagte ich und hob das Buch auf. »*Wie wir sterben*. Warum liest du das?«

»Ich bilde mich fort«, antwortete er und nahm mir das Buch ab. »Keine Sorge, es ist keine Anleitung. Es geht um etwas, worüber ich nachdenke, seit sie mich gefeuert haben, darum, was nach unserem Tod passiert. Was glaubst du?«

Ich erinnerte mich an meinen Traum von Josh. »Ich glaube, dass wir uns unser Nachleben genauso erschaffen wie unser irdisches Leben, aus dem, was wir lieben, und dem, was uns Angst macht.«

»Du hast mich eben dazu verdammt, auf ewig in einer Fummelbar zu hocken«, sagte er, indem er seine Zigarette in einem mit Kippen randvollen Aschenbecher ausdrückte. »Setz dich, Henry, du stehst im Licht. Worüber willst du denn reden?«

Ich sank in einen rotsamtenen Lehnstuhl. »Ich habe den Erlebnisbericht von Alex Amerian gelesen, Richie, und ich weiß, dass er damit zu dir gekommen ist. Ich glaube, dass er Asuras erpressen wollte. Ist er deswegen umgebracht worden?«

»Er ist tot«, tat Richie meine Frage ab. »Ob mit oder ohne Leben danach, es kann ihm herzlich egal sein, wer ihn umgebracht hat. Und das sollte es dir auch sein.« Er lächelte und zitierte Jack Nicholson: »›Das ist Chinatown, Jake.‹«

»Du hast mich hier mit hineingezogen. Du schuldest mir die Wahrheit.«

»›Die Wahrheit? Die Wahrheit willst du wissen? Die Wahrheit hältst du nicht aus.‹«

»An deinem Jack Nicholson musst du noch feilen, Richie.«

»Ja«, seufzte er. »Ich weiß. Ich sollte mich an die Klassiker halten. Bette. Joan.« Er neigte zitternd den Kopf zur Seite. »Katharine Hepburn.«

»Bist du fertig? Das hier ist kein Film.«

Er setzte den Kristall-Aschenbecher auf seinem Schoß ab und zündete sich eine weitere Zigarette an. »Genau da irrst du dich nämlich. Das hier ist ein Film. Eine Parnassus-Produktion mit dem Titel *Buchstaben*. Hast du ihn gesehen?«

Das Video, das mir Asuras unergründlicherweise zugeschickt hatte. »Ich weiß nicht, was das jetzt soll. Ich will, dass du mir sagst, was du über Alex weißt.«

»Du wirst nicht gern hören, was ich jetzt sagen muss«, sagte er. »Weil du nämlich mitgespielt hast.«

»Alex, Richie.«

Er seufzte. »Nun gut, aber sag nicht, ich hätte dich nicht gewarnt.

Das erste Mal, als Alex in meinem Büro aufgetaucht ist, habe ich mir angehört, was er über Duke zu sagen hatte, und hab ihn rausgeschmissen.«

»Du hast ihm nicht geglaubt?«

»Oh, ich habe ihm geglaubt«, erwiderte er, »aber es war mir egal. Ich meine, es war eine interessante Tratschgeschichte über Duke, weil es da immer schon Gerüchte gab, aber ich habe schließlich kein Sensationsblatt geleitet. Außerdem war Alex … na, sagen wir einfach, er war ein Flittchen, mit allem, was das einschließt.«

»Asuras hat ihn vergewaltigt«, sagte ich. »Oder glaubst du etwa, ein Flittchen kann nicht vergewaltigt werden?«

Sein Lächeln war voller Hohn. »Du bist ihm wirklich verfallen, nicht? Ich kann es dir nicht verdenken, Henry. Er war hübsch und er konnte auf Kommando lachen oder weinen, fast wie ein echter Mensch, aber das Einzige, was er je empfunden hat, war Gier. Ich meine, ich bitte dich, Henry, wenn jemand vergewaltigt wird, dann ist nicht sein erster Impuls, ein Buch darüber zu schreiben. Und überhaupt ist er nicht nach der Toilettenszene zu mir gekommen, wenn das die Vergewaltigung ist, die du meinst. Er ist in dem Moment zu mir gekommen, als er Duke den Laufpass gegeben hat.«

»Bevor er zu Rhodes Janeway gegangen ist?«

Er zog ein letztes Mal an seiner Zigarette und sagte durch einen Mund voll Rauch: »Rhodes Janeway, Harvard-Jahrgang 78? Ja. Er ist zuerst zu mir gekommen und wollte mir seine dreckige kleine Geschichte andrehen, über Duke, der gerne Jungs zusammenschlägt und sie dann fickt.«

Draußen zog Düsternis auf. Das seltenste Wetterphänomen in L.A., ein Sommergewitter, braute sich im Augusthimmel zusammen. Wind kam in Böen, knallte in einem anderen Zimmer eine Tür zu.

»Wann hast du dann angefangen, dich für das Sexleben von Asuras zu interessieren?«

»Als ich herausfand, dass er Parnassus an den Antichrist verkaufen wollte«, sagte Richie. Er löschte seine Zigarette, stellte den Aschenbecher von seinem Schoß auf ein Tischchen. »Sieh nur, der Regen.« Auf den ruhigen Wasserspiegel des Pools hämmerten dicke Tropfen ein und zerstörten ihn. Er war eine Zeit lang in den Anblick versunken, bevor er weitersprach. »Ich dachte, wenn Longstreet erfährt, dass einer seiner potentiellen Geschäftspartner sexuell ein Sadist ist, ändert er vielleicht seine Meinung und will sich nicht mehr in die Firma einkaufen.«

»Wenn du den Deal torpedieren wolltest, warum hast du nicht Longstreet ins Visier genommen, anstatt es dir mit Asuras zu verderben?«

»Weil alles, was über ihn gesagt werden kann, gesagt ist«, gab Richie zurück, »und entweder kapieren die Leute einfach nicht, dass er ein Nazi ist, oder es ist ihnen egal. Blieb also nur Duke.«

»Also hast du Alex kontaktiert.«

Er nickte. »In der Zwischenzeit waren die anderen Dinge passiert, *l'affaire toilette*. Der Überfall, die Autobombe, genug, um Duke zu erledigen. Sogar da habe ich noch gezögert.«

»Ein Anfall von Moral?«

»Moral? Und das von einem Anwalt. Wundert mich, dass du dir an diesem Wort nicht die Zunge verbrennst. Nein, ich hatte keine moralischen Bedenken, ich hatte einfach Angst.«

»Vor Asuras?«

»Ich wusste, wenn ich das veröffentliche und es ihm nicht den Garaus macht, kann ich mich gleich einsargen lassen. Joel wohl auch, denn Hollywood ist ein Dorf, und es spricht sich alles in Windeseile herum. Also habe ich einen Warnschuss abgegeben.«

»Den Schwulentickerartikel«, riet ich. »Auch wenn du wusstest, dass Asuras hinter dem Überfall auf Alex steckt, hast du es so aussehen lassen, als wäre er von einer Schwulentickerbande zusammengeschlagen worden.«

»Ich wollte Duke wissen lassen, dass ich über ihn und Alex Bescheid wusste.«

»Was kam dann?«

»Dein Freund Donati hat mich angerufen«, sagte er. Der Regen trommelte ans Fenster. »Er hat mich ohne Federlesen gefragt, was ich haben will, damit ich den Mund halte. Ich habe ihm gesagt, ich will, dass Asuras sich einen anderen Geschäftspartner sucht. Ich habe ihn daran erinnert, dass er auch eine Schwuchtel ist. Er hat mir den Hörer vor der Nase aufgelegt.«

»Da hast du beschlossen, dass du an der Enthüllungsstory festhältst?«

»Ja, und da kamst du ins Spiel.«

»Was soll das heißen?«

»Duke hat Alex ein Auto geschenkt, und als Alex nicht mehr zuließ, dass Asuras ihn aus Spaß an der Freud verprügelt, ist auf das Auto ein mysteriöser Brandanschlag verübt worden. Aus Rache hat Alex beschlossen, Duke umzubringen.«

»Was?«

»Mich hat es auch überrascht«, sagte Richie. »Ich dachte nicht, dass so etwas in ihm steckt, aber er hat eine Knarre gefunden und ist zu Dukes Haus, um ihn zu erschießen. Ein Wachmann hat ihn rechtzeitig erwischt und die Bullen geholt. Sie haben ihn festgenommen und ins Gefängnis gesteckt. Er hat mich angerufen.«

»Und du mich«, sagte ich. »Aber Moment mal, Alex ist doch nicht vor dem Haus von Asuras festgenommen worden. Es war auf dem Grundstück dieser Regisseurin, wie heißt sie noch ...«

»Cheryl Cordet«, sagte Richie. »Nein, nicht ganz.«

»Was heißt das?«

»Sie lebt in Malibu. Wenn sie in die Stadt kommt, wohnt sie in einem Gästehaus auf Dukes Grundstück.«

»Gibt es irgendetwas, worüber du mich nicht angelogen hast?«

»Na ja, Herzchen, die Wahrheit war eben ein bisschen kompliziert.« Er rauchte seine Zigarette auf. »Das Geräusch von Regen erinnert mich immer an Krankenhaus.«

»Du hast mich richtig verarscht, Richie«, sagte ich wütend. »Du hast die Geschichte damit beschönigt, dass Alex eine Waffe trug, weil er von Schwulentickern überfallen worden war. Du wolltest, dass er mir Leid tut, dass ich wütend werde über das, was man ihm angeblich angetan hatte.«

»Ich wollte dich dazu bringen, ihm zu helfen«, sagte er.

»Hast du ihn deswegen bezahlt, damit er mit mir ausgeht? Um schon mal für zukünftige juristische Notlagen vorzusorgen?«

Er hob die Hände wie ein Schutzschild vor meiner Empörung. »Ich konnte ja nicht ahnen, dass du so besessen sein würdest von ihm. Du dachtest, er sei Josh, aber er war ein ausbeuterisches Schwein. Irgendjemand musste deine Seifenblase zum Platzen bringen. Ich wusste, wenn du mehr Zeit mit ihm verbracht hättest, hättest du ihn durchschaut.«

»Stattdessen wäre ich beinahe als sein Mörder verhaftet worden.«

»Aber das bist du nicht, Blanche«, murmelte er als Bette Davis in *Was geschah mit Baby Jane*. »Das bist du nicht.«

Draußen hatte der Regen wieder nachgelassen, so schnell er aufgezogen war. Der Raum wurde wieder vom Licht durchflutet.

»Wer hat ihn umgebracht, Richie?«

»Asuras hat Alex ein Angebot zukommen lassen, sich mit ihm zu arrangieren, nachdem Alex ihn versucht hat umzubringen. Finanziell arrangieren.«

»Woher weißt du das?«

»Das Mädel hat mich angerufen. Katie? Sie traute Asuras nicht, und sie hatte Angst um Alex. Natürlich war ich sauer, dass der kleine Scheißer mich übers Ohr hauen wollte, nachdem ich ihm zehntausend Dollar für die Geschichte seines Lebens gezahlt hatte, so wie sie war. Es war abgemacht, dass er sich nicht mit Asuras trifft, bevor er mit mir geredet hatte.«

»Habt ihr geredet?«

»Er sollte mich am Samstag nach eurem Date anrufen.«

»Das Treffen, zu dem er von meinem Haus aus gegangen ist, war mit Asuras?«

»Das wird nie jemand beweisen können.«

»Und wer war dann Bob Travis? Was war sein Part?«

Er zuckte die Achseln. »Eine Nebenrolle.«

»Mhm«, sagte ich. »Das ergibt einen Sinn.« Alles fing an, sich zu ordnen. »Die Verbindungslinie von Travis zu Asuras geht durch Donati.«

»In Hollywood gibt es keine geraden Linien«, sagte Richie. »Und nicht viele straighte Männer.«

»Bei unserem letzten Gespräch wolltest du mich davon überzeugen, dass die Cops Alex umgebracht haben.«

»Ich wollte dich vor Hollywood beschützen.«

»Das ist sogar für deine Verhältnisse etwas melodramatisch, Richie.«

»Du weißt nicht, womit du dich da anlegst«, sagte er. »Denk nach, Henry. Wenn Asuras Alex umgebracht hat, wer hat die beiden anderen umgebracht? Und warum?«

»Sag du es mir.«

»*Buchstaben*«, war Richies Antwort.

»Was für Buchstaben?«

»Der Film«, sagte er. »Du musst ihn dir unbedingt ansehen.«

»Ich habe ihn«, erwiderte ich. »Asuras hat ihn mir geschickt, nachdem Travis gestorben war.«

»Das ist so pervers, sogar für Dukes Verhältnisse.«

»Wie meinst du das?«

»Geh nach Hause und sieh ihn dir an«, sagte er und zog sich langsam aus dem Schaukelstuhl hoch. »Dann wirst du verstehen. Ich bin völlig gerädert, Henry. Du musst mich entschuldigen.«

»Was ist beim Magazin schief gegangen?«, fragte ich, indem ich ebenfalls aufstand. »Du musst doch gewusst haben, dass du mit einigen der Beschuldigungen gegen Asuras in Schwierigkeiten kommst.«

»Alex hatte die Dossiers, die Rhodes Janeway zusammengestellt hatte. Die brauchte ich, um die Story zu untermauern. Sie sind aus seiner Wohnung verschwunden, nachdem er ermordet wurde.«

»Zusammen mit Katie«, sagte ich. »Was ist mit der Thailand-Geschichte? Das kam nicht von Alex.«

»Ich habe einen Reporter rübergeschickt, aber die Anwälte von Asuras konnten eidesstattliche Erklärungen von den Familienangehörigen der toten Jungen präsentieren, in denen stand, mein Reporter habe sich die Geschichte aus den Fingern gesogen. Ein Pathologe hat unter Eid erklärt, dass die Knochen, die auf dem Nachbargrundstück von Dukes Grundstück gefunden wurden, von einer Frau stammten und schon mindestens dreißig Jahre in der Erde gelegen hatten. Duke hat damit gedroht, die Herausgeberin von *L.A. Mode* in den Bankrott zu treiben, wenn sie die Ausgabe in den Vertrieb geben würde.«

»Sie hat die Ausgabe aus dem Vertrieb zurückgerufen und dich gefeuert.«

»Hinterher hat mein Reporter erfahren, auf welche Weise Duke in Bangkok Leute zum Schweigen gebracht hat. Er hat mit der Mutter von einem der Jungen geredet. Sie hat ihm erzählt, dass Dukes thailändischer Anwalt ihr gedroht hatte, sie ins Gefängnis zu werfen, wenn sie ihre Aussagen über das Verschwinden ihres Sohnes nicht zurückzieht.«

»Und die eidesstattliche Erklärung des Pathologen?«

»Wie viel denkst du, dass Duke dafür hinblättern musste? Fünfhundert, tausend? Ich weiß, dass er diese Jungen umgebracht hat. Ich weiß, dass er Alex umgebracht hat.«

»Der perfekte Mord?«

Während er mich zur Tür begleitete, sagte er: »Es sei denn, Duke ist so verrückt, wie er scheint.«

»Wie meinst du das?«

»Der einzige Grund, warum Duke dabei ertappt wurde, wie er damals in den Siebzigern und Achtzigern seinen Klienten und Partnern Geld gestohlen hat, war, dass er angefangen hat, ihre Unterschriften auf Schecks zu fälschen.«

»Soll das heißen, er wollte erwischt werden?«

»Nein, das soll heißen, er wollte eine Show abziehen. Darum hat er dir auch das Video geschickt.«

»Beabsichtigt Longstreet immer noch, den Parnassus-Konzern zu übernehmen?«

»Der Vorstand hat ihm seine Absichten abgekauft. Wenn das Geld im Kasten klingt ...«

»Das muss Asuras in eine schwierige Lage bringen.«

»*Au contraire*«, gab Richie zurück. »Duke und sein Boss Raskin brauchten nur zu beweisen, dass sie die Muckis haben, den Konzern dem Vorstand unterm Arsch weg zu verkaufen, und auf einmal waren die Herren dort sehr, sehr kooperativ. Duke hat einen nagelneuen Langzeitvertrag mit saftiger Gehaltserhöhung, viel mehr Macht und Millionen an Aktienbezugsrechten bekommen.« Er lächelte grimmig. »Ein Happyend, wie es Hollywood würdig ist. Viel Spaß mit dem Film.«

* * *

Als ich heimkam, suchte ich das Video heraus und legte es ein. Ich überspulte den Teil, den ich schon gesehen hatte, und zwang mich, den Rest durchzustehen. Nach dem Film verstand ich die Botschaft, die Warnung, die er enthielt. Vergraben unter den Metzeleien und der hochgezüchteten Kameratechnik, unter einem Wirrwarr von Bildern, versetzt mit unheilschwanger daherkommenden, aber inhaltsleeren Dialogfetzen, lagen die vermoderten Gebeine von Agatha

Christies Buch *Die Morde des Herrn ABC*. Es gab Dinge, die ich beim ersten Ansehen nicht mitbekommen hatte, aber ich konnte mich nicht dazu durchringen, den Film noch einmal von Anfang an zu sehen, und so fuhr ich zum nächsten *Barnes & Noble* und kaufte mir das Buch.

Der Grundgedanke war simpel: Eine Mordserie ereignete sich, in der das verbindende Element die alphabetische Folge der Namen der Opfer und der Tatorte war – Mrs. Alice Ascher wurde in Andover umgebracht, Miss Betty Barnard in Bexhill, Sir Carmichael Clarke in Churston. Während die Polizei noch über der schrulligen Vorliebe des Mörders für das ABC brütete, bemerkte Poirot Unstimmigkeiten zwischen den ersten beiden Morden und dem letzten und bedachte dabei die verwirrten englischen Ermittler mit einer Randbemerkung nach der anderen: »Verbrechen sind ungeheuer verräterisch«, verkündete er an einer Stelle und anderswo: »Zum Zeitpunkt des Mordes suchen sich die Menschen das heraus, was sie denken, dass wichtig ist. Aber sehr oft denken sie falsch!«

Seine Lösung war, dass es nur ein beabsichtigtes Opfer gegeben hatte, das letzte, Clarke, dessen Vermögen bei seinem Tod an seinen Bruder Franklin übergehen würde. Mit einem so offensichtlichen Motiv für den Mord an seinem Bruder suchte Franklin nach einer Möglichkeit, seine Absicht zu verschleiern, und kam auf das ABC-Schema. Es gab im Buch noch ein Element, das ich vergessen hatte. Als Teil seines Plans, die Aufmerksamkeit von sich abzulenken, schob Franklin die Morde einem anderen Mann in die Schuhe, einem Mann, der praktischerweise den Namen Alexander Bonaparte Cust trug.

Ich klappte das Buch zu und zog meine Notizen zum Fall Travis heraus, wobei mir Poirots Satz durch den Kopf geisterte: *Verbrechen sind ungeheuer verräterisch*. Irgendwo hatte ich eine Liste angefangen – wo war sie? –, eine Liste der Unterschiede zwischen den drei Morden, deren Travis beschuldigt wurde. Da war sie. Wright, der Zeuge zum Mord an Baldwin, sagte, dass er Baldwin in ein Taxi mit einem mittelalten Mann am Steuer einsteigen sah; Gray, der Zeuge zum Jellicoe-Mord, sah auch den Fahrer des Taxis, schätzte ihn aber auf Ende zwanzig bis Mitte dreißig. Alex war geschlagen und dann erstochen worden, während die anderen beiden Opfer zuerst erstochen und dann postmortal geschlagen worden waren. Der Blutalkoholwert von Alex hatte bei zwei Promille gelegen, das Zweifache des gesetzlichen Grenzwerts, aber er war nüchtern gewesen, als er mein Haus verließ; bei keinem der beiden anderen Opfer war Alkohol im Blut gefunden worden. Alex und Baldwin hatten Striemen auf dem Körper gehabt, die auf Peitschenhiebe hinwiesen, aber die Leiche Jellicoes wies solche Striemen nicht auf. Von Alex' Leichnam waren blaue Kaschmirfasern abgekämmt worden, nicht so bei den anderen beiden.

Ich hatte diese Liste in der Absicht begonnen, diese kleineren Abweichungen zu benutzen, um zu argumentieren, es bestünde ein begründeter Zweifel daran, dass die Morde von ein und derselben Person begangen worden waren, ungeachtet der größeren und dramatischeren Analogien, die sie miteinander zu verbinden schienen. Nun bildete sich ein neues Muster. In einer typischen Morduntersuchung fängt die Polizei beim Opfer an und leitet den Mörder aus ihren Erkentnissen über das Leben des Opfers ab. Wäre Alex das einzige Opfer gewesen, so wären die Ermittlungen in dieser Weise verlaufen, und die Ermittler hätten sich sorgfältiger mit Aspekten wie seinem Beruf und Katies Verschwinden befasst. Sobald es jedoch ein zweites und dann ein drittes Opfer gegeben hatte, verschob sich der Brennpunkt der Ermittlungen von den Opfern auf den Mörder. Als die Polizei davon überzeugt war, dass die Morde das Werk eines Serienmörders waren, der sein Motiv in den Hetzparolen, die er in die Leichen eingekerbt hatte, offen dargelegt hatte, hörten sie auf, nach anderen möglichen Motiven zu suchen. In der Gewissheit, dass sie es mit einem Psychotiker zu tun hatten, vernachlässigten die Cops die kleineren Unterschiede zwischen den Morden, und wenn ich mir ihrer auch bewusst gewesen war, so hatte ich doch die falschen Schlüsse daraus gezogen – dass sie darauf hindeuteten, dass es mehr als einen Mörder gab. Was sie tatsächlich aufzeigten, war, dass der erste Mord, der an Alex, sich von den beiden anderen deshalb unterschied, weil die Folgetaten einer entsetzlichen Verschleierungsstrategie folgten, einem Versuch, das Motiv des ersten Mordes zu verbergen. Solange es so schien, als würde ein wahnsinniger Killer frei herumlaufen, würde die Polizei nie darauf kommen, dass Alex ermordet wurde, damit er Asuras nicht mehr erpressen konnte.

Es *war* der perfekte Mord. Nur Richie und ich kannten Motiv und Identität des wirklichen Mörders, und wir konnten uns auf nichts als Vermutungen und die schwächsten Indizien berufen. Aber Augenblick mal, dachte ich, wir waren doch nicht die Einzigen, die die Wahrheit über die Morde wussten. Es gab noch zwei andere. Asuras und Donati. Nick musste davon gewusst haben. Er war mein Zugang zu Asuras, aber ich musste etwas Handfestes haben, mit dem ich zu ihm gehen konnte.

* * *

Ich fing am Anfang an. Ich beauftragte meinen Detektiv Freeman Vidor, den Brandanschlag auf Alex' Auto näher zu untersuchen. Er berichtete mir, dass eine Firma namens Samsara den Wagen für Alex geleast hatte. Als er beim Autohaus herausfinden wollte, wer den Leasingvertrag für Samsara unterzeichnet hatte, verweigerte ihm der Händler die Auskunft. Also folgte er der anderen Spur, der zu Samsara selbst.

»Samsara hatte eine Telefonnummer und eine Mailbox bei einem Bürodienst in Beverly Hills«, berichtete er mir.

»Hatte«, wiederholte ich. »Vergangenheitsform.«

»Der Vertrag wurde vor einem halben Jahr gekündigt. Ich habe die Frau an der Rezeption bestochen, um an eine Kopie des Leasingvertrags zu kommen.«

»Wer hat ihn für Samsara unterschrieben?«

»Josephine Walsh«, sagte er.

»Dieser Name sagt mir nichts.«

»Nein? Sie steht mit einer Nummer im Telefonbuch, unter der sich das Büro von Nick Donati im Parnassus-Studio meldete. Walsh war seine Anwaltsgehilfin.«

»Fax mir den Vertrag.«

»Mach ich«, sagte er.

»Und Freeman, ich habe noch einen anderen kleinen Job für dich.«

»Schieß los.«

»Ich will, dass du mir Alex Amerians Telefonverbindungsliste für die Monate Mai und Juni besorgst.«

»Das wird dich was kosten.«

»Gib so viel aus, wie du brauchst.«

»Das ist Musik in meinen Ohren«, sagte er.

* * *

Der Vertrag kam hereingefaxt, und ich erkannte Donatis Nummer unter der säuberlichen Unterschrift von Josephine Walsh wieder. Diese Verbindung war hergestellt, und ich dachte über andere nach, während ich meine Travis-Akten durchstöberte und auf den Namen Joanne Schilling stieß. Die Fünf-vor-zwölf-Augenzeugin, die Gaitan aufgetrieben hatte. Ich hatte ihre Nummer von Serena Dance bekommen, aber nach dem Tod von Travis war mir ein Gespräch mit ihr überflüssig erschienen. Ich erinnerte mich, dass Serena gesagt hatte, Schilling habe ihr eine Beschreibung des Taxifahrers gegeben, die der Beschreibung, die sie Gaitan gegeben hatte, fast aufs Wort glich. Ich hatte vermutet, dass er ihre Aussage mit ihr einstudiert hatte. Ich wählte ihre Nummer.

Eine Frau nahm ab. »Hallo.«

»Hallo«, sagte ich. »Kann ich mit Joanne sprechen?«

Pause. »Mit wem?«

»Joanne Schilling«, sagte ich.

»Tut mir Leid«, sagte die Frau rasch, »sie wohnt nicht mehr hier.«

»Es ist sehr wichtig, dass ich mit ihr rede«, sagte ich. »Mein Name ist Rios, ich bin Anwalt. Ms. Schilling war Zeugin in einem Mordfall. Die Familie des Opfers erwägt eine Zivilklage, und sie haben mich mit der Vertretung ihrer Interessen beauftragt. Wissen Sie, wo ich sie erreichen kann?«

»Nein, nein, weiß ich nicht«, sagte die Frau nervös. »Entschuldigung, ich muss jetzt weg.«

»Wissen Sie, wo sie arbeitet?«

»Ich kann Ihnen nicht weiterhelfen«, sagte sie und legte auf.

Ich wartete eine halbe Stunde und rief dann noch einmal an. Ich erreichte einen Anrufbeantworter. »Hallo, hier spricht Josey, und ich kann grade nicht ans Telefon kommen, aber wenn ihr eine Nachricht hinterlasst, ruf ich sobald wie möglich zurück.«

Josey. Josephine.

* * *

»Guten Tag, Parnassus-Studio. Mit wem darf ich Sie verbinden?«

»Josey Walsh bitte?«

»Einen Moment.«

»Hallo, hier ist das Büro von Miss Walsh.«

»Nick Donati«, knurrte ich im tiefsten Böser-Wolf-Bass.

»Oh, Mr. Donati, ich hole sie.«

»Hallo, Nick? Geht es um meinen Anruf von gestern oder vorgestern ...«

Sie hatte dieselbe Stimme wie die Frau, mit der ich gesprochen hatte, als ich Joanne Schillings Nummer gewählt hatte. Ich legte auf, rief Richie an, bat ihn, mir einen Gefallen zu tun, und wartete auf seinen Rückruf. Er kam nach einer Viertelstunde.

»Josey Walsh ist Produktionsleiterin bei Parnassus«, sagte er.

»Vor einem halben Jahr war sie noch Donatis Anwaltsgehilfin«, sagte ich. »Ist das ein typischer Ressortwechsel in einem Studio?«

»Von der Anwaltsgehilfin zur Produktionsleiterin? Ziemlich großer Sprung.«

»Aber es ist eine Beförderung.«

»Sicher. Henry, worum geht es eigentlich?« Als ich zögerte, sagte er: »Sieh mal, Schätzchen, wenn du jetzt in Hollywood mitspielen willst, brauchst du einen Ortskundigen.«

»Ich habe nicht gerade Vertrauen zu dir, Richie.«

»Kann ich mir dein Vertrauen erkaufen?«

»Hmm.«

»Willst du wissen, wer das Auto von Alex in die Luft gejagt hat?«

»Na, Asuras.«

»Er hat die Bombe nicht selbst gelegt, Henry«, versetzte Richie ungeduldig.

»Aber du weißt wer?«

»Ich habe für den Artikel über Duke zu dem Anschlag recherchiert, aber am Ende habe ich entschieden, dass der Artikel zu lang würde, und habe es rausgelassen.«

»Was rausgelassen, Richie?«

»Du musst immer im Hinterkopf behalten, dass Duke Filme macht, er denkt in Filmkategorien. Wenn er ein Auto in die Luft jagen will, dann nimmt er dafür einen Special-Effects-Menschen. In der Traumfabrik gibt es diese ganzen kleinen Spezialbetriebe, du gehst zu dem einen, wenn du ein Gebäude sprengen willst, zu einem anderen für ein Boot, und dann gibt es auch Leute, die ihr ganzes Leben lang Autos hochgehen lassen.«

»Hast du einen Namen?«

»Du zuerst«, sagte er. »Was führst du im Schilde?«

»Ich suche eine Frau namens Joanne Schilling.«

»Joanne Schilling«, lachte er. »Ich kann dir sagen, wie du Joanne Schilling findest. Ruf die Filmschauspielergewerkschaft an.«

»Sie ist Schauspielerin?«

»Über Nebenrollen kommt sie nicht hinaus«, sagte er. »Sie hat in den Siebzigern in vielen von diesen monumentalen Katastrophenfilmen mitgemacht. Sie war die Busenfrau, die noch vor der zweiten Filmrolle dran glauben musste, ertrunken ist, verbrannt, vom Wolkenkratzer gefallen, vom Erdboden verschluckt, und ihre Möpse sind immer dabei herumgehüpft wie ein griechischer Chor.«

»Du mein wandelndes Filmlexikon.«

»Ich sehe sie hier und da noch in Sitcoms. Nicht in den guten. Auf Sendern wie Fox Channel, UPN.«

Ich machte mir eine Notiz. »Okay, Richie, und der Autobomber?«

»Der beste Autobomber in Hollywood ist ein Typ namens Jim Harley.«

»Woher weißt du, dass er es war, der Alex' Auto in die Luft gejagt hat?«

»Darum, Henry, weil er der Beste ist, und darunter würde Duke es nicht tun.«

»Du meinst, er würde für Duke Asuras ein Verbrechen begehen.«

»Schatz, es gibt Menschen, die für Duke Asuras ihr Erstgeborenes abschlachten würden. Wir reden über Hollywood, Henry. Es gibt vielleicht sechs Personen in der ganzen Stadt, die für einen Film grünes Licht geben können. Duke ist einer von ihnen, und seine Filme machen gutes Geld. Wer Arbeit haben will, stellt sich lieber gut mit ihm.«

»Hast du ein Foto von Jim Harley?«

»Irgendwo in meinen Dossiers. Wieso?«

»Für Amateurarbeit ist das inzwischen eine Nummer zu groß. Ich brauche amtliche Hilfe.«

»Du wirst jetzt nicht zur Polizei gehen.«

»Zur Staatsanwaltschaft«, sagte ich. »Serena Dance.« Und vielleicht, dachte ich, zu Odell.

»Ach, die Hardcorelesbe?«

»Richie, bitte.«

»Was ist daran jetzt so schlimm?«

»Der despektierliche Ton, den ich bei dir heraushöre.«

»Despektierlich popierlich, was kann sie schon tun?«

»Sie hat die Sonderkommission geleitet. Vielleicht kann ich sie überreden, dass sie den Fall neu aufrollt.«

»Dann musst du aufhören, Emma Peel zu spielen.«

»Das wäre mir ganz recht.«

* * *

Am selben Tag noch lieferte Freeman Vidor Kopien von Alex Amerians Telefonrechnungen für Mai und Juni. Zwei Dinge waren besonders interessant. Einmal hatte er am Tag, an dem er ermordet wurde, eine Nummer angerufen, die ich vom Durchgehen meiner Travis-Akten wieder erkannte. Es war die Nummer von Travis. Davor, am selben Tag, hatte er eine andere Nummer angerufen, die mir vertraut war. Donatis Büro. Ich hatte fest vor, meine Erkenntnisse an Serena weiterzugeben, aber ich konnte der Versuchung nicht widerstehen, aus Donati herauszuquetschen, worüber er mit Alex zehn Minuten lang geredet hatte, am Morgen des letzten Tages in Alex' Leben.

* * *

Nick schien erfreut, mich zu hören: »Henry, ich wollte Sie schon selbst anrufen.« Er sei zu beschäftigt, um mit mir zu Abend zu essen, aber für einen Drink könne er sich freinehmen. Nicht morgen, übermorgen. Bei mir.

Kapitel 18

Am nächsten Abend stand Donati in Abendgarderobe vor meiner Tür. Ich empfing ihn in grauer Trainingshose und Sporthemd. Er folgte mir ins Wohnzimmer, wobei er diskret Inventur aufnahm. Durch seine Augen sah ich die stillos zusammengewürfelten Möbel, den verblichenen Orientteppich, den verkratzten Boden. Asche vom vergangenen Winter im Kamin, ein Paar Turnschuhe neben dem Kaffeetischchen, eine Staubschicht auf dessen Glasplatte, Kleidungsstücke aus der Reinigung auf einem Lehnstuhl, überall herumstehende benutzte Kaffeetassen.

»Entschuldigen Sie die Unordnung«, sagte ich. »Wollen Sie einen Drink?«

Er lächelte. »Ich dachte, Sie trinken nicht, Henry?«

»Mein Lover hatte immer eine Flasche Scotch unter der Spüle«, sagte ich. »Sie ist bestimmt noch da.«

»Scotch ist gut«, sagte er, dann, indem er auf die Terrasse deutete: »Schöne Aussicht. Ich gehe mal nach draußen, ja?«

In der Küche tastete ich unter der Spüle nach Joshs Flasche Glenlivet. Ich schenkte ein Glas on the rocks ein, die alte Routineprozedur hatte ich noch gut verinnerlicht. Eis, Glas, Flasche. An einem ganz normalen Abend hatte ich damals einen Dreiviertelliter Jack Daniels leer gemacht. Ich griff mir eine Cola und brachte die Getränke hinaus auf die Terrasse, wo Donati am Geländer stand und nach oben schaute. Der Himmel war mit den Fantasiefarben eines Sonnenuntergangs in Los Angeles überzogen, Neonrosa und schreiende Orangetöne, Rot, das pochte wie offene Wunden, die ganze Smogpalette. Ein trockener Wind kroch drunten im Canyon durch das Unterholz mit einem Geräusch, wie wenn ein alter Mann sich räuspert. Donati nahm einen großen Schluck und stieß reflexartig ein tiefes Geräusch aus, das zwischen Seufzen und Erschauern lag. Ich erkannte es aus meiner eigenen Trinkerzeit wieder; das Aufstöhnen der Sucht, mit dem der Körper dankbar den ersten Alkohol des Tages willkommen hieß.

»Sie müssen hier oben Angst vor Feuer haben«, sagte er.

»Waldbrände im Sommer und Herbst«, antwortete ich. »Erdrutsche im Winter, Erdbeben das ganze Jahr.«

»Wem sagen Sie das«, sagte er und kippte die Hälfte des verbliebenen Drinks hinunter. »Man hätte sich keinen ungünstigeren Ort aussuchen können, um eine Stadt wie L.A. hinzustellen.«

»Sie sind nicht von hier?«

»Ich bin in der Nähe von Boston aufgewachsen«, sagte er. »Der Osten fehlt mir. Der hat noch eine Geschichte. Hier draußen ist nur Landschaft.« Er leerte sein Glas. »Könnte ich Nachschub haben?«

»Die Flasche steht in der Küche. Trinken Sie sich bewusstlos.«

Er schaute mich befremdet an, aber die Verlockung von Scotch war stärker als jede Verärgerung. Als er auf die Terrasse zurückkam, bemerkte ich, dass er das Eis aus seinem Glas weggekippt hatte.

»Sie haben sich schick gemacht«, sagte ich.

»Das schwul-lesbische Archiv feiert heute Abend eine große Fundraising-Party im Century Plaza«, sagte er. »Es überrascht mich, dass Sie nicht hingehen.«

»Mich überrascht, dass Sie hingehen.«

»Rein geschäftlich«, sagte er. »Ein wichtiger Produzent sitzt im Vorstand des Archivs. Wir haben einen Tisch gekauft, um uns erkenntlich zu zeigen.«

»Geht Asuras hin?«

Er warf mir einen scharfen Blick zu. »Nein, ich vertrete ihn.«

»Das scheint zu Ihren festen Aufgaben zu gehören.«

Er stellte sein Glas auf das Geländer. »Gibt es etwas, was ich für Sie tun kann, Henry?«

»Die Frage ist, ob ich etwas für Sie und Duke tun kann.«

»Das verstehe ich nicht.«

»Travis hat mir am Tag, als er starb, etwas erzählt, was Sie meiner Ansicht nach interessieren könnte.«

Er nippte an seinem Drink. »Und was?«

»Er sagte, dass Asuras diese Jungen umgebracht hat.«

Donati hatte auf den Canyon hinausgeblickt. Jetzt drehte er sich zu mir um. »Gütiger Himmel, Henry, und dafür haben Sie mich hier heraufgeschleppt?« Er setzte das Glas ab. »Sie haben zu viel Zeit mit Richie verbracht. Ich muss jetzt gehen.«

»Er hat mir ein Manuskript gegeben«, sagte ich ihm hinterher. »Er sagte, dass Alex Amerian es in der Nacht, in der er ihn zu Asuras fuhr, in seinem Auto liegen gelassen hat. Es enthält ziemlich harte Sexgeschichten zwischen Alex und Asuras.«

Donati blieb stehen, drehte sich um. »Haben Sie es?«

»Kommen Sie mit nach drinnen«, sagte ich. »Vergessen Sie Ihren Drink nicht.«

Ich sagte, er solle es sich bequem machen, während ich das Manuskript aus meinem Büro holte. Er nahm mich beim Wort. Als ich ins Wohnzimmer zurückkam, stand die Flasche Glenlivet neben seinem Glas auf dem Kaffeetisch.

»Hier«, sagte ich und warf das Manuskript vor ihn hin. »Eine Kopie. Das Original bewahre ich an einem anderen Ort auf.«

Er überflog es und verkündete: »Das ist Müll.«

»Travis war davon überzeugt, dass es den Tatsachen entspricht. Er sagte, dass Asuras ziemlich extreme Vorlieben hat.«

Donati schaute mich lange und forschend an. »Warum haben Sie bis jetzt nichts davon gesagt?«

»Mit hunderttausend komme ich nicht weit, Nick. Mein Lover – mein verstorbener Lover – er ist an Aids gestorben. Er war fast zwei Jahre lang krank, und er war nicht krankenversichert. Sie wissen bestimmt, was so eine Behandlung kostet. Mein Haus gehört praktisch schon der Bank. Ich stehe vor dem Bankrott.«

Er blickte einen Moment lang perplex, ungläubig, aber dann verhärtete sich seine Miene. »Und jetzt wollen Sie Ihre Finanzlage durch Erpressung aufbessern.«

Ich zuckte die Achseln. »Vielleicht gehen Sie doch besser, Nick. Offensichtlich spreche ich mit dem Falschen. Ich schulde Asuras sowieso einen Anruf, um mich für das Video zu bedanken.«

»Welches Video?«

»*Buchstaben*? Sie haben es doch sicher gesehen, es ist einer Ihrer Filme«, sagte ich. »Über einen Mörder, der seine Spuren verwischt, indem er den einen Mord, den er geplant hat, als Teil einer Mordserie inszeniert?«

»Das hat er Ihnen geschickt?«

Ich nickte. »Ja, aus heiterem Himmel.«

Donati nahm das Manuskript in die Hand. »Sie sagen, Alex hat das im Taxi gelassen?«

»Taxi? Taxi habe ich nicht gesagt. Ich sagte, in Bobs Auto.«

Donati zuckte die Achseln. »Taxi. Auto. Jacke wie Hose. Haben Sie irgendwann mit einer Frau namens Josephine Walsh gesprochen?«

»Walsh? Nein, nicht dass ich wüsste«, sagte ich.

»Sind Sie sicher?«

»Ganz sicher.«

Er stand auf. »Was werden Sie mit dem Manuskript tun?«

»Ich weiß nicht. Was meinen Sie?«

»Ich meine, dass Sie abwarten sollten, bis Sie von mir hören.«

»Okay.«

»Danke für den Scotch«, sagte er. »Guten Abend.«

* * *

Ich hatte noch ein Körnchen Zweifel gehegt, ob Donati bei den Morden mit im Spiel gewesen war, aber nun war ich von seiner Beteiligung überzeugt. Er konnte nur dann von meinem Anruf bei Josephine Walsh wissen, wenn sie es ihm erzählt hatte, und sie hätte es ihm nicht erzählt, ohne ihm auch zu sagen, dass ich auf der Suche nach Joanne Schilling war, der geheimnisvollen Zeugin. Ich wusste, dass er mir nicht glaubte, als ich den Anruf bei ihr abstritt. Es war auch klar, dass er, als er vorgegeben hatte, das Manuskript zu lesen, mit dem Inhalt schon vertraut war. Am verräterischsten aber war sein Ausrutscher gewesen, mit dem er eingestand, dass es das Lucky-Taxi gewesen war, mit dem Bob Alex zu Asuras gefahren hatte. Dieses Detail hätte er nicht wissen können, ohne tief mit drinzustecken. Es erklärte, warum er das Taxi durchsucht und dann gereinigt hatte. Er hatte nicht Travis beschützen wollen, er hatte Asuras beschützen wollen. Und sich selbst.

Ich hatte damit gerechnet, dass Donati vom Zynismus Hollywoods so durchtränkt war, dass er mir den Erpresser ohne mit der Wimper zu zucken abnehmen würde, und doch war ich ein bisschen enttäuscht, dass er nicht einmal überrascht zu sein schien. Ich hatte geglaubt, dass mehr an ihm sei als der Preis seiner Anzüge. Ich hatte ihn immer noch vor Augen, wie er in der Nacht, als Travis gestorben war, mit seinen Hunden dagesessen hatte, schutzlos und verloren, und in seinem tiefsten Bass gedröhnt hatte wie ein kleiner Junge, der die Monster vertreiben will, die vielleicht unter seinem Bett oder im Schrank auf ihn lauern. Ich spülte sein Glas aus und war sicher, dass er bald anrufen würde, sei es, um mich zu bestechen oder mich zu bedrohen, was beides juristisch einer Schuldanerkenntnis gleichkäme. Nun, da sich alles zu einem Gesamtbild ordnete, war es an der Zeit, mit Serena Dance zu reden.

* * *

Serena kam argwöhnisch aus ihrem Büro in den Empfangsraum, wo ich ohne Termin aufgekreuzt war und nach ihr gefragt hatte. Sie grüßte mich mit einem erstaunten, zweifelnden Grinsen.

»Hallo Henry. Wie kann ich dir helfen?«

Ich schielte auf die Aufsichtsbeamtin, die über die siebzehnte Etage wachte. »Können wir unter vier Augen reden?«

Sie wies unwillig mit dem Kinn auf ihre Tür. »Komm rein, aber ich kann dir nur ein paar Minuten geben.«

In einer Ecke ihres Büros waren Kartons gestapelt, die alle den Aufkleber *West Hollywood Inves* trugen. Ihr Radio war auf NPR gestellt, wo ein Nachrichtensprecher mit einer Stimme wie Chardonnay sich an seiner eigenen Heiterkeit erheiterte. Es gab ein neues Bild an der Wand, eine Kinderzeichnung von einem Haus, neben dem zwei Frauen und ein kleiner Junge standen. In der Ecke des Bildes stand in Schönschrift »Jesse, 5«.

»Sprich«, sagte sie knapp und nahm ihren Platz hinter dem Schreibtisch ein.

»Ich habe neue Informationen zu den West Hollywood-Morden«, sagte ich.

Ich erwartete Ablehnung oder Skepsis, aber stattdessen kam ein neutrales »Aha«.

Ich öffnete meine Aktentasche und reichte ihr Kopien von Alex' Manuskript und von dem Vertrag aus dem Bürodienst mit der Unterschrift von Josey Walsh. Ich spulte meine Geschichte ab, über Asuras und Alex, die Verbindung über Samsara und Josey Walsh zu Parnassus, die Möglichkeit, dass die Autobombe von einem Sprengstoffexperten des Studios namens Jim Harley gelegt worden war, die

Auffälligkeit, dass Joanne Schilling und Josey Walsh zusammengewohnt hatten.

»Beschuldigst du mich der Anstiftung zum Meineid?«, fragte sie, als ich fertig war.

»Was?«

»Du deutest an, dass Joanne Schilling gegen Travis falsches Zeugnis abgelegt hätte.«

»Ich deute nicht an, dass du davon gewusst hast.«

»Ich bin also hereingelegt worden?«

»Serena, wenn irgendetwas davon beweisbar ist, dann sind wir beide hereingelegt worden.«

Sie schob die Papiere über den Tisch und sagte wenig überzeugend: »Wir hatten handfeste Beweise gegen Travis.«

»Ich behaupte nicht, dass er unbeteiligt war«, sagte ich.

Sie trommelte leise mit den Fingern auf den Tisch. »Ich dachte, du kommst her, um Ätsch zu sagen.«

»Wieso?«

»Odell hat mir gesagt, dass du Recht hattest damit, dass Gaitan die Spuren im Taxi gelegt hat«, sagte sie. »Welche Ironie, was, Henry? Du warst dir sicher, dass Gaitan Travis ans Messer liefern wollte, weil Travis schwul war, und jetzt erzählst du mir, dass Travis doch der Schuldige war.«

»Er war ein kleiner Fisch, nicht der große Hai. Das war Asuras.«

Sie klopfte mit der flachen Hand auf die Papiere. »Das sind keine Beweise, es sind Mutmaßungen.«

»Immerhin hast du mich nicht rausgeworfen«, sagte ich.

»Hätte ich wohl besser«, sagte sie bedauernd. »Dieser Fall ist für alle anderen abgeschlossen.«

»Alle anderen als wer, Serena? Als ich oder als du?«

Sie zupfte gedankenverloren an ihren Haaren. »Ich habe nach dem Tod von Travis einen anonymen Anruf bekommen«, sagte sie, »von einer Frau, die an diesem Abend das Fernsehinterview mit mir gesehen hatte. Sie wollte eine hassmotivierte Straftat anzeigen. Sie sagte, dass ein Freund von ihr, der für Duke Asuras gearbeitet hatte, von ihm sexuell belästigt worden sei, und ob ich da etwas unternehmen könne, weil sie sonst überall auf Granit gestoßen sei.«

»Hast du sie ernst genommen?«

»Ich wusste, dass es keine Spinnerin war, weil sie sehr aufgebracht war und sehr detailliert berichtet hat. Ich habe ihr gesagt, dass es sich nach der offiziellen Definition nicht um eine hassmotivierte Straftat handelte und dass es deshalb außerhalb meines Handlungsbereichs lag. Da sagte sie, dass Asuras ihren Freund, der heterosexuell war, vergewaltigt hatte, und ob es das wohl zu einer hassmotivierten Straftat machte. Bevor ich etwas sagen konnte, hatte sie aufgelegt. Wir haben alle unsere Alarmknöpfe. Vergewaltigung ist einer von meinen. Ich habe ein paar Anrufe gemacht und versucht, ihre Anschuldigung zu bestätigen.«

»Ich wette, du hast nichts gefunden«, sagte ich.

»Warum meinst du das?«

»Selbst wenn ein Mann sich dazu durchringt, eine Vergewaltigung anzuzeigen, bezweifle ich, dass die Cops ihn ernst nehmen würden.«

»Es war nirgends eine Anzeige aufgenommen worden«, sagte sie. »Ich habe mir dasselbe gedacht wie du, dass entweder niemand zur Polizei gegangen ist oder dass es nicht ernst genommen wurde. Dann dachte ich, wenn die Polizei das Opfer wieder weggeschickt hat, hatte er vielleicht Zivilklage eingereicht, also habe ich im Register für die letzten fünf Jahre nachgeschaut.«

»Hast du etwas über Asuras gefunden?«

Sie nickte. »Es ist unglaublich, wie oft diese Studioleute verklagt werden. In den letzten drei Jahren ist Asuras in über hundert Klageschriften aufgetaucht, meist als Pro-forma-Beklagter, aber ich habe auch drei arbeitsrechtliche Klagen gefunden, in denen ihm direkt sexuelle Belästigung vorgeworfen wurde.«

»War dein anonymes Opfer dabei?«

»Alle drei Fälle sind eingestellt worden, noch ehe es überhaupt zur Verhandlung kam.«

»Hast du die Klageschriften gesehen?«

»Verschlusssachen«, sagte sie.

»Verschlusssachen? Das sind öffentliche Akten.«

»Ich weiß, ich war auch überrascht. Sie sind von Richterin Matermain zur Verschlusssache erklärt worden. Es hat sich herausgestellt, dass sie Teilhaberin einer großen Kanzlei war, die mit der Unterhaltungsbranche arbeitet, bevor sie als Richterin bestallt wurde. Parnassus war Klientin der Kanzlei.«

»Du warst gründlich«, sagte ich.

»Das hat gestunken«, erwiderte sie. »Richtig gestunken. Ich habe beschlossen, die Kläger ausfindig zu machen und mit ihnen zu reden.«

»Was hatten sie zu sagen?«

»Im ersten Fall war es eine Frau«, sagte sie, indem sie aufstand und an ihren Aktenschrank ging. Sie zog eine Akte heraus und kam an ihren Schreibtisch zurück. »Elizabeth Ybarra.«

»Asuras hat eine Frau sexuell belästigt?«

»Beruhige dich, Henry, er ist nicht polymorph pervers. Sie hat nicht angeführt, dass er sie persönlich belästigt habe, sondern dass er dadurch frauenfeindliche Arbeitsbedingungen geschaffen hat, dass er männliche Angestellte bevorzugte. Ein juristischer Umweg. Der Fall wurde mit einem Vergleich eingestellt, und als Teil des Vergleichs hat der Richter den Parteien Stillschweigen auferlegt.«

»Was ist mit den anderen Fällen?«

»Der zweite Kläger war ein nervöser junger Mann namens Michael Moran. Er sagte, dass die Klage ein großer Fehler gewesen sei, durch ein Missverständnis verursacht, und dass er eigentlich Asuras wirklich mochte. Er sagte, wenn ich weitere Informationen wollte, müsste ich seinen Anwalt anrufen.«

»Und der dritte Fall?«

»Jeff Cain«, las sie den Namen aus der Akte vor. »Aber bevor ich mit ihm reden konnte, hat der Oberstaatsanwalt mich nach oben gerufen, mir gesagt, er habe gehört, dass ich gerichtliche Anordnungen in Zivilfällen unterlaufe, die mich einen Scheißdreck angehen, und damit einen einflussreichen Unterstützer von ihm vergrätze, also soll ich die Finger davon lassen.«

»Wie hat Asuras es herausgefunden?«

»Ich tippe auf Moran. Er ist entweder gekauft oder eingeschüchtert worden.«

»Hast du den Rat des Oberstaatsanwalts beherzigt?«

»Hast du sie noch alle?«, lachte sie. »Ich bin aus seinem Büro gegangen und schnurstracks zu Jeff Cains Apartment gefahren. Bingo.«

»Das war dein Mann?«

Sie nickte. »Er ist direkt aus der Filmschule heraus beim Studio eingestellt worden, so eine Art Überflieger. Asuras hat sich in ihn verguckt. Ich konnte das gut verstehen. Der Junge ist wirklich süß. Er sagte, dass die Probleme anfingen, als Asuras ihn gefragt hat, ob er ihn als Assistent auf Reisen begleiten wolle. Sobald Asuras Jeff aus L.A. draußen hatte, hat er ihn sehr, sehr stark angemacht.«

»Wie stark?«

»Jeff sagte, Asuras war körperlich aggressiv.«

»Warum hat Jeff nicht gekündigt?«

»Es gibt nicht viele Vierundzwanzigjährige, die persönlicher Assistent eines Studiobosses werden.«

»Schwul?«

»Nein«, sagte sie, »und als ich seine Freundin kennen lernte, wusste ich auch, wer die anonyme Anruferin war.«

»Wie ging es weiter?«

»Jeff dachte, er kann die Situation in den Griff bekommen, wenn er sich auf Sex mit Asuras einlässt.«

»Komische Logik, noch dazu von einem Hetero.«

»Du täuschst dich«, sagte sie. »Er dachte, wenn er nachgibt, wird Asuras erreicht haben, was er wollte, und ihn irgendwann in Ruhe lassen. Klassisches Opferdenken, gerade bei Vergewaltigung.«

»Und dann?«

»Jeff hatte nicht mit der Art Sex gerechnet, die Asuras gern hatte.«

»Der SM-Kram.«

»Ich weiß nicht viel von SM, Henry, aber soweit ich es verstehe, geht es da vor allem um Fetische und Fantasien. Dieser Mann verletzt seine Sexpartner wirklich. Sie waren in New York, als Jeff schließlich nachgab. Es wurde zu einer brutalen Vergewaltigung. Jeff sagte, es war, als ob Asuras ihn dafür bestrafen wollte, dass er sich auf Sex mit ihm eingelassen hatte. Als es vorbei war, ist er aus dem Zimmer gerannt und hat das nächste Flugzeug nach L.A. genommen. Er ist nie mehr zur Arbeit zurückgekehrt. Asuras hat ihn unablässig angerufen, ihm Geld angeboten, ihm gedroht, ihm etwas anzutun. Als Jeff zur Polizei ging, haben sie Asuras angerufen, der sie überzeugte, dass Jeff ihn erpressen wollte. Schließlich hat er Asuras verklagt.«

»Warum wurde das Verfahren eingestellt?«

»Asuras hat peinlich darauf geachtet, dass nie Zeugen anwesend waren, wenn er Jeff anbaggerte, also stand Jeffs Wort gegen seines.

Und die Anwälte von Asuras haben Jeffs Anwalt erzählt, warum die Polizei sich geweigert hatte, gegen Asuras zu ermitteln, und ihm angedroht, ihn wegen Verschwörung zur Erpressung festnehmen zu lassen. Der Anwalt hat ihn fallen lassen.«

»Jeffs Erlebnisse und die von Alex zusammengenommen zeigen ein wiederkehrendes Handlungsmuster auf«, bemerkte ich.

»Für Vergewaltigung, nicht für Mord«, sagte sie. »Und die Vergewaltigungen sind, wie du weißt, sowieso überhaupt nicht verwendbar.« Sie schloss die Akte. »Leider.«

»Du glaubst mir aber das mit Asuras, oder etwa nicht?«

»Ich habe Jeff Cain geglaubt«, sagte sie. »Ich glaube das, was im Manuskript steht. Asuras ist ein sexueller Psychopath.«

»Der morden würde, um sich zu schützen«, sagte ich.

»Es gibt noch nicht einmal genügend Beweismaterial, um überhaupt ein Verfahren gegen ihn einzuleiten.«

»Was wäre, wenn er mir Schweigegeld anbieten würde?«

»Was soll das heißen, Henry?«

Ich erzählte ihr von meinem Treffen mit Donati.

»Das war wirklich dumm von dir, Henry«, sagte sie. »Donati könnte den Spieß umdrehen und dich wegen Erpressung verhaften lassen.«

»Ich spekuliere darauf, dass er das nicht tut.«

»Selbst wenn Asuras dir für das Manuskript Geld anbietet, heißt das noch nicht, dass er für die Morde verantwortlich ist.«

»Ein Geständnis ablegen wird er nicht, Serena«, sagte ich ungeduldig. »Wir müssen die Anklage gegen ihn eben Stein für Stein aufbauen.«

»Wir? Warum soll ich den letzten Rest meiner Karriere hier riskieren und mich mit Asuras anlegen?«

»Du hast diese Frage schon beantwortet, als du dich entschieden hast, den Oberstaatsanwalt zu ignorieren und mit Jeff Cain zu reden«, sagte ich. »Asuras ist genau das gefährliche Raubtier, für das alle Schwulen und Lesben gehalten werden. Wir können ihn mit diesen Morden nicht ungestraft davonkommen lassen.«

»Der Fall ist abgeschlossen, Henry.«

»Lass die Cops den Bombenanschlag auf das Auto neu aufrollen«, sagte ich. Ich schob das Foto von Jim Harley über den

Tisch. »Sie sollen Harleys Foto herumzeigen. Vielleicht erkennt ihn jemand.«

»Wie soll ich erklären, woher ich den Tipp habe?«

»Du musst das nicht erklären, du bist die Staatsanwältin«, sagte ich. »Die Cops müssen tun, was du von ihnen verlangst.«

»Du hast ja gesehen, wie gut das mit Gaitan funktioniert hat.« Sie nahm das Foto. »Also gut, ich werde sehen, was sich machen lässt.«

»Es gibt noch eins«, sagte ich. »Du kannst mir helfen, Joanne Schilling zu finden.«

Sie nickte. »Ja, mit der würde ich gerne reden.«

»Freut mich, dass wir endlich am selben Strang ziehen«, sagte ich.

»Das sehen wir noch«, versetzte sie. »Was mich angeht, ich bin noch nicht dabei.«

»Was macht dir solche Sorgen?«

»Es macht mir Sorgen, mit jemandem zusammenzuarbeiten, der Erpressung benutzt, um Beweismaterial zu sammeln.«

»Das ist nur ein Köder«, sagte ich. »Die Cops machen das die ganze Zeit.«

»Versuch dir eins zu merken, Henry«, sagte sie. »Du bist nicht die Cops. Du handelst als Privatperson, und wenn du in der Scheiße sitzt, verlass dich nicht drauf, dass ich dich wieder rausziehe.«

»Du sitzt vor Asuras wie das Kaninchen vor der Schlange.«

»Nein, das tust du«, sagte sie. »Ich melde mich.«

* * *

Das Telefon weckte mich kurz nach ein Uhr nachts. Ich hörte mir das Klingeln an und ärgerte mich, weil ich wusste, dass ich rangehen musste, auch wenn es um diese Uhrzeit wahrscheinlich nur falsch verbunden war. Trotzdem konnte ich, umgeben von Mandanten, die dazu neigen, mitten in der Nacht verhaftet zu werden, und Freunden mit Aids, die von ganz eigenen nächtlichen Schreckgespenstern heimgesucht wurden, da nie sicher sein. Ich rollte mich zur Seite, sah, dass der Anruf auf der Büroleitung hereinkam, und nahm ab.

»Ja«, bellte ich.

Eine ungerührte Vermittlerin sagte: »Nehmen Sie ein R-Gespräch für niemand Bestimmten von einem Rod an?«

»Ja, ich nehme es an.«

Dann kam ein zögerliches »Mr. Rios? Hier ist Rod Morse. Sie haben doch gesagt, dass ich Sie anrufen kann, wenn ich reden will?«

»Jederzeit«, sagte ich und setzte mich auf. »Was ist los, Rod? Ist alles in Ordnung bei dir?«

»Meine Eltern haben es rausgefunden.«

Ich war jetzt wach genug, um zu registrieren, dass er flüsterte. »Sie haben was rausgefunden?«

»Dass ich schwul bin«, sagte er.

»Wie?«

»Das ist mir jetzt peinlich«, sagte er nach einer kurzen Pause.

»Haben sie dich mit jemandem erwischt?«

»Was? Ach wo. Ich wäre froh, wenn's da überhaupt jemand gäbe.« Er zögerte. »Ich kaufe mir immer so Zeitschriften …«

»Pornos?«

Er lachte leise und freudlos. »Als ob ich hier an Pornos kommen könnte. Nein, *GQ* und *Details* und, na ja, so Männermodezeitschriften halt.« Noch eine schamhafte Pause. »Ich schau mir die Fotos von den Models an. Ich schneide die aus, die mir gefallen, und hebe sie in einem Schuhkarton unten in meinem Schrank auf. Meine Mutter hat sie gefunden.«

»Bilder von Fotomodellen?«

»Viele hatten nur Unterwäsche an«, sagte er schuldbewusst. »Manche waren nackt, aber nur von hinten. Es war nichts zu sehen.«

»Wie kommt deine Mutter dazu, in deinem Schrank herumzustöbern?«

»Ich habe Ihnen doch schon gesagt, dass sie versuchen, mich zu erwischen.«

»Was hast du getan?«

»Ich hab versucht, ihnen zu erklären, dass ich die Fotos brauche, um mich zu erinnern, wie die Kleider aussehen, damit ich sie mir kaufen kann.«

»Sie haben dir nicht geglaubt.«

»Nein«, murmelte er, den Tränen nahe. »Mein Vater hat mich gefragt: ›Bist du homosexuell?‹ Ich habe nein gesagt, aber das haben sie auch nicht geglaubt.« Er schwieg. »Ich dachte, jetzt schlägt er mich, aber er hat gesagt, ich soll auf mein Zimmer gehen und dort bleiben.

Das war alles Samstag. Heute Abend haben sie zu mir gesagt, wenn nächsten Monat die Schule anfängt, schicken sie mich auf eine christliche Schule in Utah.«

»Glaubst du, dass sie dich in diese Klinik schicken wollen, die angeblich Schwulsein kurieren kann?«

»Ich weiß es«, sagte er. »Ich weiß, dass sie mich dorthin schicken.« Er fing leise an zu schluchzen. »Sie haben gesagt, dass Sie mir helfen.«

»Kannst du mir den Namen von dieser Klinik in Utah mailen?«

»Ja, sobald ich aufgelegt habe«, sagte er.

»Ruf mich übermorgen wieder an.«

»Ich muss spät anrufen, wenn sie im Bett sind.«

»Das ist kein Problem, aber gib mir zwei Tage Zeit.«

»Mach ich«, flüsterte er. »Danke.«

* * *

Die Klinik in Utah hieß Foster-Institut. Ich wusste, dass Richie wegen seiner eigenen Erfahrungen in seiner Jugend eine gemeinnützige schwule Kanzlei unterstützte, die schwule und lesbische Jugendliche vertrat. Ich rief ihn am nächsten Morgen an und erzählte ihm von Rod. Er vermittelte mich an einen Anwalt in San Francisco namens Phil Wise. Wise hatte vom Foster-Institut gehört.

»Die sind berüchtigt«, sagte er. »Die meisten von diesen Einrichtungen reden ziemlich um den heißen Brei herum, wenn es darum geht, was sie tun, aber das Foster-Institut behauptet rundheraus, dass es Homosexualität heilen kann.«

»Ist es eine psychiatrische Klinik?«

»Anerkannt von der Amerikanischen Psychiatrischen Gesellschaft, wie sich's gehört.«

»Ich dachte, die APA hat schon vor zwanzig Jahren Homosexualität aus ihrer Liste der Geisteskrankheiten gestrichen.«

»Das stimmt auch«, sagte er. »Einrichtungen wie das Foster-Institut nehmen Jugendliche unter der Diagnose GID auf, das heißt Gender Identity Disorder, Störung der Geschlechtsidentität, ein anerkanntes Krankheitsbild, das im DSM, im Diagnostischen und Statistischen Handbuch der Amerikanischen Psychiatrischen Gesellschaft aufgeführt ist. Haben Sie schon mal vom DSM gehört?«

»Und ob«, sagte ich. Jeder Strafrechtler wusste vom DSM, dem Handbuch, das von Medizinern als Diagnoseschlüssel für psychische Erkrankungen herangezogen wurde. »Aber was zum Teufel ist eine Störung der Geschlechtsidentität?«

»Es bedeutet, dass sich Menschen in ihrem Geschlecht nicht wohlfühlen«, sagte er, »dass ein Mann sich wünscht, eine Frau zu sein und umgekehrt. Erwachsene Transsexuelle können mit der Diagnose GID an Hormonbehandlung und operative Geschlechtsumwandlung herankommen. Das ist die legitime Anwendung dieser Diagnose.«

»Rod hat mir gegenüber keinen Wunsch geäußert, ein Mädchen zu sein.«

»Das zählt nicht«, sagte er. »Kinder und Jugendliche, die der stereotypen Geschlechtsrolle nicht entsprechen, bekommen die Diagnose GID verpasst und verschwinden in Instituten wie dem Foster, wo sie mit harten Psychopharmaka wie Thorazin und Lithium behandelt werden. Sie werden auch einer Verhaltenstherapie und in manchen Fällen sogar Elektroschocks unterzogen. Weil schwule und lesbische Kids am häufigsten stereotype Geschlechtsrollen ablehnen, sind sie es, die diese Einrichtungen füllen. Und ihre Eltern blechen dafür. Diese Institute scheffeln noch und nöcher.«

»Was meinen Sie damit, stereotype Geschlechtsrollen ablehnen? Kleine Jungs, die mit den Barbiepuppen von ihrer Schwester spielen? Kleine Mädchen, die Kleider nicht ausstehen können?«

»Ich zitier mal aus dem DSM«, sagte er. »Eins der möglichen Symptome von GID bei Jungen ist eine ›Abneigung gegen spielerische Raufereien und Ablehnung von stereotyp männlichen Spielzeugen, Spielen und Aktivitäten‹.«

»Diese Kliniken behaupten, dass sie Homosexualität heilen können, indem sie die Kinder an herkömmliche Geschlechterrollen anpassen, wie wenn ein Vater seinem Sohn das Baseballspielen beibringt, damit er nicht schwul wird?«

»Genau, genau«, lachte er. »Und wenn die Tochter sich schminkt und Kleidchen anzieht, heißt das, dass keine Lesbe aus ihr wird.«

»Das ist doch ein Witz.«

»Schön wär's«, sagte er. »Junge Lesben und Schwule werden zu Tausenden in diese Kliniken gesteckt, und bis sie wieder rauskommen, sind die meisten so kaputt, dass viele sich am Ende umbringen.«

»Können wir Rods Eltern daran hindern, ihn dort einzuweisen?«

Wise schwieg einen Moment lang. »Das wird hart, Henry«, sagte er. »Rod ist minderjährig. Seine Eltern haben das Recht, ihm so ziemlich jeder anerkannten medizinischen Behandlung zu unterziehen, die ihrer Ansicht nach zu seinem Besten ist.«

»Die Behandlung, die Sie da beschreiben, ist mittelalterlich. Wie kann so etwas überhaupt zu seinem Besten sein?«

»Das ist es offensichtlich nicht«, sagte Wise. »Ich glaube, dass es eine Art Verletzung der elterlichen Sorgepflicht darstellt, ein Kind in so eine Klinik zu stecken. Das Problem ist, wie wir ein Gericht davon überzeugen.«

»Da liegt doch Ihre Chance«, sagte ich. »Richie hat zu mir gesagt, wenn Sie den Fall übernehmen, wird er es finanzieren.«

»Das Problem ist, dass noch kein Gericht irgendwo je erklärt hat, dass die Behandlung eines Kindes wegen Homosexualität eine Form von Kindesmisshandlung darstellt«, sagte Wise. »Und ganz bestimmt nicht im Bibelstaat Utah.«

»Ein Grund mehr zu handeln, solange Rod noch in Kalifornien ist.«

»Okay, reden wir mit dem Jungen. Können Sie eine Telefonkonferenz arrangieren?«

»Phil, er ruft immer mitten in der Nacht an, wenn seine Eltern schlafen gegangen sind.«

»Gut«, sagte er. »Erklären Sie ihm die Situation und geben Sie ihm meine Nummer. Sagen Sie ihm, er kann mich Tag und Nacht anrufen, aber möglichst bald. Wenn wir ihn retten wollen, müssen wir sofort damit anfangen.«

* * *

»Was soll das heißen, vor Gericht gehen?«, fragte Rod, als er um zwei Uhr morgens anrief.

»Bevor deine Eltern versuchen, dich nach Utah zu schicken, wird Phil beim Jugendgericht beantragen, dich der Vormundschaft des Gerichts zu unterstellen, dich deinen Eltern zu entziehen und in eine

Pflegschaft zu geben, bis das Gericht entscheidet, ob sie das Recht haben, dich wegen deiner Homosexualität zu behandeln.«

»Eine Pflegefamilie?«, fragte er verängstigt.

»Ja, vorübergehend.«

»Für wie lange?«

»Bis das Gericht seine Entscheidung trifft.«

»Und wenn das Gericht sagt, dass meine Eltern mich nach Utah schicken dürfen?«

»Phil ist dazu bereit, sich bis zum kalifornischen Obersten Gericht durchzuklagen«, sagte ich. »Allermindestens kann er so lange gegen deine Eltern prozessieren und ihnen damit die Hände binden, bis du achtzehn bist. Das wäre der schlimmste Fall, Rod.«

»Und ich bin die ganze Zeit bei Pflegeeltern?«

»Ja«, sagte ich, denn es hatte keinen Sinn, ihn anzulügen. »Phil hat gesagt, ich soll dir seine Telefonnummer geben. Du musst ihn unbedingt gleich anrufen.«

Er sagte lange nichts. »Okay«, sagte er. »Gib sie mir.«

Ich gab ihm Phils Nummer und Adresse. »Rod, was beunruhigt dich so? Die Pflegschaft?«

»Mhm«, sagte er. »Ich will nicht bei Fremden wohnen.«

»Deine Eltern wollen dich in die Psychiatrie stecken. Meinst du nicht, dass ein anderes Zuhause besser für dich wäre?«

»Sie sind immer noch meine Eltern«, sagte er. »Ich hab sie immer noch gern. Ich weiß, dass sie mich gern haben.«

»Warst du nicht drauf und dran, zu Katie abzuhauen?«

»Katie gehört auch zur Familie«, sagte er trotzig.

»Ich weiß nicht, was ich dir noch sagen soll, Rod. Du wolltest meine Hilfe, das ist die Hilfe, die ich dir anbieten kann.«

»Können Sie nicht einfach für mich mit ihnen reden?«

»Das werde ich, wenn du wirklich glaubst, dass sie auf mich hören würden. Bei dem, was du mir über sie erzählt hast, glaube ich eher, dass sie mich für einen Kinderschänder halten.«

Stille. »Sie haben Recht. Wenn die wüssten, dass ich mit Ihnen rede, würden sie mich gleich morgen ins Flugzeug setzen. Wir waren mal eine gute Familie, als ich klein war. Da waren Mama und Papa noch toll. Jetzt ist alles anders. Wie wenn sie ein Alien im Körper hätten.«

»Dasselbe denken sie vielleicht auch von dir.«

»Ich will meine Eltern von früher wiederhaben«, sagte er. »Ich will mich nicht zwischen Schwulsein und meiner Familie entscheiden müssen.«

»Ich habe den Eindruck, dass deine Eltern diese Entscheidung schon für dich getroffen haben.«

»Vielleicht«, sagte er distanziert, und dann erinnerte er sich an seine guten Manieren: »Danke, Henry.«

»Melde dich wieder«, sagte ich.

»Ich muss jetzt aufhören«, sagte er. »Danke.«

Nach ein paar Tagen schickte ich ihm eine Mail, aber eine Woche verging, ohne dass er sich meldete. Ich rief Phil an, der auch nichts von ihm gehört hatte, mir aber zur Geduld riet und mich daran erinnerte, dass wir dem Jungen praktisch gesagt hatten, dass seine einzige Chance eine gerichtliche Verfügung war, die ihn aus seiner Familie entfernte.

»Was ich nicht begreife, ist, wie kann er zu seinen Eltern irgendeine Loyalität empfinden, wenn sie ihm das antun wollen.«

»Er ist noch ein Kind, Henry«, sagte Wise. »Kinder haben keine Wahl, sie müssen an ihre Eltern glauben.«

»Nur schade, dass nicht alle Eltern an ihre Kinder glauben.«

Kapitel 19

Wenige Tage nach unserem Treffen rief Serena Dance wegen Asuras an. Es war abends Viertel nach acht, und den Hintergrundgeräuschen – ein Fernseher, ein Kind – entnahm ich, dass sie von zu Hause aus, nicht aus dem Büro anrief.

»Du nimmst dir deine Arbeit mit nach Hause?«

»An diesem Fall arbeite ich in meiner Freizeit«, sagte sie.

»Bist du überkorrekt oder paranoid?«

Sie zögerte mit ihrer Antwort. »Beides ein bisschen. Der Oberstaatsanwalt hat mich gewarnt, ich soll ja die Finger von Asuras lassen. Wenn er wüsste, dass ich gegen ihn in einem Mordfall ermittle, der offiziell gelöst ist, bin ich meinen Job los.«

»Wäre das denn so schlimm?«, fragte ich. »Er braucht dich doch nur als politisches Feigenblatt.«

»Ich habe im vergangenen Jahr über fünfzig Fälle verfolgt«, sagte sie wutentbrannt. »Meine Verurteilungsquote war zweiundneunzig Prozent. Das liegt über dem Durchschnitt der Behörde.«

»Ich wollte damit nicht sagen, dass du keine gute Arbeit machst«, sagte ich. »Aber du musst zugeben, dass du nicht viel Unterstützung bekommst.«

»Joanne Schilling ist verschwunden«, sagte sie unvermittelt.

»Was? Hast du mit Josey Walsh geredet?«

»Ja, selbstverständlich. Sie hat mir dieselbe Geschichte erzählt wie dir. Schilling hat mit ihr zusammengewohnt, ist ausgezogen, und jetzt weiß sie nicht, wo sie ist.«

»Sie lügt.«

»Danke, Henry, da wär ich jetzt nicht selber drauf gekommen. Natürlich lügt sie. Ich habe bei ihrem Hausmeister angerufen. Walsh wohnt alleine, hat schon immer alleine gewohnt. Ich habe sie wieder angerufen, und sie hat behauptet, dass sie es der Hausverwaltung nicht gesagt hat, weil sie laut Mietvertrag nicht untervermieten darf. Dann hat sie ihre Story abgeändert und gesagt, dass Schilling genau genommen gar nicht ihre Mitbewohnerin war, nur eine Freundin, die für ein paar Wochen bei ihr untergekommen ist.«

»Du glaubst, wenn sie so gut befreundet waren, müsste sie wissen, wo Schilling steckt.«

»Sollte man meinen«, sagte Serena. »Ich bin über die Filmschauspielergewerkschaft an eine Adresse von Schilling rangekommen. Beim Hausmeister von diesem Gebäude hieß es, dass Schilling seit vier Jahren dort wohnt. Ich habe beschlossen, dort vorbeizuschauen.«

»Du hast sie nicht angetroffen.«

»Ihr Briefkasten war seit mindestens einer Woche nicht geleert worden«, sagte Serena. »Ich habe dem Hausmeister was vorgespielt, dass er mich in die Wohnung lässt. Die Schränke waren voller Kleidungsstücke und im Kühlschrank schimmelte das Essen vor sich hin. Von ihr keine Spur.«

»Hast du es noch einmal bei Walsh versucht?«

»Bis Montag verreist, sagt ihre Maschine«, erwiderte Serena. »Bei unserem letzten Gespräch war sie ganz schön ruppig, und ich musste es gut sein lassen, weil ich nichts in der Hand hatte. Jetzt habe ich Gott sei Dank eine Vermisste. Wenigstens etwas, womit ich diese ganze Herumschnüffelei rechtfertigen kann.«

»Was ist mit den Ermittlungen zum Anschlag auf Amerians Auto?«

»Da gibt es ein Problem. Der Detective, der in dem Fall ermittelt hat, ist inzwischen im Ruhestand, das heißt, wenn wir das neu aufrollen wollen, müssen wir jemanden von einem aktuellen Fall abziehen. So viel Einfluss habe ich aber nicht auf dem Sheriff, oder ich müsste ihm wenigstens erklären, warum ich daran so interessiert bin, und du kannst dir vorstellen, was das bei ihm auslösen würde.«

»Es ist Zeit für ein Treffen mit Odell.«

»Warum meinst du, dass er uns helfen wird? Er hat mir gesagt, dass er Travis für den Schuldigen hält, trotz der gelegten Spuren.«

»Weil er sich vielleicht in Gaitans Motiv für das Spurenlegen geirrt hat.«

»Was meinst du damit?«

»Gaitan hat Schilling aufgetrieben, stimmt's? Wie eigentlich?«

Sie schwieg. »Gute Frage. Ich hatte angenommen, dass sie sich einfach selbst gemeldet hat, wegen der ganzen Berichterstattung über den Fall.«

»Wir können in diesem Fall nichts annehmen, außer dass alles, was nach Zufall aussieht, wahrscheinlich keiner ist. Wie wär's mit einem Mittagessen mit Odell diese Woche noch?«

»Nicht in der Innenstadt«, forderte sie.

»Kann ich dich im Büro anrufen?«

»Na gut«, sagte sie, »aber wenn ich nicht da bin, hinterlass keine Nachricht. Ruf einfach später noch mal an.«

»Du bist wirklich paranoid.«

»Vorsicht ist besser als Nachsicht, Henry, das solltest du dir auch zu Herzen nehmen.«

* * *

Ich traf mich mit Serena und Odell zum Essen im *Langer's*, einem alten Deli in der Nähe des MacArthur-Parks, über den der berühmte unverständliche Song ging. Durch die schmierstreifigen Fenster war kein Kuchen zu sehen, ob zerlaufend oder nicht, nur die hell gekleideten Scharen mexikanischer und mittelamerikanischer Einwanderer, ob illegal oder nicht, die die Gegend bewohnten. Vor sechzig Jahren war dies eine prachtvolle Einkaufsgegend gewesen, das Beverly Hills seiner Zeit, wo Filmstars im Bullock's Wilshire und im I. Magnin einkaufen gingen und danach im Brown Derby oder im Perino's zu Mittag aßen. Manche von ihnen hatten in Luxusapartments in feudalen Art déco-Gebäuden gewohnt, die immer noch den Wilshire Boulevard sprenkelten, wie das Talmadge, das nach der Schauspielerin benannt war, die es einst besessen hatte. Die Fassaden hatten überlebt, aber die Apartments waren eher von honduranischen Flüchtlingsfamilien bewohnt als von Schauspielern, die beim nahe gelegenen Parnassus-Studio unter Vertrag waren. Das Brown Derby war dem Erdboden gleichgemacht, das Perino's verrammelt, genauso wie das I. Magnin, während das Bullock's Wilshire wohl das schwerste Schicksal erleiden musste und nun eine Jurafakultät beherbergte.

Das Viertel war noch quicklebendig gewesen, als ich mit Josh zum ersten Mal hier gewesen war. Nachdem wir nach Los Angeles gezogen waren, hatten wir ganze Wochenenden damit zugebracht, mit Stadtplan und Architekturführer in der Stadt herumzukurven. Eines

Sonntags waren wir in diesen Bezirk mit seinem traurigen, verfallenden Reichtum und dem fröhlichen Gedrängel der Armen. Wir schauten uns bei Bullock's Sweatshirts für fünfhundert Dollar an und aßen dann Fisch-Tacos in einer Taqueria mit Straßenverkauf ein paar Häuser weiter. Später dachte ich, dass sich mir die Schizophrenie dieser Stadt nie klarer gezeigt hatte als an diesem Nachmittag mit Kaschmir und Salsa.

Serena wartete schon in einer Essnische im hinteren Teil des Restaurants, als ich hinkam, und studierte begehrlich das teure Speiseangebot, ein Diktionär von Pastramis, Corned beef und Räucherfisch, so altehrwürdig wie das *Langer's* selbst, eine Reminiszenz an die Zeit, in der das Viertel jüdisch gewesen war.

»Odell ist noch nicht hier?«, fragte ich, als ich in die Essnische schlüpfte.

Sie schaute auf. »Nein. Diese Speisekarte ist vertrackter als ein Staatsexamen.« Sie legte sie hin, schaute mir über die Schulter und sagte: »Da ist er.«

Ich spürte, wie eine große Hand mich an der Schulter packte. »Habe die Ehre, Herr Anwalt.« Odell quetschte sich neben Serena in die Essnische, wobei sein mächtiger Bauch fast die Tischkante berührte. Er trug seine verspiegelte Sonnenbrille. Als er sie abnahm, staunte ich wieder einmal, wie viel von seiner Persönlichkeit in seinen Augen lag. »Ist das jetzt ein privates Treffen?«, fragte er mich.

»Nicht unbedingt«, antwortete ich.

Er lächelte. »Dachte ich auch nicht«, sagte er. Er schaute von Serena zu mir. »Hat's was mit – wie haben die das genannt – dem Unsichtbaren Mann zu tun?«

»Diese Beschreibung war akkurater, als wir alle geahnt haben«, sagte ich.

Noch während wir über den opulenten Speisekarten brüteten, kam die Latinakellnerin an den Tisch und stand mit ihrem Block ungeduldig über uns wie der Engel mit dem Buch des Lebens beim Jüngsten Gericht.

»Wir haben den Unsichtbaren Mann gefunden«, sagte ich, nachdem sie gegangen war.

»Wie, was?«, sagte Odell.

»Travis hat diese Morde nicht allein begangen«, sagte ich, »ja, ich bezweifle, dass er viel mehr war als ein ziemlich nebensächlicher Komplize. Der Mann, der diese Jungen ermordet hat, war –«

»Das ist jetzt nur Henrys Theorie«, sagte Serena.

»Duke Asuras«, sagte ich.

»Der Asuras vom Parnassus-Studio?«, fragte Odell gespannt.

»Der«, sagte ich.

Odell brach in Gelächter aus. »Sie suchen sich ja immer die Richtigen aus, Henry.«

»Bei Gaitan hatte ich Recht«, erinnerte ich ihn.

»Ich hab nie gesagt, dass Sie kein kluges Kerlchen sind«, versetzte er.

»Und bei dem hier ist Gaitan womöglich auch mit von der Partie.«

»Ich bin ganz Ohr«, sagte Odell.

Ich hielt ihm über Sandwiches und Getränken meinen Vortrag, wobei Serena hier und da eine Mahnung einwarf, wenn sie dachte, dass ich allzu gewagt von Fakten zu Folgerungen sprang, aber ganz am Ende warf sie auch noch ihre Handgranate.

»Gaitan war der Cop, der Joanne Schilling aufgetrieben hat«, sagte sie.

»Was meinen Sie mit aufgetrieben?«, fragte Odell, den Mund voll Pastrami.

»Ich hatte angenommen, dass sie sich selbst gemeldet hat. Gaitan schreibt in seinem Bericht aber, dass er sie gefunden hat, indem er ihr Wohnhaus abgeklappert hat.«

»Na und? Hat er eben gute Fußarbeit geleistet.«

»Ich bin meine Akten zu dem Fall durchgegangen«, sagte sie. »Soweit ich sehe, war ihr Gebäude das einzige, das Gaitan persönlich abgeklappert hat, und er ist Wochen nach dem Mord dorthin gegangen, lange nachdem Ihre Kollegen schon die ganze Umgebung durchhatten.«

»Wann genau hat er sie gefunden?«, fragte ich sie.

»Zwei Tage vor der Gegenüberstellung«, sagte sie. »Und ja, er wusste von der Gegenüberstellung. Er hat schließlich die anderen Zeugen hereingebracht.«

»Tut mir Leid, Leute«, sagte Odell. »Da müsst ihr jetzt für mich die Verbindungslinien ziehen.«

»Zwei Tage vor der Gegenüberstellung geht Gaitan in ein einziges

Gebäude in einer Gegend, die schon abgegrast ist, und findet die einzige Augenzeugin, die schwört, dass sie Bob Travis in der Gasse gesehen hat, am selben Morgen, als Alex' Leiche dort abgeladen wurde«, sagte ich zu Odell. »Na, dämmert es langsam?«

Odell kaute bedächtig, schluckte. »Sie wollen sagen, die Zeugin war falsch?«

Ich nickte. »Eindeutig.«

»Und Gaitan hat ihr ihre Aussage eingetrichtert?«

»Nein«, sagte ich, »das ist zu riskant, selbst für ihn. Jemandem Drogen oder eine Knarre oder Fasern im Kofferraum unterzuschieben ist eine Sache, da steht sein Wort gegen das Wort des Beschuldigten, aber eine zivile Zeugin zu einem Meineid zu veranlassen ist verdammt unberechenbar. Wenn sie nicht dichthält, ist es für ihn aus und vorbei.«

»Wenn nicht Gaitan, wer dann?«

»Asuras«, sagte ich. »Wir haben schon über Josey Walsh eine Verbindung zwischen den beiden hergestellt.«

»Wir haben eine Verbindung zwischen ihr und Josey Walsh hergestellt«, sagte Serena. »Um genau zu sein.«

»Komm schon, Serena, die Verbindung zu Asuras ist doch offensichtlich.«

»Serena hat Recht«, warf Odell ein. »Sie müssen vorsichtig mit Ihren Schlussfolgerungen sein, Henry. Ich weiß nicht, ob ich Ihnen folgen will, außer so weit, dass die Frau verschwunden ist.«

»Das beunruhigt mich auch«, sagte Serena, »weil aus dem Zustand ihrer Wohnung klar ersichtlich ist, dass sie nicht vorhatte, lange wegzubleiben.«

Odell nahm einen Schluck Diätcola und rülpste leise. »Diese andere Frau hat man im Griffith-Park gefunden.«

»Katie Morse?«

Er nickte. »Ein guter Ort, um einen Fehler zu verbuddeln.«

»Da würden die Cops doch zuallererst suchen.«

»Nur wenn sie einen Grund dafür haben.« Er zog sein Notizbuch aus der Hemdtasche und kritzelte etwas hinein. »Soll ich mich um die Autobombe kümmern, Serena?«

Sie nickte. »Hier ist das Foto von dem Mann, von dem Henry glaubt, dass er damit zu tun hat«, sagte sie und reichte ihm einen

Umschlag. »Vielleicht können Ihre Leute es in der Gegend herumzeigen? Ich kann da nichts veranlassen.«

Er nahm den Umschlag. »Mach ich.«

»Was heißt das jetzt, Odell? Sind Sie dabei?«

Er zuckte die Achseln. »Ich bin neugierig, sonst nichts. Das hier ist strikt inoffiziell.«

* * *

Zwei Tage später war auf meinem Anrufbeantworter eine Nachricht von Odell, als ich vom Gericht nach Hause kam: »Die Stadtpolizei hat Joanne Schilling im Park gefunden. Zwei Schüsse in den Hinterkopf aus nächster Nähe. Vom Zustand der Leiche her zu urteilen ist sie wohl irgendwann in den letzten zwei Wochen umgebracht worden. Sie haben sie in aller Eile vergraben. Das Grab war nicht viel mehr als ein paar Schaufeln voll Erde. Ich bin auf der Wache.«

Ich rief ihn zurück.

»Wo war die Leiche?«, fragte ich ihn.

»In einem trockenen Bachbett im schwulen Cruisinggebiet.«

»Ist Katie Morse nicht auch in diesem Teil des Parks gefunden worden?«

»Ja, nicht weit von da. Muss der Lieblingsort von dem Täter sein.«

»Oder einer, an dem er sich auskennt«, sagte ich. »Gibt es irgendeine Verbindung zwischen dem Mord an ihr und den anderen Morden?«

»Sie ist mit einem Dienstrevolver erschossen worden«, sagte er.

»Was? Eine Polizeiwaffe?«

»Mhm«, sagte er. »Eine von unseren.«

»Kann man irgendwie herausfinden, welche?«

»Es gibt achttausend Cops im Bezirk.«

»Wie wäre es, wenn wir uns auf den einen namens Gaitan beschränken?«

»So stellen Sie sich das also vor?«, fragte Odell.

»Sie etwa nicht?«

Er war einen Moment lang still. »Ehrlich gesagt, Henry, ich weiß nicht, was ich glauben soll. Aber es macht Ihre Theorie, dass Asuras der Mörder ist, nicht gerade einfacher.«

»Gaitan steht in seinen Diensten, also hat er die Frau erschossen. Was ist daran so kompliziert?«

»Sie wissen nicht, was Sie da sagen«, dröhnte er, als würde er ein Kind ausschimpfen.

»Was denn? Polizisten bringen keine Menschen um?«

Als er wieder sprach, hörte ich das Unvorstellbare in seiner Stimme – Zweifel. »Nicht so, Henry. Das ist Mord. Sie können über Gaitan sagen, was Sie wollen, er sieht sich als Polizist, und das ganz und gar. Er hat noch nie etwas zu seinem rein privaten Gewinn getan. Warum sollte er mit Mord anfangen? Es geht nicht auf.«

»Vielleicht hat Asuras ihm ein Angebot gemacht, das er nicht ablehnen konnte.«

»Sie springen schon wieder in Ihren Schlussfolgerungen. Sie springen noch mal von einer Klippe«, sagte er scharf.

»Hm?«

»Sie können diese Frau immer noch nicht mit Asuras in Verbindung bringen und schon gar nicht zeigen, dass er sie hat umbringen lassen, aber Sie sind bereit, Gaitan vor ein Geschworenengericht zu zerren.«

»Es gibt diese Verbindung, über Walsh, über Donati«, fing ich wieder mit meiner Litanei an.

»Die Platte kenne ich«, sagte er ungeduldig. »Sparen Sie sich das. Ich will, dass Sie darüber nachdenken, was Sie sagen, mein Sohn. Wenn es nach Ihnen geht, ist Asuras verantwortlich für wie viel, fünf Morde? Hat einen altgedienten Polizisten zu Verbrechen angestiftet? Einem Unschuldigen Morde in die Schuhe geschoben? Solange Sie das nicht untermauern können, ist es dummes Gequatsche und nicht mehr.«

»Glauben Sie mir denn?«

»Ich bin nicht die Leute, die Sie überzeugen müssen. Was die Bezirkspolizei angeht, hat Travis diese Männer umgebracht, er ist tot, der Fall ist vom Tisch. Die zwei Frauen, die sind die Angelegenheit der Stadtpolizei. Wenn Sie wollen, dass der Sheriff die Ermittlungen wieder aufnimmt, brauchen Sie mehr und was Besseres als das, was Sie haben.«

* * *

Nach dem Telefongespräch mit Odell überdachte ich meine Situation und entdeckte zu meinem Kummer, dass er Recht hatte. Die Fäden, die von Asuras zu den Morden liefen, waren brüchig: Eine Vorgeschichte von sexueller Gewalt, Klatsch und Tratsch, eine angedrohte Erpressung, ein Filmplot, das Manuskript eines Toten, ein von einer Untergebenen unterschriebener Vertrag. Verzweifelt nahm ich einen Block und machte sechs Spalten, eine für Asuras und je eine für seine mutmaßlichen Opfer, Amerian, Baldwin, Jellicoe, Morse, Schilling. Unter jeden Namen schrieb ich alles, was ich über diese Person wusste. Dann durchkämmte ich meine Akten, um sicherzugehen, dass ich nichts ausgelassen hatte. Als ich fertig war, ging ich die Spalten noch einmal sorgfältig durch und suchte nach einer übersehenen Verbindung, einer neuen Fährte. Beim vierten Durchgang fiel mein Blick auf die Worte *Ex-Filmagent* in der Asuras-Spalte und *Schauspielerin (70er)* bei Schilling. Agent, Schauspielerin. Das passte. Ich rief die Schauspielergewerkschaft an.

Joanne Schilling war zuletzt von einem Agenten namens Carson Kahn vertreten worden. Er gab seine Adresse mit Beverly Hills an, aber zwischen dem Gebäude an der Südostecke San Vicente Boulevard/ Wilshire Boulevard, in dem er sein Büro hatte, und dem Stadtbezirk, mit dem er sich schmückte, lagen noch mehrere Straßen. Von außen war das Gebäude beeindruckend robust, aber sobald man innen war, enthüllte sich die scheinbare Robustheit als billig und schnell hingeklotzt. Alles an dem Haus schrie »Achtziger-Jahre-Abschreibungsruine«. Der Teppichboden im Hausflur fiel auseinander, Kabel baumelten aus Lichtanschlüssen, die Wände waren offenbar aus Pappe zusammengetackert. In den Büros residierten Firmen wie »Weg mit den Pfunden, Inc.«, »Dr. med. Scott Alan, Schönheitschirurgie und Elektrolyse«, und selbstverständlich viele, viele Filmproduktionsgesellschaften und Castingagenturen. Noch mehr Büros standen leer, und da sie noch nie vermietet gewesen waren, spukten nicht einmal die Geister alter Bewohner darin herum, sie waren einfach nur leblos und kahl.

Carson Kahn teilte sich ein Gemeinschaftsbüro mit einem halben Dutzend anderer Künstleragenten. Die perfekt gerundeten, der Schwerkraft spottenden Brüste ihrer gemeinsamen Rezeptionistin waren ein Tribut an die moderne Wissenschaft. Sie lächelte mich aufmunternd an, als ich ein halbes Jahr alte Nummern von *People* und *Variety* durchblätterte, während Kahn mich warten ließ, um mich damit zu beeindrucken, wie beschäftigt er war.

»Telefoniert er?«, fragte ich sie nach einer Viertelstunde Warten.

Sie schielte auf ihre Reihe von blinkenden Lichtchen. »Hm, nee. Tut mir Leid.«

Eine halbe Stunde später fragte ich: »Hat er Besuch?«

»Glaub nicht«, sagte sie mit kokett zur Seite geneigtem Kopf. »Ich glaube, er ist da drin und macht – irgendwas.«

Ich schlich zurück zum Sofa, dessen Schottenkarobezug in seinem Pseudo-Südweststaaten-Stil gut zu den ebenfalls südwestlich sein sollenden Lampen und Teppichen passte, und las einen weiteren Artikel über die kommenden Mutterfreuden von Sarah, der Herzogin von York. Um zwei Uhr, exakt eine Stunde nach der vereinbarten Zeit, kam er aus seinem Büro hervor, ein knochiger, mittelalter Mann mit Haarimplantaten und Tränensäcken unter den braunen Hundeaugen.

»Mr. Rios?«, sagte er, indem er mich begutachtete, als würde er mich im Geiste für die Rolle eines Anwalts casten. Er streckte mir eine weiche, feuchte Hand entgegen. Es war, als schüttelte ich ein Gequalle aus benutzten Taschentüchern. »Kommen Sie herein. Schnäuzelchen, fängst du mir meine Gespräche ab?«

»Ja, Mr. Kahn«, quietschte sie mit so gekonnter ironischer Affektiertheit, dass es mir unverhofft Respekt vor ihrer Klugheit abnötigte.

Kahns Büro war in hellen nordischen Hölzern eingerichtet, die entweder sehr teuer oder Ikea waren. Seine Wände pflasterten die unvermeidlichen gerahmten Filmplakate, vermutlich von Filmen, in denen seine Klientinnen und Klienten mitgespielt hatten. Keiner von den Titeln kam mir bekannt vor. Ich setzte mich auf einen erhöhten Stuhl, von dem aus ich über die gelbliche Weite seines Schreibtischs hinweg unausweichlich die Besenbinderarbeit, die seine Stirnglatze vertuschen sollte, im Blickfeld hatte.

»Rios, so so! Das ist mexikanisch, was? Sie sind Anwalt? Was kann ich für Sie tun?«, plapperte er auf mich ein.

»Danke, dass ich Ihre kostbare Zeit in Anspruch nehmen darf, Mr. Kahn. Ich werde mich kurz fassen. Ich habe ein paar Fragen zu einer Klientin von Ihnen, Joanne Schilling. Ich nehme an, Sie wissen, dass sie ermordet wurde.«

»Joanne«, sagte er. »Hab ihren Nachruf in der *Times* gelesen. Eine Tragödie. Aber was wolln Se da tun? Diese Stadt? Alles Meschuggene. Hab ich Recht?«

»Ja, eine Tragödie. Sie war ein großes Talent.«

Er schaute mich an, um herauszufinden, ob ich ihm Honig ums Maul schmieren wollte, und als er sich vom Gegenteil überzeugt hatte, gab er ein lauwarmes »Ein wahrer Star« von sich.

»Wie lange waren Sie ihr Agent?«

Er schüttelte den Kopf. »Ich hab sie übernommen vor, na?, sechs, sieben Monaten, aus Gefälligkeit. Davor war sie lange bei keiner Agentur gewesen.«

»Aus Gefälligkeit wem gegenüber?«

Etwas bedrohlich Raubtierhaftes glomm in seinen Hundeaugen auf. »Was geht Sie das an?«

»Verzeihung«, sagte ich. »Ich verwalte ihr Erbe.«

»Ihr Erbe? Ha!«

»Es gab da schon etwas Geld«, sagte ich in vertraulichem Ton.

»Ach? Wie viel?«

»Das darf ich nicht sagen. Schweigepflicht und so weiter. Es wundert mich, dass Sie das nicht wussten, weil ich annahm, dass sie es mit Rollen verdient hat, die Sie ihr vermittelt haben.«

»Ja, sicher.«

»In den Siebzigern hat sie wohl ganz schön Karriere gemacht.«

»Ich weiß«, sagte er. »Sie hat mir die Presseausschnitte gezeigt. Kritiken ohne Ende.«

»Dieses Geld«, sagte ich. »Ich muss herausfinden, wo es herstammt und ob sie es versteuert hat.«

»Tut mir Leid. Wenn sie Geld verdient hat, dann bestimmt nicht bei mir.«

»Sie sagten, dass Sie sie übernommen haben, um jemandem einen Gefallen zu tun. Vielleicht kann diese Person mir helfen. Wer war es?«

»Duke Asuras«, sagte er stolzerfüllt.

»Der Chef von Parnassus? Woher kannte er sie?«

»Er war ihr Agent gewesen, als sie noch arbeitete«, antwortete er.

»Damals in den Siebzigern?«

»Ja, um den Dreh. Die Gute hatte Probleme, er wollte ihr helfen. Er hat sie zu mir geschickt.«

»Haben Sie mit ihm gesprochen?«

»Na ja, nein, nicht persönlich. Der leitet schließlich ein ganzes verdammtes Studio. Jemand von Parnassus hat mich angerufen und mir gesagt, Duke wäre mir dankbar, wenn ich ihrer Karriere wieder auf die Sprünge helfen könnte.«

»Irgendwelche Erfolge dabei?«

»Ich hab ihr ein paar Rollen besorgt«, sagte er. »Nebenrollen, Fernsehen. Hey, die war fünfzehn Jahre lang aus dem Geschäft, die meiste Zeit hat sie wohl besoffen in einer Ecke gelegen. Aussehen tat sie auch nicht mehr wie der strahlende Frühling. Dann kommt diese Schlampe an und gibt mir die Schuld, zieht ihre Kritiken von anno dazumal raus, sagt, die Rollen wären zu klein, und fängt an, sie abzulehnen. Die war richtig anstrengend.«

»Warum haben Sie sie weiter vertreten?«

»Weil ich zum ersten Mal, wenn ich bei Parnassus anrufe, am selben Tag zurückgerufen werde.«

»Sie haben keine Ahnung, wovon sie gelebt hat.«

Er zuckte die Achseln. »Muss wohl Asuras gewesen sein.«

»Warum sollte er ihr Geld geben?«

»Wer weiß? Denke mal, er hat sie damals verehrt, als er ihr Agent war. Er läuft ihr übern Weg, sie tut ihm Leid, er will ihr helfen, ihr Leben auf die Reihe zu kriegen. Der alten Zeiten wegen.«

»Wer hätte gedacht, dass Asuras so ein großes Herz hat«, verfiel ich in den Singsang des Agenten.

»Asuras? Ein Prinz«, sagte Kahn voller Inbrunst. »Ein großer Mann. Der führt ›die Industrie‹ ins nächste Jahrtausend. Haben Sie seine Umsätze gesehen?«

Die Hollywood-Gleichung: Erfolg gleich Charakter.

»Danke«, sagte ich und stand auf, um zu gehen. »Hören Sie, können Sie sich noch daran erinnern, wer von Parnassus Sie gebeten hat, Joanne Schilling unter Vertrag zu nehmen?«

»Oh ja, so eine hochnäsige Schnepfe. Redet, als hätte sie 'nen Schwanz im Mund.« Er blätterte seine Adresskartei durch. »Josey Walsh.«

* * *

Ich traf Serena zum Abendessen im Galaxy Burgers, einem Schnellrestaurant aus den Fünfzigern in Silver Lake, auf halbem Wege zwischen meinem Haus und ihrem Büro. Das Lokal sah aus wie zwei zusammengeklebte Tortenböden aus Beton mit einem Band von Bullaugen ringsherum. Um die Illusion zu erzeugen, dass das Gebäude schwebe, hatte man es auf eine erhöhte Plattform gestellt, die hinter einem Gebüsch verborgen war. Die silber-metallische Farbe war schon lange ergraut und mit Graffiti verziert. Drinnen kamen die Bodenplatten unter dem zerschredderten leuchtend blauen Teppichboden zum Vorschein. Risse in den roten Vinylpolstern der Sitzecken waren mit Isoband geflickt, und die weißen Resopaltische legten beredtes Zeugnis ab von über vierzig Jahren verkleckterter Speisen und Getränke. Auf alten Fotos, die neben den Toiletten hingen, waren die Kellnerinnen in den ursprünglichen eng anliegenden, stehkragigen Judy-Jetson-Raumschiffuniformen zu sehen, aber die Kellnerinnen waren durch Kellner ersetzt worden, als die Gegend ein härteres Pflaster wurde, und sie trugen fettfleckige schwarze Hosen und kurzärmlige weiße Synthetikhemden mit schwarzen Ansteckfliegen. Das Essen war nicht mehr als passabel, aber die Speisekarte protzte mit »Kaffee bis zum Abwinken«, und man konnte so lange sitzen bleiben, wie man wollte. Das Galaxy Burgers war der Lieblingsort von Hängern und verkrachten Existenzen, und ich mochte es auch, denn das Raumschiff, das nie richtig vom Boden abgehoben hatte, war eine meiner Privatmetaphern für L.A. Und wenn sie »Kaffee bis zum Abwinken« anboten, dann war das auch so gemeint. Das Paradies für einen Kaffeejunkie.

Ich saß schon in meiner Lieblingsnische, als Serena hereinkam und mit ihrer hellen sonnenverbrannten Haut, Yuppie-Nadelstreifen, athletisch federndem Gang und vorwitzigem Lesbenhaarschnitt einen mittleren Aufruhr unter den schluffigen Stammgästen hervorrief, die in ihren Essnischen klebten wie Spinnen in ihren Netzen.

»Jesus Maria, Henry«, sagte sie mit Rundumblick. »Lernst du hier deine Klientel kennen?«

»Du wolltest dich unbedingt auf neutralem Terrain mit mir treffen.« Ich reichte ihr eine fettbefleckte Speisekarte. »Nimm, was du willst, ich zahle.«

»Ich esse zu Hause«, rümpfte sie die Nase. »Du sagst, du hast etwas gefunden.«

Ich fasste meine Begegnung mit Carson Kahn zusammen und schloss: »Josey Walsh ist die Schlüsselfigur. Hast du noch einmal mit ihr geredet?«

»Sie bewegt sich keinen Millimeter«, erwiderte Serena. Der Kellner kam mit einer Kaffeekanne und schenkte uns ein. »Sie sagte, sie habe mir schon alles gesagt, was sie über Joanne Schilling weiß.«

»Wusste sie, dass Schilling ermordet wurde?«

Serena nippte am Kaffee, verzog das Gesicht, stellte die Tasse wieder hin. »Ich habe ihr die Nachricht als Erste überbracht. Das hat sie einen Moment lang aus der Spur geworfen, aber dann war sie wieder auf der Verleugnungsschiene.«

»Hast du sie darauf aufmerksam gemacht, dass Schilling, die angeblich keine Wohnung hatte, für ein Apartment im Valley Miete zahlte?«

»Natürlich«, schnappte Serena. »Walsh will davon nichts gewusst haben. Sie behauptet, sie habe nur die Mitleidsgeschichte gekannt, die Schilling ihr aufgetischt hat.«

»Wusste sie, dass Schilling Zeugin im Fall Travis war?«

»Sie sagt nein«, antwortete Serena.

»Was ist mit dem merkwürdigen Zufall, dass Donati mich als Anwalt von Travis angeheuert hat?«

»Sie sagt, sie arbeitet schon seit Monaten nicht mehr für Donati und weiß nichts davon.«

»Mit diesem Gedächtnis sollte sie in die Politik gehen.«

»Vielleicht erinnert sie sich ja wieder, wenn sie Besuch von der Polizei bekommt.«

»Wieso?«

»Ich habe die Mordkommission beim LAPD, die zum Mord an Schilling ermittelt, gefragt, ob sie nicht mit ihrer lieben guten Freundin Josephine Walsh reden wollen.«

»Warum sollte sie denen gegenüber aufgeschlossener sein?«

»Ich habe gemerkt, dass sie mich nicht sehr ernst nahm, weil ich eine Frau bin. Das bekomme ich öfter zu spüren, als ich zugeben mag. Von anderen Frauen, meine ich. Von Männern erwarte ich schon, dass sie mich nicht ernst nehmen«, sagte sie mit scharfem

Blick auf mich. »Wenn ein Mann die Fragen stellt, wird sie zuhören.«

»Hast du das LAPD auf die Verbindung zum Mordfall Morse hingewiesen?«

»Welche Verbindung, Henry?«, seufzte sie.

Da ich diesen Streit gerade mit Odell hinter mir hatte, ließ ich es gut sein. »Wie steht's mit der Untersuchung zur Autobombe? Hast du von Odell etwas gehört?«

»Er hat mir versprochen, es mich bis Ende der Woche wissen zu lassen, wenn er etwas hat.« Sie probierte noch einmal den Kaffee. »Gott, bin ich fertig. Ich bin mit hundert Fällen im Rückstand, und jede Woche kommen neue herein. Ich habe Hakenkreuze auf Synagogen in Fairfax, angedrohte Brandanschläge auf schwarze Kirchen in South Central und irgendein Arschloch, das in Union-Pico rumläuft, sich für einen Einwanderungsbeamten ausgibt und Illegale erpresst. Dazu noch Donna, die mir mit einer Paarberatung droht, und Jesse, der zu schreien anfängt, sobald ich aus dem Haus gehen will.« Sie rülpste leise. »Und Sodbrennen.«

Ich hörte ihr ruhig zu. »Lässt du mich jetzt auch noch im Stich?«

»Nein.«

»Odell meint, ich werde zum Verschwörungsfanatiker und sehe unter jedem Bett Asuras. Meinst du das auch?«

»Wir haben geredet«, gab sie zu. »Er hat gesagt, du glaubst, dass Asuras Gaitan beauftragt hat, Joanne Schilling umzubringen –«

»Odell hat selbst gesagt, dass sie mit einem Dienstrevolver erschossen wurde.«

»Da kann es ja nur Gaitan gewesen sein«, sagte sie. »Das ist genau das Problem. Du liegst immer noch nach ihm auf der Lauer.«

»Na schön«, sagte ich, »ich würde mit Freuden aufhören, den Cops ihre Arbeit abzunehmen, wenn du den Sheriff überzeugst, dass er die Ermittlungen wieder aufnimmt.«

»Daran hat der Sheriff kein Interesse«, sagte sie brüsk.

»Woher weißt du das? Hast du ihn gefragt?«

»Ich habe ihm ein Memo geschrieben, dass es ein paar lose Enden gibt, die untersucht werden müssen. Ob der Mord an Kate Morse mit dem an Amerian zu tun hat, dem Mord an einer sehr wichtigen Zeugin. Die Antwort kam heute Morgen über drei Ecken bei mir an.

Travis war der Mörder, der Fall ist abgeschlossen. Die beiden anderen Morde haben damit überhaupt nichts zu tun.«

»Wie können sie das wissen, bevor sie ermitteln?«

»Denk mal nach, Henry«, sagte sie. »Die Bezirkspolizei hat mit den offenen Fällen schon alle Hände voll zu tun, außerdem waren diese Morde in West Hollywood für den Sheriff politisch ein zu heißes Eisen, dank deiner Mitwirkung. Du hast ihn als Bösewicht dastehen lassen. Glaubst du wirklich, dass er zugeben wird, dass der Killer immer noch irgendwo dort draußen herumrennt? Und nicht nur irgendein Killer, Henry, sondern der Boss eines der größten Filmstudios. Er könnte genauso gut den Bürgermeister verhaften.«

»Aber wir wissen, dass Asuras es getan hat.«

»Das wissen wir eben nicht«, sagte sie. »Wir wissen nicht mehr, als dass es eine Verbindung von ihm zu einem der Opfer und zu Schilling gibt. Alles andere sind Mutmaßungen.«

Ich sah sie an. »Ich lasse nicht locker.«

»Ich muss los«, sagte sie, indem sie hastig aus der Sitzecke schlüpfte. »Mach keine verrückten Sachen, Henry.«

»Meinst du so etwas wie einen Haufen Leute ermorden?«

* * *

»Henry«, begrüßte mich Donati in seinem tiefsten Bassregister. »Ich wollte Sie eigentlich anrufen, aber Sie wissen ja, es gibt so viele, die meine Zeit in Anspruch nehmen.«

Derart auf den Topf gesetzt, antwortete ich: »Ich kann es mir denken.«

»Also wie kann ich Ihnen helfen?«

»Sie wollten sich wegen des Manuskripts von Alex bei mir melden.«

»Ach das«, sagte er. »Ich glaube nicht, dass wir da noch etwas zu bereden haben.«

»Asuras ist es gleich, wenn ich zur Polizei gehe?«

»Ich habe Ihnen schon beim ersten Mal, als Sie Schweigegeld verlangt haben, gesagt, dass wir kein Interesse haben, mit Ihnen ins Geschäft zu kommen«, sagte er. »Daran hat sich nichts geändert.«

»Nein, was Sie gesagt haben, war –« Ich hielt inne. Etwas in seiner Stimme warnte mich, dass er für ein Protokoll sprach. »Schneiden Sie dieses Gespräch mit?«

»Das tue ich tatsächlich, Henry. Ich wollte es auf Band haben, dass Sie versuchen, Duke Asuras zu erpressen.«

»Wenn Sie wirklich etwas mit Recht am Hut hätten«, sagte ich, »wüssten Sie, dass verdeckt mitgeschnittene Telefongespräche vor Gericht unzulässig sind.«

»Aber nicht in einem Lizenzentzugsverfahren«, erinnerte er mich. »Da gelten andere Kriterien für Beweismittel.«

Mir fiel nichts ein, was mich nicht belasten würde.

»Ich weiß nicht, ob ich Ihnen mit irgendetwas zu nahe getreten bin oder ob Sie einfach spinnen«, sagte Donati, »aber Sie werden das jetzt gefälligst sein lassen. Neulich abends bei Ihnen zu Hause haben Sie versucht, Duke mit einem gefälschten Dokument zu erpressen, das Sie offensichtlich von Ihrem Freund Richie Florentino bekommen haben. Das war derselbe rufmörderische Dreck, den er in seinem Hängt-ihn-auf-Artikel gegen Duke verbreiten wollte. Sie wissen genau, dass Sie nicht damit zur Polizei gehen werden, denn wenn Sie das tun, dann versprech ich Ihnen eins, Henry, dann werde ich mich darum kümmern, dass Sie Ihre Lizenz als Rechtsanwalt verlieren. Darauf können Sie Gift nehmen.«

Er legte auf.

* * *

Ich wurde um ein Uhr morgens von einem Anruf auf der Büroleitung geweckt. Ich langte nach dem Hörer.

»Mr. Rios? Hier ist Rod.«

»Rod«, sagte ich und knipste schlaftrunken die Nachttischlampe an. »Wie sieht es aus?«

»Die Schule fängt nächste Woche an«, sagte er. »Heute Abend hat mir mein Vater die Flugtickets nach Utah gezeigt. Ich hab's mir überlegt, ich will sie verklagen.«

»Ich weiß, dass das keine leichte Entscheidung für dich war.«

»Ich habe mit Mr. Wise gesprochen. Er kommt aus San Francisco runter, um sich am Samstag mit mir zu treffen.« Er zögerte. »Könnten Sie auch kommen?«

»Ich werde dort sein«, sagte ich. »Ich rufe morgen früh Phil an, und wir sprechen uns ab.«

Rod sagte: »Ich hoffe, dass das jetzt das Richtige ist.«

»Ich würde sagen, sie haben dir keine Wahl gelassen«, sagte ich.

»Außer ich ändere mich«, sagte er traurig. »Ich muss Schluss machen.«

Er legte auf, und eine Sekunde später hörte ich das Klicken eines anderen Hörers, der aufgelegt wurde. Zuerst nahm ich an, dass sein Vater oder seine Mutter mitgehört hatte, aber dann hörte ich deutlich Schritte aus der anderen Ecke meines Hauses, aus dem Büro. Ich machte einen Satz aus dem Bett, warf mir etwas über, griff mir den Baseballschläger, den ich immer unter dem Bett hatte, und stürmte ins Wohnzimmer.

»Wer ist da, verdammt?!«, schrie ich und schaltete gleichzeitig das Licht ein. Die Haustür wurde zugeknallt. Schritte hallten von den Eingangsstufen wider. Direkt vor meinem Haus fuhr ein Auto scharf an. Ich rannte zum Küchenfenster und sah es noch vorbeiflitzen: ein blauweißes Taxi mit dem Logo von Lucky's Taxi Service auf der Tür.

Kapitel 20

Am nächsten Morgen stand ich mit Jim Kwan draußen vor meinem Bürofenster. In seiner Eigenschaft als Leiter des Nachbarschaftskomitees inspizierte er das Loch, das in einer Ecke aus der Scheibe geschnitten worden war und durch das der Eindringling wohl hineingelangt und den Fenstergriff entriegelt hatte.

»Tja«, sagte Kwan. »Sieht nach einem Profi aus. Sie haben ihn nicht hereinkommen hören?«

»Nein«, sagte ich. »Ich habe geschlafen. Wenn das Telefon nicht geklingelt hätte –« Diese Möglichkeit wollte ich lieber nicht weiter bedenken. »Könnten Sie vielleicht bei den Nachbarn herumfragen, ob jemand etwas gesehen hat?«

»Klar«, sagte er. Er schaute mich an. Sein rundes, offenes Gesicht war umwölkt. »Hören Sie, Henry, es gibt da etwas, das ich Ihnen sagen muss.«

»Ja?«

»Ich habe mit der alten Mrs. Byrne da drüben geprochen«, sagte er. Er meinte den Schrecken der Straße, eine bigotte alte Frau, die ihre Tage damit zubrachte, die Bibel zu lesen und den Rest der Menschheit mit strafendem Blick zu überwachen. »Sie sagt, sie hat vor ein paar Tagen einen Stromableser bei Ihrem Haus herumlungern sehen. Sie sagt, er ist auf der einen Seite hinters Haus gegangen und auf der anderen wieder vorgekommen.«

»Der Zähler ist hinter dem Haus.«

Er nickte. »Ich weiß, aber Mrs. Byrne sagt, alle Zähler sind schon letzte Woche abgelesen worden. Sie hat mir auch erzählt, dass dieser Mann zu keinem anderen Haus gegangen ist, nur zu Ihrem. Ich hätte Ihnen gleich Bescheid sagen sollen, aber das meiste erfindet sie, damit sie einen Vorwand hat, mit mir zu reden.«

»Klingt, als hätte jemand mein Haus ausbaldowert.«

»Ich sage dem Wachschutz, dass sie auf Ihr Haus besonders gut aufpassen«, sagte er. »Sie sollten sich so bald wie möglich um das Fenster kümmern. Wurde etwas mitgenommen?«

»Nein«, sagte ich.

»Dann haben Sie ja Glück gehabt.«
»Ja, Glück gehabt.«

* * *

Am Samstagmorgen fuhr ich zu dem Einkaufszentrum am Rand der Kleinstadt im mittleren Valley, wo Phil Wise und ich uns mit Rod Morse verabredet hatten. Ich nahm den Highway 99 durch eine Landschaft von Feldern, Farmen und weiten Horizonten, die mir aus meiner eigenen Kindheit im Valley vertraut waren. Ein Staubschleier hing im wolkenlosen Septemberhimmel. Eine neues Siedlungsgebiet tauchte wie eine Fata Morgana inmitten der Tomatenfelder auf. Ein Spruchband vor einer Junior High School verkündete: SIE BETRETEN EINE DROGEN- UND FEUERWAFFENFREIE ZONE. Das Einkaufszentrum sah aus wie eine Ansammlung von Scheunen, ein Tribut an die bäuerliche Kultur des Valleys, die von rasch sich ausdehnenden Siedlungsgebieten und Mega-Einkaufszentren verdrängt wurde. Bald würde ganz Kalifornien ein Vorort von San Francisco oder von Los Angeles sein. Kleinstädte wie diese würden von der Landkarte verschwinden, und wenn ihr Verlust auch etwas Betrauernswertes hatte, so würde zumindest die großstädtische Kultur das verranzte Kleinstadtspießertum abmildern, das mich aus meiner Heimatstadt vertrieben hatte und wohl auch Rod aus seiner vertreiben würde. Ich fuhr auf den Parkplatz vor dem Mikasa-Großmarkt und ging hinüber zum McDonald's. Ich war fünf Minuten zu früh. Ein dünner Mann mit Ziegenbärtchen in einem schicken, leuchtend blauen Anzug winkte mich an seinen Tisch.

»Henry? Phil Wise. Rod ist noch nicht hier.«

Ich schlüpfte ihm gegenüber in die Sitzecke. Zwischen uns lagen die Überreste eines Egg McMuffin. Ich schätzte Phil auf achtundzwanzig, neunundzwanzig. Der Anzug war aus den Sechzigern, und er trug ihn mit der modischen Attitüde der Generation X. Er hatte lange Finger, aber die Nägel waren bis auf blutverkrustete Stumpen abgekaut.

»Schön, Sie endlich von Angesicht zu Angesicht zu treffen«, sagte ich.

»Das geht mir auch so«, erwiderte er. »Ich bewundere Sie, Henry.

Nicht viele Anwälte der Achtundsechziger-Generation kämpfen noch für das Gute.«

Aua, dachte ich, sagte aber: »Was hat Sie denn zu diesem Beruf gebracht?«

»Meine Eltern sind in der Pfingstlergemeinde«, antwortete er lächelnd. Er hatte Raucherzähne.

»Ich dachte, in Ihrer Generation wäre vieles besser.«

»In der Großstadt vielleicht«, sagte er. »Nicht an Orten wie diesem oder dort, wo ich aufgewachsen bin.«

»Nämlich?«

»Colorado Springs«, sagte er. »Ich würde gern ein paar Punkte mit Ihnen besprechen, bevor Rod kommt.«

»Gern, aber ich möchte klarstellen, dass Sie die Hauptrolle spielen. Ich bin nur zur moralischen Unterstützung hier.«

Wir vertieften uns so sehr ins Gespräch, dass wir gar nicht bemerkten, wie es im voll besetzten Restaurant sehr still wurde, als eine Phalanx von Polizisten unseren Tisch umstellte. Dann schaute Phil auf und stieß mich unter dem Tisch an. Ich schaute mich um und sah die bulligen Männer, die uns böse anstarrten.

»Gibt es ein Problem?«, fragte ich den nächststehenden, einen Schwarzen, dessen Namensschild ihn als Deputy Collins auswies.

Plötzlich brach eine mittelalte Frau in die Umzingelung ein und zeigte mit ausgestrecktem Finger auf uns. »Das sind sie«, schrie sie. »Das sind die Kinderschänder, die meinen Jungen entführen wollen.«

Collins sagte: »Philip Wise, Henry Rios. Stehen Sie auf.«

»Scheiße, was geht denn hier ab?«, fragte Wise.

»Ich sagte aufstehen«, versetzte Collins und zerrte ihn am Hemdkragen hoch. »Sie sind verhaftet wegen Verschwörung zur Kindesentführung.«

»Legen Sie ihnen Handschellen an«, kreischte die Frau, die, wie mir dämmerte, Rods Mutter sein musste.

Collins gehorchte.

* * *

Vier Stunden später saßen wir in einem Konferenzzimmer der örtlichen Staatsanwaltschaft mit einem rundlichen, bebrillten Staatsanwalt namens George Holly zusammen, der Phil auszureden versuchte, den Bezirk wegen Nötigung und Freiheitsberaubung zu verklagen.

»Die Polizisten haben im guten Glauben gehandelt, dass es auf Grund der Aussage von Mrs. Morse für eine Verhaftung ausreichende Verdachtsgründe gab«, sagte Holly defensiv.

»Im guten Glauben!«, schrie Wise auf. »Zwei Schwule kommen in die Stadt, um unseren Jungen zu entführen? Das ist für Sie ein begründeter Anhaltspunkt? Wo haben Sie denn Jura studiert, Sie Nazi?«

»Sie hatten geplant, Rod seiner Familie zu entziehen«, beharrte Holly. Sein pausbäckiges, bleiches Gesicht wurde rot wie ein Weihnachtsapfel.

»Verfluchte Scheiße, ich bin der Anwalt des Jungen!«, brüllte Wise. »Kein Kinderficker! Was ich will und was ich plane, ist, ihn von diesen fundamentalistischen Irren wegzukriegen, per gerichtlicher Verfügung!«

»Sein Anwalt? Nun, Herr Kollege«, herrschte ihn Holly an, »jedes Erstsemester weiß, dass im Vertragsrecht Minderjährige nicht befähigt sind, Dienstleistungsverträge abzuschließen, weder mit einem Anwalt noch mit sonst wem.«

»Tatsache ist, George«, sagte ich begütigend, »dass Sie nur halb Recht haben. Ein Vertrag mit einem Minderjährigen ist zwar anfechtbar, aber er ist nicht von vornherein nichtig. Aber betreiben wir hier keine Haarspaltereien. Phil, verklagen Sie den Bezirk, wenn Sie das wollen, aber ich würde gerne mit Rod reden. Den Morses ist doch klar, dass sie Rod nicht daran hindern können, mit uns zu reden, oder, George?«

Er befeuchtete die Lippen, ein schlechtes Zeichen. »Das ist ein bisschen verzwickt.«

»Was soll das heißen?«

»Verstehen Sie bitte, dass ich hier nicht der Feind bin«, sagte er.

»Gut«, sagte ich. »Verstanden. Warum können wir nicht mit Rod reden?«

»Mrs. Morse sagte, dass Rod gestern Abend mit seinem Vater nach Utah geflogen ist.«

Völlig am Boden zerstört ließ Phil ein leises »Scheiße« vernehmen. Er schaute mich an. »Wie haben die es rausgekriegt?«

»Weiß ich nicht«, sagte ich. »Vielleicht haben sie ihm so lange zugesetzt, bis er es ihnen gesagt hat.«

»Nein«, sagte Holly. »Mrs. Morse erklärte, sie hat gestern einen anonymen Anruf bekommen. So hat sie es erfahren.«

Phil schnaubte mich an. »Ich habe zu niemandem gesagt, dass ich hierher kommen würde.«

»Ich auch nicht«, sagte ich. Dann erinnerte ich mich an das zweite Klicken im Telefonhörer, nachdem ich mit Rod unser Treffen besprochen hatte. »Ich glaube, ich weiß, was passiert ist. Jemand hat mein Gespräch mit Rod belauscht.«

»Wer?«, fragte Wise.

Ich schüttelte den Kopf. »Darum kümmere ich mich schon«, sagte ich. »Versuchen Sie, ihn zu finden.«

* * *

Ich war vor acht Uhr morgens aus dem Haus gegangen. Zwölf Stunden später bog ich in meine Straße ein und sah einen schwarzen Straßenkreuzer vor meinem Haus stehen. Einen alten Rolls-Royce. Ich fuhr in meine Einfahrt und stieg aus. Im selben Moment kam der Fahrer aus dem schwarzen Wagen heraus. Er trug eine Art Uniform, schwarzer Anzug, weißes Hemd, schwarze Krawatte. Er war groß und muskulös, und als er nahe genug herangekommen war, dass ich sein Gesicht sehen konnte, erkannte ich seine Augen; die Augen eines Heiligen. Mein Magen sackte ab. Adrenalin pumpte durch meine Adern, hämmerte das urzeitliche Alarmsignal: »Kampf oder Flucht«, aber noch ehe ich eine bewusste Entscheidung treffen konnte, stand er schon vor mir und versperrte mir den Weg.

»Mr. Asuras würde gerne mit Ihnen reden«, sagte er mit derselben Stimme, mit der er mir in der Wüste befohlen hatte, in die Knie zu gehen.

»Sie arbeiten also für ihn«, sagte ich, »nicht für Gaitan.«

»Er wartet im Wagen.«

»Ihr Partner auch? Wer von euch beiden hat Joanne Schilling umgebracht?«

Er drehte sich um, ging zur Limousine zurück und öffnete die hintere Tür. Ich folgte ihm und stand dann vor dem Wagen und schaute hinein. Ein Schwall eisiger Luft wehte aus der offenen Tür in den Spätsommerabend hinaus.

»Henry«, hörte ich Asuras aus dem Inneren sagen. »Kann ich Sie heute zum Abendessen entführen?«

»Zum Abendessen diesmal?«, fragte ich, immer noch hineinspähend. »Eher würde ich mich noch von John Wayne Gacy entführen lassen.«

Aus der Finsternis drang sein Lachen zu mir. »Ich bin der angenehmere Gesellschafter«, sagte er. »Na kommen Sie schon, Henry. Sie haben Fragen, ich habe Antworten. Ich verspreche Ihnen freies Geleit.«

»Ach, Sie versprechen das? Da bin ich ja beruhigt.«

»Der asiatische Mann, der im Nachbarhaus wohnt, ist vor einer halben Stunde herausgekommen und hat sich sehr auffällig das Nummernschild notiert. Ihr Wachschutz hat meinen Fahrer ausgefragt. Was wollen Sie denn noch, meine Fingerabdrücke? Eine Blutprobe? Reinkommen oder Tür zu.«

Ich stieg ein.

»Sie sind sehr paranoid, Henry«, sagte er.

»Woher das nur kommen mag«, versetzte ich.

* * *

Der Wagen nahm geräuschlos die kurvigen Straßen meines am Hang gelegenen Viertels hinunter nach Hollywood. Eine dicke Glasscheibe trennte die Rücksitze von den vorderen. Die mit weichem weinroten Kalbsleder gepolsterten Sitze rochen nach in Generationen angehäuftem Reichtum. Asuras war in Tweed und Leder gekleidet. Im Wagen war es eiskalt.

»Einen Drink?«

»Nein, ich trinke nicht.«

»Blaukreuzler?«

»Ich trinke nicht.«

»Ein Mann, der nicht trinkt, ist ein Mann, der kein Selbstvertrauen hat«, sagte Asuras, während er sein Glas aus einer Karaffe mit der Aufschrift SCOTCH auffüllte. »Ergo nicht vertrauenswürdig.« Er prostete mir zu. »Skål.«

»Da muss Nick Donati ja Ihr uneingeschränktes Vertrauen genießen«, gab ich zurück.

Er zuckte die Achseln. »Nick ist nicht unzuverlässig, er ist einfach schwach. Mit manchen Dingen kommt er ohne ein bisschen Nachhilfe nicht zurecht.«

»Und die kommt aus der Flasche.« Als Asuras darauf nichts sagte, fragte ich: »Haben Sie den ganzen Tag vor meinem Haus geparkt?«

Er setzte sein Glas ab. »Sie haben das Valley um halb sechs verlassen«, sagte er. »Bei dem üblichen Stau dachte ich, dass Sie vor acht Uhr bestimmt nicht hier sein würden. Wie ist es denn dort oben so gelaufen? Haben Sie den Jungen gefunden?«

Auf seinem großen Cäsarengesicht lag die winzige Spur eines spöttischen Lächelns.

»Nein, das wissen Sie doch.«

»Aus Gründen, die ich wohl nicht erklären muss, ist es mir lieber, nicht in der Öffentlichkeit mit Ihnen gesehen zu werden«, erwiderte er. »Ich habe in einem ruhigen Lokal in Brentwood einen Tisch reserviert. Ein Italiener. Ist Ihnen das recht?«

»Solange es nicht das Mezzaluna ist.«

* * *

Im Restaurant hieß der Empfangskellner Asuras mit murmelnder Unterwürfigkeit willkommen und führte uns unaufdringlich durch den großen Speisesaal in einen separaten Raum, wo ein Kellner, der Weinkellner und ein Servierer in Hab-Acht-Stellung aufgereiht standen. Der Raum war wie das ganze Lokal dunkel getäfelt, mit gedämpftem Licht und gedämpften Geräuschen; eine Enklave von Luxus und Privilegien wie der Wagen von Asuras. Und genauso kalt.

Als wir uns gesetzt hatten, näherte sich der Kellner. »Mr. Asuras, wenn ich Ihnen etwas empfehlen dürfte …«

»Nein«, sagte Asuras, »Sie dürfen nicht. Ich will Folgendes. Ein Salat von Romanaherzen, nur die inneren Blätter, und sie müssen in mundfertige Stücke gezupft sein, nicht etwa geschnitten, mit einer Vinaigrette aus Olivenöl extra-vergine und Balsamico, die Sie mir an den Tisch bringen werden, damit ich den Salat selbst anmachen kann. Danach ein Kalbskotelett, außen krustig, innen rosig, nicht dicker als ein Zentimeter. Wenn es einen Millimeter dicker ist, werfe ich es Ihnen ins Gesicht. Ich will auch, dass Sie mir eine Platte sautierten Spinat und eine Platte geröstete rote Kartoffeln bringen. Wenn wir mit dem Hauptgericht fertig sind, können Sie uns Desserts und Kaffee anbieten, aber erst, nachdem das Tischtuch, unsere Servietten und unsere Gedecke vollständig ausgewechselt worden sind. Ich hoffe, Sie haben alles mitbekommen, denn ich pflege mich nicht zu wiederholen.«

Dem Kellner zitterten die Hände. »Ja, Sir«, sagte er, »und für den anderen Gentleman?«

Asuras bedachte mich mit seinem charmantesten Lächeln. »Was nimmt der andere Gentleman?«

»Ach, das ist mir gleich«, sagte ich. »Einen grünen Salat und das Tagesgericht, egal was das ist.«

»Sir«, sagte der Kellner und schluckte, »wir haben mehrere Gerichte auf der Abendkarte.« Er ratterte sie herunter.

»Das erste«, sagte ich, »die Pasta mit Meeresfrüchten. Danke.«

Asuras beriet sich mit dem Weinkellner. »Ja, davon eine halbe Flasche.«

»Es tut mir Leid, Sir, aber von diesem speziellen Wein haben wir keine halben Flaschen.«

Asuras sagte zu mir: »Jammerschade, dass Sie keinen Alkohol trinken, Henry. Dieser Wein ist außergewöhnlich gut.«

Der Weinkellner sagte leise: »Sir …«

Asuras starrte ihn an. »Sind Sie immer noch da?«

»Der Wein, Sir. Wollen Sie eine ganze Flasche oder …«

»Sie entsetzliches Arschloch«, sagte Asuras ruhig. »Nur, wenn Ihnen an Ihrem Job nichts mehr liegt. Jetzt holen Sie den Wein und eine Karaffe, und ich bringe Ihnen bei, wie man eine halbe Flasche aus einer vollen abfüllt.«

»Jawohl, Sir«, sagte der Weinkellner, machte auf dem Absatz kehrt und marschierte steif hinaus.

»Machen Sie die Filme genauso, wie Sie ein Essen bestellen?«, fragte ich, als wir unter uns waren.

»Mit derselben Aufmerksamkeit für Details? Ja.«

»Nein, ich meine, quälen Sie dort die Menschen auch so, die für Sie arbeiten?«

»Quälen?«, wiederholte er. »Ich quäle die Menschen?« Er lächelte. »Nein, ich gebe zu, dass ich von Zeit zu Zeit etwas ungeduldig bin, aber ich quäle niemanden, denn Quälen wäre Grausamkeit, die keinem anderen Ziel dient, als einen anderen Menschen zu demütigen. Das tue ich nie, niemals.«

»Ihre Grausamkeit dient also immer einem Ziel?«

»Wir sind nicht im Gerichtssaal, Henry«, sagte er. »Nehmen Sie mich nicht ins Kreuzverhör.«

Der Weinkellner kam mit dem Wein und einer Karaffe zurück. Asuras ging mit ihm an ein Büffet, wo der Wein geöffnet und eingeschenkt wurde. Sie hatten mir den Rücken zugewandt, und ich konnte nicht hören, was sie sagten, bis Asuras ihm den Arm um die Schulter legte, seinen Nacken massierte und murmelte: »Entspann dich, du machst das sehr gut. Wirklich großartig.« Der Weinkellner atmete sichtbar auf. Sie kehrten an den Tisch zurück. Der Weinkellner schenkte ein.

»Vergessen Sie nicht, ihn zu probieren«, sagte Asuras.

»Nein, Sir«, sagte der Weinkellner. »Vielen Dank, Mr. Asuras.«

»Wo waren wir stehen geblieben?«, fragte Asuras, als wir alleine waren. »Ach ja, die Gehässigkeit.«

»Was wollen Sie von mir?«

Er kostete seinen Wein. »Erstaunlich«, sagte er anerkennend. »Nur einen kleinen Schluck, Henry? Nein, das würde ja Ihre Selbstverpflichtung zunichte machen, was, Henry? Sie müssten dann zu einem Ihrer AA-Treffen gehen und noch einmal als Neuling die Hand heben, und das nur, weil Sie einen Schluck von dem köstlichsten Wein auf der ganzen Welt probiert haben. Was haben Sie nur für ein schreckliches Leben, Henry.« Sein Lächeln war unverstellt hämisch. »›Ich nehme das Tagesmenü. Nein, Sie brauchen mir nicht zu sagen, was es ist. Mir schmeckt sowieso alles gleich.‹ Sagen Sie, Henry, sind Sie überhaupt am Leben?«

»Jedenfalls mehr als Alex Amerian.«

Seine dunklen Augen funkelten. »Die Frage ist nicht, was ich von Ihnen will, sondern was Sie von mir wollen. Wodurch habe ich Sie verletzt, Henry? Was habe ich Ihnen angetan, das erklären könnte, warum Sie meine Mitarbeiter bedrängen und so schreckliche Dinge über mich erzählen?«

»Es gibt fünf Tote«, antwortete ich. »Sie sind verantwortlich.«

»Genau genommen sechs«, erwiderte er. »Sechs, wenn Sie schon mitzählen.«

»Bob Travis.«

Wir wurden von der Ankunft unserer Gerichte unterbrochen. So harsch Asuras vorher zum Kellner gewesen war, so fürsorglich war er nun. Ich erinnerte mich daran, wie bei dem Mr. King aus Alex' Lebensbericht die anfängliche Herzlichkeit sich in nackte Aggression verwandelt hatte, und an Serenas Geschichte von dem jungen Mann, den Asuras zu seinem Assistenten gemacht und dann vergewaltigt hatte. War Asuras schlicht ein Mann, der schon seit so langer Zeit nur Jawohl gehört hatte, dass er sich eine andere Antwort überhaupt nicht mehr vorstellen konnte? Oder war er noch etwas anderes, etwas Dunkleres und Angsteinflößenderes? Bei unserem letzten Gespräch hatte er mich gefragt, ob ich an das Böse glaube, und sich mit dem Satz »Sie meinen, es ist nur die Folge von mangelnder Elternliebe?« über mich lustig gemacht, als ich eine angeborene Verdorbenheit als Ursache des Bösen abgelehnt hatte. Ich sah zu, wie sich unser Kellner, als Asuras ihn lobte, fast gegen seinen eigenen Willen stolz in die Brust warf. »Wenn Sie schon mitzählen …« Ich war bereit, meine Einschätzung zu überdenken. Asuras strahlte Grausamkeit und Verführung aus, aber sie waren so sehr ineinander verwoben, dass schwer zu sagen war, welche davon anziehend und welche abstoßend wirkte. Es war, als schaute man in ein tiefes Erdloch und sähe auf dem Grund etwas glitzern, das entweder ein kostbarer Schatz sein konnte oder eine tödliche Gefahr.

»Ich bin ein Krieger, Henry«, sagte er, als der Kellner hinausgegangen war. »Ich tue, was getan werden muss, aber ich nehme nichts persönlich. Nichts. Rachefeldzüge sind nicht mein Stil, sie stören das Geschäft. Meinen Sie nicht auch?«

»Plündern und vergewaltigen ist nicht mein Geschäft«, sagte ich.

»Wenn Sie einen Fall verhandeln«, ignorierte er meinen Kommentar, »dann hassen Sie den gegnerischen Anwalt doch auch nicht, oder den Richter, der gegen Sie entscheidet, oder die Geschworenen, die Ihren Mandanten schuldig sprechen. Nein, Sie unterwerfen sich dem System und kämpfen innerhalb des Systems bis auf die Zähne, aber wenn Sie verlieren, schütteln Sie das ab und gehen weiter.«

»Alex hat Sie erpresst. Sie mussten ihn stoppen.«

»Wie schon gesagt, Henry, wir unterwerfen uns vom ersten Atemzug an einem System. In dem System, in dem wir uns bewegen, gibt es verschiedene Wege, das zu bekommen, was man will. Sagen wir, Sie begehren jemanden sexuell. Wie gehen Sie da vor? Sie können versuchen, ihn durch Schmeicheleien ins Bett zu locken, oder Sie können sich den Gebrauch seines Körpers erkaufen, oder Sie können sich das, was Sie wollen, mit Gewalt von ihm nehmen. Gemessen am Erfolg, das zu kriegen, was Sie wollen, funktionieren alle drei Methoden. Können Sie mir folgen?«

«Vergewaltigen und verführen ist nicht das Gleiche.«

»Das habe ich auch nicht behauptet«, erwiderte er ungeduldig. »Die Mittel sind verschieden, aber das Ziel ist dasselbe. Es gibt Mittel-Menschen und Ziel-Menschen. Die Mittel-Menschen unterscheiden zwischen verschiedenen Mitteln und nennen es Moral. Die Ziel-Menschen haben begriffen, dass in dieser Welt, in diesem System, in das wir hineingeboren sind, alles, was einem das verschafft, was man will, etwas Gutes ist.«

»Ist das der buddhistische Blickwinkel?«

»Buddha hat gelehrt, dass es kein Richtig und kein Falsch gibt, nur die Tat und ihre Wirkung. Es gibt gewisse esoterische Lehren, die noch einen Schritt weitergehen und zeigen, dass das Karma selbst Illusion ist. Wenn man das einmal verstanden hat, kann man alles tun, ohne Furcht oder Schuldgefühle.« Er schnitt in sein Kalbskotelett, der Saft rann rot heraus und sammelte sich in einer Lache auf dem weißen Teller.

»Sie haben Amerian selbst umgebracht, nicht wahr? Sie haben ihn vergewaltigt und abgeschlachtet, und danach haben Sie die beiden anderen vergewaltigt und abgeschlachtet.«

Den Mund voll Fleisch fragte er: »Was wollen Sie? Und sagen Sie jetzt nicht Geld. Ich bin nicht Nick Donati. Mit kindischen Erpressungsversuchen können Sie mich nicht einschüchtern.«

»Sie haben nichts, was ich haben will.«

»Aber Sie haben einiges, was Sie behalten wollen. Ihren guten Ruf zum Beispiel. Ihre Freunde. Ich kann sie Ihnen wegnehmen, genau wie ich Ihnen heute Morgen diesen Jungen weggenommen habe.«

»Wovon reden Sie?«

»Ihr Freund Richie irrt, wenn er sagt, das System der Studios sei tot«, erwiderte Asuras. »Es ist wahr, wir haben nicht in dem Ausmaß Schauspieler und Techniker unter Vertrag wie in den dreißiger und vierziger Jahren, aber ich habe Zugang zu unglaublichen Talenten. Schauspieler, Sprengstoffexperten, Abhörexperten, Computerspezialisten. Je größer und komplizierter die Filme werden, umso qualifizierter die Spezialisten, und sie alle brauchen mich, wenn sie Arbeit bekommen wollen. Es ist überwältigend, was die Menschen hier tun würden, um sich meine Gunst zu erhalten. Es gibt tatsächlich nichts, was ich nicht kann, Henry.«

Ich stand auf. »Je mehr Menschen Sie hier hineinziehen, umso wahrscheinlicher wird es, dass einer auspackt. Ich muss nur diese eine Person finden.«

»Ich bitte Sie, Henry, was können Sie ihnen denn anbieten? Den milden Glanz der Selbstgerechtigkeit?«, sagte er. »Setzen Sie sich wieder. Essen Sie zu Ende. Wir unterhalten uns ein andermal. Ich will Nick zum Leiter der Fernsehabteilung befördern. Wir haben vor, einen Parnassus-Fernsehsender zu starten. Wollen Sie seine Stelle?«

»Sie sind verrückt.«

»Sie enttäuschen mich«, sagte er stirnrunzelnd. »Aber gut, wie Sie wollen. Mein Fahrer wird Sie nach Hause bringen.«

»Nein, danke. Das letzte Mal, dass er mich auf eine Spritztour mitgenommen hat, habe ich das nur knapp überlebt.«

»Dann eben das nächste Mal«, sagte er und wandte sich wieder seinem Essen zu.

* * *

Ich rief Serena von einer Telefonzelle auf dem Sunset Boulevard an und bat sie, mich abzuholen. Zwanzig Minuten später hielt sie vor dem 7-Eleven, wo ich auf sie wartete. Ich hatte ihr etwas von den Ereignissen des Tages am Telefon erzählt, aber als ich sie im Detail erläuterte, wendete sie abrupt auf dem Sunset und fuhr in die entgegengesetzte Richtung, von meinem Haus weg.

»Wo willst du hin?«

»Nach Hause«, sagte sie. »Du schläfst heute Nacht bei mir auf der Couch.«

»Ich glaube, das ist nicht nötig.«

»Dieser Kerl bricht in dein Haus ein, hört dein Telefon ab, verfolgt dich und lädt dich zum Essen ein, um dich einzuschüchtern«, sagte sie. »Tu, was ich dir sage. Schlaf heute Nacht bei mir.«

»Er hat mir doch tatsächlich einen Job angeboten«, sagte ich. »Rechtsberater des Studios.«

Sie blickte mich kurz an. »Er ist wirklich ein Wahnsinniger.«

»Wenn er mir etwas hätte antun wollen, dann hätte er es schon längst getan. Provoziert habe ich ihn schließlich genug. Ich glaube, was er von mir will, ist eine Audienz.«

»Warum ausgerechnet von dir?«

»Weil ich weiß, was er getan hat, und nichts gegen ihn tun kann.«

»Das ist leider wahr.«

* * *

Donna Wynn, Serenas Lebensgefährtin, war eine große, schlanke Frau, deren einnehmende Gesichtszüge von glattem, blondem Haar umrahmt waren. Skeptisch hörte sie sich Serenas stark redigierte Erklärung an, warum ich unbedingt bei ihnen auf der Couch nächtigen musste.

»Das ist eine Premiere«, sagte sie zu mir. »Sie hat noch nie einen Mann mit nach Hause gebracht.«

»Ich werde ganz bestimmt daran denken, die Klobrille wieder runterzuklappen.«

»Liebes«, sagte sie zu Serena, »Jesse will, dass du ihn in die Heia bringst.«

»Mach's dir gemütlich«, sagte Serena zu mir, während sie aus der Eingangshalle, in der wir standen, nach oben ging. Sie wohnten in einer Doppelhaushälfte. Im Wagen hatte Serena mir erzählt, dass beide Hälften ihnen gehörten und sie die andere an zwei Schwule vermietet hatten. Ich folgte Donna ins Wohnzimmer, wo ein wuscheliger weißer Hund vor dem offenen Kamin schlief. Im Raum herrschte kontrollierte Unordnung, das Mobiliar war bequem, aber schlicht, Kinderspielzeug lag auf dem Boden verstreut. Als ich mich setzte, spürte ich etwas unter mir, einen zerkauten Tennisball. Ich rollte ihn dem Hund zu, der kurz aufschreckte, dann den Kopf unter den Pfoten vergrub. Indessen tauchte eine schwarze Katze mit den Ausmaßen einer Bowlingkugel in der Tür auf und fixierte mich mit zitternden Schnurrbarthaaren.

»Wer ist das?«, fragte ich.

»Hekate«, sagte Donna.

Die Katze katapultierte ihr Schwergewicht auf meinen Schoß. »Was soll ich tun?«

»Sie streicheln«, sagte Donna. »Du bist kein großer Tierliebhaber, was?«

Ich tätschelte die Katze behutsam. Sie schnurrte. »Tiere machen mich nervös.«

»Sie scheint dich aber zu mögen.«

Ich streichelte das schwarze Fell und sah in glänzende grüne Augen. »Wahrscheinlich erkennt sie Frauchens Geruch an mir.«

* * *

Als Donna ins Bett gegangen war, blieben Serena und ich noch auf, um unsere Strategie zu besprechen.

»Ich habe eine Idee, warum Asuras mit seiner Allmacht herumgeprotzt hat«, sagte ich.

»Ich traue mich kaum zu fragen, aber – welche?«

»Er hat viele Menschen mit hineingezogen. Wir müssen ein schwaches Glied in der Kette finden«, sagte ich. »Donati wird dichthalten. Unsere beste Hoffnung ist Josey Walsh.«

»Sie hat bis jetzt gemauert. Warum sollte sich das ändern?«

»Weil sie nicht die ganze Geschichte kennt«, sagte ich. »Sie weiß nur, dass Schilling ermordet wurde. Von Kate Morse oder Bob Travis weiß sie nichts. Wenn wir ihr davon erzählen, könnten wir ihre Angst so weit hochtreiben, dass sie sich in ihrem eigenen Interesse entschließt zu reden.«

»Woher willst du wissen, wie viel sie weiß?«

»Das weiß ich nicht, aber Asuras ist schlau. Er hat erkannt, je weniger die Mitverschwörer über das Verbrechen wissen, an dem sie beteiligt sind, umso weniger können sie ihn belasten, wenn sie auspacken.«

»Du meinst, Josey Walsh kennt nur ihre eigene Nebenrolle?«

»Ja, aber Mitanstiftung zum Meineid in einem Mordfall ist eine ziemlich entscheidende Nebenrolle. Und wenn sie einen Rest von Verstand hat, dann hat sie aus dem Mord an Schilling Schlüsse gezogen. Wenn wir ihr dann noch von den anderen Morden erzählen, könnten wir sie damit knacken.«

»Henry, es gibt keine Beweise, dass Bob Travis ermordet wurde.«

»Asuras hat es angedeutet.«

Sie rollte mit den Augen. »Du sagst doch selbst, dass der Mann größenwahnsinnig ist.«

»Auch ohne Beweise können wir immer noch Walsh damit Angst machen.«

»Wir?«, murmelte Serena.

»Hast du nach heute Abend noch irgendwelche Zweifel, was Asuras betrifft?«

»Wenn Walsh dichthält, und es geht nach hinten los, dann kann ich echte Probleme bekommen«, sagte sie. »Ich hätte die Autorität meines Amtes missbraucht.«

»Ich brauche dich, genau weil du diese Autorität hast.«

Sie nickte. »Gut, aber dann alles oder nichts. Verstehst du? Wenn das jetzt nicht klappt, musst du auf mich verzichten.«

* * *

Ich schlief auf Serenas Couch, die Katze zu meinen Füßen, und am nächsten Tag setzte sie mich auf ihrem Weg ins Büro zu Hause ab. Auf meiner Maschine war eine Nachricht von Phil Wise. Ich rief ihn zurück.

»Irgendetwas Neues über Rods Aufenthaltsort?«, fragte ich.

»Nein, ich habe beim Foster-Institut die Hierarchie rauf- und runtertelefoniert, aber sie wollen mir alle nicht verraten, ob er dort ist oder nicht. Ich reiche den Antrag auf Entziehung des Sorgerechts jetzt beim Obersten Gericht unten im Valley ein.«

»Rod ist nicht im Staat Kalifornien«, strich ich heraus. »Wie kann das Gericht da zuständig sein?«

»Er ist gegen seinen Willen aus dem Staat verschleppt worden. Eine De-facto-Entführung.«

»Phil, sein Vater hat ihn verschleppt«, sagte ich. »Kann ein Elternteil sein eigenes Kind entführen?«

»In Scheidungsfällen passiert das andauernd, wenn es ums Sorgerecht geht«, antwortete er gereizt.

»Aber das hier ist kein –«

»Das weiß ich«, explodierte er. »Ich versuche, einen Weg zu finden, wie wir ihn zurückbekommen. Sie sind keine große Hilfe dabei.«

»Ich stelle Ihnen Fragen, die der Richter Ihnen auch stellen wird. Sie brauchen eine bessere Antwort, als nur wütend zu werden.«

Nach einer langen Pause sagte er: »Ich verliere viele von diesen Kindern. Das macht mich fertig.«

»Was kann ich tun, um zu helfen?«

»Stellen Sie mir weiter so schwere Fragen«, sagte er. »Ich werde mich wieder auf den Hosenboden setzen und mir Antworten ausdenken.«

* * *

Als Serena mich an diesem Abend abholte, um Josey Walsh einen Besuch abzustatten, war sie um einiges optimistischer als am Abend zuvor.

»Weißt du noch, wie ich gesagt habe, ich will Walsh das LAPD auf den Hals hetzen?«

»Ja?«

»Ich habe heute Morgen bei denen nachgefragt. Sie haben mit Walsh über Schilling gesprochen. Sie hat sich wohl auf ihre Story versteift, aber der Cop, mit dem ich geredet habe, sagt, sie war sehr nervös.«

»Als sie mit dir geredet hat, war sie nicht nervös?«

»Sie war eiskalt. Entweder hat sie inzwischen Mühe, sich in ihrem Lügengeflecht nicht zu verheddern, oder sie fängt an, sich um ihre eigene Sicherheit Sorgen zu machen.« Sie grinste. »Ihr Angst machen, das könnte ganz gut hinhauen.« Nach ein paar Minuten fügte sie hinzu: »Wenn sie eine Aussage zu Protokoll geben will, muss ich übernehmen. Ich meine, du spielst offiziell in dem Fall keine Rolle mehr, Henry.«

»Ich hätte dir gern von Anfang an alles übergeben«, sagte ich verstimmt. »Wenn du nur deine Zweifel überwunden hättest. Wenn du die Lorbeeren willst, nimm sie dir.«

»Darum geht es nicht«, sagte sie.

»Egal. Nach heute Abend gehört die Bühne dir, Serena. Ich habe genug eigene Arbeit zu erledigen. Ich bin froh, wenn ich deine nicht miterledigen muss.«

Den Rest des Weges legten wir schweigend zurück.

* * *

Josey Walsh wohnte in einem Wohnblock nicht weit von dort, wo Travis gewohnt hatte, in einer anderen baumbestandenen Straße von West Hollywood in direkter Nähe des Santa Monica Boulevard. Serena fuhr an den Straßenrand, und wir stiegen aus und gingen zur Tür. Sie fand den Namen Walsh auf dem Namensverzeichnis und griff nach dem Hörer der Gegensprechanlage. Ich hielt sie zurück.

»Wir müssen sie überraschen«, sagte ich.

»Und wie kommen wir rein?«

»Wir warten, bis jemand rauskommt.«

Kurze Zeit später kam ein muskulöser Mann mit einem Golden Labrador Retriever an der Leine heraus. Während ich den Hund tätschelte und mit seinem Herrchen flirtete, stellte Serena den Fuß in die Tür. Das Gebäude hatte einen rechteckigen Grundriss und war um einen Innenhof mit Swimmingpool herumgebaut. Walsh wohnte in der obersten Etage in Wohnung 302. Ich klingelte, und einen Moment später öffnete sich die Tür einen Spaltbreit, und ich sah einen Streifen eines Frauengesichts.

»Ja?«

»Miss Walsh?«

»Wer sind Sie?«

»Mein Name ist Rios, Miss Walsh. Ich bin Rechtsanwalt. Das ist Serena Dance von der Staatsanwaltschaft. Ich glaube, Sie haben schon mit ihr gesprochen.«

»Ich habe Ihnen nichts zu sagen«, sagte sie und drückte die Tür zu.

Ich verkeilte meinen Fuß in der Tür. »Miss Walsh, Ihr Leben ist in Gefahr.«

Ihr Gesicht erschien wieder in dem Spalt. »Wer schreibt Ihnen denn die Texte?«

»Sie wissen, wer Joanne Schilling umgebracht hat«, sagte ich. »Sie war nicht das erste Opfer dieser Leute. Sie wird auch nicht das letzte gewesen sein.«

Sie verharrte einen Moment regungslos, dann öffnete sie die Tür und sagte: »Kommen Sie rein.«

Ich bekam sie zum ersten Mal ganz zu Gesicht. Anfang dreißig, schlank, hübsch, hätte sie in ihren Jeans und dem GAP-T-Shirt eigentlich locker und ungezwungen wirken müssen, aber stattdessen strahlte sie Angespanntheit aus. Hinter ihr waren die Vorhänge vor der Dämmerung zugezogen, und ihr liebevoll eingerichtetes Wohnzimmer lag im Dunkeln.

Sie schaltete eine Lampe an, setzte sich, blickte uns an. »Was soll das heißen, mein Leben ist in Gefahr?«

Unaufgefordert setzten wir uns. »Sie helfen Donati, eine Serie von Morden zu decken, die Duke Asuras begangen hat«, sagte ich. »Die letzten drei Menschen, die Donati für sich arbeiten ließ, sind selbst ermordet worden. Sie sind als Nächste dran.«

»Ich weiß nicht, wovon Sie reden.«

»Drei Männer sind in West Hollywood diesen Sommer ermordet worden«, setzte ich an. »Einer von ihnen hatte versucht, Asuras zu erpressen. Wir wissen, dass Asuras ihn umgebracht hat und dass er dann die anderen beiden jungen Männer umgebracht hat, um seine Spur zu verwischen und es so aussehen zu lassen, als wäre ein Serienmörder unterwegs. Die Polizei hat einen Mann namens Bob Travis wegen der Morde festgenommen. Travis hat bei Parnassus gearbeitet, er war Donatis Exfreund. Die Polizei hatte gegen ihn kaum etwas in der Hand, bis Joanne Schilling auftauchte und Travis eindeutig als den Mann identifizierte, den sie an einem der Fundorte der Leichen gesehen haben will. Ich glaube, dass Donati mit Travis eine Abmachung getroffen hat. Travis hat eingewilligt, den Sündenbock zu spielen – sich verhaften zu lassen, womöglich bis zum Gerichtsverfahren –, und Donati hat versprochen, das Beweismaterial unter Kontrolle zu halten, um sicherzustellen, dass es für eine Verurteilung nicht ausreichen würde. Donati hat ihn übers Ohr gehauen, indem er Schilling aus dem Hut zauberte. Als Travis damit drohte, den Deal auffliegen zu lassen, wurde er ermordet. Sie wissen, was Joanne Schilling zugestoßen ist. Man hat sie unter ein paar Schaufeln Erde im Griffith-Park gefunden, aber sie war nicht die Erste. Es gab noch ein drittes Opfer, eine junge Frau namens Katie Morse, die von dem Erpressungsversuch gegen Asuras wusste. Auch sie ist ermordet worden.«

»Sie sehen schon, was los ist, Josey«, sagte Serena. »Alle, die Asuras benutzt hat, um sich zu schützen, sind am Ende tot.«

Josey Walsh sagte: »Nick ist schwul? Dieses Arschloch.«

* * *

»Er hat mir nicht direkt einen Antrag gemacht«, sagte Josey Walsh einige Zeit später. Wir saßen an ihrem Küchentisch. Sie kippte sich Bourbon in die Kehle, während Serena und ich *Tab* tranken, das Diätgetränk mit der Kraft einer Maschinenhalle. Die Küche strahlte in einer fabrikneuen Makellosigkeit, die mich an Donatis Küche erinnerte. Sie hatte die Fenster geöffnet. Draußen war es dunkel geworden, und der Duft des Geißblatts durchzog die warme Luft.

»Er hat Ihnen falsche Hoffnungen gemacht?«, fragte Serena.

»Er hat immer in der Wir-Form über die Zukunft geredet. Was wir doch für ein großartiges Gespann sein könnten. Dass er bei Parnassus kündigen will und wir zusammen unsere eigene Produktionsgesellschaft aufziehen, so in der Art.«

»War das, als Sie noch als Anwaltsgehilfin für ihn gearbeitet haben?«, fragte Serena.

Sie nickte. »Ich habe eine miserable Anwaltsgehilfin abgegeben, aber das war eine Möglichkeit, um ins Studio zu kommen.« Sie kippte Bourbon hinunter. »Ich habe es nicht auf eine anständige Filmschule geschafft, und ich wollte unbedingt Filme machen.«

»Wusste Nick das?«, fragte ich.

»Ja, ich war sehr ehrlich, was das angeht«, erwiderte sie. »Nicht, dass ich Nick sofort aufgefallen wäre. Er hat zehn Rechtsanwälte und acht andere Hilfskräfte unter sich. Ich wusste, dass ich seine Aufmerksamkeit auf mich ziehen musste.«

»Wie?«, fragte ich.

Sie lächelte über die ganze Breite ihres hübschen Gesichts. »Mit den Waffen einer Frau, Mr. Rios.« Sie warf Serena einen Blick zu. »Ich weiß, dass das nicht p.c. ist, aber Hollywood ist immer noch ein Männerverein. Ich war bereit zu tun, was ich tun musste.«

»Hat Nick darauf angesprochen?«

»Jein. Oder vielleicht sollte ich sagen, ja, bis zu einem gewissen Punkt. Er war wohl geschmeichelt und hat manchmal im Büro auch zurückgeflirtet, aber über kleine Andeutungen ging es nie hinaus. Ich dachte damals, er hat wohl Angst, dass ich ›sexuelle Belästigung‹ schreie, wenn er mich wirklich fragt, ob ich mit ihm ausgehen will. Aber das war es ja wohl nicht, was ihm Sorgen gemacht hat.«

»Bei der Arbeit hat er sein Schwulsein völlig geheim gehalten?«

Sie nickte. »Völlig. Wenn wir vom Büro eine Party gemacht haben, hat er immer Frauen angeschleppt, andere Tussi, selbe Titten, aber er war schließlich ein hoher Studioangestellter, und von denen erwartet man, dass sie Schweine sind.« Sie zuckte die Achseln. »Außerdem ging im Büro das Gerücht um, dass er schon einmal verheiratet war und eine üble Scheidung hinter sich hat, die ihm den Geschmack an Beziehungen verdorben hat.«

Serena fragte ungläubig: »Und das haben Sie sich unter einer guten Partie vorgestellt?«

»Nein, das habe ich mir unter einem E-Ticket vorgestellt.«

»Einem was?«

»E-Ticket«, sagte sie. »In Disneyland haben sie die verkauft. Damit konnte man überall mitfahren.«

»Offenbar hat es geklappt«, sagte ich. »Haben Sie nicht eine Art Produktionsabkommen mit dem Studio?«

»Die haben mir ein Büro, ein Telefon und eine Teilzeitsekretärin gegeben«, sagte sie bitter. »Ach, und 10.000 Dollar im Monat auf zwei Jahre, um Projekte zu entwickeln. Ich unterstehe irgendeinem subalternen Dreiundzwanzigjährigen, der untersteht irgendeinem fünfundzwanzigjährigen Vize, und der sieht Duke vielleicht zehn Minuten im Monat. Ich war näher an ihm dran, als ich noch für Nick gearbeitet habe.«

»Und was haben Sie dafür getan?«, fragte Serena.

»Nach wochenlangem Hin- und Herflirten hat Nick mich zum Essen eingeladen. Wir sind bei ihm zu Hause gelandet.« Sie sah mich an. »Ja, wir hatten Sex. Na jaa, keinen besonders guten Sex, aber ihm schien es Spaß zu machen. Weiß der Kuckuck, woran er dabei gedacht hat. Nein, Moment, ich weiß, woran er gedacht hat, an den Servierer im Restaurant. Ich meine, gesehen zu haben, wie Nick ihm zublinzelte.« Sie leerte ihr Glas. »Jedenfalls hagelte es dann einen Monat lang Einladungen zum Essen, Partys und Premieren, eine nach der anderen. High Life in Hollywood. Ich war völlig von den Socken. Zu der Zeit hat Nick angefangen, Andeutungen über die Zukunft fallen zu lassen, und dann hat er mich eines Abends zu Duke zum Essen eingeladen, nur wir drei. Die ersten Worte aus Dukes Mund waren: ›Nick hat mir erzählt, Sie würden gerne Filmproduktionen leiten.‹ Nach diesem Satz hätte ich alles mitgemacht.«

»Was haben Sie dann genau mitgemacht?«, fragte ich.

»Es war sehr seltsam«, sagte sie. »Ich sollte so tun, als würde ich hier mit dieser Joanne Schilling zusammenwohnen. Sie wollten, dass ich ihren Namen mit auf den Briefkasten schreibe und auf den Anrufbeantworter spreche und dass ich Nachrichten für sie entgegennehme und sie über Nick weiterleite.«

»Haben Sie gefragt, warum?«, fragte Serena.

»Nein«, sagte sie.

»Warum nicht?«

»In der Art, wie Duke mich das gefragt hat, war etwas …«, sie suchte ein passendes Wort, »… Bedrohliches. So à la ›Dieses Gespräch hat nie stattgefunden.‹ Ich kann nicht erklären warum, aber ich wusste, dass ich nie nach einer Erklärung fragen sollte.«

»Haben Sie deshalb zugestimmt?«, fragte ich. »Weil Sie sich bedroht fühlten?«

»Nein«, sagte sie. »Ich habe zugestimmt, weil er mir einen Produktionsvertrag angeboten hat.« Sie schaute zwischen uns hin und her. »Oder komme ich besser dabei weg, wenn ich sage, ich habe mich bedroht gefühlt?«

»Was geschah dann?«, fragte Serena.

Walsh richtete ihre Antwort an mich. »Ich habe getan, was man von mir wollte. Ich habe ihren Namen mit auf den Briefkasten geklebt und auf die Ansage vom Anrufbeantworter aufgesprochen.«

»Sind Sie ihr je begegnet?«

»Nein«, sagte sie und schüttete sich schwungvoll Bourbon ins Glas. »Ich hatte keine Ahnung, wer sie war. Dann ist lange nichts passiert, aber irgendwann fing ich an, Nachrichten zu bekommen, von der Polizei und von ihr hier.« Sie zeigte auf Serena. »Das hat mich beunruhigt, weil Nick meinte, es wäre alles bald vorbei.«

»Gehen Sie immer noch mit Nick aus?«, fragte ich.

»Sobald ich die Abmachung unterschrieben hatte, hat er mich fallen lassen«, sagte sie. »Nicht eiskalt abserviert, aber es kamen keine Einladungen mehr, die Anrufe waren nur noch geschäftlich. Ich habe schon verstanden. Ich kann nicht sagen, dass es mir viel ausgemacht hat, denn ich hatte von ihm bekommen, was ich wollte, und auch wenn er immer große Reden über unsere Zukunft geschwungen hat, wusste ich doch, dass er sich nicht gerade nach mir verzehrt hat.« Sie nahm einen Schluck und blickte finster drein. »Wenn ich einen Schwanz hätte, vielleicht.«

»Ich dachte, es macht Ihnen nichts aus«, sagte ich.

»Na, vielleicht doch ein bisschen.« Sie starrte auf ihr Glas, dann sagte sie grimmig: »Wissen Sie, er hat bei mir nie einen hochgekriegt. Ich dachte, das liegt daran, dass er meistens schon ziemlich betrunken war, wenn wir zu diesem Teil des Abends kamen. Es ist immer darauf hinausgelaufen, dass er mich geleckt hat. Beim Oralsex war er gut. Da hatte er wohl viel Erfahrung.«

»Wann haben Sie angefangen, sich zusammenzureimen, was wirklich los war?«, fragte ich.

»Ich hatte eine Menge Zeit übrig, ich saß ja nur in meinen kleinen blauen Kostümen in meinem Produktionsbüro herum und wartete darauf, dass irgendwer mich zurückruft. Diese Morde in der Gegend im Sommer haben mich nicht besonders beschäftigt. Ich meine, ich hatte zu tun, und nach dem, was ich gehört hatte, waren die Opfer alles schwule Männer. Ich konnte mich endlich mal sicher fühlen. Aber als mich alle anfingen nach Joanne Schilling zu fragen, da bin ich auch neugierig geworden. Ihr Name kam mir bekannt vor, aber ich kam nicht drauf, also habe ich ihren Namen eines Tages in eine Internet-Suchmaschine eingegeben und dreißig Treffer zurückbekommen. Die meisten bezogen sich auf die Zeit vor zwanzig Jahren. So habe ich herausgefunden, dass sie Schauspielerin war. Der letzte Treffer war vom Juli, ein Artikel über die Morde. Da stand, dass sie eine Zeugin war, die den Mörder aus einer Gasse hat herausfahren sehen, in der man eine der Leichen gefunden hat. Ich habe ein bisschen weiterrecherchiert und bin darauf gekommen, dass die Gasse etwa zwei Straßen von hier entfernt ist.«

»Da haben Sie eins und eins zusammengezählt und gemerkt, dass

Asuras und Donati sie als Zeugin aufbauen wollten, die hier in der Gegend wohnt?«

»Ach nein«, sagte sie. »So verwickelt denke ich nicht. Ich dachte mir nur, dass die beiden wohl aus irgendeinem Grund wollten, dass ich sage, sie wohnt hier, und durch einen komischen Zufall war sie auch noch eine Zeugin in diesem Mordfall hier. Ich habe mich nur gefragt, was sie hier in der Gegend zu suchen hatte.«

»Wann haben Sie gemerkt, dass es mehr war als ein Zufall?«

»Nick hatte gesagt, dass die Anrufe für sie aufhören würden, und er war sehr wütend, als ich ihm sagte, dass Sie beide angerufen hatten. Sehr, sehr wütend. Ganz außer sich vor Wut. Als ich herausgefunden hatte, dass Schilling ermordet worden war, da hat mir gedämmert, dass hier etwas sehr Schlimmes vor sich geht.«

»Wann haben Sie das letzte Mal mit Nick gesprochen?«, fragte ich.

»Vorgestern«, sagte sie, »nachdem die Polizei hier war und mich nach Schilling ausgefragt hat. Ich habe ihnen angemerkt, dass sie mir meine Show nicht abnehmen. Ich habe ganz panisch Nick angerufen und ihn gefragt, was ich tun soll. Er sagte, ich soll gar nichts tun und dass bald alles im Sande verlaufen würde. Aber er klang selbst ziemlich verängstigt, das hat mich also auch nicht beruhigt.« Sie machte eine Pause. »Ich bin schon seit zwei Tagen nicht bei der Arbeit gewesen. Ich habe Angst, wieder hinzugehen.«

»Sind Sie bedroht worden?«, fragte Serena.

»Nein, aber die bösen Vorzeichen habe ich schon erkannt. Joanne haben sie eine Zeugin spielen lassen, mich haben sie ihre Mitbewohnerin spielen lassen, und sie hatte hinterher zwei Kugeln im Kopf. Nick, der sonst immer die Ruhe selbst ist, hat schreckliche Angst. Ich weiß nicht, wie der Film hier ausgehen soll, aber wie meine Rolle sich entwickelt, gefällt mir überhaupt nicht.«

»Vielleicht sollten Sie eine Weile woanders wohnen«, sagte Serena.

Walsh stand auf und zog eine Schublade auf, der sie einen Umschlag entnahm. »Flugtickets«, sagte sie. »Ich fliege heute Abend nach Seattle zu meiner Familie. Ich will eine Weile dort bleiben.«

»Ich benötige eine Aussage von Ihnen, bevor Sie abfliegen«, sagte Serena.

Walsh zögerte. »Ich weiß nicht.«

»Wenn Sie irgendwann zurückkommen wollen«, sagte Serena, »dann müssen Sie uns hier aus der Patsche helfen.«

Walsh schaute mich an. »Stimmt das, was sie sagt?«

»Ich fürchte ja, Josey.«

»Gut, aber ich will etwas dafür.«

»Was?«, fragte ich.

»Wenn das alles vorbei ist, exklusive Filmrechte von Ihnen beiden an der Story.«

* * *

Serena setzte mich am Fuß des Hügels ab, auf dem mein Haus stand, und fuhr mit Josey Walsh weiter in die Innenstadt, ins Parker Center, wo sie ein Treffen zwischen Walsh und den Detectives arrangiert hatte, die im Mordfall Schilling ermittelten, damit Walsh vor ihrem Abflug nach Seattle ihre Aussage machen konnte. Walsh hatte uns den ersten handfesten Beweis geliefert, der Asuras direkt belastete, auch wenn es nur um Anstiftung zu falschem Zeugnis ging. Wenn die Cops ihre Arbeit gut machten, konnten wir die Anklagepunkte weiter aufstocken. Während wir warteten, bis Walsh fertig gepackt hatte, sagte Serena zu mir, dass sie mit Hilfe ihrer Aussage den Sheriff zu überzeugen versuchen würde, die Ermittlungen zum Mord an Alex Amerian wieder aufzunehmen. Serena war voller Tatendrang.

»Was ist mit deinem Chef, dem Oberstaatsanwalt? Meinst du nicht, er ist sauer, wenn er Wind davon kriegt, dass du seinem Freund Asuras auf den Fersen bist?«

»Das wird er von mir nicht erfahren«, sagte sie. »Und hoffentlich auch von niemandem sonst, bevor es so weit ist, dass ich gegen das Arschloch Anklage erheben kann. Dann fallen für Jack aber auch ein paar sehr schöne Schlagzeilen ab.«

»Und für dich bestimmt auch.«

»Fick dich doch, Henry. Vom ersten Moment an warst du widerlich herablassend zu mir. Du hältst nicht besonders viel von mir als Juristin, oder?«

»Ich bin überzeugt, dass du eine sehr kompetente Juristin bist, Serena.«

»Was hast du dann für ein Problem?«

»Du hast dich in diesem Fall schon einmal vor den Karren des Oberstaatsanwalts und des Sheriffs spannen lassen«, sagte ich. »Ich bin nicht sicher, ob das nicht wieder passiert.«

»Pass bloß auf«, sagte sie.

»Keine Sorge«, erwiderte ich. »Das werde ich.«

* * *

Ich ging die Stufen von der Straße zu meiner Haustür hinunter. Ich hatte das Außenlicht nicht angelassen, und es war stockfinster. Ich wollte mich umziehen, etwas essen und noch eine Weile mit CNN im Fernsehsessel sumpfen, bevor ich mich aufs Ohr legte. Während ich mit den Hausschlüsseln herumfummelte, hörte ich hinter mir rasch näher kommende Schritte. Ich schnellte herum und sah einen Mann aus dem Gebüsch kommen, der etwas in einer Hand hielt. Ich schlug mit aller Kraft zu, traf seine Brust, er ging zu Boden.

»Wer bist du denn, verfluchte Scheiße?«, sagte ich zu der Figur, die unter mir ausgestreckt lag.

»Henry?«, keuchte er. »Mr. Rios? Ich bin's, Rod. Rod Morse.«

Kapitel 21

»Rod? Es tut mir so Leid.«

Der Junge rappelte sich langsam auf. Er war groß, gut und gerne einsfünfundachtzig, ließ die Schultern aber leicht nach vorne hängen, was ihn kleiner erscheinen ließ. Das, was er in der Hand gehalten hatte, war ein Rucksack gewesen. Er las ihn mit einer Hand auf und hielt mit der anderen eine Masse von fettigen schwarzen Haaren zurück. Auf seinem Kinn war eine hartnäckige Ansammlung von Aknepickeln, auf den Wangen begannen die ersten Barthaare zu sprießen. Seine Kleidung – Turnschuhe, weißes Hemd, blaue Sportjacke – war eingestaubt und verdreckt. Ein schwitziger, saurer Angstgeruch entströmte seinem dünnen Körper. Nur seine Augen waren schön – groß, dunkel, klar: die Augen seiner Schwester.

»Schon Okay«, nuschelte er. »Ich wollte Sie nicht erschrecken.«

»Neulich ist jemand bei mir eingebrochen. Da bin ich ein bisschen schreckhaft. Komm rein«, sagte ich, während ich die Tür aufschloss. Ich ging mit ihm in die Küche und fing automatisch an, Kaffee zu kochen. »Wie bist du hergekommen?«

Er plumpste in einen Sessel und ließ den Rucksack neben sich fallen. »Ich bin am Flughafen ausgerissen. Wir mussten nach San Francisco fliegen und dort umsteigen nach Salt Lake City. Als sie unseren Flug zum ersten Mal ausriefen, hab ich zu meinem Vater gesagt, ich muss aufs Klo. Sobald ich gesehen hab, wie er an Bord ging, bin ich rausgerannt und in einen Bus gesprungen und mit dem nach San Francisco gefahren. Da bin ich einen Tag lang rumgelaufen und hab überlegt, was ich tun soll. Dann bin ich auf den Greyhound-Busbahnhof und wollte eine Busfahrkarte hierher kaufen, aber das Geld hat nur bis Santa Barbara gereicht. Den Rest bin ich getrampt.«

»Warum hast du in San Francisco nicht Phil Wise angerufen?«

»Ich hab ja nur einmal mit ihm geredet. Ich wusste nicht, ob der mir hilft. Bei Ihnen wusste ich, dass Sie mir helfen.«

»Du siehst aus, als wärst du seit Wochen auf Achse.«

Er grinste mit scheuem Stolz. »Ich weiß. So was hab ich noch nie gemacht.«

»Wann bist du in L.A. angekommen?«

»Gestern. Meine Mitfahrgelegenheit hat mich am Strand abgesetzt. Da hab ich geschlafen, und heute hab ich mich dann zu Ihnen auf den Weg gemacht. Das ist eine Riesenstadt hier. Ich hab den ganzen Tag dafür gebraucht.«

»Du bist den ganzen Weg vom Strand bis hierher gelaufen? Warum hast du mich nicht angerufen?«

»Ich brauchte Zeit zum Nachdenken«, sagte er.

»Nachdenken über was, Rod?«

»Über alles, was passiert ist, seit mein Vater mir gesagt hat, dass er über Sie und Mr. Wise Bescheid weiß. Das war so zack! zack! zack! eins nach dem andern.« Seine Stimme zitterte. »Und diese Stadt hier, die ist so groß, Mr. Rios. So viele Leute, und sie sehen alle aus, als würden sie es hier ganz schrecklich finden. Das nimmt einen total mit.«

»Vor allem auf leerem Magen. Ich bestelle was vom Lieferdienst, und du kannst dich sauber machen«, sagte ich. »Ich zeige dir das Gästebad. Du kannst duschen, wenn du willst.«

»Ich hab nichts anderes anzuziehen«, sagte er.

»Wir sind etwa gleich groß. Ich kann dir eine Jeans und ein T-Shirt leihen.« Ich warf einen Blick auf seine Füße, die wahre Kähne waren. »Mit Schuhen kann ich leider nicht dienen.«

Er fing an zu lachen, dann brach er zusammen, zitterte und schluchzte. Ich verstand nicht, warum er so auf mein Kleiderangebot reagierte, aber ich hatte ja auch nicht zwei Tage auf der Straße verbracht, auf der Flucht vor Eltern, die mich in die Psychiatrie stecken wollten, unterwegs zu einem Fremden, der mich vielleicht aufnehmen würde, vielleicht aber auch nicht. Und ich war schon seit fast dreißig Jahren nicht mehr sechzehn gewesen, aber dunkel erinnerte ich mich, dass sechzehn gefühlsmäßig etwa so war, wie bei starkem Wind über eine Hängebrücke zu gehen, und wenn man obendrein noch schwul war, konnte dieser Wind die Stärke eines Hurrikans erreichen. Was auch immer der Auslöser gewesen war, seine Tränen hatte er sich verdient. Ich drückte seine Schulter. »Es ist gut, Rod. Wir kriegen das schon hin.«

Er schlang seine Arme um meine Hüfte und vergrub das Gesicht in meinem Bauch.

* * *

Ich sah zu, wie er einen Karton chinesisches Essen nach dem anderen leerte und nur innehielt, um zu fragen: »Was ist das?«, bevor er es in sich aufsaugte. Gewaschen und gekämmt, in weißem T-Shirt und schwarzen Jeans sah er so frisch und munter aus, als wäre er einer GAP-Reklame entsprungen, bis auf die sich andeutenden Sorgenfalten, die runde Klammern um seine Mundwinkel zeichneten und sich in seine Stirn einfurchten. Während er einen Liter Cola austrank, entsann ich mich einer Zeile bei Longfellow: »Knabenwille ist Windeswille, Jünglings Gedanken lange Gedanken.« Aber es waren keine Kindersorgen, die diese harten Linien in sein Gesicht geritzt und den Schmerz in seine Augen gelegt hatten. Er erklärte mir, was geschehen war, nachdem ein anonymer Anrufer seinem Vater erzählt hatte, dass zwei erwachsene Homosexuelle drauf und dran waren, Rod zu entführen.

»Er sagte, Sie und Mr. Wise würden mich foltern und ermorden«, sagte Rod, den Mund voller Hühnchen *Kung Pao*. »Wie dieser Typ, der Menschen im Kühlschrank aufbewahrt hat …«

»Jeffrey Dahmer«, sagte ich. »Was hast du zu deinem Vater gesagt, als er dich damit konfrontiert hat?«

»Ich habe ihm die Wahrheit erzählt«, sagte er. »Dass Sie Anwälte sind, die mir helfen wollen zu verhindern, dass er mich in die Psychiatrie steckt. Ich hab ihm gesagt, dass ich nicht verrückt bin, nur eben schwul, dass ich so geboren bin und dass man das nicht wegmachen kann.«

»Wie hat er das aufgenommen?«

»Er hat mich geschlagen. Er hat gesagt, er wird den Teufel aus mir rausprügeln. Meine Mutter musste ihn zurückhalten. Er hat gesagt, ich soll meine Sachen packen.« Er zermanschte ein Reiskorn mit der Gabel. »Mein Vater hat mich noch nie vorher geschlagen. Nie.«

»Er hatte panische Angst. Die Menschen verhalten sich nicht besonders nett, wenn sie in Panik sind.«

Er stopfte sich einen weiteren Bissen in den Mund und kaute ängstlich. »Was passiert jetzt mit mir?«

Die Frage hatte ich erwartet, und ich hatte Angst vor ihr. Rod war jetzt ein Ausreißer, aber das änderte nichts an seinem rechtlichen Status als unmündiger Minderjähriger, der der elterlichen Gewalt unterstellt war. Solange der Antrag auf Entziehung des Sorgerechts, den Phil beim Jugendgericht eingereicht hatte, nicht beschieden war, war ich gesetzlich verpflichtet, Rods Eltern über seinen Aufenthaltsort zu informieren und ihn wieder in ihre Hände zu übergeben. Sie würden ihn dann ins Flugzeug nach Utah stecken und so der kalifornischen Gerichtsbarkeit entziehen. Wenn ich ihm Unterschlupf gewährte, bis das Gericht über den Antrag entschieden hatte, würde ich damit gegen mehrere Gesetze verstoßen, mich unter anderem der Förderung der Straffälligkeit eines Jugendlichen strafbar machen. Nicht einmal Phil konnte ich sagen, dass Rod sich in meiner Obhut befand, ohne ihn damit in die Zwickmühle zu bringen, dass er entweder dem Gericht Rods Aufenthaltsort mitteilen musste oder riskierte, wegen Missachtung des Gerichts belangt zu werden.

»Das weiß ich noch nicht«, sagte ich. »Phil hat beantragt, dich der Vormundschaft des Gerichts zu unterstellen. Der Antrag wird nächste Woche verhandelt. Da müssen wir persönlich anwesend sein.«

Er runzelte die Stirn. »Und wenn meine Eltern dann versuchen, mich mit zurückzunehmen?«

»Du wirst bei Phil und mir sein.«

»Und wenn das Gericht sagt, dass ich mit ihnen mitgehen muss?«

»Dann musst du mitgehen«, sagte ich, »aber wir können vom Gericht verlangen, dass es ihnen auferlegt, dich im Staat Kalifornien zu lassen, bis der Fall entschieden ist.«

»Sie wissen genau, dass die mich wegschicken werden«, sagte er.

»Damit würden sie gegen das Gesetz verstoßen.«

»Mein Vater sagt, es gibt menschliche Gesetze und das Gesetz Gottes, und wenn sie sich widersprechen, muss ein Christ das Gesetz Gottes befolgen.« Er schob seinen Teller weg. »Wenn das Gericht mich zwingt, zu meinen Eltern zurückzugehen, dann sehen Sie mich nie wieder.«

»Wenn du nicht zu deinen Eltern zurückgehst, dann verstoße ich gegen das Gesetz, und anders als dein Vater habe ich kein anderes. Und sowieso weißt du genauso gut wie ich, dass sie hier zuerst nach dir suchen werden.«

Er schoss vom Tisch hoch auf die Terrasse hinaus. Ich ging hinterher und fand ihn, wie er den rötlichen Nachthimmel absuchte.

»Rod ...«

»In unserem Geschichtskurs hat ein Mädchen im Monat der

Schwarzen Geschichte ein Referat über den *Underground Railway* gehalten«, sagte er. »Sie hat erzählt, dass es Leute gab, die entflohene Sklaven aus den Südstaaten nach Kanada geschleust haben und dabei immer dem Großen Bären gefolgt sind.« Er zeigte mir über einer Reihe Palmen das blass leuchtende Sternbild. »Auf dem Weg sind sie in Zufluchtshäusern untergekommen. Gestern Nacht am Strand habe ich zum Großen Bären hochgeschaut. Ich dachte, hier bin ich in Sicherheit.«

»Leider kannst du nicht davor wegrennen, ein Minderjähriger zu sein. Wenn du erst einmal achtzehn bist, können deine Eltern dir nichts mehr anhaben.«

Er drehte sich um, lehnte seine schmale Figur an das Geländer und schaute mich an. »Wie ist es, schwul zu sein?«

»Wie meinst du das, Rod?«

»Sie sind schon Ihr ganzes Leben schwul«, sagte er. »Wie ist das? Sie leben alleine, nicht?«

»Ich habe nicht immer alleine gelebt«, sagte ich. »Mein Lover ist vor etwa einem Jahr gestorben.«

»Hatte er Aids?«

»Ja«, sagte ich.

»Und Sie?«

»Nein, Rod, nicht alle Schwulen haben Aids.«

»Als ich in San Francisco war«, sagte er, »hab ich das Schwulenviertel gefunden, wie heißt das noch mal? Die Castro Street. Da hab ich einen Mann im Rollstuhl gesehen. Der hatte violette Narben im Gesicht, und er war so abgemagert, dass ich kaum glauben konnte, dass er am Leben ist. Der hatte Aids.«

»Wahrscheinlich«, sagte ich.

»Ich glaub, ich hab ihn angestarrt, weil er mich gefragt hat, ob ich mit ihm flirte. Also der ist halb tot und denkt immer noch an Sex!« Er verschränkte die Arme. »Da waren auch Männer in Lederklamotten, und Typen, die als Nonnen verkleidet waren, die hatten sich die Gesichter angemalt wie Clowns. In meinem Alter hab ich niemand gesehen. Die waren alle alt. Sie haben nicht glücklich ausgesehen.«

»Du kannst den Leuten nicht ansehen, ob sie glücklich sind oder nicht.«

»Sind Sie's?«

»Du meinst, ob ich glücklich bin, schwul zu sein?«

Er nickte. Ich setzte mich ans Ende der Chaiselongue, auf der Josh seine letzten Tage damit zugebracht hatte, in Decken eingepackt in der Sonne zu liegen und in den Himmel zu schauen. Ich schaute den schlaksigen dunkelhaarigen Jungen an und sah mich selbst als Sechzehnjährigen, in dem Alter, in dem auch ich gemerkt hatte, dass ich schwul bin, und versuchte herauszufinden, welche Antwort ich damals auf diese Frage hätte hören wollen. Ich kannte diese Antwort, aber damit konnte ich nicht dienen. Ich konnte Rod nicht sagen, dass mit dem Coming-out alle Sorgen ein Ende hätten.

»Glücklich und unglücklich, das sind Gefühle, Rod«, sagte ich. »Sie kommen und gehen, und mit dem Charakter haben sie nicht viel zu tun. Ich meine, der schlechteste Mensch auf der ganzen Welt ist vielleicht glücklicher als der beste Mensch auf der Welt, aber welcher wärst du lieber?«

Er zögerte einen Moment lang und sagte dann: »Ich wäre lieber glücklich. Ich weiß nicht, ob ich das hier finden kann, aber ich weiß, was mich zu Hause erwartet. Ich hab keine Ahnung, ob ich bis achtzehn durchhalte, wenn Sie mich zurückschicken.«

»Gut«, sagte ich. »Ich werde mir etwas ausdenken. Ich suche dir ein Zufluchtshaus.«

* * *

Ich zeigte ihm das Gästezimmer, und er ging gleich ins Bett. Ich grübelte über meinen nächsten Zug. Nach und nach formulierte ich einen Plan. Für den ersten Schritt musste ich Richie anrufen. Ich erreichte seinen Anrufbeantworter, der jetzt sagte: »*Miss Otis regrets* … den Rest kennt ihr ja.« Als ich hineinsagte: »Es ist dringend«, ging er ran.

»Ich hoffe, es *ist* dringend«, fauchte er. »Es ist elf Uhr abends. Ich schmiere hier das ganze Telefon mit meiner Nachtcreme voll.«

»Ich muss dich um einen Gefallen bitten«, sagte ich. »Einen sehr großen Gefallen.«

»Einen großen Gefallen? Das schreit nach einer Zigarette.« Ich hörte ihn ein Streichholz anreißen. »Ich bin bereit.«

»Rod Morse ist heute Abend vor meiner Tür aufgetaucht.«

»Ich dachte, seine bösen Eltern haben ihn nach Utah in die Natterngrube geschickt.«

»Er ist am Flughafen abgehauen.«

»Na hoppla!«, sagte Richie. »Schön für ihn.«

»Aber nicht so schön für die Klage gegen seine Eltern«, sagte ich und erklärte ihm, warum.

»Du wirst ihn nicht zu den Himmlers zurückschicken«, sagte Richie.

»Zu seinen Eltern? Nein, das bringe ich nicht übers Herz«, beruhigte ich ihn. »Aber hier kann ich ihn auch nicht behalten. Sie werden herkommen und nach ihm suchen, Richie. Ich hatte gehofft, dass du ihn vielleicht aufnimmst.«

»Ich? Wieso ich, Henry? Mit Kindern kenne ich mich überhaupt nicht aus.«

»Du zahlst immerhin seine Gerichtskosten«, erinnerte ich ihn.

»Schecks ausschreiben ist das eine, Windeln wechseln etwas anderes.«

»Er ist sechzehn, Richie.«

»Na toll, dann trägt er bestimmt schwarze T-Shirts, hört Heavy Metal und schnüffelt Haarspray aus einer Papiertüte.«

»Er ist ein sympathischer Junge, naiv, eingeschüchtert. Du warst in der Jugendpsychiatrie, Richie. Du musst wissen, wie er sich fühlt.«

Nach einer kurzen Pause sagte er: »Wie lange?«

»Eine Woche, maximal zwei«, sagte ich.

»Na ja, wär schon nett, wenn ich jemanden hätte, mit dem ich Filme anschauen kann«, räumte er ein. »Etwas anderes tue ich zur Zeit sowieso nicht.«

»Großartig«, sagte ich, »dann kannst du ihm die großen Klassiker der schwulen Zunft vorführen. Ich glaube kaum, dass er sie schon gesehen hat. Aber versuch mal, nicht so dick aufzutragen.«

»Was soll das heißen?«, fragte er spitz.

»Wie gesagt, Richie, er ist sehr naiv. Seine Eltern haben ihm so viele Angst einflößende Bilder von Schwulen eingetrichtert …«

»Du hältst mich also für Angst einflößend?«

»Du kannst schon ein bisschen erdrückend sein. Es geht ja nur darum, dass du deine Grandiosität einen Tick runterschraubst.«

»Du Arschloch!«

»Ich will ihn nur beschützen.«

»Wovor beschützen? Vor der Art von schwuler Kultur, die du persönlich abstoßend findest?«

»Er hat viel durchgemacht, Richie, und er hat noch viel mehr vor sich. Ich fände es gut, wenn er sich eine Weile in Sicherheit fühlt.«

»Für unsereins gibt es keine Sicherheit«, sagte Richie.

»Das muss er jetzt noch nicht wissen. Es tut mir Leid, wenn ich dich verletzt habe, Richie. Er ist doch fast noch ein Kind ...«

»Henry, geht es dir gut?«

»Ich habe einen langen Tag hinter mir.«

»Hör zu, Schätzchen, ich kümmer mich um das kleine Monster. Und du reißt dich mal am Riemen.«

»Mach ich. Übrigens, Richie. Du machst dich strafbar, wenn du uns aus der Patsche hilfst.«

»Anders hätte ich auch nicht mitgemacht.«

* * *

Am nächsten Tag rief ich Phil Wise in San Francisco an und belog ihn.

»Rod ist in Los Angeles«, sagte ich. »Er hat mich gestern angerufen und gesagt, dass er es geschafft hat, seinem Vater am Flughafen zu entwischen und hierher zu trampen.«

»Wo ist er?«

»Das wollte er mir nicht sagen. Er hat Angst, dass ich seinen Eltern Bescheid sage. Ich habe ihm gesagt, dass Sie den Antrag beim Vormundschaftsgericht eingereicht haben, und er hat zugestimmt, bei der Anhörung dort aufzutauchen, aber passen Sie auf, ich weiß was Besseres. Ziehen Sie den Antrag dort zurück und reichen Sie ihn hier in L.A. ein. Hier sind unsere Gewinnchancen viel höher.« Ich legte ihm meine Gründe dar, eine liberalere Gerichtsbarkeit, größere Vertrautheit mit den Problemen eines schwulen Jugendlichen. »Was halten Sie davon?«

»Brillant«, sagte er. »Sind Sie sicher, dass er in L.A. ist?«

Ich schaute durch den Raum zu Rod hinüber. »Absolut.«

»Ich muss ihn unbedingt treffen«, sagte Phil. »Ich kann morgen früh mit den Unterlagen runterfliegen.«

»Er ruft mich heute Nachmittag an«, sagte ich. »Ich mache einen Treffpunkt mit ihm aus.«

»Rufen Sie mich dann an«, sagte Phil. »Und Henry, es ist besser, wenn keiner von uns weiß, wo er zu finden ist, für den Fall, dass das Gericht nachfragt.«

»Ich verstehe.«

Ich legte auf. »Komm, Rod, gehen wir. Richie erwartet uns.«

»Was hat Phil gesagt?«

»Erzähl ich dir im Auto.«

Auf dem Weg zu Richie erklärte ich ihm die Lage.

»Danke, dass Sie meine Eltern nicht angerufen haben«, sagte er. »Ich weiß, dass Sie das in Schwierigkeiten bringen kann.«

»Das versuche ich zu vermeiden.«

»Was ist, wenn meine Eltern sagen, dass Sie mich entführt haben?«

»Sie können alles Mögliche sagen. Das Gericht wird entscheiden, was stimmt. Bis dahin hast du dein Zufluchtshaus, auch wenn Richie nicht gerade eine selbstlose Freiheitskämpferin wie Harriet Tubman ist.«

»Wie ist er denn?«

»Seine Eltern haben ihn mit vierzehn in eine psychiatrische Klinik eingewiesen, wo er von seinem Schwulsein geheilt werden sollte, genau so, wie deine Eltern es mit dir vorhatten. Du wirst sehen, dass die Behandlung keinen Erfolg hatte.«

* * *

Javier ließ uns in Richies Apartment. Rod betrachtete gerade das rosablaue Wandbild in der Diele, das den Raub des Ganymed darstellte, als Richie in papageiengrünen Seidenhosen und leuchtend gelbem Hemd aus seinem Zimmer kam. Er platzierte Luftküsschen links und rechts von meinen Wangen. Ich stellte ihm Rod vor.

»Ach Bubele«, gurrte er mütterlich.

»Sie sind Richie?!« Rods Augen waren weit aufgerissen.

»Kein anderer«, sagte Richie, »aber für dich bin ich dein Tantchen Mame.«

»Mein was?«

»Du kennst Tante Mame nicht?«, fragte Richie huldvoll.

»Sie ist eine Figur aus einem Film«, erklärte ich. »Eine Art gute Fee oder Patin.«

»›Die tolle Tunte‹ heißt der Film. Ich meine natürlich, Tante«, warf Richie ein.

»Kann ich mal das Bad benutzen?«, fragte Rod.

»Javier, zeig ihm, wo er sich das Näschen pudern kann«, befahl Richie.

Als wir allein waren, sagte ich zu Richie: »Das kannst du dir schenken.«

»Bist du sicher, dass er schwul ist?«

Als Rod wiederkam, nahm ich ihn beiseite und sagte: »Ich muss jetzt weg. Du hast meine Piepsernummer. Du kannst jederzeit anrufen, wenn du reden willst. Lass dich von Richie nicht einschüchtern. Er ist wirklich in Ordnung.«

Er starrte auf das Deckengemälde, ein Himmelszelt, das von vier lasziven Cherubim aufgespannt wurde. »Hier ist es wie in einem Museum. Ich hab mich nicht mal getraut, mir im Bad die Hände am Handtuch abzutrocknen. Kann ich denn wirklich nicht bei Ihnen wohnen?«

»Richie ist harmlos«, sagte ich. »Ich ruf dich an.«

* * *

Phil Wise kam am nächsten Tag aus San Francisco, traf sich mit Rod und reichte beim Jugendgericht in L.A. eine neue Sorgerechtsklage ein, inklusive eines Dringlichkeitsantrags, Rod der Vormundschaft des Gerichts zu unterstellen, um seine Eltern daran zu hindern, ihn zurückzuholen. Wir hatten das Glück, als Richter John Fuentes zu bekommen, der vor seiner Ernennung eine Kinderrechteorganisation geleitet hatte. Er setzte die Anhörung zum Dringlichkeitsantrag auf den nächsten Montag fest. In der Zwischenzeit überbrachte Phil Rods Eltern die Neuigkeiten.

Am nächsten Tag rief Phil an. »Die Morses haben ihre Erwiderung zu unserem Antrag eingereicht«, sagte er. »Sie glauben ja gar nicht, was ihr Anwalt sie für einen Scheiß hat hineinschreiben lassen.«

»Schlimm?«

»Sie verwenden doch tatsächlich die Worte ›Handlanger Satans‹«, frohlockte er.

»Na großartig. Je irrer sie sich gebärden, umso besser stehen wir da.«

»Leider sind sie nicht nur blindwütig und kopflos«, sagte er. »Sie haben auch beantragt, unseren Antrag abzuweisen mit der Begründung, dass das Gericht in L.A. nicht zuständig ist, und uns wieder vor das Gericht im Valley zu zwingen.«

»Rod hält sich in L.A. auf«, sagte ich. »Das reicht aus, um den Gerichtsstand hier festzusetzen.«

»Er ist ein Ausreißer«, gab Phil zurück. »Nur aus diesem Grund ist er in L.A. Sein Wohnort ist bei seinen Eltern. Noch ein Argument?«

»Fuentes wird unseren Antrag nicht abweisen, wenn wir ihn davon überzeugen, dass er Rods Schicksal besiegelt, wenn er ihn ins Valley zurückschickt«, sagte ich. »Er ist der einzige Richter im ganzen Bezirk, der mit uns vielleicht einer Meinung ist, dass der Versuch, einen schwulen Jugendlichen von seinem Schwulsein zu heilen, eine Form von Kindesmisshandlung ist. Wir müssen nur sein Augenmerk auf den inhaltlichen Aspekt statt auf den verfahrenstechnischen lenken.«

»Sie haben Recht«, sagte Phil schon weniger hoffnungslos. »Aber Sie werden Rod beibringen müssen, dass er, wenn er am Montag zu der Anhörung geht, riskiert, zu seinen Eltern zurückgeschickt zu werden. Können Sie garantieren, dass er dort auftauchen wird?«

»Ja«, sagte ich, obwohl ich alles andere als sicher war.

»Ich verlasse mich auf Sie«, sagte Phil.

* * *

Ich ging mit Rod essen und erklärte ihm den aktuellen Stand. Ich brachte ihn so weit, dass er widerstrebend versprach, zu der Anhörung zu gehen, auf das Risiko hin, dass das Gericht ihn wieder seinen Eltern auslieferte. Kaum hatte ich ihn bei Richie abgeliefert, da klingelte mein Autotelefon. Es war Serena Dance. Sie war in Hochstimmung.

»Gute Neuigkeiten, Henry«, sagte sie. »Odell hat es geschafft. Er hat eine Zeugin gefunden, die Jim Harley am Ort des Anschlags auf

Amerians Auto gesehen hat. Er hat Harley gestern Abend festgenommen, und der hat nicht nur gestanden, dass er die Bombe gelegt hat, er hat auch Asuras und deinen Freund Donati belastet.«

Ich war zu sehr um Rod besorgt gewesen, als dass ich mir um den Fall Asuras viele Gedanken gemacht hätte, aber Serenas Gutgläubigkeit machte mir Sorgen. »Was hat er genau gesagt?«

»Donati hat ihn gefragt, ob er es macht. Als er zögerte, hat Asuras ihn persönlich angerufen. Sie haben ihm hunderttausend Dollar gezahlt. Ich arbeite gerade an Haftbefehlen für Donati und Asuras wegen Verschwörung.«

»Ist das über den Schreibtisch des Oberstaatsanwalts gelaufen?«

Sie wurde kühler. »Ich brauche seine Genehmigung nicht, um Klage einzureichen. Ich habe handfeste Beweise.«

»Die Aussage eines Mitverschwörers ist als Beweismittel unzulässig, solange sie nicht von unabhängigen Beweisen untermauert wird«, erinnerte ich sie.

»Ich kenne die Gesetze«, knirschte sie. »Es reicht erst einmal, um sie zu verhaften. Jetzt kann ich offiziell wegen der Morde gegen sie ermitteln.«

Ich wollte etwas einwenden, aber überlegte es mir anders. »Großartig. Ich bin da, wenn du mich brauchst.«

* * *

Das war am Mittwoch gewesen. Die Verhaftung von Asuras und Donati kam am nächsten Morgen in den landesweiten Nachrichtensendungen. Bis zum Abend waren die Beschuldigungen fallen gelassen worden, und der Bezirksoberstaatsanwalt hatte eine speichelleckerische Entschuldigung an die Adresse der beiden veröffentlicht. In ihrer überstürzten Verhaftungseuphorie hatte Serena vergessen, dass das Auto, zu dessen Zerstörung sie sich verschworen haben sollten, von Samsara geleast war, einer Firma, die Asuras gehörte. Sein Anwalt führte an, dass die Explosion ein Experiment in Spezialeffekttechnik für ein neues Filmprojekt bei Parnassus gewesen war. Er unterstrich, dass die Leasingfirma für den Wagen vollständig entschädigt worden war, so dass Asuras im Endeffekt der Verschwörung zur Zerstörung seines eigenen Besitzes beschuldigt worden war. Er gab auch eine

Presseerklärung mit einer eidesstattlichen Erklärung von James Harley heraus, in der dieser sein Geständnis, das er der Polizei gegenüber abgelegt hatte, widerrief und behauptete, es sei unter Druck zustande gekommen.

Ich rief Serena zu Hause an, sobald die Nachrichtensendung vorbei war. Der Anrufbeantworter ging ran.

»Serena, hier ist Henry«, fing ich an.

»Hallo«, kam ihre Stimme blass durch die Leitung. »Ich gehe nicht mehr gleich ans Telefon.«

»Ich habe eben die Nachrichten gesehen.«

»Rufst du an, um dich an meiner Niederlage zu weiden?«, fragte sie bitter. »Du hast mich gewarnt.«

»Nein, Serena. Das war eine ganz schön durchtriebene Strategie für Asuras' Verhältnisse. Ich weiß nicht, wie du das hättest vorhersehen können.«

»Ich bin meinen Job los, Henry.«

»Was?«

»Ich habe zwei Wochen Zeit, meine Fälle in Ordnung zu bringen und meine Kündigung einzureichen.«

»Du hast doch als Beamtin Kündigungsschutz.«

»Nein«, sagte sie. »Ich war eine Sondereinstellung, um die Abteilung hassmotivierte Straftaten zu leiten. Ich bin dem Oberstaatsanwalt auf Gedeih und Verderb ausgeliefert. Jetzt ist es eben Verderb.«

»Was ist mit der Aussage von Josey Walsh? Was ist mit Harleys Aussage, dass er den Wagen gesprengt hat, weil Alex ihn nicht an Asuras zurückgeben wollte?«

»Du hast die Nachrichten ja gesehen«, sagte sie. »Harley hat sein Geständnis zurückgezogen. Josey Walshs Aussage hat für sich genommen überhaupt keinen Wert, und das ganze Paket nimmt uns der Oberstaatsanwalt nicht ab. Wir hatten ein Treffen mit Asuras und seinen Anwälten. Als ich die Aussage von Walsh anzusprechen versuchte, hat mich Jack zum Schweigen gebracht.«

»Er wusste über Walsh schon Bescheid?«

»Ich habe ihm alles haarklein auseinander gelegt, nachdem Asuras verhaftet wurde. Alles, Henry«, betonte sie, »auch, dass ich Asuras für einen Mörder halte.«

»Und was hat der Oberstaatsanwalt dazu gesagt?«

»Ich könnte schwören, dass ich gehört habe, wie er sich in die Hose macht«, erwiderte sie, »aber gesagt hat er mir, ich soll es auf kleiner Flamme kochen und aus den Medien heraushalten. Später, als er mich gefeuert hat, sagte er, er habe immer gewusst, dass ich mit meinen Anschuldigungen gegen Asuras Unrecht hatte. Und wenn es mir einfiele, diese Phantastereien in der Öffentlichkeit zu verbreiten, dann würde er dafür sorgen, dass ich meine Anwaltslizenz verliere.«

»Es tut mir wirklich Leid für dich.«

»Du dachtest, dass ich mich auf einen Sockel stellen wollte, nicht? Du dachtest, dass ich mir meinen persönlichen Lorbeerkranz abholen wollte. Da hast du dich getäuscht, Henry. Ich musste unbedingt einen großen Fall gewinnen, um meine Abteilung am Leben zu erhalten. Jetzt wird Jack sie wahrscheinlich auflösen.«

»Der Oberstaatsanwalt weiß, dass Asuras ein Mörder ist, und er lässt ihn ungeschoren davonkommen?«

»Unglaublich, was«, sagte sie.

»Was ist mit dem Sheriff? Könnte man den nicht für den Fall interessieren?«

»Ich habe ihn überzeugt, Asuras und Donati festzunehmen. Er kann dankbar sein, wenn die beiden ihn nicht wegen Amtsmissbrauch verklagen.«

»Auf dem Treffen mit dem Oberstaatsanwalt hat wohl Donati am meisten geredet?«

»Donati war gar nicht dabei«, sagte sie.

»Was?«

»Er war nicht dabei«, wiederholte sie. »Seltsam, nicht?«

»Vielleicht mehr als nur seltsam«, sagte ich.

* * *

»Nick, hier Rios, bitte nehmen Sie ab. Ich weiß, dass Sie da sind, ich habe es in Ihrem Büro versucht, und Ihre Sekretärin sagte, dass Sie zu Hause arbeiten, und dass sie eben noch mit Ihnen telefoniert hat. Nick ...«

»Sie geben nie auf, was?«, sagte Donati mit schwerer Zunge.

»Ich dachte, vielleicht wollen Sie ja noch mit einem Menschen reden und nicht nur mit Ihrer Whiskyflasche.«

»Worüber denn?«

»Ich habe gehört, dass Sie nicht mit von der Partie waren, als Duke sich gestern Vormittag mit dem Oberstaatsanwalt getroffen hat. Entweder ist er kurz davor, Sie den Wölfen zum Fraß vorzuwerfen, oder Sie haben endlich genug von all dem Blut, das an Ihren Händen klebt.«

Nach einem langen Schweigen sagte er: »Was interessiert Sie das, Henry, Sie sind nicht die Polizei.«

»Ich bin Strafverteidiger, Nick. Ich glaube, Sie könnten meine Dienste gut gebrauchen.«

Er lachte auf. »Wozu? Ich bin eben vom Oberstaatsanwalt rehabilitiert worden.«

»Ich glaube gerne, dass Asuras ein Wahnsinniger ist, der für das, was er getan hat, keinerlei Reue empfindet, aber Sie sind nicht so. Sie trinken wie einer, den etwas umtreibt, der nicht schlafen kann, Nick. Ich weiß das. Ich habe das auch schon durchgemacht.«

»Was soll das werden? Wollen Sie mich für Ihren Abstinenzlerverein rekrutieren? Ich sagte schon, ich bin entlastet.«

»Duke auch«, sagte ich. »Die Cops werden ihn nie kriegen. Was macht das wohl mit seinem Ego? Er glaubt schon jetzt, dass er über Gut und Böse steht. Was wird seine nächste Nummer? Wer wird sein nächstes Opfer? Helfen Sie ihm da auch wieder beim Vertuschen?«

Er legte auf. Kurze Zeit später spuckte das Faxgerät eine Nachricht von ihm aus. *Ihre Telefonleitungen werden abgehört. Kommen Sie heute Abend um 10 in mein Haus. Passen Sie auf, dass Ihnen niemand folgt. N.*

Ich war nur einmal bei Donati zu Hause gewesen, und als ich das Haus wieder zu finden versuchte, verfranste ich mich in den dunklen, gewundenen Straßen des Laurel Canyon. Als ich seine Festung endlich erreichte, hatte ich mich um eine Stunde verspätet, aber zumindest konnte ich mir sicher sein, dass mir niemand gefolgt war. Im Obergeschoss war das Licht an, und ein Landrover stand auf dem Stellplatz. Das Nummernschild machte mich stutzig: DRJUR1A. Wo hatte ich dieses Nummernschild schon einmal gesehen? Unfähig, mich zu erinnern, ging ich weiter zum Haus und klingelte. Ich hörte wütendes Gebell, gefolgt von leisen Schritten, einer gedämpften Stimme, die die Hunde beruhigte, dann Stille. Eine Minute verging, zwei, und schließlich drehte sich der Türknauf, und er zog die Tür auf. Ich konnte ihm den Fusel anriechen. Seine Hunde schnappten und knurrten hinter ihm, als bräche aus ihnen die Furcht hervor, die er mit Scotch zuschüttete.

»Aus«, befahl er ihnen. Er war in Jeans, einem Button-down-Hemd und Turnschuhen ohne Socken. Seine Haare waren zerstruwwelt, seine Wangen schwarz von Bartstoppeln. »Ich dachte nicht, dass Sie noch kommen.«

»Ich habe mich im Canyon verirrt.«

Er lächelte mit seinen übernatürlich weißen Zähnen. »Wie Dante. Kommen Sie rein. Sehen Sie mir beim Trinken zu.«

In der edlen Kargheit des Obergeschosses war alles leicht aus der Ordnung; auf dem polierten Esstisch war Whisky verschüttet, der Doré-Stich vom Wald der Selbstmörder war zwischen die Sofapolster gestopft, und in der Luft hing der schale Geruch eines einsamen Besäufnisses.

Er nahm ein verschmiertes, halb volles Glas in die Hand. »Wollen Sie was?«

»Nein.«

Er kam auf mich zu. »Ich kann mir Sie einfach nicht betrunken vorstellen, Henry. Ich kann mir nicht vorstellen, dass Sie je die Kontrolle verlieren.«

»Alkoholsucht ist eine Krankheit. Das hat nichts mit Enthemmung zu tun. Wenn überhaupt, dann glaube ich eher, dass man sich besäuft, um seine Gedanken wenigstens ein bisschen unter Kontrolle zu halten. Ich habe Bilder von dem gesehen, was Asuras Alex Amerian angetan hat. So etwas würde ich auch nicht gern jedes Mal sehen, wenn ich die Augen schließe.«

»Mit dieser kleinen Nutte brauchen Sie nicht so viel Mitleid zu haben.«

»Ich weiß, dass er versucht hat, Asuras zu erpressen«, erwiderte ich. »Damit hat er es aber immer noch nicht verdient, auf diese Weise zu sterben. Und die anderen Opfer noch viel weniger.«

Er streckte sich auf der Couch aus. »Ich habe niemanden getötet.«

Ich setzte mich ihm gegenüber. »Ich glaube Ihnen.«

»Da bin ich ja beruhigt«, sagte er und nahm einen großen Schluck aus seinem Glas.

»Aber Sie haben Asuras geholfen, seine Spuren zu verwischen«, sagte ich. »Das macht Sie zu einem Komplizen, der genauso verantwortlich ist wie er selbst. Jetzt ist der Moment, um mit der Polizei einen Deal auszuhandeln, Nick.«

Er lachte. »Die Polizei. Die Scheißbullen stecken doch selber bis zum Hals mit drin. Wie heißt er noch mal? Gaitan. Wie glauben Sie ist er wohl an Bob gekommen?«

»Was soll das heißen?«

Er setzte sein Glas mit der Präzision eines Betrunkenen ab. »Der Bulle und ich haben das gemeinsam geplant«, sagte er. »Das Beweismaterial hätte ausgereicht, um gegen Bob Anklage zu erheben, aber nicht, um ihn zu verurteilen. Da wären dann rechtzeitig Beweismittel verschwunden, Zeugen hätten ihre Aussage widerrufen …« Er grinste. »Und Sie hätten ein fulminantes Schlussplädoyer hingelegt.«

»Wie haben Sie Bob davon überzeugen können?«

»Ich habe ihm gesagt, dass er bei mir einziehen kann, wenn alles vorbei ist.«

»Wenn Bob einverstanden war, warum musste er dann auch sterben?«

»Das war der Scheißbulle«, sagte er. »Auf Dukes Befehl.«

»Gaitan hat Bob Travis umgebracht? Warum?«

»Als Bob merkte, dass man ihn wirklich verhaften und ins Gefängnis stecken würde, ist er in Panik geraten. Duke hatte Angst, dass er auspackt, und hat Gaitan gesagt, er soll das erledigen. Ich wusste es nicht, das schwöre ich.«

Ich erinnerte mich, wie verwirrt er in der Nacht, als Travis starb, gewesen war. »Asuras hat Ihnen nichts davon gesagt, weil er Angst hatte, Sie könnten dagegen sein.«

Er nickte. »Bob hätte nicht sterben müssen. Ich hätte ihn schon in den Griff gekriegt.«

»War das das einzige Mal, dass Asuras Sie hintergangen hat?«

»Das mit Schilling wusste ich auch nicht«, sagte er.

»Er ist größenwahnsinnig.«

»Duke? Das ist, als würden Sie sagen, der Himmel ist blau. In so einer Position muss man größenwahnsinnig sein. Nein, Duke hat die Linie überschritten.«

»Welche Linie?«

»Die M'Naughten-Linie«, sagte er. Die strafrechtlich relevante Grenze, ab der jemand als geistesgestört galt. »Aber da wir hier in Hollywood sind, ist das noch niemand aufgefallen. In der Industrie wird Skrupellosigkeit und Grausamkeit belohnt, und wer dort genug Macht angehäuft hat, kann rauben, stehlen und betrügen, und alles schaut weg. Nicht nur die Filmwelt schaut weg, auch die Polizei, Staatsanwälte, Richter. Ich war erleichtert, als man uns festgenommen hat. Ich dachte, jetzt ist es endlich vorbei, aber selbst ich habe Duke unterschätzt.«

»Ich muss wissen, was Ihr Part bei den Morden war.«

»Wozu?«

»Um mir zu überlegen, welchen Deal ich für Sie aushandeln kann.«

»Sie haben es selbst gesagt, Henry, ich bin genauso schuldig wie er.«

»Das kommt darauf an. Wie lief es ab, Nick.«

»Ich habe bei ... der Entsorgung geholfen.«

»Hat Duke Sie dazu gezwungen?«

Sein alkoholisierter Blick fixierte mich. »Das würden Sie den Geschworenen erzählen? Dass ich um mein Leben bangte und deshalb seine Befehle befolgte, weil ich nicht Manns genug war, um für mich selber einzustehen?«

»Ich will nur wissen, wie es dazu gekommen ist.«

»Als ich Duke kennen lernte, war ich im fünften Jahr bei einer Kanzlei im Unterhaltungssektor angestellt und habe dort kein Land gesehen. Er hat mich zum Leiter seiner Rechtsabteilung gemacht, weil er den Krieger in mir gesehen hat. Ich sollte ihm helfen, Hollywood zu erobern.«

»Er wusste, dass Sie schwul sind.«

»Darum war mir bei der Kanzlei der Aufstieg versperrt. Die Teilhaber haben mich für ein Federgewicht gehalten, das für ihre prominente Klientel nicht hart genug rangehen kann. Sie mussten dann feststellen, wie hart ich sein kann, als ich für Parnassus mit ihnen verhandelte.«

»Asuras hat es aus nahe liegenden Gründen nichts ausgemacht, dass Sie schwul sind.«

»Welche nahe liegenden Gründe? Duke bezeichnet sich nicht als schwul, wenn Sie das meinen.«

»John Wayne Gacy auch nicht«, versetzte ich. »Aber der konnte auch nicht vor dem, was er war, davonlaufen, und wer anfängt, vor sich selbst wegzurennen, landet oft in sehr finsteren Ecken.«

»Wollen Sie damit andeuten, dass diese Männer noch am Leben wären, wenn Duke nur sein Coming-out geschafft hätte? Das glaube ich nicht, Henry. Wenn Duke eins nicht ist, dann ist das gehemmt.«

»Wenn Sie das wussten, warum haben Sie ihm dann geholfen?«

»Ich bin da nach und nach mit hineingezogen worden«, sagte er. »Ich wusste, dass Amerian Duke zu erpressen versuchte, also arrangierte ich das Treffen und ließ Bob Amerian zu Dukes Haus fahren. Das mit dem Taxifahrer war Dukes Idee. Damals habe ich es unter Paranoia verbucht. Später wurde mir klar, dass er schon die ganze Zeit geplant hatte, Alex umzubringen und Bob und mich in den Mord mit hineinzuziehen. Aber als er mich um drei Uhr früh völlig aufgelöst anrief, bin ich gar nicht erst darauf gekommen, dass er mir vielleicht etwas vorspielt, erst recht nicht, als ich dann in sein Haus kam. Amerians Leiche schwamm im Whirlpool. Duke erzählte mir, dass er mit Alex eine SM-Nummer gemacht hatte, die zu weit gegangen sei. Ich habe gesagt, er soll die Polizei holen.«

»Was hat er dazu gesagt?«

»Dass er etwas Besseres weiß.«

»Nämlich?«

»Es so aussehen zu lassen, als wäre Amerian von Schwulentickern ermordet worden.«

»Warum haben Sie nicht selbst die Polizei geholt?«

»Ich sah die Messerstiche und wusste, dass es kein Unfall war. Er hatte den Jungen ermordet. Wenn das für mich offensichtlich war, würde es für die Cops auch offensichtlich sein. Amerian war eine erpresserische kleine Hure. Dem war ich nichts schuldig. Das war meine Rechtfertigung, zu Duke zu halten.«

»Was geschah dann?«

»Ich habe Bob wieder zu Dukes Haus geholt. Zusammen haben wir die Leiche verschnürt, in den Kofferraum des Taxis gelegt und nach West Hollywood gebracht und sie dort in der Gasse abgeladen.«

»Sie haben mitgeholfen, die Leiche abzuladen?«

Er nickte. »Danach sind wir in eine Selbstbedienungswaschanlage gefahren und haben den Wagen innen und außen sauber gemacht.«

»Joanne Schilling hätte vor Gericht ausgesagt, dass sie Bob alleine aus der Gasse herausfahren sah.«

»Sie war nicht dort«, erwiderte er. »Sie hat Geld bekommen, um das auszusagen, was wir wollten, dass sie aussagt.«

»Und beim zweiten Mord?«

»Dasselbe«, sagte er. »Ein Anruf von Duke um zwei Uhr früh. Ich komme in sein Haus und finde wieder eine Leiche im Whirlpool.«

»Jackie Baldwin«, sagte ich. »Hat Travis ihn mit dem Taxi aufgegabelt?«

Er schüttelte den Kopf. »Nein, da war es Duke höchstpersönlich, aber er hat das Taxi benutzt, um Bob weiter zu belasten. Diese Leiche haben wir auch weggebracht.«

»Und Sie haben nichts zu Asuras gesagt? Dass er damit aufhören soll zum Beispiel?«

»Duke sagte, er habe Angst, dass die Polizei ihn des Mordes an Alex verdächtigt, es sei denn, es taucht ein weiteres Opfer auf, um sie auf eine falsche Fährte zu setzen. Das entbehrte nicht einer gewissen Logik«, seufzte er, »aber zu dem Zeitpunkt steckte ich schon so tief mit drin, dass es kein Zurück gab. Er sagte, es müsste noch viele weitere Opfer geben, bis die Polizei davon überzeugt sein würde, dass sie es mit einem Serienmörder zu tun hatte. Das Beste, was ich tun konnte, war, ihn auf nur noch einen herunterzuhandeln.«

»Jellicoe«, sagte ich. »Wer hat den einsteigen lassen?«

»Bob«, sagte er. »Ich habe ihm gesagt, es wäre das allerletzte Mal.«

»Schade für Bob, dass es das nicht war«, sagte ich. »Wer hat Joanne Schilling umgebracht?«

»Gaitan«, sagte er. »Er scheint es zu genießen, Menschen zu töten. Fast so sehr wie Duke.« Er trank sein Glas aus, aber als ich ihm in die Augen schaute, sah ich, dass er bei klarem Bewusstsein war. »Als ich das mit ihr erfahren habe, wurde mir klar, dass diese Morde nie aufhören würden.«

»An Ihrer Stelle würde ich mir um meine eigene Sicherheit Sorgen machen.«

»Sie sind meine Lebensversicherung, Henry«, sagte Donati. Er langte in seine Hosentasche und zog einen Schlüssel heraus. »Dieser Schlüssel passt zu einem Schließfach im internationalen Terminal des Flughafens. Dort werden Sie Umschläge finden, die adressiert sind an den Oberstaatsanwalt, den Chef der Stadtpolizei und an Sie. Jeder Umschlag enthält meine eidesstattliche Erklärung, in der ich all das darlege, was ich Ihnen eben erzählt habe.«

»Warum gehen Sie nicht jetzt direkt zur Polizei, Nick?«

»Es gibt noch etwas, das ich tun muss«, sagte er. »Die eidesstattlichen Erklärungen sind mein Schutz.«

»Ich bin ganz sicher, dass ich mit dem Oberstaatsanwalt einen Deal für Sie aushandeln kann, im Austausch dafür, dass Sie gegen Duke aussagen.«

»Was für einen Deal, Henry? Lebenslänglich statt Todeszelle? Nein danke.«

»Diese Erklärung wird nicht zulässig sein, wenn Sie von der Bildfläche verschwinden«, sagte ich.

»Ich habe schon Sorge getragen, dass sie zulässig sein wird. Das Schließfach am Flughafen ist auf vierundzwanzig Stunden eingestellt«, sagte er und warf einen Blick auf seine Armbanduhr. »Sie haben etwa eine Stunde Zeit, dort hinzukommen.«

»Ich komme zurück, und dann gehen wir zur Polizei.«

»Sie sind auf Retter programmiert, Henry, nicht? Sie flicken die verpfuschten Leben wieder zusammen.«

»Warten Sie auf mich.«

Er lächelte. »Ich werde hier sein.«

Kapitel 22

Auf dem La Cienaga Boulevard fuhr vom Sunset Boulevard bis zum Santa Monica Freeway alles Stoßstange an Stoßstange. Die blassen Gesichter der anderen Fahrer trieben vorüber wie Traumbilder, schwebende Köpfe, in stählernen Maschinen eingesargt. Straßenszenen huschten an mir vorbei: Neonlichtfetzen abwechselnd mit Dunkelheit; in der Restaurant Row vor den Lokalen Menschentrauben, die darauf warteten, dass ihre Autos vorgefahren wurden; ein Obdachloser, gespiegelt im Schaufenster eines Jaguarhändlers, schob seinen Einkaufswagen in Richtung Beverly Hills vor sich her. John Wayne thronte als kolossale Bronzestatue über einer verödeten Straßenkreuzung mit verrammelten Ladenfronten. Weiter hinten schlängelte sich der Freeway über die Straße; eine Palmenreihe hielt über einem Armenviertel einsame Wacht; in einer Baulücke stellte ein Straßenmaler Weichzeichnerporträts von Martin Luther King und Diana Ross zur Schau. Dies war die Stadt von Duke Asuras, ein Ort der dunklen Träume, des Ödlands und der über allem schwebenden Gegenwart des Todesengels. Ich ließ den Rückspiegel nicht aus den Augen, hypnotisiert von der Gefahr, dass mir jemand folgte.

Ich parkte im Halteverbot vor dem nach Tom Bradley benannten internationalen Terminal, einem Monument für den Bürgermeister, unter dem die Stadt in einen Bürgerkrieg ausgebrochen war. Ich eilte über die hell erleuchteten Korridore, bis ich Donatis Schließfach in der Nähe der Schalter der Aerolíneas Argentinas fand. Das Schließfach war nicht zeitbegrenzt. Darin fand ich drei versiegelte Umschläge. An den mir zugedachten war eine handgeschriebene Postkarte geklammert, die Donatis Abschiedsbrief enthielt:

Lieber Henry,
in diesem Umschlag finden Sie eine eidesstattliche Erklärung, die Duke Asuras in den Mordfällen als Täter bezichtigt. Sie bezichtigt auch mich selbst, aber ich habe es nicht ausgehalten, sehenden Auges dem Abgrund entgegenzugehen. Ich nehme an, das macht mich zum Feigling, aber das wussten Sie ja schon von

mir, also so weit keine Überraschung. Stellen Sie sich vor, ich habe zum ersten Mal seit zwanzig Jahren juristische Abhandlungen gewälzt, und diese Erklärung müsste vor Gericht als Beweismittel zulässig sein, entweder als Aussage, die mich selbst belastet, oder als Lebensbeichte auf dem Sterbebett. Sie sind gewieft – Sie werden sie durchbekommen. Aber denken Sie daran, Henry, unterschätzen Sie Duke nicht.
Bis irgendwann, Nick.

»Mist«, sagte ich. Der Doré-Stich. Der Wald der Selbstmörder. Er hatte das Bild betrachtet, bevor ich zu ihm kam. Die Finte mit der Zeitschaltuhr am Schließfach sollte mich aus seinem Haus locken. Ich stopfte seinen Abschiedsbrief in die Tasche, schnappte die Umschläge und spurtete zu meinem Wagen, der, als ich dort ankam, gerade auf einen Abschleppwagen gehievt wurde. Der Flughafencop, der den Abschleppdienst gerufen hatte, war von meiner Selbstmordverhinderungs-Story unbeeindruckt, aber der Fahrer des Kranwagens ließ mich bis zum Autohof mitfahren, wo ich meinen Wagen auslöste. Es war weit nach Mitternacht, als ich in Donatis Straße einbog. Ich kam nicht weit. Zwei Polizeiautos und ein Krankenwagen versperrten den Weg. Ein paar Meter weiter drängten sich neugierige Nachbarn. Ich fuhr an den Straßenrand und stieg aus.

»Was ist hier los?«, fragte ich eine weißhaarige Frau in einem wattierten Bademantel.

»Keine Ahnung«, sagte sie. »Ich habe im Bett gelesen, und dann war hier plötzlich die Hölle los. Sirenen, Lichter. Ich stehe hier schon eine halbe Stunde. Bis jetzt ist außer den Hunden nichts aus dem Haus gebracht worden.«

»Die Hunde? Wo sind sie?«

»Da«, sie machte eine Handbewegung. Die feingliedrigen Windhunde lagen leblos auf dem Bürgersteig. »Der hat sie wohl umgebracht. Das ist doch komisch? Aber ich verstehe immer noch nicht, wieso …« Sie brach mitten im Satz ab. Stämmige Sanitäter kamen aus Donatis Haus und schoben eine Rollbahre in den Krankenwagen, auf der, von einem Laken bedeckt, ein kleiner Körper lag.

* * *

Ich konnte nicht nach Hause gehen. Ich hätte mein leeres Haus nicht ertragen. Ich sah immer noch die in sich zusammengesunkenen Leichen von Donatis Hunden auf dem Bürgersteig liegen. Eine groteske, traurige Randglosse. Hatte er sie getötet, um sie vor dem Zwinger zu bewahren, oder hatte ihn in letzter Minute die Furcht davor befallen, der Finsternis alleine zu begegnen? Ich irrte eine Stunde lang ziellos umher, bis ich mich vor dem Reihenhaus von Serena Dance in Santa Monica wiederfand. Kein Licht brannte. Ich ging zur Tür, Donatis Erklärungen unter dem Arm. Ich zögerte, aber dann schreckte mich von drinnen einsetzendes Hundegekläff aus meiner Unentschlossenheit hoch. Ich drückte auf den Klingelknopf. Das Kläffen wurde noch übergeschnappter. Licht, Schritte. Ich spürte, wie ich durch den Spion beäugt wurde. Langsam öffnete sich die Tür. Serena trug einen pinkfarbenen Chenillemorgenmantel über einem himmelblauen Flanellpyjama. Sie steckte eine Pistole in die Tasche.

»Henry? Was tust du denn hier um Himmels willen?«

»Donati hat ein Geständnis abgelegt«, sagte ich. »Er hat eine eidesstattliche Erklärung hinterlassen, in denen er die Morde beschreibt und Asuras belastet.«

»Hinterlassen?«, wiederholte sie schlaftrunken. »Hat er sich aus dem Staub gemacht?«

»In gewissem Sinne«, sagte ich. »Er hat sich umgebracht.«

»Komm rein hier«, sagte sie und zerrte mich über die Schwelle. Sie schaute die Straße auf und ab, schloss die Tür und verrammelte sie. »Komm in die Küche. Ich mach Kaffee. Wann hat Donati ...?«

»Vor ein paar Stunden. Er hat mich auf eine Schnitzeljagd geschickt, um an die hier ranzukommen, und während ich fort war, hat er sich umgebracht.«

Sie schaute mich lange prüfend an. »Du wirst dir dafür nicht die Schuld geben«, erklärte sie apodiktisch.

»Ich hätte ihn aufhalten können.«

Sie drückte mich auf einen Stuhl am Küchentisch und sagte: »Fang am Anfang an.«

* * *

Nachdem ich die Ereignisse des Abends wiedergegeben hatte, öffneten wir den an mich addressierten Umschlag und fanden darin das Original von Donatis Erklärung. Sie enthielt ein vollständiges Geständnis voller Details, die er nur wissen konnte, wenn er bei den Taten dabei gewesen war. Die letzte Seite war mit einer Eidesformel unterzeichnet und notariell beglaubigt.

»Knallharter Stoff«, sagte sie.

»Genug, um dem Oberstaatsanwalt Feuer unterm Arsch zu machen?«

Sie schenkte sich den letzten Rest Kaffee ein. »Hast du mich nicht selbst daran erinnert, dass die unbestätigte Aussage eines Komplizen in einem schweren Verbrechen nicht gegen den Haupttäter verwendet werden kann, wenn sie das einzige Beweismittel darstellt?«

»Donatis Erklärung ist ein erstklassiger Wegweiser zu weiteren Beweismitteln.«

»Ich rede jetzt nicht von juristischen Fragen«, sagte sie, »sondern von Politik. Der Oberstaatsanwalt ist da ein gebranntes Kind. Er wird keine Lust haben, noch einmal ins Feuer zu springen.«

»Was braucht er denn noch? Ein Geständnis von Asuras?«

»Für mich würde das reichen«, sagte sie.

»Willst du mir ernsthaft erzählen, dass nicht einmal Donatis Geständnis den Oberstaatsanwalt dazu bringen kann, die Ermittlungen zu den Morden wieder aufzunehmen?«

»Nicht, ohne Asuras eine Chance zur Erwiderung zu geben«, sagte sie. »Und du weißt genau, was er sagen wird. Er wird alles auf Donati und Travis abwälzen. Beide praktischerweise tot.«

»Das wäre unglaubwürdig.«

»Wirklich, Henry? Ein verrückt gewordenes Schwulenpärchen bringt im Blutrausch Leute um, und dann macht der eine den anderen kalt, bevor er sich selbst das Licht ausbläst.«

»Warum hätten sie es Asuras in die Schuhe schieben wollen?«

»Aus Rache? Aus Verrücktheit? Das spielt keine Rolle. Allein schon, dass Donati sich umgebracht hat, wirft ein schlechtes Licht auf seine Glaubwürdigkeit.«

»Nick hat auch für den Chef der Stadtpolizei eine Kopie der Erklärung hinterlassen«, sagte ich. »Wir können zu ihm gehen, dann brauchen wir deinen Vorgesetzten nicht.«

»Die Stadtpolizei kann keine Anklage erheben, das kann nur die Staatsanwaltschaft«, sagte sie. »Das Erste, was der Polizeichef tun wird, ist Jack anrufen. Sieh mal, wenn ich aus der ganzen Geschichte irgendetwas gelernt habe, dann ist es, dass L.A. eine große Firmensiedlung ist und die Firma Hollywood heißt. Kein Politiker will den Filmleuten in die Quere kommen, und der Polizeichef ist genauso sehr Politiker wie der Oberstaatsanwalt.«

»Was sollen wir denn tun, Serena? Donatis Erklärungen verbrennen und es gut sein lassen?«

»Natürlich nicht«, sagte sie ungeduldig. Sie starrte aus dem Fenster, wo die Dunkelheit sich zu lichten begonnen hatte. Dann kamen schlurfende Schritte näher, ein diskretes Räuspern an der Tür. Wir schauten beide hoch.

»Liebes«, sagte Donna mit vor Sorge gefurchtem Gesicht. »Was ist los? Ist etwas passiert?«

»Einen Moment, Henry«, sagte Serena. Sie ging mit Donna ins Wohnzimmer, wo sie miteinander flüsterten, und kam dann allein zurück.

»Donna muss mich für Besuch aus der Hölle halten.«

»Nein, es ist nicht wegen dir«, sagte sie. »Wir haben so merkwürdige Anrufe bekommen.«

»Anonyme Beschimpfungen?«

»Drohungen«, sagte sie, »aber keine ausgesprochenen Drohungen. Ein Unbekannter ruft an und sagt, dass er Jesse auf seinem Heimweg von der Schule nachgegangen ist.«

»Hast du deshalb die Pistole bei dir?«

»Ich würde sie ohne zu zögern benutzen.«

»Von wem kommen die Anrufe?«

»Sie haben angefangen, nachdem ich Asuras verhaften ließ.«

Ich nickte. »Er hat mein Telefon angezapft, er hat mich beschatten lassen.«

»Donna nimmt Jesse von der Schule. Sie nimmt ihn für ein paar Tage mit nach Denver, zu ihrer Schwester.«

»Sie müssen ja doch wieder zurückkommen. Wir können uns nur dadurch schützen, dass wir Asuras das Handwerk legen.« Ich klopfte auf die eidesstattliche Erklärung. »Was machen wir damit?«

»Es gibt nur eine andere Anklagebehörde, die das interessieren könnte und die für L.A. zuständig ist«, sagte sie. »Der Generalstaatsanwalt des Bundesstaates.«

»Lundlin? Das ist ein Faschist. Er verdankt seine politische Existenz den christlichen Fundamentalisten.«

»Genau darum wird er gegen Asuras ins Feld ziehen«, begegnete sie meinem Einwand. »Er hat in Hollywood keine Lobby, auf die er Rücksicht nehmen muss. Er hat nichts zu verlieren, wenn er ›die Industrie‹ gegen sich aufbringt. Seine Anhängerschaft wird ihn dafür auf Händen tragen. Und er wird sich auch nicht auf die Stadtpolizei verlassen müssen, weil er eigene Ermittler hat.«

»›Verschacherer von kultureller Fäulnis‹«, zitierte ich einen der jüngsten Anwürfe des Generalstaatsanwalts gegen die Großen von Hollywood. »Er will Gouverneur werden. Mit der Presse, die er bei diesem Fall bekommt, gewinnt er glatt die Kandidatenkür.«

»Die einzige andere Möglichkeit wäre, auf Bundesebene zu gehen, und es gab hier keinen Verstoß gegen Bundesgesetze. Außerdem war Asuras der stellvertretende Vorsitzende von Clintons kalifornischem Wahlkampfteam.«

»Und Stammgast im Lincoln-Schlafzimmer.«

»Also der Generalstaatsanwalt oder gar nichts.«

»Aber Serena«, sagte ich, »das ist der Teufel persönlich.«

»Ich bin sicher, dass er über Lesben und Schwule genauso redet.«

»Da haben wir ein neues Problem. Wie kommen wir an ihn ran?«

»Er ist Politiker, Henry. Seine Prinzipien kennen auch Grenzen.«

* * *

Wir machten aus, dass sie am Montagmorgen nach Sacramento fliegen und dem Generalstaatsanwalt die für den Bezirksstaatsanwalt bestimmte Kopie der eidesstattlichen Erklärung vorlegen würde, während ich das Original und die zweite Kopie in meinem Banksafe aufbewahren würde. Ich fuhr im Morgengrauen nach Hause und schlief angezogen auf der Couch ein. Geweckt wurde ich von einem Anruf von Phil Wise, der am nächsten Tag, Sonntag, für eine letzte Lagebesprechung vor dem Gerichtstermin einfliegen würde. Er gab mir seine Flugdaten. Ich duschte, zog frische Sachen an und ging nach draußen, um die Zeitung zu holen. Jim Kwan kam eben die Stufen zu meiner Haustür herunter.

»Hallo Henry«, sagte er. »Ich habe Ihren Wagen in der Einfahrt gesehen.«

»Hallo Jim.« Ich bückte mich, um die Zeitung herauszunehmen. »Was gibt's?«

»Waren Sie letzte Nacht zu Hause?«, fragte er.

»Wieso, habe ich gegen die Ausgangssperre verstoßen?«

Er lächelte mechanisch. »So um Mitternacht stand ein Wagen vor Ihrem Haus«, sagte er. »Es sah ganz so aus, als würde jemand auf Sie warten.«

»Ein alter Rolls?«

»Ja, genau«, sagte er. Er reichte mir einen Fetzen Papier aus seiner Gesäßtasche. »Ich habe das Nummernschild abgeschrieben.«

»Danke«, sagte ich. »Wie lange hat er gewartet?«

»Er stand noch da, als *Letterman* vorbei war. Stecken Sie in Schwierigkeiten, Henry?«

»Kommen Sie doch einen Moment rein«, sagte ich. Innen gab ich ihm den zweiten versiegelten Umschlag mit der Kopie von Donatis Erklärung.

»Was ist das, Henry?«

»Wenn mir etwas zustoßen sollte, will ich, dass Sie das an Sergeant Odell bei der Polizeiwache in West Hollywood weitergeben«, sagte ich. »Ich schreibe Ihnen seinen Namen auf.«

»Das kann ich mir merken«, sagte Kwan. »Odell, Polizeiwache West Hollywood.«

»Sagen Sie ihm, das Original liegt in meinem Wertsachendepot in der Great Western Bank an der Kreuzung Sunset/Crescent Heights.«

»Ja, gut.« Er grinste nervös. »Sie können einem Angst einjagen.«

»Ich habe selber ein bisschen Angst, Jim.«

* * *

Ich verrammelte die Tür, als Kwan gegangen war, und überflog die *Times*. Auf der ersten Seite des Lokalteils, unter dem Knick, war ein Foto von Donati im Gesellschaftsanzug neben einem Artikel mit der

Überschrift: *Leitender Studioangestellter: Wahrscheinlich Selbstmord.* Ich hatte angefangen den Artikel zu lesen, als das Telefon klingelte. »Hallo«, sagte ich, während meine Augen an den Wörtern »Überdosis« und »Barbiturate« hängenblieben. Der Marilyn-Monroe-Abgang. Das überraschte mich, Nick hätte ich eher die Kugel oder den Strick zugetraut.

»Hier ist Richie, Henry. Wir haben ein Problem.«

Ich faltete die Zeitung zusammen. »Was für ein Problem?«

»Rod ist verschwunden.«

»Verschwunden?«, echote ich. »Sag das noch mal.«

»Ich möchte die Leitung freihalten, falls er anruft«, sagte Richie. »Kannst du rüberkommen?«

»Ich bin gleich da.«

* * *

Richie war verängstigt und defensiv, deswegen versuchte ich vorsichtig aufzutreten. »Wie ist es passiert, Richie?«

»Er hat die ganze Zeit hier in der Wohnung gehockt, seit du ihn hergebracht hast«, antwortete er. Wir saßen im Schlafzimmer. Alle paar Sekunden schielte er zum Telefon, als wolle er Rod beschwören anzurufen. »Er ist ja herzallerliebst, Henry, aber wir hatten ein kleines Generationenproblem miteinander. Weißt du, er konnte Susan Hayward nicht von Rita Hayworth unterscheiden, und ich kann mir *My Private Idaho* nicht unbegrenzt oft hintereinander anschauen, bevor ich die miese Schauspielerei von Keanu Reeves nicht mehr ertrage. Heute Morgen hatte er wirklich Hummeln im Hintern. Ich hab ihn gefragt, was er sich am meisten wünscht, und er hat gesagt, einen Ohrring. Also hab ich ihn im *Gauntlet* abgesetzt …«

»Im *Gauntlet*?«, sagte ich. »Ist das nicht in Santa Monica?«

»Ja, das lila Gebäude gegenüber vom *24 Hour Fitness*.«

»Okay, du hast ihn also dort abgesetzt. Und dann?«

»Ich musste noch schnell ins *Fred Segal's*, meine Garderobe aufbessern. Ich habe ihm gesagt, dass ich in einer halben Stunde wieder da wäre und dann mit ihm essen gehen würde. Er sollte vor dem Laden auf mich warten, wenn er früher fertig wäre.«

»Er war nicht dort, als du wieder zurückkamst?«

»Ich hab mich ein bisschen verspätet«, sagte Richie.

»Wie viel?«

»Ich weiß nicht«, jammerte er. »Zwanzig Minuten, vierzig.«

»Richie! Du solltest doch auf ihn aufpassen.«

»Es ist schwer, sich um jemanden zu kümmern, der nicht mit einem zusammen sein will.«

»Gab es einen Konflikt zwischen euch?«

»Woher soll ich das wissen, er wollte ja nie mit mir reden.«

»Gut, dann gehen wir zu heute Morgen zurück. Was hast du getan, als er nicht dort war?«

»Ich bin ins *Gauntlet* rein. Das Mädel am Informationsschalter sagte, er sei schon vor langer Zeit rausgegangen.«

»Allein?«

»Ja«, sagte er. »Allein.«

»Gut, und dann?«

»Ich dachte, vielleicht ist er ja die Straße entlang nach Boystown reingelaufen«, sagte Richie. »Ich habe die Bars abgeklappert, die Cafés, die Buchläden. Ich habe ihn nicht gefunden.«

»Wie viel Geld hatte er dabei?«

»Ich habe ihm einen Fünfziger gegeben.«

»Habt ihr euch gestritten?«

»Ich hab dir schon gesagt, ich redete, er schaute Kabelfernsehen.«

»Er hatte also keinen Grund wegzulaufen?«

»Er hat sich gelangweilt. Er wollte ein Abenteuer.«

»Vielleicht hat er jetzt mehr Abenteuer, als ihm lieb ist.«

»Was meinst du damit, Henry?«

Ich erzählte ihm von Donati. Er ging aus dem Zimmer und kam mit der auf den Artikel im Lokalteil zurechtgefalteten Zeitung zurück. »Unglaublich.«

»Hast du in letzter Zeit etwas Ungewöhnliches bemerkt?«, fragte ich ihn. »Fremde beim Haus, komische Geräusche beim Telefonieren?«

Er schaute von der Zeitung auf. »Hier gehen ständig Leute ein und aus. Wieso?«

»Asuras hat mich beschatten lassen. Serenas Sohn auch. Nick hat gesagt, dass mein Telefon abgehört wird. Neulich ist jemand bei mir eingebrochen. Bin ich jetzt völlig paranoid?«

»Duke hat das Auto von Alex sprengen lassen«, erinnerte er mich. »Wie schwer wäre es wohl für ihn, dich beschatten zu lassen?«

»Oder dich«, sagte ich.

»Meinst du, er hat Rod mitgenommen?«

»Wenn Rod nicht weggelaufen ist, ist das gut möglich.«

Richie schritt zum Fenster. »Vielleicht hat er doch die Fliege gemacht.«

»Was ist passiert?«

»Ich hab ihm gesagt, dass ich Aids habe«, sagte er. »Ich musste. Er hat mich beim Pillenschlucken überrascht. Danach ist er sehr auf Distanz geblieben, wie wenn er Angst hätte, dass er sich ansteckt, wenn er mit mir in einem Zimmer ist. Er ist nicht einfach naiv, Henry. Er ist noch mitten im Coming-out.«

»Ich weiß, dass er mit dem Schwulsein schwer zu kämpfen hat, aber er hat immerhin die ganze Strecke bis hierher geschafft.«

»Er dachte wohl, wenn er erst einmal so weit ist, muss er nicht mehr kämpfen. Und stattdessen landet er bei einer Angst einflößenden alten Tunte.« Unbewusst berührte er seinen verletzten Hals. »Norma Desmond auf schwul. Ich hatte nie vor, ein Klischee zu werden, Henry.«

»Dafür haben wir jetzt keine Zeit«, sagte ich sanft. »Nicht, solange Rod irgendwo da draußen ist.«

Er nickte. »Geh besser nach Hause. Wenn er jemand anruft, dann bestimmt dich.«

»Ich habe meinen Piepser. Ich kann hier warten.«

Richie verfiel in eine Pose. »Isch möschte allein sein.« Er berührte meine Hand. »Ich komm schon klar. Geh nach Hause. Wenn er bei dir anruft, sag ihm …«

»Was soll ich ihm sagen, Richie?«

»Sag ihm, er soll nicht so verachten, was er nicht versteht.«

* * *

Ich ging nach Hause, um zu warten, auch wenn ich nicht genau wusste, worauf. Auf meinem Anrufbeantworter war nichts, und als ich bei Jim Kwan nachfragte, wusste der auch nichts von schwarzen Straßenkreuzern zu berichten, die in meiner Abwesenheit vor meinem Haus auf der Lauer gelegen hatten. Auf dem Esstisch lag Nicks Abschiedsbrief mit der Warnung an mich, Asuras nicht zu unterschätzen. Ich war davon überzeugt gewesen, dass Asuras Rod entführt hatte, aber nach dem, was Richie mir erzählt hatte, war ich mir nicht mehr so sicher. Was Rod auch von Richie halten mochte, mir war es unvorstellbar, dass er zu seinen Eltern zurückgekehrt sein könnte. Aber wo hätte er sonst hingehen sollen? Er wusste, dass Phil Wise morgen nach Los Angeles kommen würde, um am Montag bei der Anhörung dabei zu sein. Die beste Erklärung, auf die ich meine Hoffnung setzte, war, dass er weggelaufen war, um den Kopf freizubekommen. Über die Alternative dazu wollte ich gar nicht nachdenken. Asuras. Als ich mir in Erinnerung rief, wozu er imstande war, wurde mir angst und bange um Rod.

Um halb zehn klingelte das Telefon. Ich griff hastig danach. »Henry?«

Mein Herz sank in die Magengrube. »Asuras.«

»Ich habe was, das Ihnen gehört. Wollen Sie es wiederhaben?«

»Möglichst am Stück.«

Er gluckste. »Es ist in perfektem Zustand. Unangetastet.«

»Lassen Sie es so.«

Es entstand eine lange Pause. »Mal sehen. Haben Sie etwas zum Tausch anzubieten? Ein Dokument?«

»Woher wissen Sie das?«

»Nick hatte es nicht so mit Computern. Er ist nie darauf gekommen, wie man etwas richtig löscht. Auf seiner Festplatte waren Fitzelchen von einer Textdatei, die mich ganz besonders interessiert hat. Der Ausdruck war weder in seinem Büro noch bei ihm zu Hause. Er hat Sie gestern Abend zum Flughafen geschickt, ich muss also annehmen, dass das Dokument dort war.«

»Ich will mit Rod sprechen.«

»Draußen im Valley gibt es eine Sauna namens *Bull Dog Baths*«, sagte er. »Seien Sie um halb eins dort, mit dem Dokument. Versuchen Sie nicht, Kopien davon zu machen, ich lasse Sie überwachen. Ihr Freund wird für jeden Fehler, den Sie machen, bezahlen.«

Er legte auf. Ich ließ den Hörer sinken. Er war also doch nicht allwissend. Er wusste nicht, dass Nick seine Erklärung schon kopiert und dass ich ein Exemplar bei Serena gelassen hatte. Eine Kopie wäre vor Gericht leichter anfechtbar, es wäre schwerer, ihre Echtheit festzustellen, und das könnte den Generalstaatsanwalt vor dem Fall zurückschrecken lassen. Darum konnten Serena und ich uns später kümmern. Jetzt ging es nur darum, Rod zurückzubekommen. Unangetastet. Ich hörte das »Mal sehen« von Asuras in mir nachklingen, und es jagte mir einen eiskalten Schauer ein. Es gab jetzt nichts zu tun, nur warten. Ich wartete.

* * *

Das *Bull Dog Baths* war in einem Gewerbegebiet tief im Valley gelegen. Von außen sah es aus wie eine Lagerhalle, und die Besitzer hatten mit Bedacht eine Rollstuhlrampe hoch zur Eingangstür aus verspiegeltem Glas angebaut. Innen war ein kleiner Vorraum, in dem ein Angestellter in einem Schalterhäuschen hinter einer Glasscheibe saß wie ein Kartenverkäufer im Kino. Ich bezahlte meine zwölf Dollar, gab meine Brieftasche in Verwahrung, aber nicht den Umschlag, den ich bei mir hatte, und erhielt im Austausch Schließfachschlüssel und Handtuch. Der Angestellte ließ mich mit dem Summer zum Umkleideraum durchgehen. Mein einziger Besuch in einer Sauna war zwanzig Jahre her. In meiner Erinnerung war es alles andere als eine Höhle des Lasters, eher so verlockend wie eine Bowlingbahn mit der hellen Beleuchtung und der lauten Dudelmusik und so erotisch wie ein Wichszirkel bei den Pfadfindern.

Das *Bull Dog* war nicht viel anders, als ich erwartet hatte: ein großer, hell erleuchteter Raum mit der Umkleide auf der einen Seite und Gemeinschaftsduschen auf der anderen. Unter der Dusche seifte sich ein muskulöser Schwarzer als Darbietung für die Vorübergehenden genüsslich ein. Ein Latinojunge kam aus dem Umkleideraum, mit nichts als einem dünnen Goldkettchen bekleidet. Ein verführerisches Lächeln breitete sich langsam über sein Gesicht aus. Ich schaute auf meinen Schlüssel. Ich fand mein Schließfach. Weitergehende Instruktionen hatte Asuras mir nicht gegeben, und es war zwar anzunehmen, dass jemand kommen und mir sagen würde, was ich tun sollte, aber ich hatte keine Ahnung, wer und wann. Zwischen Umkleideräumen und Duschen paradierten langsam die Männer vorbei, manche schauten zu mir herüber, die meisten nicht. Als dann welche ein zweites und drittes Mal an mir vorbeigezogen waren, war mir klar, dass ich nicht einfach dort stehen bleiben konnte. Ich betrachtete das Handtuch, das ich bekommen hatte. Es war kaum größer als eine Briefmarke. Ich entkleidete mich hastig und knotete das Handtuch um meine Hüften. Mit dem Umschlag in der Hand machte ich mich auf den Weg.

Vom Umkleideraum ging es in einen Raum mit einer Sauna und einem Whirlpool. Von dort aus führte eine Rampe hoch zu zwei Reihen von Kabinen mit einem schmalen Durchgang dazwischen. Die Kabinentüren waren numeriert. Die offen stehende Tür der Nummer 10 gab den Blick frei auf eine Matratze auf einem Podest, auf der ein korpulenter Bärtiger auf dem Bauch lag. Die laute Discomusik war allgegenwärtig. Auf dem Gang war es dunkel, aber nicht dunkel genug, um das gute Dutzend Männer, die dort umherstreiften, davon abzuhalten, einander zu beschauen, wenn sie sich begegneten. Manche mit strahlendem Lächeln, andere mit grimmiger Miene, in den Begehren spiegelten sich die Temperamente. Ich suchte ihre Gesichter ab nach einem Ausdruck nicht von Einwilligung, sondern von Erkennen. Ich begegnete wieder dem Latinojungen, der nun züchtig handtuchgeschürzt war, und er raunte mir zu: *»Oh, papi.«* Das war wohl nicht das Erkennungszeichen von Asuras, und so zog ich mit Bedauern weiter.

Auf der dritten Ebene gab es einen Videoraum, eine Snackbar, einen Bodybuildingraum und einen Billardtisch. Ich kaufte mir eine Cola und schlenderte in den Videoraum, wo auf einem Großbildfernseher ein schwuler Porno lief. Der einzige andere Gast im Raum hielt in einer Hand eine Zigarette und onanierte beiläufig mit der anderen. Ich setzte mich, nippte an meiner Cola und fragte mich, ob Asuras sich nicht einfach einen Scherz mit mir erlaubt hatte.

»Bist du Henry?« Ich drehte mich um. Ein Aufsehen erregend schöner Mann, der ebenfalls ein Handtuch umgeschlungen hatte, wiederholte: »Henry?«

»Ja, ich bin Henry.«

Er deutete auf den Umschlag. »Ist das für Duke?«

»Wo ist der Junge?«

»Gib mir den Umschlag und warte hier.«

»Ich will den Jungen sehen.«

»Zuerst den Umschlag«, sagte er drohend.

»Nein.«

Er stand auf und ging. Wenige Minuten später ließ er sich in den Sessel neben mir fallen. »Hier«, sagte er und ließ einen Schlüssel in meine Hand gleiten.

»Was ist das?«

»Der ist für eine von den Kabinen eins tiefer«, sagte er. Er warf einen Blick auf die Armbanduhr, die er, unpassend zur Umgebung, trug. »Duke sagt, du sollst zehn Minuten warten. Den Umschlag. Bitte.«

»Woher weiß ich …«

»Hör mal, du gibst mir jetzt den Scheißumschlag, oder du kriegst den Jungen Stückchen für Stückchen zurück.«

Ich händigte ihm den Umschlag aus.

»Solche Geschäftspartner lob ich mir«, sagte er. »War mir ein Vergnügen.«

Er stand auf und ging. Ich wartete zehn Minuten und ging dann in die mittlere Ebene und fand die Kabine, zu der der Schlüssel passte. Ich schloss die Tür auf. Rod Morse saß auf dem Bett, in die Ecke gekauert, nackt, die Arme um die Knie geschlungen.

»Rod?«

Seine Augen waren leblos.

»Rod«, sagte ich und rüttelte ihn an den Schultern. »Rod. Ich bin's, Henry. Ist alles in Ordnung?«

»Henry«, presste er hervor. »Ich muss kotzen.«

Ein Schwall Erbrochenes schoss aus seinem Mund. Als ich ihm vom Bett herunterhalf, sah ich auf dem Laken dort, wo er gesessen hatte, einen frischen Blutfleck.

* * *

Ich rief eine befreundete Ärztin, Iris Wong, an, die mich zur Notaufnahme eines Krankenhauses im Valley dirigierte, wo wir uns trafen. Sie nahm ihn in ein Untersuchungszimmer mit und kam ein paar Minuten später wieder heraus. Sie war blass im Gesicht und zornentbrannt.

»Was hat man diesem Jungen angetan?«

»Er ist gestern von der Straße weg entführt worden«, sagte ich. »Er hat mich von der Sauna aus angerufen.«

»Wer ist er, Henry?«

»Er heißt Rod. Er ist von zu Hause ausgerissen. Er hat bei mir gewohnt, während ich versucht habe, mit seiner Familie zu einer Lösung zu kommen.«

»Ein Minderjähriger?«

»Sechzehn. Was hat er?«

»Ihm ist ein Opiat injiziert worden«, sagte Iris, »vermutlich Heroin, und er ist penetriert worden.«

»Penetriert?«

»Man hat ihn vergewaltigt«, sagte sie. »Mit irgendeinem Gegenstand, und derjenige, der es getan hat, hat absichtlich in ihm herumgestochert, um ihn zu verletzen. Ich habe die Wunden genäht, aber es wird noch lange sehr wehtun, und es besteht Infektionsgefahr. Du bringst ihn besser so bald wie möglich zu einem Spezialisten. Hast du die Polizei gerufen?«

»Ich würde ihn gerne heute Abend nach Hause mitnehmen«, sagte ich. »Er kann morgen mit der Polizei reden.«

»Vergewissere dich, dass er es wirklich tut«, sagte sie. »Der Mann, der ihm das angetan hat, ist ein Monster.«

»Ich weiß«, sagte ich.

* * *

Stunden später saß ich am Bett im Gästezimmer, als Rod aufwachte. Mit benebeltem Blick sagte er: »Sie haben gesagt, dass ich in Sicherheit bin.«

»Es tut mir Leid, Rod. Aber jetzt ist es vorbei.«

»Ich will nach Hause«, murmelte er, dann schlief er wieder ein.

Kapitel 23

»Was ist gestern geschehen?«, fragte ich.

Rod schrieb seine Initialen in die Staubschicht auf dem Esstisch. Den Teller mit Essen, der vor ihm stand, hatte er nicht angerührt. Es war fast vier, aber er war erst kurze Zeit wach. Er hob seinen Zottelkopf und sagte: »Ich will nicht darüber reden.«

»Er hat dich vergewaltigt«, sagte ich. »Du musst mit jemandem darüber reden.«

»Nicht mit Ihnen.«

»Warum nicht?«

»Es ist alles wegen Ihnen passiert«, sagte er und schaute dabei weg. »Sie haben mich zu Richie gebracht. Ich hätte Aids von ihm kriegen können.«

»Man bekommt kein Aids, wenn man dieselbe Luft atmet wie jemand, der es hat«, sagte ich. »Das weißt du auch.«

»Er hat gesagt, dass er Sie kennt.«

»Wer hat das gesagt?«

»Der Mann ... Duke.« Er rieb sich den Staub von den Fingern. »Putzen Sie hier nie? Im Bad ist widerlicher Schimmel an der Wand.«

»Was hat er noch gesagt?«

»Er hat gesagt, Sie wissen, dass ich bei ihm bin. Er hat gesagt, dass Sie zu ihm gesagt haben, das wäre okay.«

»Du weißt, dass das nicht stimmt.«

»Er hat mich gezwungen, auf dem Boden rumzukriechen und ihn anzubetteln, dass er mir nicht wehtut«, sagte er. »Aber er hat mir trotzdem wehgetan.«

»Ich kenne einen Polizisten. Ich will, dass du mit ihm redest.« Ich dachte an Odell.

»Nein«, sagte er. »Ich erzähle niemand, was passiert ist.«

»Dieser Mann muss unbedingt ins Gefängnis.«

»Wofür denn?«, fragte Rod herausfordernd. »Dafür, dass er schwul ist?«

»Duke Asuras ist ein sadistischer Vergewaltiger«, sagte ich. »Das ist eine völlig andere Kategorie.«

»Woher kennst du ihn?«

»Er hat Alex Amerian ermordet«, sagte ich. »Und deine Schwester.«

»Er ist Mr. King«, sagte Rod. »Der von der Diskette.«

Ich nickte. »Alex hat versucht, ihn zu erpressen.«

»Katie auch?«

»Ich weiß nicht. Sie hatte die Diskette, sie wusste etwas. Mehr, als gut für sie war. Darum hat Asuras sie umgebracht.«

»Wollte er mich auch umbringen?«

»Nein, er hat dich entführt, um etwas von mir zu bekommen. Ein Dokument. Ein Geständnis von einem Mann, der ihm geholfen hat, die Morde zu begehen.«

Er schaute mich an. »Haben Sie es ihm gegeben?«

»Ja.«

»Wie kann die Polizei ihm dann was anhaben?«

»Es gibt noch andere Beweise«, sagte ich, »und wenn du mit Odell sprichst, meinem Freund, der Polizist ist –«

Er schüttelte den Kopf. »Nein, ich will es einfach vergessen. Ich hab bis gestern noch nie Sex gehabt.«

»Vergewaltigung ist nicht dasselbe wie Sex.«

Ohne mich anzuschauen, sagte er: »Wenn man abspritzt, ist das kein Sex oder was.«

»Ein Orgasmus ist eine unwillkürliche Körperreaktion«, sagte ich. Mir war bewusst, wie oberlehrerhaft ich klang. »Wenn man einen Orgasmus hat, heißt das nicht, dass man einverstanden ist mit dem, was mit einem gemacht wird.«

»Er hat mir so Sachen in den Kopf gesetzt«, sagte Rod.

»Was für Sachen? Hat er dir gedroht?«

Er biss sich auf die Lippe. »Nein, sexuelle Sachen. Vielleicht waren die auch schon immer da drin.« Er sah mich an. »Ich glaube, ich mag nicht schwul sein.«

»Du hast etwas Schlimmes erlebt. Du brauchst Zeit, du brauchst jemanden zum Reden. Ich werde dich nicht zur Polizei bringen, wenn du das nicht willst, aber ich habe eine Freundin, eine Therapeutin, die darauf spezialisiert ist, Opfer von Vergewaltigungen zu beraten. Sie kann dir helfen, darüber wegzukommen.«

»Jaja«, murmelte er. »Vielleicht. Vielleicht.«

»Phil kommt in etwa einer Stunde hier an«, sagte ich nach einem Blick auf die Uhr. »Willst du mitkommen zum Flughafen?«

Er schüttelte den Kopf.

»Meinst du, es geht dir morgen gut genug, um zur Anhörung mitzukommen?«

»Kein Problem«, sagte er.

* * *

Auf der Fahrt vom Flughafen zu meinem Haus fasste ich Phil so knapp es ging zusammen, was geschehen war. Er war erst ungläubig, dann wütend.

»Wir müssen zur Polizei.«

»Er will das im Moment nicht«, sagte ich. »Er braucht Zeit.«

»Nein, nicht wegen ihm, Henry«, sagte er. »Wegen Ihnen. Was meinen Sie, was seine Eltern im Verfahren anbringen werden, wenn sie von alledem irgendetwas herausfinden?«

Es dauerte einen Moment, bis mir die volle Tragweite dieses Gedankens klar wurde. »Dass ich Rod verletzt habe? Das ist irrsinnig.«

»Sie machen sich gar keine Vorstellung, wie hässlich solche Fälle werden können«, erwiderte er.

»Rod weiß, was geschehen ist.«

»Sie werden sagen, dass er lügt, um Sie zu schützen, oder dass Sie ihn bedroht haben.«

Panische Angst überschwemmte mich. »Ist das Ihr Ernst?«

»Haben Sie's noch nicht gehört?«, sagte er bitter. »Alle Schwulen sind Kinderschänder.«

Rod jedoch weigerte sich auch dann noch, mit der Polizei zu sprechen, als Phil ihm die Notwendigkeit erklärte. Als Phil ihn weiter unter Druck setzte, verschanzte er sich hinter einem trotzigen pubertären Schweigen. Schließlich gab Phil auf, und ich brachte ihn zu seinem Hotel.

»Ich rieche Ärger«, sagte er beim Aussteigen.

»Er hat viel durchgemacht«, erinnerte ich ihn. »Er kommt da schon durch.«

»Hoffentlich.«

* * *

Rod redete sehr wenig mit mir, als wir am nächsten Morgen in die Innenstadt zum Gericht fuhren, aber ich spürte, dass er nachdachte, und so gerädert, wie er aussah, hatte er bestimmt in der Nacht kaum geschlafen. Phil trafen wir auf der Freitreppe des Gerichtsgebäudes, unter dem Fries der Justitia mit ihren beiden Schildknappen. Es war ein heißer, versmogter Septembermorgen. Während wir die Stufen zum Eingang hinaufstiegen, besprach Phil mit Rod, was er sagen sollte, falls er vom Richter befragt werden würde. Rod nickte, aber seinem Blick war anzusehen, dass er weit weg war. Wir betraten das Gerichtsgebäude und nahmen den Fahrstuhl ins vierte Obergeschoss, wo Richter Fuentes seine Amtsräume hatte. Am Ende des gebohnerten Korridors standen Rods Eltern mit ihrem Anwalt.

Phil legte Rod den Arm um die Schulter. »Bist du bereit?«

Rod schüttelte ihn ab. »Ich mach's nicht.«

Phil schrie auf: »Was?«

»Ich will mit meinen Eltern nach Hause gehen.«

»Willst du das wirklich, Rod?«, fragte ich.

»Du weißt, dass sie dich ins Foster-Institut stecken werden«, warnte Phil.

»Vielleicht gehöre ich da auch hin«, sagte Rod. »Ich will kein Homosexueller sein. Könnt ihr das nicht verstehen?«

»Es ist wegen Asuras«, sagte ich.

»Nein, ist es nicht«, erwiderte Rod. »Ich will nicht so sein wie Richie. Ich will auch nicht so sein wie Sie, Henry, so ein einsamer alter Mann, der in einem dreckigen Haus lebt.«

Phil sagte: »Wir haben viel für dich durchgemacht.«

»Ich hab's mir anders überlegt«, sagte Rod mit jugendlicher Endgültigkeit. »Sie können mich nicht zwingen, weiter mitzumachen.« Er rannte über den Korridor auf seine Eltern zu.

»Lass ihn gehen«, sagte ich.

»Dieser kleine Scheißer«, sagte Wise. »Dieser kleine Scheißer.«

»Es ist *sein* Leben, Phil.«

»Er kann es haben, verdammte Scheiße«, zischte Wise, als wir die Morses ihren Sohn in die Arme schließen sahen. »Ich bin raus.«

Der Anwalt der Morses kam mit erfreutem, aber verwirrtem Gesichtsausdruck auf uns zu.

»Was ist denn jetzt los?«, sagte er.

»Mein Mandant hat sich anders entschieden, was den Antrag betrifft«, sagte Phil förmlich. »Er will nach Hause zurück. Ist das für Ihre gottesfürchtigen Mandanten annehmbar?«

»Ja, ja, ganz bestimmt ist es das«, antwortete er.

»Hervorragend«, sagte Phil. »Dann gehen wir doch hinein, und ich werde eine Abweisung beantragen.«

Ich betrachtete Rod, der sich an seine Eltern klammerte wie ein Ertrinkender an ein Floß.

* * *

Der Antrag auf Abweisung wurde angenommen. Danach brachte ich Phil zum Flughafen. Ich fuhr vor dem Südweststaaten-Terminal vor. Er wollte schon aussteigen, da drehte er sich noch einmal um und sah mich an.

»Wir hatten den Sieg schon in der Tasche«, seufzte er. »Wir hätten Rechtsgeschichte schreiben können.«

»Es wird neue Fälle geben«, sagte ich. »Andere Eltern, die ihr Kind einweisen wollen, weil es schwul oder lesbisch ist.«

»Mit Sicherheit. Passen Sie auf sich auf«, sagte er. »Und nur fürs Protokoll, ich halte Sie nicht für einen schmutzigen alten Mann, oder was der Junge auch immer gesagt hat. Ich finde Sie ziemlich scharf.«

»So viel Trost auf meine alten Tage«, sagte ich.

»Rufen Sie mich an, wenn Sie das nächste Mal nach San Francisco kommen«, sagte er.

* * *

Ich rief Richie vom Autotelefon aus an, um ihn über den Ausgang der Anhörung zu informieren.

»Es ist alles meine Schuld«, sagte er.

»Das ist doch lächerlich, Richie. Du hast den Jungen nicht vergewaltigt.«

»Jetzt wird er den Rest seines Lebens entweder sich selbst hassen oder andere Schwule hassen«, sagte er. »Oder beides. Asuras. Jammerschade, dass Alex dieses Schwein nicht umgelegt hat, als er die

Gelegenheit dazu hatte. Vielleicht sollte ich das nachholen. Ich hab nichts zu verlieren.«

»Ich kümmere mich um Asuras«, sagte ich.

* * *

Odell stand der Mund offen, als ich mit meiner Geschichte geendet hatte. Wir saßen in seinem Büro in der Wache, hinter verschlossenen Türen. Er rieb sich die Schläfen.

»Wo ist Donatis Erklärung?«

Ich reichte ihm den versiegelten Umschlag, den ich mir von Kwan wiedergeholt hatte, bevor ich zur Wache gefahren war. »Diese Kopie war von Donati für den Chef des LAPD bestimmt.«

Er nahm ein Federmesser aus seiner Schreibtischschublade, schlitzte den Umschlag auf und zog die eidesstattliche Erklärung heraus. Er las sie langsam und kopfschüttelnd durch. Als er auf der letzten Seite angekommen war, schaute er mit fragendem Blick zu mir hoch.

»Sie sagten, das sei eine Kopie.«

»Ja?«

Er hielt das Dokument hoch. »Das ist seine Unterschrift. Das ist ein Original.«

Ich studierte Nicks Unterschrift und die des Notars. »Er muss drei Originale ausgefertigt haben.«

»Soll ich das behalten?«

»Ja.«

»Ich gehe nach unten und rufe den Sheriff an«, sagte er und stemmte seine Leibesfülle aus dem Schreibtischsessel hoch. »Gute Arbeit, Mann.«

* * *

Die Telefongesellschaft hatte jemanden vorbeigeschickt, um meine Leitung auf Anzapfstellen zu untersuchen, und er wartete auf mich, als ich vom Büro des Sheriffs nach Hause zurückkam.

»Ich habe nichts gefunden«, sagte er.

»Sind Sie sicher?«

»Ich sage nicht, dass Ihre Leitung nicht angezapft war«, erklärte er. »Ich sage nur, dass es jetzt in Ordnung ist. Wenn sonst etwas nicht stimmt, rufen Sie mich an.« Ich nahm seine Karte entgegen und ging hinein, nahm den Hörer ab und lauschte dem unschuldigen Summen des Freitons. Als ich den Hörer auflegte, klingelte es los. Ich erschreckte mich, dann nahm ich vorsichtig ab.

»Hallo«, sagte ich und erwartete fast, Asuras zu hören.

»Henry?« Es war Serena, die aus Sacramento anrief. »Du musst den nächsten Flug hierher nehmen.«

»Die Erklärung war ein Original, nicht wahr?«

»Woher weißt du das?«

»Ich habe das andere Exemplar Odell gegeben. Wir haben es in seinem Büro aufgemacht.«

Sie zögerte. »Ich dachte, dein Telefon …«

»Der Techniker war eben hier. Er sagt, es wird nicht abgehört. Asuras ist nicht ganz so mächtig, wie er von sich glauben machen will. So sind diese Gewaltmenschen eben.«

»Ich habe einen Termin beim Generalstaatsanwalt ausgemacht, morgen als Erste«, sagte sie.

»Wird er die Strafverfolgung aufnehmen?«

»Er hat die Erklärung mitgenommen. Er wird es uns morgen früh wissen lassen.«

* * *

Nach einer vierstündigen Besprechung am nächsten Vormittag sagte der Generalstaatsanwalt, ein drahtiger, telegener Mann mit Reptilienaugen, ja.

Zwei Wochen später saß er neben dem Sheriff des Bezirks Los Angeles vor einer überfüllten Pressekonferenz und kündigte an, dass er gegen Duke Asuras wegen sechsfachen Mordes und gegen Montezuma Gaitan wegen zweifachen Mordes Anklage erheben würde. Er schloss mit einem Tiefschlag gegen den Oberstaatsanwalt von Los Angeles, den er beschuldigte, von den Magnaten Hollywoods korrumpiert worden zu sein. In der Nacht darauf fuhr Gaitan hinaus in die Mojave-Wüste und erschoss sich. Seine halb verweste Leiche wurde zehn Tage später gefunden. Einen Tag nach der Pressekonferenz des Generalstaatsanwalts reichte Johnnie Cochran im Namen Asuras' beim Gericht Anträge auf Abweisung der Klagen und Aufschub der Prozesseröffnung ein. Das Gericht verschob die Prozesseröffnung um dreißig Tage, um die Abweisungsanträge zu erörtern.

Die Medien spielten verrückt. Seit O.J. Simpson hatte es keine Mordanklage mehr gegen eine so exponierte Persönlichkeit der Unterhaltungsindustrie gegeben. Die Anwälte von Asuras und die PR-Abteilung von Parnassus gingen sofort zum Gegenangriff über. Sie behaupteten, dass Donati in Wirklichkeit der Mörder gewesen sei und postum versucht habe, Asuras seine eigenen Verbrechen anzuhängen. Die *creative community* Hollywoods eilte ebenfalls zur Verteidigung von Asuras herbei. Ganzseitige, mit illustren Namen aus ›der Industrie‹ unterzeichnete Anzeigen, in denen sie mit Ausdrücken wie »Hexenjagd« nur so um sich warfen, erschienen zuerst in den Branchenblättern, dann in der *Los Angeles Times*, der *New York Times* und im *Wall Street Journal*. Der Oberstaatsanwalt von Los Angeles stürzte sich auch ins Getümmel, indem er erklärte, seine Behörde habe das Beweismaterial als für eine Anklage ungenügend verworfen, und andeutete, die Anklage durch den Generalstaatsanwalt sei rein politisch motiviert. Sogar der Präsident hatte seinen Auftritt, als er, bei einer Pressekonferenz zu dem Fall befragt, seine Mitbürger scheinheilig auf das Prinzip »Im Zweifel für den Angeklagten« verwies. Später dann, als sich die Beweise gegen Asuras immer mehr häuften, erklärte der Sprecher des Weißen Hauses, der Präsident kenne Asuras kaum, war aber dann gezwungen zuzugeben, dass Asuras mehrere Nächte im Lincoln-Schlafzimmer des Weißen Hauses verbracht hatte, und die Republikaner im Kongress verlangten die Einsetzung eines Sonderermittlers. Asuras bot zu seiner Verteidigung ein halbes Dutzend der besten Anwälte des Landes auf, aber wie so oft kamen mit neuen Zeugen, die sich meldeten, neue Beweise auf den Tisch, und die Bezirkspolizei trieb die Ermittlungen mit der geballten Energie einer politischen Kampagne voran. Die Anzeigen hörten auf, Hollywood verfiel in Schweigen, und dann wurde bekannt gegeben, dass Asuras sich von seiner Stellung beurlauben lassen würde, um sich auf seine Verteidigung vorzubereiten. Das Nationalkomitee der Demokratischen Partei überwies seine Spenden zurück.

Am Tag vor der Prozesseröffnung gegen ihn lieh sich Duke Asuras den Privatjet eines befreundeten Filmstars und flog nach Brasilien, ein Land, das praktischerweise kein Auslieferungsabkommen mit den Vereinigten Staaten hatte. Am Wochenende zuvor war ein Haftbefehl gegen ihn ausgestellt worden. Dann wurde berichtet, dass er zwischen der Ankündigung der Anklageerhebung und seiner Abreise den größten Teil seines Vermögens außer Landes geschleust hatte. Ein Untersuchungsausschuss der kalifornischen Anwaltschaft wurde eingesetzt, der herausfinden sollte, ob seine Anwälte Kenntnis von seinen Fluchtplänen gehabt hatten. Die Ergebnisse waren uneindeutig. Ebenso ergebnislos verlief der Versuch des Generalstaatsanwalts, den Filmstar dafür zu belangen, dass er Asuras Fluchthilfe geleistet hatte. Der Filmstar ließ später einen erheblichen Betrag für die Gouverneurswahlkampagne des Generalstaatsanwalts springen.

Von irgendwo in Brasilien aus gab Asuras eine Presseerklärung heraus, in der er sich als Opfer eines homophoben rechten religiösen Eiferers darstellte – des Generalstaatsanwalts nämlich – in einem Land, »in dem homosexuelle Menschen wie ich routinemäßig von einem Justizsystem verfolgt werden, das uns eigentlich beschützen sollte. Im gegenwärtigen Klima von Hass und Diskriminierung gegen Schwule habe ich kein Vertrauen darin, dass es möglich sein wird, meine Unschuld – und ich bin in diesen lächerlichen Anklagepunkten völlig unschuldig – zu beweisen. Aus diesem Grunde habe ich, statt die Verurteilung wegen eines Verbrechens zu riskieren, an dem ich unschuldig bin, mich entschieden, mein Land zu verlassen und ins Exil zu gehen, bis eine Zeit kommt, in der ich sicher sein kann, als schwuler Mann einen fairen Prozess zu bekommen. Gott schütze Amerika.«

* * *

»Ist es denn zu fassen?«, sagte Serena zu mir. Ich saß in ihrem Wohnzimmer mit der schnurrenden Hekate auf dem Schoß und hatte gerade im Fernsehen gesehen, wie die Erklärung von Asuras verlesen wurde.

»Er versucht, seinen Fall in eine Diskussion über Homophobie umzudrehen, genauso wie O.J. Simpson seinen Fall zu einem öffentlichen Tribunal über Rassismus gemacht hat. Mich überrascht das nicht. Sie haben dieselben Anwälte.«

Serena drückte auf den Ausknopf. »Warum ist er dann nicht aufs Ganze gegangen und hat den Prozess abgewartet?«

»Weil Duke anders als Simpson mit keinerlei Sympathie von Seiten der Geschworenen rechnen konnte. Ich meine, er hat schon Recht damit, wie schwer es für Schwule und Lesben ist, von Ermittlungsbehörden und vor Gericht fair behandelt zu werden. Du weißt das besser als irgendwer sonst.«

Sie nahm ihr Bier in die Hand. »O ja«, sagte sie, »und ich weiß zufällig auch, dass es in Brasilien Todesschwadronen gibt, die routinemäßig Schwule ermorden. Die ideale Alternative zu den guten alten USA.«

»Er kann nicht ausgeliefert werden«, erinnerte ich sie. »Ich denke, das war das Attraktive für ihn.«

»Und jetzt werden wir uns also den Rest unseres Lebens anhören müssen, wie Duke Asuras, der vier Schwule umgebracht hat, von der Homophobie ins Exil getrieben wurde.«

»Das kannst du unter ›kleine Ironien des Lebens‹ verbuchen.«

* * *

Sechs Monate nach seiner Flucht aus Kalifornien wurde Asuras zum Sonderreferenten des brasilianischen Kulturministers ernannt, mit der ausdrücklichen Zielsetzung, ausländische Filmproduktionen in diesem Land zu fördern. Seine alte Freundin, die Regisseurin Cheryl Cordet, kündigte sogleich an, dass sie als solidarische Geste ihren nächsten Film in São Paulo drehen würde.

* * *

Duke Asuras wurde in einem Hotel in Rio de Janeiro von einem Stricher erschlagen, den er am Strand aufgelesen hatte. Am Ende wurde der Stricher wegen des Mordes verurteilt, musste aber dank des extrem milden gesetzlichen Strafrahmens in Brasilien nur insgesamt acht Monate Haft absitzen. In der Urteilsbegründung merkte der Richter an, dass das Opfer homosexuell gewesen sei und damit mindestens genauso viel Schuld an seinem eigenen Tod trüge wie der Mörder.

Asuras' Leiche wurde schließlich nach Hollywood zurück überführt und auf dem Westwood-Friedhof beerdigt, wo er unter anderen Marilyn Monroe und Truman Capote zu seinen Nachbarn zählen konnte. Die Trauerfeier wurde abgesagt, als deutlich wurde, dass niemand auch nur ein bisschen Prominentes aus ›der Industrie‹ vorhatte, sich dort zu zeigen.

* * *

Eines Morgens, wenige Tage nach Neujahr, klingelte mein Telefon, als ich im Büro über der Arbeit saß. Ich nahm ab.

»Hallo, Henry?«

Die Stimme kannte ich, aber ich brauchte einen Moment zum Einordnen, denn ich hatte nicht erwartet, sie wieder zu hören. »Rod?«

»Ja, ich bin es. Rod Morse.« Er klang älter, fast erwachsen.

»Wo bist du? Wie geht es dir?«

»Es geht mir gut«, sagte er. »Wirklich gut.« Er machte eine Pause. »Ich rufe an, um vor dir christliches Zeugnis abzulegen.«

»Was willst du ablegen?«

»Ich rufe an, um dir zu sagen, dass Homosexualität in Gottes Schöpfung nicht vorgesehen ist, und ich möchte dich bitten, von deinem sündigen Lebenswandel abzulassen und Jesus in deinem Leben zu empfangen.«

»Ist das ein Witz, Rod?«

»Mir ist es todernst«, erwiderte er. »Du könntest ein guter Mensch werden, wenn du dein Herz Jesus öffnen würdest.«

»Was ist mit dir passiert, Rod? Haben deine Eltern dich ins Foster-Institut geschickt?«

»Was passiert ist? Ich habe mein Leben in die Hände von Jesus Christus gelegt«, sagte er. »Das kannst du auch. Henry, im ersten Korintherbrief, Vers 6, sagt uns Paulus, dass kein Homosexueller das Reich Gottes erben wird.«

»Mach dich nicht lächerlich, Rod. Das Wort homosexuell gab es vor dem neunzehnten Jahrhundert überhaupt nicht.«

»Und im Levitikus –«, redete er sich weiter in Fahrt.

»Schluss damit, Rod. Ich kenne diese ganzen Stellen, ich weiß, was darin steht, ich weiß, wie sie benutzt werden, und es beeindruckt mich überhaupt nicht. Hast du gehört, dass Asuras in Brasilien ermordet worden ist?«

Pause. »Ich habe davon gelesen«, sagte er widerwillig und fügte dann hinzu: »Der Lohn der Sünden ist der Tod.«

»Ich gebe zu, dass er viel Böses getan hat und dass man in seinem Tod eine gewisse poetische Gerechtigkeit sehen kann«, sagte ich.

»Du glaubst also doch an das Böse«, triumphierte Rod.

»Nicht an das, was du darunter verstehst«, sagte ich. »Nicht an das christliche Böse. Das ist eher eine politische Kategorie als eine moralische, aber ja, doch, seit Duke Asuras glaube ich fest an das Böse.«

»Homosexualität ist etwas Böses«, sagte er. »Sie ist ein Greuel, das Gott verdammt hat. Er hat die Geißel Aids geschickt, um über euren Lebenswandel Strafgericht zu halten.«

In meinem Terminkalender lag ein Flugticket nach San Francisco, wo ich am Sonntag an einer Trauerfeier für Grant Hancock teilnehmen würde. »Eines Tages wird dir klar werden, was du da eben gesagt hast, und du wirst es dir nicht verzeihen können.«

»Ich habe es so gemeint.«

»Du kannst nicht ewig vor dir selbst davonlaufen«, sagte ich. »Du kannst dich nicht bis an dein Lebensende in irgendeiner Bibel verkriechen.«

»Es ist nicht irgendeine Bibel«, verbesserte er mich. »Es ist das Wort Gottes.«

»Es ist ein Buch, das Menschen geschrieben haben, über einen Gott, den sie sich vorgestellt haben, und jeder Gott, den sich irgendein menschliches Wesen vorstellen kann, ist unvollkommen. Such Gott nicht im Himmel, Rod. Schau in dich selbst.«

»Du tust mir wirklich Leid, Henry, denn du wirst in die Hölle kommen.«

»Die Hölle ist kein Ort, Rod, die Hölle ist das, was Menschen einander antun.«

»Ich werde für dich beten.«

»Meinetwegen«, sagte ich, »aber wirf meine Nummer nicht weg.

Vielleicht willst du mich irgendwann wieder anrufen. Wenn du aufhörst wegzulaufen.«

Er legte auf.

* * *

An diesem Nachmittag stattete ich Joshs Grab meinen wöchentlichen Besuch ab. Ich ging die Stufen der *Courts of Remembrance* hoch und am Grab von Bette Davis vorbei zum Kolumbarium der Strahlenden Vorsehung. Als ich mich dem Grab näherte, sah ich eine Frau im späten mittleren Alter, die, den Rücken zu mir, mit den Fingern über die erhabenen Buchstaben auf der Bronzetafel strich.

»Selma?«

Sie drehte sich um. Es war wirklich Joshs Mutter.

»Hallo Henry«, sagte sie. Ihr herzförmiges Gesicht war verhärmt und zeigte, dass sie vor kurzem erst geweint hatte, auch wenn die Tränen schon getrocknet waren.

»Sind Sie zum ersten Mal hier?«

»Ich komme hierher, seit Sie uns geschrieben haben, wo wir Josh finden können«, sagte sie. »Ich dachte mir schon, dass wir uns irgendwann über den Weg laufen.« Sie drehte sich wieder zu der Tafel um und las: »›Kleiner Freund‹. Was ist das?«

»Eine Liebesbezeigung.«

»Aha«, sagte sie. »Musste das sein?«

»Ich lasse Sie jetzt allein«, sagte ich. Ich gab ihr die Rose, die ich mitgebracht hatte. »Stellen Sie die in die Vase?«

Sie nahm die Rose, sah mich an, schien etwas aufzutauen. »Ich will Sie nicht verjagen, Henry.«

»Ich komme später wieder«, sagte ich. »Ich bin normalerweise jeden Dienstag hier, etwa um dieselbe Zeit.«

Sie nickte. »Ich versuche, mir das zu merken.«

»Auf Wiedersehen, Selma.«

Aber sie hatte sich schon wieder abgewandt und ersetzte die welke Rose in der Vase neben Joshs Grabtafel durch die frische.

* * *

Ich stieg ins Auto und fuhr den langen, gewundenen Weg entlang, der aus dem Friedhof hinausführte. Eine Kolonne von Lastwagen und Anhängern kam mir durch das Eingangstor entgegen. Ich fuhr an den Rand und ließ sie vorbei, Ausrüstungstrucks, Cateringwagen, Wohnwagen von Schauspielern. Eine Karawane, die nur eines bedeuten konnte: Jemand drehte einen Film.

John Morgan Wilson bei Ariadne

Der Gerechte

ISBN 3-88619-931-2

Benjamin Justice ist abgestürzt. Einst strahlender Stern am Zeitungshimmel von Los Angeles, musste er seinen Pulitzer wegen Unlauterkeit zurückgeben, was die Karriere jäh beendete. An der Schwelle zum unwiderruflichen Ausstieg ereilt ihn die Hartnäckigkeit seines biederen Ex-Redakteurs Harry. Der nämlich hat es sich in den Kopf gesetzt, Justice eine zweite Chance aufzunötigen – egal, wem der müde Benjamin dabei in die Schusslinie gerät ...

Richard Stevenson bei Ariadne

Umgepolt

ISBN 3-88619-924-X

Dass eine bekennende Schwulenhasserin gerade ihn engagieren will, überrascht Donald Strachey, Albanys einzigen schwulen Privatdetektiv. Er soll beweisen, dass ihr Sohn von seinem Exgeliebten Larry ermordet wurde. Auch Larry will Strachey engagieren: Er verdächtigt den Psychotherapeuten Crockwell, der mit Elektroschocks Homosexuelle zu Heteros umzupolen versucht ...

Im Brennpunkt dieses Thrillers steht die engagierte Auseinandersetzung mit der absurden Diskussion um Ursachen und so genannte »Heilungschancen« von Homosexualität.

Bernie Bookbinder bei Ariadne

Das Baseball-Outing

ISBN 3-88619-913-4

Scrappy Schwrtznbrgr, Besitzer der Baseballmannschaft The New York Gents, versteht die Welt nicht mehr. Ausgerechnet sein einziger Spitzenspieler entpuppt sich als Homosexueller und ist noch dazu ganz wild darauf, sich vor der Presse zu outen – gerade als Scrappy die Mannschaft verkaufen und sich zur Ruhe setzen will.

Pink Plot

Michael Nava bei Ariadne

Der kleine Tod

ISBN 3-88619-901-0

Anwalt Henry Rios gerät im Auftrag eines Mandanten, der behauptet, sein Großvater wolle ihn umbringen lassen, in die Welt einer der großen Kapitaldynastien der USA, die mit der Eisenbahn ihr Vermögen gemacht und mit einer Stiftung ihr Gewissen beruhigt hat. Wie kann ein Schwuler es wagen, den Namen alten Geldes zu beschmutzen?

Goldjunge

ISBN 3-88619-903-7

Jim Pears wurde mit der Tatwaffe in der Faust bewusstlos neben einem Ermordeten gefunden. Doch angeklagt, bekommt Pears unerwartet Rückendeckung: Der schwule Jet-Set persönlich setzt sich für ihn ein, was Henry Rios Unbehagen bereitet …

In einer Stadt so nett

ISBN 3-88619-911-8

Paul Windsor ist angeklagt, einen Kinderporno-Händler ermordet und verstümmelt zu haben. Öffentliche Meinung und Gerichtsbarkeit sind sich längst einig, doch Henry Rios bezweifelt die Ordentlichkeit des Verfahrens und der polizeilichen Ermittlung …

Das innere Gesetz

ISBN 3-88619-918-5

Senator Peña ist betrunken, als er den alten Mann in Sacramento totfährt. Sein Traum, als erster Chicano Oberbürgermeister von Los Angeles zu werden, scheint ausgeträumt …

Todes Nähe

ISBN 3-88619-930-4

Ein Freund von Henry Rios hat es bis zum Richter gebracht. Als er ermordet wird, steht für die Polizei der Tatverdächtige schon fest: ein ehemaliger Stricher, der behauptet, mit dem Toten ein Verhältnis gehabt zu haben …

Pink Plot